D1655277

S.F.
V.

Thomas Mann

Große kommentierte Frankfurter Ausgabe

Werke – Briefe – Tagebücher

Herausgegeben von

Heinrich Detering, Eckhard Heftrich, Hermann Kurzke,

Terence J. Reed, Thomas Sprecher, Hans R. Vaget,

Ruprecht Wimmer in Zusammenarbeit mit dem

Thomas-Mann-Archiv der ETH,

Zürich

Band 7.1

Thomas Mann

JOSEPH UND SEINE BRÜDER I

DIE GESCHICHTEN JAAKOBS

Roman

DER JUNGE JOSEPH

Roman

Herausgegeben und textkritisch durchgesehen

von Jan Assmann, Dieter Borchmeyer und Stephan Stachorski

unter Mitwirkung von Peter Huber

S. FISCHER VERLAG

Frankfurt a. M.

Dieser Band wurde
von der S. Fischer Stiftung gefördert.

2. Auflage November 2018

Ausstattung: Jost Hochuli, St. Gallen
Satz: pagina GmbH, Tübingen
Druck und Einband: Kösel GmbH & Co. KG,
Altusried-Krugzell
Printed in Germany
ISBN 978-3-10-048328-7

DIE GESCHICHTEN JAAKOBS

Roman

VORSPIEL: HÖLLENFAHRT

1

Tief ist der Brunnen der Vergangenheit. Sollte man ihn nicht unergründlich nennen?

Dies nämlich dann sogar und vielleicht eben dann, wenn nur und allein das Menschenwesen es ist, dessen Vergangenheit in Rede und Frage steht: dies Rätselwesen, das unser eigenes natürlich-lusthaftes und übernatürlich-elendes Dasein in sich schließt und dessen Geheimnis sehr begreiflicherweise das A und das O all unseres Redens und Fragens bildet, allem Reden Bedrängtheit und Feuer, allem Fragen seine Inständigkeit verleiht. Da denn nun gerade geschieht es, daß, je tiefer man schürft, je weiter hinab in die Unterwelt des Vergangenen man dringt und tastet, die Anfangsgründe des Menschlichen, seiner Geschichte, seiner Gesittung, sich als gänzlich unerlotbar erweisen und vor unserem Senkblei, zu welcher abenteuerlichen Zeitenlänge wir seine Schnur auch abspulen, immer wieder und weiter ins Bodenlose zurückweichen. Zutreffend aber heißt es hier »wieder und weiter«; denn mit unserer Forscherangelegentlichkeit treibt das Unerforschliche eine Art von foppendem Spiel: es bietet ihr Scheinhalte und Wegesziele, hinter denen, wenn sie erreicht sind, neue Vergangenheitsstrecken sich auftun, wie es dem Küstengänger ergeht, der des Wanderns kein Ende findet, weil hinter jeder lehmigen Dünenkulisse, die er erstrebte, neue Weiten zu neuen Vorgebirgen vorwärtslokken.

So gibt es Anfänge bedingter Art, welche den Ur-Beginn der besonderen Überlieferung einer bestimmten Gemeinschaft, Volkheit oder Glaubensfamilie praktisch-tatsächlich bilden, so daß die Erinnerung, wenn auch wohl belehrt darüber, daß die Brunnenteufe damit keineswegs ernstlich als ausgepeilt gelten kann, sich bei solchem Ur denn auch national beruhigen und zum persönlich-geschichtlichen Stillstande kommen mag.

Der junge Joseph zum Beispiel, Jaakobs Sohn und der lieblichen, zu früh gen Westen gegangenen Rahel, Joseph zu seiner Zeit, als Kurigalzu, der Kossäer, zu Babel saß, Herr der vier 5 Gegenden, König von Schumir und Akkad, höchst wohltuend dem Herzen Bel-Marudugs, ein zugleich strenger und üppiger Gebieter, dessen Bartlöckchen so künstlich gereiht erschienen, daß sie einer Abteilung gut ausgerichteter Schildträger glichen; – zu Theben aber, in dem Unterlande, das Joseph »Mizraim« 10 oder auch »Keme, das Schwarze«, zu nennen gewohnt war, seine Heiligkeit der gute Gott, genannt »Amun ist zufrieden« und dieses Namens der dritte, der Sonne leiblicher Sohn, zum geblendeten Entzücken der Staubgeborenen im Horizont seines Palastes strahlte; als Assur zunahm durch die Kraft seiner 15 Götter und auf der großen Straße am Meere, von Gaza hinauf zu den Pässen des Zederngebirges, königliche Karawanen Höflichkeitskontributionen in Lapislazuli und gestempeltem Golde zwischen den Höfen des Landes der Ströme und dem Pharaos hin und her führten; als man in den Städten der Amoriter zu 20 Beth-San, Ajalon, Ta'anek, Urusalim der Aschtarti diente, zu Sichem und Beth-Lahama das siebentägige Klagen um den Wahrhaften Sohn, den Zerrissenen, erscholl und zu Gebal, der Buchstadt, El angebetet ward, der keines Tempels und Kultus bedurfte: Joseph also, wohnhaft im Distrikte Kenana des Lan- 25 des, das ägyptisch das Obere Retenu hieß, in seines Vaters von Terebinthen und immergrünen Steineichen beschattetem Familienlager bei Hebron, ein berühmt angenehmer Jüngling, angenehm namentlich in erblicher Nachfolge seiner Mutter, die hübsch und schön gewesen war, wie der Mond, wenn er voll 30 ist, und wie Ischtars Stern, wenn er milde im Reinen schwimmt, außerdem aber, vom Vater her, ausgestattet mit Geistesgaben, durch welche er diesen wohl gar in gewissem Sinne noch übertraf, – Joseph denn schließlich (zum fünften- und sechstenmal nennen wir seinen Namen und mit Befriedigung; denn um den Namen steht es geheimnisvoll, und uns ist, als gäbe sein Besitz uns Beschwörerkraft über des Knaben zeitversunkene, doch einst so gesprächig-lebensvolle Person) – Joseph für sein Teil erblickte in einer südbabylonischen Stadt namens Uru, die er in seiner Mundart »Ur Kaschdim«, »Ur der Chaldäer« zu nennen pflegte, den Anfang aller, das heißt: seiner persönlichen Dinge.

Von dort nämlich war vor längeren Zeiten – Joseph war sich nicht immer ganz im klaren darüber, wie weit es zurücklag – ein sinnender und innerlich beunruhigter Mann nebst seinem Weibe, die er aus Zärtlichkeit wohl gern seine »Schwester« nannte, und anderen Zugehörigen ausgezogen, um es dem Monde, der Gottheit von Ur, gleichzutun und zu wandern, weil er das als das Richtigste und seinem unzufriedenen, zweifelvollen, ja gequälten Zustande Angemessenste empfunden hatte. Sein Auszug, dem eine Sinnbetonung von Widerspruch und Auflehnung nicht abzusprechen gewesen war, hatte zusammengehangen mit gewissen Bauwerken, die ihm auf beleidigende Weise eindrucksvoll gewesen und die der dortzulande eben herrschende Nimrod und Erdengewaltige wenn nicht errichtet, so doch erneuert und übermächtig erhöht hatte: weniger, nach des Ur-Mannes geheimer Überzeugung, den göttlichen Lichtern zu Ehren, denen sie geweiht waren, denn als Hemmriegel der Zerstreuung und himmelaufragende Male von des Nimrods-Königs gesammelter Macht, – welcher der Mann von Ur sich nun gerade entzogen hatte, indem er sich dennoch zerstreute und mit seinem Anhange auf unbestimmte Wanderschaft begab. Josephs Überlieferungen waren nicht ganz einsinnig darin, ob es die große Mondburg von Ur gewesen war, die den Unzufriedenen namentlich geärgert, der getürmte Tempel des Sin-Gottes, nach welchem das ganze Land Sinear also benannt war und dessen Name auch in so manchem mitklang, was Heimatlicheres bezeichnete, wie etwa in dem des Berges Sinai; oder etwa jenes hochragende Sonnenhaus, der Mardug-Tempel Esagila zu Babel selbst, dessen Spitze der Nimrod ebenfalls gleich dem Himmel erhöht hatte und von dem Joseph genaue mündliche Beschreibung besaß. Auch war da offenbar noch mehreres andere gewesen, woran der sinnende Mann sich gestoßen hatte: angefangen von der Nimrod-Gewaltigkeit überhaupt bis zu den und den Sitten und Bräuchen, die den anderen als heilig hergebracht und unveräußerlich erschienen waren, ihm aber die Seele je mehr und mehr mit Zweifeln erfüllt hatten; und da mit zweifelnder Seele nicht gut stillsitzen ist, so hatte er sich eben in Bewegung gesetzt.

Er war nach Charran gelangt, der Mondstadt des Nordens, der Stadt des Weges, im Lande Naharain, wo er mehrere Jahre verblieben war und Seelen gesammelt, sie in die enge Verwandtschaft der Seinen aufgenommen hatte. Das war aber eine Verwandtschaft, die Unruhe bedeutete und fast nichts weiter, – Unruhe der Seele, sich äußernd in einer Unrast des Leibes, die mit dem Leichtsinn gewöhnlicher Wanderlust und abenteuernder Freizügigkeit wenig zu schaffen hatte, vielmehr die Getriebenheit und Heimsuchung eines Einzelnen war, in dessen Blut sich Schicksalsentwickelungen dunkelanfänglich vorbereiteten, zu deren erdrückender Tragweite die Qual seiner Friedlosigkeit in heimlich genauem Verhältnis mochte gestanden haben. Darum auch hatte sich Charran, noch in dem Machtbereiche des Nimrod gelegen, in Wahrheit nur als »Stadt des Weges« erwiesen, nämlich als eine Station, aus welcher der Mondmann über ein kleines sich wieder gelöst hatte, nebst Sarai, seiner Eheschwester, und allen seinen Verwandten und seiner und ihrer Habe, um als ihr Führer und Mahdi seine Higra mit unbestimmtem Ziele fortzusetzen.

So war er nach dem Westlande gekommen, zu den Amurru,

die Kenana bewohnten, wo damals Männer von Chatti die Herren waren, hatte in Etappen das Land durchzogen und war tief in den Süden vorgestoßen, unter andere Sonne, in das Land des Schlammes, wo das Wasser verkehrt geht, ungleich dem Wasser von Naharina, und man stromab nach Norden fährt; wo ein altersstarres Volk seine Toten anbetete und für den Ur-Mann und seine Not nichts zu suchen und auszurichten gewesen war. Er war ins Westland zurückgekehrt, dem Mittellande eben, das zwischen dem des Schlammes und Nimrods Gebieten gelegen war, und hatte in dessen Süden, der Wüste nicht fern, in bergiger Gegend, wo es wenig Ackerbau, aber reichliche Weide gab für sein Kleinvieh und wo er sich mit den Einwohnern rechtlich vertrug, eine Art von oberflächlicher Seßhaftigkeit gefunden.

Die Überlieferung will wissen, daß ihm sein Gott, der Gott, an dessen Wesensbild sein Geist arbeitete, der Höchste unter den anderen, dem ganz allein zu dienen er aus Stolz und Liebe entschlossen war, der Gott der Äonen, dem er Namen suchte und hinlängliche nicht fand, weshalb er ihm die Mehrzahl verlieh und ihn Elohim, die Gottheit, versuchsweise nannte: daß also Elohim ihm ebenso weitreichende wie fest umschriebene Verheißungen gemacht hatte, des Sinnes nicht nur, er, der Mann aus Ur, solle zu einem Volke werden, zahlreich wie Sand und Sterne, und allen Völkern ein Segen sein, sondern auch dahingehend, das Land, in dem er nun als Fremder wohne und wohin Elohim ihn aus Chaldäa geführt hätte, solle ihm und seinem Samen zu ewiger Besitzung gegeben werden in allen seinen Teilen, – wobei der Gott der Götter ausdrücklich die Völkerschaften und gegenwärtigen Inhaber des Landes aufgeführt hätte, deren »Tore« der Same des Ur-Mannes besitzen solle, das heißt: denen der Gott im Interesse des Ur-Mannes und seines Samens Unterwerfung und Knechtschaft bündig zugedacht habe. Das ist mit Vorsicht aufzunehmen oder je-

denfalls recht zu verstehen. Es handelt sich um späte und
zweckvolle Eintragungen, die der Absicht dienen, politische
Machtverhältnisse, die sich auf kriegerischem Wege hergestellt,
in frühesten Gottesabsichten rechtlich zu befestigen. In Wirklichkeit war das Gemüt des Mondwanderers auf keine Weise
geschaffen, politische Verheißungen zu empfangen oder hervorzubringen. Nichts beweist, daß er das Amurruland auch nur
von vornherein als zukünftiges Gebiet seines Wirkens ins Auge
gefaßt habe, als er die Heimat verließ; ja, der Umstand, daß er
versuchsweise auch das Land der Gräber und der stutznäsigen
Löwenjungfrau erwanderte, scheint das Gegenteil zu beweisen.
Wenn er aber des Nimrods großmächtiges Staatswesen im Rükken ließ und auch das hochangesehene Reich des Oasenkönigs
mit der Doppelkrone sogleich wieder mied, um ins Westland
zurückzukehren, das heißt in ein Land, dessen zersplittertes
Staatsleben es zu politischer Ohnmacht und Abhängigkeit
hoffnungslos bestimmte, so zeugt dies für nichts weniger als
für seinen Geschmack an imperialer Größe und seine Anlage
zur politischen Vision. Was ihn in Bewegung gesetzt hatte, war
geistliche Unruhe, war Gottesnot gewesen, und wenn ihm Ver-
kündigungen zuteil wurden, woran gar kein Zweifel statthaft
ist, so bezogen sich diese auf die Ausstrahlungen seines neu-
artig-persönlichen Gotteserlebnisses, dem Teilnahme und An-
hängerschaft zu werben er ja von Anbeginn bemüht gewesen
war. Er litt, und indem er das Maß seiner inneren Unbequemlichkeit mit dem der großen Mehrzahl verglich, schloß er daraus auf seines Leidens Zukunftsträchtigkeit. Nicht umsonst, so
vernahm er von dem neuerschauten Gott, soll deine Qual und
Unrast gewesen sein: Sie wird viele Seelen befruchten, wird
Proselyten zeugen, zahlreich wie der Sand am Meer, und den
Anstoß geben zu Lebensweitläufigkeiten, die keimweise in ihr
beschlossen sind, – mit einem Worte, du sollst ein Segen sein.
Ein Segen? Es ist unwahrscheinlich, daß mit diesem Wort der

Sinn desjenigen richtig wiedergegeben ist, das zu ihm im Gesicht geschah und das seiner Lebensstimmung, der Empfindung seiner selbst entsprach. In dem Worte »Segen« liegt eine Wertung, die man fernhalten sollte von Bezeichnungen des Wesens und der Wirkung von Männern seiner Art: von Männern also der inneren Unbequemlichkeit und der Wanderung, deren neuartige Gotteserfahrung die Zukunft zu prägen bestimmt ist. Einen reinen und unzweifelhaften »Segen« bedeutet das Leben solcher Männer selten oder nie, mit denen eine Geschichte beginnt, und nicht dies ist es, was ihr Selbstgefühl ihnen zuflüstert. »Und sollst ein *Schicksal* sein« – das ist die reinere und richtigere Übersetzung des Verheißungswortes, in welcher Sprache es immer möge gesprochen worden sein; und ob dies Schicksal einen Segen bedeuten möge oder nicht, ist eine Frage, deren Zweitrangigkeit aus der Tatsache erhellt, daß sie immer und ohne Ausnahme verschieden wird beantwortet werden können, obgleich sie natürlich mit Ja beantwortet wurde von der auf physischem und geistigem Wege wachsenden Gemeinschaft derer, die in dem Gotte, welcher den Mann von Ur aus Chaldäa geführt, den wahren Baal und Addu des Kreislaufs erkannten und auf deren Zusammenhang Joseph sein eigenes geistiges und körperliches Dasein zurückführte.

2

Zuweilen hielt er den Mondwanderer wohl gar für seinen Urgroßvater, was aber mit voller Strenge aus dem Gebiete des Möglichen zu verweisen ist. Er selbst wußte ganz genau, aus mancherlei Unterweisung, daß es sich weitläufiger verhielt. Nicht so weitläufig freilich, daß jener Erdengewaltige, dessen mit Tierkreisbildern bedeckte Grenzsteine der Ur-Mann hinter sich gelassen, wirklich Nimrod gewesen wäre, der erste König auf Erden, der den Bel von Sinear gezeugt hatte. Vielmehr war es nach den Tafeln Chammuragasch, der Gesetzgeber, gewesen, Erneuerer jener Mond- und Sonnenburgen, und wenn der junge Joseph ihn dem vorfrühen Nimrod gleichsetzte, so war das ein Gedankenspiel, das seinen Geist recht anmutig kleidete, dem unsrigen aber als unschicklich verwehrt ist. Ebenso lag es mit seiner gelegentlichen Verwechselung des Ur-Mannes mit seines Vaters Ältervater, der ähnlich oder ebenso geheißen hatte wie jener. Zwischen dem Knaben Joseph und der Wanderschaft des geistig-leiblichen Vorfahren lagen, zeitrechnerischer Ordnung zufolge, an der es seiner Epoche und Gesittungssphäre keineswegs fehlte, gut und gern zwanzig Geschlechter, rund sechshundert babylonische Umlaufsjahre, eine Spanne, so weit wie von uns zurück ins gotische Mittelalter, – so weit und auch wieder nicht.

Denn haben wir die mathematische Sternenzeit auch unverändert von dort und damals übernommen, das heißt aus Tagen weit vor dem Wandel des Mannes aus Ur, und werden wir sie ebenso auch noch den spätesten Enkeln vererben, so ist doch Bedeutung, Schwergewicht und Erfülltheit der Erdenzeit nicht immer und überall ein und dieselbe; die Zeit hat ungleiches Maß, trotz aller chaldäischen Sachlichkeit ihrer Bemessung; sechshundert Jahre wollten dazumal und unter jenem Himmel nicht das besagen, was sie in unserer abendlichen Geschichte sind; sie waren ein stilleres, stummeres, gleicheres Zeitgebreite; die Zeit war minder tätig, die ändernde Wirksamkeit ihrer steten Arbeit an Dingen und Welt geringer und milder, – wiewohl sie natürlich in diesen zwanzig Menschenaltern Veränderungen und Umwälzungen beträchtlicher Art betätigt hatte, *natürliche* Umwälzungen sogar, Veränderungen der Erdoberfläche in Josephs engerem Kreise, wie wir wissen, und wie er wußte. Denn wo waren zu seiner Zeit Gomorra und Lots aus Charran, des in des Ur-Mannes enge Verwandtschaft Aufgenommenen, Wohnsitz: Sodom, die wollüstigen Städte? Der bleierne Laugensee lag dort, wo ihre Unzucht geblüht hatte, kraft einer Umkehrung der Gegend in pechig-schweflichter Feuerflut, so fürchterlich und scheinbar alles vertilgend, daß Lots beizeiten mit ihm entwichene Töchter, dieselben, die er anstatt gewisser ernster Besucher der Begierde der Sodomiten hatte anbieten wollen, – daß sie, in dem Wahne, es sei außer ihnen kein Mensch mehr auf Erden, sich in weiblicher Sorge um das Fortbestehen des Menschengeschlechts mit ihrem Vater vermischt hatten.

So sichtbare Umgestaltungen also hatten die Läufte immerhin hinterlassen. Es hatte Segenszeiten gegeben und Fluchzeiten, Fülle und Dürre, Kriegszüge, wechselnde Herrschaft und neue Götter. Und doch war im ganzen die Zeit erhaltenderen Sinnes gewesen als unsere; Josephs Lebensform, Denkungsart und Gewohnheiten unterschieden sich von denen des Ahnen weit weniger als die unsrigen von denen der Kreuzfahrer; die Erinnerung, auf mündlicher Überlieferung von Geschlecht zu Geschlecht beruhend, war unmittelbarer und zutraulich-ungehinderter, die Zeit einheitlicher und darum von kürzerem Durchblick; kurzum, es war dem jungen Joseph nicht zu verargen, wenn er sie träumerisch zusammenzog und, manchmal wenigstens, bei minder genauer Geistesverfassung, des Nachts etwa, bei Mondlicht, den Ur-Mann für seines Vaters Großvater hielt – bei welcher Ungenauigkeit es nicht einmal sein Bewenden hatte. Denn wahrscheinlich, wie wir nun hinzufügen wollen, war der Ur-Mann gar nicht der eigentliche und wirkliche Mann aus Ur. Wahrscheinlich (auch dem jungen Joseph war es in genauen Stunden, am Tage, wahrscheinlich) hatte dieser die Mondburg von Uru niemals gesehen, sondern *sein Vater* schon war es gewesen, der von dort ausgewandert war, gen Norden, nach Charran im Lande Naharin, und aus Charran also erst war der fälschlich so genannte Ur-Mann, auf Weisung des Herrn der Götter, nach Amoriterland aufgebrochen, zusammen mit

jenem später zu Sodom ansässigen Lot, den die Gemeinschafts-
überlieferung träumerischerweise für des Ur-Mannes Brudersohn erklärte, und zwar insofern er »der Sohn Charrans« gewesen sei. Gewiß, Lot von Sodom war ein Sohn Charrans, da er
von dort stammte, so gut wie der Ur-Mann. Aber aus Charran,
der Stadt des Weges, einen Bruder des Ur-Mannes und also aus
dem Proselyten Lot einen Neffen von ihm zu machen, war eitel
Träumerei und Gedankenspiel, bei Tage nicht haltbar, doch
recht danach angetan, zu erklären, wie es dem jungen Joseph so
leicht fiel, seine kleinen Verwechselungen zu vollziehn.

Er tat es mit demselben guten Gewissen, mit welchem etwa
die Sternendiener und -deuter von Sinear bei ihren Wahrsa-
gungen nach dem Grundsatz der Gestirnvertretung handelten
und einen Himmelskörper für den anderen setzten, zum Beispiel die Sonne, wenn sie untergegangen war, mit dem Staats-
und Kriegsplaneten Ninurtu, oder den Planeten Mardug mit
dem Skorpionbilde vertauschten, indem sie dieses dann
schlankerhand »Mardug« und den Ninurtu »Sonne« nannten;
er tat es im Sinne praktischen Notbehelfs, denn sein Wunsch,
dem Geschehen, dem er angehörte, einen Anfang zu setzen,
begegnete derselben Schwierigkeit, auf welche ein solches Be-
mühen immer stößt: der Schwierigkeit eben, daß jeder einen
Vater hat und daß kein Ding zuerst und von selber ist, Ursache
seiner selbst, sondern ein jedes gezeugt ist und rückwärts weist,
tiefer hinab in die Anfangsgründe, die Gründe und Abgründe
des Brunnens der Vergangenheit. Joseph wußte natürlich, daß
auch des Ur-Mannes Vater, der wahre Mann von Uru also, einen
Vater gehabt haben mußte, mit welchem also eigentlich seine
persönliche Geschichte begonnen hätte, und so immer fort, bis
etwa zu Jabel, dem Sohne Ada's, dem Urahnen derer, die in
Zelten wohnen und Viehzucht treiben. Aber der Auszug aus
Sinear bedeutete ihm ja auch eben nur einen bedingten und
besonderen Urbeginn, und er war wohlunterrichtet darüber,

durch Lied und Lehre, wie es dahinter ins Allgemeine weiter und weiter ging, über viele Geschichten, bis zurück zu Adapa oder Adama, dem ersten Menschen, welcher nach einer babylonischen Vers- und Lügenkunde, die Joseph teilweise sogar auswendig wußte, der Sohn Ea's, Gottes der Weisheit und der Wassertiefe, gewesen sein und den Göttern als Bäcker und Mundschenk gedient haben sollte, von dem aber Joseph Heiligeres und Genaueres wußte; zurück zu dem Garten im Osten, worin die beiden Bäume, das Lebensholz und der unkeusche Baum des Todes, gestanden hatten; zurück zum Anfang, zur Entstehung der Welt, der Himmel und des irdischen Alls aus Tohu und Bohu durch das Wort, das frei über der Urflut schwebte und Gott war. Aber war nicht auch dies nur ein bedingter, besonderer Anfang der Dinge? Wesen hatten damals dem Schöpfer bewundernd und auch verwundert zugeschaut: Söhne Gottes, Gestirnengel, von denen Joseph manche merkwürdige und selbst lustige Geschichte kannte, und widrige Dämonen. Sie mußten aus einem vergangenen Welt-Äon stammen, das einst zu Tohu- und Bohu-Rohstoff geworden war bei seinem Altersuntergange – und war nun dieses das Allererste gewesen?

Hier schwindelte es den jungen Joseph, genau wie uns, indem wir uns über den Brunnenrand neigen, und trotz kleiner uns unzukömmlicher Ungenauigkeiten, die sein hübscher und schöner Kopf sich erlaubte, fühlen wir uns ihm nahe und zeitgenössisch in Hinsicht auf die Unterweltschlünde von Vergangenheit, in die auch er, der Ferne, schon blickte. Ein Mensch wie wir war er, so kommt uns vor, und trotz seiner Frühe von den Anfangsgründen des Menschlichen (um vom Anfange der Dinge überhaupt nun wieder ganz zu schweigen) mathematisch genommen ebensoweit entfernt wie wir, da diese tatsächlich im Abgründig-Dunklen des Brunnenschlundes liegen und wir bei unserem Forschen uns entweder an bedingte Scheinanfänge zu halten haben, die wir mit dem wirklichen Anfange auf dieselbe Art verwechseln, wie Joseph den Wanderer aus Ur einerseits mit dessen Vater und andererseits mit seinem eigenen Urgroßvater verwechselte, oder von einer Küstenkulisse zur anderen rückwärts und aber rückwärts ins Unermeßliche gelockt werden. 5

3

Wir erwähnten zum Beispiel, daß Joseph schöne babylonische Verse auswendig wußte, die aus einem großen und schriftlich vorliegenden Zusammenhange voll lügenhafter Weisheit 10 stammten. Er hatte sie von Reisenden gelernt, die Hebron berührten und mit denen er in seiner umgänglichen Art Zwiesprache hielt, und von seinem Hauslehrer, dem alten Eliezer, einem Freigelassenen seines Vaters, – nicht zu verwechseln (wie es dem Joseph zuweilen geschah und wie es auch der Alte selbst 15 sich wohl gern einmal geschehen ließ) mit Eliezer, des Ur-Wanderers ältestem Knechte, der einst die Tochter Bethuels am Brunnen für Isaak gefreit hatte. Nun denn, wir kennen diese Verse und Mären; wir besitzen Tafeltexte davon, die im Palaste Assurbanipals, Königes der Gesamtheit, Sohnes des Assarhad- 20 don, Sohnes des Sinacherib, zu Niniveh gefunden worden und von denen einige die Ur-Kunde der großen Flut, mit welcher der Herr die erste Menschheit um ihrer Verderbtheit willen vertilgt und die auch in Josephs persönlicher Überlieferung eine so bedeutende Rolle spielte, in zierlicher Keilschrift auf 25 graugelbem Tone darbieten. Offen gestanden ist aber das Wort »Urkunde«, wenigstens seinem ersten und eindrucksvollsten Bestandteile nach, nicht ganz genau am Platze; denn jene schadhaften Täfelchen stellen Abschriften dar, die Assurbanipal, ein der Schrift und dem befestigten Gedanken sehr holder 30 Herr, ein »Erzgescheiter«, wie die babylonische Redensart lautete, und eifriger Sammler von Gütern der Gescheitheit, nur einige sechshundert Jahre vor unserer Zeitrechnung von gelehrten Sklaven herstellen ließ, und zwar nach einem Original, das reichlich eintausend Jahre älter war, also aus den Tagen des Gesetzgebers und des Mondwanderers stammte, für Assurbanipals Tafelschreiber ungefähr so leicht oder schwer zu lesen und zu verstehen wie für uns Heutige ein Manuskript aus Caroli Magni Zeiten. In einem ganz überholten und unentwickelten Duktus ausgefertigt, ein hieratisches Schriftstück, muß es schon damals schwer zu entziffern gewesen sein, und ob seine Bedeutungen bei der Abschrift so ganz zu ihrem Rechte gekommen sind, bleibt zweifelhaft.

Nun war aber dies Original nicht eigentlich ein Original, nicht *das* Original, wenn man es recht betrachtete. Es war selbst schon die Abschrift eines Dokumentes aus Gott weiß welcher Vorzeit, bei dem man denn also, ohne recht zu wissen, wo, als bei dem wahren Originale haltmachen könnte, wenn es nicht seinerseits bereits mit Glossen und Zusätzen von Schreiberhand versehen gewesen wäre, die dem besseren Verständnis eines wiederum urweit zurückliegenden Textes dienen sollten, wahrscheinlich aber im Gegenteil der modernen Verballhornung seiner Weisheit dienten – und so könnten wir fortfahren, wenn wir nicht hoffen dürften, daß unsere Zuhörer schon hier erfassen, was wir im Sinne haben, wenn wir von Küstenkulissen und Brunnenschlund reden.

Die Leute Ägyptenlandes hatten dafür ein Wort, das Joseph kannte und gelegentlich verwendete. Denn obgleich auf Jaakobs Hof keine Chamiten geduldet wurden, ihres Ahnen wegen, des Vaterschänders, der über und über schwarz geworden war, und weiterhin weil Jaakob die Sitten von Mizraim religiös mißbilligte, so verkehrte der Jüngling nach seiner neugierigen Art in den Städten, in Kirjath Arba sowohl wie in Sichem, doch öfters mit Ägyptern und fing auch dies und jenes von ihrer Sprache auf, in der er sich später so glänzend vervollkommnen sollte. Von einem Dinge also, das unbestimmten und sehr hohen, kurz: unvordenklichen Alters war, sagten sie: »Es stammt aus den Tagen des Set« – womit nämlich einer ihrer Götter gemeint war, der tückische Bruder ihres Mardug oder Tammuz, den sie Usiri, den Dulder, nannten: mit diesem Beinamen, weil Set ihn erstens in eine Sarglade gelockt und in den Fluß geworfen, dann ihn aber auch noch wie ein wildes Tier in Stücke gerissen und völlig gemordet hatte, so daß Usir, das Opfer, nun als Herr der Toten und König der Ewigkeit in der Unterwelt waltete … »Aus den Tagen des Set« – die Leute von Mizraim hatten allerlei Verwendung für ihre Redensart, denn all ihrer Dinge Ursprung verlor sich auf unnachweisliche Art in jenem Dunkel.

Am Rande der Libyschen Wüste, nahe bei Memphis, lagerte, aus dem Felsen gehauen, der dreiundfünfzig Meter hohe Koloß-Zwitter aus Löwe und Jungfrau, mit Weibesbrüsten, Manneskinnbart und der sich bäumenden Königsschlange am Kopftuch, vor sich hingestreckt die riesigen Pranken seines Katzenleibes, die Nase kurz abgestumpft vom Zeitenfraße. Er hatte dort immer gelagert und immer schon mit von der Zeit gestumpfter Nase, und daß diese Nase jemals noch ungestumpft oder etwa gar der Sphinx selbst noch nicht vorhanden gewesen wäre, war unerinnerlich. Thutmose der Vierte, der Goldsperber und starke Stier, König von Ober- und Unterägypten, geliebt von der Göttin der Wahrheit, aus demselben achtzehnten Hause, dem auch jener Amun-ist-zufrieden entstammte, ließ ihn auf Grund einer Weisung, die er vor seiner Thronbesteigung im Traum empfangen, aus dem Wüstensande graben, von welchem die übergroße Skulptur schon weitgehend verweht und verschüttet gewesen war. Aber König Chufu bereits, anderthalb tausend Jahre vorher, aus dem vierten Hause, welcher nahebei sich die große Pyramide zum Grabmal erbaute und dem Sphinx Opfer darbrachte, hatte ihn als halbe Ruine vorgefunden, und von einer Zeit, die ihn nicht vorgefunden oder auch nur mit ganzer Nase vorgefunden hätte, wußte niemand.

Hatte Set selbst das Wundertier, das Spätere für ein Bild des Sonnengottes erachteten und »Hor im Lichtberge« hießen, aus dem Steine gehauen? Das war wohl möglich, denn wahrscheinlich war Set, wie auch Usiri, das Opfer, nicht immer ein Gott gewesen, sondern einmal ein Mensch, und zwar ein König über Ägypterland. An der nicht selten vernommenen Belehrung, ein gewisser Menes oder Hor-Meni habe, ungefähr sechstausend Jahre vor unserer Zeitrechnung, die erste ägyptische Dynastie gegründet und vorher sei »vordynastische Zeit« gewesen –; er, Meni, habe zuerst die Lande, das untere und obere, den Papyrus und die Lilie, die rote und die weiße Krone vereinigt und als erster König über Ägypten geherrscht, dessen Geschichte mit seiner Regierung beginne –, an dieser Aussage ist wahrscheinlich jedes Wort falsch, und für den schärfer zudringenden Blick wird Urkönig Meni zu einer bloßen Zeitenkulisse. Dem Herodot erklärten ägyptische Priester, die geschriebene Geschichte ihres Landes reiche 11 340 Jahre vor seine Ära zurück, was ungefähr vierzehntausend Jahre für uns bedeutet und eine Angabe darstellt, die König Meni's Gestalt ihres urhaften Charakters weitgehend zu entkleiden geeignet ist. Die Geschichte Ägyptens zerfällt in Perioden der Spaltung und Ohnmacht und solche der Macht und des Glanzes, in Epochen der Herrschaftslosigkeit und der Vielherrschaft und in solche der majestätischen Sammlung aller Kräfte, und immer deutlicher wird, daß diese Daseinsformen zu oft gewechselt haben, als daß König Meni der erste Vertreter der Einheit gewesen sein könnte. Der Zerrissenheit, die er heilte, war ältere Einheit vorausgegangen, und dieser ältere Zerrissenheit; wie oft es aber hier »älter«, »wieder« und »weiter« zu heißen hat, ist nicht zu sagen, sondern nur dies, daß erste Einheit unter Götterdynastien blühte, deren Söhne mutmaßlich jene Set und Usiri waren, und daß die Geschichte von Usirs, des Opfers, Ermordung und Zerstückelung auf Thronstreitigkeiten, welche damals mit List und Verbrechen ausgetragen wurden, sagenhaft anspielte. Es war das eine bis zur Vergeistigung und Geisterhaftigkeit tiefe, mythisch und theologisch gewordene Vergangenheit, welche zur Gegenwart und zum Gegenstand pietätvoller Verehrung wurde in Gestalt gewissen Getieres, einiger Falken und Schakale, die man in den alten Hauptstädten der Länder, Buto und Enchab, hegte und in denen die Seelen jener Vorzeit-Wesen sich geheimnisvoll bewahren sollten.

4

»Aus den Tagen des Set«, – die Wendung gefiel dem jungen Joseph, und wir teilen sein Vergnügen daran; denn auch wir, wie die Leute Ägyptenlandes, finden sie höchst verwendbar und schlechthin auf alles passend, – ja, wohin wir nur blicken im Bereiche des Menschlichen, legt sie sich uns nahe, und aller Dinge Ursprung verliert sich bei schärferem Hinsehen in den Tagen des Set.

Zu dem Zeitpunkt, da unsere Erzählung beginnt – ein ziemlich beliebiger Zeitpunkt, aber irgendwo müssen wir ansetzen und das andre zurücklassen, da wir sonst selbst »in den Tagen des Set« beginnen müßten –, war Joseph schon ein Hirte des Viehs mit seinen Brüdern, wenn auch in schonenden Grenzen zu dieser Leistung berufen: er hütete, wenn es ihm Freude machte, mit ihnen auf den Weiden von Hebron seines Vaters Schafe, Ziegen und Rinder. Wie sahen diese Tiere aus, und worin unterschieden sie sich von denen, die wir halten und hüten? In gar nichts. Es waren dieselben befreundeten und gefriedeten Geschöpfe, auf derselben Stufe ihrer Züchtung, wie wir sie kennen, und die ganze Zuchtgeschichte etwa des Rindes aus seinen wilden Büffel-Formen war in des jungen Joseph Tagen seit so langem zurückgelegt, daß »längst« ein schlechthin lächerlicher Ausdruck ist für diese Strecken: das Rind war nachweislich gezüchtet schon in der Frühe jener Gesittungsepoche der Steinwerkzeuge, die dem Eisen-, dem Bronzezeitalter voranging und von welcher der babylonisch-ägyptisch gebildete Amurru-Knabe Joseph fast ebenso weit abstand wie wir Heutigen, – der Unterschied ist verschwindend.

Erkundigen wir uns nach dem wilden Schafe, aus welchem das unsrige und Jaakobs Herdenschaf »einst« gezüchtet worden, so wird uns bedeutet, daß es ausgestorben ist. »Längst« kommt es nicht mehr vor. Seine Verhäuslichung muß sich in den Tagen des Set vollzogen haben, und die Züchtung des Pferdes, des Esels, der Ziege und die des Schweines aus dem wilden Eber, der Tammuz, den Schäfer, zerriß, ist desselben nebelhaften Datums. Unsere geschichtlichen Aufzeichnungen reichen ungefähr siebentausend Jahre zurück; während dieser Zeit ist jedenfalls kein wildes Tier mehr nutzbar und häuslich gemacht worden. Das liegt vor jeder Erinnerung.

Ebendort liegt die Veredelung wilder und tauber Gräser zum brottragenden Korne. Unsere Getreidearten, mit denen auch Joseph sich nährte, die Gerste, den Hafer, Roggen, Mais und Weizen, auf ihre wildwachsenden Originale zurückzuführen, erklärt unsere Pflanzenkunde sich mit dem größten Bedauern außerstande, und kein Volk kann sich rühmen, sie zuerst entwickelt und gebaut zu haben. Wir hören, daß es zur Steinzeit in Europa fünf verschiedene Arten des Weizens und drei Arten Gerste gab. Und was die Züchtung des wilden Weines aus der Rebe betrifft, eine Tat sondergleichen, als menschliche Leistung genommen, wie man auch sonst darüber denken möge, so schreibt die abgründig weit herhallende Überlieferung sie Noah, dem Gerechten, zu, dem Überlebenden der Flut, demselben, den die Babylonier Utnapischtim und dazu Atrachasis, den Hochgescheiten, nannten und der seinem späten Enkel, Gilgamesch, dem Helden jener Tafel-Mären, die anfänglichen Dinge berichtete. Dieser Gerechte also hatte, wie auch Joseph wußte, zuallererst Weinberge gepflanzt, – was Joseph nicht sehr gerecht fand. Denn konnte er nicht pflanzen, was von Nutzen wäre? Feigenbäume oder Ölbäume? Nein, sondern Wein stellte er erstmals her, ward trunken davon und in der Trunkenheit verhöhnt und verschnitten. Wenn aber Joseph meinte, das sei gar nicht so lange her, daß das Ungeheuere geschehen und die Edelrebe entwickelt worden, etwa ein Dutzend Geschlechter vor seinem »Urgroßvater«, so war das ein ganz träumerischer Irrtum und eine fromme Heranziehung unausdenklicher Urferne, – wobei nur mit blassem Staunen darauf hinzuweisen bleibt, daß diese Urferne ihrerseits schon so spät, in solchem Abstande von den Ursprüngen des Menschengeschlechtes gelegen war, daß sie eine Hochgescheitheit zeitigen konnte, die solcher Gesittungstat wie der Veredelung des wilden Weines fähig war.

Wo liegen die Anfangsgründe der menschlichen Gesittung? Wie alt ist diese? Wir fragen so in Hinsicht auf den fernen Joseph, dessen Entwicklungsstufe sich, abgesehen von kleinen träumerischen Ungenauigkeiten, über die wir freundschaftlich lächeln, von der unsrigen schon nicht mehr wesentlich unterschied. Diese Frage aber eben braucht nur gestellt zu werden, damit das Gebiet der Dünenkulissen sich äffend eröffne. Sprechen wir vom »Altertum«, so meinen wir meistens die griechisch-römische Lebenswelt und damit eine solche von vergleichsweise blitzblanker Neuzeitlichkeit. Zurückgehend auf die sogenannte griechische »Urbevölkerung«, die Pelasger, gewahren wir, daß, ehe sie die Inseln in Besitz nahmen, diese von der *eigentlichen* Urbevölkerung bewohnt waren, einem Menschenschlage, der den Phöniziern in der Beherrschung des Meeres voranging, somit diese in ihrer Eigenschaft als »erste

Seeräuber« zu einer bloßen Kulisse macht. Damit nicht genug, neigt die Wissenschaft in zunehmendem Grade zu der Vermutung und Überzeugung, daß diese »Barbaren« Kolonisten von Atlantis waren, des versunkenen Erdteils jenseits der Säulen des Herkules, der vor Zeiten Europa und Amerika verband. Ob aber dieser die vom Menschen erstbesiedelte Gegend der Erde war, steht so sehr dahin, daß es sich der Unwahrscheinlichkeit nähert und vielmehr wahrscheinlich wird, daß die Frühgeschichte der Gesittung und auch diejenige Noahs, des Hochgescheiten, an weit ältere, schon viel früher dem Untergange verfallene Landgebiete anzuknüpfen ist.

Das sind nicht zu erwandernde Vorgebirge, auf welche nur mit jener ägyptischen Redensart unbestimmt hinzudeuten ist, und die Völker des Ostens handelten so klug wie fromm, wenn sie ihre erste Erziehung zum Kulturleben den Göttern zuschrieben. Die rötlichen Leute von Mizraim sahen in jenem Dulder Usiri den Wohltäter, der sie zuerst im Ackerbau unterrichtet und ihnen Gesetze gegeben hatte, worin er eben nur durch den tückischen Anschlag des Set unterbrochen worden war, der sich dann wie ein reißender Eber gegen ihn benahm. Und die Chinesen erblicken den Gründer ihres Reiches in einem kaiserlichen Halbgott namens Fu-hi, welcher das Rind bei ihnen eingeführt und sie die köstliche Schreibkunst gelehrt habe. Die Astronomie zu empfangen erachtete dieses Wesen sie damals, 2852 vor unserer Zeitrechnung, offenbar noch nicht für reif, denn ihren Annalen zufolge wurde sie ihnen erst ungefähr dreizehnhundert Jahre später durch den großen Fremdenkaiser Tai-Ko-Fokee vermittelt, während die Gestirnpriester von Sinear sich auf die Zeichen des Tierkreises bestimmt schon mehrere hundert Jahre früher verstanden und uns sogar berichtet wird, daß ein Mann, der Alexander, den Mazedonier, nach Babylon begleitete, dem Aristoteles astronomische Aufzeichnungen der Chaldäer übersandte, deren Angaben, in gebackenen Ton geritzt, heute 4160 Jahre alt wären. Das hat bequemste Möglichkeit; denn es ist wahrscheinlich, daß Himmelsbeobachtung und kalendarische Berechnungen schon im Lande Atlantis geübt wurden, dessen Untergang nach Solon neuntausend Jahre vor den Lebzeiten dieses Gelehrten datierte, und daß also gut elfeinhalbtausend Jahre vor unserer Zeitrechnung der Mensch bereits zur Pflege dieser hohen Künste gediehen war.

Daß die Schreibkunst nicht jünger, sehr möglicher Weise aber viel älter ist, leuchtet ein. Wir reden davon, weil Joseph ihr so besonders lebhaft zugetan war und sich, im Gegensatz zu allen seinen Geschwistern und anfangs mit Eliezers Beihilfe, früh darin vervollkommnete, nämlich sowohl in babylonischer wie in phönizischer und chetitischer Schriftart. Er hegte geradezu eine Vorliebe und Schwäche für den Gott oder Abgott, den man im Osten Nabu, den Geschichtsschreiber, in Tyrus und Sidon aber Taut nannte und in dem man hier wie dort den Erfinder der Zeichen und den Chronisten der Uranfänge sah: den ägyptischen Thot von Schmun, den Briefschreiber der Götter und Schutzherrn der Wissenschaft, dessen Amt dort unten für höher geachtet wurde als alle Ämter, – diesen wahrhaften, mäßigen und sorgsamen Gott, der zuweilen ein Affe mit weißem Haare war, von lieblicher Gestalt, zuweilen auch ibisköpfig erschien und, wiederum ganz nach Josephs Sinn, sehr zarte und feierliche Beziehungen zum Mondgestirn unterhielt. Dem Jaakob, seinem Vater, durfte der junge Mann diese Neigung nicht einmal eingestehen, da dieser das Liebäugeln mit solchem Götzengezüchte unbeugsam verpönte und also sich wohl strenger erwies als gewisse höchste Stellen selbst, denen seine Strenge geweiht war; denn Josephs Geschichte lehrt, daß diese ihm solche kleinen Abschweifungen ins eigentlich Unerlaubte nicht ernstlich, oder wenigstens nicht auf die Dauer verübelten.

Die Schreibkunst angehend, so ließe sich, um ihre verschwimmende Herkunft anzudeuten, von ihr in leichter Abwandlung jener ägyptischen Wendung besser sagen, sie stamme aus den Tagen des Thot. Die Schriftrolle als Abbildung findet sich in den ältesten ägyptischen Denkmälern, und wir kennen den Papyrus, der Hor-Sendi, einem Könige der zweiten dortigen Dynastie, sechstausend Jahre vor uns, gehörte, damals aber bereits für so alt galt, daß man sagte, Sendi habe ihn von Set ererbt. Als Snofru und jener Chufu, Sonnensöhne des vierten Hauses, herrschten und die Pyramiden von Gizeh erbaut wurden, war die Kenntnis der Schrift im niederen Volke so gang und gäbe, daß man heute die einfältigen Inschriften studiert, mit denen Arbeitsleute die riesigen Baublöcke bekritzelt. Daß aber zu derart entlegener Zeit die Wissenschaft so gemein geworden, kann nicht wundernehmen, wenn man sich jener priesterlichen Relation über das Alter der geschriebenen Geschichte Ägyptens erinnert.

Sind nun die Tage der befestigten Zeichensprache so ungezählt, – in welchen mögen dann die Anfänge der Sprache des Mundes zu suchen sein? Die älteste Sprache, die Ursprache, sagt man, sei das Indogermanische, Indoeuropäische, das Sanskrit. Aber es ist so gut wie gewiß, daß das ein »Ur« ist, so vorschnell wie manches andere, und daß es eine wieder ältere Muttersprache gegeben hat, welche die Wurzeln der arischen sowohl wie auch der semitischen und chamitischen Mundarten in sich beschloß. Wahrscheinlich ist sie auf Atlantis gesprochen worden, dessen Silhouette die letzte im Fernendunst undeutlich noch sichtbare Vorgebirgskulisse der Vergangenheit bildet, das aber selbst wohl kaum die Ur-Heimat des sprechenden Menschen ist.

5

Gewisse Funde bestimmen die Experten der Erdgeschichte, das Alter der Menschenspezies auf fünfhunderttausend Jahre zu schätzen. Das ist knapp gerechnet, erstens in Anbetracht dessen, was die Wissenschaft heute für wahr lehrt: daß nämlich der Mensch in seiner Eigenschaft als Tier das älteste aller Säugetiere sei und schon in Zeiten späterer Lebensfrühe, vor aller Großhirnentfaltung, in verschiedenen zoologischen Modetrachten, amphibischen und reptilischen, auf Erden sein Wesen getrieben habe; zweitens aber wenn man erwägt, welche unabsehbaren Zeitstrecken erforderlich gewesen sein müssen, damit aus dem halbaufrechten, traumwandlerischen und von einer Art Vor-Vernunft durchzuckten Beuteltiertypus mit verwachsenen Fingern, welchen der Mensch vor dem Erscheinen Noah-Utnapischtims, des Hochgescheiten, verkörpert haben muß, der Erfinder von Pfeil und Bogen, der Nutznießer des Feuers, der Meteoreisenschmied, der Züchter des Korns, der Haustiere und des Weines wurde – mit einem Worte das altkluge, kunstfertige und in jeder entscheidenden Hinsicht moderne Wesen, als das der Mensch uns beim ersten Morgengrauen der Geschichte bereits entgegentritt. Ein Tempelweiser zu Sais erläuterte dem Solon die griechische Überlieferung vom Phaethon durch das menschliche Erlebnis einer Abweichung im Laufe der Körper, die sich um die Erde im Himmelsraume bewegen und die eine verheerende Feuersbrunst auf Erden hervorgerufen hätten. Und wirklich wird immer gewisser, daß des Menschen Traumerinnerung, formlos, aber immer aufs neue sagenhaft nachgeformt, hinaufreicht bis zu Katastrophen ungeheueren Alters, deren Überlieferung, gespeist durch spätere und kleinere Vorkommnisse ähnlicher Art, von verschiedenen Völkern bei sich zu Hause angesiedelt wurde und so jene Kulissenbildung bewirkte, die den Zeitenwanderer lockt und reizt.

Die Tafelverse, die man dem Joseph vorgesagt und die er sehr gut behalten hatte, kündeten unter anderm die Geschichte der großen Flut. Er würde von dieser Geschichte gewußt haben, auch wenn sie ihm nicht in babylonischer Sprache und Gestaltung zugekommen wäre; denn sie war lebendig in seinem Westlande überhaupt und unter den Seinen im besonderen, wenn auch in etwas anderer Form und mit anderen Einzelheiten, als man sie im Stromlande wahrhaben wollte. Gerade in seiner Jugendzeit war sie im Begriffe, sich bei ihm zu Hause in einer von der östlichen abweichenden Sondergestalt zu befestigen, und Joseph wußte wohl, wie es zugegangen war damals, als alles Fleisch, die Tiere nicht ausgenommen, seinen Weg in unbeschreiblicher Weise verderbt hatte, ja selbst die Erde Hurerei trieb und Schwindelhafer hervorbrachte, wenn man Weizen säte, – und dies alles trotz der Warnungen Noahs, so daß der Herr und Schöpfer, der sogar seine Engel in diese Greuel verwickelt sehen mußte, es schließlich, nach einer letzten Geduldsfrist von hundertzwanzig Jahren, nicht länger verantworten und ertragen konnte und zu seinem Schmerz das Schwemmgericht hatte walten lassen müssen. Und wie er in seiner gewaltigen Gutmütigkeit (welche die Engel keineswegs teilten) dem Leben ein Hintertürchen, um zu entwischen, gelassen hatte in Gestalt des verpichten Kastens, den Noah mit dem Getiere bestieg! Joseph wußte es auch, und er kannte den Tag, an dem die Geschöpfe den Kasten betreten: der zehnte des Monats Cheschwan war es gewesen, und am siebzehnten war die Flut ausgebrochen, zur Zeit der Frühjahrsschmelze, wenn der Siriusstern am Tage aufgeht und die Wasserbrunnen zu schwellen anfangen. An diesem Tage also, – Joseph hatte das Datum vom alten Eliezer. Wie oft aber war dieser Jahrestag seitdem wohl wiedergekehrt? Das bedachte er nicht, das bedachte auch der alte Eliezer nicht, und hier beginnen die Zusammenziehungen, Verwechselungen und Durchblickstäuschungen, welche die Überlieferung beherrschen.

Der Himmel weiß, wann jener ertränkende Übergriff des zu Unregelmäßigkeit und Gewaltsamkeit immer geneigten Euphratstromes oder auch jener Einbruch des Persischen Meerbusens unter Wirbelsturm und Erdbeben in das weite Land sich ereignet hatte, der die Flut-Überlieferung nicht etwa gestiftet, aber ihr zum letzten Male Nahrung zugeführt, sie mit entsetzlicher Wirklichkeitsanschauung belebt hatte und nachkommenden Geschlechtern nun als *die* Sintflut galt. Vielleicht war der jüngste Schreckenszwischenfall dieser Art wirklich nicht lange her, und je näher er lag, desto stärkeren Reiz gewinnt die Frage, ob und wie es dem Geschlechte, das ihn am eigenen Leibe erlebte, gelang, diese gegenwärtige Heimsuchung mit dem Gegenstande einer Überlieferung, mit *der* Sintflut zu verwechseln. Dies geschah, und daß es geschah, gibt keinerlei Anlaß zur Verwunderung und geistigen Geringschätzung. Das Erlebnis bestand weniger darin, daß etwas Vergangenes sich wiederholte, als darin, daß es gegenwärtig wurde. Daß es aber Gegenwart gewinnen konnte, beruhte darauf, daß die Umstände, die es herbeigeführt hatten, jederzeit gegenwärtig waren. Jederzeit waren die Wege des Fleisches verderbt oder konnten es bei aller Frömmigkeit sein; denn wissen auch die Menschen, ob sie es gut oder schlecht machen vor Gott und ob nicht, was ihnen gut scheint, den Himmlischen ein Greuel ist? Die blöden Menschen kennen Gott nicht und nicht den Ratschluß der Unterwelt; jederzeit kann die Nachsicht sich als erschöpft erweisen, das Gericht in Kraft treten, und an einem Warner hat es wohl auch nicht gefehlt, einem Wissenden und Hochgescheiten, welcher die Zeichen zu deuten wußte und durch kluge Vorkehrungen als Einziger von Zehntausenden dem Verderben entrinnt, – nicht ohne zuvor die Tafeln des Wissens als Samen zukünftiger Weisheit der Erde anvertraut zu haben, damit, wenn die Wasser sich verlaufen, aus dieser Schriftsaat alles wieder beginnen könne. Jederzeit, das ist das Wort des Geheim-

nisses. Das Geheimnis hat keine Zeit; aber die Form der Zeitlosigkeit ist das Jetzt und Hier.

Die Sintflut spielte also am Euphrat, aber in China spielte sie auch. Um das Jahr 1300 vor unserer Zeitrechnung gab es dort 5 eine fürchterliche Ausschreitung des Hoang-Ho, die übrigens zur Regulierung des Stromes Anlaß gab und in der die große Flut wiederkehrte, welche ungefähr tausendundfünfzig Jahre früher, unter dem fünften Kaiser, stattgefunden hatte und deren Noah Yau hieß, die aber, zeitlich genommen, noch lange 10 nicht die wahre, die erste Sintflut war, denn die Erinnerung an diesen Originalvorgang ist den Völkern gemeinsam. Genau wie die babylonische Fluterzählung, die Joseph kannte, nur eine Nachschrift älterer und immer älterer Originale war, ebenso ist das Fluterlebnis selbst auf immer entlegenere Urbilder zurück15 zuführen, und besonders gründlich glaubt man zu sein, wenn man als letztes und wahres Original das Versinken des Landes Atlantis in den Meeresfluten bezeichnet, wovon die grauenvolle Kunde in alle einst von dorther besiedelten Gegenden der Erde gedrungen sei und sich als wandelbare Überlieferung für 20 immer im Gedächtnis der Menschen befestigt habe. Das ist jedoch nur ein Scheinhalt und vorläufiges Wegesziel. Eine chaldäische Berechnung ergibt, daß zwischen der Sintflut und der ersten geschichtlichen Dynastie des Zweistromlandes ein Zeitraum von 39 180 Jahren lag. Folglich kann der Atlantis25 Untergang, nur neuntausend Jahre vor Solon gelegen und unter dem erdgeschichtlichen Gesichtswinkel betrachtet eine sehr junge Katastrophe, bei weitem nicht die Sintflut gewesen sein. Auch er war nur eine Wiederholung, das Gegenwärtigwerden von etwas tief Vergangenem, eine fürchterliche Ge30 dächtnisauffrischung; und der Geschichte eigentlicher Ursprung ist mindestens bis zu dem unberechenbaren Zeitpunkt zurückzuverlegen, wo die »Lemuria« genannte Festlandinsel, die ihrerseits nur ein Überrest des alten Gondwanakontinentes war, in den Wogen des Indischen Ozeans verschwand.

Was uns beschäftigt, ist nicht die bezifferbare Zeit. Es ist vielmehr ihre Aufhebung im Geheimnis der Vertauschung von Überlieferung und Prophezeiung, welche dem Worte »Einst« seinen Doppelsinn von Vergangenheit und Zukunft und damit seine Ladung potentieller Gegenwart verleiht. Hier hat die Idee der Wiederverkörperung ihre Wurzeln. Die Könige von Babel und beider Ägypten, jener bartlockige Kurigalzu sowohl wie der Horus im Palaste zu Theben, genannt Amun-ist-zufrieden, und alle ihre Vorgänger und Nachfolger *waren* Erscheinungen des Sonnengottes im Fleische – das heißt, der Mythus wurde in ihnen zum Mysterium, und zwischen Sein und Bedeuten fehlte es an jedem Unterscheidungsraum. Zeiten, in denen man darüber streiten konnte, ob die Oblate der Leib des Opfers »sei« oder ihn nur »bedeute«, sollten erst dreitausend Jahre später sich einstellen; aber auch diese höchst müßigen Erörterungen haben nichts daran zu ändern vermocht, daß das Wesen des Geheimnisses zeitlose Gegenwart ist und bleibt. Das ist der Sinn des Begängnisses, des Festes. Jede Weihnacht wieder wird das welterrettende Wiegenkind zur Erde geboren, das bestimmt ist, zu leiden, zu sterben und aufzufahren. Und wenn Joseph zu Sichem oder Beth-Lahama um die Mittsommerzeit beim »Fest der weinenden Frauen«, dem »Fest des Lampenbrennens«, dem Tammuzfest den Mordtod des »vermißten Sohnes«, des Jüngling-Gottes, Usir-Adonai's, und seine Auferstehung unter viel Flötengeschluchz und Freudengeschrei in ausführlicher Gegenwart erlebte, dann waltete ebenjene Aufhebung der Zeit im Geheimnis, die uns angeht, weil sie alle logische Anstößigkeit entfernt von einem Denken, welches in jeder Heimsuchung durch Wassersnot einfach die Sintflut erkannte.

6

Der Geschichte der Flut zur Seite steht diejenige des Großen Turmes. Gemeingut gleich jener, besaß sie örtliche Gegenwart da und dort und bot ebensoviel Anlaß zur Kulissenbildung und träumerischen Vertauschung wie sie. Daß zum Beispiel Joseph den Sonnen-Tempelturm von Babel, genannt Esagila oder Haus der Haupterhebung, schlechthin für den Großen Turm selber hielt, ist ebenso gewiß wie entschuldbar. Schon der Wanderer aus Ur hatte ihn zweifellos dafür gehalten, und nicht nur in Josephs Lebenskreis, sondern vor allem im Lande Sinear selbst hielt man ihn unbedingt dafür. Allen Chaldäern bedeutete der uralte und ungeheuere, nach ihrer Meinung von Bel, dem Schöpfer, selbst mit Hilfe der erst geschaffenen Schwarzköpfigen erbaute, von Chammuragasch, dem Gesetzgeber, aufgefrischte und ergänzte sieben Stockwerk hohe Terrassenturm Esagila's, von dessen bunt emaillierter Pracht Joseph eine Vorstellung hatte, das Anschaulichwerden und gegenwärtige Erlebnis eines urweither übermachten Inbegriffs: Des Turmes, des bis an den Himmel ragenden Bauwerks von Menschenhand. Daß in Josephs besonderer Welt die Turm-Märe sich mit weiteren und eigentlich unzugehörigen Vorstellungen, mit der Idee der »Zerstreuung« etwa, verband, ist allein aus des Mondmannes persönlichem Verhalten, seiner Ärgernisnahme und Auswanderung zu erklären; denn für die Leute von Sinear hatten die Migdals oder Burgtürme ihrer Städte durchaus nichts mit jenem Begriff zu schaffen, sondern im Gegenteil hatte Chammuragasch, der Gesetzgeber, ausdrücklich aufschreiben lassen, er habe ihre Spitzen hoch gemacht, um das zerfahren auseinanderstrebende Volk unter seiner, des Gesandten, Herrschaft »wieder zusammenzubringen«. Aber der Mondmann hatte daran im Sinne der Gottheit Ärgernis genommen und sich gegen Nimrods königliche Sammlungsabsichten zer-

streut; dadurch gewann in Josephs Heimat das Vergangene, das
in Gestalt Esagila's gegenwärtig war, einen Einschlag des Zukünftigen und der Prophetie: Ein Gericht schwebte über dem
himmelan getürmten Trotzmal von Nimrods Königsvermes-
senheit; kein Ziegel sollte davon auf dem anderen bleiben und
seine Erbauer verwirrt und zerstreut werden vom Herrn der
Götter. So lehrte der alte Eliezer es den Sohn Jaakobs und
wahrte so den Doppelsinn des »Einst«, seine Mischung aus Mär
und Verkündigung, deren Ergebnis das zeitlos Gegenwärtige,
der Turm der Chaldäer war.

An ihn also heftete sich für Joseph die Kunde vom Großen
Turm. Aber es ist ja klar, daß Esagila nur einer Dünenkulisse
gleichkommt auf der unermeßlichen Wanderung nach diesem,
– eine wie andere mehr. Auch die Leute von Mizraim schauten
den Turm als Gegenwart, in Gestalt von König Chufu's erstaun-
lichem Wüstengrabmal. Und in Landen, von deren Existenz
weder Joseph noch der alte Eliezer die blasseste Ahnung hatten,
mitten in Amerika nämlich, hatten die Leute auch ihren
»Turm« oder ihr Gleichnis des Turmes, die große Pyramide von
Cholula, deren Ruinen Ausmaße zeigen, welche den Ärger und
Neid König Chufu's notwendig hätten erregen müssen. Die
Leute von Cholula haben immer bestritten, dies Riesenwerk
selbst errichtet zu haben. Sie erklärten es wirklich für Riesenwerk: Einwanderer aus dem Osten, versicherten sie, überlege-
nes Volk, das von trunkener Sehnsucht nach der Sonne erfüllt
gewesen, hätten es mit Begeisterungskraft aus Ton und Erd-
harz aufgetürmt, um sich dem geliebten Gestirn zu nähern.
Mehreres spricht für die Vermutung, daß die fortgeschrittenen
Fremden atlantische Kolonisten gewesen sind, und es scheint,
daß diese Sonnenverehrer und eingefleischten Astronomen
überall, wohin sie kamen, nichts Eiligeres zu tun hatten, als vor
den Augen der staunenden Ureinwohner mächtige Gestirn-
warten zu errichten, nach dem Vorbilde heimischer Hochbau-

ten und namentlich des ragenden Götterberges inmitten ihres Landes, von welchem Plato erzählt. In Atlantis also mag das Urbild des Großen Turmes zu suchen sein. Jedenfalls vermögen wir seine Geschichte nicht weiter zurückzuverfolgen und beenden hier unsere Studien über diesen seltsamen Gegenstand.

7

Wo aber lag das Paradies? Der »Garten im Osten«? Der Ort der Ruhe und des Glückes, die Heimat des Menschen, wo er vom schlimmen Baume gekostet und von wo er vertrieben worden war oder eigentlich sich selbst vertrieben und sich zerstreut hatte? Der junge Joseph wußte es so gut, wie er von der Flut wußte, und aus denselben Quellen. Er mußte etwas lächeln, wenn er syrische Wüstenbewohner dafürhalten hörte, die große Oase Damaskus sei das Paradies – denn Himmlischeres könne man nicht erträumen, als wie sie gebettet sei zwischen königlichem Gebirg und Wiesenseen in Obstwald und lieblich bewässerte Gärten, wimmelnd von allerlei Volk und voll üppigen Austausches. Auch zuckte er aus Höflichkeit zwar nicht mit den Achseln, tat es aber innerlich, wenn Männer von Mizraim erklärten, die Stätte des Gartens sei selbstverständlich Ägypten gewesen, denn dieses sei Mitte und Nabel der Welt. Das meinten die bartlockigen Männer von Sinear wohl auch, daß ihre Königsstadt, die sie »Pforte Gottes« und »Band Himmels und der Erde« nannten (der Knabe Joseph sprach es ihnen in ihrer weltläufigen Mundart nach: »Bab-ilu, markas šamê u irsitim«, sagte er gewandt) – daß also Babel der Welt heiliger Mittelpunkt sei. Aber Joseph hatte über diese Frage des Weltnabels nähere und wahrere Nachrichten, und zwar aus der Lebensgeschichte seines guten, sinnenden und feierlichen Vaters, welcher, ein junger Mann noch, auf der Reise von »Siebenbrunnen«, der Seinen Wohnsitz, gen Naharajim zum Oheim nach Charran ganz unverhofft und unwissend auf die wirkliche Pforte des Himmels, den wahren Weltnabel gestoßen war: auf die Hügelstätte Luz mit ihrem heiligen Steinkreise, die er dann Beth-el, Haus Gottes, geheißen hatte, weil ihm hier, dem vor Esau Flüchtigen, die schauerlich größte Offenbarung seines Lebens zuteil geworden. Hier oben, wo Jaakob das steinerne Kopfkissen aufgerichtet hatte als ein Mal und es mit Öl begossen, hier war fortan für Die um Joseph die Mitte der Welt und dieser Ort das Mutterband Himmels und der Erde; aber das Paradies hatte auch hier nicht gelegen, sondern in Gegenden des Anfangs und der Heimat, irgendwo dort, nach Josephs kindlicher Überzeugung, die übrigens eine viel angenommene Überzeugung war, von wo der Mann der Mondstadt einst ausgezogen, im unteren Sinear, dort, wo der Strom sich auflöste und das feuchte Land zwischen seinen Armen noch heute von Süßkost tragenden Bäumen strotzte.

Daß hier, im südlichen Babylonien irgendwo, Eden zu suchen und Adams Leib aus babylonischer Erde gemacht worden sei, ist lange die bevorzugte Lehre der theologischen Wissenschaft geblieben. Dennoch handelt es sich noch einmal um die uns schon vertraute Kulissenwirkung, um jenes System von Vorlagerungen, örtlichen Ansiedelungen und Zurückverweisungen, das wir mehrfach zu studieren Gelegenheit hatten, – nur daß es sich hier auf eine überbesondere, im wörtlichsten Sinn verlockende, über das Irdische hinaus lockende und hinüberschreitende Art darum handelt; nur daß der Brunnenschlund der Menschengeschichte hier seine ganze Tiefe erweist, die keine zu messende Tiefe ist, – eine Bodenlosigkeit vielmehr, auf welche endlich weder der Begriff der Tiefe noch derjenige der Finsternis mehr Anwendung findet, sondern im Gegenteil die Vorstellung der Höhe und des Lichtes: der lichten Höhe nämlich, aus welcher *der Fall* geschehen konnte, dessen Geschichte mit der Erinnerung unserer Seele an den Garten des Glückes untrennbar verbunden ist.

Die überlieferte Ortsbeschreibung des Paradieses ist in einer Hinsicht genau. Es sei, heißt es, von Eden ausgegangen ein Strom, zu tränken den Garten, und habe sich von da in vier Weltwasser geteilt: den Pison, Gihon, Euphrat und Hiddekel. Der Pison, so fügt die Auslegung hinzu, sei auch Ganges genannt; er fließe um das ganze Inderland und bringe mit sich das Gold. Der Gihon, das sei der Nilus, der größte Strom der Welt, der fließe um das Mohrenland. Doch Hiddekel, der pfeilschnelle Strom, sei der Tigris, der vor Assyrien fließt. Dies letztere ist unbestritten. Bestritten aber, und von ansehnlicher Seite, ist die Einerleiheit des Pison und Gihon mit Ganges und Nil. Gemeint seien vielmehr der Araxes, der ins Kaspische Meer, und der Halys, der in das Schwarze geht, wie denn die Stätte des Paradieses in Wahrheit zwar im babylonischen Gesichtskreise, aber nicht in Babylonien, sondern in dem armenischen Alpenlande nördlich der Mesopotamischen Ebene zu denken sei, wo jene Ströme nahe beieinander entspringen.

Nicht ohne vernünftigen Beifall vernimmt man die Lehre. Denn falls, wie ehrwürdigste Nachricht es will, der »Phrat« oder Euphrat im Paradiese entsprang, so ist die Annahme nicht haltbar, daß dieses in seinem Mündungsgebiet gelegen gewesen sei. Mit solcher Einsicht aber und indem man dem Lande Armenien die Palme reichte, wäre höchstens der Schritt zur nächstfolgenden Wahrheit getan; man hielte eben nur eine Kulisse und Verwechselung weiter.

Vier Seiten, so lehrte schon der alte Eliezer es den Joseph, hat Gott der Welt verliehen: Morgen, Abend, Mittag und Mitternacht, bewacht am Stuhle der Herrschaft selbst von vier heiligen Tieren und vier Engelswächtern, welche auf diese Grundbedingung ein unbewegliches Auge haben. Wendeten nicht auch die unterägyptischen Pyramiden ihre mit glänzendem Zement bedeckten Breitseiten genau nach den vier Weltrichtungen? So war die Anordnung der Paradiesesströme gedacht.

Sie sind ihrem Laufe nach gleich Schlangen vorzustellen, deren Schwanzspitzen sich berühren und deren Mündungshäupter weit voneinander liegen, so daß sie denn nach den vier Himmelsrichtungen auseinanderstreben. Das nun ist eine offenkundige Übertragung. Es ist die nach Vorderasien verlegte Wiederholung einer Geographie, die uns von anderer, abhanden gekommener Stelle her wohlvertraut ist: von Atlantis nämlich, woselbst, nach Plato's Mitteilung und Beschreibung, von dem inmitten der Insel aufragenden Götterberge dieselben vier Ströme auf dieselbe Art, das heißt kreuzweise, nach den vier Weltseiten ausgingen. Jeder gelehrte Streit über der »Heuptwasser« erdkundliche Bedeutung und über die Stätte des Gartens selbst hat das beschwichtigende Gepräge des Müßigen gewonnen durch eine Zurückführung, aus der erhellt, daß der da und dort angesiedelte Paradiesgedanke seine Anschaulichkeit aus der Erinnerung der Völker an ein entschwundenes Land bezog, wo eine weise fortgeschrittene Menschheit in ebenso milder wie heiliger Ordnung glückselige Zeiten verbracht hatte. Daß hier eine Vermengung der Überlieferung vom eigentlichen Paradiese mit der Sage eines Goldenen Zeitalters der Menschheit walte, ist nicht zu verkennen. Mit vielem Recht, wie es scheint, nimmt die Erinnerung an ein solches auf das hesperische Land bezug, wo, wenn nicht alle Nachrichten trügen, ein großes Volk unter Bedingungen von nicht wieder erreichter Gunst sein kluges und frommes Wesen getrieben hat. Der »Garten in Eden« aber, die Stätte der Heimat und des Falles, war es mitnichten; auf der zeitlich-räumlichen Wanderung nach dem Paradiese bildet es nur ein kulissenhaft scheinbares Wegesziel; denn den Urmenschen, den Adamiten, sucht die erdgeschichtliche Altertumskunde in Zeiten und Räumen, deren Untergang vor der Besiedelung von Atlantis liegt.

Blendwerk und hinlockende Fopperei einer Wanderschaft!

Denn war es möglich, war es verzeihlich, wenn auch betrüglich, das Land der goldenen Äpfel, in dem die vier Ströme gingen, dem Paradiese gleichzusetzen, – wie sollte ein solcher Irrtum, noch bei dem besten Willen zur Selbsttäuschung, statthaben können angesichts der lemurischen Welt, welche die nächste, die fernste Vorlagerung bildet und wo die gequälte Larve des Menschenwesens, ein Bild, in welchem das eigene wiederzuerkennen der hübsche und schöne Joseph sich mit begreiflichster Entrüstung geweigert haben würde, im Verzweiflungskampf mit gepanzerten Fleischgebirgen von Raubmolchen und fliegenden Echsen seinen Lust- und Angsttraum vom Leben erlitt? Das war der »Garten in Eden« nicht, es war die Hölle. Vielmehr es war der erste, verfluchte Zustand nach dem Fall. Nicht hier, nicht am Anfange von Zeit und Raum wurde die Frucht vom Baume der Lust und des Todes gebrochen und gekostet. Das liegt vorher. Der Brunnen der Zeiten erweist sich als ausgelotet, bevor das End- und Anfangsziel erreicht wird, das wir erstreben; die Geschichte des Menschen ist älter als die materielle Welt, die seines Willens Werk ist, älter als das Leben, das auf seinem Willen steht.

8

Eine lange, auf wahrster Selbstempfindung des Menschen beruhende Denküberlieferung, entsprungen in frühen Tagen, als Erbgut eingegangen in die Religionen, Prophetien und einander ablösenden Erkenntnislehren des Ostens, in Avesta, Islam, Manichäertum, Gnosis und Hellenistik, betrifft die Gestalt des ersten oder des vollkommenen Menschen, des hebräischen adam qadmon, zu fassen als ein Jünglingswesen aus reinem Licht, geschaffen vor Weltbeginn als Urbild und Inbegriff der Menschheit, an welches sich wandelbare, doch im Entscheidenden übereinstimmende Lehren und Berichte knüpfen. Der

Urmensch, heißt es, sei zu allem Anfange der erkorene Streiter Gottes im Kampfe gegen das in die junge Schöpfung eindringende Böse gewesen, sei aber dabei zu Schaden gekommen, von den Dämonen gefesselt, in die Materie verhaftet, seinem Ursprung entfremdet, durch einen zweiten Abgesandten der Gottheit jedoch, der geheimnisvollerweise wieder er selbst, sein eigenes höheres Selbst gewesen sei, aus der Finsternis der irdisch-leiblichen Existenz befreit und in die Lichtwelt zurückgeführt worden, wobei er aber Teile seines Lichtes habe zurücklassen müssen, die zur Bildung der materiellen Welt und der Erdenmenschen mitbenutzt worden seien: Wunderbare Geschichten, in denen ein freilich schon hörbares erlösungsreligiöses Element noch hinter kosmogonischen Absichten zurücktritt; denn wir hören, der urmenschliche Gottessohn habe in seinem Lichtkörper die sieben Metalle enthalten, denen die sieben Planeten entsprechen und aus denen die Welt aufgebaut sei. Dies wird auch so ausgedrückt, daß jenes aus dem väterlichen Urgrunde hervorgegangene Licht-Menschenwesen durch die sieben Planetensphären herabgestiegen sei und von jedem der Sphärenherrscher Anteil an dessen Natur erhalten habe. Dann aber habe er niederschauend sein Spiegelbild in der Materie erblickt, habe es liebgewonnen, sich zu ihm hinabgelassen und sei so in die Bande der niederen Natur geraten. Eben hierdurch erkläre sich die Doppelnatur des Menschen, welche die Merkmale göttlicher Herkunft und wesentlicher Freiheit mit schwerer Verfesselung in die niedere Welt unentwirrbar vereinige.

In diesem narzissischen Bilde voll tragischer Anmut beginnt der Sinn der Überlieferung sich zu reinigen; denn solche Sinnesreinigung vollzieht sich in dem Augenblick, wo der Niederstieg des Gotteskindes aus seiner Lichtwelt in die Natur aufhört, bloße Gehorsamsfolge eines höheren Auftrages, folglich schuldlos zu sein, und dafür das Gepräge einer selbständigfreiwilligen Sehnsuchtstat, also das der Schuldhaftigkeit gewinnt. Zugleich beginnt die Bedeutung jenes »zweiten Abgesandten« sich zu enträtseln, der, mit dem Lichtmenschen in höherem Sinne identisch, gekommen sei, ihn aus der Verstrikkung ins Finstere wieder zu befreien und heimzuführen. Denn nun schreitet die Lehre zu einer Scheidung der Welt in die drei personalen Elemente der Materie, der Seele und des Geistes fort, zwischen denen, im Zusammenspiel mit der Gottheit, jener Roman sich entspinnt, dessen eigentlicher Held die abenteuernde und im Abenteuer schöpferische Seele des Menschen ist und der, ein voller Mythus in seiner Vereinigung von Ur-Kunde und Prophetie des Letzten, über den wahren Ort des Paradieses und die Geschichte des »Falles« klare Auskunft gibt.

Es wird ausgesagt, daß die Seele, das ist: das Urmenschliche, wie die Materie, eines der anfänglich gesetzten Prinzipien war und daß sie Leben, aber kein Wissen besaß. Dies in der Tat so wenig, daß sie, die in Gottes Nähe in einer Hochwelt der Ruhe und des Glückes wohnte, sich von der Neigung – dies Wort im genauen Richtungssinne genommen – zur noch formlosen Materie beunruhigen und verwirren ließ, begierig, sich mit ihr zu vermischen und Formen aus ihr hervorzurufen, an denen sie körperliche Lüste erlangen könnte. Lust und Pein ihrer Leidenschaft aber nahmen, nachdem die Seele sich zum Niedersteigen aus ihrer Heimat hatte verführen lassen, nicht ab, sondern verstärkten sich sogar noch zur Qual durch den Umstand, daß die Materie, eigenwillig und träge, in ihrem gestaltlosen Urzustande durchaus zu verharren wünschte, schlechterdings nichts davon wissen wollte, zum Vergnügen der Seele Form anzunehmen, und der Gestaltung durch sie die erdenklichsten Widerstände entgegensetzte. Hier war es Gott, der eingriff, da er wohl fand, daß ihm bei solchem Stande der Dinge nichts übrigbleibe, als der Seele, seiner abwegigen Mitgegebenheit, zu Hilfe zu kommen. In ihrem Liebesringen mit der widerspenstigen Materie unterstützte er sie; er schuf die Welt, das heißt: dem Urmenschlichen behilflich, brachte er feste, langlebige Formen in ihr hervor, damit die Seele an diesen Formen körperliche Lüste erlange und Menschen erzeuge. Gleich danach aber, in weiterer Verfolgung eines überlegen ersonnenen Planes, tat er ein Zweites. Er sandte, so heißt es wörtlich in dem Referat, das wir anziehen, aus der Substanz seiner Göttlichkeit den *Geist* zum Menschen in diese Welt, damit er die Seele im Gehäuse des Menschen aus ihrem Schlafe wecke und ihr auf Befehl seines Vaters zeige, daß diese Welt nicht ihre Statt und ihr sinnliches Leidenschaftsunternehmen eine Sünde gewesen sei, als deren Folge die Erschaffung dieser Welt betrachtet werden müsse. Was in Wahrheit der Geist der in die Materie verhafteten Menschenseele beständig klarzumachen sucht und woran er sie immerdar zu mahnen hat, ist eben dies, daß erst durch ihre törichte Vermischung mit der Materie die Bildung der Welt erfolgt ist und daß, wenn sie sich von dieser trennt, der Formenwelt alsbald keine Existenz mehr bleibt. Die Seele zu dieser Einsicht zu erwecken, ist also der Auftrag des Geistes, und es geht sein Hoffen und Betreiben dahin, die leidenschaftliche Seele werde, von diesem ganzen Sachverhalt in Kenntnis gesetzt, die heimatliche Hochwelt endlich wiedererkennen, sich die niedere Welt aus dem Sinne schlagen und ihre eigene, die Sphäre der Ruhe und des Glückes wieder erstreben, um dorthin heimzugelangen. In demselben Augenblick, wo dies geschieht, wird diese niedere Welt sich aufheben; die Materie wird ihren trägen Eigenwillen zurückerhalten; sie wird aus der Formgebundenheit gelöst werden, sich der Formlosigkeit wieder erfreuen dürfen wie in Urewigkeit und also ebenfalls auf ihre Art wieder glücklich sein.

So weit die Lehre und der Roman der Seele. Es ist kein Zweifel, daß hier das letzte »Zurück« erreicht, die höchste Vergangenheit des Menschen gewonnen, das Paradies bestimmt und die Geschichte des Sündenfalls, der Erkenntnis und des Todes auf ihre reine Wahrheitsform zurückgeführt ist. Die Urmenschenseele ist das Älteste, genauer ein Ältestes, denn sie war immer, vor der Zeit und den Formen, wie Gott immer war und 5 auch die Materie. Was den Geist betrifft, in dem wir den zur Heimführung der Seele befohlenen »zweiten Abgesandten« erkennen, so ist er ihr zwar auf unbestimmte Art hochverwandt, doch nicht sie selbst noch einmal, denn er ist jünger: eine Aussendung Gottes zum Zweck ihrer Belehrung und Befreiung 10 und damit zur Aufhebung der Formenwelt. Wenn in gewissen Wendungen der Lehre die höhere Einerleiheit von Seele und Geist behauptet oder allegorisch angedeutet ist, so hat das gleichwohl seinen guten Sinn, welcher sich nicht etwa darin erschöpft, daß die Urmenschenseele anfänglich als Streiter Got- 15 tes gegen das Böse in der Welt gefaßt und die ihr zugeschriebene Rolle also derjenigen sehr verwandt ist, welche später dem zu ihrer eignen Befreiung entsandten Geiste zufällt. Vielmehr läßt die Lehre es an der Erläuterung jenes Sinnes darum fehlen, weil sie nicht zur vollständigen Ausgestaltung der Rolle ge- 20 langt, die *der Geist* in dem Roman der Seele spielt, und nach dieser Richtung deutlich der Ergänzung bedarf.

Der Auftrag des Geistes in dieser aus der hochzeitlichen Erkenntnis von Seele und Materie entstandenen Welt der Formen und des Todes ist vollkommen eindeutig und klar umrissen. 25 Seine Sendung besteht darin, der selbstvergessen in Form und Tod verstrickten Seele das Gedächtnis ihrer höheren Herkunft zu wecken; sie zu überzeugen, daß es ein Fehler war, sich mit der Materie einzulassen und so die Welt hervorzurufen; endlich ihr das Heimweh bis zu dem Grade zu verstärken, daß sie 30 sich eines Tages völlig aus Weh und Wollust löst und nach Hause schwebt, – womit ohne weiteres das Ende der Welt erreicht, der Materie ihre alte Freiheit zurückgegeben und der Tod aus der Welt geschafft wäre. Wie es nun aber geschieht, daß der Gesandte eines Königreiches bei einem anderen, feindlichen, wenn er sich lange dort aufhält, im Sinne seines eigenen Landes der Verderbnis verfällt, indem er nämlich auf dem Wege der Einbürgerung und der Angleichung und Abfärbung unvermerkt in die Denkweise und auf den Interessenstandpunkt des 5 feindlichen hinübergleitet, so daß er zur Vertretung der heimischen Interessen untauglich wird und abberufen werden muß: so oder ähnlich ergeht es in seiner Sendung dem Geiste. Je länger sie währt, je länger er sich hier unten diplomatisch betätigt, desto deutlicher erfährt – vermöge jener Gesandten- 10 verderbnis – seine Tätigkeit einen inneren Bruch, der in höherer Sphäre kaum verborgen geblieben sein dürfte und aller Mutmaßung nach schon zu seiner Abberufung geführt hätte, wenn die Frage eines zweckmäßigen Ersatzes leichter zu lösen wäre, als sie es anscheinend ist. 15

Es unterliegt keinem Zweifel, daß seine Rolle als Vernichter und Totengräber der Welt den Geist auf die Länge des Spieles schwer zu genieren beginnt. So nämlich wandelt sich unter dem abfärbenden Einfluß seines Aufenthaltes der Gesichtswinkel, unter dem er die Dinge erblickt, daß er, nach seiner 20 Auffassung gesandt, den Tod aus der Welt zu schaffen, sich nun im Gegenteil als das tödliche Prinzip empfinden lernt, als das, welches den Tod über die Welt bringt. Das ist in der Tat eine Frage des Gesichtspunktes und der Auffassung; man kann es so beurteilen und auch wieder so. Nur sollte man wissen, welches 25 Denkverhalten einem zukommt und zu welchem man von Hause verpflichtet ist, sonst greift ebenjene Erscheinung Platz, die wir sachlich Verderbnis nannten, und man entfremdet sich seinen natürlichen Aufgaben. Eine gewisse Charakterschwäche des Geistes tritt hier zu Tage, dergestalt, daß er seinen Ruf, das 30 tödliche und auf Zerstörung der Formen ausgehende Prinzip zu sein – diesen Ruf, in welchen zudem er selbst aus eigenem Wesen, aus eigenem, auch gegen sich selbst sich richtenden

Urteilsdrange größten Teiles sich gebracht hat –, sehr schlecht erträgt und seine Ehre daran setzt, ihn loszuwerden. Nicht, daß er vorsätzlich zum Verräter an seiner Sendung würde; aber gegen seine Absicht, unter dem Zwange jenes Antriebes und einer Regung, die man als unerlaubte Verliebtheit in die Seele und ihr leidenschaftliches Treiben bezeichnen könnte, drehen sich ihm die Worte im Munde um, so daß sie der Seele und ihrem Unternehmen zu Gefallen lauten und, aus einer Art von neigungsvollem Witz gegen seine eigenen reinen Ziele, zugunsten des Lebens und der Formen sprechen. Ob freilich dem Geiste ein solches verräterisches oder verratähnliches Verhalten auch nur nützt; ob er nicht jedenfalls und sogar noch auf diese Weise gar nicht umhin kann, dem Zwecke zu dienen, dessentwegen er gesandt ist, nämlich der Aufhebung der materiellen Welt durch die Lösung der Seele aus ihr, und ob er nicht dies auch selbst ganz genau weiß, also nur deshalb so handelt, weil er im Grunde gewiß ist, es sich erlauben zu können, – die Frage bleibt offen. Auf jeden Fall kann man in dieser witzig-selbstverleugnerischen Vereinigung seines Willens mit dem der Seele die Erläuterung jener allegorischen Wendung der Lehre erblicken, der »zweite Abgesandte« sei ein anderes Selbst des zur Bekämpfung des Bösen entsandten Lichtmenschen gewesen. Ja, es ist möglich, daß in dieser Wendung eine prophetische Hindeutung auf geheime Ratschlüsse Gottes verborgen liegt, die von seiten der Lehre für zu heilig und undurchsichtig erachtet wurden, um geradehin ausgesprochen zu werden.

9

Alles mit Ruhe betrachtet, kann von einem »Sündenfall« der Seele oder des uranfänglichen Lichtmenschen nur bei starker moralischer Überspitzung die Rede sein. Versündigt hat die Seele sich allenfalls an sich selbst: durch die leichtsinnige Op-

ferung ihres ursprünglich ruhigen und glücklichen Zustandes,
aber nicht an Gott, indem sie etwa durch ihr leidenschaftliches
Verhalten gegen sein Verbot verstoßen hätte. Ein solches Verbot war, wenigstens der von uns angenommenen Lehre zufolge, nicht ergangen. Wenn fromme Überlieferung dennoch davon berichtet, nämlich von dem Verbote Gottes an die ersten
Menschen, vom Baum der Erkenntnis »Gutes und Böses« zu
essen, so ist erstens zu bedenken, daß es sich hier um einen
sekundären und schon irdischen Vorgang handelt, um die
Menschen, welche unter Gottes eigener schöpferischer Beihilfe
aus der Erkenntnis der Materie durch die Seele entstanden
waren; und wenn Gott wirklich mit ihnen diese Probe anstellte,
so ist kein Zweifel darüber zulässig, daß er sich über den Ausgang im voraus im klaren war, und dunkel bleibt nur, warum er
es nicht lieber vermied, durch Erlassung eines Verbotes, dessen
Nichtbefolgung sicher war, die Schadenfreude seiner dem
Menschentum sehr mißgünstig gesinnten englischen Umgebung zu erregen. Da aber zweitens die Wendung »Gutes und
Böses« ohne jeden Zweifel und anerkanntermaßen Glosse und
Zusatz zum reinen Texte ist und es sich in Wahrheit um Erkenntnis schlechthin handelt, welche nicht das moralische
Unterscheidungsvermögen zwischen Gut und Böse, sondern
den Tod zur Folge hat: so stehen der Erklärung kaum Bedenken
entgegen, daß auch die Nachricht vom »Verbote« schon einen
wohlgemeinten, aber unzutreffenden Zusatz dieser Art vor-
stellt.

Hierfür spricht geradezu alles, in der Hauptsache aber dies,
daß Gott sich über die sehnsüchtige Handlungsweise der Seele
nicht etwa erzürnte, sie nicht verstieß oder ihr irgendeine Strafe
zufügte, welche über das Maß von Leid, das sie sich selber
freiwillig zuzog und das freilich durch Lust aufgewogen wurde,
hinausgegangen wäre. Vielmehr ist deutlich, daß er beim Anblick der Passion der Seele, wenn nicht von Sympathie, so doch

von Mitleid ergriffen wurde; denn sofort kam er ihr ungerufen zu Hilfe, griff persönlich in ihren erkennenden Liebeskampf mit der Materie ein, indem er die Todeswelt der Formen daraus hervorgehen ließ, damit die Seele ihre Lust daran finden könne: ein Verhalten Gottes, worin in der Tat Mitleid von Sympathie sehr schwer oder überhaupt nicht zu unterscheiden ist.

Von Sünde im Sinn einer Verletzung Gottes und seines ausgesprochenen Willens kann in solchem Zusammenhang nur halb zutreffend gesprochen werden, besonders wenn man die eigentümliche Angelegentlichkeit des Verhältnisses Gottes zu dem Geschlecht in Erwägung zieht, das aus der Vermischung von Seele und Materie entstanden war, dem Menschenwesen, welches unverkennbar und aus guten Gründen von Anfang an ein Gegenstand der Eifersucht der Engel war. Auf Joseph machte es tiefen Eindruck, wenn der alte Eliezer ihm von diesen Beziehungen sprach, und dieser sprach davon ganz in dem Sinn, wie wir es noch heute in hebräischen Kommentaren zur Urgeschichte lesen. Hätte, heißt es dort, Gott nicht verschwiegen und weislich für sich behalten, daß nicht nur Gerechte, sondern auch Böse vom Menschen herkommen würden, so wäre vom Reich der Strenge die Erschaffung des Menschen gar nicht zugelassen worden. Solche Worte gewähren einen bedeutenden Einblick in die Verhältnisse. Sie lehren vor allem, daß »Strenge« nicht sowohl Gottes eigene Sache, als vielmehr die seiner Umgebung ist, – von der er in einem gewissen, wenn auch natürlich nicht ausschlaggebenden Grade abhängig zu sein scheint, da er es, aus Besorgnis, es möchten ihm von dieser Seite Schwierigkeiten gemacht werden, lieber unterließ, ihr über das, was im Werke war, reinen Wein einzuschenken, und nur einiges anzeigte, anderes aber verschwieg. Deutet aber dies nicht viel mehr darauf hin, daß ihm an der Weltschöpfung gelegen war, als darauf, daß sie ihm entgegen gewesen wäre? Wenn also die Seele zu ihrem Unternehmen von Gott nicht geradezu aufgefordert und ermutigt worden sein sollte, – gegen seinen Sinn handelte sie keineswegs, sondern nur gegen den der Engel, deren wenig freundliche Gesinnung gegen den Menschen freilich von vornherein feststeht. Gottes Schöpfung der guten und bösen Lebenswelt und seine Teilnahme für sie erscheint ihnen als majestätische Schrulle, über die sie pikiert sind, da sie, wahrscheinlich mit mehr Recht als Unrecht, Überdruß an ihrer lobsingenden Reinheit dahinter vermuten. Erstaunte und vorwurfsvolle Fragen, wie: »Was ist der Mensch, o Herr, daß du sein gedenkest?«, schweben ihnen beständig auf den Lippen, und Gott antwortet ihnen schonend, begütigend, ausweichend, zuweilen auch gereizt und in einem für sie entschieden demütigenden Sinn. Der Sturz Semaels, eines sehr großen Fürsten unter den Engeln, da er zwölf Paar Flügel besaß, die heiligen Tiere und die Seraphim aber nur je sechs, ist gewiß nicht einfach zu begründen, muß aber unmittelbar auf diese Konflikte zurückgeleitet werden, wie es unter Josephs gespannter Aufmerksamkeit aus Eliezers Belehrungen hervorging. Semael war es namentlich immer gewesen, der die Empfindlichkeit der Engel gegen den Menschen, oder eigentlich über Gottes Teilnahme für diesen, geschürt hatte; und als eines Tages Gott die Heerscharen aufforderte, sich vor Adam, seiner Vernunft wegen und weil er alle Dinge bei Namen zu nennen wußte, zu verbeugen, kamen zwar sie, wenn auch teils mit heimlichem Lächeln, teils mit zusammengezogenen Brauen, dieser Anordnung nach, Semael aber tat es nicht. Denn er erklärte mit wilder Offenheit, es sei Unsinn, daß die aus dem Glanz der Herrlichkeit Erschaffenen vor dem aus Staub und Erde Gemachten niedersänken, – und eben bei dieser Gelegenheit wurde er gestürzt, was nach Eliezers Beschreibung von weitem ausgesehen hatte, wie wenn ein Stern fällt. Aber war es auch den übrigen Engeln gewiß auf immer in die Glieder gefahren, und ließen sie von da an in betreff des Menschen äußerste Vorsicht walten, so bleibt doch klar und deutlich, daß jedes Überhandnehmen der Sündhaftigkeit auf Erden, wie etwa vor der Flut und zu Sodom und Gomorra, regelmäßig einen Triumph für die heilige Umgebung und eine Verlegenheit für den Schöpfer bedeutet, welcher dann gezwungen ist, fürchterlich aufzuräumen – und zwar weniger nach eigenem Sinn als unter dem moralischen Druck der Himmel. Werden aber diese Dinge mit Recht herausgefühlt: wie steht es dann um die Aufgabe des »zweiten Abgesandten«, des Geistes, und ist er wirklich gesandt, die Aufhebung der materiellen Welt durch die Lösung der Seele aus ihr und ihre Heimführung zu betreiben?

Die Vermutung ist möglich, daß dies nicht Gottes Meinung ist und daß der Geist tatsächlich nicht, seinem Rufe gemäß, der Seele nachgesandt wurde, um den Totengräber der von ihr unter gütiger Beihilfe Gottes geschaffenen Formenwelt zu spielen. Das Geheimnis ist vielleicht ein anderes, und vielleicht beruht es in dem Sinn der Lehre, der zweite Gesandte sei der zuerst gegen das Böse entsandte Lichtmensch noch einmal gewesen. Wir wissen längst, daß das Geheimnis die Zeitfälle frei behandelt und sehr wohl in der Vergangenheit sprechen mag, wenn es die Zukunft meint. Es ist möglich, daß die Aussage, Seele und Geist seien eins gewesen, eigentlich aussagen will, daß sie einmal eins werden sollen. Ja, dies erscheint um so denkbarer, als der Geist von sich aus und ganz wesentlich das Prinzip der Zukunft, das Es wird sein, es soll sein darstellt, während die Frömmigkeit der formverbundenen Seele dem Vergangenen gilt und dem heiligen Es war. Wo hier das Leben ist und wo der Tod, bleibt strittig; denn beide Teile, die naturverflochtene Seele und der außerweltliche Geist, das Prinzip der Vergangenheit und das der Zukunft, nehmen, jedes nach seinem Sinn, in Anspruch, das Wasser des Lebens zu sein, und jedes beschuldigt das andere, es mit dem Tode zu halten: keiner mit Unrecht, da Natur ohne Geist sowohl als Geist ohne Natur wohl schwerlich Leben genannt werden kann. Das Geheimnis aber und die stille Hoffnung Gottes liegt vielleicht in ihrer Vereinigung, nämlich in dem echten Eingehen des Geistes in die Welt der Seele, in der wechselseitigen Durchdringung der beiden Prinzipien und der Heiligung des einen durch das andere zur Gegenwart eines Menschentums, das gesegnet wäre mit Segen oben vom Himmel herab und mit Segen von der Tiefe, die unten liegt.

Dies also wäre als geheime Möglichkeit und letzte Deutung der Lehre in Betracht zu ziehen, – wenn auch stark zu bezweifeln bleibt, daß jenes vorerwähnte, aus allzu lebhafter Empfänglichkeit für den Vorwurf tödlichen Wesens entspringende, selbstverleugnerische und liebedienerische Gebaren des Geistes der rechte Weg zu einem solchen Ziele ist. Möge er der stummen Leidenschaft der Seele nur seinen Witz leihen, die Gräber feiern, die Vergangenheit den alleinigen Quell des Lebens nennen und sich selbst als den boshaften Zeloten und mörderisch lebenknechtenden Willen bekennen und preisgeben: er bleibt, wie er sich stelle, doch, der er ist: der Bote der Mahnung, das Prinzip der Anstoßnahme, des Widerspruchs und der Wanderschaft, welches die Unruhe übernatürlichen Elendes in der Brust eines Einzelnen unter lauter lusthaft Einverstandenen erregt, ihn aus den Toren des Gewordenen und Gegebenen ins abenteuerlich Ungewisse treibt und ihn dem Steine gleichmacht, der, indem er sich löst und rollt, ein unabsehbar wachsendes Rollen und Geschehen einzuleiten bestimmt ist.

10

So bilden sich Anfänge und Vorlagerungen der Vergangenheit, bei denen besondere Erinnerung sich geschichtlich beruhigen mag, wie Joseph bei Ur, der Stadt, und des Ahnen Auszug aus ihr. Eine Überlieferung geistiger Beunruhigung war es, die er im Blute hütete, von der das ihm nahe Leben, Welt und Wandel seines Vaters bestimmt waren und die er wiedererkannte, wenn er die Tafelverse vor sich hinsprach:

5 »Warum bestimmtest du Rastlosigkeit meinem Sohne Gilgamesch,
Gabst ihm ein Herz, das von Ruhe nicht weiß?«

Unkenntnis der Ruhe, Fragen, Horchen und Suchen, ein Werben um Gott, ein bitter zweifelvolles Sichmühen um das Wahre
10 und Rechte, das Woher und Wohin, den eigenen Namen, das eigene Wesen, die eigentliche Meinung des Höchsten, – wie drückte das alles sich, vom Ur-Wanderer her durch die Geschlechter vermacht, in Jaakobs hochgestirnter Greisenmiene, in dem spähend besorgten Blick seiner braunen Augen aus, und
15 wie vertraulich liebte Joseph dies Wesen, das sein selber als eines Adels und einer Auszeichnung bewußt war und, eben als Selbstbewußtsein höherer Sorge und Kümmernis, der Person des Vaters all die Würde, Gehaltenheit, Feierlichkeit verlieh, die ihre Wirkung vervollständigten! Rastlosigkeit und Würde – das
20 ist das Siegel des Geistes, und mit kindlich scheuloser Neigung erkannte Joseph das überlieferte Gepräge auf der Stirn des väterlichen Gebieters, obgleich seine eigene Prägung nicht diese, sondern, stärker von seiner reizenden Mutter her bestimmt, heiterer und unbesorgter war und seine umgängliche Natur
25 sich leichter in Gespräch und Mitteilsamkeit löste. Wie hätte er aber den sinnenden und sorgenden Vater scheuen sollen, da er sich so sehr von ihm geliebt wußte? Die Gewohnheit, geliebt und vorgezogen zu sein, entschied über sein Wesen und gab ihm die Farbe; sie entschied auch über seine Beziehung zum
30 Höchsten, den er sich, sofern es erlaubt war, ihm eine Gestalt zuzuschreiben, genau wie Jaakob vorstellte, indem er ihn sozusagen als eine höhere Wiederholung des Vaters empfand und

von ihm geradeso geliebt zu sein, wie von jenem, treuherzig überzeugt war. Wir wollen hier vorläufig und noch von weitem sein Verhältnis zum Adon des Himmels als »bräutlich« bezeichnen, – wie denn Joseph von babylonischen Frauen wußte, welche, der Ischtar oder Mylitta heilig, ehelos aber zu frommer 5 Hingabe verpflichtet, in Tempelzellen wohnten und »Reine« oder »Heilige«, auch »Bräute Gottes«, »enitu«, genannt wurden. Vom Lebensgefühl dieser enitu war etwas in seinem, also auch von Strenge und Verlobtheit etwas und weiter, im Zusammenhange damit, ein gewisser Einschlag von spielender Phan- 10 tasterei, der uns zu schaffen machen wird, wenn wir erst unten bei ihm sind, und der die Form sein mochte, in welcher das Erbe des Geistes in seinem Falle sich äußerte.

Dagegen verstand oder billigte er, bei aller Verbundenheit, die Form nicht ganz, die es in seines Vaters Falle angenommen 15 hatte: die Sorge, den Gram, die Unrast, – sich äußernd in unüberwindlicher Abneigung gegen ein gegründet seßhaftes Dasein, wie es seiner Würde doch unbedingt wohl angestanden hätte, in seiner immer nur vorläufigen, beweglich-stegreifmäßigen und halb unbehausten Lebenshaltung. Auch er war 20 doch ohne Zweifel von Ihm geliebt, betreut und vorgezogen, – ja, wenn Joseph das war, so sicherlich vor allem um seinetwillen. Gott Saddai hatte ihn reich gemacht in Mesopotamien an Vieh und allerlei Gut, und inmitten der Söhneschar, dem Weibertroß, den Hirten, den Knechten hätte er ein Fürst sein kön- 25 nen unter den Fürsten des Landes und war es auch, nicht nur nach äußerem Gewicht, sondern von Geistes wegen, als »nabi«, das ist »Verkünder«, als ein Wissender, Gotterfahrener und Hochgescheiter, als einer der geistigen Führergreise, auf die das Erbe des Chaldäers gekommen war und in denen man jeweils 30 seine leiblichen Nachkommen erblickt hatte. Nicht anders als in den ausgesuchtesten und umständlichsten Formen verkehrte man mit ihm bei Unterhandlungen und Kaufverträgen, indem man ihn »mein Herr« nannte, von sich selbst aber nur in sehr wegwerfenden Ausdrücken sprach. Warum lebte er nicht mit den Seinen als besitzender Bürger in einer der Städte, in Hebron selbst, Urusalim oder Sichem, in einem festen Hause aus Stein und Holz, unter welchem er seine Toten hätte bestatten können? Warum zeltete er wie ein Ismaelit und Beduine der Wüste außer der Stadt und in offenem Lande, so daß er die Burg von Kirjath Arba nicht einmal sah, bei dem Brunnen, den Höhlengräbern, den Eichen und Terebinthen, in jederzeit aufhebbarem Lager, so, als dürfe er nicht bleiben und wurzeln mit den Anderen, als müsse er von Stunde zu Stunde der Weisung gewärtig sein, die ihn antreiben würde, Hütten und Ställe niederzulegen, Gestänge, Filz und Felle den Lastkamelen aufzupacken und weiterzuziehen? Joseph wußte natürlich, warum. Es mußte so sein, weil man einem Gotte diente, dessen Wesen nicht Ruhe und wohnendes Behagen war, einem Gotte der Zukunftspläne, in dessen Willen undeutliche und große, weitreichende Dinge im Werden waren, der eigentlich selbst, zusammen mit seinen brütenden Willens- und Weltplänen, erst im Werden und darum ein Gott der Beunruhigung war, ein Sorgengott, der gesucht sein wollte und für den man sich auf alle Fälle frei, beweglich und in Bereitschaft halten mußte.

Mit einem Worte: es war der Geist, der würdig machende und auch wieder entwürdigende Geist, der es dem Jaakob verwehrte, in städtisch gegründeter Seßhaftigkeit zu leben; und wenn der kleine Joseph, der nicht ohne Sinn für das weltlich Stattliche, ja Pomphafte war, das zuweilen bedauerte, so nehmen wir es wie andere Züge seines Charakters hin, mit denen wieder andere versöhnen. Was uns betrifft, die wir ausziehen, von alldem zu erzählen und uns somit, ohne äußere Not, in ein unabsehbares Abenteuer zu stürzen (dies »Stürzen« im genauen Richtungssinne genommen): so wollen wir kein Hehl machen aus unserem natürlichen und unbegrenzten Verständnis für des Alten unruhigen Widerwillen gegen die Vorstellung des Bleibens und festen Hausens. Kennen denn wir dergleichen? Ist nicht auch uns Rastlosigkeit bestimmt und ein Herz gegeben, das von Ruhe nicht weiß? Des Erzählers Gestirn – ist es nicht der Mond, der Herr des Weges, der Wanderer, der in seinen Stationen zieht, aus jeder sich wieder lösend? Wer erzählt, erwandert unter Abenteuern manche Station; aber nur zeltender Weise verharrt er dort, weiterer Wegesweisung gewärtig, und bald fühlt er sein Herz klopfen, teils vor Lust, teils auch vor Furcht und Fleischesbangen, aber zum Zeichen jedenfalls, daß es schon weitergeht, in neue, genau zu durchlebende Abenteuer, mit unabsehbaren Einzelheiten, nach dem Willen des unruhigen Geistes.

Schon längst sind wir unterwegs und haben die Station, wo wir flüchtig verweilten, schon weit zurückgelassen, sie schon vergessen, uns schon mit der Welt, der wir entgegenblicken, die uns entgegenblickt, nach Reisendenart von weitem in Beziehung gesetzt, um nicht ganz ungeschickte und stiere Fremde zu sein, wenn sie uns aufnimmt. Währt sie schon allzu lange, die Fahrt? Kein Wunder, denn diesmal ist es eine Höllenfahrt! Es geht hinab und tief hinab unter Tag mit uns Erbleichenden, hinab in den nie erloteten Brunnenschlund der Vergangenheit.

Warum erbleichen wir da? Warum klopft uns das Herz, nicht erst seit dem Aufbruch, sondern schon seit Empfang der ersten Weisung zu diesem Aufbruch, vor Lust nicht nur, sondern sehr stark auch vor Fleischesbangen? Ist nicht das Vergangene Element und Lebensluft des Erzählers, ihm als Zeitfall vertraut und gemäß wie dem Fisch das Wasser? Ja, schon gut. Aber warum will unser neugierig-feiges Herz sich nicht stillen lassen von dieser Vernunft? Doch wohl, weil das Element des Vergangenen, von dem uns dahin und weit dahin tragen zu lassen wir freilich gewohnt sind, ein anderes ist als die Vergangenheit, in die wir nun mit Leibziehen fahren, – die Vergangenheit des

Lebens, die gewesene, die verstorbene Welt, der auch unser
Leben einmal tiefer und tiefer gehören soll, der seine Anfänge
schon in ziemlicher Tiefe gehören. Sterben, das heißt freilich
die Zeit verlieren und aus ihr fahren, aber es heißt dafür Ewigkeit gewinnen und Allgegenwart, also erst recht das Leben.
Denn das Wesen des Lebens ist Gegenwart, und nur mythischer
Weise stellt sein Geheimnis sich in den Zeitformen der Vergangenheit und der Zukunft dar. Dies ist gleichsam des Lebens
volkstümliche Art, sich zu offenbaren, während das Geheimnis
den Eingeweihten gehört. Das Volk sei belehrt, daß die Seele
wandere. Dem Wissenden ist bekannt, daß die Lehre nur das
Kleid des Geheimnisses ist von der Allgegenwart der Seele und
daß ihr das ganze Leben gehört, wenn der Tod ihr Einzelge-
fängnis brach. Wir kosten vom Tode und seiner Erkenntnis,
wenn wir als erzählende Abenteurer in die Vergangenheit fahren: daher unsre Lust und unser bleiches Bangen. Aber lebhafter ist die Lust, und wir verleugnen nicht, daß sie vom Fleische
ist, denn ihr Gegenstand ist der erste und letzte unseres Redens
und Fragens und all unserer Angelegentlichkeit: das Menschenwesen, das wir in der Unterwelt und im Tode aufsuchen,
gleichwie Ischtar den Tammuz dort suchte und Eset den Usiri,
um es zu erkennen dort, wo das Vergangene ist.

Denn es ist, ist immer, möge des Volkes Redeweise auch
lauten: Es war. So spricht der Mythus, der nur das Kleid des
Geheimnisses ist; aber des Geheimnisses Feierkleid ist das Fest,
das wiederkehrende, das die Zeitfälle überspannt und das Gewesene und Zukünftige seiend macht für die Sinne des Volks.
Was Wunder, daß im Feste immer das Menschliche aufgärte
und unter Zustimmung der Sitte unzüchtig ausartete, da darin
Tod und Leben einander erkennen? – Fest der Erzählung, du
bist des Lebensgeheimnisses Feierkleid, denn du stellst Zeit
losigkeit her für des Volkes Sinne und beschwörst den Mythus,
daß er sich abspiele in genauer Gegenwart! Todesfest, Höllen-

fahrt, bist du wahrlich ein Fest und eine Lustbarkeit der Fleischesseele, welche nicht umsonst dem Vergangenen anhängt, den Gräbern und dem frommen Es war. Aber auch der Geist sei mit dir und gehe ein in dich, damit du gesegnet seiest mit Segen oben vom Himmel herab und mit Segen von der Tiefe, die unten liegt!

Hinab denn und nicht gezagt! Geht es etwa ohne Halt in des Brunnens Unergründlichkeit? Durchaus nicht. Nicht viel tiefer als dreitausend Jahre tief – und was ist das im Vergleich mit dem Bodenlosen? Dort tragen die Leute nicht Stirnaugen und Hornpanzer und kämpfen nicht mit fliegenden Echsen: es sind Menschen wie wir – einige träumerische Ungenauigkeit ihres Denkens als leicht verzeihlich in Abzug gebracht. Ähnlich redet der wenig bewanderte Mann sich zu, der reisen soll und den, da es ernst wird, Fieber und Herzklopfen plagen. Geht es denn schließlich, sagt er zu sich, ans Ende der Welt und aus aller Gewohnheit? Gar nicht, sondern nur da- oder dorthin, wo schon viele waren, einen Tag oder zwei von Hause. So auch wir in Hinsicht des Landes, das unser wartet. Ist es das Land, wo der Pfeffer wächst, das Land Ga-Ga, dermaßen neuartig, daß man sich an den Kopf greift in heller Fassungslosigkeit? Nein, sondern ein Land, wie wir's öfters sahen, ein Mittelmeerland, nicht gerade heimatlich, etwas staubig und steinig, aber durchaus nicht verrückt, und über ihm gehen die Sterne, die wir kennen. So, mit Berg und Tal, mit Städten, Straßen und Rebenhügeln, mit seinem Fluß, der im grünen Dickicht trüb und eilig dahinschießt, breitet es sich in der Vergangenheit gleich den Brunnenwiesen des Märchens. Die Augen auf, wenn ihr sie in der Abfahrt verkniffet! Wir sind zur Stelle. Seht – schattenscharfe Mondnacht über friedlicher Hügellandschaft! Spürt – die milde Frische der sommerlich ausgestirnten Frühlingsnacht!

DIE GESCHICHTEN JAAKOBS

ERSTES HAUPTSTÜCK: AM BRUNNEN

Ischtar

Es war jenseits der Hügel im Norden von Hebron, ein wenig östlich der Straße, die von Urusalim kam, im Monat Adar, an einem Frühlingsabend, so mondhell, daß man Geschriebenes hätte lesen können und das Laubwerk des ziemlich kurzstämmigen, aber mit starkem Gezweige ausladenden Baumes, einer bejahrten und mächtigen Terebinthe, die hier einzeln stand, nebst ihren traubenförmigen Blüten vom Lichte kleinlich ausgearbeitet erschien, schimmernd versponnen und höchst genau zugleich. Der schöne Baum war heilig: Unterweisung war in seinem Schatten verschiedentlich zu gewinnen, sowohl aus Menschenmund (denn wer über das Göttliche aus Erfahrung etwas mitzuteilen hatte, versammelte Zuhörer unter seinen Zweigen) als auch auf höhere Weise. Wiederholt nämlich war Personen, die, das Haupt an den Stamm gelehnt, einen Schlaf getan hatten, im Traume Verkündigung und Bescheid zuteil geworden, und auch bei Brandopfern, von deren Gebräuchlichkeit an dieser Stelle ein steinerner Schlachttisch mit geschwärzter Platte Zeugnis gab, auf dem eine kleine, leicht rauchende Flamme lebte, war oft im Laufe der Zeit durch das Verhalten des Rauches, durch bedeutsamen Vogelflug und selbst durch Himmelszeichen eine besondere Aufmerksamkeit erhärtet worden, deren solche fromme Handlungen zu Füßen des Baumes sich erfreuten.

In der Umgebung gab es der Bäume mehr, wenn auch so ehrwürdige, wie der gesondert stehende, sonst nicht: von derselben Gattung sowohl, wie auch großbelaubte Feigenbäume und Steineichen, die aus ihren Stämmen Luftwurzeln in den zertretenen Grund entsandten und deren beständiges, vom Monde gebleichtes Grün, zwischen Nadel und Laub die Mitte haltend, dornige Fächer bildete. Hinter den Bäumen, gegen Mittag und in der Richtung des Hügels, welcher die Stadt verdeckte, auch noch ein Stück an seiner Schräge hinauf, waren Wohnungen und Viehställe gelegen, und es tönte von dorther zuweilen das hohle Gebrüll eines Rindes, das Schnauben eines Kamels oder eines Esels mühselig ansetzender Jammer durch die stille Nacht daher. Gegen Mitternacht aber war die Aussicht frei, und hinter einer großfugigen, bemoosten, aus zwei Schichten roh behauener Quadern errichteten Mauerumfriedung, die den Ort um den Orakelbaum einer Terrasse mit niedriger Brüstung ähnlich machte, breitete sich im Schimmer des schon hoch am Himmel stehenden, zu drei Vierteln vollen Gestirnes eben Land in die Weite bis zu langwelligen Hügeln, die den Horizont schlossen: ein mit Ölbäumen und Tamariskengebüsch besetztes und von Feldwegen durchzogenes Gebiet, das weiter hinten zum baumlosen Weideland wurde, in welchem man hie und da ein Hirtenfeuer lodern sah. Zyklamen, deren Lila und Rosa vom Mondlicht gebleicht war, blühten auf der Mauerbrüstung, weißer Krokus und rote Anemonen im Moos und Grase zu Füßen der Bäume. Es roch hier nach den Blüten und aromatischen Kräutern, nach der feuchten Ausdunstung der Bäume, nach Holzrauch und Mist.

Der Himmel war herrlich. Ein weiter Lichtkreis umgab den Mond, dessen Schein in seiner Milde so stark war, daß es fast schmerzte, hineinzuschauen, und gleichsam mit vollen Händen schien Sternensaat ausgeworfen und hingestreut über das offene Firmament, hier spärlicher, dort reich zusammengedrängt in flimmernden Ordnungen. Hell, ein lebendig blauweißes Feuer, ein Strahlen schießender Edelstein, stach im Südwesten Sirius-Ninurtu hervor und schien mit dem südlich höher stehenden Prokyon im Kleinen Hunde ein Bild auszumachen. Mardug, der König, der bald nach Weggang der Sonne aufgezogen war und die ganze Nacht scheinen würde, wäre ihm gleichgekommen an Pracht, hätte nicht der Mond seinen Glanz überblendet. Nergal war da, nicht weit vom Zenit, ein wenig südöstlich, der siebennamige Feind, der Elamiter, der Pest und Tod verhängt und den wir Mars nennen. Aber früher als er hatte Saturn, der Beständige und Gerechte, sich über den Horizont erhoben und glänzte südlich im Mittagskreis. Prunkvoll, mit seinem roten Hauptlichte, stellte Orions vertraute Figur sich dar, ein Jäger auch er, gegürtet und wohlbewehrt, nach Westen geneigt. Ebendort, nur südlicher, schwebte die Taube. Regulus im Bilde des Löwen grüßte aus voller Höhe, zu der auch das Stiergespann des Wagens schon sich erhoben hatte, während der rotgelbe Arctur im Ochsentreiber noch tief im Nordosten stand und das gelbe Licht der Ziege mit dem Bilde des Fuhrmanns schon tief nach Abend und Mitternacht gesunken war. Doch schöner als diese, feuriger als alle Vorzeichen und das ganze Heer der Kokabim war Ischtar, die Schwester, Gattin und Mutter, Astarte, die Königin, der Sonne folgend, im tiefen Westen. Sie loderte silbern, entsandte verfliegende Strahlen, brannte in Zacken, und eine längere Flamme schien gleich der Spitze eines Speeres oben auf ihr zu stehen.

Ruhm und Gegenwart

Es gab Augen hier, wohlgeübt, dies alles zu unterscheiden und mit Sinn zu betrachten, dunkel emporgerichtete Augen, in denen so vielfältiger Schein sich spiegelte. Sie gingen hin am Damm des Tierkreises, der festen Aufschüttung, welche den Himmelswogen gebot und an dem die Zeitbestimmer wachten; an der heiligen Zeichenordnung, die nach der kurzen Dämmerung dieser Breiten in rascher Folge sichtbar zu werden begonnen hatte: der Stier zuerst; denn da, als jene Augen lebten, die Sonne zu Frühlingsanfang im Zeichen des Widders stand, so war dies Gefüge mit ihr in die Tiefe entrückt. Sie lächelten, die kundigen Augen, den Zwillingen zu, die sich von der Höhe nach Abend wandten; sie fanden mit einem östlich gleitenden Blick die Ähre auf in der Hand der Jungfrau. Aber sie kehrten zurück in den Lichtbereich des Mondes und zu seinem schimmernden Silberschilde, unwiderstehlich angezogen von seiner reinen und weichen Blendung.

Sie waren eines Jünglings, sitzend am Rande eines gemauerten Brunnens, der nahe dem heiligen Baum, von einem steinernen Bügel überwölbt, seine feuchte Tiefe eröffnete. Schadhafte Rundstufen führten zu dieser empor, und auf ihnen ruhten die bloßen Füße des jungen Menschen, die naß waren, wie an dieser Seite die Stufen selbst, die von vergossenem Wasser troffen. Seitlich, wo es trocken war, lagen sein Oberkleid, das ein breites rostrotes Muster auf gelbem Grunde zeigte, und seine Sandalen aus Rindsleder, die fast Schuhe waren, da sie abfallende Wände hatten, zwischen denen mit Fersen und Knöcheln tief hineinzutreten war. Die weiten Ärmel seines herabgelassenen Hemdes aus zwar weißgebleichtem, aber ländlich grobem Leinen hatte der Jüngling sich um die Hüften geschlungen, und die bräunliche Haut seines Oberkörpers, der etwas zu schwer und voll wirkte im Verhältnis zu dem kindlichen Kopf, mit Schultern, deren Wagerechtheit und hoher Sitz ägyptisch anmutete, glänzte ölig im Mondlicht. Denn nach einer Waschung mit dem sehr kalten Wasser der Zisterne, mehrfachen Übergießungen, bei denen ihm Hebeeimer und Schöpfkelle gedient hatten und die nach einem schon sonnenschweren Tage erwünschte Annehmlichkeit und Vollzug frommer Ordnungsvorschrift zugleich gewesen waren, hatte der Knabe sich aus einem Salbgefäß von undurchsichtig schillerndem Glase, das neben ihm stand und mit Wohlgeruch versetztes Olivenöl enthielt, die Glieder geschmeidigt, wobei er weder den locker geflochtenen Myrtenkranz, den er im Haare trug, noch das Amulett abgelegt hatte, das ihm an einer bronzierten Schnur um den Hals und mitten auf der Brust hing: ein Bündelchen, in das schutzreiche Wurzelfasern eingenäht waren.

Jetzt schien er Andacht zu verrichten, denn, das Gesicht 5 emporgewandt, zum Monde, der es voll beschien, hielt er die beiden Oberarme an den Flanken, die unteren aber aufgerichtet, mit offen nach außen und oben gekehrten Handflächen, und während er sich im Sitzen leicht hin und her schaukelte, gab er halbe, singende Stimme zu Worten oder Lauten, die er 10 mit den Lippen bildete ... Er trug einen Ring aus blauer Fayence an der Linken, und seine Finger- und Fußnägel zeigten Spuren einer ziegelroten Färbung mit Henna, die er geckenhafterweise anläßlich seiner Teilnahme an dem jüngsten städtischen Feste mochte vorgenommen haben, um den Weibern 15 auf den Dächern wohlgefällig zu sein, – obgleich er dabei auf solche kosmetischen Vorkehrungen hätte verzichten und nur der hübschen Larve hätte vertrauen mögen, die Gott ihm gegeben und die in ihrem noch kindlich vollen Oval und namentlich dank dem weichen Ausdruck der schwarzen, etwas 20 schrägsitzenden Augen wirklich sehr anmutig war. Schöne Leute meinen ihre Natur ja noch zu erhöhen und »sich schön machen« zu sollen, vermutlich aus einer Art von Gehorsam gegen ihre erfreuliche Rolle und indem sie den empfangenen Gaben einen Dienst widmen, dem man den Sinn der Fröm- 25 migkeit beilegen und also gelten lassen mag, während das Sichherausstaffieren der Häßlichen trauriger und närrischer Art ist. Auch ist Schönheit ja nie vollkommen und hält ebendarum zur Eitelkeit an; denn sie macht sich ein Gewissen aus dem, was ihr zum durch sie selbst gegebenen Ideale fehlt, – was 30 eben doch wieder irrig ist, da ihr Geheimnis eigentlich in der Anziehungskraft des Unvollkommenen besteht.

Um das Haupt des jungen Menschen, den wir hier in Wirklichkeit vor uns sehen, haben Gerücht und Gedicht einen wahren Strahlenkranz von Schönheitsruhm gewoben, über die uns leicht zu verwundern seine Gegenwart in Fleisch und Blut uns einige Gelegenheit gibt – und zwar obgleich die unsicheren Zauber der Mondnacht ihr mit milder Blendung zu Hilfe kommen. Was ist, als die Tage sich vervielfältigt hatten, in Lied und Legende, in Apokryphen und Pseudepigraphen nicht alles zum Preise seines Äußeren verkündet und behauptet worden, was uns mit Augen Sehende zum Lächeln bringen könnte! Daß sein Angesicht der Sonne und des Mondes Prangen beschämt hätte, ist noch das mindeste, was da eingeprägt wird. Es heißt buchstäblich, daß er Stirn und Wangen mit einem Schleier habe überhängen müssen, damit des Volkes Herzen nicht in Erdengluten zu dem Gottgesandten entbrannten, und dann, daß diejenigen, die ihn ohne Schleier gesehen hätten, »tief versenkt in seliges Betrachten«, den Jungen nicht mehr gekannt hätten. Die morgenländische Überlieferung zögert nicht zu erklären, die Hälfte aller überhaupt vorhandenen Schönheit sei diesem Jüngling zugefallen und die andere Hälfte unter den Rest der Menschheit verteilt worden. Ein persischer Sänger von besonderer Autorität übertrumpft diese Aufstellung mit dem exzentrischen Bilde eines einzigen Geldstückes von sechs Lot Gewicht, zu dem die Schönheit dieser Welt zusammengeschmolzen worden wäre, – dann würden, so schwärmt der Dichter, fünf Lot davon auf ihn, den Ausbund, den Unvergleichlichen, gekommen sein.

Ein solcher Ruhm, übermütig und maßlos, weil er nicht mehr damit rechnet, nachgeprüft zu werden, hat etwas Verwirrendes und Bestechendes für den Sehenden, er bildet eine Gefahr für die nüchterne Anschauung der Tatsachen. Es gibt viele Beispiele für die Einflüsterungskraft einer übertriebenen Schätzung, auf die die Menschen sich geeinigt haben und von welcher der einzelne willig, ja mit einer Art von Raserei, sich blenden läßt. Einige zwanzig Jahre vor dem Zeitpunkt, den wir jetzt einnehmen, hielt, wie wir noch hören werden, ein diesem selben Jüngling sehr nahestehender Mann in der Gegend von Charran im Lande Mesopotamien Schafe feil, die er gezüchtet und die sich eines derartigen Rufes erfreuten, daß die Leute dem Manne schlechthin unsinnige Preise für sie bezahlten, obgleich jeder sehen mußte, daß es sich nicht um himmlische, sondern um natürliche und gewöhnliche, wenn auch vortreffliche Schafe handelte. Das ist die Macht des menschlichen Unterwerfungsbedürfnisses! Aber gewillt, uns nicht den Sinn von einem Nachruhm verdunkeln zu lassen, den mit der Realität zu vergleichen wir in die Lage gesetzt sind, dürfen wir uns auch wieder nicht in entgegengesetzte Richtung verirren und uns einer übertriebenen Mäkelsucht überlassen. Ein posthumer Enthusiasmus, wie der, von dem wir die Gesundheit unseres Urteils bedroht fühlen, entsteht natürlich nicht aus dem leeren Nichts; er hat seinen Wurzelhalt im Wirklichen und wurde nachweislich zu einem guten Teil schon der lebenden Person entgegengebracht. Wir müssen uns, um das zu verstehen, vor allen Dingen dem Blickpunkt eines gewissen arabisch-dunklen Geschmackes anbequemen, einem ästhetischen Gesichtswinkel, der der praktisch wirksame war und unter dem betrachtet der Junge tatsächlich dermaßen hübsch und schön erschien, daß er auf den ersten Blick mehrmals halb und halb für einen Gott gehalten wurde.

Wir wollen also unsere Worte in Zucht nehmen und, indem wir weder schwächlicher Nachgiebigkeit gegen das Gerücht noch der Hyperkritik verfallen, die Feststellung treffen, daß das Gesicht des jungen Mondschwärmers am Brunnen liebenswürdig war noch in seinen Fehlern. Es waren zum Beispiel die Nüstern seiner ziemlich kurzen und sehr geraden Nase zu dick; aber da hierdurch die Flügel gebläht schienen, trat etwas von Lebhaftigkeit, Affekt und fliegendem Stolz in die Physiognomie, was sich mit der Freundlichkeit der Augen gut zusammenfügte. Den Ausdruck hochmütiger Sinnlichkeit, den aufgeworfene Lippen hervorrufen, wollen wir nicht rügen. Er kann täuschen, und außerdem müssen wir, gerade was die Lippenbildung betrifft, den Blickpunkt von Land und Leuten wahren. Dagegen würden wir uns für berechtigt halten, die Gegend zwischen Mund und Nase zu gewölbt zu finden, – wenn nicht ebendamit eine besonders ansprechende Gestaltung der Mundwinkel zusammengehangen hätte, in denen nur durch das Aufeinanderliegen der Lippen und ohne Muskelanziehung ein ruhiges Lächeln entstand. Die Stirne war glatt in ihrer unteren Hälfte, über den starken und schöngezeichneten Brauen, aber ausgebuchtet weiter oben, unter dem dichten, schwarzen, von einem hellen Lederbande umfaßten und außerdem mit dem Myrtenkranz geschmückten Haar, das beutelartig in den Nacken fiel, aber die Ohren freiließ, mit denen es gute Ordnung gehabt hätte, wenn nicht ihre Läppchen etwas fleischig ausgeartet und in die Länge gezogen gewesen wären, offenbar durch die unnötig großen Silberringe, die man schon in der Kindheit hindurchgezogen hatte.

Betete der Jüngling denn nun? Aber dafür war seine Haltung zu bequem. Er hätte stehen müssen. Sein Murmeln und halblauter Singsang mit erhobenen Händen schien eher eine selbstvergessene Unterhaltung, etwas wie eine leise Zwiesprache mit dem hohen Gestirn zu sein, an das er sich damit wandte. Er lallte schaukelnd:

»Abu – Chammu – Aoth – Abaoth – Abirâm – Chaam – mi – ra – am ...«

In dieser Improvisation gingen alle möglichen Weitläufigkeiten und Ideenverbindungen durcheinander, denn wenn er damit dem Monde babylonische Schmeichelnamen sagte, ihn Abu, Vater, und Chammu, Oheim, nannte, so spielte doch auch der Name Abrams, seines wahren und vermeintlichen Ahnen, hinein, dazu in abwandelnder Erweiterung dieses Namens ein anderer, ehrwürdig überlieferter: Chammurabi's, des Gesetzgebers, legendärer Name, des Sinnes: »Mein göttlicher Oheim ist erhaben«, ferner aber Bedeutungslaute, die auf dem Wege des Vater-Gedankens über den Bereich östlich-urheimatlicher Gestirnfrömmigkeit und der Familienerinnerung hinausgingen und sich an dem Neuen, Werdenden, im Geist seiner Nächsten leidenschaftlich Gehegten, Erörterten, Geförderten stammelnd versuchten ...

»Jao – Aoth – Abaoth –«, klang sein Singsang. »Jahu, Jahu! Ja – a – we – ilu, Ja – a – um – ilu –«. Und während das fortging mit erhobenen Händen, mit Schaukeln, Kopfwiegen und Liebeslächeln zum lichtströmenden Monde empor, war Sonderbares und fast Erschreckendes an dem Einsamen zu beobachten. Seine Andachtsübung, lyrische Unterhaltung, oder was es nun war, schien ihn fortzureißen, die wachsende Selbstvergessenheit, in die sein Treiben ihn einlullte, ins nicht mehr ganz Geheuere auszuarten. Er hatte nicht viel Stimme gegeben zu seinem Gesang und hätte nicht viel zu geben gehabt. Sie war spröde und unreif, diese noch scharf, halb kindliche Stimme von jugendlich unzulänglicher organischer Resonanz. Jetzt aber blieb aller Ton ihm aus, versagte krampfig und abgeschnürt; sein »Jahu, Jahu!« war nur noch ein keuchendes Flüstern bei völlig von Atemluft leerer Lunge, die wieder zu füllen er unterließ, und gleichzeitig entstellte sein Körper sich, die Brust fiel ein, der Bauchmuskel geriet in eigentümlich rotierende Bewegung, Nacken und Schultern stiegen verzerrt, die Hände zitterten, an den Oberarmen trat der Spannmuskel strangartig hervor, und im Nu hatte das Schwarze seiner Augen sich weggedreht, – das leere Weiß schimmerte unheimlich im einfallenden Mondlicht.

Man muß hier sagen, daß niemand sich leicht einer solchen Unordnung im Betragen des Jungen versehen hätte. Sein Anfall, oder wie man es nennen wollte, wirkte als Unstimmigkeit und besorgniserregende Überraschung, er stand zu dem Eindruck freundlich verständiger Gesittung, den seine wohlgefällige und allenfalls etwas zu stutzerhafte Person auf den ersten Blick und überzeugend vermittelte, in unwahrscheinlichem Gegensatz. War es Ernst damit, so fragte sich nur, wessen Sache es war, sich um seine Seele zu kümmern, die in diesem Falle vielleicht als berufen, aber jedenfalls als gefährdet zu gelten hatte. Handelte es sich um Spielerei und Laune, so blieb die Sache bedenklich genug, – und daß dergleichen hier zum mindesten einschlägig war, schien aus dem Verhalten des jungen Mondnarren unter folgenden Umständen hervorzugehen.

Der Vater

Aus der Richtung des Hügels und der Wohnungen wurde sein Name gerufen: »Joseph! Joseph!«, zweimal und dreimal, in einer Entfernung, die sich verminderte. Er hörte den Ruf beim drittenmal, gab wenigstens erst beim drittenmal zu, daß er ihn vernommen habe, und löste rasch seinen Zustand, indem er »hier bin ich« murmelte. Seine Augen kehrten zurück, er ließ die Arme, das Haupt fallen und lächelte verschämt auf seine Brust herab. Es war seines Vaters milde und wie immer gefühlsbewegte, leicht klagende Stimme, die rief. Bereits klang sie nahebei. Er wiederholte, obgleich er den Sohn schon am Brunnen gewahrt hatte: »Joseph, wo bist du?«

Da er lange Kleider trug, da außerdem das Mondlicht in seiner Scheingenauigkeit und phantastischen Klarheit übertriebene Vorstellungen begünstigt, so erschien Jaakob – oder Jaakow ben Jizchak, wie er schrieb, wenn er seinen Namen zu zeichnen hatte – von majestätischer und fast übermenschlicher Größe, wie er dort zwischen Brunnen und Unterweisungsbaum stand, näher bei diesem, dessen Blätterschatten seine Gewänder sprenkelte. Noch eindrucksvoller – sei es bewußt oder unbewußt – wurde seine Gestalt durch ihre Haltung, denn er stützte sich auf einen langen Stab, den er sehr hoch umfaßt hielt, so daß der weite Ärmel des großfaltigen, schmal und blaßfarbig gestreiften Übergewandes oder Mantels aus einer Art von Wollmusselin, den er trug, von dem über das Haupt erhobenen, schon greisenhaften, am Handgelenk mit einem kupfernen Reifen geschmückten Arme zurückfiel. Esau's vorgezogener Zwillingsbruder zählte damals siebenundsechzig Jahre. Sein Bart, dünn, aber lang und breit (denn er stand ihm, ins Schläfenhaar übergehend, seitlich in leichten Strähnen von den Wangen ab und fiel in dieser Breite zur Brust), frei wachsend, ungelockt, in keiner Weise geformt und zusammengefaßt, schimmerte silbern im Mondlicht. Seine schmalen Lippen waren sichtbar darin. Tiefe Furchen liefen von den Flügeln der dünnrückigen Nase in den Bart hinab. Seine Augen, unter einer Stirn, die halb verhüllt war von dem Kapuzenschal aus dunkelbuntem kanaanitischen Tuchgewirk, der ihm in Falten auf die Brust hing und über die Schulter geworfen war – kleine Augen, braun, blank, mit schlaffer, drüsenzarter Unterlidgegend, schon altersmüde eigentlich und nur seelisch geschärft, spähten besorgt nach dem Knaben am Brunnen. Der Mantel, durch die Armhaltung gerafft und geöffnet, ließ ein Leibgewand aus farbiger Ziegenwolle sehen, dessen Saum bis zu den Spitzen der Stoffschuhe reichte und in langbefransten schräglaufenden Überfällen gearbeitet war, so daß es aussah, als seien es mehrere und eines käme unter dem andern hervor. So war die Kleidung des Greises dicht und vielfach, recht willkürlich im Geschmack und zusammengesetzt: Elemente östlicher Kulturübereinkunft begegneten sich darin mit solchen, die eher dem Ismaelitisch-Beduinischen und der Wüstenwelt zugehörten.

Auf den letzten Anruf antwortete Joseph vernünftigerweise nicht mehr, da die Frage offenbar geschehen war, während sein

Vater ihn schon sah. Er begnügte sich, ihm ein Lächeln entgegenzusenden, das seine vollen Lippen trennte und die Zähne aufglänzen ließ – weiß, wie Zähne in einem dunklen Gesicht erscheinen, übrigens nicht nahe beisammen, sondern in Zwischenräumen stehend –, und es mit geläufigen Begrüßungsgebärden zu verbinden. Aufs neue hob er die Hände, wie früher gegen den Mond, wiegte den Kopf und ließ ein Zungenschnalzen hören, das Entzücken und Bewunderung ausdrückte. Dann führte er die Hand zur Stirn, um sie von da, geöffnet, in glatter und eleganter Bewegung gegen den Boden gleiten zu lassen; bedeckte, die Augen halb geschlossen und den Kopf im Nacken, mit beiden Händen sein Herz und deutete aus dieser Gegend mit ihnen, ohne sie zu trennen, mehrfach zu dem Alten hinüber, immer damit zum Herzen zurückkreisend, dem Vater aufwartend gleichsam mit diesem. Auch auf seine Augen wies er mit beiden Zeigefingern, auch seine Knie berührte er, den Scheitel und die Füße und fiel zwischendurch in die anbetende Grußhaltung der Arme und Hände zurück: ein schönes Spiel dies alles, das nach Vorschrift der Wohlerzogenheit leichthin und formelhaft geübt wurde, aber doch auch mit persönlicher Kunst und Anmut – dem Ausdruck einer gefälligen, artigkeitsvollen Natur – und nicht leer von Empfindung. Durch das begleitende Lächeln vertraulich gemacht, war es die Pantomime frommer Unterwürfigkeit vor dem Erzeuger und Herrn, dem Haupte der Sippschaft, wurde aber belebt durch unmittelbare Herzensfreude über die Gelegenheit zur Verehrung, die der Augenblick bot. Joseph wußte wohl, daß der Vater im Leben nicht immer eine würdevolle und heldische Rolle gespielt hatte. Seiner Neigung zum Erhabenen in Wort und Haltung war durch die sanfte Furchtsamkeit seiner Seele zuweilen übel mitgespielt worden; es hatte Stunden der Demütigung, der Flucht, der blassen Angst für ihn gegeben, Lebenslagen, in denen, obgleich gerade sie für die Gnade durchscheinend gewesen waren, derjenige, der seine Liebe trug, sich ihn nur ungern vorstellte. War nun auch dessen Lächeln von Koketterie und eigenem Siegesbewußtsein nicht frei, so wurde es gutenteils doch erzeugt durch die Freude am Bilde des Vaters, an der steigernden Lichtwirkung, der vorteilhaft-königlichen Stellung des Alten am langen Stabe; und in dieser kindlichen Genugtuung äußerte sich viel Sinn für den reinen Effekt, ohne Rücksicht auf tiefere Umstände.

Jaakob verharrte am Platz. Vielleicht war das Vergnügen des Sohnes ihm bemerkbar, und er wünschte es zu verlängern. Seine Stimme, die wir gefühlsbewegt nannten, weil ihr ein Tremolo innerer Bedrängnis eigen war, klang wieder herüber. Sie stellte halb fragend fest:

»Es sitzt das Kind an der Tiefe?«

Sonderbares Wort, das unsicher kam und wie in träumerischem Fehlschlagen. Es klang, als finde der Sprecher es ungehörig oder doch überraschend, daß man in so jungen Jahren an irgendwelcher Tiefe sitze; als paßten »Kind« und »Tiefe« nicht zusammen. Was in Wirklichkeit daraus sprach und auch verstanden zu werden wünschte, war die ammenhafte Besorgnis, Joseph, den der Vater viel kleiner und kindlicher sah, als er nachgerade war, möchte aus Unvorsicht in den Brunnen fallen.

Der Knabe verstärkte sein Lächeln, so daß noch mehr getrennt stehende Zähne sichtbar wurden, und nickte statt einer Antwort. Doch änderte er geschwind seine Miene, denn Jaakobs zweites Wort lautete strenger. Er befahl:

»Decke deine Blöße!«

Joseph blickte, die Arme gehoben und gerundet, mit halb scherzhafter Bestürzung an sich hinunter, löste dann eilig den Ärmelknoten des Hemdes und zog das Leinen über die Schultern. Da schien es wirklich, als habe der Alte sich in Entfernung gehalten, weil sein Sohn nackt war, denn nun trat er näher. Er bediente sich ernstlich des langen Stabes dabei zur Stütze, indem er ihn hob und aufsetzte, denn er hinkte. Seit zwölf Jahren, von einem Reiseabenteuer her, das er unter recht kläglichen Umständen, zu einem Zeitpunkt großer Angst und Bangigkeit bestanden, lahmte er aus einer Hüfte.

Der Mann Jebsche

Es war durchaus nicht lange her, daß die beiden einander gesehen hatten. Wie gewöhnlich hatte Joseph das Nachtmahl in dem nach Moschus und Myrrhe duftenden Wohnzelt seines Vaters eingenommen, zusammen mit denjenigen seiner Brüder oder Halbbrüder, die sich eben hier aufhielten; denn andere weilten zum Zwecke der Beaufsichtigung anderer Herden weiter im Lande, gen Mitternacht, nahe einer Burgstadt und Verehrungsstätte im Tale, auf welches die Berge Ebal und Garizim blickten, und die Sichem, Schekem, »der Nacken«, auch wohl Mabartha oder Paß benannt war. Jaakob unterhielt Glaubensbeziehungen zu den Leuten von Schekem; denn obgleich die Gottheit, die man dort anbetete, eine Form des syrischen Schäfers und schönen Herrn, des Adonis und jenes Tammuz war, des blühenden Jünglings, den der Eber verstümmelte und den sie drunten im Unterlande Usiri, das Opfer, nannten, so hatte doch frühe schon, zu Zeiten Abrahams bereits und des Priesterkönigs von Sichem, Malkisedek, diese Gottespersönlichkeit ein besonderes Gedankengepräge angenommen, das ihr den Namen El eljon, Baal-berit, den Namen des Höchsten also, des Bundesherrn, des Schöpfers und Besitzers von Himmel und Erde, eingetragen hatte. Eine solche Auffassung schien dem Jaakob richtig und angenehm, und er war geneigt, in dem zerrissenen Sohn von Schekem den wahren und höchsten Gott, den Gott Abrahams, und in den Sichemiten Bundesbrüder im Glauben zu erblicken, zumal nach sicherer Überlieferung von Geschlecht zu Geschlecht der Ureinwanderer selbst gesprächsweise, nämlich in einer gelehrten Erörterung mit dem Schulzen von Sodom, den Gott seiner Erkenntnis »El eljon« genannt und ihn also dem Baal und Adon des Malkisedek gleichgesetzt hatte. Jaakob selbst, sein Glaubensenkel, hatte vor Jahren, nach seiner Rückkehr aus Mesopotamien, als er vor Sichem, der Stadt, sein Lager gehabt hatte, diesem Gotte dort einen Altar errichtet. Auch hatte er da einen Brunnen gebaut und Weiderecht mit guten Silberschekeln erworben.

Später hatte es zwischen Sichem und den Jaakobsleuten schwere Mißhelligkeiten gegeben, deren Folgen für die Stadt furchtbar gewesen waren. Aber der Friede war hergestellt und das Verhältnis erneuert, so daß immer ein Teil von Jaakobs Vieh auf den Triften Schekems sich nährte und ein Teil seiner Söhne und Hirten um jener Herden willen seinem Angesicht fernblieb.

An dem Mahle teilgenommen hatten außer Joseph ein paar der Söhne Lea's, nämlich der knochige Issakhar und Sebulun, der das Hirtenleben für nichts achtete, aber auch nicht Ackerbauer hätte sein mögen, sondern einzig und allein Seefahrer. Denn seit er zu Askalun am Meere gewesen war, wußte er nichts Höheres als diesen Beruf und schnitt mächtig auf von Abenteuern und zwittrig-ungeheuerlichen Geschöpfen, welche jenseits der Wasser lebten und die man als Schiffsmann besuchen könne: von Menschenkindern mit Stier- oder Löwenkopf, Zweiköpfern, Doppelgesichtlern, welche gleichzeitig ein Menschenantlitz und das eines Schäferhundes trugen, so daß sie abwechselnd sprächen und bellten, Leuten mit Füßen wie Meeresschwämme und was der Ausnahmen mehr waren. – Ferner Bilha's Sohn, der behende Naphtali, und von Silpa beide: sowohl der gerade Gad, als auch Ascher, der wie gewöhnlich nach den besten Stücken getrachtet und aller Welt nach dem Munde geredet hatte. Was Josephs Vollbruder, das Kind Benjamin, betraf, so lebte er noch mit den Weibern und war zu klein, um bei Gastmählern mitzuhalten; denn ein solches war das heutige Abendessen gewesen.

Ein Mann namens Jebsche, der seine Stätte Taanakh nannte und beim Speisen von den Taubenschwärmen und Fischteichen ihres Tempels berichtete, seit einigen Tagen schon unterwegs mit einem Ziegelstein, den der Stadtherr von Taanakh, Aschirat-jaschur, übertriebenerweise König genannt, auf allen Seiten beschrieben hatte für seinen »Bruder«, den Fürsten von Gaza, namens Riphath-Baal, mit Worten, dahingehend, Riphath-Baal möge glücklich leben und alle bedeutenderen Götter möchten zusammenwirken in der Sorge um sein Heil sowie das seines Hauses und seiner Kinder, aber er, Aschirat-jaschur, könne ihm das Holz und das Geld, das jener mit mehr oder weniger Recht von ihm fordere, nicht senden, da er es teils nicht habe, teils selber dringend benötige, schicke ihm aber durch den Mann Jebsche dafür ein ungewöhnlich kräftiges Tonbild seiner persönlichen Schutzherrin und der von Taanakh, nämlich der Göttin Aschera, damit es ihm Segen bringe und ihm über das Verlangen nach dem Holz und dem Geld hinweghelfe: Dieser Jebsche also, spitzbärtig und vom Halse bis zu den Knöcheln in bunte Wolle gewickelt, war bei Jaakob eingekehrt, um seine Meinungen zu erfahren, sein Brot zu brechen und vor der Weiterreise gegen das Meer hinab bei ihm zu übernachten, und Jaakob hatte den Boten gastfrei aufgenommen und ihm nur bedeuten lassen, er möge das Bild der Aschtarti, eine Frauenfigur in Hosen, mit Krone und Schleier, die ihre winzigen Brüste mit beiden Händen erfaßt hielt, nicht in seine Nähe bringen, sondern abseits halten. Sonst aber war er ihm vorurteilslos begegnet, eingedenk einer altüberlieferten Geschichte von Abraham, der einen greisen Götzendiener im Zorne von sich in die Wüste gejagt, wegen seiner Unduldsamkeit aber vom Herrn einen Verweis empfangen und den verblendeten Alten zurückgeholt hatte.

Bedient von zwei Sklaven in frischgewaschenen Leinenkitteln, dem alten Madai und dem jungen Mahalaleël, hatte man, um die Teppichmatte auf Kissen hockend (denn Jaakob hielt an dieser Vätersitte fest und wollte vom Sitzen auf Stühlen, wie es bei den Vornehmen der Städte nach dem Muster der großen Reiche im Osten und Süden gebräuchlich war, nichts wissen), das Nachtmahl genommen: Oliven, ein gebratenes Zicklein und von dem guten Brote Kemach als Zukost, schließlich ein Pflaumen- und Rosinenkompott aus kupfernen Bechern und syrischen Wein dazu aus bunten Glasschalen. Dabei waren zwischen Wirt und Gast besonnene Gespräche geführt worden, denen wenigstens Joseph mit aller Aufmerksamkeit gelauscht hatte, – Gespräche privaten und öffentlichen Charakters, welche das Göttliche sowohl wie das Irdische und auch das politische Gerücht zum Gegenstand gehabt hatten: über des Mannes Jebsche Familienumstände und sein amtliches Verhältnis zu Aschirat-jaschur, dem Herrn der Stadt; über seine Reise, zu der er sich der durch die Ebene Jesreel und das Hochland führenden Straße bedient hatte und die auf des Gebirges gangbarer Wasserscheide zu Esel vonstatten gegangen war, die aber Jebsche von hier hinab gen Philisterland auf einem morgen in Hebron zu erstehenden Kamele fortzusetzen gedachte; über die Vieh- und Kornpreise seiner Heimat; über den Kultus des Blühenden Pfahles, Aschera's von Taanakh, und ihren »Finger«, das hieß: ihr Orakel, durch welches sie die Erlaubnis erteilt hatte, eines ihrer Bilder als Aschera des Weges auf Reisen zu schicken, damit es das Herz Riphath-Baals von Gaza erquicke; über ihr Fest, das jüngst mit allgemeinen und ungezügelten Tänzen und einem unmäßigen Fischessen begangen worden und wobei Männer und Weiber zum Zeichen der von den Priestern gelehrten Mann-Weiblichkeit oder Zweigeschlechtigkeit Aschera's die Kleider getauscht hatten. Hier hatte Jaakob den Bart gestrichen und Zwischenfragen von besonnener Spitzfindigkeit gestellt: so, wie es denn um den Schutz der Stätte Taanakh bestellt sei, solange Aschera's Bild sich auf Reisen befinde; wie der Verstand das Verhältnis des reisenden Bildes zur Herrin der Heimat sich auszulegen habe und ob nicht diese durch die Abwanderung eines Teiles ihrer Wesenheit empfindliche Einbuße an Kraft erleide. Darauf hatte der Mann Jebsche geantwortet, daß, wenn dies der Fall wäre, Aschera's Finger sich kaum in dem Sinne gezeigt haben würde, man möge sie auf den Weg senden, und daß die Priester lehrten, die gesamte Kraft der Gottheit sei in jedem ihrer Bilder gegenwärtig und von gleichmäßig vollkommener Wirksamkeit. Ferner hatte Jaakob milde darauf hingewiesen, daß, wenn Aschirta Mann und Weib, also Baal und Baalat zugleich sei, Göttermutter und Himmelskönig, man sie nicht nur der Ischtar gleichachten müsse, von der man aus Sinear, sowie der Eset, von der man aus dem unreinen Ägypterlande höre, sondern auch dem Schamasch, Schalim, Addu, Adon, Lachama oder Damu, kurzum dem Weltenherrn und höchsten Gotte, und alles laufe darauf hinaus, daß es sich am letzten Ende um El eljon, den Gott Abrahams, den Schöpfer und Vater, handle, den man nicht auf Reisen schicken könne, weil er über allem walte, und dem mit Fischessen gar nicht, sondern nur damit gedient sei, daß man in Reinheit vor ihm wandle und ihn auf dem Angesichte verehre. Doch war er mit solcher Betrachtung bei dem Manne Jebsche nur auf geringes Verständnis gestoßen. Dieser vielmehr hatte erklärt: gleichwie die Sonne stets aus einem bestimmten Wegzeichen wirke und in demselben erscheine, wie sie ihr Licht den Planeten leihe, so daß diese nach ihrer Sonderart das Schicksal der Menschenkinder beeinflußten, so auch vereinzele sich das Göttliche und wandle sich ab in den Gottheiten, unter denen die Herr-Herrin Aschirat, wie bekannt, namentlich diejenige sei, welche die göttliche Kraft im Sinne pflanzlicher Fruchtbarkeit und der natürlichen Auferstehung aus den Banden der Unterwelt ver-

wirkliche, indem sie alljährlich aus einem dürren Pfahle ein blühender werde, bei welcher Gelegenheit etwas ungezügeltes Essen und Tanzen recht wohl am Platze sei und sogar noch weitere, mit dem Feste des Blühenden Pfahles verbundene Frei-
5 heit und Lust, wie denn Reinheit einzig der Sonne und dem Ungespalten-Urgöttlichen zuzuschreiben sei, nicht aber seinen planetaren Erscheinungsformen, und der Verstand gar scharf zwischen dem Reinen und dem Heiligen zu unterscheiden habe, wobei er gewahr werde, daß das Heilige mit
10 Reinheit nichts oder nicht notwendig etwas zu tun habe. – Hierauf Jaakob mit höchster Besonnenheit: Er wünsche nicht, irgend jemanden, am wenigsten aber den Gast seiner Hütte und eines mächtigen Königs Busenfreund und Boten in den Überzeugungen zu kränken, welche Eltern und Tafelschreiber
15 ihm eingepflanzt. Aber auch die Sonne sei nur ein Werk aus El eljons Händen und als solches zwar göttlich, aber nicht Gott, was der Verstand zu unterscheiden habe. Es widerstreite diesem und heiße den Grimm und Eifer des Herrn herausfordern, wenn man eines oder das andere seiner Werke statt seiner an-
20 bete, und der Gast Jebsche habe eigenen Mundes die Götter des Landes als Abgötter gekennzeichnet, wofür einen ärgeren Namen einzusetzen er, Redner, aus Liebe und Höflichkeit unterlasse. Sei jener Gott, der die Sonne, die Wegesbilder und Wandelsterne sowie die Erde eingerichtet habe, der höchste, so sei er
25 auch der einzige, und von anderen sei in diesem Fall am besten überhaupt nicht die Rede, da man sonst gezwungen sei, sie mit jenem von Jaakob unterdrückten Namen zu belegen, aus dem Grunde eben, weil das Wort und Denkzeichen »der höchste Gott« demjenigen des einzigen Gottes vom Verstande gleich-
30 zuachten sei. – An die Frage des Unterschiedes oder Einsinnes denn nun dieser beiden Gedanken, des höchsten und des einzigen, hatte sich eine längere Erörterung geknüpft, von welcher der Gastgeber gar nie genug bekommen haben würde und in

der man, wenn es nach ihm gegangen wäre, die halbe oder auch ganze Nacht würde fortgefahren haben. Doch hatte Jebsche die Rede auf Vorkommnisse der Welt und ihrer Reiche hinübergeleitet, auf Händel und Umtriebe, von denen er als Freund und Verwandter eines kanaanäischen Stadtfürsten mehr wußte als der gemeine Mann: daß auf Zypern, welches er Alaschia nannte, die Pest herrsche und viele Menschen weggerafft habe, nicht aber alle, wie der Beherrscher jener Insel dem Pharao des Unterlandes geschrieben habe, um damit die fast restlose Einstellung seines Kupfertributes vorwandweise zu begründen; daß der König des Cheta- oder Chatti-Reiches mit Namen Subbilulima heiße und über eine so große Kriegsmacht gebiete, daß er den König Tuschratta von Mitanni mit Überwältigung und Wegführung seiner Götter bedrohe, obwohl doch dieser mit dem Großen Hause von Theben verschwägert sei; daß der Kassit von Babel vor dem Priesterfürsten von Assur zu zittern begonnen habe, welcher seine Macht aus dem Reiche des Gesetzgebers zu lösen und am Strome Tigris ein besonderes Staatswesen zu gründen strebe; daß Pharao die Priesterschaft seines Gottes Ammun mit syrischem Tributgelde sehr reich gemacht und diesem Gott einen neuen Tempel mit tausend Säulen und Toren erbaut habe, ebenfalls aus den genannten Mitteln, daß aber diese bald genug spärlicher fließen würden, da nicht nur beduinische Räuber die Städte des Landes plünderten, sondern auch die Cheta-Macht von Norden her sich ausbreite, indem sie den Ammunsleuten die Herrschaft in Kanaan streitig mache, während nicht wenige unter den Amoriterfürsten sich mit diesen Auswärtigen gegen Ammun verständen. Hier hatte Jebsche mit einem Auge gezwinkert, wahrscheinlich um unter Freunden anzudeuten, daß auch Aschiratjaschur solche staatsklugen Wege wandle, doch war des Wirtes Teilnahme an der Unterhaltung stark herabgesetzt, seit nicht länger von Gott die Rede war, das Gespräch war eingeschlafen, und man hatte die Sitzpolster verlassen: Jebsche, um sich zu überzeugen, daß der Astarte des Weges unterdessen nichts zugestoßen sei, und sich dann schlafen zu legen; Jaakob, um am Stabe einen Rundgang durch das Lager zu machen und nach den Weibern zu sehen und dem Vieh in den Ställen. Was seine Söhne betraf, so hatte Joseph sich vor dem Zelt von den andern fünfen getrennt, obgleich er ursprünglich Miene gemacht hatte, sich zu ihnen zu halten. Aber der gerade Gad hatte unvermittelt zu ihm gesagt:

»Scher dich, Laffe und Hürchen, wir brauchen dich nicht!«

Worauf Joseph schon nach kurzem Besinnen seine Worte geordnet und geantwortet hatte:

»Du bist wie ein Balken Holzes, Gad, über welchen der Hobel noch nicht gegangen, und wie ein stößiger Ziegenbock in der Herde. Bringe ich deine Rede vor den Vater, so wird er dich strafen. Bringe ich sie aber vor Ruben, unseren Bruder, so wird er dich maßregeln in seiner Gerechtigkeit. Sei es jedoch, wie du sagst: Geht ihr zur Rechten, so will ich zur Linken gehen, oder umgekehrt. Denn ich liebe euch zwar, aber meinesteils bin ich leider ein Greuel vor euch und heute besonders, weil der Vater mir vorgelegt hat vom Zicklein und mir freundliche Blicke gegeben. Darum heiße ich deinen Vorschlag gut, damit Ärgernis vermieden werde und ihr nicht unversehens in Sünde fallt. Lebt wohl!«

Dies hatte Gad mit verächtlichem Ausdruck über die Schultern hin angehört, neugierig immerhin, was der Bursche bei dieser Gelegenheit wieder werde zu reden und reimen wissen. Dann hatte er eine derbe Gebärde gemacht und war mit den anderen gegangen, Joseph aber für sich allein.

Er hatte einen kleinen abendlichen Lustwandel unternommen – sofern die Niedergeschlagenheit, in die Gads Grobheit ihn zur Stunde versetzt hatte und die durch die Genugtuung, seine Antwort wohl geformt zu haben, nur teilweise aufgehoben wurde, seinem Wandel Lustigkeit gönnte. Hügelauf war er geschlendert, dort, wo die Anhöhe sich verminderte, gegen Osten, und bald der Kamm und Überblick nach Süden gewonnen war, so daß Joseph die mondweiße Stadt zur Linken im Tal hatte liegen sehen mit ihrer dicken Ummauerung, die vierkantige Ecktürme und Torbauten hatte, mit dem Säulenhof ihres Palastes und dem von einer weiten Terrasse umgebenen Massiv ihres Tempels. Er blickte gern auf die Stadt, in der so viele Menschen wohnten. Auch die Begräbnisstätte der Seinen, die voreinst von Abraham dem chetitischen Manne umständlich abgekaufte Zwiefache Höhle, wo die Gebeine der Ahnen, der babylonischen Ur-Mutter und späterer Häupter ruhten, hatte er andeutungsweise sehen können von hier aus: die Gesimse der steinernen Portalbauten des doppelten Felsengrabes zeichneten sich ganz zur Linken an der Ringmauer ab; und Gefühle der Frömmigkeit, deren Quelle der Tod ist, hatten sich in seiner Brust vermischt mit der Sympathie, die der Anblick der bevölkerten Stadt ihm einflößte. Dann war er zurückgekehrt, hatte den Brunnen gesucht, sich erfrischt, gereinigt und gesalbt und danach mit dem Monde jene etwas ausgeartete Hofmacherei getrieben, bei der der ewig besorgt sich nach ihm umtuende Vater ihn betroffen.

Der Angeber

Nun stand er bei ihm, der Alte, legte ihm die Rechte aufs Haupt, nachdem er den Stab in die Linke hinübergegeben, und blickte mit seinen greisen, aber eindringlichen Augen in die schönen, schwarzen des Jünglings, die dieser anfangs, unter erneutem Vorweisen einer Menge getrennt schimmernden Zahnschmelzes, zu ihm aufschlug, dann aber senkte: aus einfacher Ehrfurcht zum Teil, aber teilweise auch aus schwankendem Schuldgefühl, das mit der Aufforderung des Vaters zusammenhing, er möge sich bekleiden. Tatsächlich hatte er es nicht oder nicht nur der angenehmen Lüftung wegen verschoben, seine Kleider wieder anzulegen, und vermutete, daß sein Vater die Triebe und Auffassungen durchschaute, die ihn bestimmt hatten, seine Begrüßungen halb entblößt nach oben zu richten. Es war so, daß er es süß und hoffnungsvoll gefunden hatte, dem Monde, dem er sich horoskopisch und durch allerlei Ahnung und Spekulation verbunden fühlte, seine junge Nacktheit darzustellen in der Überzeugung, dieser werde Gefallen daran haben, und in der berechneten Absicht, ihn – oder das obere Wesen überhaupt – damit zu bestechen und für sich einzunehmen. Die Empfindung des kühlen Lichtes, das mit der Abendluft seine Schultern berührte, war ihm wie ein Gelingen seines kindlichen Anschlages erschienen, der aus dem Grunde nicht schamlos genannt werden sollte, weil er auf das Opfer der Scham hinauslief. Man muß bedenken, daß die als äußerliche Gepflogenheit aus Ägypterreich übernommene Sitte der Beschneidung in Josephs Sippe und Kreis von langer Hand her eine besondere mystische Bedeutung gewonnen hatte. Sie war die von Gott geforderte und eingesetzte Vermählung des Menschen mit ihr, der Gottheit, vorgenommen an dem Teil des Fleisches, der den Sammelpunkt seines Wesens zu bilden schien und auf den jedes körperliche Gelöbnis getan wurde. Mancher Mann trug den Namen Gottes auf seinem Zeugungsgliede oder schrieb ihn darauf, bevor er ein Weib besaß. Der Treubund mit Gott war geschlechtlich und fügte dadurch, geschlossen mit einem begehrenden und auf Alleinbesitz dringenden Schöpfer und Herrn, dem menschlich Männlichen sittigenderweise eine Abschwächung ins Weibliche zu. Das blutige Opfer der Beschneidung nähert sich in der Idee der Entmannung noch mehr als körperlich. Die Heiligung des Fleisches hat zugleich den Sinn der Keuschheit und ihrer Darbringung: einen weiblichen Sinn also. Außerdem war Joseph, wie er wußte und von jedermann hörte, hübsch und schön – eine Verfassung, die ein gewisses weibliches Bewußtsein ohnedies in sich schließt; und da »schön« das Beiwort war, das man vor allem auf den Mond, und zwar auf den vollen, unverdunkelten und unverhüllten, anzuwenden pflegte, ein Mondwort, das in der himmlischen Sphäre eigentlich zu Hause war und auf den Menschen genau genommen nur übertragenerweise Anwendung fand, so flossen ihm die Denkbilder »schön« und »nackt« fast ohne Unterschied ineinander über, und es schien ihm klug und fromm, die Schönheit des Gestirnes mit der eigenen Nacktheit zu beantworten, damit Vergnügen und Bewunderung gegenseitig seien.

Wir mögen nicht urteilen, wie nahe oder weit eine gewisse Ausartung seines Betragens mit diesen halbdunklen Gesinnungen zusammenhing. Jedenfalls stammten sie aus dem Ursinn einer vor seinen Augen noch immer gang und gäben kultischen Entblößung und schufen ihm eben darum angesichts des Vaters und seiner Zurechtweisung ein unbestimmtes Schuldgefühl. Denn er liebte und fürchtete des Alten Geistigkeit und ahnte deutlich, daß sie eine Gedankenwelt, mit der er selbst sich, wenn auch nur spielerischerweise, noch verbunden hielt, zum guten Teile als sündhaft verwarf, sie als vorabrahamitisch weit hinter sich wies, sie mit dem Wort ihres furchtbarsten und immer bereiten Tadels, dem Worte »götzendienerisch«, traf. Er war auf eine ausdrückliche, die Dinge stark bei Namen nennende Vermahnung solches Sinnes gefaßt. Aber Jaakob zog unter den Sorgen, die ihn, wie immer, um diesen Sohn bewegten, andere vor. Er fing an:

»Wahrlich, es wäre besser, das Kind schliefe schon nach getanem Gebet im Schutz der Hütte. Ich sehe es ungern allein in der Nacht, die zunimmt, und unter den Sternen, die den Guten und Bösen leuchten. Warum hielt es sich nicht zu den Söhnen Lea's und ging nicht, wohin Bilha's Söhne gingen?«

Er wußte wohl, warum Joseph das wieder einmal nicht getan hatte, und auch Joseph wußte, daß nur der Kummer über diese bekannten Verhältnisse ihn zu der Frage zwang. Er antwortete mit vorgeschobenen Lippen:

5 »Die Brüder und ich, wir haben es abgesprochen und in Frieden also beschlossen.«

Jaakob fuhr fort:

»Es geschieht, daß der Löwe der Wüste, und der im Röhricht des Abflusses wohnt, dort, wo er ins Salzmeer geht, herüber-
10 kommt, wenn ihn hungert, und in die Hürden fällt, wenn er nach Blut lechzt, damit er sich Beute hole. Es sind fünf Tage, daß Aldmodad, der Hirte, vor mir auf seinem Bauche lag und gestand, daß ein reißendes Tier vom Jungvieh zwei Mutterlämmer geschlagen habe in der Nacht und eines weggeschleppt,
15 daß er es verzehre. Aldmodad war rein vor mir ohne Eid, denn er wies die geschlagene Zibbe vor in ihrem Blut, so daß es deutlich war dem Verstande, daß die andere der Löwe gestohlen, und der Schaden kommt auf mein Haupt.«

»Er ist gering«, sagte Joseph schmeichelnd, »und verhältnis-
20 mäßig gleich nichts, so reich wie der Herr meines Herrn ihn aus Vorliebe gemacht hat in Mesopotamien.«

Jaakob neigte das Haupt und ließ es überdies noch etwas schräg sinken, zum Zeichen, daß er des Segens sich nicht überhebe, obgleich doch dieser nicht ohne kluge Nachhilfe von
25 seiner Seite wirksam gewesen war. Er antwortete:

»Wem viel gegeben wurde, kann viel genommen werden. Hat der Herr mich silbern gemacht, so kann er mich irden und arm machen gleich der Topfscherbe des Kehrichts; denn seine Laune ist mächtig, und wir begreifen nicht die Wege seiner
30 Gerechtigkeit. Silber hat bleiches Licht«, fuhr er fort, indem er es vermied, nach dem Monde zu sehen, dem aber Joseph sofort einen schrägen Blick schickte, »Silber ist Harm, und des Fürchtenden bitterste Furcht ist der Leichtsinn derer, um die ihm schwer ist.«

Der Knabe verband mit bittendem Aufblick eine tröstend liebkosende Gebärde.

Jaakob ließ sie sich nicht vollenden, er sagte:

»Es war dort draußen im Hirtenfelde, hundert Schritte von hier oder zwei, daß der Löwe sich anschlich und der alten Mutter die Lämmer schlug. Das Kind aber sitzt allein am Brunnen bei Nacht, unbesonnen und bloß, ohne Wehr, und vergißt des Vaters. Bist du gemacht für die Gefahr und gewappnet für den Streit? Bist du wie Schimeon und Levi, deine Brüder, Gott soll schützen, die in die Feinde fallen mit Geschrei, das Schwert in der Faust, und die Stätte der Amoriter verbrannten? Oder bist du wie Esau, dein Oheim zu Seïr im wüsten Mittag, – ein Jäger und Mann der Steppe, rot von Haut und rauh wie ein Bock? Nein, sondern fromm bist du und ein Kind der Hütte, denn du bist Fleisch von meinem Fleisch, und als Esau kam an die Furt mit vierhundert Mann und meine Seele nicht wußte, wie alles ausgehen werde vor dem Herrn, da stellte ich die Mägde vorn mit ihren Kindern, deinen Brüdern, dann Lea mit den ihren, und siehe, dich, dich stellte ich ganz hinten an mit Rahel, deiner Mutter …«

Schon hatte er die Augen voll Tränen. Er konnte den Namen der Frau, die er über alles geliebt hatte, nicht nennen, ohne daß ihm so geschah, obgleich es acht Jahre her war, daß Gott sie ihm unverständlicherweise genommen, und seine ohnedies immer bewegte Stimme geriet in schluchzendes Schwanken.

Der Jüngling streckte die Arme nach ihm und führte dann die gefalteten Hände an die Lippen.

»Wie müht sich doch«, sagte er mit zärtlichem Vorwurf, »das Herz meines Väterchens und lieben Herrn so ohne Not, und wie übertrieben ist seine Besorgnis! Als der Gast uns Gesundheit gewünscht, um nach seinem teuren Bilde zu sehen« (er lächelte mokant, um Jaakob zu erfreuen, und fügte hinzu:), »das mir recht arm und ohnmächtig schien und gering zu achten wie unfeine Töpferware auf dem Markt …«

»Du hast es gesehen?« fiel Jaakob ein … Schon dies war ihm mißfällig und verfinsterte ihn.

»Ich habe den Gast ersucht, es mir zu zeigen vor dem Mahl«, sagte Joseph mit Lippenaufwerfen und Achselzucken. »Es ist 5 mäßige Arbeit, und die Ohnmacht steht ihm an der Stirn geschrieben … Als ihr zu Ende gesprochen, du und der Gast, bin ich hinaus mit den Brüdern, aber einer der Söhne von Lea's Magd, ich glaube, es war Gad, dessen Art ist bieder und geradezu, hat mir anheimgegeben, meine Füße zu setzen, wo die 10 ihren nicht gingen, und hat mir etwas weh getan an der Seele, weil er mich nicht mit meinem Namen nannte, sondern mit falschen und üblen, auf die ich nicht höre …«

Unversehens und gegen seine Absicht war er ins Angeben hineingeraten, obgleich er diese seiner eigenen Zufriedenheit 15 nur abträgliche Neigung an sich kannte, auch aufrichtig wünschte ihr zu steuern und sie vorhin für den Augenblick schon erfolgreich bekämpft hatte. Es war das eine Hemmungslosigkeit seines Mitteilungsbedürfnisses, das mit seinem Mißverhältnis zu den Brüdern einen üblen Kreislauf bildete: denn 20 indem dieses ihn absonderte und an den Vater drängte, schuf es ihm einen Zwischenstand, der ein Sporn war zur Geschichtenträgerei; diese wieder verschärfte die Entfremdung, und so rundherum, so daß nicht zu sagen war, ob mit dem einen oder dem anderen der Schaden begonnen hatte, und jedenfalls die 25 Älteren Rahels Sohn kaum noch sehen konnten, ohne daß ihre Gesichter sich entstellten. Womit es ursprünglich begonnen hatte, das war ohne Zweifel die Vorliebe Jaakobs für dies Kind, – eine sachliche Notiz, mit der man dem gefühlvollen Mann nicht zu nahe zu treten wünscht. Aber das Gefühl eben neigt 30 von Natur zur Zügellosigkeit und einem weichlichen Kult seiner selbst; es will sich nicht verbergen, es kennt keine Verschwiegenheit, es trachtet, sich zu bekennen, sich kund zu tun, es möchte aller Welt, wie wir sagen, »unter die Nase gerieben«

sein, auf daß sie sich damit beschäftige. Dies ist die Unenthaltsamkeit der Gefühlvollen; und Jaakob fand sich in ihr noch ermutigt durch die seine Überlieferung und seinen Stamm beherrschende Vorstellung von Gottes eigener Unenthaltsamkeit und majestätischer Launenhaftigkeit in Gefühlsdingen und Dingen der Vorliebe: El eljons Auserwählung und Bevorzugung einzelner ohne oder jedenfalls über ihr Verdienst war großherrlich, schwer begreiflich und nach menschlichem Begriffe ungerecht, eine erhabene Gefühlsgegebenheit, an der nicht zu deuteln war, sondern die es mit Schrecken und Begeisterung im Staub zu verehren galt; und Jaakob, selbst ein bewußter – wenn auch in Demut und Bangen bewußter – Gegenstand solcher Prädilektion, ahmte Gott nach, indem er auf der seinen üppig bestand und ihr die Zügel schießen ließ.

Des Gefühlsmenschen weiche Unbeherrschtheit war das Erbe, das Joseph vom Vater überkommen hatte. Wir werden von dem Unvermögen, seine Erfülltheit zu bezähmen, dem Mangel an Takt, der ihm so äußerst gefährlich wurde, noch zu berichten haben. Er war es gewesen, der, neunjährig, ein Kind noch, den stürmischen, aber guten Ruben beim Vater verklagt hatte, weil jener, im Jähzorn darüber, daß Jaakob nach Rahels Tod sein Bett nicht bei Lea, Rubens Mutter, die immer mit ihren roten Augen verschmäht im Zelte kauerte, sondern bei Bilha, der Magd, aufschlug und diese zur Lieblingsfrau machte, das väterliche Lager von der neuen Stätte gerissen und es unter Verwünschungen mißhandelt hatte. Es war eine rasche Tat, begangen aus beleidigtem Sohnesstolz, begangen für Lea und bald bereut. Man hätte das Bett in der Stille wieder aufrichten können, und Jaakob hätte von dem Geschehenen nichts zu erfahren brauchen. Aber Joseph, der Zeuge gewesen, hatte nichts Eiligeres zu tun gehabt, als es dem Vater zu hinterbringen, und es war seit dieser Stunde, daß Jaakob, der selbst die Erstgeburt nicht von Natur, sondern nur dem Namen nach und rechtlich besaß, den Plan erwog, Ruben der seinen durch Fluchspruch zu entkleiden, nicht aber etwa den Nächstältesten, Lea's Zweiten, also Schimeon, in diese Würde nachrücken zu lassen, sondern, in willkürlichster Gefühlsfreiheit, Rahels Erstling, den Joseph.

Die Brüder taten dem Jungen unrecht, wenn sie behaupteten, seine Schwatzhaftigkeit habe auf solche väterlichen Entschlüsse abgezielt. Er hatte eben nur nicht schweigen können. Daß er es aber, da ihm nun Vorhaben und Vorwurf bekannt waren, bei nächster Gelegenheit wieder nicht konnte, war desto schwerer verzeihlich und gab dem Verdachte der älteren die stärkste Nahrung. Es ist wenig bekannt, wie Jaakob es erfuhr, daß Ruben mit Bilha »gescherzt« habe.

Da war eine Geschichte, viel schlimmer wie die mit der Lagerstatt, geschehen, noch bevor man bei Hebron sich niederließ, an einer Station zwischen diesem und Beth-el. Ruben, damals einundzwanzigjährig, hatte sich im Überschwall seiner Kräfte und Triebe des Weibes seines Vaters nicht zu enthalten vermocht, – derselben Bilha, der er doch um der zurückgesetzten Lea willen so bitter gram war. Er hatte sie im Bade belauscht, ursprünglich aus Zufall, dann aus dem Vergnügen, sie ohne ihr Wissen zu demütigen, dann mit überhandnehmender Lust. Eine jähe und brutale Begierde nach Bilha's reifen, aber kunstvoll unterhaltenen Reizen, nach ihren noch starren Brüsten, ihrem zierlichen Bauch, hatte den starken Jüngling gepackt, und seine Besessenheit war durch keine Magd, keine seinem Wink gehorsame Sklavin zu stillen gewesen. Er schlich sich ein bei seines Vaters Kebsweib und gegenwärtigen Lieblingsfrau, er überrumpelte sie, und wenn er ihr nicht Gewalt antat, so verführte er die vor Jaakob Zitternde doch durch seine strotzende Kraft und Jugend.

Von dieser Szene der Leidenschaft, der Angst und des Fehltrittes hatte der müßig, wenn auch nicht gerade mit der Absicht, zu spionieren, herumlungernde Knabe Joseph genug erlauscht, um dem Vater mit einfältigem Eifer, als eine mitteilenswerte Seltsamkeit, berichten zu können, Ruben habe mit Bilha »gescherzt« und »gelacht«. Er gebrauchte diese Ausdrücke, die ihrem Wortsinn nach weniger besagten, als er verstanden hatte, nach ihrer landläufigen zweiten Bedeutung aber alles. Jaakob erbleichte und keuchte. Wenige Minuten, nachdem der Knabe ausgeschwatzt, lag Bilha wimmernd vor dem Stammesherrn und gestand, indem sie sich mit den Nägeln die Brüste zerriß, die Ruben verwirrt hatten und die nun für ihren Gebieter auf immer befleckt und unberührbar waren. Dann aber lag dort der Missetäter selbst, zum Zeichen der Demütigung und Preisgabe nur mit einem Sacke gegürtet, und ließ, indem er die Hände über das weggewühlte, mit Staub bestreute Haupt erhob, in wahrster Zerknirschung das feierliche Gewitter des väterlichen Zornes über sich ergehen. Jaakob nannte ihn Cham, Vaterschänder, Chaosdrache, Behemoth und schamloses Flußpferd, dies letztere unter dem Einfluß eines ägyptischen Gerüchtes, das Flußpferd habe die wüste Gewohnheit, seinen Vater zu töten und sich gewaltsam mit seiner Mutter zu paaren. Indem er so tat, als sei Bilha wirklich Rubens Mutter, nur weil er selber mit ihr schlief, ließ er über seinen Donnerreden die alte und dunkle Auffassung walten, Ruben habe sich, indem er seiner Mutter beiwohnte, zum Herrn über alles und alle machen wollen – und verkündete ihm statt dessen das Gegenteil. Denn mit ausgestreckten Armen entriß er dem Stöhnenden die Erstgeburt, – nahm sie freilich nur an sich, ohne das Würdengut vorderhand weiterzuvergeben, so daß seit damals in dieser Beziehung ein Schwebezustand herrschte, in der des Vaters innig-majestätische Vorliebe für Joseph bis auf Weiteres die Stelle rechtlicher Tatsachen vertrat.

Das Merkwürdige war, daß Ruben dem Knaben diese Dinge nicht nachtrug, sondern sich unter allen Brüdern am duldsamsten zu ihm verhielt. Ganz zutreffend achtete er sein Tun nicht für reine Bosheit und sprach ihm innerlich das Recht zu, um die Ehre eines für ihn so liebevollen Vaters besorgt zu sein und ihn mit Vorgängen bekannt zu machen, deren Schändlichkeit zu bestreiten ihm, Ruben, sehr fern lag. Im Bewußtsein seiner Fehlbarkeit war Re'uben gutmütig und gerecht. Außerdem war er, für seine Person bei großer Körperkraft, wie alle Lea-Söhne, ziemlich häßlich (die blöden Augen hatte auch er von der Mutter und salbte sich viel, wenn auch ohne Nutzen, die zur Eiterung neigenden Lider), der allgemein bewunderten Anmut Josephs zugänglicher als die anderen, empfand sie in seiner Plumpheit als rührend und hatte ein Gefühl dafür, daß das wandernde Erbe der Stammeshäupter und großen Väter, die Erwähltheit, der Gottessegen, eher auf den Knaben als auf ihn oder einen andern unter den Zwölfen übergegangen sei. Dies hatte ihm die väterlichen Wünsche und Pläne, die Erstgeburt betreffend, so schwer sie ihn trafen, immer begreiflich erscheinen lassen.

So hatte Joseph wohl gewußt, warum er dem Sohn der Silpa, der übrigens in seiner Geradheit auch nicht der Schlimmste war, mit Rubens Gerechtigkeit gedroht hatte. Oft schon hatte dieser unter den Brüdern für Joseph, wenn auch in wegwerfender Weise, zum Guten geredet, mehrmals ihn mit Armeskraft vor Mißhandlung geschützt und sie gescholten, wenn sie, wütend über eine seiner Verrätereien, sich rächend hatten über ihn hermachen wollen. Denn der Gimpel hatte aus den frühen und schweren Vorkommnissen mit Ruben nichts gelernt, zeigte sich auch durch dessen Großmut nicht gebessert und war, herangewachsen, ein gefährlicherer Beobachter und Zwischenträger denn als Kind. Gefährlich auch für ihn selbst, und dies namentlich; denn die Rolle, die zu spielen er sich gewöhnt hatte, verschärfte täglich seine Acht und Ausgeschlossenheit, beeinträchtigte sein Glück, lud ihm einen Haß auf, den zu tragen seiner Natur nicht im geringsten gemäß war, und schuf ihm allen Grund, sich vor den Brüdern zu fürchten, was denn nun wieder neue Versuchung bedeutete, sich bei dem Vater wohldienerisch gegen sie zu sichern – und alles dies trotz oft gefaßter Vorsätze, doch endlich sein Verhältnis zu den Zehnen, von denen keiner ein Bösewicht war und mit deren durch ihn und seinen kleinen Bruder sich ergänzenden Tierkreiszahl er sich im Grunde heilig verbunden fühlte, nur durch die Enthaltsamkeit seiner Zunge vom Gift genesen zu lassen.

Umsonst. Wann immer Schimeon und Levi, die hitzige Leute waren, mit fremden Hirten oder gar mit Bewohnern der Städte eine Schlägerei vom Zaune gebrochen hatten, welche dem Stamme schadete; wann immer Jehuda, ein stolzer, aber leidender Mensch, den Ischtar plagte und der in dem, was anderen ein Lachen war, nichts zu lachen fand, mit Töchtern des Landes in heimliche Geschichten verstrickt war, mißfällig dem Jaakob; wann immer unter den Brüdern einer vor dem Einen und Höchsten schuldig geworden war, indem er hinterrücks einem Bilde geräuchert und so die Fruchtbarkeit der Herden gefährdet und Pocken, Räude oder Drehsucht über sie heraufbeschworen hatte; oder wann immer die Söhne, sei es hier oder vor Schekem, sich beim Verkaufe von Brackvieh einen still zu verteilenden Vorteil über Jaakobs Nutzen hinaus zu sichern versucht hatten: der Vater erfuhr es von seinem Gunstkind. Er erfuhr von ihm sogar Falsches, was gar keinen Verstand hatte und was er Josephs schönen Augen dennoch zu glauben geneigt war. Dieser behauptete, von den Brüdern hätten etliche wiederholt aus dem Fleische lebender Widder und Schafe Stücke herausgeschnitten, um sie zu essen, und das hätten die vier von den Kebsweibern getan, in besonderer Ausgiebigkeit aber Ascher, der in der Tat ein Vielfraß war. Aschers Appetit war das einzige, was für eine Bezichtigung sprach, die an und für sich höchst unglaubwürdig erschien und deren Wahrheit den vieren auch niemals hatte nachgewiesen werden können. Es war eine Verleumdung, sachlich gesprochen. Von Joseph aus gesehen, verdiente der Fall diesen Namen vielleicht nicht ganz. Wahrscheinlich hatte ihm die Geschichte geträumt; oder richtiger, zu einem Zeitpunkt, da er mit Fug und Recht auf Prügel gefaßt gewesen, hatte er sie sich träumen lassen, um hinter ihr beim Vater Schutz gegen solche Absichten zu suchen, und zwischen Wahrheit und bloßem Gesicht dann nicht recht unterscheiden können und wollen. Es versteht sich aber, daß in diesem Falle die Entrüstung der Brüder sich besonders üppig gebärdete. Sie führte den Freibrief der Unschuld und pochte auf ihn fast etwas zu stürmisch, wie wenn er doch nicht ganz unbedingt gelautet und den Einbildungen Josephs dennoch irgend etwas Wahres zum Grunde gelegen hätte. Wir erbittern uns am meisten über Beschuldigungen, die zwar falsch sind, aber nicht gänzlich. –

Der Name

Jaakob hatte auffahren wollen bei der Nachricht von üblen Namen, die Gad dem Joseph gegeben und die der Alte sofort als eine strafbare Mißachtung seines heiligen Gefühles zu betrachten bereit war. Aber Joseph hatte eine so reizende Art, mit rasch erheiterter Miene und gewandten Wortes einzulenken, abzuwiegeln und weiterzugehen, daß Jaakobs Zorn sich legte, ehe er sich recht erhoben, und er nur fortfahren konnte, mit verträumtem Lächeln in die schwarzen und etwas schiefen, von süßer List verkleinerten Augen des Sprechenden zu blicken.

»Es war nichts«, hörte er die herbe und schmächtige Stimme sagen, die er liebte, da viel von Rahels Stimmklang in ihr war. »Ich habe ihm seine Rauhigkeit brüderlich verwiesen, und da er sich die Mahnung mit Einsicht gefallen ließ, so ist es sein Verdienst, daß wir sanft auseinander kamen. Ich bin gegangen, die Stadt zu sehen vom Hügel und Ephrons doppeltes Haus; ich habe mich hier mit Wasser gereinigt und im Gebet, und was den Löwen betrifft, mit welchem das Väterchen mich zu bedrohen geruhte, den Unterwelts-Wüstling, die Schwarzmond-Brut, so ist er geblieben im Dickicht des Jardên« (er sprach den Namen des Flusses mit anderen Vokalen als wir, nannte ihn 5 »Jardên«, indem er das r zwar am Gaumen bildete, aber nicht rollen ließ und das e ziemlich offen nahm) »und hat sein Nachtmahl gefunden in den Schlüften des Absturzes, und des Kindes Augen haben ihn nicht erblickt, weder nah noch fern.«

Er nannte sich selber »das Kind«, weil er wußte, daß er den 10 Vater mit diesem Namen, der ihm aus früheren Tagen geblieben war, besonders rührte. Er fuhr fort:

»Wäre er aber gekommen mit schlagendem Schweif, und hätte seine Stimme vor Hunger gedröhnt wie die Stimmen der Seraphim beim Lobgesang, so hätte der Knabe sich doch nur 15 leicht entsetzt oder gar nicht vor seinem Grimm. Denn gewiß hätte er sich wieder ans Lämmlein gemacht, der Räuber, gesetzt, daß Aldmodad ihn nicht vertrieben hätte mit Rasseln und Feuerflammen, und hätte den Menschenknaben klüglich gemieden. Weiß denn mein Väterchen nicht, daß die Tiere den 20 Menschen scheuen und meiden, darum, daß Gott ihm den Geist des Verstandes verlieh und ihm eingab die Ordnungen, unter welche das einzelne fällt, und weiß er nicht, wie Semael schrie, als der Erdmensch die Schöpfung zu nennen wußte, als ob er ihr Meister und Urheber sei, und wie alle feurigen Diener 25 sich verwunderten und die Augen niederschlugen, weil sie zwar sehr gut ›Heilig, heilig!‹ zu rufen vermögen in abgestuften Chören, von den Ordnungen und Überordnungen aber gar nichts verstehen? Auch die Tiere schämen sich und kneifen den Schwanz ein, weil wir sie wissen und über ihren Namen befeh- 30 len und die brüllende Gegenwart ihres Einzeltums entkräften, indem wir ihn ihr entgegenhalten. Wäre er nur gekommen mit Fauchen und gehässiger Nase, lang schleichenden Trittes, so hätte er mir doch den Sinn nicht geraubt mit seinem Schrecken und mich nicht erbleichen lassen vor seinem Rätsel. ›Ist dein Name wohl Blutdurst?‹ hätte ich gefragt, um mir einen Spaß mit ihm zu machen. ›Oder heißest du etwa Mordsprung?‹ Aber dann hätte ich mich recht aufgesetzt und gerufen: ›Löwe! Siehe, ein Löwe bist du nach deiner Art und Unterart, und dein Geheimnis liegt bloß vor mir, daß ich es aussage und abtue lachenden Mundes.‹ Und er hätte geblinzelt vor dem Namen und sich weggeduckt vor dem Wort, ohnmächtig, mir zu erwidern. Denn er ist ganz ohne Unterricht und weiß nichts vom Schreibzeug …«

Er fing an, Wortwitz zu treiben, was ihn jederzeit freute, wozu er aber im Augenblick griff, um, eben wie mit den vorangegangenen Prahlereien, den Vater damit zu zerstreuen. Sein Name klang an das Wort Sefer, Buch und Schreibzeug an – zu seiner beständigen Genugtuung übrigens, denn im Gegensatz zu allen seinen Brüdern, von denen keiner schreiben konnte, liebte er die stilistische Beschäftigung und besaß so viel Gewandtheit darin, daß er recht wohl an einer Stätte der Urkundensammlung, wie Kirjath Sefer oder Gebal, als Schreibämtling hätte dienen können, wenn an die Zustimmung Jaakobs zu einer solchen Berufsübung hätte gedacht werden können.

»Wollte doch«, fuhr er fort, »das Väterchen sich herbeilassen und sich zwanglos und bequem zum Sohn an die Tiefe setzen, beispielsweise hier auf den Rand, während das buchgelehrte Kind etwas tiefer rücken und zu seinen Füßen sitzen würde, was eine recht liebliche Anordnung ergäbe. Dann würde es seinen Herrn unterhalten und ihm eine kleine Nachricht und Fabel vom Namen erzählen, die es gelernt hat und ansprechend vorzutragen weiß. Denn es war zur Zeit der Geschlechter der Flut, daß der Engel Semhazai auf Erden eine Dirne sah namens Ischchara und an ihrer Schönheit zum Narren ward, so daß er sprach: Höre auf mich! Sie aber antwortete und sprach: Es ist gar kein Gedanke daran, daß ich auf dich höre, außer du lehrtest mich zuvor den wahrhaften und unverstellten Namen Gottes, kraft dessen du auffährst, wenn du ihn aussprichst. Da lehrte der Bote Semhazai in seiner Narrheit sie wirklich den Namen, weil er gar so brünstiglich wünschte, daß sie auf ihn höre. Kaum aber sah Ischchara sich in diesem Besitz, was denkt das Väterchen wohl, das sie tat und wie die Reine dem zudringlichen Boten ein Schnippchen schlug? Dies ist der Augenblick der höchsten Spannung innerhalb der Geschichte, aber ich sehe leider, daß das Väterchen nicht lauscht, sondern daß seine Ohren verschlossen sind von Gedanken und er eingegangen ist in tiefes Sinnen?«

Wirklich hörte Jaakob nicht zu, sondern »sann«. Es war ein gewaltig ausdrucksvolles Sinnen, das Sinnen selbst, sozusagen wie es im Buche steht, der höchste Grad pathetisch vertiefter Abwesenheit, – darunter tat er es nicht; wenn er sann, so mußte es auch ein rechtes und auf hundert Schritte anschauliches Sinnen sein, großartig und stark, so daß nicht allein jedem deutlich wurde, Jaakob sei in Sinnen versunken, sondern auch jeder überhaupt erst erfuhr, was das eigentlich sei, eine wahre Versonnenheit, und jeden Ehrfurcht anwandelte vor diesem Zustand und Bilde: der Alte am hohen, mit beiden Händen erfaßten Stabe lehnend, das über den Arm gebeugte Haupt, die innig träumerische Bitternis der Lippen im Silberbart, die in die Tiefe der Erinnerung und des Gedankens drängenden und sich wühlenden braunen Greisenaugen, deren in sich gewendeter und tauber Blick so sehr von unten kam, daß er sich in den überhängenden Brauen fast verfing ... Gefühlsmenschen sind ausdrucksvoll, denn Ausdruck entspringt dem Geltungsbedürfnis des Gefühls, das unverschwiegen und ohne Hemmung hervortritt; er ist das Erzeugnis einer weichen Seelengröße, in welcher das Schlaffe und das Kühne, das Unkeusche und Hochherzige, das Natürliche und Gewollte zur würdigsten Schauspielerei sich mischen und deren menschliche Wirkung eine zu leichter Heiterkeit geneigte Ehrfurcht sein mag. Jaakob war sehr ausdrucksvoll – zur Freude Josephs, der diese bewegte Hochgestimmtheit liebte und stolz darauf war, aber zur Beängstigung und Erschütterung anderer, die in Handel und Wandel mit ihm zu tun hatten, und namentlich seiner übrigen Söhne, die bei jeder Unstimmigkeit zwischen ihnen und dem Vater nichts so sehr fürchteten als eben seine Ausdruckskraft. So Ruben, als er anläßlich der schlimmen Geschichte mit Bilha sich dem Alten hatte stellen müssen. Denn obgleich Schrecken und Ehrfurcht vor dem hochgetriebenen Ausdruck damals tiefer und dunkler waren als unter uns, so erfüllte den Alltagsmenschen, dem solche Wirkungen drohten, auch damals das Gefühl banausischer Abwehr, das wir in die Worte kleiden würden: »Um des Himmels willen, das kann gut werden!«

Jaakobs Ausdrucksmacht nun aber, auch die Bewegtheit seiner Stimme, die Gehobenheit seiner Sprache, die Feierlichkeit seines Wesens überhaupt – hing mit der Anlage und Neigung zusammen, die zugleich der Grund war, weshalb man den starken und malerischen Ausdruck des Sinnens so oft an ihm zu beobachten hatte. Es war der Hang zur Gedankenverbindung, welcher sein Innenleben in dem Grade beherrschte, daß er geradezu seine Form ausmachte und sein Denken fast schlechthin aufging in solchen Assoziationen. Auf Schritt und Tritt wurde seine Seele durch Anklänge und Entsprechungen betroffen gemacht, abgelenkt und ins Weitläufige entführt, die Vergangenes und Verkündetes in den Augenblick mischten und den Blick eben dergestalt verschwimmen und sich brechen ließen, wie es beim Grübeln geschieht. Das war beinahe ein Leiden, aber nicht ihm allein zuzuschreiben, sondern sehr weit verbreitet, wenn auch in verschiedenem Grade, so daß sich sagen ließe, in Jaakobs Welt habe geistige Würde und »Bedeutung« – das Wort nach seinem eigentlichsten Sinne genommen – sich nach dem Reichtum an mythischen Ideenverbindungen und nach der Kraft bestimmt, mit der sie den Augenblick durchdrangen. Wie hatte es doch so seltsam, hochgestimmt und bedeutsam geklungen, als der Alte mit halbem Worte seiner Besorgnis Ausdruck gegeben hatte, Joseph möchte in die Zisterne stürzen! Das kam aber daher, daß er die Brunnentiefe nicht denken konnte, ohne daß die Idee der Unterwelt und des Totenreiches sich in den Gedanken, ihn vertiefend und heiligend, einmengte, – diese Idee, die zwar nicht in seinen religiösen Meinungen, wohl aber in den Tiefen seiner Seele und Einbildungskraft, uralt mythisches Erbgut der Völker, das sie war, eine wichtige Rolle spielte: die Vorstellung des unteren Landes, in dem Usiri, der Zerstückelte, herrschte, des Ortes Namtars, des Pestgottes, des Königreichs der Schrecken, woher alle üblen Geister und Seuchen stammten. Es war die Welt, wohin die Gestirne hinabtauchten bei ihrem Untergange, um zur geregelten Stunde wieder daraus emporzusteigen, während kein Sterblicher, der zu diesem Hause den Pfad gewandelt, ihn wieder zurückfand. Es war der Ort des Kotes und der Exkremente, aber auch des Goldes und Reichtums; der Schoß, in den man das Samenkorn bettete und aus dem es als nährendes Getreide emporsproßte, das Land des Schwarzmondes, des Winters und verkohlten Sommers, wohin Tammuz, der lenzliche Schäfer, gesunken war und alljährlich wieder sank, wenn ihn der Eber geschlagen, so daß alle Zeugung versiegte und die beweinte Welt dürre lag, bis Ischtar, die Gattin und Mutter, Höllenfahrt hielt, ihn zu suchen, die staubbedeckten Riegel des Gefängnisses brach und den geliebten Schönen unter großem Lachen aus Höhle und Grube hervorführte, als Herrn der neuen Zeit und der frisch beblümten Flur.

Wie hätte Jaakobs Stimme nicht gefühlsbewegt beben und wie seine Frage nicht seltsam bedeutenden Widerhall gewinnen sollen, da er doch, nicht seiner Meinung, aber seinem

Gefühle nach, im Brunnen einen Eingang zur Unterwelt sah und da dies alles und noch mehr in ihm anklang beim Stichwort der Tiefe? Ein Dummer und Ungebildeter von bedeutungsloser Seele mochte ein solches Wort stumpfsinnig und ohne Beziehung hinsprechen, nichts als das Nächste und Eigentliche dabei im Sinne haben. Dem Wesen Jaakobs verlieh es Würde und geistige Feierlichkeit, machte es ausdrucksvoll bis zur Beängstigung. Es ist nicht zu sagen, wie es dem fehlbaren Ruben durch Mark und Bein gegangen war, als der Vater ihm seinerzeit den anrüchigen Namen des Cham entgegengeschleudert hatte. Denn Jaakob war nicht der Mann, sich dieses Schimpfs etwa nur im Sinne einer matten Anspielung zu bedienen. Seine Geistesmacht bewirkte ein furchtbares Aufgehen der Gegenwart im Vergangenen, das völlige Wiederinkrafttreten des einst Geschehenen, seine, des Jaakob, persönliche Einerleiheit mit Noah, dem belauschten, verhöhnten, von Sohneshand entehrten Vater; und Ruben hatte auch im voraus gewußt, daß es so sein und daß er ganz wirklich und eigentlich als Cham vor Noah liegen werde, und ebendeshalb hatte ihm so gründlich vor dem Auftritt gegraust.

Was gegenwärtig denn nun den Alten in so augenfälliges Sinnen versetzte, waren Erinnerungen, zu denen das Geplauder des Sohnes vom »Namen« seinen Geist aufgerufen hatte, – traumschwere, hohe und ängstliche Erinnerungen aus alten Tagen, da er in großer Körperfurcht, der Wiederbegegnung mit dem geprellten und zweifellos rachbegierigen Wüstenbruder gewärtig, so inbrunstvoll nach geistiger Macht getrachtet und mit dem besonderen Manne, der ihn überfallen, um den Namen gerungen hatte. Ein schwerer, schrecklicher und hochwollüstiger Traum von verzweifelter Süße, aber kein luftiger und vergehender, von dem nichts erübrigte, sondern ein Traum, so körperheiß und wirklichkeitsdicht, daß doppelte Lebenshinterlassenschaft von ihm liegengeblieben war, wie

Meeresfrucht am Land bei der Ebbe: das Gebrechen von Jaakobs Hüfte, des Pfannengelenks, daraus er hinkte, seit der Besondere es im Ringen verrenkt hatte, und zweitens der Name, – aber nicht des eigentümlichen Mannes Name: der war aufs äußerste verweigert worden, bis in die Morgenröte, bis in die Gefahr der peinlichsten Verspätung, wie keuchend heiß und unablässig gewalttätig Jaakob ihn auch von ihm gefordert hatte; nein, sondern sein eigener anderer und zweiter Name, der Beiname, den der Fremde ihm im Kampfe vermacht, damit er von ihm ließe vor Sonnenaufgang und ihn vor peinlicher Verspätung bewahrte, der Ehrentitel, den man ihm seitdem beilegte, wenn man ihm schmeicheln, ihn lächeln sehen wollte: Jisrael, »Gott führt Krieg« … Er sah die Furt des Jabbok wieder vor sich, an deren buschigem Zugang er in Einsamkeit verblieben war, nachdem er die Frauen, die Elfe und die für Esau ausgesonderten Sühngeschenke an Vieh schon hindurchgeführt; sah die unruhig bewölkte Nacht, in der er, zwischen zwei Schlummerversuchen, unruhevoll wie der Himmel, umhergestrichen war, noch zitternd von der mit Gottes Hilfe leidlich verlaufenen Auseinandersetzung mit Rahels überlistetem Vater und schon wieder gequält von schwerer Besorgnis vor dem Anrücken eines anderen Betrogenen und Verkürzten. Wie er die Elohim betend ermahnt, sie geradezu zur Pflicht gerufen hatte, ihm beizustehen! Und auch den Mann, mit dem er, Gott wußte, wie, unversehens in ein Ringen auf Leben und Tod geraten war, sah er in dem plötzlich grell aus Wolken tretenden Monde von damals wieder so nahe, wie Brust an Brust: seine weit auseinanderstehenden Rindsaugen, die nicht nickten, sein Gesicht, das, wie auch die Schultern, poliertem Steine glich; und etwas von der grausamen Lust trat wieder in sein Herz, die er damals verspürt, als er ihm mit ächzendem Flüstern den Namen abgefordert … Wie stark er gewesen war! Verzweifelt traumstark und ausdauernd aus unvermuteten Kraftvorräten der Seele. Die ganze Nacht hatte er ausgehalten, bis ins Morgenrot, bis er sah, daß es dem Manne zu spät wurde, bis der verlegen gebeten hatte: »Laß mich gehn!« Keiner hatte den anderen übermocht, aber hieß das nicht obgesiegt haben für Jaakob, der kein eigentümlicher Mann war, sondern ein Mann von hier, aus des Menschen Samen? Ihm war, als habe der Weitäugige seine Zweifel daran gehabt. Der schmerzhafte Schlag und Griff nach der Hüfte hatte wie eine Untersuchung ausgesehen. Vielleicht hatte er der Feststellung dienen sollen, ob das da eine Gelenkkugel sei, beweglich und nicht etwa unbeweglich, wie bei seinesgleichen, der nicht zum Sitzen eingerichtet war ... Und dann hatte der Mann die Sache so zu wenden gewußt, daß er sich zwar nicht seines Namens entäußert, aber dafür dem Jaakob einen verliehen hatte. Deutlich wie damals hörte dieser im Sinnen die hohe und erzene Stimme, die zu ihm gesprochen: »Fortan sollst du Jisrael heißen« –, woraufhin er den Inhaber dieser besonderen Stimme aus seinen Armen entlassen hatte, so daß er denn hoffentlich mit knapper Not noch mochte zur Zeit gekommen sein ...

Vom äffischen Ägypterland

Die Art, in der der feierliche Alte sein Sinnen beendete und aus tiefer Abwesenheit zurückkehrte, war nicht weniger ausdrucksvoll als sein Versinken darein. Hoch aufseufzend, mit schwerer Würde, richtete er sich daraus empor, schüttelte es von sich und blickte erhobenen Hauptes groß im Leeren umher wie ein Erwachender, sinnfälligst sich sammelnd und sich in die Gegenwart wieder findend. Der Vorschlag Josephs, sich zu ihm niederzulassen, schien überhört. Auch war es nicht der Augenblick für ansprechende Histörchen, wie dieser zu seiner Beschämung erkennen mußte. Der Alte hatte noch ein und das andere ernste Wort mit ihm zu reden. Die Sorge wegen des

Löwen war nicht seine einzige gewesen; Joseph hatte Anlaß zu weiteren gegeben, und nichts war ihm geschenkt. Er hörte:

»Es ist ein Land weit unten, das Land Hagars, der Magd, Chams Land oder das schwarze geheißen, das äffische Ägypterland. Denn seine Leute sind schwarz an der Seele, wenn auch rötlich von Angesicht, und kommen alt aus Mutterleib, so daß ihre Säuglinge kleinen Greisen gleichen und schon nach einer Stunde anfangen, vom Tode zu lallen. Sie tragen, wie ich vernahm, ihres Gottes Mannheit drei Ellen lang durch die Gassen mit Trommeln und Saitenspiel und buhlen in Gräbern mit geschminkten Leichnamen. Ohne Ausnahme sind sie dünkelhaft, lüstern und traurig. Sie kleiden sich nach dem Fluche, der Cham getroffen, welcher nackt gehen sollte mit bloßer Scham, denn Leinewand, dünn wie Spinnenwerk, bedeckt ihre Blöße, ohne sie zu verbergen, und damit wissen sie sich noch gar viel und sagen, sie trügen gewebte Luft. Denn sie schämen sich nicht ihres Fleisches und haben für die Sünde weder Wort noch Verstand. Die Bäuche ihrer Toten stopfen sie mit Spezereien und legen an die Stelle des Herzens mit Recht das Bild eines Mistkäfers. Sie sind reich und unflätig wie Sodoms und Amoras Leute. Nach Belieben stellen sie ihre Betten mit denen der Nachbarn zusammen und tauschen die Weiber aus. Geht eine Frau über den Markt und sieht einen Jüngling, nach dem es sie gelüstet, so legt sie sich zu ihm. Sie sind wie Tiere und bücken sich vor Tieren im Innersten ihrer uralten Tempel, und ich bin berichtet, daß ein bis dahin reines Mädchen sich dort vor allem Volke von einem Bock namens Bindidi hat bespringen lassen. Billigt mein Sohn diese Sitten?«

Da Joseph einsah, auf welchen Verstoß sich solche Worte bezogen, ließ er Kopf und Unterlippe hängen, wie ein kleiner Junge, der gescholten wird. In dem Ausdruck halb schmollender Bußfertigkeit aber verbarg er ein Lächeln; denn er wußte, daß Jaakobs Schilderung der Sitten von Mizraim starke Verallgemeinerungen, Einseitigkeiten und Übertreibungen enthielt. Nach einigem zerknirschten Verstummen schlug er, zur Antwort angehalten, bittende Augen auf, die in denen des Vaters nach dem ersten Schein eines Lächelns der Versöhnung forschten und es durch vorsichtiges Entgegenkommen, ein abwechselndes Sichvorwagen und Sichwiederzurücknehmen eigener Lustigkeit herauszulocken suchten. Vermittelnde Rede trieb schon ihr Spiel darin, bevor er sagte:

»Wenn dem so ist dort unten, lieber Herr, so hütet dies unvollkommene Kind hier sich wohl in seinem Herzen, es gutzuheißen. Immerhin scheint mir, daß die Feinheit der ägyptischen Leinwand, und daß sie wie Luft ist, von der Geschicklichkeit jener greisen Mistkäfer im Handwerk ein Zeugnis ablegt, welches von einer anderen Seite her und bedingungsweis für sie einnehmen könnte. Und wenn ihr Fleisch ihnen keine Scham macht, so könnte jemand, der in der Nachsicht überweit gehen wollte, vielleicht zu ihrer Entschuldigung anführen, daß sie meistens recht mager am Leibe sind und spärlichen Fleisches, daß aber feistes Fleisch mehr Anlaß hat, sich zu schämen, als dürres, und zwar ...«

Da war es nun Jaakobs Sache, sich ernst zu halten. Er versetzte mit einer Stimme, in der scheltende Ungeduld und Zärtlichkeit einen bewegten Kampf führten:

»Du sprichst wie ein Kind! Du weißt die Worte zu fügen, und deine Rede ist einnehmend wie eines listigen Kamelhändlers beim Feilschen, ihr Sinn jedoch überaus kindisch. Ich will nicht glauben, daß du beabsichtigst, meiner Bangigkeit zu spotten, die mich zittern läßt, du möchtest dem Herrn mißfallen und seinen Eifer erregen über dich und Abrahams Samen. Meine Augen haben gesehen, daß du nackt saßest unter dem Monde, als ob nicht der Höchste in unser Herz gegeben hatte das Wissen der Sünde, und als ob nicht die Nächte des Frühjahrs kühl wären auf diesen Höhen nach des Tages Hitze und nicht der böse Fluß dich befallen könnte über Nacht und Fieber dich sinnlos machen, ehe der Hahn kräht. Darum will ich, daß du sogleich deinen Oberrock anlegst zu dem Hemd nach der Frömmigkeit der Kinder Sems. Denn es ist wollen, und ein Wind gehet von Gilead. Und ich will, daß du mich nicht ängstigest, denn meine Augen haben noch mehr gesehen, und ich fürchte, sie sahen, daß du den Gestirnen Kußhände zuwarfst …«

»Mitnichten!« rief Joseph, heftig erschrocken. Er war aufgesprungen vom Brunnenrande, um in seinen knielangen, braun und gelben Kittel zu fahren, den der Vater genommen und ihm hingereicht; aber die rasche Bewegung und das Aufrechtstehen schien zugleich seine Abwehr ausdrücken zu sollen gegen des Alten Verdacht, den es um jeden Preis zu entkräften galt – und mit allen Mitteln. Geben wir acht, hier war alles sehr kennzeichnend! Jaakobs mehrfach geschichtete und beziehungshaft verschränkte Denkweise bewährte sich in der Art, wie er drei Vorwürfe zu einem machte: den der hygienischen Unvorsichtigkeit, des Mangels an Schamhaftigkeit und des religiösen Rückfalls. Der letztere war die unterste und schlimmste Lage des Besorgniskomplexes, und Joseph, beide Arme halb in den Ärmeln des Kittels, dessen Kopfloch er in der Aufregung nicht finden konnte, zog seinen Kampf mit dem Kleidungsstück mit heran, um anschaulich zu machen, wie sehr ihm daran gelegen war, ein Verhalten abzuleugnen, das er zugleich auf die verschmitzteste Art zu rechtfertigen wußte.

»Dies nie und nimmer! Das ganz und gar nicht!« beteuerte er, während sein hübscher und schöner Kopf den Weg durch des Kittels Ausschnitt fand; und bestrebt, die Überzeugungskraft seiner Verwahrung durch die Gewähltheit seiner Redewendungen zu erhöhen, fügte er hinzu:

»Des Väterchens Meinung ist, das versichere ich, in der betrübendsten Weise vom Irrtum umdunkelt!«

Er rückte erregt den Rock mit den Schultern zurecht und zog ihn mit beiden Händen hinunter, griff nach dem Myrtenzweiggebinde auf seinem Kopf, um das Zerzauste beiseitezuwerfen, und begann ohne Hinblicken an den Schnüren zu nesteln, mit denen der Rock unter dem Halsausschnitt zu schließen war. »Von Kußhänden kann auch nicht im entferntesten ... Wie sollte ich ein solch großes Übel tun? Habe mein teurer Herr doch die Gnade, meine Fehler nachzurechnen, und siehe, er wird finden, daß sie nicht zählen! Ich blickte empor, gewiß, das trifft zu. Ich sah das Licht strahlen, es prächtig dahinziehen, und meine von den Feuerpfeilen der Sonne verletzten Augen haben sich gekühlt in dem linden Schein des Gebildes der Nacht. Denn so heißt es im Liede und gehet unter den Menschen von Mund zu Mund:

›Dich, Sin, ließ er glänzen. Die Zeit zu bestimmen,
In Wechsel und Wandel, vermählt' er die Nacht dir
Und krönte mit Hoheit dein festlich Vollenden.‹«

Er litaneite das, um eine Brunnenstufe über den Alten erhöht, die Hände aufgestellt, indem er den Oberkörper bei jedem ersten Halbvers nach einer Seite und bei dem zweiten nach der anderen sinken ließ.

»Schapattu«, sagte er. »Das ist der Tag des festlichen Vollendens, der Tag der Schönheit. Er steht nahe bevor, morgen oder zweimal morgen wird er eintreten. Aber auch am Sabbat werde ich nicht daran denken, dem Zeitbestimmer auch nur die kleinste und versteckteste Kußhand zu werfen, denn es heißt nicht, daß er von selber glänzte, sondern daß Er ihn glänzen ließ und ihm die Krone verlieh ...«

»Wer«, fragte Jaakob leise. »Wer ließ ihn glänzen?«

»Mardug-Bel!« rief Joseph vorschnell, ließ dem aber sogleich ein langgezogenes »Eh –« folgen, währenddessen er austilgend den Kopf schüttelte, und fuhr fort:

»... Wie sie ihn nennen in den Geschichten. Es ist jedoch – das Väterchen muß das nicht von diesem erbärmlichen Kinde erfahren – der Herr der Götter, welcher stärker ist denn alle Anunnaki und die Baale der Völker, der Gott Abrahams, der den Drachen schlug und die dreifache Welt erschuf. Wenn er zürnend sich abkehrt, wendet er nicht wieder seinen Nacken, und wenn er ergrimmt, tritt kein anderer Gott seiner Wut entgegen. Der Hochherzige ist er, umfassenden Sinnes, Frevler und Sünder sind ein Gestank seiner Nase, aber dem, der da zog aus Ur, hat er sich zugeneigt und einen Bund mit ihm errichtet, daß er sein Gott sein wolle, sein und seines Samens. Und sein Segen ist gekommen auf Jaakob, meinen Herrn, welchem bekanntlich als schöner Name der Titel Jisrael gebührt und der da ist ein großer Verkünder, aller Einsicht voll, und sehr weit entfernt, seine Kinder so fehlerhaft zu unterweisen, daß sie es sich beikommen ließen, den Gestirnen Kußhände zuzuwerfen, wie solche doch einzig dem Herrn gebühren würden unter der zu verneinenden Voraussetzung, daß sie sich schicken würden ihm gegenüber, was aber so wenig der Fall ist, daß man sagen könnte, immer noch im Vergleich sei es schicklicher, sie den blanken Gestirnen zu werfen. Aber wenn man dies sagen könnte, so sage doch ich es nicht, und wenn ich die Finger zum Munde geführt habe zu irgendeiner Kußhand, so will ich sie nicht wieder dahin führen, um zu essen, so daß ich verhungere. Und ich will auch dann nicht mehr essen, sondern es vorziehen, zu verhungern, wenn das Väterchen es sich nicht augenblicklich bequem macht und sich zum Sohne niedersetzt auf den Rand der Tiefe. Ohnedies steht mein Herr schon viel zu lange auf seinen Füßen, da er doch an der Hüfte eine heilige Schwäche hat, von der man sehr wohl weiß, auf welche hocheigentümliche Weise er dazu gekommen –«

Er wagte es, zu dem Alten niederzutreten und behutsam den Arm um seine Schultern zu legen, überzeugt, ihn durch sein

Geschwätz verzaubert und besänftigt zu haben; und Jaakob, der, mit der kleinen steinernen Siegelwalze spielend, die ihm auf der Brust hing, in Gottesgrübeleien gestanden hatte, gab aufseufzend dem leichten Drucke nach, setzte den Fuß auf die Rundstufe und setzte sich auf den Brunnenrand nieder, indem er den Stab in den Arm lehnte, sein Kleid ordnete und nun seinerseits das Gesicht dem Monde zuwandte, der klar seine zarte Greisenmajestät erhellte und seine klug besorgten kastanienbraunen Augen spiegelig glänzen ließ. Zu seinen Füßen saß Joseph dem Bilde gemäß, das er schon früher ersehen und empfohlen hatte. Und während er Jaakobs Hand auf seinem Haare spürte, die sich in streichelnder Bewegung, dem Alten wohl unbewußt, darauf niedergelassen, fuhr er mit leiserer Stimme zu sprechen fort:

»Siehe, so ist es fein und lieblich, und alle drei Nachtwachen lang möchte ich so sitzen, wie ich es mir schon längst gewünscht. Mein Herr blickt empor in das Antlitz droben, und ich habe es ebenso gut, da ich mit dem äußersten Vergnügen in das seine blicke, das ich ebenfalls sehe wie eines Gottes Antlitz und das da leuchtet vom Widerschein. Sage, hast du nicht meines rauhen Oheims Esau Angesicht gesehen wie des Mondes Angesicht, als er so unverhofft sanft und brüderlich dir begegnete an der Furt, gemäß deinem Berichte? Aber auch das war nur ein Widerschein der Milde auf einem rauh glühenden Angesicht, deines Antlitzes Widerschein, lieber Herr, das zu sehen ist wie des Mondes und wie Habels, des Hirten, dessen Opfer dem Herrn wohlgefällig war und nicht wie Kains und Esau's, deren Gesichter sind wie der Acker, wenn ihn die Sonne zerreißt, und wie die Scholle, wenn sie vor Dürre rissig wird. Ja, du bist Habel, der Mond und der Hirt, und alle die Deinen, wir sind Hirten und Schäfersleute und nicht Leute der ackerbauenden Sonne, wie die Bauern des Landes, die schwitzend hinter dem Pflugholze gehen und hinter dem Rindvieh des Pfluges und zu den Baalim des Landes beten. Wir aber blicken auf zum Herrn des Weges, dem Wanderer, der da ziehet im weißen Gewande glänzend herauf… Sage mir doch«, fuhr er in einem Zuge fort, beinahe ohne sich Atem zu gönnen, »ist nicht Abiram, unser Vater, ausgezogen von Ur in Chaldäa im Verdruß, und hat er nicht hinter sich gelassen die Mondburg seiner Stätte im Zorn, weil der Gesetzgeber seinem Gotte Marudug, der da ist der Sonnenbrand, mächtig das Haupt erhoben und ihn erhöht hatte über alle Götter von Sinear zum Verdruß der Leute des Sin? Und sage mir doch, nennen seine Leute dort draußen ihn nicht auch Sem, wenn sie ihn recht erhöhen wollen – so wie da hieß Noahs Sohn, des Kinder sind schwarz, aber lieblich, wie Rahel war, und wohnen zu Elam, Assur, Arpachsad, Lud und Edom? Warte und höre, denn dem Kinde fällt etwas ein! Hieß nicht Abrams Weib Sahar, das ist der Mond? Siehe nun einmal an, ich werde dir eine kleine Rechnung machen. Sieben mal fünfzig Tage sind die Tage des Kreislaufs und vier darüber. In jedem Monat aber sind es drei Tage, daß die Menschen den Mond nicht sehen. Vermindere nun, mein Herr, wenn ich bitten darf, jene dreihundertvierundfünfzig um diese drei mal zwölf, und es sind dreihundertachtzehn Nächte des sichtbaren Mondes. Aber dreihundertachtzehn hausbürtige Knechte waren es an der Zahl, mit denen Abraham schlug die Könige aus Osten und sie trieb bis über Damask und Lot, seinen Bruder, befreite aus der Hand Kudur-Laomers, des Elamiten. Siehe doch an, so hat Abiram, unser Vater, den Mond geliebt, und so fromm war er ihm, daß er zum Kampfe abzählte seine Knechte genau nach den Tagen seines Scheines. Und gesetzt, ich hätte ihm Kußhände geworfen, nicht eine, sondern dreihundertachtzehn, während ich ihm in Wahrheit ja gar keine warf, sage doch, wäre das ein so großes Übel gewesen?«

Die Prüfung

»Du bist klug«, sagte Jaakob, indem er die Hand auf Josephs Haupt, die er während der Rechnung hatte ruhen lassen, wieder in Bewegung setzte, und sogar in lebhaftere als vorher, »du bist klug, Jaschup, mein Sohn. Dein Kopf ist außen hübsch und schön, wie Mami's war« (er gebrauchte den Kosenamen, mit dem der kleine Joseph die Mutter genannt hatte und der babylonischer Herkunft war: der irdisch-trauliche Name der Ischtar), »und innen gar scharf und fromm. So lustig war auch der meine, als ich nicht mehr Umläufe zählte als du, aber er ist schon etwas müde worden von den Geschichten, nicht nur von den neuen, sondern auch von den alten, die auf uns gekommen sind und die es zu bedenken gilt; ferner von den Schwierigkeiten und von Abrahams Erbe, das mir ein Sinnen ist, denn der Herr ist nicht deutlich. Möge immerhin sein Antlitz zu sehen sein wie das Antlitz der Milde, so ist es doch auch zu sehen wie Sonnenbrand und wie die lohe Flamme; und hat Sodom zerstört mit Glut, und es geht der Mensch hindurch durch das Feuer des Herrn, um sich zu reinigen. Die fressende Flamme ist er, die das Fett des Erstlings verzehrt am Fest der Tagesgleiche, draußen vor dem Zelt, wenn es dunkel ward und wir innen sitzen mit Zagen und vom Lamme essen, dessen Blut die Pfosten färbt, weil der Würger vorübergeht ...«

Er unterbrach sich, und seine Hand wich von Josephs Haar. Der blickte auf und mußte sehen, daß der Greis das Gesicht mit den Händen bedeckt hielt und daß er zuckte.

»Was ist meinem Herrn!« rief er bestürzt, indem er sich eilig herumwarf und mit den Händen gegen die des Alten hinaufstrebte, ohne eine Berührung zu wagen. Er hatte zu warten und noch einmal zu bitten. Jaakob veränderte seine Stellung nur zögernd. Als er sein Gesicht enthüllte, schien es zügig vergrämt und drang mit mühseligen Augen neben dem Knaben hin ins Leere.

»Ich gedachte Gottes mit Schrecken«, sagte er, und seine Lippen schienen schwer beweglich. »Da war mir, als sei meine Hand die Hand Abrahams und läge auf Jizchaks Haupt. Und als erginge seine Stimme an mich und sein Befehl ...«

»Sein Befehl?«, fragte Joseph mit einer vogelhaft kurzen und herausfordernden Kopfbewegung ...

»Der Befehl und die Weisung, du weißt es, denn du kennst die Geschichten«, antwortete Jaakob versagenden Tones und saß vorgebeugt, die Stirn gegen die Hand gelehnt, in der er den Stab hielt. »Ich habe sie vernommen, denn ist Er geringer als Melech, der Baale Stierkönig, dem sie der Menschen Erstgeburt bringen in der Not und überliefern bei heimlichem Fest die Kindlein in seine Arme? Und darf er nicht fordern von den Seinen, was Melech fordert von denen, die ihn glauben? Da forderte er es denn, und ich vernahm seine Stimme und sprach: ›Hier bin ich!‹ Und mein Herz stand still, mein Atem ging nicht. Und gürtete einen Esel in der Frühe und nahm dich mit mir. Denn du warst Isaak, mein Spätling und Erstling, und ein Lachen hatte der Herr uns zugerichtet, als er dich anzeigte, und warst mein ein und alles, und auf deinem Haupte lag alle Zukunft. Und nun forderte er dich mit Recht, wenn auch gegen die Zukunft. Da spaltete ich Holz zum Brandopfer und legte es auf den Esel und setzte das Kind dazu und zog aus mit den Hausknechten von Beerscheba drei Tage weit hinab gegen Edom und das Land Muzri und gegen Horeb, seinen Berg. Und als ich den Berg des Herrn von ferne sah und den Gipfel des Berges, ließ ich den Esel zurück mit den Knaben, daß sie auf uns warteten, und legte auf dich das Holz zum Brandopfer und nahm das Feuer und Messer, und wir gingen allein. Und als du mich ansprachst: ›Mein Vater?‹, da vermochte ich nicht zu sagen: ›Hier bin ich‹, sondern meine Kehle winselte unversehens. Und als du mit deiner Stimme sagtest: ›Wir haben Feuer und Holz; wo ist aber das Schaf zum Brandopfer?‹, da konnte ich nicht antworten, wie ich hätte müssen, daß der Herr sich schon ersehen werde ein Schaf, sondern mir wurde so weh und übel, daß ich hätte mögen meine Seele aus mir speien mit Tränen, und winselte neuerdings, so daß du mit deinen Augen nach mir blicktest von der Seite. Und da wir zur Stätte kamen, baute ich den Schlachttisch aus Steinen und legte das Holz darauf und band das Kind mit Stricken und legte es obenauf. Und nahm das Messer und bedeckte mit der Linken dein Augenpaar. Und wie ich das Messer zückte und des Messers Schneide gegen deine Kehle, siehe, da versagte ich vor dem Herrn, und es fiel mir der Arm von der Schulter, und das Messer fiel, und ich stürzte zu Boden hin auf mein Angesicht und biß in die Erde und in das Gras der Erde und schlug sie mit Füßen und Fäusten und schrie: ›Schlachte ihn, schlachte ihn Du, o Herr und Würger, denn er ist mein ein und alles, und ich bin nicht Abraham, und meine Seele versagt vor Dir!‹ Und während ich schlug und schrie, so rollte ein Donner hin von der Stelle den Himmel entlang und verrollte weit. Und ich hatte das Kind und hatte den Herrn nicht mehr, denn ich hatte es nicht vermocht, für ihn, nein, nein, nicht vermocht«, stöhnte er und schüttelte die Stirne an der Hand am Stabe.

»Im letzten Augenblick«, fragte Joseph mit hohen Brauen, »versagte die Seele dir? Denn im nächsten«, so fuhr er fort, da der Alte nur schweigend den Kopf etwas wandte, »im allernächsten wäre ja die Stimme erschollen und hätte dir zugerufen: ›Lege deine Hand nicht an den Knaben und tu ihm nichts!‹, und hättest den Widder gesehen in der Hecke.«

»Ich wußte es nicht«, sagte der Greis, »denn ich war wie Abraham, und die Geschichte war noch nicht geschehen.«

»Ei, sagtest du nicht, du hättest gerufen: ›Ich bin nicht Abraham‹?« versetzte Joseph lächelnd. »Warst du aber nicht er, so warst du Jaakob, mein Väterchen, und die Geschichte war alt, und du kanntest den Ausgang. War es doch auch nicht der

Knabe Jizchak, den du bandest und schlachten wolltest«, fügte er, wieder mit jener zierlichen Kopfbewegung, hinzu. – »Das ist aber der Vorteil der späten Tage, daß wir die Kreisläufe schon kennen, in denen die Welt abrollt, und die Geschichten, in denen sie sich zuträgt und die die Väter begründeten. Du hättest mögen auf die Stimme und auf den Widder vertrauen.«

»Deine Rede ist gewitzt, aber unzutreffend«, erwiderte der Alte, der seinen Schmerz über den Streitfall vergaß. »Zum ersten nämlich, wenn ich denn Jaakob war und nicht Abraham, so war nicht gewiß, daß es gehen werde wie damals, und ich wußte nicht, ob der Herr nicht wolle zu Ende geschehen lassen, was er einst aufgehalten. Zum zweiten, siehe doch an: Was wäre meine Stärke gewesen vor dem Herrn, wenn sie mir gekommen wäre aus der Rechnung auf den Engel und auf den Widder und nicht vielmehr aus dem großen Gehorsam und aus dem Glauben, daß Gott kann die Zukunft hindurchgehen lassen durch das Feuer unversehrt und sprengen die Riegel des Todes und Herr ist der Auferstehung? Zum dritten aber – hat denn Gott mich geprüft? Nein, er hat Abraham geprüft, der bestand. Mich aber habe ich selbst geprüft mit der Prüfung Abrahams, und mir hat die Seele versagt, denn meine Liebe war stärker denn mein Glaube, und ich vermochte es nicht«, klagte er wiederum und neigte aufs neue die Stirn zum Stab; denn nachdem er seinen Verstand gerechtfertigt, überließ er sich wieder dem Gefühl.

»Sicherlich habe ich Ungereimtes gesprochen«, sagte Joseph demütig, »meine Dummheit ist zweifellos größer als des Großteils der Schafe, und ein Kamel gleicht an Einsicht gewiß Noah, dem Hochgescheiten, im Vergleich mit diesem sinnlosen Knaben. Meine Antwort auf deine beschämende Zurechtweisung wird nicht erleuchteter sein, aber dem blöden Kinde scheint, daß, wenn du dich selber prüftest, du weder Abraham noch Jaakob warst, sondern – es ist ängstlich zu sagen – du warst der Herr, der Jaakob prüfte mit der Prüfung Abrahams, und du hattest die Weisheit des Herrn und wußtest, welche Prüfung er dem Jaakob aufzuerlegen gesonnen war, nämlich die, welche den Abraham zu Ende bestehen zu lassen er nicht gesonnen gewesen ist. Denn er sprach zu ihm: ›Ich bin Melech, der Baale Stierkönig. Bringe mir deine Erstgeburt!‹ Als aber Abraham sich anschickte, sie zu bringen, da sprach der Herr: ›Unterstehe dich! Bin ich Melech, der Baale Stierkönig? Nein, sondern ich bin Abrahams Gott, des Angesicht ist nicht zu sehen wie der Acker, wenn ihn die Sonne zerreißt, sondern vielmehr wie des Mondes Angesicht, und was ich befahl, habe ich nicht befohlen, auf daß du es tuest, sondern auf daß du erfahrest, daß du es nicht tun sollst, weil es schlechthin ein Greuel ist vor meinem Angesicht, und hier hast du übrigens einen Widder.‹ Mein Väterchen hat sich damit unterhalten, daß er sich prüfte, ob er zu tun vermöchte, was der Herr dem Abraham verbot, und grämt sich, weil er fand, daß er das nie und nimmer vermöchte.«

»Wie ein Engel«, sagte Jaakob, indem er sich aufrichtete und gerührt den Kopf schüttelte. »Wie ein Engel aus der Nähe des Sitzes sprichst du, Jehosiph, mein Gottesknabe! Ich wollte, Mami könnte dich hören; sie würde in die Hände klatschen, und ihre Augen, die du hast, würden vor Lachen schimmern. Nur die Hälfte der Wahrheit ist bei deinen Worten, und zur anderen Hälfte bleibt es bei dem, was ich sagte, denn ich habe mich schwach erwiesen in der Zuversicht. Aber dein Teil Wahrheit hast du angetan mit Anmut und gesalbt mit dem Salböl des Witzes, so daß es ein Spaß war für den Verstand und ein Balsam für mein Herz. Wie kommt es dem Kinde nur, daß seine Rede gewitzt ist durch und durch, so daß sie lustig fällt über den Felsen der Wahrheit und ins Herz plätschert, daß es vor Freude hüpft?«

»Das verhält sich, wie folgt«, antwortete Joseph, »es hat der Witz die Natur des Sendboten hin und her und des Unterhändlers zwischen Sonne und Mond und zwischen Schamaschs Macht und Sins Macht über den Körper und das Gemüt des Menschen. So hat es mich Eliezer gelehrt, dein weiser Knecht, als er mir anzeigte die Wissenschaft der Sterne und ihrer Begegnungen und ihrer Macht über die Stunde, je wie sie sich anschauen. Und als er mir stellte den Stundenzeiger meiner Geburt zu Charran in Mesopotamien im Tammuz-Monat um Mittag, da Schamasch im Scheitel stand und im Zeichen der Zwillinge und im Osten heraufkam das Zeichen der Jungfrau.« Er wies hinaufschauend mit dem Finger nach den Sternbildern, von denen das eine sich aus der Höhe gegen Westen neigte, das andere auch jetzt im östlichen Aufsteigen begriffen war, und fuhr fort: »Das ist ein Nabuzeichen, muß das Väterchen wissen, ein Zeichen Thots, des Tafelschreibers, das ist ein leichter, beweglicher Gott, als welcher zwischen den Dingen zum Guten redet und fördert den Austausch. Und auch die Sonne stand also in einem Zeichen Nabus, der war der Herr der Stunde und hatte eine Zusammenkunft mit dem Mond, ihm wohltätig nach der Erfahrung der Priester und Deuter, denn seine Gewitztheit empfängt Milde durch eine solche und sein Herz Weichheit. Es erhielt jedoch Nabu, der Mittler, einen Gegenschein von Nergal, dem Unheilstifter und Fuchs, durch welchen seiner Herrschaft ein hartes Gepräge zuteil wird und gestempelt wird mit der Siegelrolle des Schicksals. So auch Ischtar, deren Teil ist Maß und Anmut, Liebe und Gnade, und die gipfelte um jene Stunde und sah sich mit Sin und Nabu freundlich an. Auch stand sie im Stiere, und die Erfahrung lehrt, daß das Gelassenheit gebe und ausharrende Tapferkeit und den Verstand ergötzlich gestalte. Aber auch sie empfing, so sagt Eliezer, einen

Gedrittschein von Nergal im Ziegenfisch, und Eliezer freute sich darob, denn ihre Süßigkeit, meinte er, schmeckte nicht fade infolgedessen, sondern wie Honigseim nach der Würze des Feldes. Es stand der Mond im Zeichen Krebs, seinem eigenen, und alle Dolmetscher standen, wenn nicht im eigenen, so doch in befreundeten Zeichen. Trifft aber zum stark gestellten Monde Nabu, der Gescheite, so wird weit ausgegriffen in der Welt. Und hat, wie zu jener Stunde, die Sonne einen Gedrittschein zu Ninurtu, dem Krieger und Jäger, so ist es ein Fingerzeig auf Anteil an den Geschehnissen in den Reichen der Erde und an der Handhabung der Herrschaft. So wäre es kein übler Stundenzeiger gewesen nach den Regeln, wenn nicht durch die Albernheit des mißlungenen Kindes alles verdorben würde.«

»Hm«, machte der Alte, ließ seine Hand behutsam über Josephs Haar gehen und sah beiseite. »Das steht beim Herrn«, sagte er, »der die Sterne lenkt. Was er aber anzeigt mit ihnen, kann nicht jedesmal das gleiche besagen. Wärest du eines Großen Sohn und eines Gewaltigen in der Welt, so wäre vielleicht zu lesen, daß du Anteil haben sollst an Staatswesen und Regiment. Da du aber nur ein Hirte bist und eines Hirten Sohn, so liegt dem Verstande offen, daß es anders zu deuten sein muß, in verjüngtem Maßstabe. Wie ist es aber mit dem Witz als einem Sendboten hin und her?«

»Darauf komme ich nunmehr«, antwortete Joseph, »und lenke meine Rede in diese Richtung. Denn meines Vaters Segen, das war die Geburtssonne im Zenit mit ihrem Scheine zu Mardug in der Wage und zu Ninurtu im elften Zeichen, und dazu kam noch der Schein, den diese beiden väterlichen Dolmetscher, der König und der Gewappnete, miteinander tauschten. Das ist ein starker Segen! Aber es erkenne mein Herr, wie mächtig auch der mütterliche war und der Mondsegen, an den starken Stellungen von Sin und Ischtar! Da ist es denn wohl der Witz, der erzeugt wird, zum Beispiel in dem Gegenscheine von

Nabu zu Nergal, von dem vorherrschenden Schreiber und dem harten Licht des rückläufigen Bösewichts im Ziegenfisch; und wird erzeugt, damit er den Geschäftsträger und Unterhändler mache zwischen Vatererbe und Muttererbe und ausgleiche zwischen Sonnengewalt und Mondesgewalt und den Tagessegen lustig versöhne mit dem Segen der Nacht ...«

Das Lächeln, mit dem er abbrach, war etwas verzerrt, aber Jaakob, über und hinter ihm, sah es nicht. Er sagte:

»Eliezer, der Alte, ist vielerfahren und hat mancherlei Weistümer gesammelt und sozusagen Steine gelesen aus der Zeit vor der Flut. Auch hat er dich allerlei Wahres und Würdiges gelehrt von den Anfängen, den Herkünften und Bewandtnissen und allerlei Nützliches, das sich gebrauchen läßt in der Welt. Aber von manchem Dinge ist nicht mit Sicherheit auszusagen, ob es den wahren und nützlichen beizuzählen sei, und mein Herz schwankt in Zweifel, ob er gut tat, dir die Künste anzuzeigen der Sterndeuter und Zauberer von Sinear. Denn ich halte zwar meines Sohnes Kopf für wert alles Wissens, aber ich wüßte nicht, daß unsere Väter in den Sternen gelesen hätten oder daß Gott den Adam angewiesen hätte es zu tun, und ich besorge und zweifle, ob es nicht etwa dem Lichterdienst gleichkomme und vielleicht ein Greuel sei vor dem Herrn und ein zwiefältig dämonisch Mittelding zwischen Frommheit und Abgötterei.« Er schüttelte bekümmert das Haupt, in seinem persönlichsten Zustand befangen, nämlich in dem des Grames um das Rechte und der sinnenden Sorge um die Undeutlichkeit Gottes.

»Vieles ist zweifelhaft«, antwortete Joseph, wenn das eine Antwort war, was er äußerte. »Ist es beispielsweise die Nacht, die den Tag verbirgt, oder verhält es sich gegenteilig, so daß dieser die Nacht verbärge? Dies zu bestimmen wäre von Wichtigkeit, und oft habe ich es erwogen auf dem Felde und in der Hütte, um, wenn ich zur Gewißheit gelangte, Folgerungen daraus zu ziehen auf die Tugend des Sonnensegens und die

Tugend des Mondessegens sowie auf die Schönheit des Vater- und Muttererbes. Denn es ging mein Mütterchen, deren Wangen dufteten wie das Rosenblatt, hinab in die Nacht, da sie mit dem Bruder niederkam, der noch in den Zelten der Weiber wohnt, und wollte ihn sterbend Ben-Oni heißen, zumal bekannt ist, daß zu On in Ägypterland der Sonne liebster Sohn, Usiri, seine Stätte hat, der ist der König der Unteren. Du aber nanntest das Knäblein Ben-jamin, damit kund werde, daß er ein Sohn der Rechten und Liebsten sei, und auch das ist ein schöner Name. Dennoch gehorche ich dir nicht immer, sondern nenne den Bruder zuweilen Benoni, und er hört gern darauf, weil er weiß, daß Mami scheidend es einen Augenblick so gewollt hat. Die ist nun in der Nacht und liebt uns aus der Nacht, den Kleinen und mich, und ihr Segen ist Mondessegen und ein Segen der Tiefe. Weiß nicht mein Herr von den zwei Bäumen im Garten der Welt? Von dem einen kommt her das Öl, womit man die Könige der Erde salbt, auf daß sie leben. Von dem anderen kommt her die Feige, grün und rosig und voll süßer Granatkerne, und wer davon ißt, der wird des Todes sterben. Aus seinen breiten Blättern machten Adam und Heva sich Schurze, ihre Scham zu bedecken, da Erkennen ihr Teil geworden unter dem Vollmond der Sommersonnenwende, da er seinen Hochzeitspunkt durchschritt, auf daß er abnähme und stürbe. Öl und Wein sind der Sonne heilig, und wohl dem, dessen Stirn vom Öle trieft und dessen Augen trunken schimmern vom roten Wein! Denn seine Worte werden helle sein und ein Lachen und Trost den Völkern, und wird ihnen ersehen den Widder in der Hecke zum Opfer für den Herrn statt der Erstgeburt, so daß sie genesen von Qual und Angst. Aber die süße Feigenfrucht ist dem Monde heilig, und wohl ihm, den das Mutterchen speist aus der Nacht mit ihrem Fleische. Denn er wird wachsen wie an einer Quelle und seine Seele Wurzeln haben, woher die Quellen kommen, und wird sein Wort leibhaft sein und lustig wie der Erdenleib, und bei ihm wird sein der Geist der Weissagung ...«

Wie sprach er? Er flüsterte. Es war, wie früher schon einmal, bevor der Vater ihn fand, es war nicht geheuer. Er verstellte die Schultern, die Hände zitterten auf seinen Knien, er lächelte, aber dabei, unpassenderweise, verkehrten die Augäpfel sich ihm ins Weiße. Jaakob sah es nicht, aber er hatte gelauscht. Er neigte sich gegen ihn, und seine Hände waren über und neben dem Kopf des Knaben in vorsichtig entfernter Beschirmung. Dann legte er ihm doch die Linke wieder aufs Haar, wodurch sogleich eine Entspannung von Josephs Zustand bewirkt wurde, und während er mit der anderen die Rechte des Sohnes auf dessen Knien suchte, sagte er mit behutsamer Vertraulichkeit:

»Höre, Jaschup, mein Kind, was ich dich fragen will, da es mir das Herz besorgt macht um des Viehes willen und des Gedeihens der Herden! Es waren die Frühregen angenehm und fielen, bevor noch der Winter kam, und war kein Platzen der Wolken, das den Acker verschwemmt und nur die Brunnen der Unsteten füllt, sondern ein sanftes Rieseln, wohltätig dem Felde. Aber der Winter war dürr, und es wollte das Meer die Luft seiner Milde nicht schicken, sondern die Winde gingen von Steppe und Wüste, und der Himmel war klar, dem Auge erfreulich, aber eine Besorgnis dem Herzen. Wehe, wenn auch die Spätregen verzögen und ausblieben, denn es wäre geschehen um die Ernte des Landmannes und um die Saaten des Ackerbauers, und das Kraut verdorrte vor seiner Zeit, so daß das Vieh nicht fände, was es fräße, und die Euter der Mütter hingen schlaff. Sage mir doch das Kind einmal, was es von Wind und Wetter hält und den Aussichten des Wetters, und wie ihm zu Sinne ist, die Frage betreffend, ob die Spätregen noch einsetzen werden beizeiten.«

Damit beugte er sich noch tiefer über den Sohn, wandte dabei das Gesicht ab und hielt das Ohr über seinen Kopf.

»Du lauschest über mir«, sagte Joseph, obgleich er es nicht sah, »und das Kind lauscht weiter hin, in das Äußere und in das Innere, und überbringt deinem Lauschen Kunde und Nachricht. Denn es ist ein Tropfen in meinem Ohr von den Zweigen und ein Rieseln über den Gebreiten, obgleich der Mond überklar ist und der Wind geht von Gilead. Denn dies Rauschen ist nicht jetzt in der Zeit, aber nahe in der Zeit, und meine Nase riecht es mit Sicherheit, daß, ehe der Nissan-Mond abgenommen hat um ein Viertel, die Erde wird schwanger werden durch das Manneswasser des Himmels und wird dampfen und dünsten vor Lust, wie ich es rieche, und werden die Anger voll Schafe sein und die Auen dick stehen mit Korn, daß man jauchzet und singt. Ich hörte und lernte, daß ursprünglich die Erde vom Strome Tawi getränkt wurde, der von Babel ausging und sie in vierzig Jahren einmal wässerte. Aber dann bestimmte der Herr, daß sie vom Himmel getränkt werden sollte, aus vier Gründen, von denen einer war, daß aller Augen emporschauen sollten. So werden wir aufblicken mit Dank zum Himmel des Sitzes, in dem die Wettervorrichtungen und die Kammern der Wirbelwinde und Ungewitter sich befinden, wie ich sie im Traume sah, als ich gestern schlummerte unter dem Baum der Unterweisung. Denn ein Cherubu, der sich Jophiel nannte, hatte mich freundlicherweise dorthin geführt an der Hand, damit ich mich umsähe und etwas Einblick nähme. Und ich sah die Höhlen voll Dampf, deren Türen aus Feuer waren, und sah die Geschäftigkeit der Handlanger. Und hörte sie untereinander sagen: Befehl ist ergangen in Hinsicht auf das Feste und auf den Wolkenhimmel. Siehe, es herrscht Dürre über dem Westlande und Trockenheit über der Ebene und den Weiden der Hochfläche. Vorkehrungen sind zu treffen, daß es baldigst regne über das Land der Amoriter, Ammoniter und Pheresiter, der Midianiter, Heviter und Jehbusiter, namentlich aber über die Gegend der Stätte Hebron auf der Höhe der Wasserscheide, woselbst mein Sohn Jaakob, betitelt Jisrael, seine zahllosen Herden weidet! Dies träumte mir mit einer Lebhaftigkeit, die ihrer nicht spotten läßt, und da es überdies unter dem Baume war, so kann mein Herr getrost und sicher sein in betreff der Tränkung.«

»Gepriesen seien Elohim«, sagte der Alte. »Wir wollen jedenfalls noch Schlachtvieh auslesen zum Brandopfer und ein Mahl halten vor Ihnen und die Eingeweide mit Weihrauch und Honig verbrennen, damit sich bewahrheite, was du sagst. Denn ich fürchte, die Städter und Leute des Landes möchten sonst alles verderben, indem sie es auf ihre Art treiben und eine Wüstheit ansagen zu Ehren der Baalat und ein Paarungsfest mit Cymbeln und Geschrei um der Fruchtbarkeit willen. Es ist schön, daß mein Knabe gesegnet ist mit Träumen; das macht, weil er mein Erstgeborener ist von der Rechten und Liebsten. Auch mir ward viel offenbart, als ich jünger war, – und was ich sah, als ich von Beerscheba reiste wider Willen und, ohne es zu wissen, auf die Stätte und den Zugang gestoßen war, das kann sich wohl messen mit dem, was man dir zeigte. Ich liebe dich, weil du mir Trost gesprochen hast in betreff der Tränkung, aber sage es nicht jedermann, daß du unter dem Baume träumst, sage es nicht den Kindern Lea's und sprich nicht davon zu den Kindern der Mägde, denn sie könnten sich ärgern an deiner Begabung!«

»Darauf lege ich dir die Hand unter die Lende«, erwiderte Joseph. »Dein Wort ist ein Siegel auf meinem Munde. Ich weiß wohl, daß ich ein Schwätzer bin, aber wenn die Vernunft es gebietet, kann ich mich sehr wohl bemeistern; um desto leichter wird es mir fallen, als meine kleinen Gesichte in der Tat nicht der Rede wert sind, verglichen mit dem, was meinem Herrn an der Stätte Luz zuteil wurde, als die Boten auf und nieder stiegen von der Erde zu den Toren und Elohim sich ihm enthüllte ...«

Zwiegesang

»Ach, mein Väterchen und lieber Herr!« sagte er, indem er sich glücklich lächelnd umwandte und mit einem Arm den Vater umschlang, den das nicht wenig entzückte. »Wie herrlich ist es, daß Gott uns liebt und Lust zu uns hat und daß er den Rauch unseres Opfers aufsteigen läßt in Seine Nase! Denn obgleich Habel nicht Zeit hatte, Kinder zu zeugen, sondern auf dem Felde erschlagen wurde von Kain, um ihrer Schwester Noema willen, so sind wir doch vom Geschlechte Habels, des Zeltbewohners, und vom Geschlechte Isaaks, des Jüngeren, dem der Segen ward. Darum so haben wir beides, Verstand und Träume, und ist beides eine große Lust. Denn es ist köstlich, Weisheit und Sprache zu besitzen, daß man zu reden und zu erwidern versteht und alles zu nennen weiß. Und es ist gleichermaßen köstlich, ein Narr zu sein vor dem Herrn, so daß man, ganz ohne es zu wissen, auf die Stätte stößt, die ist das Band Himmels und der Erden, und im Schlafe kund wird der Anschläge des Rates und Träume und Gesichte zu deuten weiß, sofern sie Fingerzeige geben, was geschehen wird von Mond zu Mond. So war Noah der Erzgescheite, dem der Herr die Flut ansagte, damit er das Leben rette. So war auch Henoch, der Sohn Jareds, weil er einen reinen Wandel führte und sich in lebendigem Wasser wusch. Das war Hanok, der Knabe, und weißt du von ihm? Ich weiß es genau, wie alles mit ihm verlief, und daß Gottes Liebe zu Habel und Jizchak nur lau war im Vergleich mit seiner Liebe zu ihm. Denn es war Hanok dermaßen klug und fromm und belesen in der Schreibtafel des Geheimnisses, daß er sich von den Menschen sonderte und der Herr ihn hinwegnahm, so daß er nicht mehr gesehen wurde. Und machte ihn zum Engel des Angesichts, und er ward zum Metatron, dem großen Schreiber und Fürsten der Welt ...«

Er schwieg und erblaßte. Zuletzt hatte er kurzatmig gesprochen und verbarg nun abbrechend sein Gesicht an des Vaters Brust. Dieser hütete es dort gern. Er sagte über ihm und in die versilberten Lüfte empor:

»Wohl weiß ich von Hanok, der von dem ersten Menschengeschlechte war, dem Sohn Jareds, der da war Mahalaleëls Sohn, dieser aber des Kenan, dieser des Enos und Enos des Seth, der war Adams Sohn. Dies ist Henochs Geburt und Geschlecht bis zurück zum Anfang. Aber seines Sohnes Sohnessohn war Noah, der zweite Erste, und er zeugte den Sem, des Kinder sind schwarz, aber lieblich, und von dem Eber kam im vierten Gliede, so daß er der Vater aller Kinder von Eber und aller Ebräer und unser Vater ...«

Es war bekannt und nichts Neues, was er da zusammenfaßte. Jeder in Stamm und Sippe hatte die Lehre der Geschlechtsfolge von Kind auf am Schnürchen, und der Alte benutzte nur die Gelegenheit, sie unterhaltungsweise zu wiederholen und zu bezeugen. Joseph verstand, daß das Gespräch »schön« werden sollte, ein »Schönes Gespräch«, das hieß: ein solches, das nicht mehr dem nützlichen Austausch diente und der Verständigung über praktische oder geistliche Fragen, sondern der bloßen Aufführung und Aussagung des beiderseits Bekannten, der Erinnerung, Bestätigung und Erbauung, und ein redender Wechselsang war, wie die Hirtenknechte ihn tauschten des Nachts auf dem Felde am Feuer und anfingen: »Weißt du davon? Ich weiß es genau.« So richtete er sich auf und fiel ein:

»Und siehe da, von Eber kam Peleg und zeugte den Serug, des Sohn war Nahor, der Vater Terachs, o Jubel! Der zeugte den Abraham zu Ur in Chaldäa und zog aus mit Abraham seinem Sohne, und mit seines Sohnes Weib, die hieß Sahar, wie der Mond, und war unfruchtbar, und mit Lot, seines Sohnes Brudersohn. Und nahm sie und führte sie aus Ur und starb zu Charran. Da geschah der Befehl Gottes an Abraham, daß er weiterzöge mit den Seelen, die er dem Herrn gewonnen, über die Ebene und über das Wasser Phrat auf der Straße, die das Band ist von Sinear und Amurruland.«

»Ich weiß es genau«, sagte Jaakob und nahm das Wort wieder an sich. »Es war das Land, das der Herr ihm weisen wollte. Denn Gottes Freund war Abraham und hatte entdeckt unter den Göttern den höchsten Herrn in der Wahrheit mit seinem Geiste. Und kam gen Damask und zeugte den Eliezer dort mit einer Magd. Dann ging er weiter über das Land mit den Seinen, die Gottes waren, und heiligte neu nach seinem Geist die Anbetungsstätten der Leute des Landes und die Altäre und Steinkreise und unterwies das Volk unter den Bäumen und lehrte es das Kommen der Segenszeit, daß er Zuzug hatte aus den Gegenden und die ägyptische Magd zu ihm kam, Hagar, die Mutter Ismaels. Und kam gen Schekem.«

»Das weiß ich wie du«, sang Joseph, »denn der Vater zog aus dem Tale aufwärts und kam nach der Stätte, die hochberühmt, und die Jaakob fand, und baute Jahu, dem Höchsten, einen Opfertisch zwischen Bethel und der Zuflucht Ai. Und ging von da gegen Mittag nach dem Lande Negeb, und das ist hier, wo das Gebirge abfällt gen Edom. Da ging er vollends unter und zog in das kotige Ägypterland und das Land Amenemhets, des Königs, und ward da silbern und gülden, daß er sehr reich war an Herden und Schätzen. Und ging wieder auf gen Negeb, da trennte er sich von Lot.«

»Und weißt du, warum?« fragte Jaakob zum Schein. »Weil auch Lot sehr schwer war an Schafen, Rindern und Hütten, und das Land sie beide nicht trug. Siehe nun aber an, wie milde der Vater war, denn da Zank war zwischen ihren Hirten über die Weiden, da war es nicht wie unter den Räubern der Steppe, die kommen und würgen das Volk, dessen Weide und Brunnen sie wollen, sondern er sprach zu Lot, seinem Brudersohn: ›Laß doch lieber nicht Zank sein zwischen den Deinen und Meinen! Weit ist das Land, und wir wollen uns scheiden, daß einer dorthin geht und der andere dahin, ohne Haß.‹ Da zog Lot gegen Aufgang und ersah sich die ganze Jordansaue.«

»So war es in Wahrheit«, trat Joseph wieder ein. »Und Abraham wohnte bei Hebron, der Vierstadt, und heiligte den Baum, der uns Schatten und Träume gibt, und war eine Zuflucht dem Wanderer und eine Herberge dem Obdachlosen. Er gab den Durstenden Wasser und brachte den Verirrten auf den Weg und wehrte den Räubern. Und nahm nicht Lohn noch Dank, sondern lehrte anzubeten seinen Gott El eljon, den Herrn des Hauses, den barmherzigen Vater.«

»Du sagst es recht«, bestätigte Jaakob gesangsweise. »Und es geschah, daß der Herr einen Bund machte mit Abraham, da er opferte bei Sonnenuntergang. Denn er nahm eine Kuh, eine Ziege und einen Widder, alle dreijährig, und eine Turteltaube und eine junge Taube. Und zerteilte, was vierfüßig war, und legte auseinander die Hälften und tat einen Vogel auf jede Seite und ließ offen den Weg des Vertrages zwischen den Teilen und schaute nach den Adlern, die auf die Stücke stießen. Da fiel ein Schlaf über ihn, der war nicht wie andere, und faßten ihn Schrecken und Finsternis. Denn der Herr redete zu ihm im Schlaf und ließ ihn sehen die Fernen der Welt und das Reich, das ausging aus seines Geistes Samen und sich ausbreitete aus der Sorge und Wahrheit seines Geistes, und große Dinge, von denen nichts wußten die Fürsten der Reiche und die Könige von Babel, Assur, Elam, Chatti und Ägypterland. Und ging hindurch in der Nacht als eine Feuerflamme auf dem Weg des Vertrages zwischen den Opferstücken.«

»Du weißt es unübertrefflich«, erhob wieder Joseph die Stimme, »mir aber ist Weiteres bekannt. Denn das ist Abrahams Erbe, das auf die Häupter kam, auf Isaak und auf Jaakob, meinen Herrn: Die Verheißung und der Vertrag. Und es war nicht bei allen Kindern Ebers und ward nicht gegeben den Ammonitern, Moabitern und Edomitern, sondern des Stammes war es allein, den der Herr erwählt und in dem er die Erstgeburt sich ersah, nicht nach dem Fleische und Mutterleibe, sondern dem Geiste nach. Und die Sanften und Klugen waren es, die er erwählte.«

»Ja, ja! Du sagst es aus, wie es war«, sprach Jaakob. »Denn was mit Abraham und Lot geschah, daß sie sich trennten, das geschah wieder, und es schieden sich die Völker. Auf den Weiden Lots blieben nicht beieinander, die er im eigenen Fleische gezeugt, Moab und Ammon, sondern hing dieser der Wüste an und dem Leben der Wüste. Aber auf Isaaks Weiden blieb nicht Esau, sondern zog fort mit Weibern, Söhnen und Töchtern und den Seelen seines Hauses und mit Habe und Vieh in ein anderes Land und ward Edom auf dem Gebirge Seïr. Und was nicht Edom ward, das war Jisrael, und ist ein besonderes Volk, ungleich den Streifenden vom Lande Sinai und lumpigen Räubern vom Lande Arabaja, aber ungleich ebenfalls den Leuten von Kanaan, ungleich den Bauern des Ackers und den Städtern in den Burgen, sondern Herren und Hirten und Freie, die ihre Herden treiben zwischenein und ihre Brunnen hüten und des Herrn gedenken.«

»Und der Herr gedenkt unser und unsrer Besonderheit«, rief Joseph, indem er den Kopf zurückwarf und die Arme ausbreitete in des Vaters Arm. »Des ist des Kindes Herz Jubels voll im Arme des Vaters, es ist entzückt von dem Wohlbekannten und von getauschter Erbauung trunken! Kennst du den süßesten Traum, den ich träume vieltausendmal? Es ist der vom Vorrang und von der Kindschaft. Denn dem Gotteskinde wird vieles beschieden sein, was er beginnt, das soll ihm glücken, er wird Gnade finden in den Augen aller, und die Könige werden ihn loben. Siehe, ich habe Lust zu singen dem Herrn der Heerscharen mit flinker Zunge, flink wie der Griffel des Schreibers! Denn sie sandten mir nach ihren Haß und haben Fangstricke gelegt meinen Schritten, sie gruben ein Grab vor meinen Füßen und stießen mein Leben in die Grube, daß mir zur Wohnung wurde die Finsternis. Aber ich rief seinen Namen aus der Finsternis der Grube, da heilte er mich und hat mich entrissen der Unterwelt. Er machte mich groß unter den Fremden, und ein Volk, das ich nicht kannte, dient mir auf der Stirne. Die Söhne der Fremden sagen mir Schmeicheleien, denn sie würden dahinschmachten ohne mich …«

Seine Brust ging gewaltsam. Jaakob betrachtete ihn mit großen Augen.

»Joseph, was siehst du?« fragte er beunruhigt. »Das Kind redet eindrucksvoll, aber nicht dem Verstande gemäß. Denn was will es sagen, daß das Ausland ihm dient auf dem Angesicht?«

»Das war nur schöne Rede«, antwortete Joseph, »die ich machte, um dem Herrn ein Großes zu sagen. Und es ist der Mond, der mich etwas berückt.«

»Hüte Herz und Sinn und sei klug!« sagte Jaakob mit Innigkeit. »So wird es dir gehen, wie du gesagt hast, daß du wirst Wohlgefallen finden in den Augen aller. Und ich habe vor, dir etwas zu schenken, darüber dein Herz sich freuen und das dich kleiden wird. Denn Gott hat Huld vergossen auf deine Lippen, und ich bete, daß er dich heilige für ewig, mein Lamm!«

Der Mond, schimmernd von reinem Licht, das seine Stofflichkeit verklärte, hatte die hohe Reise fortgesetzt, während sie sprachen, der Sterne Ort sich still gewandelt nach dem Gesetz ihrer Stunde. Die Nacht wob Friede, Geheimnis und Zukunft weit hinaus. Der Alte saß noch eine Weile mit Rahels Knaben am Brunnenrand. Er nannte ihn Damu, »Kindlein«, und Dumuzi, »Wahrhafter Sohn«, wie die Leute von Sinear den Tammuz nannten. Auch Nezer nannte er ihn mit einem Wort aus der Sprache Kanaans, das »Sproß« und »blühendes Reis« bedeutet, und tat ihm schön. Als sie die Wohnungen aufsuchten, riet er ihm dringlich, sich nicht zu rühmen vor den Brüdern und es nicht anzuzeigen den Lea-Söhnen und den Söhnen der Mägde, daß der Vater so lange mit ihm verweilt und vertrauliche Worte mit ihm getauscht; und Joseph versprach es auch. Aber am nächsten Tage schon sagte er ihnen nicht nur dies, sondern 5 auch von dem Wettertraum plapperte er ohne Besinnen vor ihnen, und es verdroß sie alle um so mehr, als der Traum sich erfüllte; denn die Spätregen waren reichlich und angenehm.

Mondgrammatik

In dem »Schönen« Gespräch, das zu belauschen wir Gelegenheit hatten, jenem abendlichen Wechselgesang zwischen Jaakob und seinem fehlhaften Liebling am Brunnen, hatte der Alte beiläufig auch des Eliezer Erwähnung getan, der dem Ahnen während seines und seines Anhanges Aufenthalt in Damaschki von einer Sklavin geboren worden sei. Nichts ist klarer, als daß er mit diesem Eliezer nicht denjenigen gemeint haben konnte, der – ein gelehrter Greis und freilich ebenfalls der freigelassene Sohn einer Sklavin, wahrscheinlich sogar ein Halbbruder Jaakobs – auf dessen eigenem Hofe lebte, auch allerdings zwei Söhne namens Damasek und Elinos hatte und den Knaben Joseph unter dem Unterweisungsbaum in vielen nützlichen und übernützlichen Kenntnissen zu fördern pflegte. Man kann es wohl sonnenklar nennen, daß der, den er meinte, der Eliezer war, dessen erstgeborenen Sohn Abraham, der Wanderer aus Ur oder Charran, lange Zeit als seinen Erben hatte betrachten müssen: so lange nämlich, bis zuerst Ismael, dann aber, gelächtervollerweise, obgleich es der Sarai schon nicht mehr nach der Weiber Art gegangen und Abraham selbst so alt gewesen war, daß man ihn einen Hundertjährigen nennen konnte, Jizchak oder Isaak, der wahrhafte Sohn, das Licht erblickt hatte. Aber die Klarheit der Sonne ist eine und eine andere des Mondes Klarheit, die ja bei jenem übernützlichen Gespräch wunderbar obgewaltet hatte. In ihr nehmen die Dinge sich anders aus als in jener, und sie mochte diejenige sein, die damals und dort dem Geist als die wahre Klarheit erschien. Darum sei unter uns gesagt und zugegeben, daß Jaakob mit »Eliezer« dennoch seinen eigenen Hausvogt und ersten Knecht gemeint hatte, – *auch* ihn nämlich, beide auf einmal also, und nicht nur beide, sondern »den« Eliezer überhaupt: denn seit dem ältesten zu seiner Zeit hatte es auf den Höfen der Häupter ihn, den freigelassenen Eliezer, gar oft gegeben, und oft hatte er Söhne mit Namen Damasek und Elinos gehabt.

Diese Meinung und Gesinnung Jaakobs war denn auch – des hatte der Alte sicher sein können – durchaus die Meinung und Gesinnung Josephs gewesen, der weit entfernt war, zwischen Eliezer, dem Ur-Knecht, und seinem alten Lehrer sonnenklar zu unterscheiden, und um so weniger Ursache dazu hatte, als dieser selbst es nicht tat, sondern, wenn er von »sich« sprach, zu einem guten Teil Eliezer, den Knecht Abrahams, meinte. So zum Beispiel hatte er dem Joseph mehr als einmal die Geschichte, wie er, Eliezer, bei des Hauses Verwandten in Mesopotamien Rebekka, die Tochter Bethuels und Labans Schwester, für Jizchak gefreit hatte, haargenau bis auf die kleinen Monde und Mondsicheln, die an den Hälsen seiner zehn Dromedare geklingelt, bis auf den präzisen Schekelwert der Nasenringe, Armspangen, Festkleider und Gewürze, die den Mahlschatz und Kaufpreis für Rebekka, die Jungfrau, gebildet hatten, als seine eigene Geschichte und Lebenserinnerung erzählt und sich nicht genugtun können in der Beschreibung von Rebekka's liebreizender Milde, als sie an jenem Abend am Brunnen vor Nahors Stadt den Krug vom Kopfe auf die Hand herabgelassen und ihn zum Trunke geneigt hatte für ihn, den Durstigen, den sie, was er ihr besonders hoch anrechnete, »Herr« genannt; von dem züchtigen Anstand, mit dem sie beim ersten Anblick Isaaks, der zur Klage um seine kürzlich geschiedene Mutter aufs Feld gegangen, von ihrem Kamel gesprungen war und sich verschleiert hatte. Dem hörte Joseph mit einem Ergötzen zu, das durch keinerlei Befremden über die grammatische Form beeinträchtigt wurde, in der Eliezer es zum besten gab, und dem jede Anstoßnahme fernblieb daran, daß des Alten Ich sich nicht als ganz fest umzirkt erwies, sondern gleichsam nach hinten offenstand, ins Frühere, außer seiner eigenen Individualität Gelegene überfloß und sich Erlebnisstoff einverleibte, dessen Erinnerungs- und Wiedererzeugungsform eigentlich und bei Sonnenlicht betrachtet die dritte Person statt der ersten hätte sein müssen. Was aber auch heißt denn hier »eigentlich«, und ist etwa des Menschen Ich überhaupt ein handfest in sich geschlossen und streng in seine zeitlich-fleischlichen Grenzen abgedichtetes Ding? Gehören nicht viele der Elemente, aus denen es sich aufbaut, der Welt vor und außer ihm an, und ist die Aufstellung, daß jemand kein anderer sei und sonst niemand, nicht nur eine Ordnungs- und Bequemlichkeitsannahme, welche geflissentlich alle Übergänge außer acht läßt, die das Einzelbewußtsein mit dem allgemeinen verbinden? Der Gedanke der Individualität steht zuletzt in derselben Begriffsreihe wie derjenige der Einheit und Ganzheit, der Gesamtheit, des Alls, und die Unterscheidung zwischen Geist überhaupt und individuellem Geist besaß bei weitem nicht immer solche Gewalt über die Gemüter wie in dem Heute, das wir verlassen haben, um von einem anderen zu erzählen, dessen Ausdrucksweise ein getreues Bild seiner Einsicht gab, wenn es für die Idee der »Persönlichkeit« und »Individualität« nur dermaßen sachliche Bezeichnungen kannte wie »Religion« und »Bekenntnis«.

Wer Jaakob war

Es geschieht durchaus in diesem Zusammenhang, daß man auf die Entstehung von Abrahams Reichtum die Rede bringt. Als er nämlich (es muß unter der zwölften Dynastie gewesen sein) nach Unterägypten kam, war er noch keineswegs so schwer an Gütern wie zu der Zeit, als er sich von Lot trennte. Mit der außerordentlichen Bereicherung aber, die er dort erfuhr, verhielt es sich so. Von vornherein erfüllte ihn das tiefste Mißtrauen gegen des Volkes Sittlichkeit, die er sich, zutreffend oder nicht, schilfsumpfig dachte, wie einen Mündungsarm des Nilstromes. Er fürchtete sich, und zwar im Hinblick auf Sarai, sein Weib, das ihn begleitete und sehr schön war. Ihn schreckte der lüsterne Eifer der Dortigen, die wahrscheinlich sofort Begierde nach Sarai tragen und ihn erschlagen würden, um sie sich anzueignen; und die Überlieferung hat festgehalten, daß er in diesem Sinn, das heißt in dem der Besorgnis um sein eigenes Wohl, gleich beim Betreten des Landes mit ihr redete und ihr anbefahl, sie möge sich, um die Scheelsucht der schamlosen Bevölkerung von ihm abzulenken, nicht als sein Weib, sondern als seine Schwester bezeichnen, – was sie tun mochte, ohne geradehin zu lügen: denn erstens nannte man, namentlich im Lande Ägypten, die Geliebte gern seine Schwester. Zweitens aber war Sarai eine Schwester Lots, den Abraham als seinen Neffen zu betrachten und Bruder zu nennen pflegte; so konnte er allenfalls Sarai als seine Nichte ansehen und ihr den Schwesternamen im üblicherweise erweiterten Sinne beilegen, wovon er auch zum Zwecke der Irreführung und des Selbstschutzes Gebrauch machte. Was er erwartet, geschah, und mehr, als er vorausgesehen. Sarai's dunkle Schönheit erregt im Lande die Aufmerksamkeit von hoch und nieder, die Nachricht davon dringt bis zum Sitze des Herrschers, und die glutäugige Asiatin wird von ihres »Bruders« Seite genommen – nicht gewaltsam, nicht räuberischerweise, sondern zu einem hohen Preise, – ihm abgekauft also, da sie würdig befunden ist, den erlesenen Bestand von Pharaos Frauenhaus zu bereichern. Dorthin wird sie gebracht, und ihr »Bruder«, den man mit dieser Ordnung der Dinge nicht im geringsten zu kränken glaubt, sondern der nach der Meinung aller von Glück sagen mag, darf sich nicht nur in ihrer Nähe halten, sondern wird auch von Hofes wegen mit Wohltaten, Geschenken, Entschädigungen fortlaufend überschüttet, die er denn unverzagt sich gefallen läßt, so daß er bald schwer ist an Schafen, Rindern, Eseln, Sklaven und Sklavinnen, Eselinnen und Kamelen. Unterdessen aber ereignet sich, dem Volke sorgfältig verschwiegen, am Hofe ein Ärgernis sondergleichen. Amenemhet (oder Senwosret; es ist nicht mit letzter Bestimmtheit zu sagen, welcher Besieger Nubiens es war, der eben den beiden Ländern den Segen seiner Herrschaft spendete) – Seine Majestät also, ein Gott in der Blüte seiner Jahre, ist, da er sich anschickt, die Neuigkeit zu versuchen, mit Ohnmacht geschlagen, – nicht einmal, sondern wiederholt, und gleichzeitig, wie sich zögernd herausstellt, unterliegt seine ganze Umgebung, unterliegen die höchsten Würdenträger und Vorsteher des Reiches demselben schmählichen und – wenn man die höhere kosmische Bedeutung der Zeugungskraft in Betracht zieht – überaus erschrekkenden Übel. Daß hier etwas nicht stimmt, daß ein Mißgriff geschehen, ein Zauber waltet, ein höherer Widerstand sich bemerkbar macht, liegt auf der Hand. Der Ebräerin Bruder wird vor den Thron beschieden, wird befragt und dringlich befragt und bekennt die Wahrheit. Das Verhalten Seiner Heiligkeit ist an Vernunft und Würde über alles Lob erhaben. »Warum«, fragt er, »hast du mir das getan? Warum mich durch doppelsinnige Rede dem Unannehmlichen ausgesetzt?« Und ohne einen Gedanken daran, den Abraham um irgendeins der Geschenke zu büßen, womit er ihn so freigebig überhäuft, händigt er ihm sein Weib wieder ein und heißt sie in der Götter Namen ihres Weges ziehn, wobei er die Gruppe noch mit sicherem Geleit bis an die Landesgrenze versieht. Der Vater aber, nicht nur im Besitz einer unversehrten Sarai, sondern auch an Habe soviel schwerer als vorher, darf sich eines gelungenen Hirtenstreiches freuen. Denn um so lieber nimmt man an, er habe von vornherein darauf gerechnet, daß Gott die Verunreinigung Sarai's schon so oder so zu verhindern wissen werde, habe auch nur unter dieser bestimmten Voraussetzung die Geschenke eingesteckt und sei sicher gewesen, auf die Weise, wie er es anfing, der ägyptischen Wollust am besten ein Schnippchen zu schlagen, – als unter diesem Aspekt sein Verhalten, die Verleugnung seines Gattentums und die Aufopferung Sarai's um seines eigenen Heiles willen, erst in das rechte Licht, und zwar ein sehr geistreiches, gerückt wird.

Dies die Geschichte, deren Wahrheit die Überlieferung noch besonders dadurch unterstreicht und erhärtet, daß sie sie ein zweites Mal berichtet, mit dem Unterschied, daß sie hier nicht in Ägypten, sondern im Philisterlande und dessen Hauptstadt Gerar, am Hofe des Königs Abimelek, sich zuträgt, wohin der Chaldäer mit Sarai von Hebron gekommen war und wo denn von der Bitte Abrahams an sein Weib bis zum glücklichen Ausgang alles, wie oben, sich abspielt. Die Wiederholung eines Berichtes als Mittel zu dem Zweck, seine Wahrhaftigkeit zu betonen, ist ungewöhnlich, ohne sehr aufzufallen. Weit merkwürdiger ist, daß, der Überlieferung zufolge, deren schriftliche Befestigung zwar aus spätern Tagen stammt, die aber *als* Überlieferung natürlich immer bestand und zuletzt auf die Aussagen und Berichte der Väter selbst zurückgeführt werden muß, – daß also dasselbe Erlebnis, zum drittenmal erzählt, dem Isaak zugeschrieben wird und daß folglich er es als sein Erlebnis – oder gleichfalls als das seine – dem Gedächtnis vermacht hat. Denn auch Isaak kam (es war einige Zeit nach der Geburt seiner Zwillinge) aus Anlaß einer Teuerung mit seinem schönen und klugen Weibe in das Philisterland an den Hof von Gerar; auch er gab dort, aus denselben Gründen wie Abraham die Sarai, Rebekka für seine »Schwester« aus – nicht ganz mit Unrecht, da sie die Tochter seines Vetters Bethuel war –, und die Geschichte setzte sich in seinem Falle nun dahin fort, daß König Abimelek »durchs Fenster«, das ist: als ein heimlicher Späher und Lauscher, Isaak mit Rebekka »scherzen« sah und von dieser Beobachtung so erschreckt und enttäuscht war, wie ein Liebhaber es nur sein mag, der gewahr wird, daß der Gegenstand seiner Wünsche, den er für frei gehalten, sich in festen Händen befindet. Seine Worte verraten ihn. Denn da Jizchak, zur Rede gestellt, die Wahrheit zugab, rief der Philister vorwurfsvoll: »Welche Gefahr hast du, Fremdling, über uns heraufbeschworen! Wie leicht hätte es geschehen können, daß jemand aus meinem Volk sich mit dem Weibe vertraut gemacht hätte, und welche Schuld wäre somit auf uns gekommen!« Die Wendung »jemand vom Volk« ist unmißverständlich. Das Ende aber war, daß die Gatten sich unter den besonderen und persönlichen Schutz des frommen, wenn auch lüsternen Königs gestellt sahen und daß Isaak unter diesem Schutz im Philisterlande ebenso zunahm wie einst Abraham dort oder in Ägypten und an Vieh und Gesinde dermaßen groß ward, daß es den Philistern sogar zuviel wurde und sie ihn behutsam von dannen nötigten.

Gesetzt, auch Abrahams Abenteuer habe sich in Gerar zugetragen, so ist nicht glaubhaft, daß der Abimelek, mit dem Jizchak es zu tun hatte, noch derselbe war, der sich verhindert gefunden hatte, Sarai's eheliche Reinheit zu verletzen. Die Charaktere sind unterscheidbar; denn während Sarai's fürstlicher Liebhaber diese kurzerhand seinem Harem einverleiben ließ, verhielt Isaaks Abimelek sich weit schüchterner und schamhafter, und die Annahme, sie seien ein und derselbe gewesen, wäre höchstens unter dem Gesichtspunkt zu vertreten, des Königs vorsichtiges Verhalten im Falle Rebekka's sei darauf zurückzuführen, daß er erstens seit Sarai's Tagen viel älter geworden und zweitens durch das Vorkommnis mit ihr bereits gewarnt gewesen sei. Aber nicht auf des Abimelek Person kommt es uns an, sondern auf Isaaks, auf die Frage seines Verhältnisses zu der Frauengeschichte, und auch sie beunruhigt uns, genau genommen, nur mittelbar, um der weiteren

Frage willen, *wer Jaakob war:* der Jaakob nämlich, den wir mit seinem Söhnchen Joseph, Jaschup oder Jehosiph im Mondschein haben plaudern hören.

Erwägen wir die Möglichkeiten! Entweder hat Jizchak zu Gerar in leichter Abwandlung dasselbe erlebt, was sein Vater ebendort oder in Ägypten erlebt hatte. In diesem Falle liegt eine Erscheinung vor, die wir als Imitation oder Nachfolge bezeichnen möchten, eine Lebensauffassung nämlich, die die Aufgabe des individuellen Daseins darin erblickt, gegebene Formen, ein mythisches Schema, das von den Vätern gegründet wurde, mit Gegenwart auszufüllen und wieder Fleisch werden zu lassen. – Oder aber Rebekka's Gatte hat die Geschichte nicht »selbst«, nicht in den engeren fleischlichen Grenzen seines Ichs erlebt, sie aber gleichwohl als zu seiner Lebensgeschichte gehörig betrachtet und den Späteren überliefert, weil er zwischen Ich und Nicht-Ich weniger scharf unterschied, als wir es (mit wie zweifelhaftem Recht, wurde schon angedeutet) zu tun gewohnt sind oder bis zum Eintritt in diese Erzählung zu tun gewohnt waren; weil für ihn das Leben des Einzelwesens sich oberflächlicher von dem des Geschlechtes sonderte, Geburt und Tod ein weniger tiefreichendes Schwanken des Seins bedeutete, – so daß also der schon betrachtete Fall des späten Eliezer vorläge, welcher dem Joseph Abenteuer des Ur-Eliezer in der ersten Person erzählte; die Erscheinung offener Identität, mit einem Wort, die derjenigen der Imitation oder Nachfolge an die Seite tritt und in Verschränkung mit ihr das Selbstgefühl bestimmt.

Wir geben uns keiner Täuschung hin über die Schwierigkeit, von Leuten zu erzählen, die nicht recht wissen, wer sie sind; aber wir zweifeln nicht an der Notwendigkeit, mit einer solchen schwankenden Bewußtseinslage zu rechnen, und wenn der Isaak, der Abrahams ägyptisches Abenteuer wiedererlebte, sich für den Isaak hielt, den der Ur-Wanderer hatte opfern wollen, so ist das für uns kein bündiger Beweis, daß er sich nicht täuschte, – es sei denn, die Opfer-Anfechtung habe zum Schema gehört und sich wiederholt zugetragen. Der chaldäische Einwanderer war der Vater Isaaks, den er schlachten wollte, aber so unmöglich es ist, daß dieser der Vater von Josephs Vater war, den wir am Brunnen beobachteten, so möglich ist es, daß der Isaak, der Abrahams Hirtenstreich imitierte oder in sein persönliches Leben einbezog, sich wenigstens zum Teil mit dem um ein Haar geschlachteten Isaak verwechselte, obgleich er in Wirklichkeit ein viel späterer Isaak war und von dem Ur-Abiram generationsweise weit abstand. Es hat unmittelbare Gewißheit und bedarf zwar der Klarstellung, aber keines Beweises, daß die Geschichte von Josephs Vorfahren, wie die Überlieferung sie bietet, eine fromme Abkürzung des wirklichen Sachverhaltes darstellt, das heißt: der Geschlechterfolge, die die Jahrhunderte gefüllt haben muß, welche zwischen dem Jaakob, den wir sahen, und Ur-Abraham liegen; und ebenso wie Ur-Abrahams natürlicher Sohn und Hausvogt Eliezer seit den Tagen, da er für seinen Jungherrn Rebekka gefreit hatte, oft im Fleische gewandelt war, auch wohl oft überm Wasser Euphrat eine Rebekka erworben hatte und jetzt eben wieder, als Josephs Lehrer, sich des Lichtes freute: ebenso hatte seither so mancher Abraham, Isaak und Jaakob die Geburt des Tages aus der Nacht geschaut, ohne daß der einzelne es mit der Zeit und dem Fleische übertrieben genau genommen, seine Gegenwart von ehemaliger Gegenwart sonnenklar unterschieden und die Grenzen seiner »Individualität« gegen die der Individualität früherer Abrahams, Isaaks und Jaakobs sehr deutlich abgesetzt hätte.

Diese Namen waren geschlechtserblich, – wenn das Wort richtig oder genügend ist in Hinsicht auf die Gemeinschaft, in der sie wiederkehrten. Denn das war eine Gemeinschaft, deren Wachstum nicht dasjenige eines Familienstammes war, sondern eines Bündels von solchen, außerdem aber zum guten Teile von jeher auf Seelengewinnung, Glaubenspropagation beruht hatte. Es ist notwendig, Abrahams, des Ur-Einwanderers, Stammvaterschaft hauptsächlich geistig zu verstehen, und ob Joseph wirklich im Fleische mit ihm verwandt war, ob sein Vater es war – und zwar in so gerader Linie, wie sie annahmen –, steht stark dahin. Das tat es übrigens auch für sie selbst; nur daß das Zwielicht ihres und des allgemeinen Bewußtseins ihnen erlaubte, es auf eine träumerische und fromm benommene Weise dahinstehen zu lassen, Worte für Wirklichkeit und Wirklichkeit halb nur für ein Wort zu nehmen und Abraham, den Chaldäer, ungefähr in dem Geiste ihren Groß- und Urgroßvater zu nennen, wie dieser selbst den Lot aus Charran seinen »Bruder« und Sarai seine »Schwester« genannt hatte, was ebenfalls zugleich wahr und nicht wahr gewesen ist. Nicht einmal im Traum aber konnten die Leute El eljons ihrem Zusammenhange Einheit und Reinheit des Blutes zuschreiben. Da war babylonisch-sumerische – also nicht durchaus semitische – Art hindurchgegangen durch arabisches Wüstenwesen, aus Gerar, aus Muzri-Land, aus Ägypten selbst hatten weitere Elemente sich beigemischt, wie in der Person der Sklavin Hagar, die von dem großen Haupte selbst der Beiwohnung gewürdigt worden und deren Sohn wiederum ägyptisch geheiratet hatte; und welchen Verdruß der Rebekka die chetitischen Weiber ihres Esau bereiteten, Töchter eines Stammes, der ebenfalls nicht den Sem seinen Urvater nannte, sondern irgendwann einmal aus Kleinasien, aus ural-altaischer Sphäre nach Syrien vorgedrungen war, – war jederzeit viel zu bekannt, als daß man ein Wort darüber zu verlieren brauchte. Früh waren manche Glieder abgestoßen worden. Es steht fest, daß Ur-Abraham noch nach dem Tode der Sarai Kinder zeugte, nämlich unwählerischerweise mit Ketura, einem kanaanitischen Weibe, während er doch nicht wollte, daß sein Jizchak kanaanitisch heiratete. Ketura's Söhne einer war Midian, dessen Nachkommenschaft südlich vom Edom-Seïr-Lande, dem Esau-Gebiet, am Rande der arabischen Wüste ihr Wesen trieb, wie Ismaels Kinder vor Ägypten; denn Jizchak, der wahrhafte Sohn, war Alleinerbe gewesen, während man die Kinder der Kebsweiber mit Geschenken abgespeist und gen Morgenland abgeschoben hatte, wo sie die Fühlung mit El eljon, wenn sie sich je auf ihn verstanden hatten, ganz verloren und eigenen Göttern dienten. Göttliches aber, die forterbende Arbeit an einem Gottesgedanken war das Band, das bei aller Buntscheckigkeit des Geblütes die geistige Sippschaft zusammenhielt, die unter den andern Ebräern, den Söhnen Moabs, Ammons und Edoms, sich diesen Stammesnamen in einem besonderen und engeren Sinne beilegte, und zwar sofern sie ihn, ebenjetzt, eben zu der Zeit, in die wir eingetreten sind, mit einem anderen Namen, dem Israels, zu verbinden und durch ihn zu bedingen begann.

Denn der Name und Titel, den Jaakob sich einst errungen, war keine Erfindung seines eigentümlichen Gegners gewesen. Gottesstreiter, so hatte sich immer ein räuberisch-kriegerischer Wüstenstamm von äußerst ursprünglichen Sitten genannt, von welchem einzelne Gruppen ihr Kleinvieh beim Weidewechsel durch die Steppe zwischen die Siedelungen des Fruchtlandes getrieben, das rein nomadische Dasein mit einem Zustand lockerer Seßhaftigkeit vertauscht hatten und durch geistliche Werbung und Verständigung zu einem Bestandteil von Abrahams Glaubenssippe geworden waren. Ihr Gott daheim in der Wüste war ein schnaubender Kriegsherr und Wettererreger namens Jahu, ein schwer zu behandelnder Kobold mit mehr dämonischen als göttlichen Zügen, tückisch, tyrannisch und unberechenbar, vor dem sein braunes Volk, übrigens stolz auf ihn, in Angst und Schrecken lebte, indem es durch Zaubermittel und Blutriten das zerfahrene Wesen des Dämons zu ordnen und in nützliche Wege zu lenken suchte. Jahu konnte ohne irgend deutliche Veranlassung bei Nacht auf einen Mann stoßen, dem wohlzuwollen er allen vernünftigen Grund hatte, –

um ihn zu erwürgen; doch war er etwa auf die Weise zu bewegen, von seinem wüsten Vorhaben abzulassen, daß des Überfallenen Weib eilig ihren Sohn mit einem Steinmesser beschnitt, des Unholds Scham mit der Vorhaut berührte und ihm dabei eine mystische Formel zuraunte, deren auch nur einigermaßen sinnvolle Übersetzung in unserer Sprache auf bisher unüberwundene Schwierigkeiten stößt, die aber den Würger besänftigte und verscheuchte. Dies nur zur Kennzeichnung Jahus. Und doch war diesem dunklen, in der gebildeten Welt völlig unbekannten Gotteswesen eine große theologische Laufbahn vorbehalten, ebendadurch nämlich, daß Bruchteile seiner Glaubensträgerschaft in den Bereich von Abrahams Gottesdenken gerieten. Denn wie diese Hirtenfamilien, hineingezogen in die von dem Ur-Wanderer in Gang gesetzte geistige Spekulation, mit ihrem Fleisch und Blut die menschliche Grundlage verstärkten, die des Chaldäers Glaubensüberlieferung trug, so waren Teile der wüstenhaften Wesenheit ihres Gottes nährend eingedrungen in das durch den Geist des Menschen nach Verwirklichung trachtende Gotteswesen, zu dessen Gestaltung ja auch der Usiri des Ostens, Tammuz, sowie Adonai, der zerrissene Sohn und Schäfer Malkisedeks und seiner Sichemiten, Geistesstoff und Farbe geliefert hatten. Haben wir seinen Namen, der einst ein Kriegsgeheul war, nicht lyrisch lallenderweise von hübschen und schönen Lippen kommen hören? Dieser Name war, in der Form, wie die braunen Söhne ihn aus der Wüste gebracht, wie auch in Verkürzungen und Abwandlungen, die ihn zu kanaanitisch-volkstümlichen Gegebenheiten in Beziehung setzten, unter den Lauten, mit denen man sich am Unaussprechlichen versuchte. Denn von alters schon hatte eine Ortschaft hierzulande »Be-ti-ja«, »Haus des Ja«, geheißen, nicht anders also als »Bethel«, »Haus Gottes«, und es ist bezeugt, daß schon vor den Tagen des Gesetzgebers Amurruleute, welche in Sinear eingewandert waren, Eigennamen geführt hatten, in denen die Gottesbezeichnung »Ja'we« einschlägig war, – ja, schon Ur-Abraham hatte den Baum beim Heiligtum Siebenbrunnen »Jahwe el olam«, »Jahwe ist der Gott aller Zeitläufte«, genannt. Der Name aber, den Jahus beduinische Krieger sich zugelegt, sollte zum unterscheidenden Merkmal reineren und höheren Ebräertums, zur Kennzeichnung von Abrahams geistigem Samen werden, ebendadurch, daß Jaakob in schwerer Nacht am Jabbok ihn sich hatte zugestehen lassen ...

Eliphas

Für Leute wie Schimeon und Levi, die starken Lea-Söhne, mochte es ein Grund zu heimlichem Lächeln sein, daß der Vater just diesen kühnen und räuberischen Namen sich errungen, ihn sich gleichsam vom Himmel gerissen hatte. Denn Jaakob war nicht kriegerisch. Nie wäre er der Mann gewesen, zu tun, was Ur-Abram tat, als er, da die Söldlinge des Ostens, die Heerhaufen von Elam, Sinear, Larsa und von jenseits des Tigris, um überfälligen Tributes willen das Jordanland heimgesucht, seine Städte geplündert und auch Lot von Sodom gefangen weggeschleppt hatten, keck und treu entschlossen ein paar hundert hausbürtige Knechte und umwohnender Glaubensverwandten, Leute El-berits, des Höchsten, zusammenraffte, mit ihnen in starken Märschen von Hebron aufbrach, die abziehenden Elamiter und Gojim einholte und solche Verwirrung in ihrer Nachhut anrichtete, daß er viele Gefangene befreien und Lot nebst einer Menge geraubter Habe im Triumph nach Hause zurückführen konnte. Nein, dergleichen wäre nicht Jaakobs Sache gewesen, er hätte versagt in einem solchen Fall, und das hatte er sich im stillen auch eingestanden, als Joseph auf die alte, gern erzählte Geschichte zu sprechen gekommen war. Er »hätte es nicht vermocht«, so wenig, wie er es nach seinem eigenen Bekenntnis vermocht haben würde, mit dem Sohn zu

tun, was der Herr verlangte. Lot zu befreien, hätte er Schimeon
und Levi überlassen; wenn aber diese, unter dem ihnen bei
solchen Gelegenheiten zu Gebote stehenden entsetzenerregen-
den Geschrei, unter den Mondanbetern ein Blutbad angerichtet hätten, so hätte er sein Angesicht mit dem Schal verhüllt
und gesprochen: »Meine Seele komme nicht in ihren Rat!«
Denn diese Seele war weich und schreckhaft; sie verabscheute
es, Gewalt zuzufügen, sie zitterte davor, welche zu erleiden,
und war voll von Erinnerungen an Niederlagen ihres Mannes-
mutes – Erinnerungen, die ihrer Würde, ihrer Feierlichkeit aber
darum nicht Abbruch taten, weil immer und regelmäßig gerade in solchen Lagen physischer Demütigung ein Strahl und
Zustrom des Geistes sie getroffen, eine mächtig tröstende und
neu bestätigende Offenbarung der Gnade ihr zuteil geworden
war, von der sie mit Fug und Recht sich mochte das Haupt
erheben lassen, da sie selbst sie aus ihren ungedemütigten
Tiefen erzeugt und erzwungen hatte.

Wie war es mit Esau's prächtigem Sohne Eliphas gewesen?
Eliphas war dem Esau von einer seiner chetitisch-kanaaniti-
schen Frauen geboren worden, Baalanbeterinnen, die er schon
frühzeitig nach Beerscheba heimgeführt hatte und von denen
Rebekka, Bethuels Tochter, zu sagen pflegte: »Mich verdrießt
es, zu leben vor den Töchtern Heth.« Schon dem Jaakob war es
nicht mehr gewiß, welche von ihnen Eliphas seine Mutter
nannte; wahrscheinlich war es Ada, die Tochter Elons, gewesen.
Auf jeden Fall war Jizchaks dreizehnjähriger, früh erstarkter
Enkel ein ungewöhnlich gewinnender junger Mann: einfach
von Geist, aber tapfer, freimütig, edeldenkend, gerade gewachsen an Leib und Seele und seinem benachteiligten Vater in
stolzer Liebe ergeben. In mehr als einer Beziehung war ihm das
Leben schwer gemacht: in Hinsicht sowohl auf die verwickelten Familienverhältnisse, wie auch in Glaubensdingen. Denn
nicht weniger als drei Bekenntnisse stritten um seine Seele: der

El eljon der Großeltern, die Baalim der mütterlichen Sippe und eine gewittrige und pfeilschießende Gottheit namens Kuzach, verehrt von den Gebirglern im Süden, den Seïrim oder Leuten von Edom, zu denen Esau von früh an Beziehungen unterhalten hatte und zu denen er später vollends überging. Des rauhen Mannes ungeheurer Schmerz und ohnmächtige Wut über jene von Rebekka geleiteten einschneidenden Geschehnisse in des augenkranken Großvaters dunkler Zeltwohnung, die Jaakob dann von Hof und Herde in die Fremde trieben, hatten dem Knaben Eliphas furchtbar ans Herz gegriffen, und sein Haß auf den fälschlich gesegneten jungen Oheim hatte geradezu etwas Aufreibendes und für ihn selbst Lebensgefährliches: er schien über die zarten Kräfte seines Alters zu gehen. Zu Hause, angesichts der wachsamen Rebekka, war gegen den Segensdieb überhaupt nichts zu unternehmen. Als sich aber herausstellte, daß Jaakob geflohen war, stürzte Eliphas zu Esau und forderte ihn mit fliegenden Worten auf, dem Verräter nachzusetzen und ihn zu erschlagen.

Aber der zur Wüste verfluchte Esau war viel zu niedergebrochen, von bitterem Weinen über sein unterweltliches Schicksal viel zu geschwächt, um zu der geforderten Tat aufgelegt zu sein. Er weinte, weil es ihm so zukam, weil das seiner Rolle entsprach. Seine Art, die Dinge und sich selbst zu sehen, war durch eingeborene Denkvorschriften bedingt und bestimmt, die ihn banden, wie alle Welt, und ihre Prägung von kosmischen Kreislaufbildern empfangen hatten. Durch des Vaters Segen war Jaakob endgültig zum Mann des vollen und »schönen« Mondes geworden, Esau aber zum Dunkelmond, also zum Sonnenmann, also zum Mann der Unterwelt, – und in der Unterwelt weinte man, obgleich man dort möglicherweise sehr reich an Schätzen wurde. Wenn er sich später ganz zu den Leuten des südlichen Gebirges und ihrem Gotte schlug, so tat er es, weil es sich so für ihn schickte, denn der Süden lag im

Denklichte des Unterweltlichen, wie übrigens auch die Wüste, in die Isaaks Gegenbruder Ismael hatte abwandern müssen. Beziehungen aber hatte Esau schon längst, schon lange vor Empfang des Fluchspruches von Beerscheba aus, mit den Leuten von Seïr angeknüpft, und das beweist, daß es sich bei Segen und Fluch nur um Bestätigungen handelte, daß sein Charakter, das heißt seine Rolle auf Erden, von langer Hand her festgelegt und er sich ebendieser Charakterrolle von jeher vollkommen bewußt gewesen war. Er war ein Jäger geworden, des offenen Feldes schweifender Gast, zum Unterschiede von Jaakob, der in Zelten wohnte und ein Mondhirt war, – war es geworden nach seiner Natur, auf Grund seiner stark männlichen körperlichen Anlagen, gewiß. Aber man ginge fehl und würde der mythisch-schematischen Bildung seines Geistes nicht gerecht, indem man annähme, Gefühl und Bewußtsein seiner selbst, seiner Rolle als sonnverbrannter Sohn der Unterwelt, sei ihm erst aus seinem Jägerberuf erflossen. Umgekehrt – mindestens so sehr umgekehrt – hatte er diesen Beruf schon darum gewählt, weil es ihm so zukam, aus mythischer Bildung also und Gehorsam gegen das Schema. Faßte man sein Verhältnis zu Jaakob gebildet auf – und das zu tun, war Esau, seiner Rauhigkeit ungeachtet, immer bereit gewesen –, so war es die Wiederkehr und das Gegenwärtigwerden – die zeitlose Gegenwärtigkeit – des Verhältnisses von Kain zu Habel; und in diesem war Esau nun einmal Kain: nämlich bereits in seiner Eigenschaft als älterer Bruder, welchem freilich das neuere Weltrecht ehrend zur Seite stand, der aber wohl fühlte und wußte, daß, aus Zeiten mütterlicher Vorfrühe übermacht, eine tiefe Herzensneigung der Menschheit dem Jüngeren, dem Jüngsten gehörte. Ja, falls eine gewisse Geschichte von einem Linsengericht als wirklich geschehen hinzunehmen und nicht nachträglich, zur Rechtfertigung des Segensbetruges, den Tatsachen sollte hinzugefügt worden sein (weshalb Jaakob immer noch sehr wohl an ihre

Wahrheit hätte glauben können), so wäre Esau's scheinbarer Leichtsinn sicherlich aus solchen Empfindungen zu erklären: Indem er dem Bruder die Erstgeburt so leichten Kaufes abtrat, hoffte er, wenigstens die Sympathien, welche herkömmlicherweise dem Jüngeren zufallen, auf seine Seite zu bringen.

Kurzum, der rote, haarige Esau weinte und zeigte sich dem Verfolgungs- und Racheunternehmen entschieden abgeneigt. Er hatte gar keine Lust, den Habel-Bruder auch noch zu erschlagen und so ein Gleichnis auf die Spitze zu treiben, auf das die Eltern ohnehin das ganze Verhältnis von Anfang an hinausgespielt hatten. Als dann aber Eliphas sich erbot oder vielmehr glühend danach verlangte, in diesem Falle selbst den Gesegneten einzuholen und zu töten, hatte Esau nichts dagegen zu erinnern und winkte Erlaubnis unter Tränen. Denn daß der Neffe den Oheim erschlug, bedeutete eine ihm wohltuende Durchbrechung des leidigen Schemas und war eine geschichtliche Neugründung, die späteren Eliphas-Knaben zum Gleichnis werden mochte, ihn aber von der Kainsrolle wenigstens im letzten entlastete.

So raffte Eliphas ein paar Leute zusammen, fünf oder sechs, die zu seinem Vater hielten und ihn bei seinen Ausflügen ins Edom-Land zu begleiten pflegten, bewaffnete sie aus den Beständen des Hofes mit langen Rohrlanzen, die über einem bunten Haarbüschel eine ebenfalls sehr lange, gefährliche Spitze trugen, entwandte vor Morgengrauen Kamele aus Jizchaks Ställen, und ehe der Tag sich wendete, hatte Jaakob, der, dank Rebekka's Fürsorge, nebst zwei Sklaven ebenfalls kamelberitten und mit Mundvorrat und schönen Tauschwerten reichlich ausgestattet war, die Rächerschar auf den Fersen.

Seiner Lebtage vergaß Jaakob nicht den Schrecken, der ihn befallen, als der Sinn dieser Annäherung ihm deutlich wurde. Anfangs, als man die Reiter gesichtet, hatte er sich geschmeichelt, Jizchak habe sein Entweichen etwas zu früh bemerkt und wolle ihn wieder einholen lassen. Als er aber Esau's Sohn erkannt hatte, begriff er den ganzen Ernst der Lage und verzagte. Ein Rennen auf Leben und Tod begann – wagerecht vorgestreckt die Hälse der lang ausgreifenden, inbrünstig grunzenden, von Troddeln und Monden umflogenen Dromedare. Aber Eliphas und die Seinen hatten nicht so hoch aufgepackt wie Jaakob, von Augenblick zu Augenblick sah dieser den Vorsprung, an dem sein Leben hing, zusammenschmelzen, und als die ersten Wurflanzen ihn überholten, winkte er Übergabe, saß ab mit den Seinen und erwartete auf dem Angesicht, die bloßen Hände erhoben, den Verfolger.

Was nun geschah, war das Kläglich-Ehrenrührigste, was überhaupt in Jaakobs Leben vorkam, und wäre wohl geeignet gewesen, die Würde eines anderen Selbstgefühles auf immer zu untergraben. Er mußte, wenn er leben wollte – und das wollte er um jeden Preis, nicht aus gewöhnlicher Feigheit, wie ernstlich erinnert werden soll, sondern weil er geweiht war, weil auf ihm die von Abraham kommende Verheißung lag –, er mußte den zornglühenden Knaben, seinen Neffen, den so viel Jüngeren, ihm so sehr Nachgeordneten, der bereits – und mehr als einmal – das Schwert über ihn erhob, durch Flehen zu erweichen suchen, durch Selbsterniedrigung, durch Tränen, durch Schmeicheleien, durch winselndes Anrufen seiner Großmut, durch tausend Entschuldigungen, mit einem Wort: durch den bündigen Beweis, daß es der Mühe nicht wert war, in ein solches Bündel Elend das Schwert zu stoßen. Das tat er. Er küßte des Kindes Füße wie toll, er warf ganze Hände voll Staub in die Luft, der auf sein Haupt niederfiel, und seine Zunge ging unaufhörlich, bannend, beschwörend, mit einer von der Angst aufs äußerste getriebenen Geläufigkeit, die den verblüfften, ob solchen Redeflusses, solcher Sprachgewandtheit unwillkürlich staunenden Knabensinn von raschen Taten abzuhalten bestimmt und wirklich vermögend war.

Hatte er den Betrug gewollt? Hatte er ihn angeregt, war er seine Erfindung? Seine Därme sollten preisgegeben sein, wenn dem im entferntesten so gewesen war! Die Mutter, die Großmutter allein habe alles erdacht und gewollt, aus übergroßer und unverdienter Liebesschwäche für ihn, und er, Jaakob, habe sich aus allen Kräften gegen den Plan gesperrt und gewehrt, habe ihr vorgehalten, wie die Gefahr so groß und schrecklich sei, daß Isaak alles entdecke und nicht nur ihn verfluche, sondern auch sie, die allzu anschlägige Rebekka. Nicht zu vergessen, daß er ihr mit verzweifelter Eindringlichkeit zu bedenken gegeben habe, wie er dastehen werde vor des erstgeborenen Bruders erhabenem Antlitz, wenn etwa der Anschlag gelinge! Nicht gern, nicht froh und frech, ach, keineswegs, sondern zitternd und zagend habe er mit dem Gericht vom Böcklein und dem Wein in Esau's Festkleid, das Fell um Handgelenke und Hals, des Vaters, des lieben Großvaters Gemach betreten. Der Schweiß sei ihm die Schenkel hinuntergelaufen vor Not und Furcht, die Stimme ihm in der verschnürten Kehle erstorben, als Isaak ihn gefragt, wer er sei, ihn betastet, berochen habe – aber sogar ihn mit Esau's Feldblumenwohlgeruch zu salben habe Rebekka ja nicht vergessen! Ein Betrüger, er? Ein Opfer vielmehr von des Weibes List, Adam, verführt von Heva, der Schlange Freundin! Ach, Eliphas, der Knabe, möge sich hüten sein Leben lang, das mehrere hundert Jahre und länger währen möge, vor des Weibes Ratschlag und weislich umgehen die Fallstricke seiner Schalkheit! Er, Jaakob, sei gestrauchelt darin, mit ihm sei es nun aus. Ein Gesegneter, er? Aber erstens, was sei denn das für ein Vatersegen, ein irrtümlicher, gleich diesem, ein so gegen Wunsch und Willen des Empfängers erschlichener? Habe er Wert und Gewicht? Sei er von Wirkung? (Er wußte genau, daß Segen – Segen war und daß der sein volles Gewicht und volle Wirkung habe, aber er fragte so, um Eliphas zu verwirren.) Und zweitens: habe er, Jaakob, wohl Miene gemacht, des Mißgriffs Nutznießer zu spielen, als Segensträger sich breitzumachen im Hause und Esau, seinen Herrn, zu verdrängen? Ach, ganz mitnichten und gerade im Gegenteil! Das Feld räume er freiwillig dem Bruder, die reuige Rebekka selbst habe ihn fortgetrieben, ins Wildfremde ziehe er auf Nimmerwiederkehr, in die Verbannung, geradeswegs in die Unterwelt, und sein Teil sei Weinen je und je! Ihn wollte Eliphas mit des Schwertes Schärfe schlagen, – der Täuberich mit lichten Schwingen, der junge Bergstier in seiner Pracht, der bildschöne Antilopenbock? Da doch der Herr den Noah bedeutet habe, er wolle vergossenes Menschenblut zurückfordern, und da es doch heute nicht mehr sei wie zu Kains und Habels Tagen, sondern Gesetze im Lande herrschten, deren Verletzung Eliphas' edler junger Person aufs höchste gefährlich werden könne? Um diese sei es ihm, dem hinlänglich geschlagenen Oheim, zu tun, und wenn denn er schon nunmehr, vernichtet und leicht gemacht, dahinziehe in ein Land, wo er fremd sein werde und ein Knecht, so solle doch Eliphas schwer sein von Glück und seine Mutter gesegnet unter den Kindern Heth, weil er seine Hand zurückgehalten vom Blute und seine Seele abgewendet von Missetat …

So strömte dem Jaakob die plappernd und bettelnd angstgetriebene Rede, daß es den Eliphas nur so wunderte und ihm der Kopf wirbelte vom Schwall. Er hatte einen lachenden Räuber zu treffen erwartet und fand einen Elenden, dessen Erniedrigung Esau's Würde vollkommen wiederherzustellen schien. Der Knabe Eliphas war gutmütig, wie sein Vater es eigentlich war. Schnell trat in seiner Seele ein feuriges Gefühl an die Stelle des anderen, die Großmut an Stelle des Zornes, und er rief aus, daß er des Oheims schonen wolle, worüber Jaakob vor Freude weinte, indem er den Saum von Eliphas' Kleid und seine Hände und Füße mit Küssen bedeckte. Verlegenheit und leichter Ekel mischten sich in dessen Gehobenheit. Er ärgerte sich gleich ein wenig seines Wankelmutes und bestimmte rauh, das Gepäck der Flüchtlinge müsse ihm aber ausgeliefert werden, was Rebekka dem Onkel zugesteckt, gehöre Esau, dem Gekränkten. Jaakob wollte auch diesen Beschluß noch mit flüssiger Rede wenden, aber Eliphas schrie ihn verächtlich an und ließ ihn so gründlich ausplündern, daß ihm wirklich nichts blieb als das nackte Leben: Die goldenen und silbernen Gefäße, die Krüge mit feinstem Öl und Wein, die Hals- und Armringe aus Malachit und Karneol, der Weihrauch, das Honigkonfekt und was die Mutter ihm an Gewirktem und Gewobenem hatte aufpaken lassen, – alles mußte in Eliphas' Hände geliefert sein; sogar die beiden Hörigen, die flüchtig den Hof verlassen und von denen übrigens einer von einem Lanzenwurf an der Schulter blutete, mußten sich mit ihren Tieren den Verfolgern zur Rückkehr anschließen, – und dann durfte Jaakob allein, nur ein paar irdene Krüge mit Wasser am Sattel, seinen dunklen Weg gen Osten, wer weiß, in welcher Gemütsverfassung, fortsetzen.

Die Haupterhebung

Er hatte sein Leben gerettet, sein kostbares Verheißungsleben, für Gott und die Zukunft, – was wog dagegen wohl Gold und Karneol? Auf das Leben kam hier alles an, und Jung-Eliphas war im Grunde glänzender geprellt als sein Erzeuger, aber was hatte es gekostet! Wohl mehr als das Reisegepäck – die Mannesehre ganz und gar; und geschändeter konnte niemand sein als Jaakob, der vor einem Milchbart auf der Stirn hatte winseln müssen und dessen Gesicht von Tränen und hineingeschmiertem Staube ganz entstellt war. Und dann? Und unmittelbar nach solcher Entwürdigung?

Unmittelbar oder wenige Stunden danach, am Abend, bei Sternenschein, war er zu der Stätte Luz gelangt, einer Ortschaft, die er nicht kannte, da überhaupt diese ganze Gegend ihm

schon fremd war, – gelegen an einem der zumeist terrassierten
und mit Wein bepflanzten Hügel, in denen die Landschaft
hinschwang. Die wenigen Häuserwürfel des Dorfes drängten
sich in halber Höhe des von Pfaden durchlaufenen Abhangs
zusammen, und da eine Stimme von innen dem verarmten
Reisenden zuredete, hier Nachtquartier zu machen, so trieb er
sein über den kläglich-stürmischen Zwischenfall noch ganz
erstauntes und bockiges Kamel, vor dem er sich etwas schämte,
den Hügel hinan. An dem Brunnen außerhalb der lehmigen
Umfassungsmauer tränkte er das Tier und wusch sich selbst die
Spuren seiner Schande aus dem Gesicht, wodurch bereits seine
Stimmung sich beträchtlich hob. Bei den Leuten von Luz aber
Einlaß zu begehren, vermied er trotzdem, da er sich als Bettler
fühlte, sondern führte den lebenden Besitz, der nun sein alles
war, am Zügel über die Ortschaft empor, ganz aufwärts bis zu
des Hügels gestumpftem Gipfel, dessen Anblick ihm denn zu
bedauern gab, daß er nicht früher, nicht rechtzeitig hierher-
gelangt war. Denn ein heiliger Steinkreis, ein Gilgal, kennzeichnete den Ort als Freistatt, und dem hier Fußenden hätte
Jung-Eliphas, der Straßenräuber, nichts anzuhaben vermocht.

In der Mitte des Gilgals war ein besonderer Stein, kohl-
schwarz und kegelförmig, aufgerichtet, ein offenbar vom Himmel gefallener, in dem Sternenkräfte schlummerten. Da seine
Form an das Zeugungsglied gemahnte, hob Jaakob fromm seine Augen und Hände empor und fühlte sich noch gestärkter.
Hier wollte er die Nacht verbringen, bis der Tag sie wieder
verbarg. Zur Kopfstütze wählte er einen der Steinklötze des
Kreises aus. Komm, sprach er, tröstlicher alter Stein, erhebe
dem Friedlosen das Haupt zur Nacht! Er deckte sein Kopftuch
darüber, streckte sich aus, das Haupt gegen den phallischen
Himmelsstammling erhoben, blinzelte noch ein wenig in die
Sterne und entschlief.

Da ging es hoch her, da geschah es ihm, da ward ihm wirklich, wohl mitten in der Nacht, nach einigen Stunden des tiefsten Schlafes, das Haupt erhoben aus jeder Schmach zum hehrsten Gesicht, in welchem sich alles vereinigte, was seine Seele an Vorstellungen des Königlichen und Göttlichen barg und das sie, die gedemütigte, die insgeheim ihrer Demütigung lächelte, sich zu Trost und Befestigung hinausbaute in den Raum ihres Traumes ... Er träumte sich nicht von der Stelle. Auch im Traume lag er mit gestütztem Kopfe und schlief. Aber seine Lider waren durchlässig für überschwenglichen Glanz; er sah durch sie, sah Babel, sah das Nabelband von Himmel und Erde, die Treppe zum höchsten Palast, die zahllos feurigen und breiten, mit astralen Wächtern besetzten Stufen, deren ungeheure Rampe emporführte zum obersten Tempel und Herrschersitz. Sie waren nicht steinern, noch hölzern, noch sonst aus irdischem Stoff; sie schienen aus glühendem Erz und aus gebautem Sternenfeuer; ihr Planetenglanz verlor sich in maßloser Breite auf Erden und steigerte sich in der Höhe und Weite zu übermächtiger Blendung, die dem offenen Auge unerträglich gewesen wäre und in die nur durch die deckenden Lider zu schauen war. Gefiederte Menschentiere, Keruben, gekrönte Kühe mit den Gesichtern von Jungfrauen und mit anliegenden Fittichen standen unbeweglich geradeaus blickend zu beiden Seiten, und der Raum zwischen ihren schräg vor- und zurückgestellten Beinen war mit erzenen Flächen gefüllt, in welchen heilige Wortmale glühten. Kauernde Stiergötter, Perlenbänder um die Stirn, mit Ohrlocken, so lang wie die fransenförmigen und unten gerollten Bärte, die von ihren Wangen hingen, wandten die Köpfe nach außen und blickten den Schläfer aus langbewimperten ruhevollen Augen an, – abwechselnd mit Löwenwesen, die auf ihren Schwänzen saßen und deren gewölbte Brust mit feurigen Zotten bedeckt war. Sie schienen aus viereckig aufgerissenen Mäulern zu fauchen, so daß unter ihren grimmigen Stutznasen sich die Schnurrhaare sträubten. Zwischen den Tieren aber wallte die Rampenweite von Dienenden und Boten, hinauf und hinab ziehend in Schritt und Stufentritt, nach langsamer Reigenordnung, die in sich trug das Glück des Sternengesetzes. Ihre Unterkörper waren von Kleidern verhüllt, die mit spitzen Schriftzeichen bedeckt waren, und ihre Brüste schienen zu weich für die von Jünglingen und zu flach für Weiberbrüste. Sie trugen Schalen auf dem Kopf mit erhobenen Armen, oder es lehnte in ihrem gebogenen Arm eine Tafel, auf die sie weisend die Finger legten; viele aber harften und flöteten, schlugen Lauten und Pauken, und Singende hielten sich hinter diesen, die den Raum mit ihren hohen, metallisch sirrenden Stimmen erfüllten und im Takt dazu in die Hände klatschten. So wallte und dröhnte die Weite der Weltenrampe von akkordisch tönendem Schwall, hinab und hinauf bis ins flammendste Licht, wo der schmale Feuerbogen war und die Pforte des Palastes mit Pfeilern und hohen Zinnen. Es waren die Pfeiler aus goldenen Ziegelsteinen, die hervortreten ließen geschuppte Tiere mit Pardelfüßen vorn und Adlersfüßen hinten, und war die Feuerpforte besetzt zu den Seiten von Gebälkträgern auf Stierfüßen, mit vierfach gehörnten Kronen und Edelsteinaugen und gelockten, gebündelten Bärten an ihren Backen. Davor aber stand der Sessel der Königsmacht und der goldene Schemel ihrer Füße und dahinter ein Mann mit Bogen und Köcher, der hielt den Wedel über die Mützenkrone der Macht. Und sie war angetan mit einem Gewande aus Mondlicht, das Fransen hatte aus kleinen Feuersflammen. Überaus nervig von Kraft waren Gottes Arme, und in einer Hand hielt er das Zeichen des Lebens und in der anderen eine Schale zum Trinken. Sein Bart war blau und zusammengefaßt mit ehernen Bändern, und unter hochgewölbten Brauen drohte sein Antlitz in grimmer Güte. Es war vor ihm noch ein Mann mit einem breiten Reif um den Kopf, einem Wesire gleich und einem nächsten Diener am Thron, der blickte in das Angesicht der Macht und wies mit der flachen Hand gegen den Schläfer Jaakob auf Erden. Da nickte der Herr und trat auf seinen nervigen Fuß, und der Oberste bückte sich rasch, den Schemel wegzuziehen, auf daß der Herr stehe. Und Gott stand auf von dem Thron und hielt gegen Jaakob das Zeichen des Lebens und zog ein die Luft in seine Brust, daß sie hoch ward. Und seine Stimme war prachtvoll, da sie tönend einging in das Psaltern und in die Sternenmusik der Auf- und Absteigenden und davon aufgenommen wurde zu mildmächtiger Harmonie. Er sprach aber: »Ich bin! Ich bin Abirams Herr und Jizchaks und der Deine. Mein Auge blickt auf dich, Jaakob, mit weitschauender Gunst, denn ich will deinen Samen zahlreich machen wie das Staubkorn der Erde und sollst mir ein Gesegneter sein vor allen und innehaben die Tore deiner Feinde. Ich will dich hüten und hegen, wo du wandelst, und dich reich heimführen auf den Boden, wo du schläfst, und dich niemals verlassen. Ich bin und will!« So verdröhnte des Königs Stimme in Harmonie, und Jaakob erwachte.

War das ein Traumgesicht gewesen und eine Haupterhebung! Jaakob weinte vor Freuden und lachte zwischenein über Eliphas, während er unter den Sternen umherging in dem Kreise von Steinen und denjenigen betrachtete, der ihm zu solchem Schauen den Kopf gestützt. Was ist das für eine Stätte, dachte er, auf die ich zufällig gestoßen bin! Ihn fror von der Frische der Nacht und von tiefster Erregung, er schauderte und sprach: Mit Recht schaudert mir so, mit Recht! Die Leute von Luz haben nur eine schwache Ahnung davon, was es auf sich hat mit dieser Stätte, denn sie haben zwar ein Asyl daraus gemacht und einen Gilgal geordnet, aber sie wissen so wenig, wie ich es wußte, daß das ja ganz einfach eine Stätte der Gegenwart ist, die Pforte zur Herrlichkeit und das Band Himmels und der Erden! Er schlief danach noch ein paar Stunden einen starken und stolzen Schlaf, voll heimlichen Lachens, aber bei Tagesgrauen stand er auf und stieg hinab gen Luz und trat vor die Gewölbe. Denn er verwahrte in seiner Gürtelfalte einen Ring mit tiefblauer Lasursteinsiegelplatte, den Eliphas' Knechte nicht gefunden hatten. Den verkaufte er nun unter Preis, gegen etwas Trockenkost und ein paar Krüge Öl, denn namentlich des Öles bedurfte er für das, was er vorhatte und als seine Pflicht erachtete. Bevor er weiterzog nach Osten und gegen das Wasser Naharina, stieg er noch einmal zur Traumstätte empor, richtete den Stein, auf dem er geschlafen, gerade auf, als ein Denkmal, goß reichlich Öl darüber und sprach dabei: »Beth-el, Beth-el soll diese Stätte heißen und nicht Luz, denn sie ist ein Haus der Gegenwart, und Gott, der König, hat sich enthüllt hier dem Erniedrigten und ihm das Herz gestärkt über alles Maß. Denn es war sicherlich übertrieben und maßlos, was Er in die Harfen rief, daß mein Same zahlreich sein solle, wie der Staub, und mein Name hochher triumphieren in Ehren. Wird Er aber mit mir sein, wie Er verheißen, und meine Füße bewachen in der Fremde; wird Er mir Brot geben und ein Kleid für meinen Leib und mich heil heimkehren lassen in Jizchaks Haus, dann soll Er mein Gott sein und kein anderer, und ich will Ihm den Zehnten geben von allem, was Er mir gibt. Und bewahrheitet sich überdies, womit Er mir maßloserweise das Herz gestärkt, dann soll Ihm aus diesem Steine ein Heiligtum werden, darin Ihm Nahrung herangebracht werden soll unausgesetzt und außerdem immerfort gesalzen Räucherwerk verbrannt werden für seine Nase. Dies ist ein Gelöbnis und eine Verheißung gegen die andere, und Gott, der König, möge nun tun, was Ihm in seinem Interesse gelegen dünkt.«

Esau

So war es mit dem prächtigen Eliphas gewesen, der doch nur ein ärmlicher Junge war, verglichen mit Jaakob, dem gedemütigten Opfer seines Stolzes, der kraft seelischer Ersatzvorräte, von denen Eliphas keine Ahnung hatte, spielend triumphierte über Erniedrigungen, welche ein Knabe ihm zuzufügen vermochte, und dem immer gerade aus Zuständen tiefster Kläglichkeit die Offenbarung kam. War es denn anders gegangen mit dem Vater, als es mit dem Sohne gegangen war? Wir meinen jenes Zusammentreffen mit Esau selbst, auf das wir Jaakob gesprächsweise haben anspielen hören. In diesem Fall hatte er die Haupterhebung und große Herzstärkung vorweggenommen, zu Peni-el, in angstvoller Nacht, als er sich den Namen errang, über den Schimeon und Levi etwas lächelten. Und im Besitz des Namens also, ein Sieger im voraus, ging er dem Bruder entgegen – im tiefsten gewappnet gegen jede Erniedrigung, die sich etwa als unvermeidlich erweisen würde, gewappnet auch gegen die Unwürde der eigenen Angst vor einer Begegnung, in der sich das ungleiche Gepräge der Zwillinge so sprechend bewähren sollte.

Er wußte nicht, in welcher Gemütsverfassung Esau, von ihm selbst durch Boten benachrichtigt, weil eine Klärung des Verhältnisses unbedingt notwendig schien, sich ihm näherte. Bekannt war ihm nur durch seine Kundschafter, daß jener an der Spitze komme von vierhundert Mann, – was eine Ehrung sein konnte als Wirkung der demütigen Schmeicheleien, die er ihm hatte ausrichten lassen, möglicherweise aber auch eine große Gefahr. Er hatte seine Vorkehrungen getroffen. Er hatte sein Liebstes, Rahel und ihren Fünfjährigen, hinten bei den Lasttieren versteckt, Dina, seine Tochter, das Leakind, als tot in eine Truhe gelegt, darin sie beinahe erstickt wäre, und die anderen Kinder hinter sich ihren Müttern zugeordnet, die Kebsweiber mit den ihren voran. Er staffelte die Viehgeschenke, die er von Hirten vor sich hertreiben ließ, die zweihundert Ziegen und Böcke, die Schafe und Widder in gleicher Zahl, die dreißig säugenden Kamelstuten, die vierzig Kühe mit zehn Farren, die zwanzig Eselinnen mit ihren Füllen. Er ließ sie in Einzelherden treiben und in Abständen, damit Esau bei jeder Herde, der er begegnete, auf seine Frage erführe, das seien Geschenke für ihn, den Herrn, von Jaakob, seinem Knecht. So geschah es auch. Und wenn Esau's Gesinnung gegen den Heimkehrenden beim Aufbruch vom Seïr-Gebirge noch sehr schwankend, zweideutig und ihm selber unklar mochte gewesen sein, so befand er sich, als er Jaakobs selbst nach fünfundzwanzig Jahren zum erstenmal wieder ansichtig wurde, bereits in der heitersten Laune.

Diese Heiterkeit nun aber gerade empfand Jaakob, so sehr er es sich hatte angelegen sein lassen, sie zu erzeugen, als höchst unangenehm, und kaum hatte er begriffen, daß er sich, für den Augenblick wenigstens, nicht zu fürchten brauche, als er auch schon Mühe hatte, seinen Widerwillen gegen Esau's hirnlose Treuherzigkeit zu verbergen. Er vergaß nie seine Annäherung … Rebekka's Zwillinge waren zu jener Zeit fünfundfünfzigjährig, – das »duftige Gras« und das »stachlige Gewächs«, wie man sie schon als Knaben in der Gegend zwischen Hebron und Beerscheba genannt hatte. Aber das »duftige Gras«, der glatthäutige Jaakob, hatte es niemals sehr jugendlich getrieben, zeltfromm, sinnend und zag, wie sich der Knabe schon immer erwiesen. Jetzt aber gar hatte er vieles erlebt, Jaakob, ein Mann auf der Höhe der Jahre, würdig von Geschichten, geistig besorgt und von ihm zugewachsenem Gute schwer, – wohingegen Esau, obgleich ergraut, so gut wie der Bruder, noch immer der gedanken- und bedeutungslose, zwischen Geheul und tierischem Leichtsinn schwankende Naturbursch von ehemals zu sein schien und auch im Antlitz sich gar nicht verändert hatte; wie ja das physiognomische Heranreifen der Mehrzahl unserer Jugendgefährten darin besteht, daß sie einen Bart und auch wohl einige Runzeln in ihr Bubengesicht bekommen, welches dann eben ein Bubengesicht mit Bart und Runzeln ist, sonst aber nichts Neues aufgenommen hat.

Das erste, was Jaakob von Esau vernahm, war dessen Flötenspiel, das ihm von früh her bekannte, hoch-hohle Geträller auf einem Gebinde verschieden langer Rohrpfeifen, die in einer Reihe von Querbändern zusammengehalten waren, – einem bei den Seïr-Gebirglern beliebten und vielleicht von ihnen erfundenen Instrument, das Esau früh von ihnen übernommen hatte und worauf er mit seinen wulstigen Lippen recht kunstreich zu musizieren verstand. Dem Jaakob war die blöde und wüste Idyllik dieses Getöns, das unverantwortliche, im unterweltlichen Südlande beheimatete Tu-rü-li, von jeher verhaßt gewesen, und Verachtung stieg in ihm auf, als es ihm wieder zu Ohren kam. Überdies tanzte Esau. Sein Pfeifenspiel am Munde, den Schießbogen auf dem Rücken und einen Fetzen Ziegenfells um die Lenden, sonst aber ohne Kleider, deren er wirklich auch nicht bedurfte, da er so behaart war, daß ihm das Vlies in grau-roten Zotteln buchstäblich von den Schultern hing, tanzte und sprang er mit seinen spitzen Ohren und seiner platt auf der nackten Oberlippe liegenden Nase über das offene Land hin zu Fuß vor Troß und Mannschaft dem Bruder entgegen, blasend, winkend, lachend und weinend, so daß Jaakob, in Geringschätzung, Scham, Erbarmen und Abneigung, bei sich etwas dachte wie »Allmächtiger Gott!«

Übrigens stieg auch er von seinem Tier, um, so schnell seine geschwollene Hüfte es ihm erlaubte, gerafften Kleides und eifrig sich hinschleppend, auf den musikalischen Bock zuzueilen und schon unterwegs alle Bekundungen der Unterordnung und Selbsterniedrigung zu vollziehen, die er sich vorgesetzt und die er sich nach dem nächtlichen Siege ohne wirkliche Verletzung seines Selbstgefühls leisten konnte. Wohl siebenmal, trotz seiner Schmerzen, warf er sich nieder, indem er die flachen Hände über das gebeugte Haupt erhob, und landete auch so zu Esau's Füßen, auf die er seine Stirne preßte, während seine Hände auf den von Zotteln überhangenen Knien des Bruders emportasteten und sein Mund immerfort die Worte wiederholte, die das Verhältnis trotz Segen und Fluch zu Esau's unbedingten Gunsten kennzeichnen und ihn entwaffnen, versöhnen sollten: »Mein Herr! Dein Knecht!« Aber nicht nur versöhnlich verhielt sich Esau, sondern zärtlich über alles Erwarten und auch wohl über sein eigenes; denn sein Zustand nach Empfang der Nachricht von des Bruders Heimkehr war eine allgemeine und undeutliche Aufregung gewesen, die sich noch kurz vor dem Zusammentreffen ganz leicht ins Wütende statt ins Gerührte hätte wenden können. Gewaltsam hob er Jaakob vom Staube auf, drückte ihn mit geräuschvollem Schluchzen an seine pelzige Brust und küßte ihn schmatzend auf Wange und Mund, so daß es dem also Geherzten bald zuviel wurde. Dennoch weinte auch dieser, – teils weil die Spannung der Ungewißheit und Furcht in ihm sich löste, teils auch aus nervöser Weichheit und ganz allgemein über Zeit und Leben und Menschenschicksal. »Bruderherz, Bruderherz«, lallte Esau zwischen den Küssen. »Alles vergessen! Alle Schurkerei soll vergessen sein« – eine peinlich ausdrückliche Hochherzigkeit, eher danach angetan, Jaakobs Tränen sofort zu stillen, als sie inniger fließen zu lassen –, und danach begann er zu fragen, wobei er die Frage, die ihm eigentlich am Herzen lag: wie es nämlich mit den vorangetriebenen Herden gemeint sei, noch zurückstellte und sich zuerst mit hohen Augenbrauen nach den Frauen und Kindern auf den Kamelen hinter Jaakob erkundigte. So wurde denn abgestiegen und vorgestellt: zuerst neigten die Kebsweiber mit ihren vieren sich vor dem Zottelmann, dann Lea mit ihren sechsen, endlich auch die süßäugige Rahel mit Joseph, die man von hinten herbeiholte, und Esau tat bei jeder Namensnennung einen Wulstlippenrutsch auf seinem Flötengebinde, pries die Wohlschaffenheit der Kinder und die Brüste der Weiber und bot Lea, über deren Blödgesichtigkeit er sich laut verwunderte, einen edomitischen Kräuterbalsam für ihre wie immer entzündeten Augen an, wofür sie wütenden Herzens dankte, indem sie ihm die Zehenspitzen küßte.

Schon die äußere Verständigung zwischen den Brüdern bot Schwierigkeiten. Beide suchten im Gespräch nach den Worten ihrer Kindheit und fanden sie nur mühsam; denn Esau redete den rauhen Dialekt der Seïr-Leute, der sich von dem in der Landschaft ihrer Kindheit gesprochenen durch sinaiwüstenhafte und midianitische Einschläge unterschied, und Jaakob hatte sich im Lande Naharajim akkadisch zu sprechen gewöhnt. Es war ein gebärdenreiches Sich-behelfen zwischen den beiden, aber in Sachen der fetten Viehherden dort vorn wußte Esau seine Neugier recht wohl zu äußern, und wie er sich zierte, das üppige Geschenk anzunehmen, als Jaakob ihn bedeutete, er hoffe Gnade damit zu finden vorm Angesicht seines Herrn, das zeugte von Lebensart. Er gab dieser Ziererei die Form leichtherziger Gleichgültigkeit gegen Hab und Gut und derlei Beschwer. »Ach, Bruderherz, Unsinn, nicht also!« rief er. »Hab du es und heg's und behalt's, ich schenk' dir's zurück, ich hab's nicht nötig, um zu vergessen und zu verschmerzen die alte dreckige Büberei! Sie ist vergessen und ist verschmerzt, ich hab' mich abgefunden mit meinem Lose und bin vergnügt. Denkst du, wir Unterweltler lassen die Nasen hängen all unsere Tage hin? Eialala und Heissassa, das sind ganz fehlgehende Annahmen! Wir stolzieren zwar nicht einher, den Segen ums Haupt, und verdrehen die Augen, aber wir leben auch, und auf unsere Art recht lustig, das glaube du mir! Auch uns tut es süß, beim Weibe zu schlafen, und auch uns ist Liebe ins Herz gegeben zur Kinderbrut. Glaubst du, der Fluch, den ich dir verdanke, du allerliebster Spitzbube, habe mich zum grindigen Bettler gemacht und zum Hungerleider in Edom? Das wäre! Ein Herr bin ich dort und groß unter den Söhnen Seïrs. Ich habe mehr Wein denn Wasser und Honig die Fülle und Öl und Früchte, Gerste und Weizen, mehr als ich verzehren kann. Es liefern mir

Gekröpf, die unter mir sind, und schicken mir Brot und Fleisch alle Tage und Geflügel, schon zugerichtet für meine Mahlzeit, und Wildbret habe ich, selbst erlegtes und solches, das sie mir in der Wüste jagen mit ihren Hunden, und Milchspeisen, daß mir aufstößt davon die halbe Nacht. Geschenke? Viehherden als Sühnegabe und Augendecke für die alte Lumperei, die du und das Weib mir angetan? Ich pfeife darauf – Tululüriti« –, und er tat einen Lippenrutsch. »Was braucht's Geschenke zwischen dir und mir? Auf das Herz kommt es an, und mein Herz hat vergeben und vergessen die verjährte Niedertracht und wie du mein Pelzlein nachäfftest vor dem Alten mit Bocksfell um deine Gelenke, du Schalksnarr, darob ich heut lachen muß auf meine alten Tage, ob ich gleich damals blutige Tränen weinte und dir den Eliphas nachschickte zu deinem bleichen Schrekken, du Weiberspott!«

Und er umarmte den Bruder aufs neue und schmatzte wiederum Küsse in sein Gesicht, was Jaakob sich nur leidend gefallen ließ, ohne Druck und Zärtlichkeit zu erwidern. Denn er war gründlich angewidert von Esau's Worten, fand sie höchst peinlich, hirnlos und liederlich und sann auf nichts, als ehetunlichst loszukommen von dem fremden Verwandten, aber nicht ohne endgültig quitt mit ihm geworden zu sein und ihm mit dem gezählten Tribut die Erstgeburt noch einmal abgekauft zu haben, wozu denn Esau auch nur überredet sein wollte. So gab es neue Höflichkeiten, Demutsbezeigungen und dringliche Anträge, und als Esau endlich eingewilligt hatte, das Geschenk von des Bruders Hand zu nehmen und sich's wohlgefallen zu lassen von ihm, da war der gute Teufel dem Gesegneten wirklich im Herzen gewonnen und meinte es mit der Versöhnung viel ernster und redlicher, als dieser sich beikommen ließ, zu tun.

»Ach, Bruderherz«, rief er, »nun aber kein Wort mehr von der alten schäbigen Missetat! Sind wir nicht aus derselben Mutter

Leib geschlüpft, einer nach dem andern, so gut wie gleichzeitig? Denn du hieltest meine Ferse, wie du weißt, und ich habe dich hinter mir her ans Licht gezogen, als der Stärkere. Wir hatten einander freilich etwas gestoßen im Bauche, und gestoßen haben wir uns auch außerhalb, aber hinfürder sei dessen nicht mehr gedacht! Brüderlich wollen wir miteinander leben und als Zwillinge vor dem Herrn und wollen die Hand in dieselbe Schüssel tauchen und einander nicht mehr von der Seite gehn unser Leben lang! Auf denn, wir ziehen gegen Seïr und wohnen mitsammen!«

Ich danke! dachte Jaakob. Soll ich ein Flötenbock werden zu Edom ebenfalls und ewiglich mit dir hausen, du Tölpel? Das ist nicht Gottes Meinung, noch die meiner Seele. Was du redest, ist peinlich hirnloses Zeug in meinen Ohren, denn was geschah zwischen uns, ist unvergeßlich. Du selbst erwähnst es mit jeder Zungenregung und bildest dir ein in deinem schwachen Kopf, daß du's vergessen kannst und verzeihen? –

»Die Worte meines Herrn«, sagte er laut, »sind entzückend, und jedes einzelne davon ist den geheimsten Wünschen seines Knechtes abgelauscht. Aber mein Herr sieht ja, daß ich halbwüchsige Kinder mit mir führe und kleine, wie diesen hier, fünfjährig, Jehosiph genannt und schwächlich bei Wege; ferner ein totes Kind, leider Gottes, im Kasten, mit dem über Stock und Stein zu eilen nicht fromm wäre, und dazu säugende Lämmer und Kälber. Das würde mir alles dahinsterben, wenn ich es übertriebe. Daher ziehe mein Herr nur voran, und ich will langsam hinten nachtreiben nach den Kräften des Viehs und der Kinder, bis daß auch ich nach Seïr komme ein wenig später, und wir inniglich leben mitsammen.«

Das war eine Absage in geschmeidiger Form, und Esau, etwas glotzend, verstand sie auch gleich so ziemlich als solche. Er machte zwar noch einen Versuch, indem er dem Bruder vorschlug, ein paar Männer bei ihm zu lassen von den Seinen zu

Geleit und Bedeckung. Aber Jaakob antwortete, das sei ganz unnötig, falls er nur Gnade finde vor seinem Herrn, – womit denn die Redensartlichkeit seiner Zusage am Tage war. So zuckte Esau die zottigen Schultern, wandte dem Feinen, Falschen 5 den Rücken und zog hin mit Vieh und Troß in seine Berge. Jaakob aber zögerte erst eine Weile hinter ihm drein, schwenkte ab bei erster Gelegenheit und schlug sich beiseite.

DRITTES HAUPTSTÜCK: DIE GESCHICHTE DINA'S

Das Mägdlein

Da er damals nach Sichem kam, ist hier der Ort, die Geschichten und schweren Wirren dieses Aufenthaltes darzulegen, nämlich so, wie sie sich in Wirklichkeit zutrugen, unter Richtigstellung also jener kleinen Verbesserungen der Wahrheit, die man später bei »Schönen Gesprächen«, wenn es hieß: »Weißt du davon? Ich weiß es genau«, daran vornehmen zu sollen meinte und mit denen sie dann in die Stammes- und Weltüberlieferung eingegangen sind. Wenn wir das schlimme und schließlich blutige Geschehen von damals entwickeln, das eingeschrieben war in Jaakobs müde und zügige Greisenmiene, nebst anderen Befahrnissen, mit denen es die Erinnerungswürdenlast seines Alters bildete, so ist es im Verfolg und Zusammenhang unserer Betrachtung seines Seelengepräges, und weil nichts besser als sein Verhalten dabei zu erläutern geeignet ist, warum Schimeon und Levi einander heimlich in die Seiten stießen, wenn der Vater von seinem Ehrennamen und Gottestitel Gebrauch machte.

Die leidende Heldin der Abenteuer von Schekem war Dina, Jaakobs einziges Töchterchen, geboren von Lea, und zwar zu Beginn ihrer zweiten Fruchtbarkeitsperiode, – zu Beginn also und nicht am Ende, nicht nach Issakhar und Sebulun, wie, viel später, die schriftliche Nachricht es anordnete. Diese zeitliche Anordnung kann darum nicht zutreffen, weil, wenn sie zuträfe, Dina zur Zeit ihres Unglücks körperlich noch gar nicht reif für dieses, sondern ein Kind gewesen wäre. In Wirklichkeit war sie vier Jahre älter als Joseph, also bei der Ankunft der Jaakobsleute vor Sichem neun und zur Zeit der Katastrophe dreizehn: zwei wichtige Jahre älter, als die rechnerische Nachprüfung der überlieferten Chronologie ergeben würde, denn gerade in diesen beiden Jahren erblühte sie, wurde Weib und so anziehend, wie man es bei einem Leakinde nur irgend erwarten konnte, ja, vorübergehend anziehender, als man es bei diesem kräftigen, aber unschönen Schlage im ganzen hätte erwarten sollen. Sie war ein rechtes Kind der mesopotamischen Steppe, welcher ein früh ausbrechender und überschwenglich blütenreicher Frühling gegeben ist, dem kein lebendiger Sommer folgt; denn schon im Mai ist die ganze Zauberpracht von einer unbarmherzigen Sonne zu Kohle verbrannt. So Dina's körperliche Anlage; und die Ereignisse taten das Ihre, sie vor der Zeit zu einem müden und abgeblühten Weiblein zu machen. Was aber ihren Platz in der Reihe von Jaakobs Nachkommenschaft betrifft, so will es wenig besagen, welchen die Schreiber ihr angewiesen haben. Es war Flüchtigkeit, Gleichgültigkeit, die ihnen den Griffel führte, wenn sie den Namen des Mädchens einfach an das Ende der Leakinderserie setzten, statt an seinen gehörigen Ort: um die Sohnesfolge nicht durch etwas so Unbeträchtliches, ja Störendes wie einen Mädchennamen zu unterbrechen. Wer nähme es genau mit einem Mädchen? Der Unterschied zwischen der Geburt eines solchen und eigentlicher Verschlossenheit war wenig erheblich, und Dina's Erscheinen, richtig eingeordnet, bildete gewissermaßen den Übergang von Lea's kurzer Unfruchtbarkeitsperiode zu neuer Ergiebigkeit ihres Leibes, welche mit Issakhars Austritt erst ernstlich wieder einsetzte. Jedes Schulkind weiß heute noch, daß Jaakob zwölf Söhne besaß, und hat ihre Namen am Schnürchen, während weite Kreise des Publikums von der Existenz der unglücklichen kleinen Dina kaum etwas ahnen und sich überrascht zeigen bei ihrer Erwähnung. Jaakob aber liebte sie so, wie er ein Kind der Unrechten nur zu lieben vermochte, versteckte sie vor Esau in einer Totenlade und trug, als die Zeit kam, schweres Herzeleid um sie.

Beset

Israel also, der Gesegnete des Herrn, mit Troß und Habe, mit seinen Herden, von denen allein die Schafe fünfeinhalbtausend Stück ausmachten, mit Weibern und Anwuchs, Sklavinnen, Knechten, Treibern, Hirten, Ziegen, Eseln, Last- und Reitkamelen, – Jaakob, der Vater, vom Jabbok kommend und von der Begegnung mit Esau, überschritt den Jardên und fand sich, froh, der unmäßigen Hitze des Flußtales, den Wildschweinen und Pardelkatzen seines Pappel- und Weidendickichts entronnen zu sein, in einem Lande von mäßiger Gebirgigkeit und fruchtbar blumigen, von Quellen durchrauschten Tälern, wo Gerste wild wuchs und in deren einem er denn auf die Stätte Schekem stieß, eine behäbige Siedelung, beschattet vom Felsen Garizim, jahrhundertealt, mit einer dicken, aus unverbundenen Steinblöcken errichteten Ringmauer, die eine Untere Stadt im Südosten und eine Obere im Nordwesten umschloß: die Obere genannt, weil sie auf einer fünf Doppelellen hohen künstlichen Aufschüttung lag, dann aber auch im übertragenehrfürchtigen Sinne so geheißen, weil sie fast ganz aus dem Palast des Stadtfürsten Hemor und aus dem rechteckigen Massiv des Baal-berit-Tempels bestand, – welche beiden überragenden Gebäude denn auch das erste waren, was den Jaakobsleuten bei ihrem Eintritt in das Tal und ihrer Annäherung an das östliche Stadttor in die Augen sprang. Schekem hatte rund fünfhundert Einwohner, nicht mitgerechnet einige zwanzig Mann ägyptischer Besatzung, deren Vorsteher, ein blutjunger, aus der Deltagegend gebürtiger Offizier, hier zu dem einzigen Zwecke eingesetzt war, um alljährlich unmittelbar von Hemor, dem Stadtfürsten, und mittelbar von den Großkaufleuten der Unteren Stadt einige Barren Goldes in Ringform einzutreiben, die ihren Weg hinab zur Amunsstadt nehmen mußten und deren Ausbleiben dem jungen Weser-ke-bastet (dies war der

Name des Befehlshabers) große persönliche Unannehmlichkeiten eingetragen haben würde.

Es läßt sich denken, mit wie zweifelhaften Gefühlen die Leute von Schekem, unterrichtet durch ihre Mauerwachen und durch von außen heimkehrende Bürger, von dem Heranschwanken des Wanderstammes Kenntnis nahmen. Man konnte nicht wissen, was diese Schweifenden im Schilde führten, Gutes oder Böses; und in letzterem Fall genügte einige kriegerisch-räuberische Erfahrung und Übung auf ihrer Seite, um die Lage Schekems trotz seiner klotzigen Mauer mißlich zu gestalten. Der Ortsgeist war wenig mannhaft, vielmehr händlerisch, bequem und friedlich, der Stadtfürst Hemor ein grämlicher Greis mit schmerzhaften Knoten an den Gelenken, sein Sohn, der junge Sichem, ein verhätscheltes Herrensöhnchen mit eigenem Harem, ein Teppichlieger und Süßigkeitenschlecker, eine elegante Drohne, – und desto freudiger wäre unter diesen Umständen das Vertrauen der Einwohner in die soldatische Tugend der Besatzungstruppe gewesen, wenn sich zu solchem Vertrauen auch nur die geringste Möglichkeit geboten hätte. Aber diese um eine Falkenstandarte mit Pfauenfedern gescharte Mannschaft, die sich selbst als die »Abteilung, glänzend wie die Sonnenscheibe«, bezeichnete, erweckte keinerlei Hoffnungen für den Ernstfall, angefangen bei ihrem Kommandanten, dem erwähnten Weser-ke-bastet, der vom Krieger so gut wie gar nichts an sich hatte. Sehr befreundet mit Sichem, dem Burgsöhnchen, war er der Mann zweier Liebhabereien, denen er bis zur Narrheit frönte: es waren die Katzen und die Blumen. Er stammte aus der unterägyptischen Stadt Per Bastet, deren Namen man sich hierzulande durch die Umformung Pi-Beset mundgerecht gemacht hatte, weshalb die Sichemiten ihn, den Vorsteher, denn auch einfach »Beset« nannten. Die Lokalgottheit seiner Stadt war die katzenköpfige Göttin Bastet, und seine Katzenfrömmigkeit war denn auch ohne Maß: auf Schritt und Tritt war er umgeben von diesen Tieren, nicht nur von lebendigen in allen Farben und Lebensaltern, sondern auch von toten, denn mehrere gewickelte Katzenmumien lehnten an den Wänden seines Quartiers, und weinend brachte er ihnen Mäuse und Milch als Opfergaben dar. Zu dieser Weichheit stimmte seine Blumenliebe, die als Ergänzung und Gegengewicht männlicherer Neigungen hätte ein schöner Zug genannt werden können, aber in Ermangelung solcher entmutigend wirkte. Beständig ging er mit einem breiten Kragen aus frischen Blumen umher, und der untergeordnetste Gegenstand seines Bedarfes mußte mit Blumen umkränzt sein – es war im einzelnen geradezu lächerlich. Seine Kleidung war durchaus bürgerlich: er zeigte sich in weißem Batistrock, durch den man den Unterschurz sah, Arme und Rumpf mit Bändern umschlungen, und nie hatte man ein Panzerkleid, nie eine andere Waffe an ihm beobachtet als ein Stöckchen. Nur auf Grund einer gewissen Schreibfertigkeit war »Beset« überhaupt Offizier geworden.

Was seine Leute betraf, um die er sich übrigens fast nicht kümmerte, so führten sie zwar die Kriegstaten eines früheren Königs ihres Landes, Thutmose's des Dritten, und des ägyptischen Heeres, das unter ihm in siebzehn Feldzügen die Lande bis zum Strome Euphrat erobert hatte, mit inschriftenhafter Prahlerei im Munde, stellten aber selber ihren Mann hauptsächlich beim Vertilgen von Gänsebraten und Bier und hatten sich bei anderen Gelegenheiten, so bei einer Feuersbrunst und bei einem Beduinenüberfall auf die zum Stadtbereich gehörenden offenen Ortschaften, als ausgemachte Feiglinge erwiesen – und zwar namentlich, sofern sie gebürtige Ägypter waren, denn es gab auch einige gelbliche Libyer und sogar ein paar nubische Mohren darunter. Wenn sie, nur um sich sehen zu lassen, mit ihren hölzernen Schilden, ihren Lanzen, Sicheln und dreieckigen Lederblättern vor den Schurzen durch Schekems krumme Gassen, durch das Gedränge der Esel- und Kamelreiter, der Wasser- und Melonenverkäufer, der Feilschenden vor den Gewölben sich einen Weg bahnten, gebückt, im Geschwindschritt, als seien sie auf der Flucht, so verständigten die Bürger sich hinter ihrem Rücken durch wegwerfende Mienen. Im übrigen unterhielten Pharaos Krieger sich mit den Spielen »Wieviel Finger?« und »Wer hat dich geschlagen?« und sangen zwischendurch Lieder vom schwierigen Lose des Soldaten, besonders desjenigen, der gezwungen sei, im elenden Amulande sein Leben zu fristen, statt sich desselben zu freuen an den Ufern des barkenreichen Lebensspenders und unter den bunten Säulen von »No«, der Stadt schlechthin, der Stadt ohnegleichen, No Amun, der Gottesstadt. Daß Schicksal und Schutz von Schekem ihnen nicht mehr wog als ein Getreidekorn, konnte leider nicht bezweifelt werden.

Die Zurechtweisung

Die Unruhe der Städter nun aber wäre noch lebhafter gewesen, wenn sie die Gespräche hätten belauschen können, welche die älteren Söhne des heranziehenden Häuptlings untereinander führten, – die Schekem nur allzu nahe angehenden Pläne, die diese verstaubten und unternehmend blickenden jungen Leute mit halben Stimmen erwogen, bevor sie sie vor ihren Vater brachten, der sie ihnen freilich mit aller Entschiedenheit verwies. Ruben oder Re'uben, wie der älteste eigentlich genannt wurde, war um jene Zeit siebzehnjährig, Schimeon und Levi zählten sechzehn und fünfzehn Jahre, Bilha's Dan, ein anschlägiger und tückischer Junge, war ebenfalls fünfzehn und der schlanke und rasche Naphtali so alt wie der starke, aber schwermütige Juda, nämlich vierzehn. Das waren die Jaakob-Söhne, die an jenen Heimlichkeiten teilnahmen. Gad und Ascher, obgleich mit ihren elf und zehn Jahren auch schon stämmige und geistig vollreife Burschen, blieben damals noch außen, zu schweigen von den drei Jüngsten.

Um was ging es? Nun, um das, worüber man sich auch in Schekem Gedanken machte. Die draußen die Köpfe zusammensteckten, diese von der Sonne Naharina's bis zur Schwärzlichkeit gebräunten Gesellen in ihren gegürteten Zottenkitteln und mit ihrem von Fett starrenden Haar, waren ziemlich wild aufgewachsene, bogen- und messerfrohe Steppensöhne und Hirtenjungen, gewöhnt an Begegnungen mit Wildstieren und Löwen, gewöhnt an ausgiebige Raufereien mit fremden Hütern um einen Weideplatz. Von Jaakobs Sanftmut und Gottesdenkertum war wenig auf sie gekommen; ihr Sinn war handfest praktisch gerichtet, voll eines nach Beleidigung und Anlaß zum Kampfe geradezu ausspähenden Jugendtrotzes und Stammesdünkels, welcher auf einen geistlichen Adel pochte, der persönlich gar nicht der ihre war. Seit längerem unbehaust, unterwegs, in wanderndem Zustande, fühlten sie sich gegen die Bewohner des Fruchtlandes, in das sie einzogen, als Nomaden, den Seßhaften überlegen durch Freiheit und Kühnheit, und ihre Gedanken gingen auf Raub. Dan war der erste gewesen, der aus dem Mundwinkel den Vorschlag gemacht hatte, Schekem durch Handstreich einzunehmen und zu plündern. Ruben, ehrbar, aber plötzlichen Antrieben unterworfen seit jeher, war rasch bei der Sache; Schimeon und Levi, die größten Raufbolde, schrien und tanzten vor Vergnügen und Unternehmungslust; den Eifer der anderen erhöhte der Stolz, sich ins Einvernehmen gezogen zu sehen.

Unerhört war es nicht, was sie erwogen. Daß Städte des Landes von lüsternen Eindringlingen der Wüste, südlicher oder östlicher Herkunft, Chabiren oder Beduinen, überfallen und vorübergehend auch eingenommen wurden, war, wenn nicht an der Tagesordnung, so doch ein nicht selten wiederkehrendes Vorkommnis. Die Überlieferung aber, deren Quelle nicht bei den Städtern, sondern bei den Chabiren oder Ibrim im engeren Sinne des Wortes, den bene Israel liegt, verschweigt mit dem besten Gewissen von der Welt, überzeugt von der Erlaubtheit solcher epischer Reinigung der Wirklichkeit, die Tatsache, daß es von Anfang an in Jaakobs Lager auf eine kriegerische Regelung des Verhältnisses zu Schekem abgesehen war und nur der Widerstand des Stammeshauptes die Ausführung dieser Pläne um einige Jahre, das heißt bis zu dem traurigen Zwischenfall mit Dina, verzögerte.

Dieser Widerstand war allerdings majestätisch und unüberwindlich. Jaakob befand sich damals in besonders gehobener Stimmung, und zwar auf Grund seiner Bildung, der Bedeutsamkeit seiner Seele, vermöge seiner Neigung zu weitausgreifender Ideenverbindung. Sein Leben während der letzten fünfundzwanzig Jahre erschien seinem feierlichen Sinnen im Lichte kosmischer Entsprechung, als Gleichnis des Kreislaufs, als ein Auf und Ab von Himmelfahrt, Höllenfahrt und Wiedererstehen, als eine höchst glückliche Ausfüllung des wachstumsmythischen Schemas. Von Beerscheba war er einst nach Beth-el gelangt, der Stätte des großen Treppengesichtes, das war eine Himmelfahrt. Von dort in die Steppe der Unterwelt, wo er zweimal sieben Jahre hatte dienen, schwitzen und frieren müssen und danach sehr reich geworden war, nämlich durch die Übertölpelung eines zugleich listigen und dummen Teufels namens Laban, – er konnte gebildeterweise nicht umhin, in seinem mesopotamischen Schwiegervater einen Schwarzmonddämon und schlimmen Drachen zu sehen, der ihn betrogen und den dann er selber gründlich betrogen und bestohlen hatte, worauf er denn nun mit allem Gestohlenen und namentlich mit seiner befreiten Ischtar, der süßäugigen Rahel, das Herz voll großen und frommen Gelächters, die Riegel der Unterwelt gebrochen hatte, aus ihr emporgestiegen und nach Sichem gelangt war. Sichems Tal hätte nicht so blumig zu sein

brauchen, wie es wirklich bei seiner Ankunft sich darstellte, um
seiner Sinnigkeit als Frühlingspunkt und Kreislaufstation neu-
en Lebens zu erscheinen; abrahamitische Erinnerungen an diesen Platz taten das Ihre, sein Herz sehr weich und ehrerbietig
gegen ihn zu stimmen. Ja, wenn seine Sprößlinge an Abrahams
Kriegertum dachten, an seinen kühnen Handstreich gegen die
Heere des Ostens und daran, wie er die Zähne der Sternanbeter
stumpf gemacht, so dachte er, Jaakob, an Urvaters Freundschaft
mit Melchisedek, dem Hohenpriester von Sichem, an den
Segen, den er von ihm empfangen, die Sympathie und Anerkennung, die er seiner Gottheit gezollt; – und so war die Auf-
nahme, die seine großen Jungen bei ihm fanden, als sie auf
behutsame und fast poetische Art ihr grobes Vorhaben durchblicken ließen, die allerschlechteste.

»Weichet hinaus von mir«, rief er, »und das auf der Stelle!
Söhne Lea's und Bilha's, ihr solltet euch schämen! Sind wir
Räuber der Wüste, die da kommen über das Land gleich Heu-
schrecken und gleich einer Plage Gottes und fressen die Ernte
des Ackermannes? Sind wir Gesindel, Ungenannte und Nie-
mandssöhne, daß wir die Wahl hätten, zu betteln oder zu stehlen? War nicht Abraham ein Fürst unter den Fürsten des Landes
und ein Bruder der Mächtigen? Oder wolltet ihr euch setzen
mit triefendem Schwert zu Herren der Städte und leben in
Krieg und Schrecken – wie wolltet ihr weiden unsere Lämmer
auf den Triften, die wider euch sind, und unsere Ziegen auf den
Bergen, die widerhallen von Haß? Hinweg, Dummköpfe! Un-
tersteht euch! Sehet mir draußen nach dem Rechten, ob die
Dreiwöchigen das Fressen annehmen, daß geschont werde die
Milch der Mütter. Geht und sammelt das Haar der Kamele, daß
wir Grobzeug haben, zu kleiden die Knechte und Hüterkna-
ben, denn es ist die Zeit, da sie's abwerfen. Geht mir, sage ich,
und prüfet die Seile der Zelte und die Ösen des Zeltdachs, ob
nichts verfault ist, damit kein Unglück geschehe und einstürze

das Haus über Israel. Ich aber, daß ihr es wißt, will mich gürten und hingehen unter das Tor der Stadt und reden in Frieden und Weisheit mit den Bürgern und mit Hemor, ihrem Hirten, auf daß wir uns vertragen mit ihnen gültig und schriftlich und Land von ihnen erwerben und Handel treiben mit ihnen zu unserm Nutzen und nicht zum Schaden für jene.«

Der Vertrag

So geschah es. Jaakob hatte sein Lager unweit der Stadt bei einer Gruppe alter Maulbeerbäume und Terebinthen aufgeschlagen, die ihm heilig schien, in einem welligen Gebreite von Wiesen und Ackerland, von wo man auf die kahlen Klippen des Ebalberges blickte und aus dem nahebei der oben felsige, unten aber gesegnete Garizim sich erhob, und von hier sandte er drei Männer mit hübschen Geschenken für Hemor, den Hirten, nach Schekem; ein Bündel Tauben, Brote aus trockenen Früchten gepreßt, eine Lampe in Entenform und ein paar schöne Krüge, die mit Fischen und Vögeln bemalt waren, und ließ sagen, Jaakob, der große Reisende, wolle mit den Oberen der Stadt unterm Tor über Verbleib und Rechte verhandeln. Man war erleichtert und entzückt zu Schekem. Die Stunde der Begegnung ward angesetzt, und da sie erfüllt war, kamen hervor aus dem Osttore Hemor, der Gichtige, mit dem Staat seines Hauses und mit Sichem, seinem Sohn, einem zappligen Jüngling; auch Weser-ke-Bastet im Blumenkragen kam aus Neugierde mit hervor nebst einigen Katzen, und andererseits stellte Jaakow ben Jizchak voller Würde sich ein, begleitet von Eliezer, seinem ältesten Knechte, umgeben von seinen großjährigen Söhnen, denen er vollkommene Höflichkeit geboten hatte für diese Stunde; und so traf man einander unter dem Tor und hielt Zusammenkunft dort und davor: Denn das Tor war ein schwerer Bau, der vorsprang hallenartig nach außen und innen, und innen war Markt- und Gerichtsplatz, und viel Volks hatte sich hinter den Großen dorthin gedrängt, um zuzusehen der Beratung und dem Geschäfte, das sich mit allen Umständlichkeiten schöner Gesittung einleitete und nur sehr zögernd überhaupt in Angriff genommen wurde, so daß die Zusammenkunft sechs Stunden dauerte und die Händler auf dem Marktplatze drinnen mit dem Volke gute Geschäfte machten. Nach den ersten Reverenzen ließen die Parteien sich, einander gegenüber, auf Feldsesseln, Matten und Tüchern nieder; Erfrischungen wurden gereicht: Würzwein und Dickmilch mit Honig; lange war nur von der Gesundheit der Häupter und ihren Lieben die Rede, dann von den Reiseverhältnissen auf beiden Seiten des »Abflusses«, dann von noch fernerliegenden Dingen; dem aber, weswegen man zusammengekommen war, näherte man sich wie widerwillig und mit Achselzucken, mehrmals davon wieder abweichend und auf eine Weise, als schlage man einander vor, doch lieber gar nicht davon zu reden, eben weil es das eigentlich zu Beredende, die Sache, der Gegenstand war, welchem um höherer Menschlichkeit willen der Schein des Verächtlichen notwendig gewahrt bleiben mußte. Ist es doch schlechthin der Luxus der Übersachlichkeit und der Scheinvorrang ehrenhalber der schönen Form, eingerechnet den hochherzig unbekümmerten Zeitverbrauch um ihretwillen, welche das menschlich Würdige, nämlich das mehr als Natürliche und also Gesittete eigentlich ausmachen.

Der Eindruck, den die Städter von der Persönlichkeit Jaakobs empfingen, war der vorzüglichste. Wenn nicht auf den ersten Blick, so doch schon nach wenig Austausch wußten sie, wen sie vor sich hatten. Das war ein Herr und Gottesfürst, vornehm durch Geistesgaben, die auch seine gesellschaftliche Person veredelten. Was hier seine Wirkung übte, war derselbe Adel, der in den Augen des Volks von jeher das Merkmal der Nachfolge oder Wiederverkörperung Abrahams ausgemacht und, von der

Geburt ganz unabhängig, auf Geist und Form beruhend, diesem Mannesschlage die geistliche Führerschaft gesichert hatte. Die ergreifende Sanftheit und Tiefe von Jaakobs Blick, sein vollendeter Anstand, die Ausgesuchtheit seiner Gebärden, das Tremolo seiner Stimme, seine gebildete und blumige, in Satz und Gegensatz, Gedankenreim und mythischer Anspielung sich bewegende Rede nahmen vor allem Hemor, den Gichtigen, so sehr für ihn ein, daß er schon nach kurzem aufstand und hinging, den Scheich zu küssen, und der Beifall des Volks in der inneren Torhalle begleitete die Handlung. Was das Anliegen des Fremdlings betraf, das man im voraus kannte und das auf rechtmäßige Ansiedelung hinausging, so machte es dem Stadthaupte freilich einiges Beschwer, denn eine Anzeige an ferner, höchster Stelle, daß er, Hemor, das Land den Chabiren ausliefere, konnte seinem Alter Unbill bereiten. Allein stille Blicke, die er mit dem Vorsteher der Besatzung tauschte, welcher für sein Teil ebenso erwärmt von Jaakobs Wesen war wie er selbst, beruhigten ihn über diesen Punkt, und so eröffnete er den Handel mit dem schönen und selbstverständlich mit einer Verbeugung zu übergehenden Vorschlage, jener möge Land und Rechte einfach geschenkt nehmen, und rückte dann mit einem gewürzten Preise nach: hundert Schekel Silbers für ein Saatland, so groß wie zwölf ein halb Morgen, forderte er und fügte, gefaßt auf ein zähes Feilschen, die Frage hinzu, was das sei zwischen einem solchen Käufer und ihm! Doch Jaakob feilschte nicht. Seine Seele war bewegt und erhoben von Nachahmung, Wiederkehr, Vergegenwärtigung. Er war Abraham, der von Osten kam und von Ephron den Acker, die doppelte Grabstätte kaufte. Hatte der Gründer mit Hebrons Haupt und mit den Kindern Heth um den Preis gehadert? Es gab die Jahrhunderte nicht. Was gewesen, war wieder. Der reiche Abraham und Jaakob, der Reiche aus Osten, sie schlugen würdevoll ohne weiteres ein; chaldäische Sklaven schleppten die Standwage, die Gewichtssteine heran. Eliezer, der Großknecht, trat nahe mit einem Tongefäß voll Ringsilber; es stürzten herzu die Schreiber Hemors, hockten hin und begannen die Friedens- und Handelsurkunde auszufertigen nach Recht und Gesetz. Dargewogen war das Entgelt für Acker und Weide, gültig und heilig der Vertrag, verflucht, wer ihn anfocht. Sichemiten waren die Jaakobsleute, Bürger, Berechtigte. Sie mochten ein- und ausgehen durch das Tor der Stadt nach ihrem Gefallen. Sie mochten das Land durchziehen und Handel treiben im Lande. Ihre Töchter wollten Schekems Söhne zu Weibern nehmen und Schekems Töchter ihre Söhne zum Mann. Von Rechtes wegen; wer sich dawidersetzte, sollte der Ehre bar sein für Lebenszeit. Die Bäume auf dem gekauften Felde waren Jaakobs ebenfalls, – ein Feind des Gesetzes, wer es bezweifelte. Weser-ke-Bastet als Zeuge drückte den Käfer seines Ringes in den Ton, Hemor seinen Stein, Jaakob die Siegelwalze an seinem Hals. Es war geschehen. Man tauschte Küsse und Schmeicheleien. Und so geschah Jaakobs Niederlassung bei der Stätte Schekem im Lande Kanaan.

Jaakob wohnt vor Schekem

»Weißt du davon?« – »Ich weiß es genau.« Mitnichten wußten es Israels Hirten noch genau, wenn sie es später am Feuer zum Gegenstand »Schöner« Gespräche machten. Guten Gewissens stellten sie manches um und verschwiegen anderes um der Geschichte Reinheit willen. Sie schwiegen davon, wie schiefe Mäuler die Söhne Jaakobs und namentlich Levi und Schimeon gleich damals zu dem Friedensvertrage gezogen, – und taten, als sei der Vertrag erst errichtet worden, als die Geschichte mit Dina und Sichem, dem Burgsohne, schon begonnen, – und zwar etwas anders begonnen hatte, als sie es »wußten«. Sie überlieferten es so, als habe eine gewisse Bedingung, die man dem Sichem in Beziehung auf Jaakobs Tochter stellte, einen

Punkt des Verbrüderungsdokumentes ausgemacht, – während
diese Bedingung völlig eine Sache für sich war und zu einem
ganz anderen Zeitpunkt gestellt wurde, als sie »genau zu wissen« vorgaben. Wir werden es darlegen. Der Vertrag war das
erste. Ohne ihn hätte die Ansiedelung der Jaakobsleute gar
nicht statthaben und auch das Folgende sich nicht ereignen
können. Sie zelteten seit fast vier Jahren vor Schekem, am Eingang des Tals, als die Wirren eintraten; sie bauten ihren Weizen
auf dem Acker und ihre Gerste auf der Krume des Feldes; sie
ernteten das Öl ihrer Bäume, sie weideten ihre Herden und
trieben Handel damit im Lande; sie gruben einen Brunnen
dort, wo sie siedelten, vierzehn Ellen tief und sehr breit, mit
Mauerwerk gefüttert, den Jaakobsbrunnen ... Einen Brunnen –
so tief und breit? Was brauchten die Kinder Israel überhaupt
einen Brunnen, da doch die befreundeten Städter einen hatten
vor dem Tor und das Tal voller Quellen war? Ja, gut, sie brauchten ihn auch nicht gleich, sie legten ihn nicht unmittelbar nach
ihrer Niederlassung an, sondern erst etwas später, als sich gezeigt hatte, daß in betreff des Wassers unabhängig zu sein und
einen starken Vorrat davon auf ihrem eigenen Grunde zu besitzen, nämlich einen solchen, der auch bei größter Trockenheit nicht versiechte, für sie, die Ibrim, eine Lebensnotwendig-
keit war. Das Verbrüderungsinstrument war errichtet, und wer
daran deutelte, dessen Eingeweide sollten preisgegeben sein.
Aber errichtet worden war es von den Häuptern, wenn auch
unter dem Stimmungsbeifall des Volks, und Landfremde, Zu-
gewanderte blieben die Jaakobsleute eben doch in den Augen
der Leute Schekems, – nicht sehr bequeme und harmlose überdies, sondern recht dünkel- und lehrhafte, welche vor aller Welt
etwas Geistliches vorauszuhaben meinten, dazu beim Vieh-
und Wollhandel in einer Weise auf ihren Vorteil zu sehen wußten, daß schlechthin die Selbstachtung litt im Verkehr mit
ihnen. Kurzum, die Verbrüderung war nicht durchgreifend, sie

unterlag gewissen Abstrichen, wie eben der, daß man den
Ebräern die Benutzung der verfügbaren Wasserstellen, deren
übrigens auch im Instrumente nicht Erwähnung geschehen,
schon nach kurzem verweigerte, um sie etwas einzuschränken –
und daher der große Jaakobsbrunnen, welcher als Merkmal
dafür zu gelten hat, daß es schon vor den schwereren Wirren
zwischen dem Stamme Israel und den Leuten von Schekem so
stand, wie es eben zwischen eingelagerten Chabirenstämmen
und den altrechtmäßigen Bewohnern des Landes zu stehen
pflegte, nicht aber so, wie es gemäß der Sitzung unterm Stadt-
tore hätte stehen sollen.

Jaakob wußte es und wußte es nicht, das heißt: er sah davon
ab und hielt seinen sanften Sinn den familiären und den geistlichen Dingen zugewandt. Damals lebte ihm Rahel, die Süßäugige, schwer erworben, fährlich entführt und ins Land der
Väter gerettet, die Rechte und Liebste, seines Auges Wonne,
seines Herzens Schwelgerei, seiner Sinne Labsal. Joseph, ihr
Reis, der wahrhafte Sohn, wuchs heran; er wurde – reizende
Zeit! – aus einem Kinde zum Knaben, und zwar zu einem so
schönen, witzigen, schmeichelhaften, bezaubernden, daß dem
Jaakob die Seele überwallte, wenn er ihn nur sah, und schon
damals die Größeren anfingen, Blicke zu wechseln ob der Narretei, die der Alte anstellte mit dem mundfertigen Balg. Übrigens war Jaakob vielfach der Wirtschaft fern, unterwegs, auf
Reisen. Er nahm die Beziehungen auf zu den Glaubensverwandten in Stadt und Land, besuchte die dem Gotte Abrahams
geheiligten Stätten auf den Höhen und in den Tälern und
erörterte in manchem Gespräch das Wesen des Einzig-Höch-
sten. Es ist sicher, daß er vor allem hinabzog gen Mittag, um
nach einer Trennung, die fast ein Menschenalter gewährt, seinen Vater zu umarmen, sich ihm in seiner Fülle zu zeigen und
einen Segen bestätigen zu lassen, der ihm so sichtbarlich angeschlagen. Denn Jizchak lebte damals noch, ein uralter Mann

und längst völlig blind, während Rebekka vor Jahr und Tag schon ins Totenreich hinabgestiegen war. Dies aber war auch der Grund, weshalb Isaak die Stätte seines Brandopfers von dem Baume »Jahwe el olam« bei Beerscheba hinweg zur Orakel-Terebinthe bei Hebron verlegt hatte: in die unmittelbare Nähe der »doppelten Höhle« nämlich, in der er die Vetterstochter und Eheschwester zur Ruhe bestattet hatte und wo über ein kleines auch er selbst, Jizchak, das verwehrte Opfer, nach langer und geschichtenvoller Lebensfrist versorgt und beklagt werden sollte von Jaakob und Esau, seinen Söhnen, damals, als Jaakob gebrochen von Beth-el kam, nach Rahels Tode, mit dem kleinen Mörder, dem Neugeborenen, Ben-Oni = Ben-jamin …

Die Weinlese

Viermal grünten Weizen und Gerste und wurden gelb auf den Äckern von Schekem, viermal blühten und welkten die Anemonen des Tals, und achtmal hatten die Jaakobsleute Schafschur gehalten (denn Jaakobs gesprenkelten Frühlingen wuchs das Vlies so rasch, wie einer die Hand umdreht, und zweimal das Jahr hatte er reiche Wolle von ihnen: im Siwan sowohl wie auch noch im herbstlichen Tischri): Da geschah es zu Schekem, daß die Einwohner Weinlese hielten und das Fest der Weinlese in der Stadt und an Garizims gestuften Hängen, am Vollmond der Herbsttagesgleiche, da das Jahr sich erneute. Da war nichts als Jauchzen und Umzug und Erntedank in Stadt und Tal, denn sie hatten die Trauben gepflückt unter Gesängen und sie nakkend mit Füßen getreten in der Felsenkelter, daß ihre Beine purpurn wurden bis zu den Hüften und das süße Blut durch die Rinne hin in die Kufe floß, wo sie knieten und es lachend in Krüge und Balgschläuche füllten, auf daß es gäre. Da nun der Wein auf Hefen lag, stellten sie das Fest der sieben Tage an, opferten den Zehnten der Erstlinge von Rind und Schaf, von

Korn, Most und Öl, schmausten und tranken, brachten Adonai, dem großen Baal, kleinere Götter zur Aufwartung in sein Haus und führten ihn selbst in seinem Schiff auf den Schultern, mit Trommeln und Cymbelglocken, in Prozession über Land, daß er aufs neue segne den Berg und den Acker. Aber mitten im Fest, am dritten Tage, sagten sie eine Musik und einen Reigen an vor der Stadt, in Gegenwart der Burg und jedes, der kommen wollte, Weiber und Kinder nicht ausgenommen. Da kamen heraus Hemor, der Alte, auf einem Stuhl getragen, und der zapplige Sichem, getragen ebenfalls, mit Frauenstaat und Verschnittenen, mit Ämtlingen, Kaufleuten und kleinem Volk, und aus seinem Zeltlager kam Jaakob mit Weibern, Söhnen und Knechten, und sie alle kamen zusammen und ließen sich nieder an dem Ort, wo die Musik erschallte, und an der Stätte, wo der Reigen geschehen sollte: unter Ölbäumen im Tal, wo es weit war, der Berg des Segens geräumig ausbog, oben felsig und lieblich unten, und in der Schlucht des Fluchberges Ziegen nach trocknen Kräutern kletterten. Der Nachmittag war blau und warm, das sinkende Licht kleidete alle Dinge und Menschen wohl und vergoldete die Formen der Tänzerinnen, welche, gestickte Bänder um Hüften und Haar, Metallstaub in den Wimpern ihrer langgeschminkten Augen, mit rollendem Bauch vor den Musikanten tanzten und die Köpfe abwandten von den Handtrommeln, die sie rührten. Die Musikanten hockten und schlugen Leier und Laute, ließen ertönen das scharfe Weinen der Kurzflöten. Andere, hinter den Spielenden, klatschten nur mit den Händen den Takt, und weitere sangen, indem sie mit der Hand ihre Kehle schüttelten, damit es gepreßt und beweglich klinge. Männer kamen auch zu tanzen; sie waren bärtig und nackt, hatten Tierschwänze umgebunden und sprangen wie Böcke, indem sie die Mädchen zu haschen suchten, welche ausgebogenen Leibes entwischten. Ballspiel gab es ebenfalls, und die Mädchen waren geschickt darin, mehrere Kugeln auf einmal hochauf gaukeln zu lassen bei gekreuzten Armen oder indem die eine sich auf die Hüfte der anderen setzte. Groß war die Zufriedenheit aller, Städter wie Zeltbewohner, und wenn auch Jaakob das Rauschen und Klimpern nicht liebte, da es betäubte und die Gottesbesinnung nahm, so machte er doch behagliche Miene um der Leute willen und schlug aus Höflichkeit manchmal den Takt mit den Händen.

Da nun war es, daß Sichem, der Burgsohn, Dina sah, des Ibrims Tochter, dreizehnjährig, und sie begehren lernte, daß er nie wieder aufhören konnte, sie zu begehren. Sie saß mit Lea, ihrer Mutter, auf der Matte, gleich neben den Musikanten, gegenüber dem Sitze Sichems, und unablässig betrachtete er sie mit verwirrten Augen. Sie war nicht schön, kein Leakind war das, aber ein Reiz ging zu jener Zeit von ihrer Jugend aus, süß, zäh, gleichsam Fäden ziehend wie Dattelhonig, und dem Sichem erging es vom Anschauen alsbald wie der Fliege an der bestrichenen Tüte: er zog die klebenden Beinchen, um zu sehen, ob er hätte loskommen können, wenn er gewollt hätte, wollte es zwar nicht ernstlich, weil die Tüte so süß war, erschrak aber zu Tode, weil er bemerkte, daß er es auch bei dem besten Willen nicht gekonnt hätte, hüpfte auf seinem Feldstühlchen hin und her und verfärbte sich hundertmal. Sie hatte ein dunkles Frätzchen mit schwarzen Haarfransen in der Stirn unter dem Schleiertuch ihres Hauptes, lange finster-süße Augen von klebrigem Schwarz, die unter den Blicken des sich Vergaffenden öfters ins Schielen gerieten, eine breitnüstrige Nase, an deren Scheidewand ein Goldring baumelte, einen ebenfalls breiten, rot aufgehöhten, schmerzlich verzerrten Mund und fast überhaupt kein Kinn. Ihr ungegürteter Hemdrock aus blau und roter Wolle bedeckte nur eine Schulter, und die andere, bloße, war äußerst lieblich in ihrer Schmalheit, die Liebe selbst, – wobei die Sache nicht besser, sondern nur schlimmer wurde, wenn sie den Arm an dieser Schulter hob, um ihn hinter den

Kopf zu führen, so daß Sichem das feuchte Gekräusel ihrer kleinen Achselhöhle sah und durch Hemd und Oberkleid die zierlich harten Brüste strotzten. Sehr schlimm waren auch ihre dunklen Füßchen mit kupfernen Knöchelspangen und weichen Goldringen an allen Zehen mit Ausnahme der großen. Aber das Schlimmste fast waren die kleinen, goldbraunen Hände, mit geschminkten Nägeln, wenn sie in ihrem Schoße spielten, ebenfalls mit Ringen bedeckt, kindlich und klug zugleich, und wenn Sichem bedachte, wie es sein müßte, wenn diese Hände ihn liebkosen würden beim Beilager, so taumelten ihm die Sinne und die Luft ging ihm aus.

Ans Beilager aber dachte er gleich und dann an nichts anderes mehr. Mit Dina selbst zu reden und ihr schön zu tun anders als mit Blicken, hatte die Sitte ihm nicht erlaubt. Aber alsbald, schon auf dem Heimwege und fortan in der Burg, lag er seinem Vater in den Ohren, er könne nicht leben und sein Leib müsse verdorren ohne die chabirische Dirne und Hemor, der Alte, möge hinausgehen und sie ihm zum Weibe kaufen für sein Lager, sonst verdorre er schnellstens. Was blieb da Hemor, dem Gichtigen, anderes übrig zu tun, als daß er sich hinaustragen ließ und sich führen von zwei Männern in Jaakobs härenes Haus, als daß er sich vor ihm neigte, ihn Bruder nannte und ihm nach manchem Umschweif von dem starken Herzensgelüste seines Sohnes sprach, auch reiche Morgengabe bot für den Fall, daß Dina's Vater in die Verbindung willige? Jaakob war überrascht und bestürzt. Dieser Antrag weckte ihm zwiespältige Gefühle, setzte ihn in Verlegenheit. Er war, weltlich gesehen, ehrenvoll, zielte auf die Herstellung verwandtschaftlicher Beziehungen zwischen seinem Hause und einem Fürstenhause des Landes ab und konnte ihm und dem Stamme Nutzen tragen. Auch rührte ihn der Vorgang durch die Erinnerung an ferne Tage, an sein eigenes Werben um Rahel bei Laban, dem Teufel, und daran, wie dieser sein Verlangen hingehalten, ausgenutzt und betrogen hatte. Nun war er selber in Labans Rolle eingerückt, sein Kind war es, nach dem ein Jüngling Verlangen trug, und er wünschte nicht, sich in irgendeinem Sinn zu benehmen wie jener. Andererseits waren seine Zweifel an der höheren Schicklichkeit dieser Verbindung sehr rege. Er hatte sich niemals viel um Dina, das Frätzchen, gekümmert, da sein Gefühl dem entzückenden Joseph gehörte, und nie hatte er aus der Höhe irgendeine Weisung ihretwegen empfangen. Immerhin war sie seine einzige Tochter, das Begehren des Burgsohnes ließ sie in seinen Augen im Werte steigen, und er bedachte, daß er sich hüten müsse, diesen wenig beachteten Besitz vor Gott zu vertun. Hatte nicht Abraham sich von Eliezer die Hand unter die Hüfte legen lassen darauf, daß er Jizchak, dem wahrhaften Sohn, kein Weib nehmen wolle von den Töchtern der Kanaaniter, unter denen er wohnte, sondern ihm eines holen aus der Heimat im Morgen und aus der Verwandtschaft? Hatte nicht Jizchak das Verbot weitergegeben an ihn selbst, den Rechten, und gesprochen: »Nimm nicht ein Weib von den Töchtern Kanaans!« Dina war nur ein Mädchen und ein Kind der Unrechten überdies, und so wichtig wie im Falle der Segensträger war es wohl nicht, wie sie sich vermählte. Aber daß man vor Gott auf sich halte, war dennoch geboten.

Die Bedingung

Jaakob rief seine Söhne zu Rate bis herab zu Sebulun, zehn an der Zahl, und sie saßen alle vor Hemor, hoben die Hände und wiegten die Köpfe. Die tonangebenden älteren waren nicht die Männer, zuzugreifen, als hätten sie sich Besseres gar nicht erträumen können. Ohne Verständigung waren sie einig, daß mit Muße bedacht werden müsse, was aus der Lage zu machen sei. Dina? Ihre Schwester? Lea’s Tochter, die eben mannbar gewordene, liebreizende, unbezahlbare Dina? Für Sichem, Sohn

Hemors? Das war selbstverständlich der reiflichsten Überlegung wert. Sie erbaten Bedenkzeit. Sie taten es aus allgemeiner Handelszähigkeit, aber Schimeon und Levi hatten noch ihre besonderen Hintergedanken und halbbestimmten Hoffnungen dabei. Denn keineswegs hatten sie auf ihre alten Pläne verzichtet, und was die Wasserverweigerung noch nicht herbeigeführt hatte, das wuchs, so dachten sie, hier vielleicht, in Sichems Wünschen und Werbung, heran.

Bedenkzeit also drei Tage. Und Hemor, etwas beleidigt, ließ sich davontragen. Nach Ablauf der Frist aber kam Sichem selbst ins Lager hinaus auf einem weißen Esel, um seine Sache zu führen, wie der Vater, der keine Lust mehr verspürte, es von ihm verlangt hatte und wie es auch seiner Ungeduld lieb und natürlich war. Er führte sie nicht händlerisch, verstellte sein Herz nicht im mindesten und machte kein Hehl daraus, daß ein wahrer Brand nach Dina, der Dirne, ihn verzehre. »Fordert keck!« sagte er. »Fordert unverschämt, – Geschenke und Morgengabe! Sichem bin ich, der Burgsohn, herrlich gehalten in meines Vaters Haus, und beim Baal, ich will's geben!« Da sagten sie ihm ihre Bedingung, die erfüllt sein müsse, bevor man überhaupt weiterrede, und auf die sie sich unterdessen geeinigt hatten.

Genau ist hier die wahre Reihenfolge der Geschehnisse zu beachten, die anders war, als später die Hirten im »Schönen Gespräch« sie anordneten und weitergaben. Nach ihnen hätte Sichem sofort und unvermittelt das Böse getan und listige Gegengewalttat herausgefordert; in Wirklichkeit aber entschloß er sich erst, vollendete Tatsachen zu schaffen, als die Jaakobsleute sich vor ihm ins Unrecht gesetzt hatten und er sich hingehalten, wenn nicht betrogen sah. Sie sagten ihm also, vor allen Dingen müsse er sich beschneiden lassen. Das sei unumgänglich: wie sie nun einmal seien und wie es um ihre Überzeugungen stehe, würde es ein Greuel und eine Schande in ihren Augen sein, ihre Tochter und Schwester einem unbeschnittenen Manne zu geben. Die Brüder waren es, die diese Stipulation dem Vater nahegelegt hatten, und Jaakob, zufrieden, einen Aufschub durch sie zu gewinnen, hatte auch grundsätzlich nicht umhin gekonnt, ihr zuzustimmen, obgleich er sich über die Frömmigkeit der Söhne zu wundern hatte.

Sichem lachte heraus und entschuldigte sich dann, indem er den Mund mit den Händen bedeckte. »Weiter nichts?« rief er. Und das sei alles, was sie verlangten? Aber meine Herren! Ein Auge, seine rechte Hand sei er dahin- und daranzugeben bereit für Dina's Besitz, – wieviel eher denn also einen so gleichgültigen Körperteil wie die Vorhaut seines Fleisches? Beim Sutech, nein, das biete wirklich gar keine Schwierigkeit! Sein Freund Beset sei auch beschnitten, und nie habe er sich das geringste dabei gedacht. Nicht eine einzige von Sichems kleinen Schwestern im Haus der Spiele und Lüste werde den geringsten Anstoß nehmen an diesem Wegfall. Das sei so gut wie geschehen – von der Hand eines leibeskundigen Priesters vom Tempel des Höchsten! Sobald er geheilt sei am Fleische, komme er wieder! Und er lief hinaus, seinen Sklaven winkend, daß sie den weißen Esel brächten.

Als er sich wieder einstellte, sieben Tage später, so früh wie möglich, kaum noch genesen, behindert noch von dem gebrachten Opfer, doch strahlend von Vertrauen, fand er das Familienhaupt verritten und verreist. Jaakob vermied die Begegnung. Er ließ seine Söhne walten. Er fand sich nun dennoch ganz in Labans, des Teufels, Rolle eingerückt und zog es vor, sie in Abwesenheit zu spielen. Denn was antworteten die Söhne dem armen Sichem auf seine hochgemute Eröffnung, die Bedingung sei erfüllt, es sei keine solche Läpperei gewesen, wie er sich vorgestellt, sondern lästig genug, doch nun sei's geschehen, und er erwarte den süßesten Lohn? Geschehen, ja, antworteten sie. Geschehen möglicherweise, sie wollten es glau-

ben. Aber geschehen nicht in dem rechten Geist, ohne höheren
Sinn und Verstand, oberflächlich, bedeutungslos. Geschehen?
Vielleicht. Aber geschehen einzig um der Vermählung willen
mit Dina, dem Weibe, und nicht im Sinne der Vermählung mit
»Ihm«. Geschehen außerdem höchstwahrscheinlich nicht mit
einem Steinmesser, wie es unumgänglich sei, sondern mit einem metallenen, was allein schon die Sache fragwürdig bis
nichtig mache. Ferner besitze Sichem, der Burgsohn, ja schon
eine Haupt-Eheschwester, eine Erste und Rechte, Rehuma, die
Heviterin, und Dina, Jaakobs Tochter, würde nur eins seiner
Kebsweiber abgeben, woran nicht zu denken sei.

Sichem zappelte. Wie sie wissen könnten, rief er, in welchem
Geist und Verstand er das Unannehmliche vollzogen, und wie
sie jetzt nachträglich mit dem Steinmesser herausrücken
möchten, da sie doch verpflichtet gewesen wären, ihn deswegen gleich zu bedeuten. Kebsweib? Aber der König von Mitanni
selbst habe seine Tochter, Gulichipa genannt, Pharao zum
Weibe gegeben und sie ihm mit großem Gepränge hinabge-
sandt, nicht als Königin der Länder, Teje, die Göttin, sei Königin der Länder, sondern als Nebenfrau, und wenn also König
Schutarna selbst –

Ja, sprachen die Brüder, das seien also Schutarna gewesen
und Gulichipa. Hier aber handle es sich um Dina, Tochter
Jaakobs, des Gottesfürsten, Abrahams Samen, und daß die
nicht Kebsweib sein könne zu Schekem in der Burg, das werde
bei besserem Nachdenken wohl sein eigener Verstand ihm sagen.

Und das habe Sichem für ihr letztes Wort zu erachten?

Sie hoben die Achseln, breiteten ihre Hände aus. Ob sie ihn
mit einem Geschenke erfreuen könnten, zwei oder drei Ham-
meln vielleicht.

Da war es mit seiner Geduld zu Ende. Er hatte viel Ärger und
Last gehabt um seines Begehrens willen. Jener Priester vom

Tempel hatte sich keineswegs als so leibeskundig erwiesen, wie er von sich ausgesagt, und nicht zu hindern vermocht, daß Hemors Sohn Entzündung, Fieber und arge Schmerzen hatte ausstehen müssen. Dafür nun dies? Er stieß einen Fluch aus, dessen Meinung war, die Existenz der Jaakobssöhne auf die Gewichtlosigkeit von Licht und Luft zurückzuführen, und den sie mit raschen, geschickten Bewegungen von sich abzuleiten trachteten, – und stürzte davon. Vier Tage später war Dina verschwunden.

Die Entführung

»Weißt du davon?« Die Reihenfolge ist zu beachten! Sichem war nur ein schlenkrichter Jüngling, lecker und erzieherisch nicht gewöhnt, sich einen Wunsch seiner Sinne zu versagen. Aber das ist kein Grund, gewisse zweckhafte Hirtenmärlein immerdar zu seinen äußersten Ungunsten wörtlich zu nehmen. Wenn so tiefzügig sich die Geschichte in Jaakobs besorgte Miene einschrieb, so ebendarum, weil er, mochte auch er selbst und zuerst sie gestutzt und beschönigt erzählen und sie so glauben, während er sie erzählte, heimlich wohl wußte, wer zuerst auf Raub und Gewalt gesonnen, wer die Geschichte von allem Anfang darauf angelegt, und daß Hemors Sohn keineswegs Dina einfach geraubt, sondern mit redlicher Werbung begonnen und erst als ein Geprellter sich für berechtigt erachtet hatte, sein Glück zur Grundlage weiterer Unterhandlung zu machen. Mit einem Wort, Dina war fort, gestohlen, entführt. Am lichten Tage, auf offenem Feld, ja angesichts der Ihren hatten Männer der Burg sie beschlichen, da sie mit Lämmern spielte, ihr den Mund mit einem Tuche verschlossen, sie auf ein Kamel geworfen und weiten Vorsprung gegen die Stadt mit ihr gehabt, bevor Israel auch nur Reittiere zum Nachsetzen hatte satteln können. Sie war dahin, verschlossen in Sichems Haus der Spiele und Lüste, wo übrigens ungeahnte städtische Annehmlichkeiten sie umgaben, und Sichem hielt hastig das ersehnte Beilager mit ihr, wogegen sie nicht einmal Gewichtiges einzuwenden hatte. Sie war ein unbedeutendes Ding, ergeben, ohne Urteil und Widersetzlichkeit. Was mit ihr geschah, wenn es klar und energisch geschah, nahm sie als das Gegebene und Natürliche hin. Außerdem fügte Sichem ihr ja kein Übles zu, sondern im Gegenteil, und auch seine übrigen Schwesterlein, Rehuma, die Erste und Rechte, nicht ausgenommen, waren freundlich mit ihr.

Aber die Brüder! Aber Schimeon und Levi, namentlich sie! Ihre Wut schien keine Grenzen zu kennen – Jaakob, verwirrt und niedergeschlagen, hatte das Äußerste von ihnen auszustehen. Entehrt, vergewaltigt, bübisch geschwächt – ihre Schwester, Schwarz-Turteltäubchen, die Allerreinste, die Einzige, Abrahams Samen! Sie zerbrachen den Brustschmuck, zerrissen die Kleider, legten Säcke an, rauften sich Haar und Bart, heulten und brachten sich im Gesicht und am Körper lange Schnittwunden bei, die ihren Anblick gräßlich machten. Sie warfen sich auf die Bäuche, schlugen mit den Fäusten die Erde und schwuren, weder zu essen noch ihren Leib zu entleeren, ehe denn Dina der Wollust der Sodomiter entrissen und die Stätte ihrer Schändung der Wüste gleichgemacht worden sei. Rache, Rache, Überfall, Totschlag, Blut und Marter, das war alles, was sie kannten. Jaakob, erschüttert, tief betreten, in schmerzlicher Verlegenheit, im Gefühle übrigens, sich labanmäßig benommen zu haben, und wohl wissend, daß die Brüder sich am Ziel ihrer ursprünglichen Wünsche sahen, hatte Mühe, sie vorläufig im Zaum zu halten, ohne sich dabei dem Vorwurf mangelnden Ehr- und Vatergefühles auszusetzen. Er beteiligte sich bis zu einem gewissen Grade an den Kundgebungen ihrer Grameswut, indem er ebenfalls ein schmutziges Kleid anlegte und sich etwas zerraufte, gab ihnen dann aber zu bedenken, einen wie geringen Nutzen es verspreche, Dina gewaltsam aus der Burg zu reißen, womit ja die Frage nicht gelöst, sondern erst aufgeworfen sein werde, was man mit der Geschwächten, Geschändeten dann hier anfangen solle. Nachdem sie einmal in Sichems Hände gefallen, sei ihre Rückkehr, wohlüberlegt, nicht wünschenswert, und viel weiser sei es, seinen Kummer mäßigend, etwas zuzuwarten: ein Verhalten, dessen Ratsamkeit er auch aus der Leber eines zu diesem Zweck geschlachteten Schafes andeutungsweise glaube herausgelesen zu haben. Zweifellos, wie auf Grund des Vertrages zwischen der Stadt und dem Stamme alles stehe, werde Sichem über ein kleines von sich hören lassen, neue Vorschläge unterbreiten und die Möglichkeit bieten, einer so häßlichen Sache doch noch ein, wenn nicht schönes, so doch mäßig angenehmes Gesicht zu geben.

Und siehe da, zu Jaakobs eigner Verwunderung gaben die Söhne plötzlich nach und willigten ein, auf die Botschaft der Burg zu warten. Ihr Stillewerden beunruhigte ihn sofort fast mehr als ihr Toben, – was steckte dahinter? Er beobachtete sie mit Sorge, hatte aber an ihrem Rate nicht teil, und er erfuhr ihre neuen Beschlüsse kaum früher als Sichems Sendlinge, die, seiner Erwartung ganz gemäß, nach einigen Tagen sich einstellten: Überbringer eines Briefes, der, auf mehreren Tonscherben in babylonischer Sprache geschrieben, seiner Form nach sehr artig und nach seiner Gesinnung ebenfalls höchst verbindlich und entgegenkommend war. Er lautete:

»An Jaakob, Sohn Jizchaks, des Gottesfürsten, meinen Vater und Herrn, den ich liebe und auf dessen Liebe ich jedes Gewicht lege. Es spricht Sichem, Hemors Sohn, Dein Eidam, der Dich liebt, der Burgerbe, dem das Volk zujauchzt! Ich bin gesund. Mögest Du auch gesund sein! Mögen auch Deine Frauen, Deine Söhne, Dein Hausgesinde, Deine Rinder, Schafe und Ziegen und alles, was Dein ist, sich des äußersten Grades der Gesundheit erfreuen! Siehe, einst hat Hemor, mein Vater, mit Dir, meinem anderen Vater, einen Bund der Freundschaft errichtet und besiegelt, und es hat innige Freundschaft bestanden zwischen uns und euch durch vier Kreisläufe, während welcher ich unausgesetzt dachte: Möchten es doch die Götter so und nicht anders fügen, daß, wie wir jetzt miteinander befreundet sind, es auf Geheiß meines Gottes Baal-berit und Deines Gottes El eljon, welche beinahe ein und derselbe Gott sind und sich nur in Nebensächlichkeiten voneinander unterscheiden, in alle Ewigkeit und über unendlich viele Jubeljahre so bleibe, wie es jetzt ist, nämlich in betreff der Innigkeit unserer Freundschaft!

Als aber meine Augen Deine Tochter erblickten, Dina, Lea's Kind, der Tochter Labans, des Chaldäers, wünschte ich sehr inständig, daß unsere Freundschaft, unbeschadet ihrer unendlichen Dauer, auch noch dem Grade nach eine Million Male zunehmen möge. Denn Deine Tochter ist wie ein junger Palmbaum am Wasser und wie eine Granatapfelblüte im Garten, und mein Herz zittert in Wollust ihretwegen, so daß ich einsah, daß ohne sie mir der Odem nichts nütze sei. Da ging, wie Du weißt, Hemor, der Stadtfürst, dem das Volk zujauchzt, hinaus zu Dir, um zu reden mit seinem Bruder und zu raten mit meinen Brüdern, Deinen Söhnen, und ging fort, vertröstet. Und da ich selber hinauskam, zu werben um Dina, Dein Kind, und Euch um Odem zu bitten für meine Nase, da sprachet ihr: ›Lieber, Du mußt beschnitten sein an Deinem Fleische, ehe denn Dina die Deine wird, denn es wäre uns anders ein Greuel vor unserm Gott.‹ Siehe, da kränkte ich das Herz meines Vaters und meiner Brüder nicht, sondern sagte freundlich: ›Ich werde willfahren.‹ Denn ich freute mich über die Maßen und trug Jarach, dem Schreiber des Gottesbuches, auf, mit mir zu tun, wie ihr gesagt hattet, und litt Schmerzen unter seinen Händen und hinterdrein, daß mir die Augen übergingen, alles um Dina's willen. Da ich aber wiederkam, siehe, da sollte es nichts gelten. Da kam zu mir Dina, Dein Kind, weil die Bedingung erfüllt war, daß ich ihr Liebe erwiese auf meinem Lager zu meiner höchsten Lust, sowie zu ihrer nicht geringen, wie ich aus ihrem Munde erfuhr. Damit aber deshalb nicht Zwietracht werde zwischen Deinem und meinem Gott, möge mein Vater nun eilends ansagen Preis und Ehebedingungen für Dina, die meinem Herzen süß ist, auf daß ein groß Fest angerichtet werde zu Schekem in der Burg und wir die Hochzeit begehen alle miteinander mit Lachen und Liedern. Denn es will ausprägen lassen Hemor, mein Vater, dreihundert Käfersteine mit meinem Namen und Dina's, meiner Gemahlin, Namen zum Gedenken dieses Tages und ewiger Freundschaft zwischen Schekem und Israel. Gegeben in der Burg am fünfundzwanzigsten Tage des Monats der Einbringung der Ernte. Friede und Gesundheit dem Empfänger!«

Die Nachahmung

So der Brief. Jaakob und seine Söhne studierten ihn abseits von den überbringenden Burgleuten, und da Jaakob die Söhne ansah, sagten sie ihm, über welches Verhalten sie für diesen Fall einig geworden waren, und er wunderte sich, konnte aber von Grundsatzes wegen nicht umhin, ihrem Vorschlage zuzustimmen; denn er sah ein, daß die Erfüllung der neuen Bedingung, die sie aufstellten, erstens einen geistlichen Erfolg von Bedeutung vorstellen, zweitens aber Sühne und Genugtuung in sich schließen werde für begangene Missetat. Als sie deshalb wieder mit den Briefträgern zusammensaßen, ließ er Dina's beleidigten Brüdern das Wort, und es war Dan, der es führte und den Sendboten den Beschluß kund und zu wissen tat. Sie seien reich von Gottes wegen, sagte er, und legten auf die Höhe des Mahlschatzes für Dina, ihre Schwester, welche Sichem sehr richtig mit einer Palme und mit einer duftenden Granatblüte verglichen habe, nicht so großes Gewicht. Hierüber möchten Hemor und Sichem selber befinden nach ihrer Würde. Aber Dina sei nicht zu Sichem »gekommen«, wie er sich auszudrücken beliebe, sondern sie sei gestohlen worden, und damit sei eine neue Lage geschaffen, die ohne weiteres anzuerkennen sie, die Brüder, nicht gesonnen seien. Darum, damit sie sie anerkennten, sei ihre Vorbedingung, daß, wie Sichem persönlich sich löblicherweise habe beschneiden lassen, nunmehr alles, was Mannesnamen sei zu Schekem, dies tun müsse, Greise, Männer und Knaben, am dritten Tage vom gegenwärtigen an gerechnet, und zwar mit Steinmessern. Wenn das geschehen, wolle man wahrlich Hochzeit halten und ein großes Fest anrichten zu Schekem mit Lachen und Lärmen.

Die Bedingung mutete unbändig an, war aber zugleich leicht auszuführen, und die Sendboten gaben sofort der Überzeugung Ausdruck, daß Hemor, ihr Herr, nicht anstehen werde, das Nötige zu verfügen. Kaum aber waren sie fort, als dem Jaakob plötzlich grasse Ahnungen aufstiegen über den Sinn und Zweck der scheinfrommen Auflage, also, daß er bis in sein Eingeweide erschrak und die Städter am liebsten zurückgerufen hätte. Weder glaubte er, daß die Brüder ihre alten und anfänglichen Gelüste abgetan, noch daß sie auf ihre Rache für Dina's Raub und Entehrung verzichtet hätten; hielt er aber dies zusammen mit ihrer plötzlichen Nachgiebigkeit von neulich und mit ihrer nun lautgewordenen Forderung, erinnerte er sich ferner, wie es in ihren von Trauerschnitten zerrissenen Gesichtern ausgesehen, als ihr Sprecher der Hochzeit und des Festlärmes erwähnt hatte, die man nach erfüllter Bedingung zu Schekem anrichten wolle, so wunderte er sich seiner Begriffsstutzigkeit und darüber, daß er ihrer schwarzen Hintergedanken nicht gleich, während sie sprachen, ansichtig geworden war.

Was ihn verblendet hatte, war die Freude an Imitation und Nachfolge gewesen. Er hatte Abrahams gedacht, und wie er auf des Herrn Befehl und zum Bunde mit ihm sein ganzes Haus,

Ismael und alle Knechte, daheim geboren oder erkauft von allerlei Fremden, und alles, was Mannesnamen war in seinem Hause, eines Tages am Fleische beschnitten hatte, und war sicher gewesen, daß auch jene sich gestützt hatten auf diese Geschichte bei ihrem Geheisch, – ja, das hatten sie wohl getan, der Einfall kam ihnen von dort, aber wie dachten sie ihn zu Ende zu führen! Er wiederholte bei sich, was man erzählte, daß nämlich der Herr am dritten Tage, da es schmerzte, den Abraham besucht hatte, um nach ihm zu sehen. Vor der Hütte hatte Gott gestanden, wo Eliezer ihn nicht gewahrt. Doch Abraham sah ihn und lud ihn sehr ein. Da ihn aber der Herr seine Wunde auf- und zubinden sah, sprach er: »Es ist nicht schicklich, daß ich hier stehenbleibe.« So zart hatte Gott sich verhalten gegen Abrahams heilig schamhaftes Beschwer, – und jene nun, welchen Zartsinn gedachten sie den bresthaften Städtern zu erweisen am dritten Tage, da es schmerzte? Den Jaakob schauderte es ob solcher Imitation, und ihn schauderte wieder beim Anblick ihrer Gesichter, als Nachricht kam von der Burg, die Bedingung sei ohne Besinnen angenommen, und genau nach der Frist, am dritten Tage von gestern, werde das allgemeine Opfer vollzogen werden. Mehr als einmal wollte er die Hände erheben und sie beschwören; aber er fürchtete die Übermacht ihres empörten Bruderstolzes, ihr begründetes Anrecht auf Rache und sah ein, daß ein Vorhaben, das er ihnen einst mit überwältigender Feierlichkeit hatte verweisen mögen, jetzt in den Umständen starke Stützen fand. Wußte er ihnen, vorsichtig gefragt, insgeheim sogar ein wenig Dank dafür, daß sie ihn in ihre Pläne nicht einweihten und ihn reinhielten davon, so daß er, wenn er wollte, nichts davon zu wissen oder auch nur zu ahnen brauchte und geschehen lassen konnte, was nun einmal geschehen sollte? Hatte nicht Gott, der König, zu Beth-el in die Harfen gerufen, er, Jaakob, werde Tore besitzen, die Tore seiner Feinde, und hieß das vielleicht, daß, seiner persönlichen Friedensliebe ungeachtet, Eroberung, Kriegstat und Beuterausch dennoch zur Sternenvorschrift seines Lebens gehörten? – Er schlief nicht mehr vor Grauen, Sorge und allerheimlichstem Stolz auf die listige Männlichkeit seiner Sprößlinge. Er schlief auch nicht in der Schreckensnacht, der dritten nach Ablauf der Frist, da er im Zelte lag, in seinen Mantel gehüllt, und mit schreckhaftem Ohr um sich her den gedämpften Lärm bewaffneten Aufbruchs vernahm …

Das Gemetzel

Wir sind am Ende unserer wahrheitsgetreuen Darstellung des Zwischenspieles von Schekem, das später so viel Anlaß zu Sang und beschönigender Sage gab, – beschönigend im Sinne Israels, was die Reihenfolge der Geschehnisse betraf, die zum Äußersten führten, wenn auch nicht in betreff dieses Äußersten selbst, an dem es nichts zu beschönigen gab und auf dessen Einzel-Entsetzlichkeit man im Schönen Gespräch sogar mit Prangen und Prahlen bestand. Dank ihrer lästerlichen List hatten die Jaakobsleute, an Zahl den Städtern weit unterlegen, denn sie kamen nur etwa zu fünfzig Mann, mit Schekem leichtes Spiel: sowohl bei Bewältigung der Mauer, die von Wachen fast entblößt war und die sie, noch schweigsam, mit Strick- und Sturmleitern erstiegen, als auch bei dem Tanz, den sie danach, mit plötzlichem Ausbruch alle Heimlichkeit von sich werfend, im Inneren anstellten und zu dem die völlig überrumpelten Einwohner so wenig aufgelegt und behende waren. Was Mannesnamen trug zu Schekem, alt und jung, fieberte, litt und »band seine Wunde auf und zu«, den größeren Teil der militärischen Besatzung nicht ausgenommen. Die Ibrim dagegen, gesund am Leibe und moralisch einheitlich entflammt durch die Losung »Dina!«, die sie bei ihrem blutigen Werk beständig ausstießen, wüteten wie Löwen, schienen überall zu sein und trugen von Anfang an in die Seelen der Städter die Vorstellung unabwendbar hereinbrechender Heimsuchung, so daß sie fast auf keinen Widerstand stießen. Namentlich Schimeon und Levi, die Anführer des Ganzen, erregten durch ihr Geschrei, ein studiertes und die innersten Organe erschütterndes Stiergebrüll, jenen Gottesschrecken, der seine Opfer allenfalls in wildem Reißaus, nie und nimmer aber im Kampf ein Mittel erblicken ließ, dem Tode zu entgehen. Man rief: »Wehe! Nicht Menschen sind das! In unserer Mitte ist Sutech! Der ruhmreiche Baal ist in allen ihren Gliedern!« Und auf nackter Flucht wurde man mit der Keule erschlagen. Mit Feuer und Schwert, wörtlich verstanden, arbeiteten die Ebräer, Stadt, Burg und Tempel qualmten, Gassen und Häuser schwammen in Blut. Nur junge Leute von körperlichem Wert wurden zu Gefangenen gemacht, die übrigen erwürgt, und wenn es dabei über das bloße Töten hinaus grausam zuging, so ist den Würgern zugutezuhalten, daß sie bei ihrem Tun nicht minder in poetischen Vorstellungen befangen waren als jene Unglücklichen; denn sie erblickten darin einen Drachenkampf, den Sieg Mardugs über Tiâmat, den Chaoswurm, und damit hingen die vielen Verstümmelungen zusammen, das Abschneiden »vorzuweisender« Glieder, worin sie sich beim Morden mythisch ergingen. So steckte am Ende des Strafgerichts, das kaum zwei Stunden dauerte, Sichem, der Burgsohn, schändlich zugerichtet, kopfüber in dem Latrinenrohr seines Badezimmers, und auch Weser-ke-bastets Leichnam, der mit zerfetztem Blumenkragen irgendwo auf der Gasse in seinem Blute lag, war in hohem Grade unvollständig, was unter dem Gesichtspunkt seines angestammten Glaubens besonders schwer ins Gewicht fiel. Was Hemor, den Alten, betraf, so war er einfach vor Schreck gestorben. Dina, der nichtig-unschuldige Anlaß so vielen Elends, befand sich in den Händen der Ihren.

Das Plündern währte noch lange. Der Brüder alter Wunsch-

traum erfüllte sich: sie durften ihr Herz am Raube laben, glän-
zende Beute, sehr nennenswerter städtischer Reichtum fiel in
die Hände der Sieger, also daß ihre Heimkehr am Ende der
letzten Nachtwache, mit den gemachten Gefangenen, die an
Stricken getrieben wurden, mit dem Hochgepäck an goldenen
Opferschalen und Krügen, an Säcken mit Ringen, Reifen, Gürteln, Schnallen und Halsketten, an zierlichem Hausgerät aus
Silber, Elektron, Fayence, Alabaster, Kornalin und Elfenbein, zu
schweigen von dem Fange an Feldfrüchten und Vorräten,
Flachs, Öl, Feinmehl und Wein, sich zum schleppenden Tri-
umphe gestaltete. Jaakob verließ sein Zelt nicht bei ihrer Ankunft. Nachts hatte er seine Unruhe lange damit beschäftigt,
unter den heiligen Bäumen beim Lager dem bildlosen Gotte ein
Sühneopfer darzubringen, das Blut eines Milchlammes auf den
Stein rinnen zu lassen und das Fett mit Duftdrogen und Ge-
würzen zu verbrennen. Jetzt, da die Söhne, gebläht und glühend, mit der so gräßlich zurückgeholten Dina bei ihm eintraten, lag er verhüllt auf dem Angesicht und war lange nicht zu
bewegen, die Unglückselige oder gar jene Wütriche auch nur
anzusehen. »Hinweg!« winkte er. »Toren! ... Vermaledeite!«
Sie standen trotzig, mit aufgeblasenen Lippen. »Sollten wir«,
fragte einer, »mit unserer Schwester verfahren lassen als mit
einer Hure? Siehe, wir haben unser Herz gewaschen. Hier ist
Lea's Kind. Es ist siebenundsiebzigmal gerochen.« Und da er
schwieg und sich nicht enthüllte: »Unser Herr möge die Güter
ansehen, die draußen sind. Viele kommen noch außerdem,
denn wir haben etliche zurückgelassen, daß sie die Herden
einsammeln der Städter auf dem Felde und sie herführen zu
den Zelten Israels.« Er sprang auf und hob die geballten Hände
über sie, daß sie zurückwichen. »Verflucht sei euer Zorn«, rief er
aus aller Kraft, »daß er so heftig ist, und euer Grimm, daß er so
störrig ist! Unselige, was habt ihr mir zugerichtet, daß ich
stinke vor des Landes Einwohnern wie ein Aas unter Fliegen?

Wenn sie sich nun versammeln über uns zur Rache, was dann? Wir sind ein geringer Haufe. Sie werden uns schlagen und vertilgen, mich und mein Haus samt Abrahams Segen, den ihr solltet weitertragen in die Zeitläufte, und wird zerbrochen sein das Gegründete! Blödsichtige! Sie gehen dahin und würgen die Wunden und machen uns schwer für den Augenblick und sind zu arm im Kopfe, um zu gedenken der Zukunft, des Bundes und der Verheißung!«

Sie bliesen nur alle die Lippen auf. Sie wußten nichts, als zu wiederholen: »Sollten wir denn mit unserer Schwester als mit einer Hure handeln?« – »Ja!« rief er außer sich, so daß sie sich entsetzten. »Eher so, denn daß das Leben gefährdet werde und die Verheißung! Bist du schwanger?« fuhr er Dina an, die vernichtet am Boden kauerte ... »Wie kann ich's schon wissen«, heulte sie. – »Das Kind soll nicht leben«, entschied er, und sie heulte wieder. Er bestimmte ruhiger: »Israel bricht auf mit allem, was sein ist, und ziehet fort mit den Gütern und Herden, die ihr mit dem Schwerte nahmet für Dina. Denn es ist seines Bleibens nicht an der Stätte dieser Greuel. Ich habe ein Gesicht gehabt zur Nacht, und der Herr sprach zu mir im Traum: ›Mache dich auf und zeuch gen Beth-el!‹ Hinweg! Es wird aufgepackt.«

Gesicht und Befehl waren ihm wirklich geworden, nämlich als er nach dem nächtlichen Opfer, während die Söhne die Stadt plünderten, auf seinem Lager in Halbschlaf gefallen war. Es war ein vernünftiges Gesicht und kam ihm vom Herzen; denn die Asylstätte Luz, die er so wohl kannte, besaß große Anziehungskraft für ihn unter solchen Umständen, und zog er dorthin, so war es, als flüchte er sich zu den Füßen Gottes, des Königs. Flüchtlinge Schekems, der Bluthochzeit entkommen, waren ja nach verschiedenen Richtungen hin unterwegs in die umliegenden Städte, um zu verkünden, was mit der ihren geschehen, und um diese Zeit war es denn auch, daß gewisse Briefe, aus-

gefertigt von einzelnen Häuptern und Hirten der Städte Kanaans und Emors, hinabgelangten zur Amunsstadt und dem
Hor im Palaste, Amenhoteps des Dritten heiliger Majestät, leider vorgelegt werden mußten, obgleich dieser Gott damals
durch einen der Zahnabszesse, unter denen er öfters litt, sich
nervös herabgesetzt fand und außerdem von dem Bau seines
eignen Totentempels drüben im Westen dermaßen in Anspruch genommen war, daß er ärgerlichen Nachrichten aus
dem elenden Amulande, wie daß »verlorengingen die Städte
des Königs« und »abgefallen sei das Land Pharaos zu den Chabiren, welche alle Länder des Königs plünderten« (denn das
stand in den Briefen der Hirten und Häupter), einfach kein
Augenmerk widmen konnte. So wurden diese Dokumente, die
obendrein durch fehlerhaftes Babylonisch bei Hofe etwas lächerlich angemutet hatten, dem Archiv einverleibt, ohne in
Pharaos Geist Entschlüsse zu Maßnahmen gegen jene Räuber
gezeitigt zu haben, und auch sonst konnten die Jaakobsleute
von Glück sagen. Die Städte, die um sie her lagen, in Gottesschrecken versetzt durch die außergewöhnliche Wildheit ihres
Auftretens, unternahmen nichts gegen sie, und Jaakob, der
Vater, nachdem er eine allgemeine Reinigung vorgenommen,
zahlreiche Götzenbilder, die während dieser vier Jahre in sein
Lager eingedrungen waren, eingesammelt und sie eigenhändig
unter den heiligen Bäumen vergraben hatte, konnte sich ungestört in Bewegung setzen mit Pack und Troß, hinweg von
der Greuelstätte Schekem, über welcher die Geier kreisten,
und bereichert hinabschwanken gen Beth-el auf gebauten Straßen.

Dina und Lea, ihre Mutter, ritten dasselbe kluge und starke
Kamel. Zu beiden Seiten des Höckers hingen sie in geschmückten Körben unter dem Schattentuch, das über ein Rohrgestän-
ge gebreitet war und das Dina fast immer ganz über sich her-
abließ, so daß sie im Dunklen saß. Sie war gesegneten Leibes.

Das Kind, das sie zur Welt brachte, als ihre Stunde kam, wurde ausgesetzt nach der Männer Beschluß. Sie selbst kümmerte hin und verschrumpfte weit vor der Zeit. Mit fünfzehn Jahren glich ihr unseliges Frätzchen dem einer Alten.

Urgeblök

Schwere Geschichten! Jaakob, der Vater, war schwer und würdig davon wie von Hab und Gut, – von neuen sowohl und frisch vergangenen als auch von alten und uralten, von Geschichten und von Geschichte.

Geschichte ist das Geschehene und was fort und fort geschieht in der Zeit. Aber so ist sie auch das Geschichtete und das Geschicht, das unter dem Boden ist, auf dem wir wandeln, und je tiefer die Wurzeln unseres Seins hinabreichen ins unergründliche Geschichte dessen, was außer- und unterhalb liegt der fleischlichen Grenzen unseres Ich, es aber doch bestimmt und ernährt, so daß wir in minder genauen Stunden in der ersten Person davon sprechen mögen und als gehöre es unserem Fleische zu, – desto sinnig-schwerer ist unser Leben und desto würdiger unseres Fleisches Seele.

Da Jaakob wieder nach Hebron kam, auch Vierstadt genannt, da er kam zum Baum der Unterweisung, gepflanzt und geheiligt von Abram – dem Abiram oder einem, unbekannt welchem –, und heimkehrte zu seines Vaters Hütte, nachdem zwischenein noch Schwerstes geschehen, worauf man die Rede bringen wird zu seiner Stunde: nahm Isaak ab und starb, uralt und blind, ein Greis dieses Erbnamens, Jizchak, Abrahams Sohn, und redete in der Weihestunde des Todes vor Jaakob und allen, die da waren, in hohen und schauerlichen Tönen, seherisch und verwirrt, von »sich« als von dem verwehrten Opfer und von dem Blute des Schafsbocks, das als sein, des wahrhaften Sohnes, Blut habe angesehen werden sollen, vergossen zur Sühne für alle. Ja, dicht vor seinem Ende versuchte er mit dem sonderbarsten Erfolge wie ein Widder zu blöken, wobei gleichzeitig sein blutloses Gesicht eine erstaunliche Ähnlichkeit mit der Physiognomie dieses Tieres gewann – oder vielmehr es war so, daß man auf einmal dessen gewahr wurde, daß diese Ähnlichkeit immer bestanden hatte –, dergestalt, daß alle sich entsetzten und nicht schnell genug auf ihr Angesicht fallen konnten, um nicht zu sehen, wie der Sohn zum Widder wurde, während er doch, da er wieder zu sprechen anhob, den Widder Vater nannte und Gott. »Einen Gott soll man schlachten«, lallte er mit uralt-poetischem Wort und lallte weiter, den Kopf im Nacken, mit weit offenen, leeren Augen und gespreizten Fingern, daß alle sollten eine Festmahlzeit halten von des geschlachteten Widders Fleisch und Blut, wie Abraham und er es einst getan, der Vater und der Sohn, für welchen eingetreten war das gottväterliche Tier. »Siehe, es ist geschlachtet worden«, hörte man ihn röcheln, faseln und künden, ohne daß man gewagt hätte, nach ihm zu schauen, »der Vater und das Tier an des Menschen Statt und des Sohnes, und wir haben gegessen. Aber wahrlich, ich sage euch, es wird geschlachtet werden der Mensch und der Sohn statt des Tieres und an Gottes Statt, und aber werdet ihr essen.« Dann blökte er noch einmal naturgetreu und verschied.

Sie blieben noch lange auf ihren Stirnen, nachdem er verstummt war, ungewiß, ob er auch wirklich tot sei und nicht mehr blöken und künden werde. Allen war es, als sei das Eingeweide ihnen umgewandt und das Unterste komme ihnen zuoberst, so daß sie hätten erbrechen mögen; denn in des Sterbenden Wort und Wesen war etwas Ur-Unflätiges, greuelhaft Ältestes und heilig Vorheiliges gewesen, was unter allem Geschicht der Gesittung in den gemiedensten, vergessensten und außerpersönlichsten Tiefen ihrer Seele lag und ihnen heraufgekehrt worden war durch Jizchaks Sterben zu ihrer schwersten Übelkeit: ein Spuk und Unflat versunkener Vorzeit vom Tiere, das Gott war, dem Widder nämlich, des Stammes Gott-Ahn, von dem er stammte und dessen göttliches Stammesblut sie voreinst, in unflätigen Zeiten, vergossen und genossen hatten, um ihre tiergöttliche Stammesverwandtschaft aufzufrischen – bevor Er gekommen war, der Gott aus der Ferne, Elohim, der Gott von draußen und drüben, der Gott der Wüste und des Mondgipfels Gott, der sie erwählt hatte, der die Verbindung abgeschnitten mit ihrer Urnatur, sich ihnen vermählt durch den Ring der Beschneidung und neuen Gottesanfang gegründet hatte in der Zeit. Darum kam es ihnen übel herauf von des sterbenden Jizchaks Widdervisage und seinem Geblök; und auch dem Jaakob war übel. Aber auch schwer gehoben war seine Seele, da er nun, barfuß, bestaubt und geschoren, das Begräbnis zu versehen hatte, die Bräuche und Klagen und Opferschüsseln zur Zehrung für den Toten, zusammen mit Esau, dem Flötenbock, der vom Ziegengebirge gekommen war, mit ihm den Vater zu bestatten in der zwiefachen Höhle und nach seiner kindisch-ungezügelten Art, beträntem Bartes, mit den Sängern und Sängerinnen zu heulen: »Hoiadôn!« Gemeinsam nähten sie Jizchak in ein Widderfell mit hochgezogenen Knien und gaben ihn so der Zeit zum Fraße, die ihre Kinder frißt, damit sie sich nicht über sie setzen, aber sie wieder herauswürgen muß, auf daß sie leben in den alten und selben Geschichten als dieselben Kinder. (Denn der Riese merkt's nicht beim Tasten, daß die kluge Mutter ihm nur ein Ding gibt wie einen Stein, in ein Fell gewickelt, und nicht das Kind.) »Weh um den Herrn!« – Das war oft gerufen worden über Jizchak, dem verwehrten Opfer, und aber hatte er gelebt in seinen Geschichten und sie mit Recht in der Ich-Form erzählt, denn es waren die seinen: teils weil sein Ich zurück und hinaus verschwamm ins urbildlich Ehemalige, teils weil das Einst in seinem Fleisch wieder Gegenwart geworden sein und sich der Gründung gemäß wiederholt haben mochte. So hatten Jaakob und alle es gehört und verstanden, als er sich sterbend noch einmal das verwehrte Opfer genannt hatte: es gehört mit doppeltem Ohre gleichsam und doch einfach verstanden, – wie wir ja wirklich mit zwei Ohren eine Rede vernehmen und mit zwei Augen ein Ding sehen, Rede und Ding aber einsinnig erfassen. Dazu war Jizchak ein uralter Greis, der von einem kleinen Knaben sprach, welcher fast wäre geschlachtet worden, und ob dieser einst er selbst, oder ob es ein früherer gewesen war, fiel für das Denken und Wissen schon darum nicht ins Gewicht, weil jedenfalls das fremde Opferkind seinem Greisenalter nicht fremder und nicht in höherem Grade außer ihm hätte sein können als das Kind, das er einst gewesen.

Der Rote

Sinnig und schwer gehoben also war Jaakobs Seele in den Tagen, da er mit dem Bruder den Vater begrub, denn alle Geschichten standen vor ihm auf und wurden Gegenwart in seinem Geist, wie sie einst wieder Gegenwart geworden waren im Fleisch nach geprägtem Urbild, und ihm war, als wandelte er auf durchsichtigem Grunde, der aus unendlich vielen, ins Unergründliche hinabführenden Kristallschichten bestand, durchhellt von Lampen, die zwischen ihnen brannten. Er aber wandelte oben in seines Fleisches Geschichten, Jaakob, der Gegenwärtige, und sah Esau an, den durch List Verfluchten, der gleichfalls wieder mit ihm wandelte nach seinem Gepräge und Edom, der Rote, war.

Hiermit ist seine Persönlichkeit zweifellos fehlerfrei bestimmt, – zweifellos in gewissem Sinn, fehlerfrei unter Vorbehalt, denn die Genauigkeit dieser »Bestimmung« ist die Genauigkeit des Mondlichtes, der viel foppende Täuschung innewohnt und in deren Zweideutigkeit mit der Miene einer durch Sinnigkeit leicht vertieften Einfalt zu wandeln uns nicht ebenso zusteht wie den Personen unserer Geschichte. Wir haben erzählt, wie Esau, der Rotpelz, schon in jungen Jahren von

Beerscheba aus Beziehungen zum Lande Edom, zu den Leuten
der Ziegenberge, des Waldgebirges Seïr aufgenommen und
gepflegt hatte, und wie er später mit Kind und Kegel, mit
seinen kanaanitischen Weibern Ada, Ahalibama und Basmath
und mit deren Söhnen und Töchtern gänzlich zu ihnen und
ihrem Gotte Kuzach übergegangen war. Dieses Ziegenvolk also
bestand, es bestand, wer weiß wie lange, als Esau, Josephs
Oheim, sich zu ihm schlug, und es hat nur magisch-zweideu-
tige Mondgenauigkeit, wenn die Überlieferung, nämlich das
spät zur Chronik befestigte, durch die Generationen hinge-
sponnene Schöne Gespräch ihn als »Vater der Edomiter«, als
ihren Stammvater also, als den Urbock der Ziegenleute bezeichnet. Das war Esau nicht, nicht dieser, nicht er persönlich –
mochte auch das Gespräch und bedingungsweise wohl schon
er selbst sich dafür nehmen und halten. Das Edomitervolk war
viel älter als Josephs Oheim, den wir wiederholt so nennen,
weil es bedeutend sicherer ist, seine Identität nach der absteigenden als nach der aufsteigenden Verwandtschaft zu bestimmen, – unabsehbar älter also als er: denn um die Anfänglich-
keit jenes Bela, des Sohnes Beors, den die Tabelle als den ersten
König in Edom nennt, steht es mit Sicherheit nicht besser als
um die Urkönigschaft Meni's von Ägypterland, einer notori-
schen Zeitenkulisse. Stammvater Edoms also war der gegenwärtige Esau genau genommen nicht; und wenn es gesangsweise mit Nachdruck von ihm heißt: »Er ist der Edom«, nicht
aber etwa: »Er *war* der Edom«, so ist die Gegenwartsform dieser
Aussage nicht zufällig gewählt, sondern sie erklärt sich damit
als zeitlose und über-individuelle Zusammenfassung des Ty-
pus. Geschichtlich und also individuell genommen war des
Ziegenvolkes Stammbock ein unvergleichlich älterer Esau gewesen, in dessen Fußstapfen der gegenwärtige wandelte, –
recht ausgetretenen und öfters nachgeschrittenen Fußstapfen,
wie hinzuzufügen ist, und Fußstapfen, die, um das letzte zu

sagen, wohl nicht einmal die Eigenspur desjenigen waren, von dem das Gespräch mit Recht hätte künden mögen: »Er *war* der Edom.«

Hier mündet unsere Rede nun freilich ins Geheimnis ein, und unsere Hinweise verlieren sich in ihm: nämlich in der Unendlichkeit des Vergangenen, worin jeder Ursprung sich nur als Scheinhalt und unendgültiges Wegesziel erweist und deren Geheimnis-Natur auf der Tatsache beruht, daß ihr Wesen nicht das der Strecke, sondern das Wesen der Sphäre ist. Die Strecke hat kein Geheimnis. Das Geheimnis ist in der Sphäre. Diese aber besteht in Ergänzung und Entsprechung, sie ist ein doppelt Halbes, das sich zu Einem schließt, sie setzt sich zusammen aus einer oberen und einer unteren, einer himmlischen und einer irdischen Halbsphäre, welche einander auf eine Weise zum Ganzen entsprechen, daß, was oben ist, auch unten ist, was aber im Irdischen vorgehen mag, sich im Himmlischen wiederholt, dieses in jenem sich wiederfindet. Diese Wechselentsprechung nun zweier Hälften, die zusammen das Ganze bilden und sich zur Kugelrundheit schließen, kommt einem wirklichen Wechsel gleich, nämlich der Drehung. Die Sphäre rollt: das liegt in der Natur der Sphäre. Oben ist bald Unten und Unten Oben, wenn man von Unten und Oben bei solcher Sachlage überall sprechen mag. Nicht allein daß Himmlisches und Irdisches sich ineinander wiedererkennen, sondern es wandelt sich auch, kraft der sphärischen Drehung, das Himmlische ins Irdische, das Irdische ins Himmlische, und daraus erhellt, daraus ergibt sich die Wahrheit, daß Götter Menschen, Menschen dagegen wieder Götter werden können.

Dies ist so wahr, wie daß Usiri, der Dulder und Zerstückelte, einst ein Mensch war, nämlich ein König über Ägypterland, dann aber ein Gott wurde – mit der beständigen Neigung freilich, wieder zum Menschen zu werden, wie sich schon in der Daseinsform selbst der ägyptischen Könige, welche alle der

Gott als Mensch waren, deutlich erweist. Wenn man aber fragt, was Usir zuallererst und am Anfang gewesen sei, ein Gott oder ein Mensch, so bleibt die Antwort aus; denn einen Anfang gibt es nicht in der rollenden Sphäre. Liegt es doch nicht anders bei seinem Bruder Set, der, wie wir längst in Erfahrung brachten, sein Mörder war und ihn zerstückelte. Dieser Böse, heißt es, war eselsköpfig und von kriegerischer Art, dazu ein Jäger, welcher die Könige Ägyptens zu Karnak, nahe der Amunsstadt, im Bogenschießen unterwies. Andere nannten ihn Typhon, und beizeiten schon hatte man ihm den Glut- und Wüstenwind Chamsin zugeeignet, den Sonnenbrand, das Feuer selbst, so daß er zum Baal Chammon oder zum Gotte der offenen Gluthitze wurde und unter den Phöniziern und Ebräern Moloch hieß oder Melech, der Baale Stierkönig, der mit seinem Feuer die Kinder frißt und die Erstgeburt und welchem Abram den Jizchak darzubringen versucht gewesen war. Wer wollte sagen, daß Typhon-Set, der rote Jäger, ganz zuerst und zuletzt am Himmel zu Hause und niemand anders als Nergal, der siebennamige Feind, Mars, der Rote, der Feuerplanet, gewesen sei? Mit demselben Rechte könnte ein jeder behaupten, zuallererst und zuletzt sei er ein Mensch gewesen, Set, der Bruder König Usiri's, den er vom Throne stieß und ermordete, und erst danach sei er ein Gott und ein Stern geworden, immer bereit freilich und im Begriffe, auch wieder Mensch zu werden, gemäß der schwingenden Sphäre. Er ist beides und keines zuerst: Gottstern und Mensch, wechselnd, in einem. Darum kommt keine andere Zeitform ihm zu als die der zeitlosen Gegenwart, welche die Schwingung der Sphäre in sich beschließt, und mit Recht heißt es immer von ihm: »Er ist der Rote.«

Ist es nun aber so, daß Set, der Schütze, in himmlisch-irdischem Wechsel steht mit Nergal-Mars, dem Feuerplaneten, dann liegt auf der Hand, daß dasselbe Verhältnis schwingender Entsprechung waltet zwischen Usir, dem Gemordeten, und dem Königsplaneten Mardug, ihm, den ebenfalls neulich die schwarzen Augen vom Brunnenrande grüßten, und dessen Gott auch Jupiter – Zeus genannt ist. Von diesem nun geht die Geschichte, daß er seinen Vater, den Kronos, ebenden göttlichen Riesen, der seine Kinder verschlang und nur dank der Anschlägigkeit der Mutter nicht auch dem Zeus ein gleiches getan hatte, mit der Sichel entmannt und vom Throne gestoßen habe, um sich selber als König an seine Stelle zu setzen. Das ist ein Wink für jeden, der in der Erkenntnis der Wahrheit nicht auf halbem Wege haltzumachen wünscht. Denn es bedeutet offenbar, daß Set oder Typhon nicht der erste Königsmörder gewesen war, daß Usir selbst bereits die Herrschaft einer Mordtat verdankte und daß ihm als König geschah, was er als Typhon getan. Dies nämlich ist ein Teil des sphärischen Geheimnisses, daß vermöge der Drehung die Ein- und Einerleiheit der Person Hand in Hand zu gehen vermag mit dem Wechsel der Charakterrolle. Man ist Typhon, solange man in mordbrütender Anwärterschaft verharrt; nach der Tat aber ist man König, in der klaren Majestät des Erfolges, und Gepräge und Rolle des Typhon fallen einem anderen zu. Viele wollen wissen, es sei der rote Typhon gewesen und nicht Zeus, der den Kronos entmannt und gestürzt habe. Aber das ist müßiger Zank, denn es ist das gleiche im Schwingen: Zeus ist Typhon, bevor er siegte. Was aber ebenfalls schwingt, das ist das Wechselverhältnis von Vater und Sohn, so daß nicht immer der Sohn es ist, der den Vater schlachtet, sondern jeden Augenblick die Rolle des Opfers auch dem Sohn zufallen kann, welcher dann umgekehrt durch den Vater geschlachtet wird, Typhon-Zeus also durch Kronos. Das wußte Ur-Abram wohl, als er seinen Eingeborenen dem roten Moloch zu opfern sich anschickte. Offenbar war er der schwermütigen Ansicht, er müsse auf dieser Geschichte fußen und dieses Schema erfüllen. Gott aber verwehrte es ihm. –

Es gab eine Zeit, da Esau, Josephs Ohm, beständig mit seinem eigenen Oheim Ismael, dem verstoßenen Halbbruder Isaaks, zusammensteckte, ihn auffallend oft in seiner Wüstenunterwelt besuchte und mit ihm Pläne schmiedete, von deren Greuelhaftigkeit wir noch hören werden. Diese Hingezogenheit war selbstverständlich kein Zufall, und wenn vom »Roten« die Rede ist, so muß auch von ihm die Rede sein. Seine Mutter hieß Hagar, was »die Wandernde« bedeutet und an und für sich schon eine Aufforderung war, sie in die Wüste zu schicken, damit ihr Name sich erfülle. Den unmittelbaren Anlaß dazu bot jedoch Ismael, dessen unterweltliche Anlagen von jeher viel zu deutlich zutage traten, als daß an seinen Verbleib im Oberlichte der Gottgefälligkeit auf die Dauer zu denken gewesen wäre. Schriftlich heißt es von ihm, er sei ein »Spötter« gewesen, was aber nicht besagen will, daß er ein loses Maul gehabt hätte – es hätte ihn das für die Obersphäre noch nicht untauglich gemacht –, sondern »spotten« bedeutet in seinem Fall eigentlich »scherzen«, und es begab sich, daß Abram »durchs Fenster« den Ismael auf unterweltliche Weise mit Isaak, seinem jüngeren Halbbruder, scherzen sah, was keineswegs ungefährlich erschien für Jizchak, den wahrhaften Sohn, denn Ismael war schön wie der Sonnenuntergang in der Wüste. Darum erschrak der zukünftige Vater sehr vieler und fand die Gesamtlage reif für durchgreifende Maßregeln. Das Verhältnis zwischen Sara und Hagar, die sich schon einst ihrer Mutterschaft gegen die noch Unfruchtbare überhoben hatte und schon einmal vor deren Eifersucht hatte fliehen müssen, war andauernd zänkisch, und Sara betrieb alle Tage die Austreibung der Ägypterin und ihrer Frucht, nicht zuletzt weil die Erbfolge ungeklärt war und strittig zwischen dem älteren Sohne der Nebenfrau und dem jüngeren Sohne der rechten: es war sehr die Frage, ob nicht Ismael mit Jizchak oder gar vor ihm hätte erben müssen – greulich zu denken für Sara's eifrige Mutterliebe und auch dem Abiram unbequem. Darum brachte, was er nun auch noch gar von Ismael gesehen hatte, die schwebenden Schalen seiner Entschlüsse zum Ausschwingen, und er gab der überheblichen Hagar ihren Sohn nebst etwas Wasser und Fladen und hieß sie sich umsehen in der Welt ohne Wiederkehr. Wie denn auch anders? Sollte wohl Jizchak, das verwehrte Opfer, am Ende nun doch noch dem feurigen Typhon zum Opfer fallen?

Die Frage will wohlverstanden sein. Sie lautet anzüglich für Ismael, aber mit Recht. Denn in ihm selbst liegt die Anzüglichkeit, und daß er in nicht geheueren Fußstapfen ging und sozusagen »nicht von gestern« war, ist unabweisbar. Die leichteste Abänderung der ersten Silbe seines Namens genügt, um diesen in seinem ganzen Hochmut herzustellen, und daß er in der Wüste ein so guter Bogenschütze wurde, ist sichtlich auch nicht ohne Eindruck auf die Lehrer geblieben, die ihn einem Waldesel verglichen, dem Tiere Typhon-Sets, des Mörders, des bösen Bruders Usiri's. Ja, er ist der Böse, er ist der Rote, und Abraham mochte ihn immerhin austreiben und sein Segenssöhnchen vor seinen feurig-unrichtigen Nachstellungen schützen: als Isaak zeugte in des Weibes Schoß, da kehrte der Rote wieder, um zu leben in seinen Geschichten neben Jaakob, dem Angenehmen, da gab Rebekka das Brüderpaar an den Tag, das »duftige Gras« und das »stachlige Gewächs«, Esau, den Rotpelz, den die Lehrer und Wissenden viel heftiger beschimpften, als seine bürgerlich-irdische Person beschimpft zu werden verdiente. Denn Schlange und Satan nennen sie ihn und Schwein dazu, ein wildes Schwein, um aus aller Kraft anzuspielen auf den Keiler, der den Schäfer und Herrn zerriß in Libanons Schlüften. Ja, geradezu einen »fremden Gott« heißt ihn ihre wissende Wut, damit niemand durch die ungeschlachte Gutmütigkeit seiner bürgerlichen Person sich täuschen lasse über das, was er ist im Umschwung der Sphäre.

Sie schwingt, und oft sind sie Vater und Sohn, die Ungleichen, der Rote und der Gesegnete, und es entmannt der Sohn den Vater, oder der Vater schlachtet den Sohn. Oft aber wieder – und niemand weiß, was sie zuerst waren – sind sie auch Brüder, wie Set und Usir, wie Kain und Habel, wie Sem und Cham, und es kann sein, daß sie zu dritt, wie wir sehen, beide Paare bilden im Fleisch, das Vater-Sohnespaar nach der einen, das Brüderpaar nach der anderen Seite. Denn es steht Ismael, der wilde Esel, zwischen Abraham und Isaak. Jenem ist er der Sohn mit der Sichel; diesem der rote Bruder. Wollte denn Ismael den Abram entmannen? Allerdings wollte er das. Denn er war im Begriffe, den Isaak zu unterweltlicher Liebe zu verleiten, und wenn Isaak nicht gezeugt hätte in des Weibes Schoß, so wären nicht Jaakob gekommen und seine Zwölfe, und was wäre dann aus der Verheißung zahlloser Nachkommenschaft geworden und aus Abrahams Namen, der da bedeutet »Vater sehr vieler«? Nun aber wandelten sie wieder in der Gegenwart ihres Fleisches, als Jaakob und Esau, und sogar Esau, der Tölpel, wußte so ziemlich, welche Bewandtnis es mit ihm hatte, – wieviel mehr Jaakob, gebildet und sinnreich wie er war?

Von Jizchaks Blindheit

Gebrochen und schwimmenden Blicks ruhten Jaakobs kluge braune, schon etwas müde Augen auf dem Jäger, seinem Zwilling, während dieser ihm half, den Vater zu bestatten, und alle Geschichten standen wieder in ihm auf und wurden sinnende Gegenwart: die Kindheit und wie die Entscheidung, die lange geschwebt hatte, gefallen war über Fluch und Segen und dann über alles Weitere. Seine Augen waren trocken im Sinnen, und zuweilen nur bebte seine Brust von Lebensbedrängnis, und er schnob einwärts. Aber Esau flennte und heulte bei aller Hantierung, und doch hatte er dem Alten, den sie da einnähten, wenig zu danken, nichts als den Wüstenfluch, der nach Vergebung des Segens einzig für ihn übriggeblieben war – zum schwersten Kummer des Vaters, wie Esau sich überzeugt hielt, wie sich überzeugt zu halten ihm Lebensbedürfnis war, weshalb er es denn auch immer wieder wenigstens aus seinem eigenen Munde zu hören begehrte und zehnmal beim Hantieren, schnaubend und sich die Nase wischend, in sein Heulen sprach: »Dich, Jekew, hatte das Weib lieb, aber mich hatte der Vater lieb und aß gern von meinem Weidwerk, so war es. ›Rauhrock‹, sprach er, ›mein Erster, es schmeckt mir, was du erlegt und für mich gebraten hast im geblasenen Feuer. Ja mir mundet's, Rotpelzchen, habe Dank für deine Rüstigkeit! Bleibst mein Erster doch alle Tage hin, und ich will dir's gedenken.‹ So und nicht anders sprach er wohl an die hundert- und tausendmal. Aber dich hatte das Weib lieb und sprach zu dir: ›Jekewlein, mein Erlesener!‹ Und in Mutters Liebe, das wissen die Götter, ist man weicher gebettet als in Vaters Liebe, ich hab's erfahren.«

Jaakob schwieg. Darum stieß Esau weiter in sein Schluchzen, was zu hören seiner Seele notwendig war: »Und ach, und ach, wie sich der Alte entsetzte, als ich kam nach dir und ihm brachte, was ich zugerichtet, damit er sich stärke zum Segen, und er begriff, daß nicht Esau gewesen, der vorher kam! Über die Maßen entsetzte er sich und rief öfters: ›Wer war denn der Jäger, wer war es denn? Jetzt wird er gesegnet bleiben, denn ich hatte mich sehr gestärkt zum Segen! Esau, mein Esau, was fangen wir nun an?‹«

Jaakob schwieg.

»Schweige nicht, Glatter!« rief Esau. »Schweige nicht dein eigennütziges Schweigen und gib's auch noch schweigend für milde Schonung aus, das macht mir Galle und Wut! War es etwa nicht so, daß der Alte mich liebhatte und sich über die Maßen entsetzte?«

»Du sagst es«, antwortete Jaakob, und Esau mußte sich zufriedengeben. Aber dadurch, daß er es sagte, wurde es nicht

wahrer, als es in Wirklichkeit gewesen war; es wurde nicht
weniger verwickelt dadurch, sondern blieb halbwahr und
zweideutig, und daß Jaakob teils schwieg, teils einsilbig antwortete, war nicht Bosheit und Hinterhalt, sondern Entsagung
vor der verwickelten Schwierigkeit der Sachlage, welcher mit
heulenden Stoßworten und Naturburschen-Empfindsamkeit
nicht beizukommen war, – der beschönigenden und selbst-
betrügerischen Empfindsamkeit des Hinterbliebenen, der aus
dem Verhältnis eines Entschlafenen zu ihm nachträglich das
Beste zu machen wünscht. Es mochte schon richtig sein, daß
Isaak sich damals entsetzt hatte, als Esau kam, nachdem er
schon dagewesen. Denn der Alte mochte befürchtet haben, daß
irgendein Fremder im Dunkeln bei ihm gewesen sei, ein ganz
unzugehöriger Betrüger, und sich den Segen erschlichen habe,
was man freilich als großes Unglück hätte ansehen müssen. Ob
er aber auch so entsetzt, und zwar aufrichtig entsetzt gewesen
wäre, wenn er sicher gewußt hätte, daß Jaakob Esau's Vorgänger und er des Segens Empfänger gewesen sei, das war eine
besondere Frage, nicht so einfach zu beantworten, wie es Esau's
Herzensbedürfnis entsprach, und ziemlich genau unter demselben Gesichtswinkel zu beurteilen wie jene andere Frage: ob
die Liebe der Eltern sich wirklich so schlicht verteilt hatte, wie
Esau es seinem Bedürfnis gemäß wahrhaben wollte – mit »Jekewlein« hier und »Rotpelzchen« da –, Jaakob hatte Gründe, es
zu bezweifeln, wenn es auch ihm nicht zukam, sie gegen den
Weinenden geltend zu machen.

Oft, wenn der Jüngere sich an die Mutter schmiegte, hatte sie
ihm erzählt, welch schweres Tragen es gewesen sei die letzten
Monde hindurch, bevor die Brüder gekommen seien, und wie
mißgestalt, auf überlasteten Füßen, sie sich kurzatmig hin-
geschleppt, gestoßen immerfort von den Zweien, die nicht
Frieden gehalten in der Höhle, sondern um den Vortritt gehadert hätten. Ihm, Jaakob, behauptete sie, sei eigentlich von

Isaaks Gott die Erstgeburt zugedacht gewesen, aber da Esau sie gar so heftig für sich in Anspruch genommen habe, sei Jaakob aus Freundlichkeit und Höflichkeit zurückgetreten, – übrigens auch wohl in dem stillen Bewußtsein, daß unter Zwillingen an dem geringfügigen Altersunterschiede selbst nicht viel gelegen sei, daß dieser die eigentliche Entscheidung noch nicht bedeute und sich die geistlich wahre Erstgeburt, und wessen Opferrauch gerade aufsteigen werde vor dem Herrn, erst draußen und mit der Zeit erweisen werde. Rebekka's Erzählung klang wahrscheinlich. Gewiß, so hätte Jaakob sich wohl verhalten können, und er selbst glaubte sich zu entsinnen, daß er sich so verhalten habe. Was aber die Mutter mit ihrer Darstellung verriet, war eben dies, daß Esau's kleiner und ertrotzter Lebensvorsprung von den Eltern niemals als ausschlaggebend verstanden worden und die Segensanwärterschaft zwischen den Brüdern lange, bis in ihr junges Mannesalter, bis zum Tage des Schicksals in der Schwebe geblieben war, so daß Esau wohl eine gegen ihn gefallene Entscheidung, nicht aber eigentlich sich über eine ungerechte Verkürzung zu beklagen hatte. Lange war, namentlich für den Vater, seine tatsächliche Erstgeburt schwer genug zu seinem Vorteil ins Gewicht gefallen, um alle Abneigung auszugleichen, die sein Charakter einflößte – wobei unter »Charakter« das Körperliche ebenso zu begreifen ist wie das Geistig-Sittliche –, so lange, bis sie das eben nicht mehr tat. Rothaarig war er sofort gewesen über den ganzen Leib, wie der Wurf einer Bezoargeis, und ausgestattet mit einem vollständigen Zahngebiß: unheimliche Erscheinungen, die aber Isaak in prächtigem Sinn zu deuten und zu begrüßen sich zwang. Er wollte es gern mit dem Erstling halten und war selbst der Gründer und langjährige Hüter jener Annahme, an die Esau sich klammerte: daß nämlich dieser sein Sohn, Jaakob dagegen das Muttersöhnchen sei. Mit dem Glatten, Zahnlosen da, sprach er und gab seiner Seele einen Ruck – denn um die kleine

Person eben dieses Zweiten war es wie ein mildes Scheinen, und er lächelte gar klug und friedlich, während der Erste sich in unausstehlichem Gequarre wälzte und seine Brauen dabei zu einer greulichen Arabeske verzog –, mit dem Glatten stehe es offenbar kümmerlich und wenig hoffnungsvoll, dagegen mache der Rauhe den Eindruck heldischer Anlage und werde es sicherlich weit bringen vor dem Herrn. Dergleichen äußerte er täglich fortan, mechanisch, in spruchhaft feststehenden Wendungen, wenn auch bald schon zuweilen mit bebend von innen her verärgerter Stimme; denn Esau verletzte mit seinem widerwärtigen Frühgebiß grausam Rebekka's Brust, so daß bald beide Zitzen völlig wund und entzündet waren und auch der kleine Jaakob mit verdünnter Tiermilch ernährt werden mußte. »Ein Held wird er sein«, sagte Jizchak dazu, »und ist mein Sohn und mein Erster. Aber deiner ist der Glatte, Tochter Bethuels, Herz meiner Brust!« »Herz meiner Brust« nannte er sie in diesem Zusammenhang und hieß das liebe Kind ihren Sohn, aber das rauhe den seinen. Welches bevorzugte er also? Esau. So hieß es später im Hirtenlied, und so wußten es schon damals die Leute in ihrer Landschaft: Jizchak hat Esau lieb, Rebekka den Jaakob, das war die Übereinkunft, die Isaak mit den Worten gegründet hatte und im Worte aufrechterhielt, ein kleiner Mythus innerhalb eines viel größeren und mächtigeren, widersprechend aber in dem Grade diesem größeren und mächtigeren, daß – Jizchak darüber erblindete.

Wie ist das zu verstehen? In dem Sinne, daß die Verquickung von Körper und Seele weit inniger, die Seele etwas viel Körperlicheres, die Bestimmbarkeit des Körperlichen durch das Seelische viel weitgehender ist, als man zeitweise zu glauben gewußt hat. Isaak war blind, oder so gut wie blind, als er starb, das wird nicht zurückgenommen. Zur Zeit der Kindheit seiner Zwillinge aber war sein Sehvermögen durch das Alter bei weitem noch nicht so herabgesetzt, und wenn er es, als die Knaben junge Männer waren, schon viel weiter in der Blindheit gebracht hatte, so darum, weil er dies Vermögen durch Jahrzehnte vernachlässigt, überschont, verhängt und ausgeschaltet hatte, entschuldigt durch eine Neigung zum Bindehautkatarrh, die in seiner Sphäre sehr häufig war (auch Lea und mehrere ihrer Söhne litten ja ihr Leben lang daran), in Wirklichkeit aber aus Unlust. Ist es möglich, daß jemand erblindet oder der Blindheit so nahe kommt, wie Jizchak ihr im Alter wirklich war, weil er nicht gern sieht, weil das Sehen ihm Qual bereitet, weil er sich wohler in einem Dunkel fühlt, worin gewisse Dinge geschehen können, *die zu geschehen haben*? Wir behaupten nicht, daß solche Ursache solche Wirkung zeitigen könne; wir begnügen uns damit, festzustellen, daß die Ursachen vorhanden waren.

Esau war von tierischer Frühreife. Sozusagen im Knabenalter heiratete er ein übers andere Mal: Töchter Kanaans, Chetiterinnen und Heviterinnen, wie man weiß, zuerst Judith und Ada, dann auch noch Ahalibama und Basmath. Er siedelte diese Weiber auf des Vaters Zeltgehöfte an, war fruchtbar mit ihnen und ließ sie und ihre Brut mit desto vollendeterer Unempfindlichkeit unter der Eltern Augen ihren angestammten Natur- und Bilderdienst treiben, als er selbst des Sinnes bar für Abrams hohes Erbe war, mit den Seirim im Süden Jagd- und Glaubensfreundschaft geschlossen hatte und offen dem gewitterigen Kuzach frönte. Das schuf, wie es später im Liede hieß und noch immer in der Überlieferung heißt, dem Isaak und der Rebekka »eitel Herzeleid«: beiden also, und zwar notwendig dem Jizchak noch weit mehr als seiner Eheschwester, obgleich diese es war, die ihren Verdruß zu Worte kommen ließ, während Isaak schwieg. Er schwieg, und wenn er sprach, so lauteten seine Worte: »Meiner ist der Rote. Der Erstgeborene ist er, und ich habe ihn lieb.« Aber Isaak, der Segensträger, der Hüter von Abrams Gotteserrungenschaft, in dem die geistlich Seinen den

Sohn des Chaldäers und seine Wiederverkörperung sahen, litt schwer unter dem, was er mit ansehen oder wovor er die Augen verschließen mußte, um es nicht zu sehen, litt an seiner eigenen Schwäche, die ihn hinderte, dem Unwesen dadurch ein Ende zu machen, daß er Esau der Wüste anheimgab, wie man es mit Ismael, seinem wildschönen Oheim, gemacht hatte. Der »kleine« Mythus hinderte ihn daran, Esau's tatsächliche Erstgeburt hinderte ihn, die bei dem Schwebezustand, worin damals die Frage, welcher der Zwillinge der Berufene und Erwählte sein werde, noch hing, stark zu Esau's Gunsten ins Gewicht fiel; und so klagte Isaak über seine Augen, über ihren Fluß und das Brennen ihrer Lider, auch daß er trüb sähe, wie der sterbende Mond, daß das Licht ihn schmerze – und suchte das Dunkel. Behaupten wir, Isaak sei »blind« geworden, um den Götzendienst seiner Schwiegertöchter nicht zu sehen? Ach, der war das Geringste von all dem, was ihm das Sehen verleidete, was ihm die Blindheit wünschenswert machte, – weil nur in ihr geschehen konnte, was zu geschehen hatte.

Denn je mehr die Knaben heranreiften, desto klarer zeichneten sich, wenn man sah, die Linien des »großen« Mythus ab, in welchem der »kleine«, trotz aller Vater-Grundsätzlichkeiten zugunsten des Älteren, in immer wachsendem Grade zu etwas Gezwungen-Unhaltbarem wurde; desto deutlicher wurde, *wer beide waren*, in welchen Spuren sie gingen und auf welchen Geschichten sie fußten, der Rote und der Glatte, der Jäger und der Häusliche, – und wie hätte wohl Isaak, der selbst zusammen mit Ismael, dem Wildesel, das Brüderpaar gebildet hatte; der selbst nicht Kain gewesen war, sondern Habel, nicht Cham, sondern Sem, nicht Set, sondern Usir, nicht Ismael, sondern Jizchak, der wahrhafte Sohn: wie hätte er wohl sehenden Auges an der Übereinkunft festzuhalten vermocht, er bevorzugte Esau? Darum nahmen seine Augen ab, wie der sterbende Mond, und er lag im Dunkeln, auf daß er betrogen werde samt Esau, seinem Ältesten.

Der große Jokus

In Wahrheit, niemand wurde betrogen, auch Esau nicht. Denn wenn hier heiklerweise von Leuten erzählt wird, die nicht immer ganz genau wußten, wer sie waren, und wenn auch Esau das nicht immer genauestens wußte, sondern sich zuweilen für den Urbock der Seïrleute hielt und in der ersten Person von diesem sprach, – so betraf diese gelegentliche Unklarheit doch nur das Individuelle und Zeitliche und war geradezu die Folge davon, daß, wer der Einzelne wesentlich, außer der Zeit, mythischer und typischerweise war, jeder ganz ausgezeichnet wußte, auch Esau, von dem nicht umsonst gesagt wurde, daß er auf seine Art ein ebenso frommer Mann wie Jaakob war. Er weinte und wütete wohl nach geschehenem »Betruge« und stellte dem gesegneten Bruder tödlicher nach, als Ismael dem seinen nachgestellt hatte, ja, es ist richtig, daß er mit Ismael Mordpläne sowohl gegen Isaak wie gegen Jaakob besprach. Aber er tat das alles, weil es eben so in seiner Charakterrolle lag, und wußte fromm und genau, daß alles Geschehen ein Sicherfüllen ist und daß das Geschehene geschehen war, weil es zu geschehen gehabt hatte nach geprägtem Urbild: Das heißt, es war nicht zum ersten Male, es war zeremoniellerweise und nach dem Muster geschehen, es hatte Gegenwart gewonnen gleichwie im Fest und war wiedergekehrt, wie Feste wiederkehren. Denn Esau, Josephs Oheim, war nicht der Stammvater Edoms.

Darum, als die Stunde kam und die Brüder fast dreißig waren; als Jizchak aus der Dunkelheit seines Zeltes den dienenden Sklaven sandte, einen Jüngling, dem ein Ohr fehlte, da man es ihm mehrerer Leichtsinnsverfehlungen wegen abgeschnitten hatte, wodurch er sehr gebessert worden war; als dieser die Arme auf seiner schwärzlichen Brust vor Esau kreuzte, der mit Knechten auf dem bebauten Felde werkte, und zu ihm sprach: »Nach meinem Herrn verlangt der Herr«, so stand Esau wie angewurzelt, und sein rotes Gesicht färbte sich fahl unter dem Schweiß, der es bedeckte. Er murmelte die Formel des Gehorsams: »Hier bin ich.« In seiner Seele aber dachte er: »Jetzt geht es an!« Und diese Seele war voll von Stolz, Grauen und feierlichem Herzeleid.

Da ging er hinein von sonniger Feldarbeit zum Vater, der mit zwei getränkten Läppchen auf den Augen im Dämmer lag, neigte sich und sprach:

»Mein Herr hat gerufen.«

Isaak antwortete etwas wehleidigen Tones:

»Das ist meines Sohnes Esau Stimme. Bist du es, Esau? Ja, ich habe dich gerufen, denn die Stunde ist da. Tritt nahe heran, mein Ältester, daß ich mich deiner versichere!«

Und Esau kniete hin in seinem Schurz aus Ziegenleder an dem Lager und heftete seine Augen auf die Läppchen, als wollte er sie durchbohren und in die Augen des Vaters dringen, während Isaak ihm Schulter und Arme und Brust betastete und dabei sprach:

»Ja, das sind deine Zotteln und ist Esau's rotes Vlies. Ich sehe es mit den Händen, die es wohl oder übel recht fein schon erlernt haben, zu verrichten das Amt der abnehmenden Augen. Höre nun also, mein Sohn, und mache deine Ohren weit und gastlich für das Wort des blinden Vaters, denn die Stunde ist da. Siehe, schon bin ich bedeckt mit Jahren und Tagen, daß ich wohl nächstens darunter verschwinde, und da längst meine Augen schon abnehmen, kann es als wahrscheinlich gelten, daß ich bald gänzlich abnehmen werde und hinschwinden ins Dunkel, so daß mein Leben Nacht ist und nicht mehr zu sehen. Darum, damit ich nicht sterbe, ehe ich den Segen vergeben und die Kraft von mir gelassen und übertragen das Erbe, so sei es nun, wie es öfters gewesen. Gehe hin, mein Sohn, und nimm dein Schießgerät, das du handhabst rüstig und grausam vor dem Herrn, und streife in Steppe und Flur, ein Wild zu erlegen.

Das richte mir zu und mache mir ein Fleischgericht, wie ich es gerne habe, in saurer Milch gekocht am lebendigen Feuer und fein gewürzt, und bring's mir herein, damit ich esse und trinke und meines Leibes Seele sich stärke und ich dich segne mit sehenden Händen. Dies meine Weisung. Geh.«

»Es ist schon geschehen«, murmelte Esau redensartlich, blieb aber auf den Knien und hatte nun tief den Kopf gesenkt, während über ihm die blinden Läppchen ins Leere starrten.

»Bist du noch da?« erkundigte sich Isaak. »Einen Augenblick dachte ich, du wärst schon gegangen, was mich nicht gewundert hätte, da der Vater gewohnt ist, daß jedermann schleunig in Liebe und Furcht seinen Weisungen nachkommt.«

»Es ist schon geschehen«, wiederholte Esau und ging. Aber als er das Fell schon gerafft hatte, das des Zeltes Ausgang bedeckte, ließ er's wieder fallen und kehrte zurück, kniete noch einmal nieder am Lager und sprach mit brechender Stimme:

»Mein Vater!«

»Wie denn und was noch?« fragte Isaak, indem er seine Brauen über den Läppchen emporzog. »Es ist gut«, sagte er dann. »Geh, mein Sohn, denn die Stunde ist da, groß für dich und groß für uns alle. Geh, jage und koche, auf daß ich dich segne!«

Da ging Esau hinaus erhobenen Hauptes und trat vor das Zelt in vollem Stolze der Stunde und verkündete allen, die in Hörweite waren, mit lauter Stimme seine augenblickliche Ehre. Denn die Geschichten sind nicht auf einmal da, sie geschehen Punkt für Punkt, sie haben ihre Entwicklungsabschnitte, und es wäre falsch, sie überall kläglich zu nennen, weil ihr Ende kläglich ist. Geschichten kläglichen Ausgangs haben auch ihre Ehrenstunden und -stadien, und es ist recht, daß diese nicht vom Ende gesehen werden, sondern in ihrem eigenen Licht; denn ihre Gegenwart steht an Kraft nicht im mindesten nach der Gegenwart des Endes. Darum war Esau stolz zu seiner Stunde und rief schallend hinaus:

»Hört es, Leute des Hofs, hört es, Abrams Kinder und Räucherer Ja's, hört auch ihr es, Räucherinnen des Baal, Weiber Esau's nebst eurer Brut, meiner Lenden Frucht! Esau's Stunde ist da. Segnen will der Herr seinen Sohn noch heute! In Steppe und Flur schickt mich Isaak, daß ich ihm mit dem Bogen ein Essen schaffe zur Stärkung um meinetwillen! Fallet nieder!«

Und während die Nächsten, die es hörten, aufs Angesicht fielen, sah Esau eine Magd rennen, daß ihr die Brüste hüpften.

Das war die Magd, die der Rebekka kurzatmig meldete, wessen Esau sich gerühmt. Und wieder diese Magd kam, ganz ohne Atem vom Hin- und Herlaufen, zu Jaakob, der in Gesellschaft eines spitzohrigen Hundes namens Tam die Schafe hütete und gelehnt auf seinen langen, oben gebogenen Stab in Gottesgedanken stand, und keuchte, die Stirn im Grase: »Die Herrin – –!« Da sah Jaakob sie an und antwortete nach längerer Pause sehr leise: »Hier bin ich.« Während der Pause aber hatte er in seiner Seele gedacht: »Jetzt geht es an!« Und seine Seele war voller Stolz, Grauen und Feierlichkeit.

Er gab seinen Stab dem Tam zu bewachen und ging hinein zu Rebekka, die schon in Ungeduld seiner wartete.

Rebekka, Sarai's Nachfolgerin, war eine Matrone mit goldenen Ohrringen von stattlicher, starkknochiger Gestalt und großen Gesichtszügen, welche noch viel von der Schönheit bewahrten, die Abimelek von Gerar einst in Gefahr gebracht. Der Blick ihrer schwarzen Augen, zwischen deren hochgewölbten, mit Bleiglanz ebenmäßig nachgezogenen Brauen ein Paar energischer Falten stand, war klug und fest, ihre Nase von männlich kräftiger Ausbildung, starknüstrig und kühn gebogen, ihre Stimme tief und volltönend und ihre Oberlippe von dunklen Härchen beschattet. Ihr Haar, in schwarzsilbrigen in der Mitte geteilten Locken sich dicht in die Stirn drängend, war verhüllt von dem braunen Schleiertuch, das ihr lang über den Rücken hinabhing, und ihre bernsteinbräunlichen Schultern, an deren stolze Rundung die Jahre so wenig noch gerührt hatten wie an die edel geformten Arme, waren bloß vom Schleier, wie von dem gemusterten, ungegürteten, bis zu den Knöcheln reichenden Wollkleide, das sie trug. Ihre kleinen, hochgeäderten Hände hatten noch kürzlich mit rasch verbesserndem Tadel zwischen die der Weiber gegriffen, welche, zu seiten des Webstuhles hockend, dessen Bäume im Freien an den Boden gepflockt waren, mit Fingern und Hölzern die flächsernen Querfäden durch die längsgespannten gezwängt und gedrängt hatten. Aber sie hatte die Arbeit unterbrechen lassen, die Mägde fortgeschickt und erwartete den Sohn im Innern ihres Herrinnenzeltes, unter dessen härenem Gehänge und auf dessen Matten sie dem verehrend Eintretenden mit raschen Mienen entgegenkam.

»Jekew, mein Kind«, sagte sie leise und tief und zog seine erhobenen Hände an ihre Brust. »Es ist an dem. Der Herr will dich segnen.«

»Mich will er segnen?« fragte Jaakob erbleichend. »Mich, und nicht Esau?«

»Dich in ihm«, sagte sie ungeduldig. »Keine Spitzfindigkeiten! Rede nicht, klügle nicht, sondern tu, wie man dich heißt, damit kein Irrtum geschieht und kein Unglück sich ereignet!«

»Was befiehlt mein Mütterchen, von dem ich lebe, wie zu der Zeit, als ich in ihrem Leibe war?« fragte Jaakob.

»Höre!« sagte sie. »Er hat ihn geheißen, ein Wild zu erlegen und ihm ein Essen davon zu bereiten nach seinem Geschmack, damit er sich stärke zum Segen. Das kannst du schneller und besser. Sofort geh zur Herde, nimm zwei Böcklein, tu sie ab und bring sie mir her. Aus dem besten davon mach ich dem Vater ein Essen, daß er dir nichts soll liegenlassen. Fort!«

Jaakob geriet ins Zittern und hörte nicht auf, zu zittern, bis alles vorüber war. In gewissen Augenblicken hatte er größte Mühe, das Klappern seiner Zähne zu bemeistern. Er sagte:

»Barmherzige Mutter der Menschen! Wie einer Göttin Wort ist jedes deiner Worte für mich, aber was du sagst, ist furchtbar gefährlich. Esau ist haarig überall, und dein Kind ist glatt mit geringen Ausnahmen. Wenn nun der Herr mich begriffe und fühlte meine Glätte: wie stünde ich vor ihm? Genau, als hätte ich ihn betrügen wollen – und hätte seinen Fluch auf dem Halse statt des Segens, ehe ich's gedacht.«

»Klügelst du alsobald schon wieder?!« herrschte sie ihn an. »Auf mein Haupt den Fluch. Ich sorge. Hinweg und die Böcklein her. Ein Mißgriff geschieht ...«

Er lief schon. Er eilte zum Berghang, nicht fern vom Lager, wo die Ziegen weideten, griff zwei Kitzen, im Frühling geboren, die um die Geiß sprangen, und tat sie ab mit Kehlschnitt, indem er dem Hüter zurief, es sei für die Herrin. Er ließ ihr Blut hinlaufen vor Gott, warf sie sich über die Schulter an den Hinterbeinen und ging heimwärts, pochenden Herzens. Sie hingen ihm hinten über den Hemdrock, mit ihren noch kindlichen Köpfchen, den geringelten Hörnchen, gespaltenen Schnauzen und verglasten Augen, – früh geopfert, zu Großem bestimmt. Rebekka stand schon und winkte.

»Schnell«, sagte sie, »alles ist vorbereitet.«

Es war ein Herd unter ihrem Dach, aus Steinen gebaut, auf dem schon ein Feuer brannte unter dem Bronzetopf, und war da alles Zubehör der Küche und Wirtschaft. Und die Mutter nahm ihm die Böcklein ab und begann eilig, sie abzuhäuten und zu zerlegen, und hantierte groß und rüstig am flammenden Herd mit der Gabel, rührte, streute und richtete an, und es war Schweigen zwischen ihnen während all dieses Tuns. Da aber das Essen noch kochte, sah Jaakob, wie sie hervortat aus ihrem Kasten gefaltete Kleider, Hemd und Kittel. Das waren Esau's Festkleider, die sie verwahrte, wie Jaakob erkannte; und er erbleichte wieder. Danach sah er sie die Felle der Böcklein, die an der Innenseite noch feucht und klebrig waren vom Blute, mit dem Messer in Stücke und Streifen zerschneiden und zitterte bei diesem Anblick. Aber Rebekka hieß ihn den langen Hemdrock mit halblangen Ärmeln, den er in jener Zeit alltäglich zu tragen pflegte, ausziehen und zog ihm über die glatten, zitternden Glieder das kurze Untergewand seines Bruders und darüber den feinen blau und roten Wollrock, der nur über eine Schulter ging und die Arme bloß ließ. Dann sprach sie: »Nun komm her!« Und legte ihm, während ihre Lippen sich in leisen Worten bewegten und die energischen Falten zwischen ihren Brauen feststanden, die Fellstücke überall an, wo er bloß und glatt war, um Hals und Arme, um die Unterschenkel und auf die Rücken der Hände, und band sie fest mit Fäden, obgleich sie ohnedies schon klebten auf die unangenehmste Weise. Sie murmelte:

»Ich wickle das Kind, ich wickle den Knaben, vertauscht sei das Kind, verwandelt der Knabe, durch die Haut, durch das Fell.«

Und murmelte abermals:

»Ich wickle das Kind, ich wickle den Herrn, es taste der Herr, es esse der Vater, dir müssen dienen die Brüder der Tiefe.«

Darauf wusch sie ihm eigenhändig die Füße, wie sie es wohl getan, als er klein war, nahm dann Salböl, das nach der Wiese duftete und nach den Blumen der Wiese und das Esau's Salböl war, und salbte ihm den Kopf und danach die gewaschenen Füße, indem sie zwischen den Zähnen sprach:

»Ich salbe das Kind, ich salbe den Stein, es esse der Blinde, zu Füßen, zu Füßen müssen dir fallen die Brüder der Tiefe.«

Dann sagte sie: »Es ist geschehen«, richtete, während er unbeholfen, verstört und tierisch angetan, aufstand, mit gespreizten Armen und Beinen dastand und mit den Zähnen schnatterte, das gewürzte Fleischgericht im Napfe an, tat auch Weizenbrot hinzu und goldklares Öl, das Brot hineinzutauchen, und einen Krug Weins, gab ihm alles in Hand und Arm und sagte: »Nun geh deines Wegs!«

Und Jaakob ging, beladen, behindert und breitbeinig, in Furcht, die häßlich klebenden Felle möchten sich unter den Fäden verschieben, hoch pochenden Herzens, verzogenen Angesichts und mit niedergeschlagenen Augen. Viele sahen ihn vom Gesinde, wie er so durchs Gehöfte ging, hoben die Hände und wiegten schnalzend die Köpfe, küßten auch wohl ihre Fingerspitzen und sagten: »Siehe, der Herr!« Also kam er vor des Vaters Zelt, legte den Mund an den Vorhang und sprach:

»Ich bin's, mein Vater. Darf dein Knecht seinen Fuß heben zu dir hinein?«

Aus dem Grunde der Wohnung aber kam Isaaks Stimme wehleidigen Tones:

»Wer bist du denn aber? Bist du nicht etwa ein Strauchdieb und eines Strauchdiebes Sohn, daß du vor meine Hütte kommst und sagst Ich von dir? Ich kann ein jeder sagen, aber wer's sagt, darauf kommt's an.«

Jaakob antwortete und klapperte nicht mit den Zähnen, da er sie beim Sprechen zusammenbiß:

»Dein Sohn ist's, der Ich sagt und hat dir gejagt und angerichtet.«

»Das ist was anderes«, erwiderte Jizchak von innen. »So komm herein.«

Da trat Jaakob in das Halbdunkel des Zeltes, in dessen Hintergrund eine erhöhte und bedeckte Lehmbank lief, auf der lag Jizchak, in seinen Mantel gehüllt, die getränkten Läppchen auf den Augen, und lag auf einer Kopfstütze mit bronzenem Halbring, die ihm das Haupt erhob. Er fragte wieder:

»Wer bist du also?«

Und Jaakob antwortete mit versagender Stimme:

»Ich bin Esau, der Rauhe, dein größerer Sohn, und habe getan, wie du geheißen. Sitz auf, mein Vater, und stärke deine Seele; hier ist das Essen.«

Aber Isaak saß noch nicht auf. Er fragte: »Wie, so bald schon ist dir ein Wild begegnet und so rasch schon eines gerannt vor deines Bogens Sehne?«

»Der Herr, dein Gott, hat mir Jagdglück beschert«, antwortete Jaakob, und nur einzelne Silben bekamen Stimme, die anderen waren geflüstert. Er sagte aber »Dein Gott« von Esau's wegen; denn Isaaks Gott war nicht Esau's Gott.

»Wie ist mir denn aber?« fragte Isaak wieder. »Deine Stimme ist ungewiß, Esau, mein Ältester, aber sie klingt mir wie Jaakobs Stimme?«

Da wußte Jaakob nichts zu antworten vor Angst und zitterte nur. Aber Isaak sprach milde:

»Die Stimmen von Brüdern gleichen sich wohl, und die Worte kommen verwandt und gleichlautend aus ihren Mündern. Komm her, du, daß ich dich befühle und sehe mit sehenden Händen, ob du Esau seist, mein Ältester, oder nicht.«

Jaakob gehorchte. Er stellte alles nieder, was ihm die Mutter gegeben, trat nahe und bot sich zum Tasten dar. Und aus der Nähe sah er, daß der Vater sich die Läppchen mit einem Faden am Kopfe festgebunden hatte, damit sie nicht abfielen, wenn er aufsäße, gerade wie Rebekka an ihm befestigt hatte die unangenehmen Felle.

Isaak fuhr ein wenig mit gespreizten, spitzfingrigen Händen in der Luft umher, bevor er auf Jaakob traf, der sich darbot. Dann fanden ihn seine mageren, blassen Hände und fühlten umher, wo kein Kleid war, an den Hals, über die Arme und Handrücken hin zu den Schenkeln hinab und rührten überall an das Bocksfell.

»Ja«, sagte er, »allerdings, das muß mich wohl überzeugen, denn es ist dein Vlies und sind Esau's rote Zotteln, ich seh's mit sehenden Händen. Die Stimme ist ähnlich wie Jaakobs Stimme, aber die Behaarung ist Esau's, und die ist das Ausschlaggebende. Du bist also Esau?«

Jaakob antwortete:

»Du siehst und sagst es.«

»So gib mir zu essen!« sprach Isaak und saß auf. Der Mantel hing ihm über den Knien. Und Jaakob nahm den Eßnapf und kauerte zu des Vaters Füßen und hielt ihm den Napf. Aber Isaak beugte sich erst noch darüber, die Hände zu beiden Seiten auf Jaakobs befellten Händen, und beroch das Gericht.

»Ah, gut«, sagte er. »Gut bereitet, mein Sohn! In saurem Rahm ist's, wie ich befohlen, und Kardamom ist daran, auch Thymian, sowie etwas Kümmel.« Und er nannte noch mehr Zutaten, die angewandt waren und die seine Nase unterschied. Dann nickte er, griff zu und aß.

Er aß alles auf, es dauerte lange.

»Hast du auch Brot, Esau, mein Sohn?« fragte er kauend.

»Das versteht sich«, antwortete Jaakob. »Weizenfladen und Öl.«

Und er brach vom Brote, tauchte es in Öl und führte es dem Vater zum Munde. Der kaute und nahm wieder Fleisch hinzu, strich sich den Bart und nickte beifällig, während Jaakob hinauf in sein Gesicht blickte und es beim Essen betrachtete. Es war so zart und durchsichtig, dies Gesicht mit den feinen Wangenhöhlen, denen der spärliche graue Bart entkeimte, und der groß und gebrechlich gebauten Nase, deren Nüstern dünn und weit waren und deren gebogener Rücken eines geschliffenen Messers Schneide glich, – so heilig-geistig erschien es trotz den deckenden Läppchen, daß das Kauen und bedürftige Mahlzeiten gar nicht recht dazu passen wollte. Man schämte sich etwas, dem Esser beim Essen zuzusehen, und meinte, er müsse sich schämen, sich dabei zusehen zu lassen. Aber es mochte wohl sein, daß die deckenden Läppchen ihn schützten vor solchem Unbehagen, und jedenfalls kaute er gemächlich mit seinem gebrechlichen Unterkiefer im dünnen Barte, und da nur vom Besten im Napfe war, ließ er überhaupt nichts liegen.

»Gib mir zu trinken!« sagte er dann. Und Jaakob beeilte sich, ihm den Weinkrug zu reichen und ihn selbst dem vom Essen Durstigen an die Lippen zu führen, während dessen Hände auf den Pelzchen von Jaakobs Handrücken lagen. Wie aber Jaakob dem Vater so nahe kam, roch dieser mit seinen weiten dünnen Nüstern die Narde in seinem Haar und den Feldblumengeruch seines Kleides, setzte noch einmal ab und sagte:

»Wahrlich, es ist geradezu täuschend, wie meines Sohnes gute Kleider immer duften! Genau wie Wiese und Feld im jungen Jahr, wenn der Herr sie weithin mit Blumen gesegnet hat zur Lust unserer Sinne.«

Und er hob mit zwei spitzen Fingern das eine Läppchen ein wenig am Rande und sagte:

»Solltest du wirklich Esau sein, mein größerer Sohn?«

Da lachte Jaakob verzweifelt und fragte dagegen:

»Wer denn sonst?«

»Dann ist es gut«, sprach Isaak und nahm einen langen Zug, daß seine zarte Kehle unter dem Bart auf und nieder ging. Dann befahl er, ihm Wasser auf die Hände zu gießen. Als aber Jaakob auch dies getan und ihm die Hände getrocknet hatte, da sagte der Vater:

»So geschehe es denn!«

Und mächtig belebt vom Essen und Trinken, geröteten Angesichts, legte er dem zitternd Kauernden die Hände auf, ihn zu segnen aus allen Kräften, und da seine Seele so sehr gestärkt war von der Mahlzeit, so waren seine Worte voll aller Macht und Reichlichkeit der Erde. Ihr Fett gab er ihm und ihre Weibesüppigkeit und dazu den Tau und das Manneswasser des Himmels, gab ihm die Fülle von Acker, Baum und Rebe und wuchernde Fruchtbarkeit der Herden und doppelte Schur jedes Jahr. Er legte auf ihn den Bund, gab ihm zu tragen die Verheißung und fortzuerben das Gegründete in die Zeitläufte. Wie ein Strom ging seine Rede und hochtönend. Die Herrschaft vermachte er ihm im Kampfe der Welthälften, der lichten und dunklen, den Sieg über den Drachen der Wüste, und setzte ihn ein zum schönen Monde und zum Bringer der Wende, der Erneuerung und großen Lachens. Das feststehende Wort, das schon Rebekka gemurmelt, gebrauchte auch er; uralt und schon zum Geheimnis geworden, paßte es nicht genau und nach dem Verstande auf diesen Fall, da nur zwei Brüder im Spiele waren, aber Isaak sprach es doch weihevoll über ihn aus: dienen sollten dem Gesegneten seiner Mutter Kinder, und hinstürzen würden all seine Brüder zu seinen gesalbten Füßen. Dann rief er dreimal den Namen Gottes, sagte: »So sei und geschehe es!« und ließ den Jaakob aus seinen Händen.

Der stürzte fort, zur Mutter. Aber wenig später kehrte Esau heim mit einem jungen Steinbock, den er geschossen, – und nun war es gar lustig und gräßlich geworden mit der Geschichte.

Jaakob hatte von dem, was folgte, mit eigenen Augen nichts gesehen, noch etwas sehen wollen; er hielt sich damals verborgen. Aber vom Hörensagen hatte er alles genau und erinnerte sich, als sei er dabei gewesen.

Esau befand sich, da er zurückkehrte, noch in seinem Ehrenstande; von dem, was unterdessen sich zugetragen, wußte er schlechterdings nichts, denn so weit war die Geschichte für ihn nicht vorgerückt. In freudigem Dünkel und hochgebläht kam er daher, den Bock auf dem Rücken, den Bogen in haariger Faust, stolzierend, marschierend: er warf die Beine sehr hoch beim Schreiten und wandte finster strahlend den Kopf hin und her, ob man ihn auch sähe in seinem Ruhm und Vorrang, und begann schon von weitem wieder zu prahlen und großzureden, daß es ein Jammer und Jux war für alle, die es hörten. Denn sie liefen zusammen, die den bepelzten Jaakob zum Herrn hatten hineingehen und wieder herauskommen sehen, und auch, die es nicht selbst gesehen. Aber Esau's Weiber und Kinder kamen nicht dazu, obgleich er auch sie wieder aufrief, seiner Größe und Hoffart Zeuge zu sein.

Es liefen die Leute zusammen und lachten, wie er die Beine warf, und scharten sich um ihn in engem Kreise, zu sehen und zu hören, wie er's trieb. Denn er fing an, unter immerwährender Marktschreierei und großem Gehabe seinen Bock zu häuten, auszuweiden und zu zerlegen öffentlich, schlug Feuer, zündete Reisig an, hing den Kessel darüber und rief Befehle aus an die lachenden Leute: ihm zu bringen, wessen er sonst benötigte, sein Ehrengericht zu bereiten.

»Haha und hoho, ihr Gaffer und Andächtige!« rief er aufschneiderisch. »Bringt mir die große Gabel her! Bringt mir sauere Milch von der Zibbe, denn in Schafsmilch schmaust er's am liebsten! Bringt mir Salz vom Salzberge, ihr Faulenzer, Koriander, Knoblauch, Minze und Senfgewürz, ihm den Gaumen zu reizen, denn ich will ihn päppeln, daß ihm die Kraft aus den Poren bricht! Bringt mir auch Brot als Zukost, vom Mehle Scholet, Öl dazu aus gestoßener Frucht und geseihten Wein, ihr Tagediebe, daß mir in den Krug keine Hefe gerate, oder es soll euch der weiße Maulesel stoßen! Lauft und bringt! Denn es ist das Fest von Isaaks Atzung und Segen, Esau's Fest, des Sohnes und Helden, den der Herr geschickt hat, ein Wildbret zu jagen, ihm zur Mahlzeit, und den er segnen will drinnen im Zelte noch diese Stunde!«

So trieb er's weiter mit Mund und Hand, mit Haha und Hoho und bombastischem Fuchteln und schallenden Blähreden von des Vaters Liebe zu ihm und von Rotpelzchens großem Tage, daß die Hofleute sich nur so bogen und krümmten und Tränen lachten und den eigenen Leib mit den Armen umschlangen vor Lachen. Aber da er gar abzog mit seinem Frikassee und es vor sich hertrug wie's Tabernakel und wieder so possenhaft die Beine warf, immerfort prahlend bis vor des Vaters Zelt, da schrien sie vor Jubel, klatschten und stampften und wurden dann still. Denn Esau sagte am Vorhang:

»Ich bin's, mein Vater, und bringe dir, daß du mich segnest. Willst du, daß ich eintrete?«

Und Isaaks Stimme kam heraus:

»Wer ist's, der Ich sagt und will herein zum Blinden?«

»Esau, dein Rauhrock, ist's«, antwortete dieser, »hat gejagt und gekocht zum Zwecke der Stärkung, wie du's befohlen.«

»Du Narr und Räuber«, tönte es da. »Was lügst du vor mir? Esau, mein Erster, war längst schon da, hat mich gespeist und getränkt und hat den Segen dahin.«

Da schrak Esau zusammen, daß er beinah die ganze Tracht hätte fallen lassen und die Rahmbrühe überschwang aus dem Topf vom Zucken und Zutappen und ihn besudelte. Die Leute johlten vor Lachen. Sie schüttelten die Köpfe, weil es allzuviel war der Narretei, wischten sich mit den Fäusten das Wasser aus den Augen und schleuderten es zu Boden. Esau aber stürzte hinein in das Zelt, ungerufen, und dann war Stille, während welcher das Hofvolk draußen die Hände vor die Münder drückte und einander mit den Ellbogen stieß. Nicht gar lange aber, so gab es ein Gebrüll dort drinnen, ganz unerhörter Art, und Esau brach heraus, nicht rot, sondern veilchenblau im Gesicht und mit hocherhobenen Armen. »Verflucht, verflucht, verflucht!« schrie er aus Leibeskräften, wie man heute wohl rasch hervorstößt bei kleiner, ärgerlicher Gelegenheit. Doch damals und in des zottigen Esau Mund war es ein neuer und frischer Ruf, ursprünglichen Sinnes voll, denn er selbst war wirklich verflucht, statt gesegnet, und festlich betrogen, ein Volksspott wie keiner mehr. »Verflucht«, schrie er, »betrogen, betrogen und untertreten!« Und dann setzte er sich hin zu Boden und heulte mit lang heraushängender Zunge und ließ Tränen rollen, so dick wie Haselnüsse, während die Leute im Kreis um ihn standen und sich die Nieren hielten, so schmerzte sie der große Jokus, wie Esau, der Rote, geprellt ward um seines Vaters Segen.

Jaakob muß reisen

Dann war die Flucht gekommen, Jaakobs Entweichen von Haus und Hof, verfügt und ins Werk gesetzt von Rebekka, von dieser entschlossenen und hochsinnigen Mutter, die ihren Liebling daran gab und einwilligte, ihn vielleicht nie wiederzusehen, wenn er nur den Segen besaß und ihn in die Zeitläufte tragen konnte. Sie war zu klug und weitblickend, um nicht beim feierlichen Betruge vorherzusehen, was folgen mußte; aber wissend nahm sie es auf sich, wie sie es wissend dem Sohne auferlegte, und opferte ihr Herz.

Sie tat es schweigend, denn auch in ihrem das Notwendige vorbereitenden Gespräch mit Isaak herrschte Schweigen über das Wesen der Dinge und Vermeidung des Eigentlichen. Nichts entging ihr. Daß Esau in seiner wirren Seele Rache braute und mit allen Einbildungskräften, die ihm gegeben, darauf sann, das Errichtete umzustoßen, war sicher und stand sozusagen geschrieben von je. Die Art, wie er seine Kainssache betrieb, war ihr bald bekannt. Sie erfuhr, daß er mit Ismael, dem Mann der Wüste, dem Dunkel-Schönen, Verworfenen, meuterisch Fühlung genommen habe. Nichts konnte begreiflicher sein. Sie waren desselben benachteiligten Stammes, der Bruder Jizchaks, der Bruder Jaakobs; in denselben Fußstapfen gingen sie, unangenehm, ausgeschlossen; sie mußten einander finden. Es stand schlimmer, und die Gefahr reichte weiter, als Rebekka vorausgesehen, denn nicht nur auf Jaakob, auch auf Isaak erstreckten sich Esau's Blutwünsche. Sie hörte, er habe dem Ismael vorgeschlagen, dieser solle den Blinden ermorden, dann wolle er, Esau, auf sich den Glatten nehmen. Er scheute die Kainstat, scheute sich, durch sie noch mehr und deutlicher er selbst zu werden. So wollte er, daß der Oheim vorangehe, ihm zur Ermutigung. Daß Ismael Schwierigkeiten machte, gab seiner Schwägerin Frist zum Handeln. Ihm gefiel das nicht. Empfindsame Erinnerungen an die Gefühle, die er dem zarten Bruder einst entgegengebracht und die den Vorwand zu seiner Entfernung hatten hergeben müssen, erschwerten es ihm, so hatte er angedeutet, die Hand gegen Isaak zu erheben. Das solle Esau nur selber tun, dann wolle er, Ismael, dem Jaakob einen Pfeil so genau in den Nacken schießen, daß er durch den Kehlkopf wieder herauskomme und der also Geliebkoste auf der Stelle sein Maß nehmen solle im Grase.

Es sah dem wilden Ismael ähnlich, was er da anregte. Er kam auf Neues, während Esau nur Hergebrachtes im Sinne hatte, nämlich den Brudermord. Er verstand überhaupt nicht, was jener meinte, und glaubte, er rede irr. Vatermord, das kam nicht vor unter den Möglichkeiten seines Denkens, das war nie geschehen, das gab es nicht, der Vorschlag war ohne Hand und Fuß, es war ein in sich absurder Vorschlag. Man konnte einen Vater allenfalls mit der Sichel verschneiden, wie Noah verschnitten worden war, aber ihn umbringen, das war wurzelloses Gefasel. Ismael lachte über des Neffen mundoffene Begriffsstutzigkeit. Er wußte, daß das sehr wohl ein Vorschlag mit Wurzeln war, daß es das sehr wohl gab, daß es vielleicht der Anfang von allem gewesen war und daß Esau im Rückwärtsgehen zu früh stehenblieb und sich mit zu späten Anfängen begnügte, wenn er meinte, das habe es nicht gegeben. Er sagte ihm das, und er sagte noch mehr. Er sagte Dinge, daß Esau beim erstenmal mit gesträubtem Vliese davonlief. Er empfahl ihm, nachdem er den Vater erschlagen, reichlich von seinem Fleische zu essen, um sich seine Weisheit und Macht, den Abramssegen, den jener trage, einzuverleiben, zu welchem Zweck er denn Isaaks Leib auch nicht kochen dürfe, sondern ihn roh verzehren müsse mit Blut und Knochen, – worauf also Esau davonlief.

Er kam zwar wieder, aber die Verständigung von Neffe und Onkel über die Rollenverteilung beim Morden zog sich hin, und so gewann Mutter Rebekka Zeit, vorbeugende Maßregeln zu treffen. Sie sagte dem Isaak nichts von dem, was ihres Wissens nahe Verwandte, noch unbestimmt, gegen ihn im Schilde führten. Nur von Jaakob war zwischen den Gatten die Rede und auch von diesem nicht etwa im Sinne einer Gefahr, die ihm, wie auch Isaak wissen mußte, drohte: niemals also im Hinblick auf den Segensbetrug und Esau's Wut (darüber schwieg man vollkommen), sondern einzig unter dem Gesichtspunkt, Jaakob müsse reisen, und zwar nach Mesopotamien, zum Besuch der aramäischen Verwandtschaft, denn falls er hierbleibe, sei zu befürchten, daß er – auch er noch! – eine verderbliche Heirat eingehe. Auf dieser Ebene verständigten sich die Eltern. Wenn Jaakob ein Weib nähme von den Töchtern des Landes, sagte Rebekka, eine Chetiterin, die Bildergreuel einschleppen werde, wie Esau's Weiber, – sie frage Isaak im Ernst, was ihr dann überhaupt noch das Leben solle. Isaak nickte und bekannte dann: Ja, sie habe recht, aus diesem Grunde müsse Jaakob auf eine Weile von hinnen gehn. Auf eine Weile: so sagte sie es auch dem Jaakob, und sie meinte es ernst damit, sie hoffte es ernst damit meinen zu dürfen. Sie kannte Esau, er war ein wirres, leichtes Gemüt, er würde vergessen. Jetzt sann er Blut, aber er war ablenkbar. Sie wußte, daß er sich bei seinen Ausflügen in die Wüste zu Ismael in dessen Tochter Mahalath vernarrt hatte und sie zum Weibe zu nehmen gedachte. Vielleicht spielte schon jetzt diese friedliche Angelegenheit eine bedeutendere Rolle in seinen kurzen Gedanken als der Racheplan. Wenn es sich zeigte, daß er diesen vollends aus den Augen verloren und sich beruhigt habe, so sollte Jaakob Botschaft von ihr erhalten und an ihre Brust zurückkehren. Vorerst werde ihr Bruder Laban, Bethuels Sohn, siebzehn Tage von hier, im Lande Aram Naharaim, ihn mit offenen Armen aufnehmen um ihretwillen. So ward denn die Flucht bestellt und Jaakob heimlich abgefertigt zur Reise gen Aram. Rebekka weinte nicht. Aber sie hielt ihn lange in jener Morgenfrühe, streichelte seine Backen, behing ihn und die Kamele mit Amuletten, drückte ihn wieder und bedachte in ihrem Herzen, daß, wenn ihr Gott oder ein anderer es so wollte, sie ihn vielleicht nicht wiedersehen werde. So war es bestimmt. Aber Rebekka bereute nichts, weder damals noch später.

Jaakob muß weinen

Wir wissen, wie es dem Reisenden schon am ersten Tage erging, kennen seine Erniedrigung und Erhebung. Aber die Erhebung war innerlich gewesen und ein großes Gesicht der Seele, die Erniedrigung dagegen leiblich und wirklich, wie die Reise es war, die er in ihrem Zeichen und als ihr Opfer zurückzulegen hatte: allein und als Bettler. Der Weg war weit, und er war nicht Eliezer, dem »die Erde entgegengesprungen« war. Er dachte viel an den Alten, Abrams Oberknecht und Boten, der dem Urvater ähnlich gesehen im Angesicht, wie man allgemein sagte, und diesen Weg gezogen war in großer Sendung, um Rebekka zu holen für Isaak. Wie anders war er dahergekommen, stattlich und standesgemäß, mit seinen zehn Kamelen und hoch versehen mit allem, was notwendig und überflüssig, versehen, wie er selbst es gewesen war vor der verfluchten Begegnung mit Eliphas! Warum doch hatte Gott, der König, dies angeordnet? Warum strafte er ihn mit so viel Mühsal und Elend? Denn daß es sich um eine Strafe handle, um Ausgleich und Genugtuung für Esau, schien ihm gewiß, und er dachte viel nach auf der beschwerlich-armseligen Fahrt über das Wesen des Herrn, der zweifellos das Geschehene gewollt und gefördert hatte, ihn aber jetzt dafür plagte und ihn entgelten ließ Esau's bittere Tränen, wenn auch gleichsam nur anstandshalber und in wohlwollend ungenauem Verhältnis. Denn stellte etwa all sein Beschwer, so lästig es war, ein gleichwertig Gebührnis dar für seinen Vorteil und den auf ewig verkürzten Bruder? Bei dieser

Frage lächelte Jaakob in den Bart, der ihm unterwegs schon gewachsen war, in seinem schon dunkelbraunen und mageren, vom Schweiße blanken, vom feuchten und schmutzigen Kopftuch umrahmten Gesicht.

Es war Hochsommer, im Monat Ab, eine hoffnungslose Hitze und Dürre. Der Staub lag fingerdick auf Bäumen und Büschen. Schlaff saß Jaakob auf der Rückenhöhe seines unregelmäßig und schlecht genährten Kamels, dessen große, weise, von Fliegen besetzte Augen immer müder und trauriger wurden, und verhüllte sein Antlitz, wenn begegnende Reisende an ihm vorüberzogen. Oder er führte das Tier, zu dessen Entlastung, auch wohl am Zügel, indem er es auf einem der gleichlaufenden Pfade schreiten ließ, aus denen die Straßen bestanden, und selber auf dem benachbarten ging, die Füße im steinigen Puderstaube. Nachts schlief er im Freien, auf dem Felde, zu Füßen eines Baumes, in einem Olivenhain, an einer Dorfmauer, wie es sich traf, und konnte dabei die gute Körperwärme seines Tieres, an das er sich schmiegte, wohl brauchen. Denn öfters waren die Nächte wüstenkalt, und da er ein Zärtling war und ein Kind der Hütte, so erkältete er sich im Schlafe sofort und hustete in der Tagesglut bald wie ein Schwindsüchtiger. Das war ihm sehr hinderlich bei der Gewinnung seines Lebensunterhaltes; denn um zu essen, mußte er sprechen, erzählen, die Leute mit der Schilderung des argen Abenteuers unterhalten, durch das er, so guten Hauses Sohn, in Armut verfallen war. Er erzählte davon in den Ortschaften, auf den Märkten, an den Brunnen draußen, mit deren Wasser man ihm erlaubte, sein Tier zu tränken und sich zu waschen. Knaben, Männer und Weiber mit Krügen umstanden ihn und lauschten seinem von Husten unterbrochenen, sonst aber gewandten und anschaulichen Wort. Er nannte sich, pries seine Herkunft, beschrieb eingehend das Herrenleben, das er daheim geführt, hielt sich auf bei den fetten und würzigen Mahlzeiten, die man ihm vorgesetzt, und gab dann ein Bild von der Liebe und der reichen Genauigkeit, mit der man ihn, des Hauses Erstgeborenen, zur Reise ausgestattet hatte, zur Reise nach Charran im Lande Aram, gen Morgen und Mitternacht, jenseits des Wassers Prath, woselbst ihm Verwandte lebten, deren Ehrenstand unter den Bewohnern des Landes nicht wundernehmen konnte, da sie eine Myriade Kleinvieh besaßen. Zu ihnen also war er von Hause entsandt, und die Beweggründe seiner Sendung hatten sich teils aus handelsgeschäftlichen, teils aus glaubensdiplomatischen Elementen von großer Tragweite zusammengesetzt. Die Geschenke und Tauschgegenstände, die er im Gepäck geführt, den Schmuck seiner Tiere, die Waffen seiner fürstlichen Bedeckung, die leckeren Mundvorräte für ihn und den Troß stellte er im kleinen dar und machte, daß seine eindruckshungrigen Zuhörer, die wohl wußten, daß man aufschneiden könne, aber einmütig darauf verzichteten, zwischen dem gut Aufgeschnittenen und der Wahrheit einen Unterschied zu machen, Augen und Münder aufsperrten. So war er ausgezogen, aber leider, gewisse Gegenden des Landes wimmelten von Räubern. Es waren ganz junge Räuber, doch ungeheuer frech. Als seine Karawane durch einen Hohlweg zog, hatten sie ihr den Vor- und Rückmarsch sowie auch die Möglichkeit seitlichen Ausbrechens abgeschnitten in wimmelnder Überzahl, und ein Kampf hatte sich entsponnen, der zum aufregendsten gehörte von allem, was das Gedächtnis der Menschheit in dieser Art aufbewahren würde und den Jaakob in seinen Einzelheiten beschrieb, nach Hieb, Wurf und Stich. Der Hohlweg hatte sich mit Leichnamen gefüllt von Mensch und Tier; er selbst allein hatte siebenmal sieben junge Räuber zur Strecke gebracht und von seinen Leuten jeder eine etwas geringere Anzahl. Doch wehe, die Übermacht der Feinde war unbezähmbar gewesen; einer nach dem anderen waren die Seinen um ihn gefallen, und nach mehrstündigem Kampfe schließlich, einsam übriggeblieben, habe er um Odem für seine Nase ersuchen müssen.

Warum man, fragte ein Weib, nicht auch ihn erschlagen habe.

Das war die Absicht gewesen. Schon hatte der Räuber Obmann, der allerjüngste und frechste, das Schwert über ihm geschwungen zum Todesstreich, da hatte er, Jaakob, in höchster Not seinen Gott angerufen und den Namen des Gottes seiner Väter, und dieses hatte bewirkt, daß des blutdürstigen Knaben Schwert über ihm in der Luft zersplittert war, in siebenmal siebzig Stücke zersprungen. Das hatte dem abscheulichen Kinde den Sinn verwirrt, es mit Schrecken geschlagen, und mit den Seinen hatte es verzweifelt das Weite gesucht, allerdings unter Mitnahme von allem, was Jaakob besessen, so daß dieser nun nackt war. Nackt und treu hatte er seine Reise fortgesetzt, an deren Ziel ihn eitel Balsam erwartete, Milch und Honig und zur Kleidung Purpur und köstliche Leinwand. Jetzt aber, wehe, er hatte bis dahin nicht, wohin sein Haupt zu legen, und nicht, womit zu stillen den gellen Schrei seines Magens, denn längst war in seinem Bauche das Grünkraut zu wenig geworden.

Er schlug sich die Brust, und das taten auch seine Zuhörer auf dem Markt bei den Händlerständen oder bei den Tränken, denn sie waren erhitzt und ergriffen von seiner Erzählung und nannten es eine Schande, daß dergleichen noch vorkomme und die Straßen nicht sicherer seien. Bei ihnen hier, sagten sie, gebe es Wachen auf den Straßen, jede Doppelstunde eine. Und dann gaben sie dem Geschlagenen zu essen, Fladen, Klöße, Gurken, Knoblauch und Datteln, zuweilen selbst ein paar Tauben oder eine Ente, und auch sein Tier bekam Heu vorgeschüttet und sogar Korn, so daß es Kräfte sammeln konnte zur Weiterreise.

So kam er wohl von der Stelle und rückte vor, entgegen dem Jordanlaufe, ins hohle Syrien, zur Orontesschlucht und zum Fuße des Weißen Gebirges, aber langsam ging es, denn die Art seines Broterwerbes war zeitraubend. In den Städten besuchte er die Tempel, redete mit den Priestern über das Göttliche und wußte sie durch seine Bildung und geistreiche Rede für sich einzunehmen, so daß er sich stärken und versehen durfte aus den Vorratskammern des Gottes. Er sah viel Schönes und Heiliges auf seiner Fahrt, sah den Herrscherberg des obersten Nordens wie von feurigen Steinen funkeln und betete an, sah Landstriche köstlich befeuchtet vom Schnee des Gebirges, wo Stämme hochschwanker Dattelpalmen die geschuppten Schwänze von Drachen nachahmten, Zedern- und Sykomorenwälder dunkelten und manche Bäume süße Mehlfrucht in Büscheln anboten. Er sah Städte voll Volksgewimmel, Dimaschki in Obstwald und Zaubergärten. Dort sah er eine Sonnenuhr. Von dort erblickte er auch mit Furcht und Abscheu die Wüste. Sie war rot, wie es sich gehörte. In trüb-rötlichem Dunst erstreckte sie sich gen Morgen, ein Meer der Unreinheit, der Tummelplatz böser Geister, die Unterwelt. Ja, diese wurde dem Jaakob nun zuteil. Gott schickte ihn in die Wüste, weil er Esau laut und bitter hatte aufschreien machen – nach Gottes Willen. Sein Kreislauf, der auf Beth-els Höhe zu einer so tröstlichen Himmelfahrt geführt hatte, war nun auf den Westpunkt der Wende gelangt, wo es in der Welt Höllenunteres ging, und wer wußte wohl, welche Drachennot dort seiner wartete! Er weinte etwas, als er auf seines Tieres Buckel in die Wüste schwankte. Ein Schakal lief ihm voraus, lang, spitzohrig und schmutziggelb, die Rute wagerecht ausgestreckt, eines traurigen Gottes Tier, eine anrüchige Larve. Er lief vor ihm her, indem er den Reiter zuweilen so nahe herankommen ließ, daß diesen sein beizender Dunst traf, wandte den Hundskopf nach Jaakob, sah ihn aus kleinen häßlichen Augen an und trottete weiter, indem er ein kurzes Lachen vernehmen ließ. Jaakobs Wissen und Denken war viel zu beziehungsreich, als daß er ihn nicht erkannt hätte, den Öffner der ewigen Wege, den Führer ins Totenreich. Er hätte sich sehr gewundert, wenn er ihm nicht vorangelaufen wäre, und er vergoß abermals einige Tränen, während er ihm ins Leere, Trostlose jener Strecken folgte, wo das Syrische ins Naharinische übergeht, zwischen Geröll und verfluchten Felsen, durch Steinfelder, lehmige Sandgebreite, verbrannte Steppe und dürre Dickichte von Tamariskengestrüpp. Er wußte ziemlich wohl seinen Weg, den Weg, den Urvater einst in umgekehrter Richtung gezogen war, der Sohn Terachs, als er von dort, wohin Jaakob strebte, gekommen war, nach Westen gewiesen, wie nun dieser nach Osten. Der Gedanke an Abraham tröstete ihn etwas in der Einsamkeit, die übrigens da und dort die Spur menschlicher Fürsorge und der Verkehrsbetreuung trug. Es gab manchmal einen Lehmturm, den man ersteigen mochte, erstens der Umschau wegen und auch in dem Notfall, daß wildes Getier den Wanderer bedrohte. Dann und wann gab es sogar eine Zisternenanlage. Vor allem aber gab es Wegeszeichen, Pfähle und aufgerichtete Steine mit Inschriften, von denen geleitet man selbst bei Nacht zu reisen vermochte, wenn der Mond nur ein wenig schön war, und die zweifellos schon Abram gedient hatten auf seiner Fahrt. Jaakob lobte Gott für die Wohltaten der Gesittung und ließ sich leiten von Nimrods Wegesmalen gegen das Wasser Prath, nämlich gegen den Punkt, den er im Sinne hatte und der der rechte war: wo der Sehr Breite austrat aus den Schlüften des Gebirges, durch das er von Mitternacht brach, und in der Ebene stille ward. O große Stunde, da Jaakob endlich im Schlamm und Schilfe stehend sein armes Tier hatte schlürfen lassen aus der gelben Flut! Eine Schiffsbrücke führte hinüber, und drüben lag eine Stadt; aber noch war es des Mondgottes Wohnung nicht, noch nicht die Stadt des Weges und Nachors Stadt. Die war noch fern hinter der Steppe draußen im Osten, durch die es weitergehen mußte mit Hilfe der Wegeszeichen, in den Himmelsfeuern des Ab. Siebenzehn Tage? Ach, es waren viel mehr geworden für Jaakob, infolge der Notwendigkeit, ewig sein blutiges Räubermärlein zu erzählen, – er wußte nicht, wie viele, er hatte zu zählen aufgehört, und nur so viel wußte er, daß die Erde ihm keineswegs entgegengesprungen war, sondern eher das Gegenteil getan und seiner müden Wanderschaft das Ziel nach Kräften entzogen hatte. Aber er vergaß niemals – und sprach noch auf dem Sterbebette davon –, wie dieses Ziel dann plötzlich, als er es noch ferne glaubte, in einem Augenblick gerade, als er am wenigsten gehofft hatte, es zu erreichen, unversehens erreicht oder so gut wie erreicht gewesen –, wie dieses Ziel ihm nun dennoch gleichsam entgegengekommen war nebst dem Besten und Teuersten, was es zu bieten hatte und was Jaakob dereinst, nach ungeahnt langem Aufenthalt, davon hatte mit fortführen sollen.

Jaakob kommt zu Laban

Eines Tages nämlich, es ging schon gegen Abend, die Sonne neigte sich hinter ihm in fahlen Dünsten, und die getürmte Schattensilhouette, die Reiter und Tier auf den Steppengrund warfen, war lang worden: an diesem Spätnachmittag also, der sich nicht verkühlen wollte, sondern unter einem ehernen Himmelsgewölbe ohne Windhauch in Hitze stand, so daß die Luft, als sei sie im Begriffe, sich zu entzünden, über dem dürren Grase flimmerte und dem Jaakob die Zunge im Schlund verschmachtete, denn er hatte seit gestern kein Wasser gehabt, – gewahrte er, zwischen zwei Hügeln stumpfen Sinnes hervorschaukelnd, welche den Durchlaß einer gestreckten Geländewelle bildeten, in der ebenen Weite fern einen belebten Punkt, den sein auch in Mattigkeit noch scharfes Auge sogleich als eine Schafherde mit Hunden und Hirten, um einen Brunnen versammelt, erkannte. Er schrak auf vor Glück und stieß einen Dankesseufzer zu Ja, dem Höchsten, empor, dachte aber nichts als »Wasser!« dabei und rief auch dies Wort aus dürrer Kehle und unter Schnalzen seinem Tiere zu, das selbst schon den

Segen spürte, den Hals streckte, die Nüstern blähte und in freudigem Auftriebe seiner Kräfte den Schritt verlängerte.

Bald war er so nahe, daß er die farbigen Eigentumsmarken auf dem Rücken der Schafe, die Gesichter der Hirten unter ihren Sonnenhauben, das Haar auf ihrer Brust und die Reifen an ihren Armen unterschied. Die Hunde knurrten und schlugen an, indem sie zugleich das Auseinandersprengen der Schafe verhinderten; aber die Männer riefen sie sorglos zur Stelle, denn den einzelnen Reiter fürchteten sie nicht und sahen wohl, daß er sie von weitem schon friedlich und höflich grüßte. Es waren ihrer vier oder fünf gewesen, wie Jaakob sich erinnerte, mit beiläufig zweihundert Schafen von hochgewachsener Fettschwanzrasse, wie er fachmännisch feststellte, und um den Brunnen hatten sie müßig gehockt und gestanden, der noch von dem runden Steine bedeckt gewesen war. Sie führten alle Schleudern, und einer hatte bei sich eine Laute. Jaakob redete damals gleich zu ihnen, indem er sie »Brüder« nannte und ihnen, die Hand an der Stirn, aufs Geratewohl zurief, daß ihr Gott groß sei, obgleich er nicht sicher war, welchem sie unterstanden. Aber hierauf, wie auf das, was er sonst noch sagte, sahen sie einander nur an und schüttelten die Köpfe oder wiegten sie eigentlich von einer Schulter zur anderen, indem sie bedauernd mit der Zunge schnalzten. Da war kein Grund, sich zu wundern, sie verstanden ihn natürlich nicht. Aber siehe, es war einer von ihnen mit einer silbernen Münze auf der Brust, der nannte seinen Namen Jerubbaal und war vom Lande Amurru gebürtig, wie er sagte. Er redete nicht genau wie Jaakob, aber sehr verwandt, so daß sie einander verstanden und Jerubbaal, der Hirte, den Dolmetsch machen konnte, indem er, was jener sagte, den anderen in ihre ummu-ummu-Sprache übersetzte. Sie ließen ihm danken für die Anerkennung, die er der Kraft ihres Gottes gezollt, luden ihn ein, sich zu ihnen zu setzen, und stellten sich selber mit ihren Namen vor. Sie hießen Bullutu,

Schamasch-Lamassi, Hund Ea's und so ähnlich. Darauf brauchten sie ihn nicht nach Namen und Herkunft zu fragen; er beeilte sich, ihnen beides bekanntzugeben, fügte auch gleich eine vorläufige bittere Anspielung auf das Abenteuer hinzu, das ihn in Armut gestürzt, und bat vor allem um Wasser für seine Zunge. Er bekam welches aus einer Tonflasche, und so lau es schon war, er spülte es selig hinunter. Sein Kamel aber mußte warten, wie auch die Schafe auf Tränkung zu warten schienen, während der Stein noch auf dem Brunnenloch lag und aus irgendwelchem Grunde niemandem beikam, ihn abzuwälzen.

Woher seine Brüder seien, fragte Jaakob.

»Charran, Charran«, antworteten sie. »Bel-Charran, Herr des Weges. Groß, groß. Der Größte.«

»Jedenfalls einer der Größten«, sagte Jaakob gemessen. »Aber nach Charran will ich ja! Ist es weit?«

Es war nicht im mindesten weit. Dort, hinter dem Bogen der Hügelwelle, lag die Stadt. Mit den Schafen zog man in einer Stunde hin.

»Wunder Gottes!« rief er. »Da bin ich ja angekommen! Nach mehr als siebzehntägiger Reise! Kaum kann ich's fassen!« Und er fragte sie, ob sie denn Laban kennten, da sie von Charran seien, Bethuels Sohn, des Sohnes Nachors?

Den kannten sie gut. Er wohnte nicht in der Stadt, sondern nur eine halbe Stunde von hier. Sie warteten auf seine Schafe.

Und ob er gesund sei?

Ganz gesund. Warum?

»Weil ich von ihm gehört habe«, sagte Jaakob. »Rupft ihr euere Schafe, oder schert ihr sie mit der Schere?«

Sie antworteten alle verächtlich, daß sie natürlich schören. Ob etwa bei ihm zu Hause gerupft werde?

»Doch nicht«, antwortete er. So weit sei man auch zu Beerscheba und dort herum, daß man Scheren habe.

Da kamen sie auf Laban zurück und sagten, sie warteten auf Rahel, seine Tochter.

»Danach wollte ich euch fragen!« rief er. »Wegen des Wartens nämlich! Ich wundere mich längst. Ihr sitzt hier um den verdeckten Brunnen herum und um den Stein des Brunnens gleich Wächtern, statt ihn wegzuwälzen von der Höhle, auf daß euer Vieh trinke. Was soll denn das? Es ist zwar noch etwas früh zum Heimtreiben, aber da ihr einmal hier seid und seid gekommen zur Höhle, könntet ihr doch immerhin wegwälzen den Stein davon und die Schafe euerer Herren tränken, statt zu lungern, auch wenn die Dirne da, die ihr nanntet, Labans Kind also, wie heißt sie, noch zu erwarten ist.«

Er sprach zurechtweisend mit den Knechten und wie ein Mann, der mehr war als sie, obgleich er sie »Brüder« nannte. Denn das Wasser hatte ihm Leib und Seele ermutigt, und er fühlte sich vor ihnen.

Sie sprachen »ummu, ummu« und ließen ihm sagen durch Jerubbaal: Das sei in der Ordnung, daß sie warteten, und sei eine Sache der Schicklichkeit. Sie könnten den Stein nicht abwälzen und tränken und heimtreiben, bevor Rahel komme mit den Schafen ihres Vaters, die sie hüte. Denn es müßten alle Herden zusammengebracht sein, bevor man heimtriebe, und wenn Rahel zuerst an den Brunnen komme, vor ihnen, so warte sie auch, bis sie kämen und wegwälzten.

»Das glaube ich«, lachte Jaakob. »Das tut sie, weil sie allein den Deckel nicht wälzen kann, denn dazu gehören Männerarme.« Aber sie antworteten, es sei gleich, aus welchem Grunde sie warte, auf jeden Fall warte sie, und darum warteten sie auch.

»Gut«, sagte er, »mir fällt ein, daß ihr sogar recht habt und daß es sich für euch wohl nicht anders ziemt. Es ist mir nur leid, daß mein Tier so lange dürsten muß. Wie sagtet ihr, daß die Dirne heiße? Rahel?« wiederholte er ... »Jerubbaal, sage ihnen doch, was das heißen will in unserer Sprache! Hat sie denn gar schon gelammt, das Mutterschaf, das uns warten läßt?«

O nein, sagten sie, sie sei rein wie die Lilie auf dem Felde im

Frühjahr und unberührt wie das Blatt der Gartenrose im Morgentau und habe mit Männerarmen noch nie nichts zu schaffen gehabt. Sie sei zwölf Jahre alt.

Man merkte wohl, daß sie sie verehrten, und unwillkürlich begann auch Jaakob das zu tun. Er atmete lächelnd auf, denn sein Herz zog sich leicht zusammen in neugieriger Freude auf die Bekanntschaft mit dem Oheimskind. Er plauderte noch eine Weile durch Jerubbaals Vermittelung mit den Männern über hiesige Schafpreise und was man für fünf Minen Wolle erziele und wieviel Sila Getreide ihnen ihre Herrschaft im Monat bewillige, bis einer sagte: »Da kommt sie.« Jaakob hatte eben angesetzt, zum Zeitvertreib sein Blutmärlein von den jungen Räubern zu erzählen, unterbrach sich aber bei dieser Anzeige und wandte sich in der Richtung um, die der Arm des Hirten wies. Da sah er sie zuerst, seines Herzens Schicksal, die Braut seiner Seele, um deren Augen er dienen sollte vierzehn Jahre, des Lammes Mutterschaf.

Rahel ging mitten in ihrer Herde, die sie dicht umdrängte, während ein Hund mit hängender Zunge am Rande der wolligen Masse strich. Sie hob ihren Krummstab, den sie in der Mitte hielt, die Hirtenwaffe, deren Krücke aus einer metallenen Sichel oder Hacke bestand, grüßend gegen die Entgegenschauenden, legte dabei den Kopf auf die Seite und lächelte, so daß Jaakob zum erstenmal und schon von weitem ihre sehr weißen, getrennt stehenden Zähne sah. Herangekommen, überholte sie die Tiere, die vor ihr trippelten, und trat unter ihnen hervor, indem sie sie mit dem Ende des Stabes auseinandertrieb. »Da bin ich«, sagte sie, und indem sie zuerst ihre Augen nach der Art Kurzsichtiger zusammenkniff, dann aber die Brauen emporzog, fügte sie erstaunt und belustigt hinzu: »Ei, siehe, ein Fremder!« Das unzugehörige Reittier und auch Jaakobs neue Figur mußten ihr längst schon aufgefallen sein, wenn ihre Kurzsichtigkeit nicht übergroß war, doch ließ sie sich's nicht im ersten Augenblick merken.

Die Hirten am Brunnen schwiegen und hielten sich zurück von der Begegnung der Herrenkinder. Auch Jerubbaal schien anzunehmen, daß sie schon miteinander fertig werden würden, und blickte, irgendwelche Kerne kauend, in die Luft. Unter dem Kläffen von Rahels Hund grüßte Jaakob sie mit erhobenen Händen. Sie erwiderte mit raschem Wort, und dann standen sie, im schrägen, farbigen Licht des Spättages, von Schafen umwimmelt und eingehüllt in den gutmütigen Dunst der Tiere, unter dem hohen und weiten, erblassenden Himmel mit ernstesten Gesichtern einander gegenüber.

Labans Tocher war zierlich von Gestalt, man sah es trotz der losen Unförmigkeit ihres gelben Hemd- oder Schürzenkleides, an dem eine rote Borte, mit schwarzen Monden gezeichnet, vom Halse bis zum Saum über den kleinen bloßen Füßen lief. Ohne viel Schnitt und sogar ungegürtet fiel es in angenehmer und naiver Bequemlichkeit an ihr herab, ließ aber, den Schultern eng anliegend, deren rührende Schmalheit und Feinheit erkennen und hatte ebenfalls enge, nur bis zur Mitte der Oberarme reichende Ärmel. Das schwarze Haar des Mädchens war eher verwirrt als lockig. Sie trug es fast kurzgeschnitten, jedenfalls kürzer, als Jaakob es zu Hause bei Frauen je gesehen, und nur zwei längere Strähnen waren geschont und hingen ihr, unten geringelt, von den Ohren und zu beiden Seiten der Wangen auf die Schultern herab. Mit einer davon spielte sie, während sie stand und schaute. Was für ein liebliches Gesicht! Wer beschriebe seinen Zauber? Wer legte das Zusammenspiel süßer und glücklicher Fügungen auseinander, aus denen das Leben, da- und dorthin ins Erbe greifend und unter Zutat des Einmaligen, die Huld eines Menschenantlitzes schafft, – einen Reiz, der auf Messers Schneide schwebt, der, wie man sagen möchte, immer an einem Haare hängt, so daß, wenn auch nur ein kleiner Zug, ein Müskelchen anders säße, nicht etwa immer noch vieles übrig, sondern der ganze, die Herzen dienstbar machende Gefälligkeitsspuk unvorhanden wäre? Rahel war hübsch und schön. Sie war es auf zugleich pfiffige und sanfte Weise, von der Seele her, man sah – und auch Jaakob sah es, denn ihn sah sie an –, daß Geist und Wille, ins Weibliche gewendete Klugheit und Tapferkeit hinter dieser Lieblichkeit wirkten und ihre Quelle waren: so voller Ausdruck war sie und schauender Lebensbereitschaft. Ihm sah sie entgegen, die eine Hand an der Flechte, in der anderen den Stab, der sie überragte, und musterte den reisemageren jungen Mann im verstaubten, verfärbten, zerschlissenen Rock, mit dem braunen Bart im dunkel verschwitzten Gesicht, das nicht das eines Knechtes war, – und dabei schienen die wohl eigentlich zu dicken Flügel ihres Näschens sich drollig zu blähen, und die Oberlippe, die untere ein wenig überhängend, bildete mit ihr in den Mundwinkeln von selbst und ohne Muskelanziehung etwas sehr Liebes, ein ruhendes Lächeln aus. Aber das Hübscheste und Schönste war eben ihr Schauen, war der durch Kurzsichtigkeit eigentümlich verklärte und versüßte Blick ihrer schwarzen, vielleicht ein klein wenig schief geschlitzten Augen: dieser Blick, in den, ohne Übertreibung gesagt, die Natur allen Liebreiz gelegt hatte, den sie einem Menschenblick nur irgend verleihen mag, – eine tiefe, fließende, redende, schmelzende, freundliche Nacht, voller Ernst und Spott, wie Jaakob dergleichen noch nie gesehen hatte oder gesehen zu haben meinte.

»Marduka, still!« rief sie, indem sie sich scheltend zu dem lärmenden Hund niederbeugte. Und dann fragte sie, was Jaakob leicht erraten konnte, ohne es zu verstehen:

»Woher kommt mein Herr?«

Er deutete über seine Schulter, gen Untergang, und sagte: »Amurru.«

Sie sah sich nach Jerubbaal um und winkte ihm lachend mit dem Kinn.

»Von so weit!« sagte sie mit Miene und Mund. Und dann

fragte sie offenbar nach näherer Herkunft, beschrieb das Westland als weitläufig und nannte zwei oder drei seiner Städte.

»Beerscheba«, antwortete Jaakob.

Sie stutzte, sie wiederholte. Und ihr Mund, den er schon anfing zu lieben, nannte den Namen Isaaks.

Sein Gesicht zuckte, die sanften Augen gingen ihm über. Er kannte die Labansleute nicht und war nach Gemeinschaft mit ihnen nicht ungeduldig gewesen. Er war ein Friedloser, gestohlen zur Unterwelt, nicht freiwillig war er hier, und zur Glückesrührung war nicht viel Grund vorhanden. Aber seine Nerven gaben nach, zermürbt von den Anforderungen der Wanderschaft. Er war am Ziel, und das Mädchen, die Augen voll süßen Dunkels, das den Namen des fernen Vaters nannte, war seiner Mutter Bruderkind.

»Rahel«, sagte er schluchzend und streckte die Arme nach ihr mit zitternden Händen, »darf ich dich küssen?«

»Warum solltest du das wohl dürfen?« sagte sie und trat lachend erstaunt zurück. So wenig gab sie schon zu, etwas zu vermuten, wie sie vorhin gleich zugegeben hatte, den Fremden bemerkt zu haben.

Er aber deutete sich, den einen Arm noch nach ihr ausgestreckt, immerfort auf die Brust vor ihr.

»Jaakob! Jaakob!« sagte er. »Ich! Jizchaks Sohn, Rebekka's Sohn, Laban, du, ich, Mutterkind, Bruderkind ...«

Sie schrie leise auf. Und während sie, eine Hand gegen seine Brust gestemmt, ihn sich noch vom Leibe hielt, rechneten sie einander, lachend und beide mit Tränen in den Augen, die Verwandtschaft vor, nickten mit den Köpfen, riefen Namen, machten der eine dem andern mit Zeichen die Stammeslinien klar, fügten die Zeigefinger zusammen, kreuzten sie oder legten den linken wagerecht auf die Spitze des rechten.

»Laban – Rebekka!« rief sie. »Bethuel, Nachors Sohn und der Milka! Großvater! Deiner, meiner!«

»Terach!« rief er. »Abram – Isaak! Nachor – Bethuel! Abraham! Urvater! Deiner, meiner!«

»Laban – Adina!« rief sie. »Lea und Rahel! Schwestern! Kusinen! Deine!«

Sie nickten ein übers andere Mal und lachten unter Tränen, einig über ihre Blutsverbundenheit von seinen beiden Eltern, von ihrem Vater her. Sie ließ ihn an ihre Wangen, und er küßte sie feierlich. Drei Hunde sprangen bellend an ihnen hoch, in der Aufregung, die diese Tiere befällt, wenn Menschen, sei es in Gutem oder Bösem, Hand aneinander legen. Die Hirten klatschten Beifall im Takt und frohlockten dabei mit hohlen Kopfstimmen: »Lu, lu, lu!« So küßte er sie, auf eine Wange und dann auf die andere. Er verbot seinen Sinnen, mehr von dem Mädchen dabei zu spüren, als allenfalls ihrer Wangen Zartheit; er küßte sie fromm und festlich. Aber wie gut war er doch daran, sie gleich küssen zu dürfen, da die freundliche Nacht ihrer Augen es ihm schon angetan! Da muß manch einer lange schauen, wünschen und dienen, bis sich kaum faßlicherweise ermöglicht und ihm gewährt wird, was dem Jaakob nur so in den Schoß fiel, weil er der Vetter war aus der Ferne.

Da er von ihr ließ, rieb sie sich lachend mit den Handflächen dort, wo sein Reisebart sie gekitzelt, und rief:

»Geschwind also, Jerubbaal! Schamasch! Bullutu! Wälzt gleich den Stein von dem Loch, daß die Schafe trinken, und seht zu, daß sie trinken, eure und meine, und tränkt meines Vetters Jaakob Kamel und seid geschickt und gescheit, ihr Männer, indes ich laufen will ohne Verzug zu Laban, meinem Vater, und ihm ansagen, daß Jaakob gekommen ist, sein Schwestersohn. Er ist nicht weit von hier auf dem Felde und wird gelaufen kommen in Eile und Freude, ihn zu umarmen. Macht schnell und zieht nach, ich laufe spornstreichs –«

Das verstand Jaakob alles dem Sinne nach, aus Gebärde und

Tonfall, und manches auch wörtlich. Bereits fing er an, die Sprache des Landes zu lernen um ihrer Augen willen. Und während sie schon lief, wehrte er den Hirten laut, damit sie es noch höre und sprach:

»Halt, Brüder, fort vom Stein, das ist Jaakobs Sache! Ihr habt ihn bewacht als gute Wächter, aber ich will ihn fortwälzen von der Grube für Rahel, meine Base, ich allein! Denn noch hat die Reise mir nicht alle Kraft gezehrt aus den Mannesarmen, und es ist recht, daß ich ihre Kraft leihe der Tochter Labans und wälze den Stein, auf daß die Schwärze genommen werde vom Mond und das Rund des Wassers uns schön werde.«

So ließen sie ihn, und er wälzte aus Leibeskräften den Deckel, obgleich es nicht *eines* Mannes Arbeit war, und brachte allein den gewichtigen Stein beiseite, da doch seine Arme nicht die kräftigsten waren. Da gab es ein Gedränge des Viehs und ein vielstimmig abgetöntes Geblök der Böcke, Schafe und Lämmer, und auch Jaakobs Reittier kam grunzend auf die Beine. Die Männer schöpften und gossen in die Rinnen das lebendige Wasser. Sie überwachten mit Jaakobs Beistand die Tränkung, vertrieben die Satten und ließen herzu die Durstigen, und als alles gesoffen hatte, taten sie den Stein wieder hin auf das Schöpfloch, deckten ihn zu mit Erde und Gras, daß man die Stelle nicht kenne und kein Unberufener sich des Brunnens bediene, und trieben heim alle Schafe zusammen, so Labans wie die ihrer Herrschaft, und Jaakob auf hohem Tier ragte mitten im Gewimmel.

Der Erdenkloß

Nicht lange, so kam ein Mann in einer Mütze mit Nackenschutz gelaufen und blieb dann stehen. Das war Laban, Bethuels Sohn. Er kam immer gelaufen bei solcher Gelegenheit, – ein paar Jahrzehnte, ein rasch vergangenes Menschenalter war es her, daß er genau so gelaufen gekommen war, damals, als er

Eliezer, den Freiwerber, mit seinen zehn Tieren und Leuten am Brunnen gefunden und zu ihm gesagt hatte: »Komm herein, du Gesegneter des Herrn!« Nunmehr ein Graubart, lief er wieder, da Rahel ihm angezeigt hatte, daß Jaakob da sei von Beerscheba, – kein Knecht, sondern Abrams Enkel, sein Schwestersohn. Daß er aber stehenblieb und den Mann herankommen ließ, geschah, weil er nichts von einer goldenen Spange an Rahels Stirn hatte bemerken können, noch etwas von Armringen an ihren Händen, wie damals bei Rebekka, und weil er sah, daß der Fremdling nicht als Herr einer ausgerüsteten Karawane kam, sondern sichtbarlich ganz allein auf zerschundenem, magerem Tier. Darum wollte er sich nichts vergeben und dem angeblichen Neffen nicht zu weit entgegenkommen, war voller Mißtrauen und blieb mit verschränkten Armen stehen, sein Annahen zu erwarten.

Jaakob verstand das wohl, beschämt und beklommen, wie er war, im schlechten Bewußtsein seiner Armut und bedürftigen Abhängigkeit. Ach, nicht als reicher Sendbote kam er, der auftreten mochte, alle mit sekelschweren Geschenken aus seinen Satteltaschen bezauberte und sich bitten ließ, doch einen Tag oder zehn zu verweilen. Ein Flüchtling und Unbehauster fand er sich ein, mit leeren Händen, zu Hause unmöglich, ein Bettler um Obdach, und hätte wohl Anlaß zu zager Demut gehabt. Doch erkannte er gleich seinen Mann, der da finster vor ihm stand, und begriff, daß es nicht weise gewesen wäre, sich allzu elend zu machen vor ihm. Darum sputete er sich nicht sonderlich, vom Tier zu kommen, trat hin vor Laban mit der Würde seines Geschlechts, grüßte ihn anständig und sprach:

»Mein Vater und Bruder! Rebekka schickt mich, deine Schwester, um dir eine Aufmerksamkeit damit zu erweisen, daß sie mich eine Weile unter deinem Dache wohnen heißt, und ich grüße dich in ihrem Namen sowie im Namen Jizchaks, ihres Herrn und des meinen, ferner im Namen gemeinsamer

Väter und rufe an Abrams Gott zum Schutze deiner, deines Weibes und deiner Kinder Gesundheit.«

»Gleichfalls«, sagte Laban, der das im wesentlichen verstand. »Und bist also wahrlich Rebekka's Sohn?«

»Wahrlich!« erwiderte jener. »Jizchaks Erstgeborener bin ich, du sagst es genau. Ich empfehle dir, dich nicht beirren zu lassen durch meine Einsamkeit, noch durch mein Kleid, das die Sonne zerriß. Mein Mund wird dir alle diese Sachen erläutern zur rechten Stunde, und du wirst sehen, daß, wenn ich nichts habe, außer der Hauptsache, ich doch ebendiese habe, und daß, wenn du zu mir sprächest: ›Gesegneter des Herrn!‹, du den Nagel auf den Kopf treffen würdest.«

»So laß dich herzen«, sagte Laban finster, nachdem der Hirte Jerubbaal ihm dies in »ummu-ummu« wiedergegeben, legte die Arme auf Jaakobs Schultern, neigte sich neben ihn, erst rechts, dann links, und küßte die Luft. Jaakob gewann sogleich höchst zweideutige Eindrücke von diesem Oheim. Er trug ein Paar böser Zeichen zwischen den Augen, und das eine dieser Augen war blinzelnd zugezogen, während er doch gerade mit diesem fast geschlossenen Auge mehr zu sehen schien als mit dem offenen. Dazu kam, an derselben Seite, ein ausgesprochen unterweltlicher Zug um den Mund, ein gelähmtes Hängen des Mundwinkels im schwarzgrauen Bart, das einem saueren Lächeln ähnelte und den Jaakob ebenfalls bedenklich anmutete. Übrigens war Laban ein starker Mann, dessen volles ergrautes Haar noch unter dem Nackenschutz hervorquoll, angetan mit einem knielangen Leibrock, in dessen Gürtel eine Geißel und ein Messer steckten und dessen enge Ärmel die nervig hochgeäderten Unterarme freiließen. Sie waren schwarzgrau behaart, wie seine muskulösen Schenkel, und breite, warme, ebenfalls behaarte Hände saßen daran, die Hände eines besitzhaltenden, in düster-erdhafte Gedanken eingeschränkten Mannes, eines rechten Erdenkloßes, wie Jaakob dachte. Dabei hätte der Ohm eigentlich schön sein können von Angesicht mit seinen dick aufliegenden, noch ganz schwarzen Brauen, der fleischigen, mit der Stirn in einer Linie verlaufenden Nase und den vollen Lippen im Bart. Die Augen hatte Rahel offensichtlich von ihm, – Jaakob stellte es mit den gemischten Gefühlen des Wiedererkennens, der Rührung, der Eifersucht fest, mit denen man sich über die erbliche Herkunft und Naturgeschichte teurer Lebenserscheinungen belehrt: eine glückliche Belehrung, insofern sie uns in die Intimität solcher Erscheinungen dringen, uns gleichsam hinter sie kommen läßt, aber doch auch wieder auf eine gewisse Weise kränkend, so daß unser Verhalten zu den Trägern solcher Vorbildungen sich aus Ehrfurcht und Abneigung eigentümlich zusammensetzt.

Laban sagte:

»Sei also willkommen und folge mir, Fremder, der du dich, ich will glauben: mit Recht, meinen Neffen heißt. Wir haben einst Raum gehabt für Eliezer und Stroh und Futter für seine zehn Kamele, so werden wir auch haben für dich und das Kamel, das dein einziges zu sein scheint. Geschenke hat deine Mutter dir also nicht mitgegeben, Gold, Kleider und Würze oder dergleichen?«

»Sie tat es reichlich, dessen kannst du versichert sein«, antwortete Jaakob. »Warum ich die Dinge nicht habe, wirst du hören, wenn ich meine Füße gewaschen und etwas gegessen habe.«

Er redete absichtlich anspruchsvoll, um auf sich zu halten vor dem Erdenkloß, und dieser wunderte sich über so viel Zuversicht bei so viel Armut. Sie sprachen dann nichts mehr, bis sie zu dem Anwesen Labans kamen, wo die fremden Hirten sich von ihnen trennten, um gegen die Stadt weiterzutreiben, während Jaakob dem Bas bei der Einpferchung der Schafe zwischen Lehmhürden behilflich war, die man zum Schutz gegen Raubzeug durch Rohrgeflecht erhöht hatte. Vom Dach des

Hauses sahen ihnen drei Frauen dabei zu; die eine war Rahel, die zweite Labans Weib und die dritte Lea, die größere Tochter, die schielte. Das Haus, wie überhaupt die ganze Niederlassung (denn das Wohngebäude war noch von einigen Rohrhütten und bienenkorbartig geformten Speicherbaulichkeiten umgeben), machte bedeutenden Eindruck auf Jaakob, den Zeltbewohner, der freilich unterwegs in den Städten weit schönere Wohnhäuser gesehen hatte und auch nicht gewillt war, sich irgendwelche Bewunderung merken zu lassen. Er mäkelte sogar sofort an dem Haus, fand die Holzleiter, die von außen aufs Dach führte, in hingeworfenen Worten unzulänglich und meinte, man müsse eine Backsteintreppe statt ihrer anlegen, auch das Ganze mit Kalk bewerfen und die Fensterlöcher zu ebener Erde mit Holzgittern versehen.

»Es führt eine Treppe vom Hofe hinauf«, sagte Laban. »Mir genügt mein Haus.«

»Sage das nicht!« sprach Jaakob. »Ist der Mensch leicht zufrieden, so ist es auch Gott für ihn und zieht von ihm die Segenshand. Wieviel Schafe hat mein Oheim?«

»Achtzig«, antwortete der Wirt.

»Und Ziegen?«

»An dreißig.«

»Rindvieh gar keines?«

Laban wies aufgebracht mit dem Bart in der Richtung eines Lehm- und Rohrverschlages, der offenbar den Rinderstall darstellte, nannte aber keine Zahl.

»Das müssen mehr werden«, sagte Jaakob. »Mehr von jeder Art Vieh.« Und Laban warf ihm einen zwar finsteren, aber hinter der Finsternis neugierig prüfenden Blick zu. Dann wandten sie sich gegen das Haus.

Das Nachtmahl

Das Haus, überragt von mehreren hohen Pappelbäumen, an deren einem der Blitz die Rinde von oben bis unten geschädigt hatte, war ein roher und in den Ausmaßen ziemlich bescheidener, schon etwas bröckliger Bau aus Lehmziegeln, der aber durch die Luftigkeit des oberen Teiles einen gewissen architektonischen Reiz gewann; denn das mit Erde bedeckte und mit kleinen Aufbauten aus Rohr versehene Dach ruhte nur teilweise, in der Mitte und an den Ecken, auf Mauerwerk, zwischendurch aber auf Holzpfeilern. Besser wäre von einer Mehrzahl von Dächern die Rede gewesen, denn auch in der Mitte war das Haus offen: es bildete ein Karree von vier Flügeln, die einen kleinen Hof umschlossen. Ein paar Stufen aus gestampftem Lehm führten zu der Haustür aus Palmholz.

Zwei oder drei Handwerkssklaven, ein Töpfer und ein Bäk-ker, der Gerstenteig an die Innenwand seines kleinen Backofens klatschte, arbeiteten zwischen den Wirtschaftsgebäuden auf dem Gehöft, das Onkel und Neffe überschritten. Eine Magd im Lendenschurz trug Wasser. Sie hatte es aus dem nächsten gegrabenen Wasserlauf, namens Bel-Kanal, geschöpft, aus dem Labans umhegtes Gersten- und Sesamfeld dort draußen bewässert wurde und der seinerseits sein Wasser aus einem anderen, dem Ellil-Kanal, empfing. Der Bel-Kanal gehörte einem städtischen Kaufmann, der ihn hatte graben lassen und dem Laban für den Gebrauch des Wassers eine ihn drückende Abgabe an Öl, Korn und Wolle entrichten mußte. Jenseits des Ackers wellte die offene Steppe hin, weit, bis zum Horizont, den der Stufenturm des Mondtempels von Charran überragte.

Die Frauen, vom Dach herabgestiegen, erwarteten den Herrn und seinen Gast in dem Vorraum, den man gleich durch die Haustür betrat und in dessen Lehm-Estrich ein großer Mörser zum Zerstampfen von Korn eingelassen war. Adina, Labans

Frau, war eine wenig bedeutende Matrone mit einer Halskette aus bunten Steinen, einem herabhängenden Kopftuch über der anliegenden Haube, die ihr Haar bedeckte, und einem Gesichtsausdruck, der durch seine Freudlosigkeit an den ihres Gatten erinnerte, nur war der Zug ihres Mundes nicht so sehr sauer als bitter. Sie besaß keine Söhne, und das mochte auch wohl zur Erklärung von Labans Düsternis mit herangezogen werden. Später erfuhr Jaakob, daß das Paar in der Frühzeit seiner Ehe sehr wohl ein Söhnchen gehabt, es jedoch anläßlich des Hausbaues geopfert, nämlich lebend in einem Tonkruge, unter Beigabe von Lampen und Schüsseln, im Fundament beigesetzt hatte, um damit Segen und Gedeihen auf Haus und Wirtschaft herabzubeschwören. Doch hatte die Darbringung nicht nur keinen besonderen Segen herbeigezogen, sondern Adina hatte sich auch seitdem außerstande erwiesen, Knaben das Leben zu schenken.

Was Lea betraf, so erschien sie durchaus nicht weniger wohlgebaut, ja sogar größer und stattlicher als Rahel, gab aber ein Beispiel ab für die eigentümliche Entwertung, die ein tadelfreier Gliederwuchs durch ein häßliches Antlitz erfährt. Zwar hatte sie außerordentlich reiches aschfarbenes Haar, das ihr, oben mit einer kleinen Mütze bedeckt, zu schwerem Knoten geballt in den Nacken hing. Aber ihre grüngrauen Augen schielten trübselig an der langen und geröteten Nase herab, und gerötet waren auch die grindigen Lider dieser Augen, sowie ihre Hände, die sie ebenso zu verbergen suchte wie den verqueren Blick ihrer Augen, über den sie beständig mit einer Art schamhafter Würde die Wimpern senkte. »Da haben wir es: der blöde Mond und der schöne«, dachte Jaakob bei Betrachtung der Schwestern. Doch sprach er zu Lea und nicht zu Rahel, während man den kleinen, gepflasterten Hof überschritt, in dessen Mitte ein Opferstein aufgerichtet war; aber sie schnalzte nur bedauernd, wie schon die Hirten auf dem Felde es getan, und schien ihn auf das Eingreifen eines Dolmetschers zu vertrösten, dessen kanaanitischen Namen sie wiederholt aussprach: eines Haushörigen, Abdcheba geheißen, desselben, wie sich erwies, der vorhin auf dem Außenhof Fladen gebacken hatte. Denn er bediente den Jaakob mit Wasser für Füße und Hände, als man über die Ziegelstiege, die zum Dach weiterführte, in das offene Oberzimmer gelangt war, wo die Mahlzeit genommen wurde, und erklärte, daß er aus einem zur Herrschaft Urusalim gehörigen Dorfe gebürtig, von seinen Eltern aus purer Not in die Sklaverei verkauft und zu dem stehenden Preise von zwanzig Sekeln, der offenbar sein mäßiges Selbstgefühl bestimmte, schon durch viele Hände gegangen sei. Er war klein, grauhaarig und hohlbrüstig, aber zungengewandt und übersetzte jede Phrase, die Jaakob äußerte, sofort in die Landessprache, worauf er ihm ebenso prompt und fließend die Antwort erläuterte.

Es war ein langer, schmaler Raum, in dem man sich niederließ, ein recht angenehmer, luftiger Aufenthalt: zwischen den dachtragenden Pfeilern hindurch blickte man einerseits auf die sich verdunkelnde Steppe und andererseits in das friedliche Viereck des mit farbigen Tüchern überspannten Innenhofs mit seinem Kieselpflaster und seiner Holzgalerie. Es wurde Abend. Die Magd im Lendenschurz, die Wasser getragen, brachte nun Feuer vom Herde und entzündete drei tönerne Lampen, die auf Dreifüßen standen. Dann trug sie zusammen mit Abdcheba das Essen heran: einen Topf dicken, mit Sesamöl zubereiteten Mehlbreis (»Pappasu, Pappasu!« wiederholte Rahel mit kindlichem Jubel, indem sie auf lüsterne und drollige Art ihr Zünglein zwischen den Lippen spielen ließ und in die Hände klatschte), noch warme Gerstenfladen, Rettiche, Gurken, Palmkohl und zum Trunke Ziegenmilch und Kanalwasser, von dem ein Vorrat in einer großen tönernen Amphore an einem der Dachpfosten hing. Es standen zwei ebenfalls tönerne Kasten an der Außenwand des Raumes, die mit allerlei kupfernen Schalen, Mischgefäßen, einer Handmühle und Bechern besetzt waren. Verschiedenartig, auf unregelmäßige Weise, saß die Familie um eine niedrig erhöhte, mit Rindsleder überzogene Platte zu Tisch: Laban und sein Weib kauerten nebeneinander auf einem Ruhebett, die Töchter saßen mit untergeschlagenen Beinen auf mit Kissen belegten Rohrhockern, und Jaakob hatte einen lehnenlosen Stuhl aus buntbemaltem Ton, vor dem ein ebensolcher Schemel seine Füße stützte. Für das Pappasu gab es zwei aus Kuhhorn gefertigte Löffel, deren man sich abwechselnd bediente, indem jeder, der einen davon benützt hatte, ihn sogleich wieder aus dem Topfe füllte, für den Nachbarn, an den er ihn weitergab. Jaakob, der neben Rahel saß, füllte ihr jedesmal den Löffel so hoch, daß sie lachte. Lea sah es, und ihr Schielen verstärkte sich ins ganz und gar Kummervolle.

Gesprochen wurde während des Essens nichts irgendwie Bedeutendes, sondern nur Dinge, die sich eben auf die Nahrung bezogen. Adina sagte etwa zu Laban:

»Iß, mein Mann, dir gehört alles!«

Oder sie sagte zu Jaakob:

»Greife zu, Ausländer, erfreue deine müde Seele!«

Oder eines der Eltern sagte zu einer Tochter:

»Ich sehe, du nimmst fast alles und läßt der Mehrzahl nichts. Wenn du deine Gier nicht zügelst, so wird die Hexe Labartu dir das Innere umkehren, daß du erbrechen mußt.«

Abdcheba verfehlte nicht, auch diese Kleinigkeiten dem Jaakob genau zu übersetzen, und dieser beteiligte sich schon in der Landessprache an der Unterhaltung, indem er etwa zu Laban sagte:

»Iß, Vater und Bruder, alles ist dein!«

Oder zu Rahel:

»Greif zu, Schwester, erfreue deine Seele!«

Abdcheba sowohl wie die Magd im Schurz nahmen ihr

Abendessen gleichzeitig mit der Herrschaft ein, unter dem Bedienen und mit Unterbrechungen, indem sie von Zeit zu Zeit auf den Boden niederhockten, um rasch einen Rettich zu verzehren und abwechselnd aus einer Schale Ziegenmilch dazu zu trinken. Die Magd, Iltani gerufen, strich öfters mit den Fingerspitzen beider Hände die Brosamen von ihren langen Brüsten.

Als abgegessen war, befahl Laban, Rauschtrank für ihn und den Gast zu bringen. Abdcheba schleppte das gegorene Emmerbier in einem Balgschlauch herbei, und als zwei Becher damit gefüllt waren, in denen Strohhalme steckten, weil viel Korn obenauf schwamm, zogen die Frauen sich vor den Männern zurück, nachdem Laban jeder von ihnen flüchtig die Hände aufs Haupt gelegt hatte. Auch von Jaakob verabschiedeten sie sich zur Nacht, und noch einmal blickte er, da Rahel es tat, in die freundliche Nacht ihrer Augen und auf die weißen, getrennt stehenden Zähne ihres Mundes, als sie lächelnd sagte:

»Viel Pappasu – im Löffel – hochauf!«

»Abraham – Urvater – Deiner, meiner!« antwortete er wie zur Erklärung, indem er wieder den einen Zeigefinger quer auf die Spitze des anderen legte, und sie nickten, wie vorhin auf dem Felde, während die Mutter bitterlich lächelte, Lea ihrer Nase entlang schielte und des Vaters Miene in trübe blinzelnder Lähmung verharrte. Dann blieben Oheim und Neffe allein im luftigen Oberzimmer, und nur Abdcheba saß noch bei ihnen am Boden, kurzatmig von seinen Dienstleistungen, und hielt seinen Blick abwechselnd auf beider Lippen gerichtet.

Jaakob und Laban treffen ein Abkommen

»Sprich nun, Gast«, sagte der Hausherr, nachdem er getrunken, »und entdecke mir die Umstände deines Lebens!«

Da berichtete ihm Jaakob all diese Sachen in ausführlicher

Rede, ganz nach der Wahrheit und genau, wie alles gewesen war. Höchstens daß er die Begegnung mit Eliphas nach ihrem Verlaufe etwas beschönigte, obgleich er auch hier um der offenkundigen Tatsachen willen, seiner äußeren Nacktheit und Leichtigkeit, im wesentlichen der Wahrheit die Ehre gab. Von Zeit zu Zeit, wenn er eine hinreichende, aber noch überblickbare Menge Stoffes geboten hatte, unterbrach er sich und tat eine Handbewegung gegen Abdcheba hinab, der übersetzte; und Laban, der viel Bier trank während der Erzählung, hörte düster blinzelnd und manchmal kopfnickend alles an. Jaakob sprach sachlich. Er nannte nicht gut noch schlecht, was zwischen ihm, Esau und den Eltern geschehen war, er kündete es frei und gottesfürchtig, denn alles konnte er ausgehen lassen in die große und entscheidende Tatsache, die, wie sie nun auch mochte zustande gekommen sein, auf jeden Fall in voller Wichtigkeit bestand und seiner augenblicklichen Nacktheit und Leichtigkeit jede höhere Wirklichkeit nahm: daß nämlich er und kein anderer des Segens Träger war.

Laban vernahm es mit schwerem Blinzeln. Durch seinen Strohhalm hatte er mit starkem Saugen schon so viel Rauschtrank zu sich genommen, daß sein Gesicht dem abnehmenden Monde glich, wenn er spät in unheildrohender Dunkelröte sich zur Reise erhebt, und der Leib war ihm angeschwollen, weshalb er den Gürtel gelöst, den Rock von den Schultern gelassen hatte und im Hemde saß, die muskelschweren Arme über der halbentblößten, fleischigen und schwarzgrau gelockten Brust gekreuzt. Plump vorgebeugt, mit rundem Rücken, kauerte er auf seinem Bett und tat, als ein in praktisch geschäftlichem Denken geübter Mann, Rückfragen über das Gut, dessen sein Gegenüber sich rühmte und welchem übermäßige Anerkennung zu gewähren er, Laban, sich hütete. Absichtlich zweifelte er es an. Dies Gut schien ihm nicht schuldenfrei. Gewiß, Jaakob hatte es sattsam betont: im Endergebnis war Esau der Mann des Fluches, und auf seinem Bruder ruhte der Segen. Aber auch mit dem Segen war, in Ansehung der Art und Weise, wie er gewonnen worden, etwas Fluch verbunden, dessen irgendwie geartete Auswirkung sicher war. Man kannte die Götter. Da war einer wie der andere, ob es sich nun um die hiesigen handelte, zu denen Laban selbstverständlich gute Beziehungen unterhalten mußte, oder um den ungenannten oder unbestimmt genannten der Isaaksleute, von dem er wußte, und den er bedingungsweis ebenfalls anerkannte. Die Götter wollten und ließen tun; aber die Schuld war des Menschen. Der Wert, auf den Jaakob sich stützte, war mit Schuld belastet, und es fragte sich, an wem sie ausgehen werde. Jaakob versicherte, er sei vollkommen frei und rein. Er habe kaum gehandelt, sondern geschehen lassen, was hatte geschehen sollen, und auch dies nur unter schweren inneren Widerständen. Belastet war höchstens die energische Rebekka, die alles in die Wege geleitet. »Auf mein Haupt den Fluch!« hatte sie gesagt, allerdings nur für alle Fälle, falls nämlich der Vater des Betruges inne geworden wäre, aber das Wort drückte ihr Verhältnis zu dem Unternehmen überhaupt, die Verantwortlichkeit aus, die sie auf sich genommen, und ihn, das Kind, hatte sie mütterlicherweise ganz schuldlos gehalten.

»Ja, mütterlicherweise«, sprach Laban. Er atmete schwer durch den Mund vom Biere, und sein Oberkörper lastete schräg vornüber. Er richtete ihn auf, da schwankte und sackte er nach der anderen Seite. »Mütterlicherweise, nach Mutter- und Elternart. Nach Götterart.« Eltern und Götter segneten ihre Lieblinge auf dieselbe zweideutige Weise. Ihr Segen war eine Kraft und kam aus der Kraft, denn auch die Liebe – nämlich – war eitel Kraft, und Götter und Eltern segneten ihre Lieblinge aus Liebe mit einem kräftigen Leben, kräftig in Glück und Fluch. Das war die Sache, und das war der Segen. »Auf mein Haupt den Fluch«, das war nur schöne Rede und ein Muttergeschwätz, unwissend darüber, daß Liebe Kraft war und Segen Kraft und

Leben Kraft und nichts weiter. War doch Rebekka nur ein Frauenzimmer und er, Jaakob, der Gesegnete, auf dessen Eigentum lag die Grundschuld des Betruges. »An dir wird es ausgehen«, sagte Laban mit schwerer Zunge und wies mit dem schweren Arm, der schweren Hand auf den Neffen. »Du hast betrogen, und du wirst betrogen werden, – Abdcheba, rege dein Maul und übersetze ihm das, Elender, ich habe dich für zwanzig Schekel gekauft, und wenn du schläfst, statt zu dolmetschen, so scharre ich dich auf eine Woche in den Erdboden ein bis zur Unterlippe, du Gauch.«

»Halt, pfui«, sagte Jaakob und spie aus. »Verwünscht mich mein Vater und Bruder? Was dünkt dich denn alles in allem: bin ich dein Bein und Fleisch oder nicht?«

»Das bist du«, antwortete Laban, »so weit hat es seine Richtigkeit. Du hast mir zutreffend erzählt von Rebekka und Isaak und Esau, dem Roten, und bist Jaakob, mein Schwestersohn, das ist nachgewiesen. Laß dich herzen. Es ist aber auf Grund deiner Angaben die Sachlage zu prüfen und sind die Folgerungen daraus zu ziehen für dich und mich nach den Gesetzen des Wirtschaftslebens. Ich bin von der Wahrheit deines Berichtes überzeugt, habe aber keinen Anlaß, deine Aufrichtigkeit zu bewundern, denn um deine Lage zu erklären, blieb dir nicht viel anderes übrig, als aufrichtig zu sein. Es trifft also nicht zu, was du früher sagtest, daß Rebekka dich schickt, um mir eine Aufmerksamkeit zu erweisen. Es war vielmehr deines Bleibens nicht zu Hause, weil dir's ans Leben ging von seiten Esau's um deiner und deiner Mutter Taten willen, deren Erfolg ich nicht leugnen will, die dich aber vorderhand einmal zum nackten Bettler gemacht haben. Nicht freiwillig kamst du zu mir, sondern weil du nicht hattest, wohin sonst dein Haupt zu legen. Du bist auf mich angewiesen, und daraus habe ich die Folgerungen zu ziehen. Nicht Gast bist du meinem Hause, sondern Knecht.«

»Mein Oheim spricht rechtlich, ohne der Gerechtigkeit das Salz der Liebe beizumischen«, sagte Jaakob.

»Redensarten«, antwortete Laban. »Das sind die natürlichen Härten des Wirtschaftslebens, denen ich gewohnt bin Rechnung zu tragen. Die Bänker in Charran, es sind zwei Brüder, Ischullanu's Söhne, fordern auch von mir, was sie wollen, weil ich ihr Wasser dringend benötige, und sie wissen, daß ich's benötige, so fordern sie beliebig, und wenn ich's nicht leiste, so lassen sie verkaufen mich und meine Habe und streichen ein den Erlös. Daß ich ein Narr wäre in der Welt. Du bist auf mich angewiesen, so will ich dich beuteln. Ich bin nicht reich und gesegnet genug, um mich zu blähen in Liebeslust und offen Haus zu halten für allerlei Friedlose. Ich habe an Armeskräften, mir zu fronen, nur den da, eine kraftlose Kröte, und Iltani, die Magd, die dumm ist wie ein Huhn und wie eine kakelnde Henne, denn der Töpfer ist ein wandernder Mann und nur bei mir auf zehn Tage laut unserm Vertrag, und wenn die Zeit kommt der Ernte oder der Schur, so weiß ich nicht, woher Armeskräfte nehmen, denn ich kann's nicht zahlen. Längst ist es nicht schicklich, daß Rahel, meine kleinere Tochter, die Schafe hütet und leidet Hitze am Tage und Frost bei Nacht. Das sollst du tun um Obdach und Grünkraut und um nichts mehr, denn du weißt nicht wohin und bist nicht der Mann, die Bedingungen vorzuschreiben, das ist die Sachlage.«

»Gern will ich der Schafe pflegen für dein Kind Rahel«, sagte Jaakob, »und dienen um ihretwillen, damit sie ein weicher Leben habe. Ich bin ein Hirte von Hause aus und verstehe mich auf die Zucht und will's wohl recht machen. Ich habe nicht gemeint, den Lungerer abzugeben vor dir und das unnütze Maul; aber da ich höre, daß es für Rahel ist, dein Kind, und daß ich kann einsetzen für sie die Kraft meiner Mannesarme, so bin ich zum Dienen noch einmal so willig.«

»So?« fragte Laban und blinzelte schwer, mit hängendem Mundwinkel, zu ihm hinüber. »Gut«, sagte er. »Du mußt es wohl oder übel, nach den Zwängen des Wirtschaftslebens. Wenn du's aber gern tust, so ist das ein Vorteil für dich, ohne ein Nachteil für mich zu sein. Morgen verbriefen wir's.«

»Siehst du?« sprach Jaakob. »Dergleichen gibt es: Vorteile, die es für beide sind und mildern die natürlichen Härten. Das hättest du nicht gedacht. Du wolltest keine Salzeswürze beimengen der Rechtlichkeit, so tu' ich's selber aus eigenem, so nackt und leicht ich im Augenblick bin.«

»Redensarten«, beschloß Laban. »Wir werden's vertraglich aufsetzen und siegeln, daß es seine Ordnung hat und niemand es anfechten kann, indem er sich ungesetzlich benimmt. Geh jetzt, ich bin schläfrig und aufgetrieben vom Biere. Lösche die Lampen, Kröte!« sagte er zu Abdcheba, streckte sich aus auf seinem Bett, deckte sich zu mit dem Rock und schlief ein mit schief offenem Munde. Jaakob mochte sich betten, wo er wollte. Er stieg aufs Dach hinauf, legte sich auf eine Decke unter die Tücher eines Rohrzeltchens, das dort errichtet war, und dachte an Rahels Augen, bis der Schlaf ihn küßte.

FÜNFTES HAUPTSTÜCK: IN LABANS DIENSTEN

Wie lange Jaakob bei Laban blieb

So begann Jaakobs Aufenthalt in Labans Reich und im Lande Aram Naharaim, das er sinnigerweise bei sich selbst das Land Kurungia nannte: erstens, weil es überhaupt und von vornherein Unterweltsland für ihn war, wohin er flüchtig hatte wandern müssen, dann aber, weil sich mit den Jahren herausstellte, daß dieses stromumschlossene Land seinen Mann festhielt und offenbar nie wieder herausgab, daß es sich wirklich und wörtlich als das Nimmerwiederkehr-Land erwies. Denn was heißt das: »Nie und nimmer«? Es heißt: so lange nicht, als das Ich, wenigstens annähernd, noch seinen Zustand und seine Form bewahrt hat und noch es selber ist. Eine Wiederkehr, die nach fünfundzwanzig Jahren geschieht, betrifft nicht mehr das Ich, das, als es auszog, in einem halben oder, wenn's hoch käme, in dreien wiederzukehren erwartete und nach dem Zwischenfall sein Leben dort wieder anknüpfen zu können gedachte, wo es unterbrochen worden war, – sie ist für dies Ich eine Nimmerwiederkehr. Fünfundzwanzig Jahre sind kein Zwischenfall, sie sind das Leben selbst, sie sind, wenn sie in männlichem Jünglingsalter einsetzen, des Lebens Kernstück und Grundstock, und wenn Jaakob auch nach seiner Wiederkehr noch lange lebte und das Schwerste und das Hehrste erfuhr – denn er zählte, unserer genauen Berechnung nach, hundertundsechs Jahre, als er, wiederum in unterweltlichem Lande, feierlich verschied –, so träumte er den Traum seines Lebens doch, man kann es sagen, bei Laban im Lande Aram. Dort liebte er, heiratete er, dort wurden ihm von vier Frauen all seine Kinder bis auf den Kleinsten, zwölf an der Zahl, beschert, dort wurde er schwer von Habe und würdig von Lebensanwuchs, und nie kehrte der Jüngling wieder, sondern ein ergreisender Mann tat es, ein Fünfundfünfzigjähriger, ein Wanderscheich von Osten an der Spitze sehr großer Herden, der ins Westland einzog, gleichwie in ein fremdes Land, und zog gen Schekem.

Daß Jaakob fünfundzwanzig Jahre bei Laban verblieb, ist erweislich wahr und das sicherste Ergebnis jeder klarsinnigen Untersuchung. Lied und Überlieferung zeigen in diesem Punkte ein Denken, dessen Ungenauigkeit wir uns weniger leicht verzeihen würden als ihnen. Sie wollen, Jaakob habe alles in allem zwanzig Jahre bei Laban zugebracht: vierzehn und sechs. Mit dieser Einteilung eben halten sie fest, daß er schon eine Reihe von Jahren, bevor er die staubigen Riegel brach und floh, bei Laban seine Entlassung verlangte, sie jedoch nicht erhielt, sondern unter neuen Bedingungen sich zu weiterem Bleiben verpflichtete. Der Zeitpunkt, als er dies tat, wird durch die Aussage bezeichnet, es sei geschehen, »da Rahel den Joseph geboren hatte«. Wann aber war das? Wären damals nur vierzehn Jahre verflossen gewesen, so hätten in diesen vierzehn, richtiger: in den letzten sieben davon, alle zwölf Kinder, einschließlich Dina's und Josephs und nur ausschließlich Benjamins, ihm müssen geschenkt worden sein, was, da vier Frauen in Tätigkeit waren, an und für sich nicht unmöglich gewesen wäre, nach der von Gott veranstalteten Gebärordnung aber sich nicht so verhalten hat. Dieser zufolge ist schon der leckermäulige Ascher, fünf Jahre älter als Joseph, *nach* Ablauf der zweimal sieben Jahre geboren, nämlich im achten Ehejahr, und wie sich im einzelnen zeigen wird, ist es nicht möglich, daß Joseph der Rahel früher als zwei Jahre nach des meerliebenden Sebulun Auftreten, nämlich im dreizehnten Ehejahr oder im zwanzigsten Charranjahr, beschert wurde. Wie könnte es anders sein? Er war ein Alterskind Jaakobs, und fünfzigjährig also muß dieser gewesen sein, als ihm der Liebling erschien, mußte folglich zwanzig Jahre damals schon bei Laban verbracht haben. Da aber von den zwanzig nur zweimal sieben, das sind vierzehn, eigentliche Dienstjahre waren, so erübrigen zwischen diesen und dem Zeitpunkt der Kündigung und neuen Kontraktschließung weitere sechs Jahre, die einen vertraglosen Zustand, ein stillschweigendes Weiterlaufen von Jaakobs Leben bei Laban darstellen, die man aber unter dem Gesichtspunkt seines schließlichen Reichtums mit den letzten fünf, wieder unter einem Kontrakte stehenden Aufenthaltsjahren zusammenzählen muß. Denn mögen auch diese fünf das Beste und Wichtigste beitragen, um zu erklären, wie der Mann so über die Maßen reich wurde, so hätten sie schlechterdings nicht genügt, ein Vermögen zu zeitigen, das in Lied und Lehre allezeit mit den üppigsten Kennzeichnungen gefeiert wurde. Zugegeben, daß hierbei starke Übertreibungen untergelaufen sind und daß etwa die Angabe, Jaakob habe zweihunderttausend Schafe besessen, als unhaltbar in die Augen springt. Aber viele Tausende waren es, von seinem Besitzstande an anderen Viehsorten, Metallwerten und Sklaven ganz zu schweigen, und Labans Worte, als er den Schwiegersohn auf der Flucht einholte: er möge ihm zurückgeben, was er ihm »gestohlen« bei Tage und »gestohlen« bei Nacht, hätten nicht einmal einen Schein von Berechtigung für sich gehabt und wären überhaupt ohne Sinn gewesen, wenn Jaakob sich nur auf Grund des neuen Vertrages bereichert, wenn er nicht schon vorher – eben in jener Zwischenzeit – ziemlich weitgehend auf eigene Rechnung gewirtschaftet und so die Grundlage seines späteren Vermögens gelegt hätte.

Fünfundzwanzig Jahre – und sie vergingen dem Jaakob wie ein Traum, wie das Leben vergeht dem Lebenden in Verlangen und Erreichen, in Erwartung, Enttäuschung, Erfüllung und sich aus Tagen zusammensetzt, die er nicht zählt und von denen ein jeder das Seine bringt; die in Warten und Streben, in Geduld und Ungeduld einzeln zurückgelegt werden und zu größeren Einheiten verschmelzen, zu Monaten, Jahren und Jahresgruppen, von denen am Ende eine jede ist wie ein Tag. Es ist strittig, was die Zeit besser und rascher vertreibt: Einförmigkeit oder gliedernde Abwechslung; auf Zeitvertreib, jedenfalls, läuft es hinaus; das Lebende strebt vorwärts, es strebt nach Zurücklegung der Zeit, es strebt im Grunde nach dem Tode, während es nach Zielen und Wendepunkten des Lebens zu streben meint; und sei seine Zeit auch gegliedert und in Epochen geteilt, so ist sie doch auch wieder einförmig eben als *seine* Zeit, verstreichend unter den immer gleichen Voraussetzungen seines Ichs, so daß beim Zeit- und Lebensvertreib stets beide ihm förderliche Kräfte auf einmal am Werke sind, Einförmigkeit und Gliederung.

Zuletzt steht es recht willkürlich ums Einteilen der Zeit und nicht viel anders, als zöge man Linien im Wasser. Man kann sie so ziehen und auch wieder so, und während man zieht, läuft schon wieder alles zur weiten Einheit zusammen. Wir haben Jaakobs fünf mal fünf Charranjahre bereits verschieden gegliedert in zwanzig und fünf und in vierzehn und sechs und fünf; er mochte sie aber auch einteilen in die ersten sieben bis zu seiner Eheschließung, dazu in die dreizehn, während welcher die Kinder kamen, und dann in die fünf ergänzenden, welche, gleich wie die fünf Schalttage des Sonnenjahres, noch über die zwölf mal dreißig hinausgingen. Auch so also oder noch anders mochte er rechnen. Auf jeden Fall waren es fünfundzwanzig im ganzen, einförmig nicht nur, weil es lauter Jaakobsjahre waren, sondern auch, weil nach allen äußeren Umständen eines dem anderen bis zur Einerleiheit ähnlich und der Wechsel der Gesichtspunkte, unter denen sie hingebracht wurden, nicht vermögend war, ihre verfließende Einförmigkeit zu mindern.

Jaakob und Laban befestigen ihren Vertrag

Ein Abschnitt, eine Art von Epoche stellte sich für Jaakobs Erleben gleich dadurch her, daß der Vertrag, den er am ersten Tage nach seiner Ankunft mit Laban geschlossen, schon nach einem Monat wieder umgestoßen und durch einen neuen ganz anders gearteten und ihn viel fester bindenden ersetzt wurde. Wirklich schritt Laban schon am Morgen nach Jaakobs Ankunft dazu, das Verhältnis des Neffen zu seinem Hause den Entscheidungen gemäß, die er beim Biere in erdgebundener Sachlichkeit darüber getroffen, gesetzlich festzulegen. Man brach früh auf und begab sich zu Esel nach Charran, der Stadt: Laban, Jaakob und der Sklave Abdcheba, der vor dem Schreiber und Rechtsbeamten als Zeuge dienen mußte. Dieser Richter hatte seinen Stuhl in einem Hofe aufgeschlagen, wo viel Volks sich drängte, denn eine Menge Abmachungen über Käufe und Verkäufe, Pachtungen, Mieten, Tauschgeschäfte, Eheschließungen und Scheidungen galt es urkundlich zu befestigen oder einzuklagen, und der Richter vom Stuhl hatte nebst zwei Kleinschreibern oder Gehilfen, die zu seinen Seiten hockten, alle Hände voll zu tun, den Ansprüchen des städtischen und ländlichen Publikums zu genügen, so daß die Labansleute lange warten mußten, bis ihre übrigens unbedeutende und rasch zu erledigende Sache an die Reihe kam. Laban hatte zuvor noch für einiges Entgelt, etwas Korn und Öl, irgendeinen Mann, der nur in Erwartung solchen Bedarfsfalles hier herumstand, als zweiten Zeugen gewinnen müssen, und dieser denn also bürgte zusammen mit Abdcheba für den Vertrag, und beide siegelten ihn, indem sie die Nägel ihrer Daumen in den Ton der hinten gewölbten Tafel drückten. Laban besaß eine Siegelrolle, und Jaakob, der die seine eingebüßt hatte, siegelte mit seinem Rocksaum. So war der einfache Text beglaubigt, den einer der Kleinschreiber nach dem mechanischen Diktat des Richters hingeritzt hatte: Laban, der Schafzüchter, nahm den und den Mann aus Amurruland, der obdachlos war, Sohn des und des Mannes, bis auf weiteres als Mietssklaven bei sich auf, und alle Kräfte seines Körpers und Geistes hatte dieser in den Dienst von Labans Haus und Betrieb zu stellen gegen keinen anderen Lohn als seines Leibes Notdurft. Ungültigmachung, Prozeß, Klage gab es nicht. Wer es auch sein werde, der, indem er sich ungesetzlich benähme, in Zukunft gegen diesen Vertrag aufstehen werde und ihn anzufechten versuche, dessen Prozeß solle ein Nichtprozeß sein, und er solle mit fünf Minen Silber gebüßt werden. Damit Punktum. Laban hatte für die Kosten der Verbriefung aufzukommen, und er tat es mit ein paar Kupferplättchen, die er unter Schelten auf die Wage warf. Im stillen aber war Jaakobs Verpflichtung unter so wohlfeilen Bedingungen ihm diese kleinen Ausgaben sehr wohl wert, denn er legte dem Segen Jizchaks viel mehr Gewicht bei, als er sich im Gespräch mit seinem Neffen den Anschein gegeben, und es hieße seinen geschäftlichen Verstand unterschätzen, wenn jemand dächte, er sei sich nicht gleich und von vornherein bewußt gewesen, mit der Einstellung Jaakobs in sein Hauswesen einen guten Fang zu tun. Er war ein düsterer Mann, den Göttern nicht wohlgefällig, ohne Zutrauen zu seinem Glück und darum auch wenig erfolgreich bisher in seinen Unternehmungen. Er verkannte keinen Augenblick, daß er einen Gesegneten zum Mitarbeiter vortrefflich brauchen konnte.

Darum war er auch nach geschlossenem Vertrage verhältnismäßig bei Laune, tätigte in den Gassen noch einige Einkäufe an Stoffen, Eßwaren und kleinen Gerätschaften und forderte seinen Begleiter zu Äußerungen des Erstaunens über die Stadt und ihr lärmendes Getriebe auf, – über die Dicke ihrer Mauern und Bastionen; die Lieblichkeit der reich bewässerten Gärten, die sie umringten und in denen Weingirlanden sich zwischen den Dattelpalmen hinschlangen; die heilige Pracht E-chul-

chuls, des umwallten Tempels, und seiner Höfe mit silberbeschlagenen und von bronzenen Stieren bewachten Tore; die Erhabenheit des Turmes, der auf ungeheurer Aufschüttung sich, von Rampen umlaufen, emporstufte, ein siebenfarbiges Ungetüm aus Kacheln, azurblau in der Höhe, so daß das dortige Heiligtum und Absteigequartier des Gottes, wo ihm ein Hochzeitsbett errichtet war, mit dem Blau der oberen Lüfte gleißend zusammenzufließen schien. Aber Jaakob hatte nur einzelne »Hm« und »Ei« für diese Sehenswürdigkeiten. Er war ohne Sinn fürs Städtische und liebte weder Geschrei und Getümmel noch die Prahlerei übertriebener Baulichkeiten, die sich die Miene des Ewigen gaben, aber, mochte der Ziegelberg immer noch so klug mit Erdpech und Schilfmatten gesichert und noch so kundig entwässert sein, seiner Einsicht nach doch zum Verfall bestimmt waren, und zwar binnen einer Frist, die zum mindesten vor Gott sehr geringfügig war. Er hatte Heimweh nach den Weiden von Beerscheba; aber die Anmaßungen der Stadt, die seinen Hirtensinn bedrückten, ließen ihn jetzt beinahe schon Labans Hof als Heimat empfinden, wo er übrigens ein Paar schwarzer Augen zurückgelassen, die ihm in eigentümlichster Bereitschaft entgegengeblickt hatten und mit denen es, wie ihm schien, höchst Wichtiges auszumachen gab. An diese dachte er, während er zerstreut die hinfälligen Anmaßungen betrachtete, an sie und an den Gott, der verheißen hatte, seine Füße zu bewachen in der Fremde und ihn reich heimzuführen, den Gott Abrams, für den er Eifersucht empfand beim Anblick von Bel-Charrans Haus und Hof, dieser von Wildstieren und Schlangengreifen bewachten Festung des Götzenglaubens, in deren innerster, von Steinen funkelnder Zelle aus vergoldetem Zederngebälk die bärtige Statue des Abgottes auf silbernem Sockel stand und sich räuchern und schmeicheln ließ nach königlich ausgebildetem Ritual, – während Jaakobs Gott, den er größer glaubte als alle, größer bis zur Einzigkeit, überhaupt kein Haus auf Erden besaß, sondern unter Bäumen und auf Anhöhen einfältig verehrt wurde. Zweifellos wollte er es nicht anders, und Jaakob war stolz darauf, daß er den städtisch-irdischen Staatsprunk verschmähte und verpönte, weil keiner ihm hätte genug tun können. Aber in diesen Stolz mischte sich der Verdacht, mit dem zusammen er eben die Eifersucht ergab: daß nämlich Gott im Grunde auch recht gern in einem Haus aus Emaille, vergoldeten Zedern und Karfunkelstein, das freilich noch siebenmal schöner hätte sein müssen als des Mondgötzen Haus, hätte wohnen mögen und es nur darum verpönte, weil er es noch nicht haben konnte, weil die Seinen noch nicht zahlreich und stark genug waren, es ihm zu bauen. »Wartet nur«, dachte Jaakob, »und prahlt unterdessen mit der Pracht eures hohen Herrn Bel! Mich hat mein Gott zu Beth-el reich zu machen versprochen, und es steht bei ihm, alle schwerreich zu machen, die ihn glauben, und wenn wir es sind, so werden wir ihm ein Haus bauen, das soll sein eitel Gold, Saphir, Jaspis und Bergkristall außen und innen, so daß davor verbleichen all eurer Herren und Herrinnen Häuser. Schauerlich ist die Vergangenheit und die Gegenwart mächtig, denn sie springt in die Augen. Aber das Größte und Heiligste ist ohne Zweifel die Zukunft, und sie tröstet das bedrückte Herz dessen, dem sie verheißen ist.«

Von Jaakobs Anwartschaft

So spät es war, als Oheim und Neffe aus der Stadt nach Hause zurückkehrten, so hielt doch Laban darauf, noch diese Nacht die Kontrakttafel in dem Kellerraum seines Hauses niederzulegen, der als Aufbewahrungsort für solche Urkunden diente; und Jaakob begleitete ihn, auch er eine brennende Lampe in der Hand. Das Gelaß lag unter dem Fußboden des Erdgeschoßzimmers der linken Hausseite, gegenüber der Galerie, wo man gestern zu Abend gegessen, und stellte etwas vor wie ein Archiv, eine Kapelle und eine Begräbnisstätte zugleich; denn Bethuels Gebeine ruhten hier in irdener Truhe, die, umgeben von Schalen und Nahrungsopfern und von Dreifüßen mit Räucherpfannen, inmitten des Raumes stand, und hier irgendwo, noch tiefer unter dem Boden oder in der Seitenwand, mußte sich auch die Tonkruke mit den Resten von Labans dargebrachtem Söhnchen befinden. Es war eine Nische im Hintergrunde des Kellers mit einem Altar in Form eines Backsteinblockes davor, und an den Seiten liefen niedrige und schmale Bänkchen hin, auf deren einem, dem zur Rechten, allerlei Schrifttafeln lagen, Quittungen, Rechnungen und Verträge, die hier in Sicherheit gebracht waren. Auf dem anderen dieser Podeste aber waren kleine Götzlein aufgereiht, wohl zehn oder zwölf, wunderlich zu sehen, mit hohen Mützen teils und bärtigen Kindergesichtern, teils kahlköpfig und bartlos, in Schuppenröcken und mit bloßem Oberfigürchen zum Teil, auf dem sie, hoch unterm Kinn, gar friedlich die Händchen zusammenfügten, und anderen Teiles in nicht von feinster Hand modellierten Faltenkleidern, unter deren Saum ihre plumpen kleinen Zehen zum Vorschein kamen. Das waren Labans Hausgeister und Wahrsagemännlein, seine Theraphim, an denen er innig hing und mit denen der finstere Mann sich in jeder wichtigeren Angelegenheit hier unten beredete. Sie schützten das Haus, wie er dem Jaakob erklärte, zeigten ziemlich zuverlässig das Wetter an, berieten ihn in Fragen des Kaufes und Verkaufes, vermochten Hinweise zu geben, welche Richtung ein verlaufenes Schaf eingeschlagen, und so fort.

Dem Jaakob war keineswegs wohl bei den Gebeinen, den Quittungen und den Götzlein, und er war froh, als man über die Leiter, die hinabführte, und durch das Loch der kleinen Falltür aus dieser Unterwelt in die obere zurückkehrte, um sich schlafen zu legen. Laban hatte sowohl vor Bethuels Truhe Andacht verrichtet, indem er dort frisches Wasser zur Labung des Verstorbenen niedergestellt, ihm »Wasser gespendet« hatte, wie auch die Theraphim durch Verbeugungen geehrt, und es hatte nur gefehlt, daß er auch die geschäftlichen Dokumente angebetet hätte. Jaakob, der weder irgendwelche Todesdevotion noch den Figurendienst billigte, war betrübt über die religiöse Unklarheit und Unsicherheit, die offenbar in diesem Hause herrschte, während man doch bei Laban, dem Großneffen Abrahams und Bruder Rebekka's einen entschieden aufgehellteren Gottessinn hätte sollen voraussetzen dürfen. In Wirklichkeit besaß Laban zwar Nachricht von der Glaubensüberlieferung der westlichen Verwandten, aber es mischte sich in sein Wissen davon so viel Landesübliches, daß umgekehrt dieses als der Hauptbestandteil seiner Überzeugungen und das Abrahamitische als Beimischung anzusprechen war. Obgleich am Quell und Ausgangspunkte der geistlichen Geschichte sitzend, oder eben weil er dort sitzen geblieben war, fühlte er sich ganz als Untertan Babels und seines Staatsglaubens und sprach von Ja-Elohim zu Jaakob nur als von dem »Gott deines Vaters«, indem er ihn auch noch mit dem Obergotte Sinears, Mardug, ganz töricht zusammenwarf. Das enttäuschte den Jaakob, denn er hatte sich die Bildung des Hauses fortgeschrittener gedacht, wie offenbar auch die Eltern daheim das getan hatten, und namentlich um Rahels willen bekümmerte es ihn, in deren hübschem und schönem Kopf es natürlich nicht besser aussah als in dem der Ihren und die im Sinne des Wahren und Rechten zu beeinflussen er vom ersten Tage jede Gelegenheit wahrnahm. Denn vom ersten Tage an, eigentlich seit er sie zuerst am Brunnen erblickt, betrachtete er sie als seine Braut, und es ist nicht zuviel gesagt, daß auch Rahel schon bei jenem kleinen Aufschrei, der ihr entschlüpft war, als er sich als ihr Vetter zu erkennen gegeben, den Freier und Bräutigam in ihm erblickt hatte.

Allgemein und aus guten Gründen war damals die Verwandtenehe, die Heirat unter Geschlechtsangehörigen, gang und gäbe; sie galt als das einzig Ehrbare, Vernünftige und Zuverlässige, und wir wissen wohl, wie sehr der arme Esau mit seinen exzentrischen Heiraten seiner Stellung geschadet hatte. Es war keine persönliche Schrulle gewesen, wenn Abraham darauf bestanden hatte, daß Jizchak, der wahrhafte Sohn, nur ein Weib nehme aus seinem Geschlecht und seines Vaters Hause, nämlich aus dem Nachors von Charran, auf daß man wisse, was man bekäme; und da nun Jaakob in dieses Haus kam, das Töchter barg, wandelte er in Isaaks, genauer in Eliezers, des Freiwerbers, Fußstapfen, und der Gedanke der Freiung war für ihn, wie für Isaak und Rebekka, selbstverständlich mit seinem Besuche verbunden, ja wäre das sofort auch für Laban gewesen, wenn der wirtschaftlich verhärtete Mann es gleich über sich gewonnen hätte, in dem Flüchtling und Bettelarmen den Eidam zu erkennen. Es wäre dem Laban, wie jedem anderen Vater, höchst widerwärtig und gefährlich erschienen, seine Töchter in ein ganz unverwandtes und unbekanntes Geschlecht übergehen zu lassen, sie, wie er gesagt haben würde, »in die Fremde zu verkaufen«. Weit sicherer und würdiger war es, sie blieben auch als Ehefrauen im Schoß der Sippe, und da ein Vetter von seiner, des Vaters Seite vorhanden war, so war dieser, Jaakob also, geradezu der vorbestimmte und natürliche Gatte für sie – das heißt: nicht nur für eine von ihnen, sondern für beide auf einmal: Dies war in Labans Haus die stillschweigend-allgemeine Auffassung, als Jaakob kam: es war im Grunde auch die des Hausherrn, und namentlich war es die Rahels, welche zwar dem Ankömmling zuerst begegnet war und ihre Rolle auf Erden gut genug kannte, um zu wissen, daß sie hübsch und schön war, Lea dagegen blödgesichtig, – aber bei ihrem bereitschaftsvoll prüfenden Schauen am Brunnen, das für Jaakob so ergreifend gewesen war, keineswegs nur an sich gedacht hatte. Das

Leben wollte, daß sie im Augenblick von des Vetters Ankunft zu der Schwester und Gespielin in ein Verhältnis weiblichen Wettbewerbes trat, aber nicht in bezug auf die Entscheidungsfrage, wen er wählen werde (wobei es allenfalls ihre Sache sein mochte, zunächst einmal die größere Anziehung für sie beide auszuüben); sondern dies Verhältnis galt ihr erst eigentlich für später und betraf die Frage, wer von ihnen dem Vetter-Gatten die bessere, tüchtigere, fruchtbarere und geliebtere Frau sein werde, eine Frage also, in der sie nichts voraus hatte und die mit etwas mehr oder weniger augenblicklicher Anziehungskraft durchaus nicht beantwortet war.

So also sah man im Hause Labans die Dinge an, und nur Jaakob selbst – dies eben war die Quelle manches Mißverständnisses – sah sie nicht so an. Denn erstens wußte er zwar, daß man außer der Rechten Kebsfrauen und sklavische Beischläferinnen haben könne, die einem halbechte Kinder gebaren, aber es war ihm nicht bekannt, und er erfuhr es lange nicht, daß hierzulande, namentlich aber gerade in Charran und Umgegend, die Ehe mit zwei gleichberechtigten Hauptfrauen sehr häufig, ja unter guten Vermögensumständen geradezu üblich war; und ferner waren ihm Herz und Sinn von Rahels Lieblichkeit viel zu erfüllt, als daß er an die etwas ältere, stattlichere und häßliche Schwester auch nur hätte denken mögen, – er dachte nicht einmal an sie, wenn er aus Höflichkeit mit ihr sprach, und sie merkte es wohl und senkte bitteren Mundes, in würdigem Kummer die Lider über ihr Schielen, – wie auch Laban es merkte und Eifersucht empfand für seine Ältere, obgleich er den Vetter-Freier kontraktlich zum Mietssklaven herabgesetzt hatte, worüber er sich um der vernachlässigten Lea willen freute.

Jaakob tut einen Fund

So oft wie möglich also sprach Jaakob mit Rahel, aber selten genug konnte es geschehen, denn beiden lag tagsüber viel Arbeit auf, und Jaakob besonders war in der Lage des Mannes, den ein großes Gefühl erfüllt, welches er gern zu seiner einzigen Angelegenheit machen würde, der sich aber außerdem zu strenger Tätigkeit angehalten sieht, und zwar gerade um seiner Liebe willen, – welcher doch auch wieder durch die Arbeit Abbruch geschieht, da er sie in ihr vergessen muß. Für einen Mann von Gefühl, wie Jaakob es war, ist das hart, denn im Gefühle möchte er ruhen und ganz diesem leben, darf aber nicht, sondern muß seinen Mann stehen eben dem Gefühle zu Ehren, denn welche Ehre bliebe wohl diesem, täte er's nicht? Wirklich war das ein und dieselbe Angelegenheit, sein Gefühl für Rahel und seine Arbeit in Labans Wirtschaft; denn wie sollte er mit jenem bestehen, falls es ihm in dieser nicht glückte? Laban mußte sich vom Vollgehalte des Wertes, auf den der Neffe sich stützte, durchaus überzeugen, und sehr erwünscht mußte es ihm werden, ihn an sich zu fesseln. Es durfte, mit einem Wort, der Segen Isaaks nicht zuschanden werden, denn das ist Mannes Sache: Hand anzulegen, damit der Segen, den er ererbt, nicht zuschanden werde, sondern zu Ehren bringe das Gefühl seines Herzens.

Damals, zu Anfang von Jaakobs Aufenthalt, war der Weideplatz, zu dem er morgens, einigen Mundvorrat in seiner Hirtentasche, eine Schleuder am Gürtel und die lange Stabwaffe in der Hand, Labans Kleinvieh trieb, um es tagsüber dort mit dem Hunde Marduka zu hüten, nicht weit von seines Oheims Anwesen, nur etwa eine Stunde von ihm entfernt gelegen, und das hatte den Vorteil, daß Jaakob nachts nicht draußen zu bleiben brauchte, sondern bei Sonnenuntergang heimtreiben und auf dem Hofe in Rat und Tat sein Licht leuchten lassen konnte. Das war ihm lieb, denn sein Hirtenamt bot ihm vorderhand wenig Gelegenheit, dem Onkel den Eindruck zu erwecken, daß Segen mit ihm, dem Flüchtling, in die Wirtschaft eingezogen sei. Es fehlte zwar kein Lamm, wenn er abends bei der Einpferchung vor Labans Augen die Herde zählend unter seinem Stocke durchgehen ließ, und nicht nur erzog er den Sommerwurf schnellstens zum Fressen, so daß Laban viel Milch und Dickmilch gewann, sondern heilte auch einen der beiden Böcke, einen wertvollen Springer, mit Liebe und Kunst von den Pokken. Aber Laban nahm dies und anderes als unauffällige Leistungen eines brauchbaren Hirten ohne Dankesbezeigung hin, und auch daß Jaakob gleich nach seinem Dienstantritt die unteren Fensterluken des Hauses mit hübschen Holzgittern ausstattete, ließ er nur eben geschehen. Die Kosten für den Lehm- und Kalkverputz der äußeren Ziegelwände verweigerte er aus Geiz, und so mußte Jaakob darauf verzichten, eine so augenfällige Verschönerung des Besitztums mit seinem Einzuge zu verbinden. Er war recht ratlos in betreff der Segensbewährung; aber eben die innere Spannung dieses Suchens und dringlichen Wünschens mochte ihn wohl zur Offenbarung bereitet und ihn zum Mann des weittragenden Ereignisses gemacht haben, dessen er sich sein Leben lang mit Freuden erinnerte.

Er fand Wasser in der Nähe von Labans Kornfeld, lebendiges Wasser, eine unterirdische Quelle, fand sie, wie er wohl wußte, mit Hilfe des Herrn, seines Gottes, obgleich sich Erscheinungen einmischten, die diesem eigentlich hätten zuwider sein müssen und sich wie ein Zugeständnis seines reinen Wesens an den Ortsgeist, die landläufigen Vorstellungen ausnahmen. Jaakob hatte soeben vorm Hause unter vier Augen mit der lieben Rahel gesprochen, und zwar so galant wie offenherzig. Er hatte ihr gesagt, sie sei reizend wie Hathor von Ägypterland, wie Eset, schön wie eine junge Kuh. Sie leuchte in weiblichem Lichte, hatte er poetisch gesagt, sie erscheine ihm wie eine mit feuchtem Feuer die guten Samen nährende Mutter, und sie zum Weibe zu haben und Söhne mit ihr zu zeugen, sei sein allerinnigster Gedanke. Sie hatte das sehr lieblich aufgenommen, keusch und ehrlich. Der Vetter und Gemahl war gekommen, sie hatte ihn mit den Augen geprüft und liebte ihn aus der Lebensbereitschaft ihrer Jugend. Als er sie jetzt, ihren Kopf zwischen seinen Händen, gefragt hatte, ob es auch sie wohl freuen würde, ihm Kinder zu schenken, hatte sie genickt, wobei die holden schwarzen Augen ihr von Tränen übergegangen waren, und er hatte ihr diese Tränen von den Augen geküßt, – seine Lippen waren noch naß davon. Im Zwielicht, da Mond- und Tagesschein sich stritten, erging er sich auf dem Felde, als plötzlich sein Fuß ziehend angehalten wurde und ein eigentümlich brennendes Zucken, als treffe ihn der Blitz, ihm von der Schulter bis zur Zehenspitze lief. Die Augen aufreißend, gewahrte er dicht vor sich eine sehr seltsame Gestalt. Sie hatte einen Fischleib, der silbrig-schlüpfrig im Mond und Tage schimmerte, und auch den Kopf eines Fisches. Darunter aber, bedeckt davon wie von einer Mütze, war ein Menschenkopf mit geringeltem Bart, und auch Menschenfüße hatte das Wesen, die kurz aus dem Fischschwanz hervorwuchsen, und ein Paar kurzer Ärmchen. Es stand gebückt und schien mit einem Eimer, den es mit beiden Händen hielt, etwas vom Boden zu schöpfen und auszugießen, – schöpfte und goß, noch einmal und wieder. Dann tat es auf seinen kurzen Füßen ein paar trippelnde Schritte seitwärts und glitt in die Erde, war jedenfalls nicht mehr zu sehen.

Jaakob begriff augenblicklich, daß dies Ea-Oannes gewesen war, der Gott der Wassertiefe, der Herr der mittleren Erde und des Ozeans über der untersten, dieser Gott, dem die Leute des Landes fast alles Wissenswerte ursprünglich zu verdanken behaupteten und den sie für sehr groß erachteten, für ebenso groß wie Ellil, Sin, Schamasch und Nabu. Jaakob seinerseits wußte, daß er gar so groß eben nicht sei im Vergleich mit dem Höchsten, den Abram erkannt, schon darum nicht, weil er eine Gestalt hatte, und zwar eine halb lächerliche. Er wußte, daß, wenn Ea hier in Erscheinung getreten war und ihm etwas gewiesen hatte, dies nur auf Veranstaltung Ja's, des Einzigen, des Gottes Isaaks, geschehen sein könne, der mit ihm war. Was aber der mindere Gott ihm gewiesen hatte mit seinem Benehmen, war ihm ebenfalls ohne weiteres deutlich: nicht nur an und für sich, sondern in allen seinen Folgen und Zusammenhängen, und er nahm sich auf und lief nach dem Hof, um Schürfgerät zu holen, brachte auch Abdcheba, den Zwanzig-Schekel-Mann, auf die Beine, ihm zu helfen, und grub die halbe Nacht, schlief dann nur eine Stunde und fuhr vor Tag wieder fort zu graben, bis er zu seiner Qual die Schafe austreiben und für den ganzen Tag sein Werk im Stich lassen mußte, – er konnte nicht stehen, noch liegen, noch sitzen, während er dieses Tages Labans Schafe weidete.

Es fehlte noch viel, daß die Winterregen begonnen hätten und man mit der Landbestellung wieder hätte den Anfang machen können. Alles lag verbrannt, Laban kümmerte sich nicht um sein Feld, er war auf dem Hof beschäftigt und kam nicht dorthin, wo Jaakob grub, so daß er nichts merkte und ahnte von der Geschäftigkeit, die dieser am Abend wieder aufnahm und beim Scheine des reisenden Mondes fortsetzte, bis Ischtar erschien. An verschiedenen Stellen in kleinem Umkreise setzte er an und mußte tief dringen im Schweiße seines Angesichts durch Lehm und Stein. Als aber im Osten der Himmel erwachte, bevor noch der oberste Rand der Sonne sich über den Gesichtskreis erhoben, siehe, da sprang das Wasser, es sprudelte der Quell, er hatte große Kraft, er sprang drei Spannen hoch in der Höhle empor, begann die hastig und formlos ausgehobene Grube zu füllen, benetzte das Land umher, und sein Wasser schmeckte nach den Schätzen der Unterwelt.

Da betete Jaakob an, und während er noch anbetete, rannte er schon, um Laban zu finden. Als er ihn aber von ferne sah, ging er langsam, trat grüßend vor ihn hin und sprach mit bezwungenem Atem:

»Ich habe Wasser gefunden.«

»Was heißt das?« entgegnete Laban lahm hängenden Mundes.

»Eine Quelle von unten«, war Jaakobs Antwort, »die ich ergrub zwischen Hof und Feld. Sie springt eine Elle hoch.«

»Du bist besessen.«

»Nein. Der Herr, mein Gott, ließ sie mich finden, laut meines Vaters Segen. Mein Oheim komme und sehe.«

Laban lief, wie er gelaufen war, als ihm Eliezer, der reiche Sendbote, gemeldet worden. Er war lange vor Jaakob, der ihm gemächlich folgte, an der sprudelnden Grube, stand und schaute.

»Das ist Lebenswasser«, sprach er erschüttert.

»Du sagst es«, bestätigte Jaakob.

»Wie hast du das gemacht?«

»Ich glaubte und grub.«

»Dies Wasser«, sagte Laban, ohne den Blick aus der Grube zu heben, »kann ich in offener Rinne auf mein Feld leiten und es tränken.«

»Dazu wird es sehr gut sein«, erwiderte Jaakob.

»Ich kann«, fuhr Laban fort, »Ischullanu's Söhnen zu Charran den Vertrag kündigen, denn ich brauche ihr Wasser nicht mehr.«

»Durch den Sinn«, sagte Jaakob, »ging auch mir wohl dergleichen schon. Übrigens kannst du einen Teich mauern, wenn du willst, und einen Garten pflanzen mit Dattelpalmen und allerlei Obstbäumen, wie etwa Feigen-, Granatapfel- und Maulbeerbäumen. Wenn es dir einfällt und du durchaus willst, so kannst du darin auch Pistazien, Birnen- und Mandelbäume sowie vielleicht ein paar Erdbeerbäume setzen und hast von den Datteln das Fleisch, den Saft und die Kerne, hast auch Palmmark davon als Zukost, die Blätter zu Flechtwerk, die Rippen zu allerlei Hausrat, den Bast zu Seilen und Webwerk und das Holz zum Bauen.«

Laban schwieg. Er umarmte den Gesegneten nicht, er fiel nicht vor ihm nieder. Er sagte nichts, stand, wandte sich und ging. Auch Jaakob enteilte und fand Rahel, die saß im Stalle am Euter und molk. Der sagte er alles an und sprach in dem Sinn, daß sie nun wahrscheinlich Kinder miteinander würden zeugen können. Da nahmen sie sich bei den Händen und tanzten etwas zusammen und sangen »Hallelu-Ja!«.

Jaakob freit um Rahel

Als Jaakob einen Monat bei Laban war, trat er abermals vor ihn hin und sagte: Da Esau's Zorn unterdessen wohl zum bedrohlichsten Teil schon verraucht sei, so habe er, Jaakob, mit dem Bas zu reden.

»Ehe du redest«, antwortete Laban, »höre du mich an, denn ich war im Begriffe, mich meinerseits mit einem Vorschlage an dich zu wenden. Du bist nun schon einen Umlauf des Mondes lang bei mir, und wir haben auf dem Dache geopfert bei Neulicht, bei Halblicht, bei voller Schönheit und am Tage des Verschwindens. In dieser Zeit habe ich außer dir noch drei Mietssklaven aufgenommen auf eine Weile, die ich bezahle, wie es Recht ist. Denn es ist Wasser gefunden worden nicht ohne dein Zutun, und wir haben angefangen, die Quellstätte zu mauern und die Rinne der Leitung aus Ziegeln zu bauen. Wir haben auch abgesteckt die Maße des Teiches, den wir ausheben wollen, und wenn daran gedacht werden soll, einen Garten zu pflanzen, so wird es viel Arbeit geben, zu welcher ich Armeskräfte brauche, so deine wie derer, die ich noch aufnahm und die ich beköstige und kleide und belohne sie mit acht Sila Getreide täglich. Du hast mir gedient ohne Lohn bis jetzt, aus Verwandtenliebe nach unserm Vertrage. Aber siehe, wir wollen einen neuen machen, denn es ist nicht länger recht vor Göttern und Leuten, daß werden die fremden Knechte belohnt, nicht aber der Neffe. Darum sage, was du verlangst. Denn ich will dir geben, was ich den anderen gebe, und noch etwas mehr, wenn du besiegelst, so viel Jahre bei mir zu bleiben, als die Woche Tage hat und wie man zählt, bis der Acker brachliegen bleibt und die Scholle ruht, daß der Mensch weder säet noch erntet. Also sollst du mir sieben Jahre dienen um den Lohn, den du forderst.«

Dies Labans Rede und Gedankengang, eine rechtliche Rede als Kleid rechtlicher Gedanken. Aber schon die Gedanken – und nicht erst die Rede – des Erdenmenschen sind nur ein Kleid und eine Beschönigung seiner Strebungen und Interessen, die er in rechtliche Form bringt, indem er denkt, so daß er meist lügt, bevor er spricht, und seine Worte so redlich kommen, weil nicht sie erst gelogen sind, sondern bereits die Gedanken. Laban war lebhaft erschrocken, als es schien, daß Jaakob fortwollte, denn seit die Quelle sprang, wußte er, daß Jaakob wirklich ein Segensträger war und ein Mann der gesegneten Hand, und alles war ihm daran gelegen, ihn an sich zu fesseln, damit auch fernerhin seine Geschäfte Nutzen zögen aus dem Segen, den jener trug, wohin er kam. Der Wasserfund war ein gewaltiger Segen, so folgenreich, daß es nur seiner Folgen erste, aber die größte nicht war, wenn Laban dadurch seiner schweren Abgabe an Ischullanu's Söhne ledig geworden war. Denn diese hatten wohl Finten vorgeschützt und erklärt, ohne das Wasser ihres Kanals hätte der Mann sein Feld überhaupt nicht anbauen können, darum, ob er jenes noch brauche oder nicht, sei er gehalten, ihnen das Öl, das Korn und die Wolle zu entrichten ewiglich. Aber der Richter vom Stuhl hatte die Götter gefürchtet und für Laban entschieden, was dieser ebenfalls für eine Einwirkung von Jaakobs Gott zu halten geneigt war. Nun war vieles unterwegs und im Gange, vieles in Angriff genommen, zu dessen Vollendung und Gedeihen Jaakobs segensreiche Gegenwart vonnöten erschien. Das wirtschaftliche Machtverhältnis zwischen den beiden hatte sich zugunsten des Neffen verschoben: Laban glaubte seiner zu bedürfen, und Jaakob, der dies wohl wußte, besaß in der Möglichkeit, mit seinem Weggang zu drohen, ein Druckmittel, dem Labans Erdensinn sofort Rechnung zu tragen bereit war. Darum hatte sich dieser, schon vorbeugend, schon bevor Jaakob Miene machte, sein Druckmittel spielen zu lassen, in seiner Seele beeilt, die Bedingungen, unter denen Rebekka's Sohn für ihn arbeitete, unwürdig zu finden, und war ihm mit rechtlichen Vorschlägen wegen ihrer Verbesserung ins Wort gefallen. Jaakob, der in Wirklichkeit nicht daran denken konnte, schon jetzt nach Hause zurückzukehren, da niemand besser wußte als er, daß die Umstände noch keineswegs reif dafür waren, freute sich dessen, daß der Ohm sich über die Machtlage täuschte, und fühlte sich ihm herzlich verbunden für sein Entgegenkommen, obgleich er einsah, daß dieses weder der Rechtlichkeit, noch der Liebe zu ihm persönlich, sondern allein dem Interesse entsprang. Verbunden also fühlte er sich ihm eigentlich für das Interesse, das jenen an ihn, den Gesegneten, band; denn so ist der Mensch, daß die Freundlichkeit, in die solches Interesse sich kleidet, unwillkürlich von ihm auf den anderen als Liebe zurückstrahlt. Außerdem liebte Jaakob den Laban um dessentwillen, was dieser zu vergeben hatte und was er von ihm zu fordern gedachte; denn das war größer als Sila und Sekel. Er sprach:

»Mein Vater und Bruder, wenn du willst, daß ich bleibe und kehre noch nicht zurück zu Esau, dem Versöhnten, und diene dir, so gib mir Rahel, dein Kind, zum Weibe, sie sei mein Lohn. Denn sie gleicht, was die Schönheit betrifft, ganz einer jungen

Kuh, und auch mich sieht sie ihrerseits freundlich an, und wir sind im Gespräch übereingekommen, daß wir Kinder mitsammen zeugen möchten nach unserem Bilde. Darum, so gib sie mir, und ich bin der Deine.«

Laban war keineswegs überrascht. Der Freiungsgedanke, wir sagten das schon, war mit dem Eintreffen des Vetters und Neffen von vornherein nahe verbunden gewesen und nur vermöge der Mißlage Jaakobs in Labans Denken zurückgetreten. Daß Jaakob ihn jetzt, da die Machtverhältnisse eine Änderung zu seinen Gunsten erfahren hatten, zur Sprache brachte, war begreiflich, und dazu war es erfreulich für Laban, den Erdenkloß, der auf der Stelle erkannte, daß jener sich damit seines Vorteils über ihn recht weitgehend wieder begab. Denn durch sein Eingeständnis, daß Rahel ihm lieb sei, gab er sich aufs neue ebensosehr in Labans Hände, wie dieser in den seinen war, und schwächte das Druckmittel seiner Weggangsdrohung. Was aber den Vater ärgerte, war, daß Jaakob von Rahel sprach, nur von ihr, und Lea ganz überging. Er antwortete:

»Rahel soll ich dir geben?«

»Ja, sie. Selbst möchte sie es auch.«

»Nicht Lea, mein größeres Kind?«

»Nein, diese ist mir nicht ganz so lieb.«

»Sie ist die ältere und die nächste zu freien.«

»Allerdings, sie ist etwas älter. Sie ist auch stattlich und stolz trotz kleiner Mängel ihres Äußeren oder gerade ihretwegen, und wäre wohl tüchtig, mir Kinder zu gebären, wie ich sie wünsche. Aber es ist nun so, daß ich mein Herz gehängt habe an Rahel, dein kleiner Kind, denn sie scheint mir wie Hathor und Eset, sie leuchtet förmlich für mich in weiblichem Lichte, der Ischtar gleich, und ihre lieben Augen gehen mir nach, wo ich wandle. Siehe, es war eine Stunde, da waren meine Lippen naß von Tränen, die sie für mich geweint. Darum gib sie mir, und ich will dir fronen.«

»Es ist selbstverständlich besser, ich gebe sie dir, als daß ich sie einem Fremden gäbe«, sagte Laban. »Aber soll ich etwa Lea, mein älter Kind, einem Fremden geben, oder soll sie vielleicht verdorren ohne Mann? Nimm zuerst Lea, nimm beide!«

»Du bist sehr gütig«, sagte Jaakob, »aber so unbegreiflich es klingen mag, Lea entfacht meine männlichen Wünsche gar nicht, sondern im Gegenteil, und einzig um Rahel ist es deinem Knechte zu tun.«

Da sah Laban ihn eine Weile an mit seinem lahm zugezogenen Auge und sprach dann barsch:

»Wie du willst. Also besiegle mir, daß du willst sieben Jahre bei mir bleiben und mir dienen um diesen Lohn.«

»Sieben mal sieben!« rief Jaakob. »Ein Halljahr Gottes! Wann soll die Hochzeit sein?«

»Nach sieben Jahren«, antwortete Laban.

Man stelle sich Jaakobs Schrecken vor!

»Wie«, sagte er, »ich soll dir dienen um Rahel sieben Jahre, ehe du sie mir gibst?«

»Wie denn sonst?« erwiderte Laban und tat erstaunt aufs äußerste. »Daß ich ein Narr wäre in der Welt und gäbe sie dir gleich, damit du auf und davon gingest mit ihr, wann es dir beliebte, und ich hätte das Nachsehen. Oder wo ist der Kaufpreis und Mahlschatz nebst angemessenen Geschenken, die du mir überliefern willst, daß ich sie der Braut an den Gürtel binde, und die mir bleiben nach der Schrift des Gesetzgebers, wenn du vom Verlöbnis zurücktrittst? Hast du sie bei dir, die Mine Silbers und was es sonst sei, oder wo etwa hast du sie? Du bist ja arm wie die Maus auf dem Felde und ärmer noch. Darum werde es verbrieft und besiegelt vor dem Richter, daß ich dir die Dirne verkaufe um sieben Jahre, die du mir dienen sollst, und wird dir nachgezahlt am Ende der Lohn. Und soll beigesetzt werden die Tafel im Hausheiligtum unter Tag und anbefohlen sein dem Schutze der Teraphim.«

»Einen harten Oheim«, sprach Jaakob, »hat Gott mir beschert!«

»Redensarten!« gab Laban zur Antwort. »Ich bin so hart, wie die Sachlage mir erlaubt zu sein, und wenn sie's fordert, so bin ich weich. Du aber willst die Dirne zum Weib, – so zieh ohne sie, oder diene erst!«

»Ich diene«, sprach Jaakob.

Von langer Wartezeit

Also hatte die erste, kurze und vorläufige Epoche von Jaakobs großem Aufenthalt bei Laban sich abgezeichnet, das Vorspiel, das nur einen Monat umfaßte und an dessen Ende der neue, befristete und zwar langbefristete Rechtsvertrag stand. Es war ein Ehevertrag und dann auch wieder ein Dienstvertrag, eine Mischung aus beidem, wie sie dem Maschkimbeamten oder Richter vom Stuhl wohl noch nicht häufig, aber ähnlich wohl doch das ein oder andere Mal schon mochte vorgekommen sein und die er jedenfalls als rechtsfähig und, kraft des Willens beider Parteien, als rechtsgültig anerkannte. Das Schriftstück, doppelt ausgefertigt, wurde, um den Fall recht klarzustellen, gesprächsmäßig abgefaßt; Jaakobs und Labans Rede und Gegenrede wurde unmittelbar aufgeführt und so das Zustandekommen ihrer gütlichen Abmachung sinnfällig gemacht. Dieser Mann hatte zu dem und dem Manne gesagt: Gib mir deine Tochter zum Weibe, worauf der und der Mann gefragt hatte: Was gibst du mir für sie? Da hatte jener Mann nichts gehabt. Darauf hatte obbesagter Mann gesprochen: Da es dir am Mahlschatz gebricht sowie sogar an jedem Vermögen zur Anzahlung darauf, die ich der Braut könnte an den Gürtel hängen zum Verlöbnis, sollst du mir dienen für sie so viel Jahre, wie die Woche Tage hat. Das soll der Kaufpreis sein, den du mir zahlst, und soll die Braut dein sein zum Beilager nach Ablauf der Frist nebst einer Mine Silbers und einer Magd, die ich der Dirne geben will als Mitgift, und zwar so, daß zwei Drittel der Mine Silbers eingerechnet sein sollen in den Wert der Sklavin und nur noch ein Drittel Mine gezahlt werden soll in bar oder in Gaben des Feldes. Da sprach jener: So soll es sein. Im Namen des Königs, so sei es. Je ein Schriftstück haben sie genommen. Wer sich gegen den Vertrag erhöbe, indem er sich ungesetzlich benähme, dem sollte nichts Gutes daraus erwachsen.

Die Abmachung hatte Hand und Fuß, der Richter durfte sie billig finden, und unter dem rein wirtschaftlichen Gesichtspunkt hatte auch Jaakob sich nicht zu beklagen. Schuldete er dem Ohm eine Mine Silbers zu sechzig Sekel, so reichten sieben Jahre Fron nicht einmal aus, diese Verbindlichkeit zu decken; denn der Durchschnittslohn für einen Mietssklaven belief sich im Jahr nur auf sechs Sekel, und derjenige für sieben Jahre kam also der Schuld Jaakobs nicht gleich. Freilich empfand er tief, wie sehr doch der wirtschaftliche Aspekt hier täusche und daß, wenn es eine gerechte Wage, eine Gotteswage gegeben hätte, die Schale, in der sieben Lebensjahre lagen, die andere mit der Mine Silbers hoch hätte emporschnellen lassen. Schließlich aber waren es Jahre, die er in Rahels Nähe verbringen sollte, und das breitete große Liebesfreude über das Opfer, wozu noch kam, daß vom ersten Tage an der Vertragserfüllung Rahel ihm rechtlich verlobt und verbunden sein würde, so daß kein anderer Mann sich ihr würde nähern dürfen, ohne sich ebenso schuldig zu machen, als verleitete er eine Ehefrau. Ach, sie würden aufeinander warten müssen sieben Jahre lang, die Geschwisterkinder; eine ganz andere Altersstufe als ihre gegenwärtige würden sie beschritten haben, ehe sie Söhne miteinander würden zeugen dürfen, und das war eine bittere Zumutung, welche entweder von Labans Grausamkeit oder seinem Mangel an Einbildungskraft zeugte, kurz, ihn aufs neue und krasseste als Mann ohne Herz und Sympathie kennzeichnete.

Ein zweites Ärgernis war der ungemeine Geiz und der Hang zur Übervorteilung des Nächsten, welche aus der die Mitgift betreffenden Aufstellung des Vertrages sprachen, – diese nach sieben Jahren fällige väterliche Morgengabe, die für den armen Jaakob ein grundschlechtes Geschäft bedeutete, zumal schamloserweise dabei eine Magd unbekannter Beschaffenheit geldlich doppelt so hoch bewertet war, wie irgend jemand ein mittleres Stück Sklave hier oder im Westlande sonst bewertete. Aber weder an dieser noch jener Anstößigkeit war etwas zu ändern. Die Zeit besserer Geschäfte, so empfand Jaakob, würde schon noch kommen, – er spürte in seiner Seele die Verheißung guter Geschäfte und eine geheime Kraft dazu, die sicherlich diejenige übertraf, welche in die Brust dieses Unterweltsteufels von Schwiegervater gelegt war: Labans, des Aramäers, dessen Augen lieblich geworden waren in Rahel, seinem Kinde. Und was die sieben Jahre betraf, so waren sie eben in Angriff zu nehmen und abzuleben. Leichter wäre es gewesen, sie zu verschlafen; aber nicht nur, weil das nicht möglich war, ließ Jaakob den Wunsch nicht aufkommen, sondern weil er fand, es sei immerhin besser, sie tätig zu überwachen.

Das tat er, und das sollte auch der Erzähler tun und nicht wähnen, er könne mit dem Sätzchen »Sieben Jahre vergingen« die Zeit verschlafen und überspringen. Es ist wohl Erzählerart, leichthin so auszusagen, und doch sollte keinem der Zauberspruch, wenn er denn schon gesprochen werden muß, anders als schwer von Sinn und zögernd vor Lebensehrfurcht von den Lippen gehen, so daß er auch dem Lauschenden schwer und sinnig wird und er sich wundert, wie sie doch vergehen mochten, die unabsehbaren oder doch nur mit dem Verstande, nicht aber mit der Seele absehbaren sieben Jahre – und zwar als wären's einzelne Tage gewesen. Dies nämlich ist überliefert, daß dem Jaakob die sieben Jahre, vor denen er sich anfangs gefürchtet hatte bis zum Verzagen, wie Tage vergangen seien, und diese Überlieferung ist selbstverständlich zuletzt auf seine eigene Aussage zurückzuführen – sie ist, wie man zu sagen pflegt, authentisch und übrigens vollkommen einleuchtend. Nicht um irgendwelche Siebenschläferei handelte es sich dabei und überhaupt um keinen anderen Zauber als den der Zeit selbst, deren größere Einheiten vergehen, wie die kleinen es tun – weder schnell noch langsam, sondern sie vergehen einfach. Ein Tag hat vierundzwanzig Stunden, und obgleich eine Stunde ein beträchtlicher Block und Zeitraum ist, der viel Leben und Tausende von Herzschlägen umfaßt, so vergehen doch eine so große Anzahl davon, von einem Morgen zum anderen, in Schlafen und Wachen, du weißt nicht wie, und ebensowenig weißt du, wie sieben solcher Lebenstage vergehen, eine Woche also, die Einheit, von der bloße vier genügen, den Mond alle seine Zustände durchlaufen zu lassen. Jaakob hat nicht erzählt, sieben Jahre seien ihm »so schnell« wie Tage vergangen, er wollte das Gewicht eines Lebenstages nicht herabsetzen durch diesen Vergleich. Auch der Tag vergeht nicht »schnell«, aber er vergeht mit seinen Tageszeiten, mit Morgen, Mittag, Nachmittag und Abend, einer unter anderen, und das tut, mit seinen Jahreszeiten, von Auferstehung zu Auferstehung, auf die gleiche unqualifizierbare Weise, eines unter anderen, auch das Jahr. – Darum überlieferte Jaakob, die sieben seien ihm vergangen, wie Tage vergehen.

Es ist müßig, zu erinnern, ein Jahr bestehe nicht nur aus seinen Zeiten, nicht nur aus dem Kreislauf von Frühling, Grünweide und Schafschur, über Ernte und Sommersglut, ersten Regen und Neubestellung, Schnee und Nachtfrost bis wieder zur rosigen Tamariskenblüte; das sei nur der Rahmen, ein Jahr, das sei ein gewaltiges Filigran von Leben, an Vorkommnissen überreich, ein Meer zu trinken. Ein solches Filigran aus Denken, Fühlen, Tun und Geschehen bildet auch der Tag, auch die Stunde – in kleinerem Maßstabe, wenn man will; aber die

Größenunterschiede zwischen den Zeiteinheiten sind wenig unbedingt, und ihr Maßstab bestimmt zugleich auch uns, unser Empfinden, unsere Einstellung und Anpassung, so daß sieben Tage oder auch Stunden unter Umständen schwerer zu trinken sein und ein kühneres Zeitunternehmen darstellen mögen als sieben Jahre. Was denn auch heißt hier kühn! Ob man heiteren Mutes oder voll Zagens in diese Flut steige: nichts lebt, was sich ihr nicht überlassen müßte, – und weiter ist auch nichts nötig. Sie trägt uns dahin auf eine Art, die reißend ist, ohne daß sie unserer Aufmerksamkeit so schiene, und blicken wir zurück, so ist der Punkt, wo wir einstiegen, »lange her«, sieben Jahre zum Beispiel, die vergangen sind, wie auch Tage vergehen. Ja, nicht einmal auszusagen und zu unterscheiden ist, wie der Mensch sich der Zeit überlasse, ob froh oder zag; die Notwendigkeit, es zu tun, überherrscht solche Unterschiede und macht sie zunichte. Niemand behauptet, daß Jaakob die sieben Jahre mit Freuden unternommen und angetreten hätte, denn erst nach ihrem Vergehen sollte er ja Kinder zeugen dürfen mit Rahel. Aber das war ein Gedankenkummer, welcher durch rein vitale Gegenwirkungen, die sein Verhältnis zur Zeit – und das Verhältnis der Zeit zu ihm – bestimmten, weitgehend abgeschwächt und aufgehoben wurde. Denn Jaakob sollte hundertundsechs Jahre alt werden, und das wußte zwar nicht sein Geist, aber sein Leib wußte es und seines Fleisches Seele, und so waren sieben Jahre vor ihm zwar nicht so wenig wie vor Gott, doch längst nicht so viel wie vor einem, der nur fünfzig oder sechzig Jahre alt werden soll, und seine Seele konnte die Wartezeit ruhiger ins Auge fassen. Schließlich aber soll noch zur allgemeinen Beruhigung darauf hingewiesen werden, daß es nicht reine Wartezeit war, die er zu bestehen hatte, denn – dazu war sie zu lang. Reines Warten ist Folterqual, und niemand hielte es aus, sieben Jahre oder auch nur sieben Tage lang dazusitzen oder auf und ab zu gehen und zu warten, wie eine

Stunde lang zu tun man wohl in die Lage gerät. In größerem und großem Maßstabe kann das darum nicht vorkommen, weil dabei das Warten dermaßen verlängert und verdünnt, zugleich aber so stark mit Leben versetzt wird, daß es für lange Zeitstrecken überhaupt der Vergessenheit anheimfällt, das heißt: ins Unterste der Seele zurücktritt und nicht mehr gewußt wird. Darum mag eine halbe Stunde reinen und bloßen Wartens gräßlicher sein und eine grausamere Geduldsprobe als ein Wartenmüssen, das in das Leben von sieben Jahren eingehüllt ist. Ein nah Erwartetes übt, eben vermöge seiner Nähe, auf unsere Geduld einen viel schärferen und unmittelbareren Reiz aus als das Ferne, es verwandelt sie in nerven- und muskelzerrende Ungeduld und macht Kranke aus uns, die buchstäblich mit ihren Gliedern nicht wissen, wohin, während ein Warten auf lange Sicht uns in Ruhe läßt und uns nicht nur erlaubt, sondern uns zwingt, auch noch an anderes zu denken und anderes zu tun, denn wir müssen leben. So stellt der wunderliche Satz sich her, daß der Mensch, gleichviel mit welchem Grade von Sehnlichkeit er warte, es nicht desto schwerer, sondern desto leichter tut, je ferner in der Zeit das Erwartete gelegen ist.

Die Wahrheit dieser tröstlichen Erwägungen – eine Wahrheit, die darauf hinausläuft, daß Natur und Seele sich stets zu helfen wissen – erwies und bewährte sich in Jaakobs Fall nun sogar besonders deutlich. Er diente dem Laban vornehmlich als Schafhirt, und ein Hirt, das weiß man ja, hat viel leere Zeit; stundenweise wenigstens, ja halbe Tage lang ist sein Teil eine mußevolle Beschaulichkeit, und falls er auf etwas wartet, so ist sein Warten nicht in viel tätiges Leben eingehüllt. Hier aber zeigte sich die Milde eines Wartens auf lange Sicht; denn es war keineswegs so, daß Jaakob nicht gewußt hätte, ob er sitzen, stehen oder liegen sollte, und auf der Steppe herumgelaufen wäre, den Kopf zwischen den Händen. Sondern sehr ruhig war ihm zumute, wenn auch zugleich etwas traurig, und das Warten bildete nicht die Oberstimme, sondern den Grundbaß seines Lebens. Natürlich dachte er auch an Rahel und an die mit ihr zu zeugenden Kinder, wenn er fern von ihr mit dem Hunde Marduka, den Ellbogen aufgestützt und die Wange in der Hand, oder die Hände im Nacken verschränkt und ein Bein über das aufgestellte andere geschlagen, im Schatten eines Felsens oder Gebüsches lag oder aufrecht in weiter Ebene an seinem Stabe lehnte und um sich die Schafe weiden ließ, – aber doch nicht nur an sie, sondern auch an Gott und an alle Geschichten, die nächsten und fernsten, an seine Flucht und Wanderschaft, an Eliphas und den stolzen Traum zu Beth-el, an das Volksfest von Esau's Verfluchung, an Jizchak den Blinden, an Abram, den Turm, die Flut, Adapa oder Adama im Paradiesesgarten ... wobei ihm der Garten einfiel, zu dessen Anpflanzung er Laban, dem Teufel, segensreich verholfen hatte und dessen Erstehen für des Mannes Wirtschaft und Wohlstand einen so großen Fortschritt bedeutete.

Es ist nicht überflüssig zu wissen, daß Jaakob im ersten Kontraktjahr noch nicht, oder nur selten, die Schafe hütete, sondern dies meistens Abdcheba, dem Zwanzig-Schekel-Manne, oder auch den Töchtern Labans überließ und sich für sein Teil, nach des Oheims Wunsch und Befehl, an den Arbeiten beteiligte, die sich aus seinem Segensfunde ergaben: der Herstellung der Wasserleitung und des Teiches, zu der man sich einer natürlichen Bodensenkung bediente, die man mit dem Spaten ausglich, worauf man ihre Wände vermauerte und ihren Boden mit Steinkitt dichtete. Endlich war da der Garten – Laban legte allen Wert darauf, daß auch diese Neuanlage unmittelbar unter des Neffen gesegneten Händen bewerkstelligt werde, denn er war nun überzeugt von der Wirksamkeit des erlisteten Segens und freute sich der Klugheit, mit der er diese Wirksamkeit auf lange hinaus in den Dienst seiner wirtschaftlichen Interessen gestellt hatte. War es denn nicht klar und deutlich, daß Rebekka's Sohn ein Glücksbringer war fast wider seinen Willen und durch seine bloße Gegenwart Zustände belebte, aufregte und in ungeahnten Fluß brachte, denen es scheinbar bestimmt gewesen war, nur immer so weiter zu stocken und sich zu schleppen? Was war das auf einmal für ein Werken und zukunftsreiches Treiben auf Labans Hof und Feld, was für ein Graben, Hämmern, Ackern und Pflanzen! Laban hatte Geld aufgenommen, um der Vergrößerung des Betriebes, den nötigen Einkäufen gewachsen zu sein: Ischullanu's Söhne in Charran hatten ihm welches vorgestreckt, obgleich sie ihren Prozeß gegen ihn verloren hatten. Denn das waren kühle, sachlich denkende und persönlich ganz unempfindliche Leute, welchen die Niederlage in einem Rechtsstreit durchaus nicht als Grund galt, mit dem Manne, der gegen sie Recht behalten, nicht ein neues Geschäft abzuschließen, und zwar gerade auf Grund des wirtschaftlichen Machtmittels, mit dem er sie geschlagen und das ihn nun in ihren Augen zum guten Schuldner machte, so daß sie es unbedenklich beleihen mochten. So geht es zu im Wirtschaftsleben, und Laban wunderte sich nicht darüber. Er brauchte das Bankgeld allein schon zur Bezahlung und Beköstigung von drei neuen Hofleuten, jener Mietssklaven, die das Eigentum eines städtischen Verleihers waren und denen Jaakob die Arbeit anwies, worauf er den Fleiß ihrer Muskeln, selbst Hand anlegend, als Aufseher und Vorsteher überwachte. Denn es versteht sich, daß seine Stellung im Hause, auch ohne irgendwelche Abmachung darüber, keinen Augenblick mit der dieser geschorenen Mietlinge und Markenträger zu vergleichen war, die den Namen ihres Besitzers mit Dauerfarbe in die rechte Hand geschrieben trugen. Da fehlte viel, daß der siebenjährige Kontrakt, der in einer tönernen Kassette unten bei den Teraphim ruhte, ihn zu ihresgleichen gemacht hätte. Er war des Hauses Neffe und Bräutigam, er war außerdem der Quelle Herr und daher Wasserbaumeister und Obergärtner – sogleich gestand Laban ihm diese Eigenschaften zu, und er wußte, warum er es tat.

Er glaubte auch zu wissen, warum er Jaakob mit dem größten Teile der Einkäufe an Gerätschaften, Baustoffen, Sämereien und Schößlingen betraute, die sich mit den Neuerungen ergaben und in denen das Leihgeld angelegt wurde. Er vertraute des Neffen glücklicher Hand, und mit Recht; denn immer noch fuhr er besser dabei und gewann schönere Ware, als wenn er, der Finstere, Segenlose, selbst eingehandelt hätte, obgleich auch Jaakob dabei zu seinem Vorteil kam und schon damals anfing, die freilich noch dünne Grundlage seines späteren Wohlstandes zu legen. Denn er verstand seine Aufgabe beim Handelsverkehr mit städtischen und entfernt hausenden ländlichen Geschäftspartnern nicht allezeit steif und fest in dem Sinne, daß er nur der bevollmächtigte Angestellte und Mittelsmann Labans gewesen wäre, sondern er versah sie im Geiste des Zwischenhändlers und freien Kaufmanns, und zwar eines so guten, gewandten, umgänglichen und wortgewandt einnehmenden, daß er, ob es sich nun um Erwerbungen durch bare Zahlung oder um häufige Tauschgeschäfte handelte, immer einen geringeren oder größeren Gewinn auf eigene Rechnung beiseite brachte, so daß er tatsächlich schon eine kleine Privatherde an Schafen und Ziegen besaß, ehe er recht angefangen hatte, der Herde Labans zu warten. Gott, der König, hatte in die Harfen gerufen, daß Jaakob reich heimkehren solle in Jizchaks Haus, und das war zugleich eine Verheißung und ein Befehl gewesen, – das letztere insofern, als Verheißungen ohne des Menschen Zutun sich natürlich nicht wohl erfüllen können. Sollte er Gott, den König, Lügen strafen und sein Wort freventlich zu Schanden machen aus eitel Fahrenlassen und maßloser Bedenklichkeit gegen einen Oheim, der alle Härten des Wirtschaftslebens finster billigte, ohne es je recht verstanden zu haben, für sich selber Vorteil daraus zu ziehen? Jaakob war nicht einmal versucht, sich eines solchen Fehlers schuldig zu machen. Man soll nicht denken, daß er Laban belogen und betrogen und heimlich übervorteilt hätte. Dieser wußte im allgemeinen, wie Jaakob es hielt, und drückte im einzelnen, wenn dieses Verhalten klar zutage lag, buchstäblich und mit hängendem Mundwinkel ein Auge zu. Denn der Mann sah, daß er fast immer noch günstiger zu dem Seinen kam, als er auf eigene plumpe Faust dazu gekommen wäre, und Grund, sich vor Jaakob zu fürchten und ihm durch die Finger zu sehen, hatte er auch. Denn dieser war leicht beleidigt und wollte zart angefaßt sein, in Schonung seiner gesegneten Art. Er sprach es ganz offen aus und verwarnte den Laban ein für allemal in dieser Beziehung: »Wenn du mit mir schmälen und rechten willst«, sagte er, »mein Herr, um jeder Kleinigkeit willen, die für mich abfällt beim Handel in deinem Dienst, und willst scheel blicken, wenn einmal nicht du allein allen Vorteil hast von deines Knechtes Gewitztheit, dann verstimmst du mir das Herz in der Brust und den Segen im Leibe und machst, daß mir deine Angelegenheiten nicht gedeihen unter den Händen. Zu dem Manne Belanu, von dem ich das Saatkorn für dich kaufte, das du benötigst zur Vergrößerung deines Ackers, sprach der Herr, mein Gott, im Traum: ›Es ist Jaakob, der Gesegnete, mit dem du handelst und dessen Haupt und Füße ich hüte. Darum so hüte du dich nun und rechne ihm die fünf Kur Getreide, die er von dir kaufen will um fünf Sekel, mit zweihundertfünfzig Sila das Kur und nicht mit zweihundertvierzig oder gar -dreißig, wie du allenfalls dem Laban rechnen könntest, sonst sei bedroht von mir! Jaakob wird dir geben neun Sila Öl statt eines Sekels und fünf Minen Wolle statt eines weiteren, dazu einen guten Hammel im Werte von anderthalb Sekel und für den Rest ein Lamm seiner Herde. Das alles wird er dir zahlen für deine fünf Kur Saatkorn anstatt fünf Sekel und überdies viel freundliche Blicke und erheiternde Reden, so daß du einen angenehmen Umgang hast mit deinem Käufer. Willst du ihm aber schlechtere Preise machen, so sieh dich vor! Denn dann werde ich unter dein Vieh fahren und es schlagen mit allerlei Pestilenz und werde schlagen dein Weib mit Unfruchtbarkeit und deine schon vorhandenen Kinder mit Blindheit und Blödsinn und sollst mich kennen lernen.‹ Da fürchtete Belanu den Herrn, meinen Gott, und tat, wie er ihn geheißen, so daß ich billiger zu der Gerste kam, als irgendein Mann dazu gekommen wäre und besonders mein Oheim. Denn er prüfe sich doch selbst und frage sich, ob ihm neun Sila Öl durchgegangen wären für einen Sekel und fünf Minen Schafwolle für den zweiten, wo man doch auf dem Markte bekommt zwölf Sila Öl und mehr für diesen Betrag und sechs Minen Wolle, von der Berechnung des Kurs nicht noch einmal zu reden. Und hättest du nicht geben müssen für die übrigen anderthalb Sekel drei Lämmer gut und gern oder ein Schwein und ein Lamm? Darum nahm ich mir zwei Lämmer von deiner Herde und zeichnete sie mit meinem Zeichen und sind nun mein. Was aber ist das zwischen dir und mir? Bin ich nicht deines Kindes Bräutigam, und ist durch sie, was mein ist, nicht auch dein? Wenn du willst, daß mein Segen dir fromme und ich dir diene mit Lust und Verschmitztheit, so muß eine Belohnung mir winken und ein Anreiz mich stacheln, sonst ist meine Seele schlaff und lahm, und mein Segen tritt nicht in deine Dienste.«

»Behalte die Lämmer«, sprach Laban; und so ging es etliche Male zwischen ihnen, bis Laban es vorzog, zu verstummen und Jaakob walten zu lassen. Denn er wollte natürlich nicht, daß dessen Seele schlaff und lahm sei, und mußte ihn hätscheln. Aber froh war er doch, als die Leitung vollendet, der Teich gefüllt, der Garten gepflanzt und das Feld vergrößert war und er Jaakob mit den Schafen hinaus in die Steppe schicken konnte, fort vom Hof, erst näher, dann weiter, so daß er Wochen und

Monate lang überhaupt nicht nach Hause kam unter Labans Dach, sondern draußen im Gebreite, in der Nähe einer Zisterne, sich ein eigenes leichtes Dach gegen Sonne und Regen errichtete nebst Hürden aus Lehm und Rohr und einem leichten Turm dabei zu Schutz und Auslug. Da lebte er bei dürftiger Kost mit seinem Hakenstabe und seiner Schleuder, achtete mit Marduka, dem Hunde, der weidend auseinandergezogenen Herde und überließ sich der Zeit, indes er zu Marduka sprach, der sich die Miene gab, ihn zu verstehen, und ihn teilweise auch wirklich verstand, spendete Wasser seinen Tieren und pferchte sie abends ein, litt Hitze und Frost und fand nicht viel Schlaf; denn Wölfe heulten nachts nach den Lämmern, und schlich ein Löwe sich an, so mußte er tun, als sei er zu zwölfen mit Rasseln und Geschrei, um den Räuber von der Hürde zu jagen.

Von Labans Zunahme

Wenn er heimtrieb, wohl eine Tagereise weit oder zwei, um Rechenschaft abzulegen dem Herrn über Vollzahl und Zuwachs und vor ihm die Schafe hindurchgehen zu lassen unter seinem Stabe, so sah er Rahel, die ebenfalls wartete in der Zeit, und sie gingen beiseite Hand in Hand, wo niemand sie sah, und besprachen sich innig über ihr Los, wie sie so lange aufeinander zu warten hätten und noch immer nicht Kinder miteinander zeugen dürften, wobei bald dieser von jenem sich trösten ließ, bald jener von diesem. Doch meistens war es Rahel, die getröstet sein mußte, denn die Zeit war ihr länger und kam ihrer Seele härter an, da sie nicht hundertundsechs Jahre alt werden sollte, sondern nur einundvierzig, so daß sieben Jahre mehr als doppelt so viel waren vor ihrem Leben wie vor seinem. Darum quollen ihr die Tränen recht aus der Tiefe der Seele, wenn die Brautleute heimlich beisammenstanden, und reichlich gingen die lieben schwarzen Augen ihr davon über, wenn sie klagte:

»Ach Jaakob, du Vetter aus der Ferne, der mir versprochen ist, wie tut deiner kleinen Rahel das Herz weh vor Ungeduld! Siehe, die Monde wechseln, und die Zeit vergeht, und das ist gut und traurig zugleich, denn ich gehe schon ins Vierzehnte, und neunzehn muß ich werden, ehe die Pauken und Harfen uns erschallen und wir einziehen ins Bettgemach und ich vor dir bin, wie vor dem Gott die Makellose im obersten Tempel, und du sprichst: ›Gleich der Frucht des Gartens will ich fruchtbar machen diese Frau.‹ Das ist noch so lange hin nach dem Willen des Vaters, der mich dir verkauft hat, daß ich gar nicht mehr sein werde, die ich bin, bis dahin, und wer weiß, ob nicht vorher ein Dämon mich berührt, so daß ich erkranke und sogar die Zungenwurzel davon betroffen wird und menschliche Hilfe vergebens ist? Wenn ich mich aber auch erhole von der Berührung, so geschieht es vielleicht unter Verlust all meines Haares, und die Haut ist mir verdorben, gelb und mit Malen besät, so daß mein Freund mich nicht mehr kennt? Davor fürchte ich mich unsäglich und kann nicht schlafen und werfe die Decke von mir und irre durch Haus und Hof, wenn die Eltern schlummern, und gräme mich wegen der Zeit, daß sie vergeht und nicht vergeht, denn ich fühle so deutlich, daß ich dir fruchtbar sein würde, und bis ich neunzehn bin, könnten wir schon sechs Söhne haben oder auch acht, denn wahrscheinlich würde ich dir zuweilen Zwillinge bringen, und ich weine, weil es so lange anstehen muß.«

Dann nahm Jaakob ihren Kopf zwischen seine Hände und küßte sie unterhalb beider Augen – Labans Augen, die in ihr schön geworden –, küßte ihr da die Tränen fort, so daß seine Lippen naß davon waren, und sprach:

»Ach, meine Kleine, Gute, Kluge, du ungeduldiges Mutterschäfchen, sei nur getrost! Siehe, diese Tränen nehme ich mit mir hinaus ins Feld und in die Einsamkeit als Unterpfand und Gewähr, daß du mein bist und mir vertraut und in Geduld und

Ungeduld meiner harrest, wie ich deiner. Denn ich liebe dich, und die Nacht deiner Augen ist mir lieb über alles, und die Wärme deines Hauptes, wenn du's an meines lehnst, rührt mich bis ins Innerste. Dein Haar gleicht nach seiner Seidigkeit und Dunkelheit dem Fell der Ziegenherden an den Hängen Gileads, deine Zähne sind wie das Licht so weiß, und aufs lebhafteste erinnern deine Wangen mich an die Zartheit des Pfirsichs. Dein Mund ist wie die jungen Feigen, wenn sie sich am Baume röten, und wenn ich ihn im Kuß verschließe, so hat der Hauch, der aus deinen Nasenlöchern kommt, den Duft von Äpfeln. Du bist überaus hübsch und schön, aber du wirst es noch mehr sein, wenn du neunzehn bist, das glaube du mir, und deine Brüste werden sein wie Trauben der Datteln und wie des Weinstocks Trauben. Denn du bist rein von Geblüt, mein Liebling, und es wird keine Krankheit dich anfechten und kein Dämon dich berühren; der Herr, mein Gott, der mich zu dir geführt und dich mir aufgespart hat, wird es verhüten. Was aber mich betrifft, so ist meine Liebe und Zärtlichkeit für dich unbeugsamer Art und ist eine Flamme, die nicht auslöschen werden die Regen noch so vieler Jahre. Ich denke an dich, wenn ich im Schatten des Felsens oder Gebüsches liege oder an meinem Stabe stehe; wenn ich streife und suche nach dem verlaufenen Schaf, wenn ich das kranke pflege oder trage das müde Lamm; wenn ich mich dem Löwen entgegenstelle oder Wasser schöpfe der Herde. Bei all dem denke ich deiner und töte die Zeit. Denn sie vergeht unaufhörlich bei allem, was ich tue und treibe, und Gott gestattet ihr nicht, auch nur einen Augenblick stille zu stehen, ob ich nun ruhe oder mich rühre. Du und ich, wir warten nicht ins Leere und Ungewisse, sondern wir kennen unsere Stunde, und unsere Stunde kennt uns, und sie kommt auf uns zu. In gewisser Beziehung aber ist es vielleicht nicht schlecht, daß noch einiger Spielraum ist zwischen ihr und uns, denn wenn sie gekommen ist, so wollen wir fortziehen von hier in das Land, wohin Urvater zog, und es wird gut sein, wenn ich bis dahin noch etwas schwerer werde durch gute Geschäfte, damit die Verheißung meines Gottes sich erfülle, er wolle mich reich heimführen in Jizchaks Haus. Denn deine Augen sind mir wie Ischtars, der Göttin der Umarmung, die zu Gilgamesch sprach: ›Deine Ziegen sollen zweifach, deine Schafe Zwillinge werfen.‹ Ja, wenn auch wir einander noch nicht umarmen dürfen und fruchtbar sein, so ist es doch unterdessen das Vieh und hat beim Werfen Gelingen um unserer Liebe willen, so daß ich Geschäfte mache für Laban und mich und schwer werde vor dem Herrn, bevor wir dahinziehen.«

So tröstete er sie und traf mit Feinsinn das Rechte mit dem, was er von den Schafen und ihrer gleichsam stellvertretenden Fruchtbarkeit sagte; denn es war wirklich, als ob die Landesgöttin der Umarmung, im Menschlichen gefesselt durch Labans finstere Härte, sich Luft mache und schadlos halte an der Kreatur, nämlich an der von Jaakob gepflegten, dem Kleinvieh Labans, welches gedieh wie kein anderes, so daß an ihm der Segen Jizchaks sich bewährte, wie nie zuvor, und Laban dessen immer froher ward, daß er den Neffen zum Knecht gewonnen, denn sein Nutzen war groß, und er staunte schwer ob dieser Blüte, wenn er auf einem Ochsen herausgeritten kam, eine Tagereise weit oder auch zwei, um die Zucht zu mustern, sprach aber nichts, weder im Guten noch im Bösen – auch im Bösen nichts, denn die einfachste Klugheit gebot ihm, einem solchen Züchter und Segensmann durch die Finger zu sehen, sofern auch dieser auf seinen eigenen Nutzen sah und in Handel und Wandel manches persönlich beiseite brachte nach offen verkündetem Grundsatz. Es wäre unweise gewesen, den Grundsatz anzufechten, falls er mit Maßen gehandhabt wurde; denn solch ein Mann wollte zart angefaßt sein, und man durfte ihm nicht den Segen im Leibe verstimmen.

Wirklich war Jaakob als Viehzüchter und Herr des Schafstalls erst recht in seinem Element, weit mehr denn zuvor auf dem Hof als Herr des Wassers und Gartens. Er war ein Hirt von Geblüt und Charaktergepräge, ein Mondmann, kein Sonnen- und Ackersmann; das Weideleben, so viel Plackerei und selbst Gefahren es bot, entsprach den Wünschen seiner Natur, es war würdig und betrachtsam, es ließ ihm Muße, an Gott und Rahel zu denken; und was die Tiere betraf, so liebte er sie mit Herz und Sinn: ja, recht mit seinen sanften und starken Sinnen war er ihnen zugetan, er liebte ihre Wärme, ihr rupfend weit verteiltes und wieder zusammengedrängtes Leben, den idyllischen und vielstimmig abgestuften Chor ihres Geblöks unter der Weite des Himmels, – liebte ihre fromm verschlossenen Physiognomien, die wagrecht abstehenden Ohrlöffel, die weit auseinanderliegenden spiegelnden Augen, zwischen denen die Stirnwolle den oberen Teil der platten Nase bedeckte, das mächtige, heilige Haupt des Widders, das zarter und hübscher gestaltete des Mutterschafs, das unwissende Kindergesicht des Lammes – liebte die zottig gekräuselte, kostbare Ware, die sie friedlich umhertrugen, das immer nachwachsende Vlies, das er ihnen im Frühjahr und Herbst, zusammen mit Laban und den Knechten, auf dem Rücken wusch, um es dann abzuscheren; und Meisterschaft gewann seine Sympathie in der Betreuung und klugen Regelung ihrer Brunst und Fruchtbarkeit, die er mit andächtiger Sorgfalt nach genauer Kenntnis der Schläge und Individuen, der Eigenschaften von Wolle und Körperverhältnissen, in die Bahnen seines Züchterverstandes zu lenken wußte, – ohne daß wir behaupten wollten, die wunderbaren Ergebnisse, die er erzielte, seien nur diesem zuzuschreiben gewesen. Denn nicht allein, daß er die Rasse hob und an Woll- wie an Fleischschafen prächtig-wertvollste Stücke gewann, sondern auch die Vermehrung und vielgebärende Fortpflanzungskraft der Herde überstieg alles gewohnte Maß und war außerordentlich unter seinen Händen. Es gab kein unträchtig

Muttervieh in seinen Pferchen, sie warfen alle, sie warfen Zwillinge und Drillinge, sie waren fruchtbar mit acht Jahren noch, die Zeit ihrer Brunst währte zwei Monate und die ihrer Trächtigkeit nur vier, ihre Lämmer wurden reif zu Sprung und Empfängnis mit einem Jahre, und fremde Hirten behaupteten, in Jaakobs, des Westländers, Herde bockten bei Vollmond die Schöpse. Das war Scherz und Aberglaube; aber es beweist die augenfällige Außerordentlichkeit von Jaakobs Erfolgen auf diesem Gebiet, die offenbar über den schlichten Fachverstand gingen. Mußte man wirklich das Wirken der Landesgöttin der Umarmung zur Erklärung der neiderregenden Erscheinung heranziehen? Nach unserer Meinung ist statt dessen der Gedanke zu fassen, daß ihre Quelle in dem Herrn des Schafstalles selber lag. Er war ein wartend Liebender; er durfte noch nicht fruchtbar sein mit Rahel; und wie schon oft in der Welt eine solche Hemmung und Stauung der Wünsche und Kräfte ihren Ausweg in großen Geistestaten gefunden hat, so fand sie hier, in ähnlich verblümter Übertragung, ihren Behelf in der Blüte eines der Sympathie und Pflege des Leidenden unterstellten natürlichen Lebens.

Jene Überlieferung, die den gelehrten Kommentar eines Urtextes bildet, der seinerseits die späte schriftstellerische Fassung von Hirten-Wechselgesängen und Schönen Gesprächen darstellt, weiß Übererfreuliches zu melden von Jaakobs glücklichen Handelsgeschäften in Schafen; sie läßt sich um der Verherrlichung willen Übertreibungen zuschulden kommen, von denen aber wir, zur endgültigen Klarstellung der Geschichte, auch wieder nicht allzuviel abziehen dürfen, um nicht die Wahrheit neuerdings zu verrücken. Die Übertreibung liegt tatsächlich großen Teiles nicht erst in den Glossen und Auskünften der Späteren, sondern sie lag in den Originalgeschehnissen selbst oder eigentlich in den Menschen; denn wir wissen ja, wie diese allezeit zur Maßlosigkeit in der Bewertung und

Bezahlung von Gütern neigen, die zu bewundern und zu begehren sie einmal modisch übereingekommen sind. So war es mit Jaakobs Zuchterzeugnissen. Das Gerücht ihrer beispiellosen Vortrefflichkeit verbreitete sich mit der Zeit in der näheren und weiteren Umgebung von Charran unter seines- und Labansgleichen, wobei wir ununtersucht lassen müssen, wieweit eine gewisse Verblendung, bewirkt durch die Segensmacht des Mannes, mit im Spiele war. Auf jeden Fall war die Versessenheit, auch nur ein einziges Jaakobsschaf zu gewinnen, allgemein unter den Leuten. Sie machten eine Ehrensache daraus. Sie pilgerten weither, um mit ihm zu handeln, und wenn sie an Ort und Stelle erkannten, daß das Gerücht geprahlt hatte und daß es sich um gewöhnliche und natürliche Schafe handelte, wenn auch um sehr gute, so zwangen sie sich dennoch um der Mode willen, Wundertiere darin zu sehen, und ließen sich sogar wissentlich von ihm betrügen, indem sie ein Schaf, dem offenkundig schon die Schaufelzähne ausfielen und das also mindestens sechsjährig war, auf seine bloße Versicherung hin für einen Jährling oder einen Vollsetzer nahmen. Sie zahlten ihm, was er verlangte. Es heißt, daß er für ein Schaf einen Esel, ja ein Kamel, sogar einen Sklaven oder eine Sklavin erhalten habe, – Übertreibungen, wenn man solche Geschäfte verallgemeinert und als Regel ansetzt; aber Tauschzugeständnisse solchen Charakters kamen vor, und selbst was die Sklaven als Gegenwert betrifft, ist etwas daran. Denn Jaakob brauchte auf die Dauer Hilfskräfte in seinem Betriebe, Unterhirten, die er seinen Handelspartnern abmietete und deren Preis er in den der gelieferten Ware: Wolle, Dickmilch, Felle, Sehnen oder lebende Tiere, einrechnete. Im Laufe der Jahre kam es sogar so, daß er einzelne dieser Unterhirten in Ansehung von Weide, Pflege und Bewachung des Viehs ganz selbständig machte und eine feste Abgabe mit ihnen vereinbarte: jährlich sechsundsechzig oder siebzig Lämmer für hundert Schafe, ein Sila Dickmilch für dieselbe Zahl oder anderthalb Minen Wolle für das Stück, – Erträgnisse, die natürlich Labans waren, von denen aber, indem sie durch Jaakobs Hände gingen, manches in diesen Händen zurückblieb, schon weil er aufs neue damit zu wuchern verstand.

War das aller Segen, den Laban, der Erdenkloß, erfuhr durch Jaakobs Walten? Nein – vorausgesetzt, daß die glücklichste und unerhoffteste Zunahme, die der Mann zu verzeichnen hatte, mit des Neffen Anwesenheit ursächlich zusammenhing: eine unbedingt und auf jeden Fall gesicherte Annahme, ob man der freudigen Erscheinung nun eine vernunftgemäße oder geheimnisvolle Deutung geben will. Was wir hier zu berichten haben, würde uns, wenn wir Geschichtenerfinder wären und es, im stillen Einvernehmen mit dem Publikum, als unser Geschäft betrachteten, Lügenmärlein für einen unterhaltenden Augenblick wie Wirklichkeit aussehen zu lassen, sicher als Aufschneiderei und unmäßige Zumutung ausgelegt werden, und der Vorwurf bliebe uns nicht erspart, wir nähmen den Mund zu voll von Fabel und Jägerlatein, nur um noch einen Trumpf aufzusetzen und eine Lauschergutgläubigkeit zu verblüffen, die denn doch ihre Grenzen habe. Desto besser also, daß dies unsere Rolle nicht ist; daß wir uns vielmehr auf Tatsachen der Überlieferung stützen, deren Unerschütterlichkeit nicht darunter leidet, daß sie nicht alle allen bekannt sind, sondern daß einige davon einigen wie Neuigkeiten lauten. So sind wir in der Lage, unsere Aussagen mit einer Stimme abzugeben, die, gelassen, wenn auch eindringlich und ihrer Sache sicher, solche sonst zu befürchtenden Einwürfe von vornherein abschneidet.

Mit einem Worte, Laban, Bethuels Sohn, wurde während der ersten sieben Jahre, die Jaakob ihm diente, wieder Vater, und zwar Vater von Söhnen. Ersatz wurde dem zunehmenden Manne beschert für das verfehlte und offenbar verworfene Opfer von einst, für das Söhnchen in der Kruke: nicht einfacher Ersatz, sondern dreifacher. Denn dreimal nacheinander, im dritten, vierten und fünften Jahre von Jaakobs Aufenthalt, kam Adina, Labans Weib, unscheinbar wie sie war, in Umstände, hegte und heckte mit stolzem Ächzen, was sie empfangen, indes sie das Gleichnis ihres Zustandes, einen hohlen Stein, worin ein kleinerer klapperte, um den Hals trug, und kam nieder unter Geheul und Gebeten, in Labans Haus und in seiner Gegenwart, auf je zwei Ziegeln kniend, um Raum zu schaffen für das Kind vor der Pforte ihres Leibes, von hinten mit den Armen umfangen von einer Wehmutter, während die andere zur Bewachung der Pforte neben ihr kauerte. Die Geburten waren glücklich, und trotz Adina's vorgerückten Jahren brachte kein Zwischenfall ihrem Leben Gefahr. Wiederholt hatte man dem roten Nergal Verköstigung dargebracht, ihn mit Bier, Emmerbroten und sogar Schafopfern bestimmt, seine vierzehn krankheittragenden Diener an jeder Einmischung in diese Angelegenheit zu hindern. So kam es, daß in keinem der drei Fälle das Innere der Kreißenden sich umkehrte oder die Hexe Labartu darauf verfiel, ihr den Leib zu verschließen. Es waren drei starke Knaben, die sie zur Welt brachte und deren ungestüme Ansprüche Labans längst so langweiliges Haus nun zu einer rechten Wiege des Lebens machten. Der eine ward Beor, der zweite Alub und der dritte Muras genannt. Adina's Natur aber litt nicht nur nicht unter den ohne Pause einander folgenden Schwangerschaften und Entbindungen, sondern sogar jünger und weniger unscheinbar war die Frau danach anzusehen und putzte sich eifrig mit Kopfbinden, Gürteln und Halsgehängen, die Laban für sie einhandelte zu Charran in der Stadt.

Labans schwerfälliges Herz war hoch erbaut. Der Mann strahlte, so gut es ihm gegeben war. Das gelähmte Hängen seines Mundwinkels verlor im Ausdruck an Sauerkeit und nahm das Gepräge satten und selbstgefälligen Lächelns an. Hält man die Blüte seiner Wirtschaft, den prachtvollen Gang seiner Geschäfte zusammen mit der glückhaften Fruchtbarkeit seiner Lenden, der gnadenvollen Aufhebung des Fluches, der so lange, als Folge einer falschen geistlichen Spekulation, sein Hauswesen verdüstert hatte, so wird jede Geblähtheit begreiflich, die er an den Tag legte. Er zweifelte nicht, daß, wie all sein Glück, auch das Erscheinen der Söhne in genauem Zusammenhang stand mit Jaakobs Nähe und Hauszugehörigkeit, mit Jizchaks Segen, und er hätte sehr unrecht getan, daran zu zweifeln. Mochte immerhin die schon vorher gehobene Stimmung der beiden Gatten, und namentlich Labans, ob der guten Geschäfte, die dem Neffen dort draußen gelangen, ihre eheliche Tätigkeit dergestalt belebt haben, daß die Schleusen der Fruchtbarkeit sich wieder öffneten: so oder so war dies jedenfalls auf des Jaakob Wirken zurückzuführen. Aber das hinderte Laban nicht an persönlichem Stolz. War ja er es gewesen, der klug-gewandten Sinnes, mit Kunst und Weisheit, den Segensträger ans Haus zu fesseln gewußt hatte, – diesen Flüchtling und Bettler, von dem Gedeihen offenbar ausging, wohin er kam, und sogar ob er nun wollte oder nicht. Daß er des Oheims Vaterglück nicht einmal besonders angelegentlich gewollt haben mochte, schloß Laban aus den gemäßigten Bezeigungen von Freude und Bewunderung, die Jaakob ihm bei den Geburten Beors, Alubs und des Muras darzubringen für gut befand.

»Das sage mir, Neffe und Eidam«, sprach Laban wohl bei diesen Gelegenheiten, wenn er hinauskam aufs Feld, die Herden zu besuchen, auf dem Rücken eines Ochsen, oder wenn Jaakob zu Rechnungslegungen auf dem Hofe weilte. »Das sage mir, ob ich zu preisen bin, und ob die Götter dem Laban lächeln oder nicht, da sie mir Söhne erwecken aus meiner Kraft auf meine grauen Tage, und mein Weib Adina bringt sie strotzend zur Welt, ob sie gleich vorher schon unscheinbar anmutete!«

»Freue dich immerhin!« antwortete Jaakob dann. »Aber etwas gar so Besonderes ist das nicht vor unserem Gott. Abram war hundert Jahre alt, als er den Jizchak zeugte, und der Sarai ging es bekanntlich schon gar nicht mehr nach der Weiber Weise, als der Herr ihnen dies Lachen zurichtete.«

»Du hast eine dürre Art«, sagte Laban, »große Dinge herabzusetzen und einem Manne die Freude zu schmälern.«

»Es kommt uns nicht zu«, erwiderte Jaakob kühl, »allzuviel Aufhebens zu machen von Glücksfällen, an denen wir uns ein Verdienst zuschreiben dürfen.«

SECHSTES HAUPTSTÜCK: DIE SCHWESTERN

Der Üble

Da nun die sieben Jahre zu Ende gingen und der Zeitpunkt sich näherte, daß Jaakob Rahel erkennen sollte, faßte er es kaum und freute sich über die Maßen, und sein Herz schlug mächtig, wenn er der Stunde gedachte. Denn Rahel war nun neunzehn und hatte seiner gewartet in der Reinheit ihres Geblütes, gefeit durch sie gegen böse Berührung und Krankheit, die sie dem Bräutigam hätte zerstören können, so daß vielmehr in Ansehung ihrer Blüte und Lieblichkeit alles sich erfüllt hatte, was Jaakob ihr zärtlich verkündigt, und sie reizend zu sehen war vor den Töchtern des Landes mit ihrer in zierlichen Maßen vollkommenen und angenehmen Gestalt, ihren weichen Flechten, den dicken Flügeln ihres Näschens, dem kurzsichtig-süßen Schauen ihrer schrägen, mit freundlicher Nacht gefüllten Augen und namentlich dem lächelnden Aufliegen ihrer Oberlippe auf der unteren, das eine so hold ansprechende Bildung der Mundwinkel bewirkte. Ja, lieblich war sie vor allen; wenn wir aber aussagen, wie Jaakob selbst es stets bei sich selber sagte, daß sie es am meisten war vor Lea, ihrer größeren Schwester, so will das nicht heißen, daß diese häßlicher gewesen wäre als alle; sondern nur den nächsten Vergleich bildete sie, und nur unter dem Gesichtspunkt des Lieblichen fiel er zu Lea's Ungunsten aus, – während doch sehr wohl ein Mann zu denken gewesen wäre, der, diesem Gesichtspunkte weniger unterworfen als Jaakob, der Älteren trotz der entzündlichen Blödigkeit ihrer blauen Augen, über deren Schielen sie stolz und bitter die Lider senkte, sogar den Vorzug gegeben hätte wegen der Fülle und Blondheit ihres schwer geknoteten Haares und der Stattlichkeit ihres zur Mutterschaft tüchtigen Leibes. Auch ist, schon zu Ehren der kleinen Rahel, nicht genug zu betonen, daß diese sich keineswegs über die ältere Schwester erhob, indem sie etwa gegen sie auf ihr einnehmendes Lärvchen gepocht hätte, nur weil sie des schönen Mondes Kind und Gleichnis war und Lea des abnehmenden. So unbelehrt war Rahel nicht, daß sie nicht auch das blöde Gestirn im Recht seines Zustandes geehrt hätte, ja, im Grunde ihres Gewissens mißbilligte sie es, daß Jaakob die Schwester so ganz verwarf und so zügellos-einseitig nur ihr sein ganzes Gefühl zuwandte, obgleich sie weibliche Genugtuung darüber auch wieder nicht ganz aus ihrem Herzen verbannen konnte.

Das Fest des Beilagers war auf den Vollmond der Sommersonnenwende angesetzt worden, und auch Rahel bekannte, daß sie sich freute auf den hohen Tag. Aber wahr ist, daß sie sich auch wieder traurig zeigte in den vorhergehenden Wochen und an Jaakobs Wange und Schulter stille Tränen vergoß, ohne auf sein inniges Fragen anders zu antworten als mit mühsamem Lächeln und einem Kopfschütteln, so rasch, daß ihr die Tränen von den Augen sprangen. Was hatte sie auf dem Herzen? Jaakob verstand es nicht, obgleich auch er damals oft traurig war. Trauerte sie um ihr Magdtum, weil nun die Zeit ihrer Blüte zur Neige ging und sie ein Baum sein sollte, der Früchte trug? Das wäre jene Lebenstrauer gewesen, die keineswegs unvereinbar ist mit dem Glück und die Jaakob zu jener Zeit häufig empfand. Denn des Lebens Hochzeitspunkt ist des Todes Punkt und ein Fest der Wende, da der Mond den Tag seiner Höhe und Fülle begeht und kehrt von nun an sein Angesicht wieder der Sonne zu, in die er versinken soll. Jaakob sollte erkennen, die er liebte, und zu sterben beginnen. Denn nicht bei Jaakob allein sollte fortan alles Leben sein, und nicht allein stehen sollte er länger als Einziger und Herr der Welt; sondern in Söhne sollte er sich lösen und für seine Person des Todes sein. Doch würde er sie lieben, die sein zerteiltes und verschieden gewordenes Leben trugen, weil es das seine war, das er erkennend ergossen hatte in Rahels Schoß.

Zu dieser Zeit hatte er einen Traum, an den er sich, seiner eigentümlich friedlichen und versöhnlichen Traurigkeit wegen, lange erinnerte. Er träumte ihn in warmer Tammuznacht, die er auf dem Felde bei den Hürden verbrachte, während als schmal gebordete Barke der Mond schon am Himmel schwamm, der, zu runder Schönheit gediehen, die Nacht der Wonne bescheinen sollte. Ihm war, als sei er noch auf der Flucht von zu Hause, oder sei es wieder; als müsse er neuerdings in die rote Wüste reiten, und vor ihm her trabte, die Rute wagerecht ausgestreckt, der Spitzohrige, Hundsköpfige, her, sah sich um und lachte. Es war zugleich immer noch so und wieder so; die Situation, dereinst nicht recht zur Entwicklung gekommen, hatte sich wieder hergestellt, um sich zu ergänzen.

Es war Felsgeröll verstreut, wo Jaakob ritt, und dürres Gestrüpp war alles, was wuchs. Der Üble lief in Windungen zwischen den Brocken und Büschen hin, verschwand dahinter, erschien wieder und sah sich um. Da er aber einmal verschwunden war, blinzelte Jaakob. Und da er nur eben geblinzelt hatte, saß vor ihm das Tier auf einem Stein und war ein Tier noch immer nach seinem Kopf, dem üblen Hundskopf mit spitz hochstehenden Ohren und schnabelhaft vorspringender Schnauze, deren Maulspalte bis zu den Ohren reichte; sein Leib aber war menschlich gestaltet bis zu den wenig bestaubten Zehen und angenehm zu sehen wie eines feinen, leichten Knaben Leib. Er saß auf dem Brocken in lässiger Haltung, etwas vorgeneigt und einen Unterarm auf den Oberschenkel des eingezogenen Beines gelehnt, so daß eine Bauchfalte sich über dem Nabel bildete, und hielt das andere Bein vor sich hingestreckt, die Ferse am Boden. Dies ausgestreckte Bein mit dem schlanken Knie und dem langen und leicht geschwungenen, feinsehnigen Unterschenkel war am wohlgefälligsten zu sehen. Aber an den schmalen Schultern schon, der oberen Brust und dem Halse begannen dem Gotte Haare zu wachsen und wurden zum lehmgelben Pelz des Hundskopfes mit dem weit gespaltenen Maul und den kleinen, hämischen Augen, der ihm anstand, wie eben ein blödes Haupt einem stattlichen Körper ansteht: entwertend und traurig, so daß dies alles, Bein und Brust, nur lieblich gewesen *wäre*, es aber mit diesem Haupte nicht war. Auch witterte Jaakob, da er herangeritten, in aller Schärfe die beizende Schakaldünstung, die traurigerweise ausging von des Hundsknaben Gestalt. Und wundersam-traurig war es vollends, als jener das breite Maul auftat seiner Schnauze und mit kehlig-mühsamer Stimme zu reden anhob:

»Ap-uat, Ap-uat.«

»Bemühe dich nicht, Sohn des Usiri«, sagte Jaakob. »Du bist Anup, der Führer und Öffner der Wege, ich weiß es. Ich hätte mich gewundert, wenn ich dir hier nicht begegnet wäre.«

»Es war ein Versehen«, sagte der Gott.

»Wie meinst du?« fragte Jaakob.

»Aus Versehen zeugten sie mich«, sprach jener mühsamen Maules, »der Herr des Westens und Nebthot, meine Mutter.«

»Das bedauere ich«, antwortete Jaakob. »Doch wie geschah es nur?«

»Sie hätte nicht meine Mutter sein sollen«, erwiderte der Jüngling, indes sein Maul allmählich gewandter wurde. »Sie war die Unrechte. Die Nacht war schuld. Sie ist eine Kuh, es ist ihr alles einerlei. Sie trägt die Sonnenscheibe zwischen den Hörnern, zum Zeichen, daß jeweils die Sonne in sie eingeht, den jungen Tag mit ihr zu erzeugen, doch das Gebären so vieler heller Söhne hat ihrer Dumpfheit und Gleichgültigkeit niemals Abbruch getan.«

»Ich versuche einzusehen«, sprach Jaakob, »daß das gefährlich ist.«

»Sehr gefährlich«, versetzte nickend der andere. »Blind und

in kuhwarmer Güte umfängt sie alles, was in ihr geschieht, und läßt es voll dumpfen Gleichmuts geschehen, ob es gleich nur geschieht, weil es dunkel ist.«

»Schlimm«, sagte Jaakob. »Welche wäre denn aber die Rechte gewesen, dich zu empfangen, wenn es nicht Nebthot war?«

»Das weißt du nicht?« fragte der Hundejüngling.

»Ich kann nicht genau unterscheiden«, antwortete Jaakob, »was ich von mir aus weiß und was ich von dir erfahre.«

»Wüßtest du's nicht«, gab jener zurück, »so könnte ich's dir nicht sagen. Im Anfang, nicht ganz im Anfang, aber ziemlich im Anfang, waren Geb und Nut. Das war der Erde Gott und die Himmelsgöttin. Sie zeugten vier Kinder: Usir, Set, Eset und Nebthot. Eset aber ward des Usir Eheschwester und Nebthot des roten Setech.«

»So viel ist klar«, sagte Jaakob. »Und hätten die vier diese Anordnung nicht scharf genug im Auge behalten?«

»Zwei von ihnen nicht«, erwiderte Anup. »Leider, nein. Was willst du, wir sind zerstreute Wesen, unaufmerksam und träumerisch-sorglos von Hause aus. Sorge und Vorsicht sind schmutzig-irdische Eigenschaften, doch andererseits, was hat nicht die Sorglosigkeit schon angestiftet im Leben.«

»Nur zu wahr«, bestätigte Jaakob. »Man muß achtgeben. Wenn ich offen sein soll, so liegt es nach meiner Meinung daran, daß ihr nur Abgötter seid. Gott weiß stets, was er will und tut. Er verspricht und hält, er errichtet einen Bund und ist treu bis in Ewigkeit.«

»Welcher Gott?« fragte Anup. Aber Jaakob erwiderte ihm:

»Du verstellst dich. Wenn Erd' und Himmel sich vermischen, so ergibt das allenfalls Helden und große Könige, aber keinen Gott, weder vier noch einen. Geb und Nut, du gibst zu, daß sie nicht ganz am Anfang waren. Woher kamen sie?«

»Aus Tefnet, der großen Mutter«, antwortete es schlagfertig vom Stein.

»Gut, du sagst es, weil ich's weiß«, fuhr Jaakob im Traume fort. »Aber war Tefnet der Anfang? Woher kam Tefnet?«

»Es rief sie der Unentstandene, Verborgene, des Name ist Nun«, erwiderte Anup.

»Ich habe dich nicht nach seinem Namen gefragt«, erwiderte Jaakob. »Aber jetzt fängst du an, vernünftig zu reden, Hundsknabe. Ich hatte nicht die Absicht, mit dir zu rechten. Immerhin bist du ein Abgott. Wie war es also mit deiner Eltern Irrtum?«

»Die Nacht war schuld«, wiederholte der Übelriechende, »und er, der die Geißel trägt und den Hirtenstab, war sorglos zerstreut. Die Majestät dieses Gottes trachtete nach Eset, seiner Eheschwester, und unversehens stieß sie in der blinden Nacht auf Nebthot, des Roten Schwester. Da umfing sie dieser große Gott, vermeinend, es sei die Seine, und beide umfing in vollkommenem Gleichmut die Liebesnacht.«

»Kann so etwas vorkommen!« rief Jaakob. »Was geschah?«

»Es kann leicht vorkommen«, antwortete der andere. »Die Nacht weiß in ihrem Gleichmut die Wahrheit, und nichts sind vor ihr die aufgeweckten Vorurteile des Tages. Denn es ist ein Frauenleib wie der andere, gut zum Lieben, zum Zeugen gut. Nur das Angesicht unterscheidet den einen vom andern und macht, daß wir wähnen, in diesem zeugen zu wollen, aber in jenem nicht. Denn das Angesicht ist des Tages, der voller aufgeweckter Einbildungen ist, aber vor der Nacht, die die Wahrheit weiß, ist es nichts.«

»Du sprichst roh und gefühllos«, sagte Jaakob gequält. »Man hat Gründe, sich dermaßen stumpfsinnig zu äußern, wenn man einen Kopf hat wie du und ein Angesicht, vor das man die Hand halten muß, um überhaupt zu bemerken und zuzugeben, daß dein Bein hübsch und schön ist, wie du es vor dich hinstreckst.«

Anup blickte hinab, zog den Fuß ein zu dem anderen und schob die Hände zwischen seine Knie.

»Laß du mich aus dem Spiel!« sagte er dann. »Ich werde meinen Kopf schon noch los. Willst du also wissen, was weiter geschah?«

»Was denn?« fragte Jaakob.

»Es war«, setzte jener fort, »Usir, der Herr, für Nebthot in der Nacht wie Set, ihr roter Gemahl, und sie für ihn ganz wie Eset, die Herrin. Denn er war zum Zeugen gemacht und sie zum Empfangen, und sonst war der Nacht alles gleichgültig. Und sie entzückten einander im Zeugen und Empfangen, denn da sie zu lieben glaubten, zeugten sie nur. Da ward diese Göttin schwanger von mir, während Eset, die Rechte, es hätte werden sollen.«

»Traurig«, sprach Jaakob.

»Da der Morgen kam, stoben sie auseinander«, berichtete das Jünglingstier; »aber alles hätte gut gehen können, wenn nicht die Majestät dieses Gottes ihren Lotuskranz bei Nebthot vergessen hätte. Den fand der rote Set und brüllte. Seitdem trachtete er dem Usir nach dem Leben.«

»Du berichtest es, wie ich's weiß«, erinnerte sich Jaakob. »Dann kam die Geschichte mit der Lade, nicht wahr, in die der Rote den Bruder lockte, und brachte ihn um vermittelst ihrer, so daß Usir, der tote Herr, im verlöteten Sarge stromabwärts ins Meer schwamm.«

»Und Set wurde König der Länder auf dem Throne Gebs«, ergänzte Anup. »Aber das ist es nicht, wobei ich verweilen will und was diesem deinem Traum sein Gepräge verleiht. Denn der Rote blieb ja nicht lange König der Länder, da Eset den Knaben Hor gebar, der ihn schlug. Aber siehe, als sie nun suchen ging und klagend die Welt durchirrte nach dem Gemordeten, Verlorenen und rief ohn' Unterlaß: ›Komm in dein Haus, komm in dein Haus, Geliebter! O schönes Kind, komm in dein Haus!‹, da war Nebthot bei ihr, das Weib seines Mörders, die der Geopferte irrtümlich umfangen, – auf Schritt und Tritt war sie bei ihr, und sie vertrugen sich innig im Schmerz und klagten zusammen: ›O du, dessen Herz nicht mehr schlägt, ich will dich sehen, o schöner Herrscher, ich will dich sehen!‹«

»Das war friedlich und traurig«, sagte Jaakob.

»Allerdings«, erwiderte der auf dem Stein, »das ist das Gepräge. Denn wer war noch bei ihr und half ihr beim Suchen, Irren und Klagen, damals sowohl wie auch später, da Set den gefundenen und versteckten Leichnam gefunden und ihn zerstückelt hatte in vierzehn Stücke, die Eset suchen mußte, damit der Herr beisammen sei in seinen Gliedern? Das war ich, Anup, der Sohn der Unrechten, die Frucht des Gemordeten, der mit ihr war beim Irren und Suchen, immer an Esets Seite, und sie legte den Arm um meinen Hals beim Wandern, daß ich sie besser stützte, und wir klagten zusammen: ›Wo bist du, linker Arm meines schönen Gottes, wo du doch, Schulterblatt und Fuß seiner Rechten, wo bist du, sein edles Haupt und sein heilig Geschlecht, das ganz verloren scheint, so daß wir es ersetzen wollen durch eine Nachbildung aus Sykomorenholz?‹«

»Unflätig sprichst du, recht wie ein Totengott der beiden Länder«, sagte Jaakob. Aber Anup erwiderte:

»In deinem Stande sollte man Sinn haben für solche Angelegenheiten, denn du bist Bräutigam und sollst zeugen und sterben. Denn im Geschlecht ist der Tod und im Tod das Geschlecht, das ist das Geheimnis der Grabkammer, und das Geschlecht zerreißt die Wickelbinden des Todes und steht auf gegen den Tod, wie es mit dem Herrn Usiri geschah, über welchem Eset als Geierweibchen schwebte und ließ Samen fließen aus dem Toten und begattete sich mit ihm, indes sie klagte.«

»Da tut man am besten, zu erwachen«, dachte Jaakob. Und indes er noch zu sehen glaubte, wie der Gott sich vom Steine schwang und verschwand, wobei der Ruck des Aufstehens und das Verschwinden ganz eines waren, erwachte er zur Sternennacht bei den Pferchen. Der Traum von Anup, dem Schakal, verwischte sich ihm bald, kehrte gleichsam mit seinen Einzelheiten zurück in das einfache Reiseerlebnis der Wirklichkeit, so daß Jaakob nur an dieses sich noch erinnerte. Und nur eine versöhnliche Traurigkeit blieb noch eine Weile von dem Traum in seiner Seele haften, darum, daß Nebthot, die fälschlich Umarmte, mit Eset gesucht und geklagt und die Verfehlte vom irrtümlich Gezeugten sich hatte schützen und stützen lassen.

Jaakobs Hochzeit

Mit Laban beredete Jaakob sich damals öfters über das nahe Bevorstehende und über das Fest des Beilagers, wie der Bas es im genauen damit zu halten gedachte, und vernahm, daß dieser es großartig vorhatte mit den Anstalten und eine Hochzeit ausrichten wollte, die ihre Art haben würde, der Kosten ungeachtet.

»An den Beutel«, sagte Laban, »wird es mir gehen, da doch der Mäuler viele geworden sind auf dem Hof, und ich soll sie stopfen. Doch soll mich's nicht reuen, denn siehe, die Wirtschaftslage ist nicht ausgemacht schlecht, sondern von mittlerer Gunst dank verschiedenen Umständen, unter denen Isaaks Segen, der mit dir ist, allenfalls auch wohl etwa zu nennen wäre. Darum habe ich mehren können die Armeskräfte und habe zwei Mägde gekauft zu der Schlampe Iltani: Silpa und Bilha, ansehnliche Dirnen. Die will ich am Tage der Hochzeit meinen Töchtern schenken: die Silpa der Lea, meiner Ältesten, und meiner Zweiten die Bilha. Und da du nun freist, wird die Magd auch dein, und sie will ich dir zur Mitgift geben, und in ihren Wert sollen eingerechnet sein zwei Drittel der Mine Silbers, laut unserm Vertrage.«

»Sei geherzt deswegen«, sagte Jaakob achselzuckend.

»Das ist das wenigste«, fuhr Laban fort. »Denn auf meine Rechnung allein wird das Fest kommen, das ich ausrichten will, und will Leute einladen auf den Sabbat daher und dorther und Musikanten zuziehen, die spielen und tanzen sollen, und will zwei Rinder und vier Schafe auf den Rücken legen und die Gäste mit Rauschtrank letzen, daß sie die Dinge doppelt erblicken. Das wird mir an den Beutel greifen, aber ich will's tragen, ohne sauer zu sehen, denn es ist meiner Tochter Hochzeit. Fernerhin habe ich vor, der Braut etwas zu schenken, was sie kleiden und worüber sie sich sehr freuen wird. Ich habe es schon vorzeiten von einem Wandernden gekauft und immer in der Truhe verwahrt, denn es ist kostbar: ein Schleier, daß sich die Braut verschleiere und sich der Ischtar heilige und sei eine Geweihte, du aber hebst ihr den Schleier. Einer Königstochter soll er gehört haben vorzeiten und soll gewesen sein das Jungfrauengewand eines Fürstenkindes, so kunstfertig ist er über und über bestickt mit allerlei Zeichen der Ischtar und des Tammuz; sie aber soll ihr Haupt darein hüllen, die Makellose. Denn eine Makellose ist sie und soll sein wie der Enitu eine, gleich der Himmelsbraut, die die Priester alljährlich beim Ischtarfest zu Babel dem Gotte zuführen und führen sie hinauf vor allem Volk über des Turmes Treppen und durch die sieben Tore und nehmen ihr ein Stück ihres Schmuckes und ihres Gewandes an jedem Tore und am letzten das Schamtuch, und führen die heilig Nackende ins oberste Bettgemach des Turmes Etemenanki. Da empfängt sie den Gott auf dem Bette in dunkelster Nacht, und überaus groß ist das Geheimnis.«

»Hm«, machte Jaakob, denn Laban riß seine Augen auf und spreizte die Finger zu Seiten des Kopfes und tat so weihevoll, wie es dem Erdenkloß gar nicht zu Gesicht stehen wollte für des Neffen Sinn. Laban fuhr fort:

»Es ist wohl fein und lieblich, wenn der Bräutigam Haus und Hof sein eigen nennt oder ist hoch gehalten in seiner Eltern

Haus und kommt herrlich daher, die Braut einzuholen und sie mit Gepränge zu führen auf dem Land- oder Wasserwege in sein Eigen und Erbe. Du aber bist, wie du weißt, nichts als ein Flüchtling und Unbehauster, zerfallen mit den Deinen, und sitzest ein bei mir als Eidam, so will ich's auch zufrieden sein. Es wird keinen Brautzug geben zu Lande oder zu Wasser, sondern ihr bleibt bei mir nach dem Mahl und nach dem Gelage; aber wenn ich zwischen euch getreten bin und habe eure Stirnen berührt, so wollen wir's halten nach dem Landesbrauch dieses Falles und dich mit Gesang um den Hof führen ins Bettgemach. Da sollst du sitzen auf dem Bette, eine Blüte in der Hand, und der Braut harren. Denn wir führen auch sie, die Makellose, rund um den Hof mit Fackeln und Gesang, und an der Kammertür löschen wir die Fackeln, und ich führe dir zu die Geweihte und lasse euch, daß du ihr die Blüte reichest im Dunkeln.«

»Ist das Brauch und Rechtens?« fragte Jaakob.

»Weit und breit, du sagst es«, erwiderte Laban.

»So will ich's mir lieb sein lassen«, erwiderte Jaakob. »Ich nehme übrigens an, daß doch wohl eine Fackel wird brennen bleiben oder eines Lämpchens Docht, damit ich meine Braut sehen kann, wenn ich ihr die Blüte reiche und nachher.«

»Schweig!« rief Laban. »Ich möchte wissen, was dir einfällt, so unkeusch zu reden und noch dazu vor dem Vater, dem es ohnehin bitter und peinlich ist, sein Kind einem Manne zuzuführen, daß er es aufdecke und beschlafe. Halte wenigstens vor mir deine geile Zunge im Zaum und verschließe in dich deine übergroße Lüsternheit! Hast du nicht Hände, zu sehen, und mußt du die Makellose auch noch mit Augen verschlingen, um dir die Lust zu schärfen durch ihre Scham und das Zittern ihrer Jungfräulichkeit? Achte das Geheimnis der obersten Turmeszelle!«

»Entschuldige«, sagte Jaakob, »und vergib mir! Ich habe es nicht so unkeusch gemeint, wie es sich ausnimmt in deinem

Munde. Ich hätte die Braut nur gern mit Augen gesehen. Aber wenn es Brauch ist weit und breit, wie du es vorschreibst, so will ich's vorerst zufrieden sein.« –

Also kam der Tag der vollen Schönheit heran und das Fest des Beilagers, und bei Laban, dem glückhaften Schafzüchter, gab es ein Schlachten, Kochen, Braten und Brauen in Hof und Haus, daß es ein Dunst und Geprassel war und allen die Augen flossen vom beizenden Qualm der Feuer, die unter Kesseln und Öfen brannten; denn Laban sparte an Holzkohle und heizte fast nur mit Dornen und Mist. Herrschaft und Ingesinde, Jaakob mit eingeschlossen, regten die Hände, Bewirtung herzustellen für viele und anzurichten das Dauergelage; denn sieben Tage sollte die Hochzeit währen, und unerschöpflich mußten sich unterdessen, sollte nicht Spott und Schande über die Wirtschaft kommen, die Vorräte an Kuchen, Kringeln und Fischbrot, an Dicksuppen, Musen und Milchspeisen, Bier, Fruchtwassern und starken Schnäpsen erweisen, – der Hammelbraten und Rindskeulen hier nicht einmal zu gedenken. Sie sangen Lieder bei ihren Hantierungen für Uduntamku, den Feisten, welcher dem Essen vorsteht, den Gott des Bauches. Alle sangen und schafften sie: Laban und Adina, Jaakob und Lea, die Schlampe Iltani und Bilha und Silpa, der Töchter Mägde, Abdcheba, der Zwanzig-Schekel-Mann, und die jüngst erworbenen Knechte. Labans späte Söhne liefen jauchzend im Hemdchen durchs Getriebe, glitschten aus im vergossenen Schlachtblut und besudelten sich, daß ihnen der Vater die Ohren drehte und sie heulten wie Schakale; und nur Rahel saß still und untätig für sich im Hause, denn sie durfte den Bräutigam jetzt nicht sehen, noch er die Braut, und betrachtete das kostbare Schleiergewirk, das ihr der Vater geschenkt und das sie tragen sollte beim Feste. Es war herrlich zu sehen, ein Prunkstück der Webekunst und der Kunst des Stickens, – ein unverdienter Glückszufall schien es, daß dergleichen in Labans Haus und Truhe geraten war; der

Mann, der es ihm wohlfeil überlassen, mußte sich in bedrängten Umständen befunden haben.

Es war groß und weitläufig, ein Kleid und Überkleid, mit weiten Ärmeln, zum Hineinfahren, wenn man wollte, und so geschnitten, daß ein Teil davon verhüllend über das Haupt zu ziehen oder auch um Haupt und Schultern zu winden war, oder man mochte es über den Rücken hinabhängen lassen. Sonderbar ungewiß war das jungfräuliche Gewand in den Händen zu wiegen, denn es war leicht und schwer zugleich und von ungleicher Schwere da und dort: leicht durch sein äußerst blaßblaues Grundgewebe, so fein gesponnen, als sei es ein Hauch der Luft, ein Nebel und Nichts, in einer Hand zusammenzupressen, daß man es nicht mehr sähe, und wieder von überall eingesprengter Schwere, durch die Bildstickereien, die es bunt und glitzernd bedeckten, ausgeführt in dichter, erhabener Arbeit, golden, bronzen, silbern und in allerlei Farbe des Fadens: weiß, purpurn, rosa, olivenfarben, auch schwarz und weiß und bunt zusammengefügt, wie man in Schmelzfarben malt, – die sinnigsten Zeichen und Bilder. Ischtar-Mami's Figur war oft und in verschiedener Ausführung dargestellt, nackt und klein, wie sie mit den Händen Milch aus ihren Brüsten preßt, Sonne und Mond zu ihren Seiten. Überall kehrte vielfarbig der fünfstrahlige Stern wieder, der »Gott« bedeutet, und silbern glänzte öfters die Taube, als Vogel der Liebes- und Muttergöttin, im Gewebe. Gilgamesch, der Held, zu zwei Dritteilen Gott und zu einem Mensch, war da zu sehen, wie er im Arm einen Löwen drosselt. Deutlich erkannte man das Skorpionmenschenpaar, das am Ende der Welt das Tor bewacht, durch welches die Sonne zur Unterwelt eingeht. Man sah unterschiedliches Getier, einst Buhlen der Ischtar, verwandelt von ihr, einen Wolf, eine Fledermaus, dieselbe, die einst Ischallanu, der Gärtner, gewesen. In einem bunten Vogel aber erkannte man Tammuz, den Schäfer, den ersten Gesellen ihrer Wollust, dem sie Weinen bestimmt hatte Jahr für Jahr, und nicht fehlte der feuerhauchende Himmelsstier, den Anu entsandte gegen Gilgamesch um Ischtars enttäuschten Verlangens und brünstiger Klage willen. Da Rahel das Kleid ließ durch ihre Hände gehen, sah sie einen Mann und ein Weib sitzen zu beiden Seiten eines Baumes, nach dessen Früchten sie die Hände streckten; aber im Rücken des Weibes bäumte sich eine Schlange. Und ein heiliger Baum wiederum war gestickt: an dem standen zwei bärtige Engel gegeneinander und berührten ihn zur Befruchtung mit den schuppigen Zapfen der männlichen Blüte; über dem Lebensbaum aber schwebte, von Sonne, Mond und Sternen umgeben, das Zeichen der Weiblichkeit. Auch waren Sprüche mit eingestickt, in breit-spitzen Zeichen, die lagen und schräg oder gerade standen und sich verschiedentlich kreuzten. Und Rahel entzifferte: »Ich habe mein Kleid ausgezogen, soll ich's wieder anziehen?«

Sie spielte viel mit dem bunten Gespinst, dem Schleierprunkgewande; sie schlang es um sich, drehte und wendete sich darin und drapierte sich erfinderisch mit seiner bilderreichen Durchsichtigkeit. Das war ihre Unterhaltung, während sie eingezogen wartete und die anderen das Fest rüsteten. Zuweilen erhielt sie Besuch von Lea, ihrer Schwester. Auch diese versuchte dann die Schönheit des Schleiers an ihrer Person, und danach saßen sie zusammen, das Gewebe in ihren Schößen, und weinten, indes sie einander streichelten. Warum weinten sie? Das war ihre Sache. Doch so viel sagen wir, daß jede es aus besonderem Grunde tat.

Wenn Jaakob sich schwimmenden Blickes erinnerte und alle Geschichten, die sich in seine Miene geschrieben und von denen sein Leben schwer und würdig war, in ihm auferstanden und sinnende Gegenwart wurden, wie es geschah, als er mit dem roten Zwilling den Vater begrub: der Tag und die Geschichte waren dann gegenwartsmächtig vor allen, die ihm eine so schrecklich sinnverstörende Niederlage und Demütigung seines Gefühles zugefügt hatten, daß seine Seele es lange nicht verwand und eigentlich erst wieder zum Glauben an sich selber genas in einem Gefühl, das die Auferstehung des damals zerrissenen und geschändeten war, – vor allem lebendig waren ihm dann seiner Hochzeit Tag und Geschichte.

Sie hatten sich alle gewaschen an Haupt und Gliedern, die Labansleute, im Segenswasser des Teichs, hatten sich gesalbt und gekräuselt nach Gebühr, das Feierkleid angetan und viel Duftöl verbrannt, die einlangenden Gäste mit süßem Dunst zu empfangen. Die waren gekommen, zu Fuß, zu Esel und auf Karren, gezogen von Rindern und Maultieren, Männer allein und Männer mit Frauen, auch sogar Kinder, wenn man sie nicht hatte zu Haus lassen können: Bauern und Viehzüchter der Umgegend, gesalbt und gekräuselt und in Festkleidern ebenfalls, Leute, dem Laban gleich, von schweren Sitten, wie er, und ebenso wirtschaftlich denkend. Sie hatten gegrüßt, die Hand an der Stirne, nach der Gesundheit gefragt und sich dann niedergelassen in Haus und Hof, um Kessel und behangene Tische, auf daß man Wasser gösse über ihre Hände und sie schnalzend begönnen das Dauermahl, unter Anrufen von Schamasch und Lobpreisungen Labans, des Gastgebers und Hochzeitvaters. Im äußeren Wirtschaftshofe zwischen den Speichern sowohl, wie auf dem inneren, gepflasterten, rings um den Stein der Darbringung, auf des Hauses Dach und in der umlaufenden Holzgalerie ward das Gelage gehalten, und beim Opferstein hielten sich die zu Charran gemieteten Musikanten, Harfenisten, Pauker und Cymbelspieler, die auch tanzen konnten. Der Tag war windig, der Abend war es noch mehr. Wolken glitten über den Mond und verbargen ihn zeitweise ganz, was nicht wenigen, ohne daß sie es geradezu aussprachen, als schlimmes Zeichen erschien; denn es waren einfache Leute und unterschieden nicht zwischen einer Verdunkelung des Antlitzes durch Wolken und eigentlicher Verfinsterung. Der schwüle Wind, der seufzend durchs Haus strich, sich pfeifend im Rohr der Speicherhütten verfing, die Pappeln knarren und rauschen ließ, wühlte in den Gerüchen der Hochzeit, den Salbendünsten der Tafelnden, dem Speisebrodem, vermischte sie, trieb sie in Schwaden umher und schien die rauchenden Flammen von den Dreifüßen reißen zu wollen, auf denen man Nardengras und Budulhuharz verbrannte. Dies windverwirrte Gedünst von Spezereien, Festschweiß und Bratenwürze meinte Jaakob allezeit beizend in seiner Nase zu spüren, wenn er der Geschehnisse gedachte von damals.

Er saß mit den Labansleuten unter anderen Schmausenden im Obersaal, dort, wo er vor sieben Jahren zuerst das Brot mit der fremden Verwandtschaft gebrochen, saß mit dem Hofherrn, seinem fruchtbaren Weibe und ihren Töchtern zu Tische vor allerlei Nachkost und Gaumenkurzweil, die auf dem Tuche gehäuft war, als Süßbrot, Datteln, Knoblauch und Gurken, und tat den Gästen Bescheid, die gegen ihn und die Wirte den Becher mit Rauschtrank hoben. Rahel, seine Braut, die er gleich empfangen sollte, saß neben ihm, und zuweilen küßte er den Saum des Schleiers, der sie in bildbeschwerten Falten verhüllte. Sie hob ihn kein einzigmal zum Essen und Trinken; vor dem Mahle, schien es, hatte man die Geweihte gespeist. Sie saß still und stumm, neigte nur demütig das verhangene Haupt, wenn er den Schleier küßte, und auch Jaakob saß stumm und festbetäubt, eine Blüte in der Hand, ein weißblühendes Myrtenzweiglein aus Labans bewässertem Garten. Er hatte Bier getrunken und Dattelwein, sein Sinn war benommen, und seine Seele wollte sich nicht in Gedanken lösen und nicht sich erheben zu betrachtender Dankbarkeit, sondern war schwer in seinem geölten Leibe, und sein Leib war seine Seele. Er wollte gern denken und recht erfassen, wie Gott dies alles bereitet, wie er dem Flüchtling einst die Geliebte entgegengeführt, das

Menschenkind, das er nur sehen mußte, um es für sein Herz zu erwählen ewiglich und es zu lieben in alle Zeit und Zukunft, über es selbst hinaus, in den Kindern noch, die es bringen würde seiner Zärtlichkeit. Er trachtete, sich seines Sieges zu freuen über die Zeit, die bittere Wartezeit, mutmaßlich ihm auferlegt zur Sühne für Esau's Verkürzung und bitteres Weinen; ihn Gott, dem Herrn, lobpreisend zu Füßen zu legen, diesen Sieg und Triumph, denn seiner war es, und Gott hatte durch ihn und seine nicht untätige Geduld die Zeit, das siebenköpfige Ungetüm, bezwungen, wie einst den Chaoswurm, so daß nun Gegenwart war, was innig wartender Wunsch gewesen, und Rahel neben ihm saß im Schleier, den er heben sollte über ein kleinstes. Er trachtete, mit der Seele seines Glükkes teilhaftig zu sein. Aber mit dem Glücke ist es wie mit dem Warten darauf, welches, je länger es währte, desto weniger reines Warten war, sondern versetzt mit Lebenmüssen und geschäftlicher Strebsamkeit. Kommt nun das tätig erwartete Glück, so ist es auch nicht aus Götterstoff, wie es in der Zukunft schien, sondern ist leibliche Gegenwart worden und hat Leibesschwere, wie alles Leben. Denn das Leben im Leibe ist niemals Seligkeit, sondern halbschlächtig und zum Teil unangenehm, und wenn das Glück leibliches Leben wird, so wird es mit ihm die Seele, die es erharrte, und ist nichts anderes mehr als der Leib mit ölgetränkten Poren, zu dessen Sache das einst ferne und selige Glück nun geworden.

Jaakob saß und spannte die Schenkel und dachte an sein Geschlecht zu dessen Sache das Glück nun geworden, und das sich über ein kleinstes gewaltig sollte bewähren dürfen und müssen im heiligen Dunkel der Bettkammer. Denn sein Glück war Hochzeitsglück und ein Fest der Ischtar, umräuchert von Würzdampf, begangen mit Völlerei und Trunkenheit, während es einst Gottes Sache gewesen war und geruht hatte in seiner Hand. Wie es dem Jaakob einst leid gewesen ums Warten, wenn er es vergessen mußte in Leben und Regsamkeit, so war's ihm leid um Gott, welcher der Großherr des Lebens und aller ersehnten Zukunft war, aber die Herrschaft der verwirklichten Stunde hingeben mußte den Sonder- und Abgöttern der Leiblichkeit, in deren Zeichen die Stunde stand. Darum küßte Jaakob das nackte Bildnis der Ischtar, wenn er den Saum hob vom Schleier Rahels, die neben ihm saß als reines Opfer der Zeugung.

Ihm gegenüber saß Laban, vorgebeugt gegen ihn, die schweren Arme auf die Tischplatte gestützt, und betrachtete ihn schwer und unverwandt.

»Freue dich, Sohn und Schwestersohn, denn deine Stunde ist da und der Tag des Lohnes, und soll dir gezahlt werden der Lohn nach Recht und Vertrag für sieben Jahre, die du gefront hast meinem Haus und Betriebe zu des Wirtschaftshaupts leidlicher Zufriedenheit. Und ist nicht Ware noch Geld, sondern ein Mägdlein zart, meine Tochter, deren dein Herz begehrt, die sollst du haben nach Herzenslust, und soll dir gehorsamen in den Armen. Mich wundert's, wie dir das Herz schlagen mag, denn die Stunde ist groß für dich, eine Lebensstunde wahrhaftig, gleichzuachten deines Lebens größesten, sollte ich meinen, groß wie die Stunde, da du im Zelte vom Vater den Segen gewannst, wie du mir einst erzähltest, Schlaukopf und einer Schlauköpfin Sohn!«

Jaakob hörte nicht.

Laban aber neckte ihn derb vor den Gästen und sprach:

»Sage doch, Eidam, he, hör mal, wie ist dir's zumute? Graust es dir wohl vor dem Glücke, daß du die Braut umfangen sollst, und hast du nicht Angst wie damals, als es um den Segen ging und du eintratest beim Vater mit schlotternden Knien? Sagtest du nicht, es sei dir der Schweiß die Schenkel hinuntergelaufen vor Not und Furcht, und gar die Stimme hätte es dir verschlagen, da du den Segen gewinnen solltest vor Esau, dem

Verfluchten? Glückspilz, daß dir die Freude nur nicht einen Streich spielt, wenn es gilt, und verschlägt dir die Zeugungskraft! Die Braut könnt' es übel vermerken.«

Da lachten sie dröhnend im Obersaal, und Jaakob küßte lächelnd noch einmal das Bild der Ischtar, der Gott die Stunde gegeben. Laban aber stand schwerfällig auf und wankte etwas und sprach:

»Nun, wohlan denn, sei es darum, schon ist's Mitternacht, tretet heran, ich tu' euch zusammen.«

Da drängten sich alle herzu, um zu sehen, wie Braut und Bräutigam vor dem Brautvater knieten auf dem Estrich, um zu hören, wie Jaakob Rede stand nach dem Brauch. Denn Laban befragte ihn, ob dies Weib seine Ehefrau sein solle und er ihr Mann, und ob er ihr wolle die Blüte reichen, was er bejahte. Und fragte, ob er wohlgeboren sei, ob er reich machen wolle diese Frau und ihren Schoß fruchtbar. Und Jaakob antwortete, er sei der Sohn eines Großen und wolle ihren Schoß füllen mit Silber und Gold und fruchtbar machen diese Frau gleich der Frucht des Gartens. Da berührte Laban ihrer beider Stirnen, trat zwischen sie und legte ihnen die Hände auf. Dann hieß er sie aufstehen und einander umarmen, so waren sie vermählt. Und führte die Geweihte zurück zur Mutter, den Eidam aber nahm er bei der Hand und führte ihn vor den nachdrängenden Gästen, die anfingen zu singen, die Ziegelstiege hinab in den gepflasterten Hof, da setzten die Musikanten sich an die Spitze. Nach diesen kamen Knechte mit Fackeln und nach ihnen Kinder in Hemden mit Räucherfäßchen, die zwischen Ketten hingen. In den Wolken Wohlgeruchs, die sie aufwirbelten, ging Jaakob, geleitet von Laban, und hielt in der Rechten den weiß blühenden Myrtenzweig. Er sang nicht mit die hergebrachten Lieder, die im Gehen erschollen, und nur wenn Laban ihn in die Seite stieß, daß er den Mund auftue, summte er etwas. Laban aber sang mit in schwerem Baß und hatte die Lieder am Schnürchen, die süß und verliebt waren und von dem liebenden Paare handelten, von ihm und ihr im allgemeinen, die im Begriffe sind, Beilager zu halten und es beiderseits kaum erwarten können. Von dem Zug war die Rede, in dem man wirklich ging: er nahte von der Steppe her, und Rauch von Lavendel und Myrrhe stieg. Das war der Bräutigam, sein Haupt trug die Krone, seine Mutter hatte ihn mit greisen Händen geschmückt für seinen Hochzeitstag. Auf Jaakob paßte das nicht, seine Mutter war fern, er war nur ein Flüchtling, und es traf nicht zu auf seinen Sonderfall, was sie sangen, daß er die Geliebte führe ins Haus seiner Mutter, ins Gemach derer, die ihn geboren. Aber ebendeshalb, so schien es, sang Laban es so gewaltig mit, um das Muster zu Ehren zu bringen vor der mangelhaften Wirklichkeit und Jaakob den Unterschied spüren zu lassen. Und dann war es der Bräutigam des Liedes, der sprach, und die Braut war es, die ihm inbrünstig antwortete, und sie tauschten entzückte Lob- und Sehnsuchtsreden. Schließlich aber beschworen sie jedermann und legten Fürbitte ein das eine fürs andere, daß man sie nicht vorzeitig wecke, wenn sie in Wollust entschlafen seien, sondern ruhen lasse den Bräutigam und ausgiebig schlummern die Braut, bis sie von selber sich wieder regten. Bei den Rehen und Hirschkühen des Feldes beschworen sie die Leute darum im Liede, das alle im Schreiten mit innerer Anteilnahme sangen, und auch die räuchernden Kinder sangen es durchdringend mit, ohne es genau zu verstehen. So ging der Zug in der windigen, mondverfinsterten Nacht um Labans Anwesen, einmal und zweimal und kam vors Haus und vor des Hauses Türe aus Palmholz, da preßte er sich hindurch, die Musikanten voran, und kam vors Bettgemach zu ebener Erde, das auch eine Tür hatte, und Laban führte den Jaakob hinein an seiner Hand. Er ließ hinleuchten mit den Fackeln, damit Jaakob sich umsähe im Zimmer und erkenne, wo Tisch und Bett standen. Dann wünschte er ihm gesegnete Manneskraft und wandte sich zum Gefolge, das sich in der Tür staute. Sie zogen davon, indem sie den Gesang wieder anstimmten, und Jaakob blieb allein.

Deutlicher erinnerte er sich an nichts noch nach Jahrzehnten, im hohen Alter noch und noch auf dem Sterbebett, wo er weihevoll davon kündete, als wie er allein gestanden hatte in der Finsternis des Brautgemachs, darin es wehte und zog; denn der Nachtwind fuhr heftig durch die Fensterluken unter der Decke herein und wieder hinaus durch die nach dem inneren Hof gelegenen Luken, verfing sich in den Stoff- und Teppichgehängen, womit man, wie Jaakob im Fackelscheine gesehen, die Wände geschmückt hatte, und erregte Geflatter und Schlagen. Es war der Raum, unter dem das Archiv und Grabgelaß mit den Teraphim und den Quittungen gelegen war; mit dem Fuß spürte Jaakob durch den dünnen Teppich hindurch, den man zur Hochzeit hier ausgebreitet, den Griffring der kleinen Falltür, durch die man hinabgelangte. Auch das Bett hatte er gesehen und trat zu ihm mit ausgestreckter Hand. Es war das beste Bett im Hause, eines von dreien, Laban und Adina hatten darauf gesessen bei jener ersten Abendmahlzeit vor sieben Jahren: ein Sofa auf Füßen, die mit Metall umkleidet waren, und auch die gerundete Kopfstütze war aus polierter Bronze. Man hatte Decken aufs Holzgestell gebreitet und Leinwand darüber getan, wie Jaakob fühlte, und Kissen lehnten auch an der Kopfstütze; nur schmal war das Bett. Auf der Tischplatte, nahebei, war Bier und ein Imbiß bereitgestellt. Zwei Stuhltaburetts gab es im Zimmer, die auch mit Stoff überhangen waren, und Lampenständer zu Häupten des Bettes. Doch war kein Öl in den Lampen.

Dies prüfte Jaakob in wehender Finsternis und stellte es fest, indes das Geleite mit Lärm und Getrampel das Haus und den Hof erfüllte, die Braut zu holen. Dann setzte er sich auf das Bett, die Blüte in der Hand, und lauschte. Sie ließen wieder das Haus zum Umzuge, Harfen und Cymbeln voran, mit Rahel, der Liebreizenden, der all sein Herz gehörte und die im Schleier ging. Laban führte sie an der Hand, wie vordem ihn, vielleicht auch Adina, und wieder klangen die verliebten Hochzeitslieder im Chor, bald näher, bald ferner. Da sie sich endgültig näherten, sangen sie:

»Mein Freund ist mein, er ist gänzlich mein eigen.
Ich bin ein verschlossener Garten, voll lockender
Früchte, der feinsten Würzdüfte voll.
Komm, Geliebter, in deinen Garten!
Pflücke kühn seine lockenden Früchte, schlürfe in
dich das Labsal ihres Saftes!«

Da waren die Füße derer, die es sangen, vor der Tür, und die Tür öffnete sich ein wenig, daß Gesang und Geklimper einen Augenblick ungehindert hereindrang, und die Verschleierte war im Zimmer, eingelassen von Laban, der gleich die Tür wieder schloß; und sie waren allein im Dunkeln.

»Bist du es, Rahel?« fragte Jaakob nach einer kurzen Weile, während er gewartet hatte, daß die draußen sich etwas verzögen ... Er fragte es, wie einer fragt: »Bist du zurück von der Reise?«, wo doch der Angeredete vor ihm steht und es nicht gut anders sein kann, als daß er zurück ist, so daß die Frage nur Unsinn ist, um die Stimme antönen zu lassen, und jener nicht antworten, sondern nur lachen kann. Doch hörte Jaakob, wie sie bejahend den Kopf neigte, kannte es an dem leichten Rauschen und Klappern des leicht-schweren Schleiergewandes.

»Du Liebe, Kleine, mein Täubchen und Augapfel, Herz meiner Brust«, sagte er innig. »Es ist so finster und weht ... Ich sitze hier auf dem Bette, wenn du es nicht gesehen hast, geradeaus ins Zimmer hinein und dann etwas rechts. Komm doch, aber stoße dich nicht an dem Tisch, sonst tritt danach ein schwarzblauer Fleck auf deiner zärtlichen Haut hervor, und du stößt auch das Bier um. Ich bin nicht durstig nach ihm, das nicht, ich bin nur durstig nach dir, mein Granatapfel – wie gut, daß sie dich zu mir geführt haben und ich nicht länger allein sitze im Winde. Kommst du jetzt? Ich ginge dir gerne entgegen, aber ich darf wohl nicht, denn es ist Brauch und Rechtens, daß ich dir sitzend die Blüte reiche, und obgleich niemand uns sieht, wollen wir einhalten das Vorgeschriebene, damit wir recht vermählt sind, wie wir es unbeugsam gewünscht durch so viele Wartejahre.«

Dies überwältigte ihn; seine Stimme brach sich. Die Vorstellung der Zeit, die er ausgestanden in Geduld und Ungeduld um dieser Stunde willen, ergriff ihn mächtig mit tiefer Rührung, und der Gedanke, daß sie mit ihm gewartet hatte und auch ihrerseits sich am Ziel ihrer Wünsche sah, jagte ihm in der Rührung das Herz auf. Das ist die Liebe, wenn sie vollständig ist: Rührung und Lust auf einmal, Zärtlichkeit und Begehren, und während dem Jaakob vor Erschütterung die Tränen aus den Augen quollen, spürte er zugleich die Spannung seiner Mannheit.

»Da bist du«, sagte er, »du hast mich gefunden im Dunkeln, wie ich dich fand nach mehr als siebzehntägiger Reise, und kamst daher unter den Schafen und sprachst: ›Ei, siehe, ein Fremder!‹ Da erkoren wir einander unter den Menschen, und ich habe gedient um dich sieben Jahre, und die Zeit liegt zu unseren Füßen. Hier, mein Reh, meine Taube, hier ist die Blüte! Du siehst und findest sie nicht, so führe ich deine Hand zum Zweiglein, daß du es nimmst, und ich gebe es dir: da sind wir eines. Deine Hand aber behalte ich, da ich sie so liebe und liebe den Knöchel ihres Gelenkes, mir wohlbekannt, daß ich ihn wiedererkenne zu meiner Freude im Finstern, und ist mir deine Hand wie du selbst und wie dein ganzer Leib, – der aber ist wie eine Garbe Weizens, mit Rosen umkränzt. Liebling, meine Schwester, laß dich doch herab zu mir an meine Seite, ich rücke, so ist Platz für zwei, und wäre für dreie Platz, wenn es not täte. Aber wie gut ist Gott, daß er uns läßt zu zweien sein, abseits von allen, mich bei dir und dich bei mir! Denn ich liebe nur dich um deines Antlitzes willen, das ich jetzt nicht sehe, aber tausendmal sah und vor Liebe küßte, denn seine Lieblichkeit ist es, die deinen Leib kränzt wie mit Rosen, und wenn ich denke, daß du Rahel bist, mit der ich oft gewesen, aber so noch nicht; auf die ich gewartet, und die auf mich gewartet und auch jetzt auf mich wartet und auf meine Zärtlichkeit, so kommt mich ein Entzücken an, stärker als ich, so daß es mich überwältigt. Dunkelheit hüllt uns dichter ein als der Schleier, mit dem sie dich Reine geschmückt, und unseren Augen ist Finsternis vorgebunden, so daß sie nicht über sich selber hinaussehen, und sind blind. Aber nur sie sind es, Gott sei Dank, und sonst keiner unserer Lebenssinne. Hören wir ja einander, wenn wir sprechen, und die Finsternis scheidet uns nicht mehr. Sage mir doch, meine Seele, bist auch du entzückt von der Größe der Stunde?«

»In Wonne bin ich dein, lieber Herr«, sagte sie leise.

»Das hätte können Lea sagen, deine größere Schwester«, erwiderte er. »Nicht dem Sinne nach, aber der Mundart nach, begreiflicherweise. Die Stimmen von Schwestern gleichen sich wohl, und verwandt lautend kommen die Worte aus ihren Mündern. Denn derselbe Vater zeugte sie in derselben Mutter, und sind ein wenig unterschieden in der Zeit und wandeln getrennt, aber sind eins im Schoße des Ursprungs. Siehe, ich fürchte mich etwas vor meinen blinden Worten, denn ich hatte leicht sagen, es vermöchte die Finsternis nichts über unsere Rede, da ich doch spüre, daß die Dunkelheit in meine Worte dringt und sie tränkt, so daß ich etwas vor ihnen erschrecke. Laß uns preisen die Unterscheidung, und daß du Rahel bist und ich Jaakob bin und zum Beispiel nicht etwa Esau, mein roter Bruder! Die Väter und ich, wir haben wohl nachgesonnen manche Zeit bei den Hürden, wer Gott sei, und unsere Kinder und Kindeskinder werden uns folgen im Sinnen. Ich aber sage zu dieser Stunde und mache hell meine Rede, daß die Finsternis von ihr zurückweicht: Gott ist die Unterscheidung! Darum, so hebe ich dir nun den Schleier, Geliebte, daß ich dich sehe mit sehenden Händen, und lege ihn besonnen auf einen Sessel, der hier steht, denn er ist kostbar an Bildern, und wir wollen ihn vererben durch die Geschlechter, und sollen ihn tragen die Lieblinge unter den Zahllosen. Siehe, hier ist dein Haar, schwarz, aber lieblich, ich kenne es so genau, ich kenne seinen Duft, der einzig ist, ich führe es an meine Lippen, und was vermag da die Finsternis? Sie kann sich nicht drängen zwischen meine Lippen und dein Haar. Hier sind deine Augen, lächelnde Nacht in der Nacht, und ihre zarten Höhlen, und ich erkenne die sanften Gegenden unterhalb ihrer, von wo ich so manchesmal Tränen der Ungeduld wegküßte, daß meine Lippen naß waren. Hier sind deine Wangen, weich wie Vogelflaum und wie die köstlichste Wolle ausländischer Ziegen. Hier deine Schultern, die meinen Händen fast stattlicher erscheinen, als sie den Augen wohl vorkommen am Tage, deine Arme hier und hier –«

Er verstummte. Da seine sehenden Hände ihr Antlitz verließen und fanden ihren Leib und die Haut ihres Leibes, rührte Ischtar sie beide an bis ins Mark, es hauchte der Himmelsstier, und sein Odem war ihrer beider Odem, der sich vermischte. Und war dem Jaakob das Labanskind eine herrliche Gesellin diese ganze wehende Nacht hindurch, groß in der Wollust und rüstig zu zeugen, und empfing ihn öfters und abermals, so daß sie's nicht zählten, die Hirten aber antworteten einander, es sei neunmal gewesen.

Später schlief er am Boden auf ihrer Hand, denn das Bett war schmal, und er wollte ihr Platz und Bequemlichkeit lassen zu ihrer Ruhe. Darum schlief er neben der Bettstatt kauernd, die

Wange auf ihrer Hand, die am Rande lag. Der Morgen dämmerte. Trübrot und stille geworden stand er vor den Luken und erfüllte mit langsamer Aufhellung das Brautgemach. Es war Jaakob, der zuerst erwachte: vom Tagesschein, der unter seine Lider drang, und von der Stille, denn bis tief in die Nacht war viel Lärmens und Lachens gewesen in Haus und Hof vom fortwährenden Gelage, und erst gegen Morgen, als die Neuvermählten schon schliefen, war Ruhe geworden. Auch hatte er's unbequem, wenn auch mit Freuden, – so erwachte er leichter. Er regte sich, spürte ihre Hand, gedachte, wie alles stand, und wandte den Mund hin, die Hand zu küssen. Dann hob er den Kopf, um nach der Lieben zu sehen und nach ihrem Schlummer. Mit Augen, schwer und klebrig vom Schlaf, die noch geneigt waren, sich zu verdrehen, und ihren Blick noch nicht finden wollten, schaute er hin. Da war's Lea.

Er senkte die Augen und schüttelte lächelnd das Haupt. Ei, dachte er, während es ihm doch schon zu grausen begann um Herz und Magen; ei siehe, ei sieh! Spöttischer Morgentrug, possierliches Blendwerk. Den Augen war Finsternis vorgehangen, – nun, da sie frei sind, stellen sie sich blöde an. Sind wohl Schwestern einander heimlich so ähnlich, obgleich die Ähnlichkeit gar nicht nachweisbar ist in ihren Zügen, und wenn sie schlafen, wird man's gewahr? Sehen wir nun also besser hin!

Aber er sah noch nicht hin, denn er fürchtete sich, und was er bei sich redete, war nur Geschwätz des Grausens. Er hatte gesehen, daß sie blond war und ihre Nase etwas gerötet. Er rieb sich die Augen mit den Knöcheln und zwang sich zu schauen. Es war Lea, die schlief.

In seinem Kopf taumelten die Gedanken. Wie kam Lea hierher, und wo war Rahel, die man zu ihm eingelassen und die er erkannt hatte diese Nacht? Er strauchelte rückwärts, vom Bette weg, in die Mitte des Zimmers, und stand da im Hemd, die Fäuste an den Wangen. »Lea!« schrie er aus verschnürter Kehle.

Sie saß schon aufrecht. Sie blinzelte, lächelte und senkte die Lider über die Augen, wie er es oftmals bei ihr gesehen. Ihre eine Schulter und Brust waren bloß; die waren weiß und schön.

»Jaakob, mein Mann«, sagte sie, »laß es so sein nach des Vaters Willen. Denn er hat's gewollt und also geordnet, und die Götter sollen mir geben, daß du's ihm und ihnen noch dankst.«

»Lea«, stammelte er, indem er auf seine Gurgel deutete, seine Stirn und sein Herz, »seit wann bist du es?«

»Immer war ich's«, antwortete sie, »und war dein diese Nacht, seit ich eintrat im Schleier. Immer war ich dir zärtlich bereit, so gut wie Rahel, seit ich dich zuerst vom Dache erblickt, und hab' dir's bewiesen, denke ich wohl, diese ganze Nacht. Denn sage selbst, ob ich dir nicht gedient habe, wie nur irgendein Weib es könnte, und war wacker in der Lust! Ich bin im Innersten sicher, daß ich empfangen habe von dir, und wird ein Sohn sein, stark und gut, und soll geheißen sein Re'uben.«

Da dachte Jaakob nach und besann sich, wie er sie für Rahel gehalten diese Nacht und ging hin an die Wand und legte den Arm daran und die Stirn auf den Arm und weinte bitterlich.

So stand er eine längere Weile, zerrissenen Gefühls, und jedesmal, wenn sich ihm der Gedanke erneuerte, wie er geglaubt und erkannt hatte, wie all sein Glück nur Trug gewesen und ihm die Stunde der Erfüllung geschändet worden war, für die er gedient und die Zeit besiegt hatte, so war ihm, als wollte sein Magen und Hirn sich umkehren, und er verzweifelte an seiner Seele. Lea aber wußte nichts mehr zu sagen und weinte nur manchmal ebenfalls, wie sie schon vorher mit der Schwester geweint. Denn sie sah, wie wenig sie es gewesen war, die ihn ein übers anderemal empfangen hatte, und nur der Gedanke, daß sie wahrscheinlich nun einmal jedenfalls einen starken Sohn namens Ruben von ihm empfangen habe, stärkte ihr zwischenein das Herz.

Da ließ er sie und stürzte aus dem Zimmer. Fast wäre er

gestrauchelt über Schläfer, die draußen lagen und überall in Haus und Hof, in der Unordnung des gestrigen Festmahls, auf Decken und Matten oder auch auf dem bloßen Boden, und in ihrem Rausche schliefen. »Laban!« rief er und stieg über die Leiber hinweg, die unwirsch grunzten, sich räkelten und weiterschnarchten. »Laban!« wiederholte er leiser seinen Ruf, denn Qual und Erbitterung und ungestümes Verlangen nach Rechenschaft vermochten nicht die Rücksicht in ihm zu ertöten auf die Schläfer des frühen Morgens nach schwerem Gelage. »Laban, wo bist du?« Und er kam vor Labans, des Hausherrn, Kammer, wo er einlag bei seinem Weibe Adina, pochte und rief: »Laban, komm heraus!«

»Eh, eh!« antwortete Laban drinnen. »Wer ist es, der mich ruft ums Morgenrot, nachdem ich getrunken?«

»Ich bin's, du mußt herauskommen!« antwortete Jaakob.

»So, so«, sagte Laban. »Der Eidam ist's. Er sagt zwar ›ich‹, wie ein Kind, als ob daraus allein schon ein Mensch sich vernehmen könnte, aber ich erkenne seine Stimme und will hinausgehen, zu hören, was er mir schon ums Frührot zu künden hat, ungeachtet ich gerade des besten Schlafes genoß.« Und trat hervor im Hemd, verwirrten Haares und blinzelnd.

»Ich schlief«, wiederholte er. »Ich schlief vorzüglich und wohltuend. Was schläfst nicht auch du oder treibst, was dein Stand dir gebeut?«

»Es ist Lea«, sprach Jaakob bebenden Mundes.

»Selbstredend«, entgegnete Laban. »Reißest du mich darum bei Tagesgrauen aus zukömmlichem Schlummer nach schwerem Trunk, um mir zu künden, was ich so gut weiß wie du?«

»Du Drache, du Tiger, teuflischer Mann!« rief Jaakob außer sich. »Ich sage dir's nicht, damit du's erfährst, sondern um dir zu zeigen, daß auch ich es nun weiß, und um dich zur Rede zu stellen in meiner Qual.«

»Achte vor allem auf deine Stimme und senke sie viel tiefer!«

sprach Laban. »Das muß ich dir gebieten, wenn du's dir nicht gebieten läßt von den Umständen, die sämtlich dafür sprechen. Denn nicht genug, daß ich dein Ohm und Schwieger bin und dein Brotherr obendrein, den zeternd anzuhauchen dir keineswegs zusteht, so liegen auch Haus und Hof voller schlafender Hochzeitsgäste, wie du siehst, die wollen in ein paar Stunden mit mir ausziehen zur Jagd, daß sie ihre Belustigung haben in der Wüste und im Röhricht des Sumpfes, wo wir den Vögeln Netze stellen wollen, dem Rebhuhn und der Trappe, oder fangen auch einen Keiler ab und bringen ihn zur Strecke, daß wir eine Spende Rauschtranks ausgießen über ihn. Dazu stärken sich meine Gäste im Schlummer, der mir heilig ist, und abends wird weitergezecht. Du aber, wenn du am fünften Tage hervorgehst aus der Brautkammer, sollst dich uns ebenfalls anschließen zur fröhlichen Jagd.«

»Ich will nichts wissen von fröhlicher Jagd«, versetzte Jaakob, »und mir steht mein armer Sinn nicht danach, den du verwirrt und geschändet, daß es von der Erde zum Himmel schreit. Denn du hast mich über die Maßen betrogen, betrogen schändlich und grausam und hast heimlich Lea zu mir eingelassen, deine Ältere, statt Rahel, um die ich dir gedient. Was fange ich an mit mir und dir?«

»Höre«, erwiderte Laban. »Es gibt Worte, die du lieber nicht solltest auf die Zunge nehmen und solltest Scheu tragen, sie laut werden zu lassen, denn in Amurruland sitzt, wie ich weiß, ein rauher Mann, der weint und rauft sich das Vlies und trachtet dir nach dem Leben, der könnte wohl reden von Betrug. Es ist unangenehm, wenn ein Mann sich für den anderen schämen muß, weil dieser es nicht tut, und so steht es augenblicklich zwischen dir und mir, infolge deiner schlecht gewählten Worte. Ich hätte dich betrogen? In welchem Anbetracht? Habe ich eine Braut bei dir eingeführt, die nicht mehr unberührt gewesen wäre und wäre nicht würdig gewesen, über die sieben

Treppen zu schreiten in die Arme des Gottes? Oder habe ich dir eine gebracht, die nicht rechtschaffen und tüchtig gewesen wäre am Leibe oder ein Jammern angestellt hätte wegen des Schmerzes, den du ihr angetan, und wäre dir nicht willig und dienlich gewesen in der Lust? Habe ich dich dergestalt betrogen?«

»Nein«, sagte Jaakob, »dergestalt nicht. Lea ist groß im Zeugen. Aber du hast mich hintergangen und hinter das Licht geführt, so daß ich nicht sah und Lea für Rahel hielt diese ganze Nacht, und habe der Unrechten meine Seele und all mein Bestes gegeben, daß es mich reut, wie ich nicht sagen kann. So hast du Wolfsmensch an mir getan.«

»Und du nennst es Betrug und vergleichst mich ungescheut mit Tieren der Wüste und bösen Geistern, weil ich es mit der Sitte hielt und als rechtlicher Mann mich nicht unterfing, dem heilig Hergebrachten die Stirn zu bieten? Ich weiß nicht, wie es zugeht in Amurruland oder im Lande des Königs Gog, aber in unserem Lande ist es nicht üblich, daß man die Jüngste ausgebe vor der Ältesten, das schlüge dem Herkommen ins Gesicht, und ich bin ein gesetzlicher Mann, ein Mann des Anstandes. So tat ich, wie ich tat, und handelte klüglich wider deine Unvernunft und wie ein Vater, der weiß, was er seinen Kindern schuldet. Denn du hast mich schnöde gekränkt in meiner Liebe zur Ältesten, da du mir sagtest: ›Lea entfacht meine männlichen Wünsche nicht.‹ Verdientest du etwa deswegen keine Lektion und Zurechtweisung? Da hast du nun gesehen, ob sie dich entfacht oder nicht!«

»Ich habe gar nichts gesehen!« rief Jaakob. »Es war Rahel, die ich umfing!«

»Ja, das hat sich gezeigt in der Frühe«, erwiderte Laban höhnisch, »aber das ist es eben, daß Rahel, meine Kleine, sich nicht zu beklagen hat. Denn Lea's war die Wirklichkeit, aber die Meinung war Rahels. Doch habe ich dich auch die Meinung gelehrt für Lea, und welche du nun in Zukunft umfangen wirst, deren wird sowohl die Wirklichkeit wie auch die Meinung sein.«

»Willst du mir Rahel denn geben?« fragte Jaakob …

»Selbstredend«, sprach Laban. »Wenn du sie willst und willst mir zahlen für sie das Gesetzliche, so sollst du sie haben.«

Da rief Jaakob:

»Aber ich habe dir gedient um Rahel sieben Jahre!«

»Du hast«, antwortete Laban mit Würde und Festigkeit, »mir gedient um ein Kind. Willst du auch das zweite, was mir genehm sein sollte, so mußt du zahlen abermals!«

Jaakob schwieg.

»Ich will«, sagte er dann, »den Kaufpreis beschaffen und sehen, daß ich beibringe den Mahlschatz. Ich werde eine Mine Silber leihen von Leuten, die ich vom Handel kenne, und will auch wohl aufkommen für dies und jenes Geschenk, der Braut an den Gürtel zu binden, denn es ist mir unversehens etwelche Habe zugewachsen in all dieser Zeit, und ganz so mausearm bin ich nicht mehr wie seinerzeit, als ich erstmals freite.«

»Schon wieder sprichst du ohne jedwedes Feingefühl«, versetzte Laban mit würdigem Kopfschütteln, »und redest liederlich daher von Dingen, die du tief im Busen verschließen solltest, und solltest froh sein, wenn nicht andere die Rede darauf bringen und rechten mit dir, anstatt daß du laut davon schwätzest und richtest es neuerdings an in der Welt, daß ein Mann sich schämen muß für den anderen, weil's dieser nicht tun mag. Ich will nichts wissen von unversehenem Zuwachs und dergleichen Ärgernis. Ich will kein Silber von dir als Mahlschatz und keine wem immer gehörige Ware als Brautgeschenk, sondern dienen sollst du mir auch für das zweite Kind, so lange als für das erste.«

»Wolfsmann!« rief Jaakob und bezähmte sich kaum. »So willst du mir Rahel erst geben nach anderen sieben Jahren?!«

»Wer sagt das?« erwiderte Laban von oben herab. »Wer hat hier etwas Ähnliches auch nur angedeutet? Du allein redest Ungereimtes und vergleichst mich ganz voreilig mit einem Werwolf, denn ich bin Vater und will nicht, daß mein Kind nach dem Manne schmachte, bis er betagt ist. Gehe du jetzt an deinen Ort und halte dich ehrenhaft da die Woche hin. Dann soll dir in aller Stille beigetan sein auch die zweite, und als ihr Ehegemahl dienst du mir um sie andere sieben Jahre.«

Jaakob schwieg und senkte das Haupt.

»Du schweigst«, sprach Laban, »und gewinnst es nicht über dich, mir zu Füßen zu fallen. Ich bin wahrlich neugierig, ob es mir noch gelingen wird, dein Herz zur Dankbarkeit zu erweichen. Daß ich hier im Hemde stehe ums Frührot, aufgestört aus notwendigem Schlummer, und Geschäfte mit dir ordne, reicht offenbar nicht hin, ein solches Gefühl in dir zu erzeugen. Ich habe noch nicht erwähnt, daß du mit dem anderen Kinde auch die zweite der Dirnen bekommst, die ich kaufte. Denn die Silpa schenke ich der Lea zur Mitgift und der Rahel die Bilha, und will es auch im zweiten Falle so halten, daß zwei Drittel der Mine Silbers, die ich euch geben will, sollen eingerechnet sein. So hast du vier Weiber über Nacht und hast ein Frauenhaus wie der König von Babel und wie Elams König, da du eben noch dürr und allein auf dem Hage saßest.«

Jaakob schwieg immer noch.

»Harter Mann«, sagte er endlich mit einem Seufzer. »Du weißt nicht, was du mir angetan, du weißt und bedenkst es nicht, ich muß mich wohl davon überzeugen, und bildest es dir nicht ein in deinem ehernen Sinn! Ich habe meine Seele und all mein Bestes vergeudet an die Unrechte diese Nacht, das preßt mir das Herz zusammen der Rechten wegen, der's zugedacht war, und soll Lea's pflegen noch die Woche hin, und wenn mein Fleisch müde ist, denn ich bin nur ein Mensch, und es ist satt und meine Seele allzu schläfrig zum Hochgefühl, so soll ich die

Rechte haben, Rahel, mein Kleinod. Du aber denkst, somit ist's gut. Aber es kann nie gutgemacht werden, was du an mir und an Rahel getan, deinem Kinde, und zuletzt auch an Lea, die sitzt auf dem Bette und weint, weil ich nicht sie im Sinne gehabt.«

»Soll das heißen«, frug Laban, »daß du nach der Hochzeitswoche mit Lea nicht mehr Manns genug sein wirst, fruchtbar zu machen die zweite?«

»Nicht doch, da sei Gott davor«, antwortete Jaakob.

»Das übrige sind Grillen«, beschloß Laban, »und ist überfeines Gefasel. Bist du zufrieden mit unserm neuen Vertrage, und soll's also gelten, oder nicht, zwischen mir und dir?«

»Ja, Mann, es soll gelten«, sprach Jaakob und ging wieder zu Lea.

Von Gottes Eifersucht

Dies sind die Geschichten Jaakobs, eingeschrieben in seine Greisenmiene, wie sie an seinen verschwimmenden, sich in den Brauen verfangenden Augen vorüberzogen, wenn er in feierliches Sinnen verfiel, sei es allein oder vor den Leuten, die unweigerlich eine heilige Scheu ankam vor solchem Ausdruck, so daß sie sich anstießen und zueinander sprachen: »Still, Jaakob besinnt seine Geschichten!« Manche davon haben wir schon ausgebreitet und endgültig richtiggestellt, sogar solche schon, die weit voranliegen, nach Jaakobs Rückreise ins Westland und nach seiner Ankunft daselbst; aber siebzehn Jahre bleiben hier auszufüllen mit ihren reichen Geschichten und Wechselfällen, an deren Spitze Jaakobs Doppelhochzeit mit Lea und Rahel und das Erscheinen des Ruben standen.

Re'uben aber war Lea's und nicht Rahels; jene gebar dem Jaakob den Ersten, der seine Erstgeburt später verscherzte, da er wie ein dahinschießendes Wasser war, und nicht empfing ihn und trug ihn Rahel, nicht schenkte ihn dem Jaakob die Braut seines Gefühls, noch war sie's, nach Gottes Willen, die ihm den

Schimeon brachte, den Levi und Dan und Jehuda und irgendeinen von zehnen bis Sebulun, obgleich sie ihm doch nach Ablauf der Festwoche, da Jaakob am fünften Tage von Lea hervorgegangen war und sich beim geselligen Vogelfang etwas erfrischt hatte, ebenfalls beigetan worden war, wovon wir nicht weiter erzählen. Denn es ist schon erzählt, wie Jaakob Rahel empfing; nach Labans, des Teufels, Veranstaltung empfing er sie erstmals in Lea, und war in der Tat eine Doppelhochzeit, die er da hielt, – das Beilager mit zwei Schwestern: die eine war's wirklich, aber die andere der Meinung nach, und was heißt da wirklich? In diesem Betracht war Re'uben allerdings Rahels Sohn, mit ihr erzeugt. Und doch ging sie leer aus, die so bereit und eifrig war, und Lea ward stark und rund und fügte zufrieden die Hände darüber zusammen, das Haupt in Demut zur Seite geneigt und die Lider gesenkt, daß man ihr Schielen nicht sähe.

Sie kam nieder auf den Ziegelsteinen mit größter Begabung, es war die Sache von ein paar Stunden, das reine Vergnügen. Re'uben schoß gleich daher wie ein Wasser; als Jaakob, eilig benachrichtigt, vom Felde kam (denn es war die Zeit der Sesamernte), war das Neugeborene schon gebadet, mit Salz abgerieben und eingewickelt. Er legte die Hand darauf und sprach in Gegenwart aller Hofleute das Wort: »Mein Sohn.« Laban drückte ihm seine Achtung aus. Er ermunterte ihn, sich ebenso rüstig zu halten wie er selbst, und sich drei Jahre hintereinander einen Namen zu machen, worauf die Wöchnerin in ihrem Frohmut vom Lager herüberrief: Zwölf Jahre lang, ohne Pause, wolle sie fruchtbar sein. Rahel hörte es.

Sie war nicht von der Wiege zu bringen, die, eine Schaukel, an Stricken von der Decke hing, so daß Lea sie vom Bette regieren konnte mit ihrer Hand. Zur anderen Seite saß Rahel und betrachtete das Kind. Wenn es schrie, hob sie es auf und gab es der Schwester an die schwellende, von Milchadern durchzogene

Brust, sah unersättlich zu, wie jene es nährte, daß es rot ward und gedunsen vor Sattigkeit, und preßte im Schauen die Hände auf die eigene zarte Brust.

»Arme Kleine«, sagte Lea dann wohl zu ihr. »Gräme dich nicht, auch du kommst an die Reihe. Und es sind deine Aussichten ganz unvergleichlich besser als die meinen, denn du bist's, auf der die Augen ruhen unseres Herrn, und auf einmal, daß er bei mir wohnt, kommen wohl vier Nächte oder sechs, daß er sich zu dir tut, wie soll dir's fehlen?«

Aber ob auch die Aussichten für Rahel waren, es war Lea, nach Gottes Willen, an der sie sich erfüllten, denn kaum, daß sie vom Ersten genesen, war sie schon wieder fruchtbar, und während sie auf dem Rücken den Ruben trug, trug sie in ihrem Leibe den Schimeon, und war ihr kaum übel, da er zu wachsen begann, und fand nichts zu seufzen, da er sie hoch verunstaltete, sondern rüstig und wohlgemut war sie bis zum äußersten und arbeitete in Labans Fruchtgarten bis zur Stunde, da sie mit etwas veränderter Miene befahl, die Ziegelsteine zu richten. Da trat Schimeon auf mit Leichtigkeit und nieste. Alle bewunderten ihn; am meisten Rahel, und wie weh tat es ihr, ihn zu bewundern! Es war noch etwas anderes mit diesem als mit dem ersten; denn wissentlich und unbetrogen hatte Jaakob ihn mit Lea erzeugt, und war der Ihre ganz und unzweifelhaft.

Und Rahel, was war es mit dieser Kleinen? Wie hatte sie doch dem Vetter so ernst und lustig entgegengeschaut in lieblicher Tapferkeit und Lebensbereitschaft; wie zuversichtlich gewünscht und gefühlt, daß sie ihm Kinder bringen werde nach ihrer beider Bilde, zuweilen auch Zwillinge! Nun ging sie leer aus, da Lea schon das Zweite wiegte, – wie mochte das sein?

Der Buchstabe der Überlieferung ist der einzige Anhalt, der sich uns bietet, wenn es gilt, diese wehmütige Lebenserscheinung zu erklären. Er lautet in Kürze dahin: weil Lea unwert gewesen sei vor Jaakob, habe Gott sie fruchtbar gemacht und

Rahel unfruchtbar. Ebendarum. Das ist ein Erklärungsversuch
wie ein anderer; er trägt Vermutungscharakter, nicht denjenigen der Ermächtigung, denn eine unmittelbare und maß-
gebliche Äußerung El Schaddais über den Sinn seiner Verfügung, sei es gegen Jaakob oder einen anderen Beteiligten, liegt
nicht vor und ist zweifellos nicht ergangen. Dennoch käme es
uns nur zu, jene Deutung zu verwerfen und eine andere dafür
einzusetzen, wenn wir eine bessere wüßten, was nicht der Fall
ist; vielmehr halten wir die gegebene im Kern für richtig.

Der Kern ist, daß Gottes Maßregel sich nicht, oder nicht
zuerst, gegen Rahel richtete, auch nicht um Lea's willen getroffen wurde, sondern eine belehrende Züchtigung für Jaakob
selbst bedeutete, welcher nämlich damit in dem Sinne verwiesen wurde, daß die wählerische und weiche Selbstherrlichkeit
seines Gefühls, die Hoffart, mit der er es hegte und kundtat,
nicht die Billigung Elohims besaß – und zwar obgleich diese
Neigung zu Auserwählung und zügelloser Vorliebe, dieser Ge-
fühlsstolz, der sich der Beurteilung entzog und von aller Welt
andächtig hingenommen zu werden begehrte, sich auf ein höheres Vorbild berufen konnte und tatsächlich die irdische
Nachahmung davon darstellte. Obgleich? Eben weil Jaakobs
Gefühlsherrlichkeit eine Nachahmung war, wurde sie bestraft.
Wer es hier unternimmt, zu reden, muß nach seinen Ausdrük-
ken sehen; aber auch nach scheuer Prüfung des bevorstehen-
den Wortes bleibt kein Zweifel, daß der höchste Beweggrund
für die hier erörterte Maßnahme die *Eifersucht* Gottes auf ein
Vorrecht war, welches er durch ebendiese Maßnahme, durch
die Demütigung von Jaakobs Gefühlsherrlichkeit, als Vorrecht
zu kennzeichnen gedachte. Diese Deutung mag Tadel erfahren
und wird kaum dem Einwand entgehen, ein so kleines und
leidenschaftliches Motiv wie das der Eifersucht sei unverwend-
bar zur Erklärung göttlicher Anordnungen. Solcher Empfindlichkeit steht es jedoch frei, die ihr anstößige Regung als ein

geistig unverzehrtes Überbleibsel aus früheren und wilderen
Werdezuständen des Gotteswesens zu verstehen, – anfänglichen Zuständen, auf die an anderem Orte einiges Licht geworfen wurde und in denen die Gesichtsbildung Jahu's, des
Kriegs- und Wetterherrn einer braunen Schar von Wüstensöh-
nen, die sich seine Streiter nannten, weit mehr arge und ungeheuere Züge als solche der Heiligkeit aufgewiesen hatte.

Der Bund Gottes mit dem in Abram, dem Wanderer, tätigen
Menschengeist war ein Bund zum Endzwecke beiderseitiger
Heiligung, ein Bund, in welchem menschliche und göttliche
Bedürftigkeit sich derart verschränken, daß kaum zu sagen ist,
von welcher Seite, der göttlichen oder der menschlichen, die
erste Anregung zu solchem Zusammenwirken ausgegangen
sei, ein Bund aber jedenfalls, in dessen Errichtung sich aus-
spricht, daß Gottes Heiligwerden und das des Menschen einen
Doppelprozeß darstellen und auf das innigste aneinander »gebunden« sind. Wozu, so darf man fragen, wohl sonst ein Bund?
Die Weisung Gottes an den Menschen: »Sei heilig, wie ich es
bin!« hat die Heiligwerdung Gottes im Menschen bereits zur
Voraussetzung; sie bedeutet eigentlich: »Laß mich heilig werden in dir, und sei es dann auch!« Mit anderen Worten: Die
Läuterung Gottes aus trüber Tücke zur Heiligkeit schließt,
rückwirkend, diejenige des Menschen ein, in welchem sie sich
nach Gottes dringlichem Wunsche vollzieht. Diese innige Ver-
knüpfung der Angelegenheiten aber und daß Gott seine wirkliche Würde nur mit Hilfe des Menschengeistes erlangt, dieser aber wieder nicht würdig wird ohne die Anschauung der
Wirklichkeit Gottes und die Bezugnahme auf sie – ebendiese
hoch-eheliche Verquickung und Wechselseitigkeit der Bezüge,
geschlossen im Fleische, verbürgt durch den Ring der Beschneidung, macht es begreiflich, daß gerade die Eifersucht als
Restbestand leidenschaftlicher Vor-Heiligkeit am allerlängsten
in Gott zurückgeblieben ist, sei es als Eifer auf Abgötter oder

etwa auf das Vorrecht der Gefühlsüppigkeit, – was aber im Grunde dasselbe ist.

Denn was wäre das zügellose Gefühl des Menschen für den Menschen, wie Jaakob es sich für Rahel gönnte und dann, in womöglich verstärkter Übertragung, für ihren Erstgeborenen, anderes als Abgötterei? Was dem Jaakob durch Laban geschah, mag noch mit Recht, zum Teile wenigstens, als notwendiger Gerechtigkeitsausgleich in Hinsicht auf Esau's Schicksal verstanden werden, als eine Aufrechnung zu Lasten dessen, dem zu gefallen die Störung des Gleichgewichtes erfolgt war. Bedenkt man aber andererseits Rahels dunkles Los, und erfährt man dann gar, was der junge Joseph auszustehen hatte, dem es nur durch äußerste Klugheit und anmutigste Geschicklichkeit in der Behandlung Gottes und der Menschen gelang, den Dingen die Wendung zum Guten zu geben, so bleibt kein Zweifel, daß es sich um Eifersucht reinsten Wassers und eigentlichsten Sinnes handelt, – nicht um die allgemeine und abgezogene auf ein Vorrecht, sondern um höchst persönliche Eifersucht auf die Gegenstände des abgöttischen Gefühls, in welchen es rächend getroffen wurde, – mit einem Worte: um Leidenschaft. Nenne man das einen Wüstenrest, so bleibt doch wahr, daß gerade erst in der Leidenschaft das tosende Wort vom »lebendigen Gott« sich recht erfüllt und bewährt. Nachdem man gesehen, wird man sagen, daß Joseph, so sehr sonst seine Fehler ihm schadeten, für diese Lebendigkeit Gottes sogar mehr Sinn besaß und gewandter Rücksicht darauf zu nehmen wußte als sein Erzeuger. –

Von Rahels Verwirrung

Die kleine Rahel nun verstand von alldem nicht das mindeste. Sie hing an Jaakobs Halse und weinte: »Schaffe mir Kinder, wo nicht, so sterbe ich!« Er antwortete: »Liebe Taube, was soll das? Deine Ungeduld stimmt deinen Mann etwas ungeduldig, und ich hätte nicht gedacht, daß sich je dergleichen Gefühl wider dich erheben würde in meinem Herzen. Es hat wirklich keine Vernunft, daß du mir anhängst mit Bitten und Tränen. Bin ich doch nicht Gott, der dir deines Leibes Frucht nicht geben will.«

Er schob es auf Gott und deutete damit an, daß er es nicht fehlen lasse und daß ihn erwiesenermaßen auch sonst keine Schuld treffe; denn er war fruchtbar in Lea. Der Jüngeren aufgeben, sich an Gott zu halten, kam aber der Feststellung gleich, daß es an ihr liege, und eben darin äußerte sich seine Ungeduld wie auch in dem Beben seiner Stimme. Natürlich war er gereizt, denn es war töricht von Rahel, ihn um etwas zu beschwören, was er selbst sich so sehnlich wünschte, ohne ihr seinerseits enttäuschter Hoffnung wegen Vorwürfe zu machen. Dennoch war der Armen vieles zugute zu halten in ihrem Kummer, denn blieb sie fruchtlos, so war sie übel daran. Sie war die Freundlichkeit selbst, aber daß sie die Schwester nicht hätte beneiden sollen, ging über Weibesnatur, und Neid ist eine Gefühlsverschmelzung, in der außer der Bewunderung leider noch anderes vorkommt, so daß die Rückwirkung von drüben auch nicht die beste sein kann. Das mußte das geschwisterliche Verhältnis untergraben und fing schon an, es zu tun. Die Stellung der mütterlichen Lea überwog diejenige der unergiebigen Mitfrau, die immer noch wie ein Mägdlein umherging, so sehr in den Augen aller Welt, daß jene fast eine Heuchlerin hätte sein müssen, um jedes Anzeichen von dem Bewußtsein ihrer vorwaltenden Würde aus ihrem Verhalten zu verbannen. Der Redensart nach, einfältig wie sie sein mochte, war die mit Kindern gesegnete Frau die »Geliebte«, die dürre aber kurzweg die »Gehaßte«, – ein greulicher Sprachgebrauch in Rahels Ohren, greulich, weil ganz und gar unzutreffend auf ihren Fall, und nichts als menschlich wäre es denn also, daß ihr die Wahrheit in stummem Zustande nicht Genüge tat, sondern daß sie sie aussprechen mußte. So war es leider: Bleich und mit blitzenden

Augen berief sie sich auf Jaakobs nie verhohlene Vorliebe für sie und seine öfteren Besuche zur Nacht, – ein wunder Punkt dies nun wieder bei Lea, auf dessen Berührung es nur eine zuckende Antwort gab: Was es jener denn nütze? Und um die Freundschaft war es getan.

Beklommen stand Jaakob in der Mitte.

Auch Laban sah finster. Es war ihm wohl recht, daß das Kind, das Jaakob hatte verschmähen wollen, nun so in Ehren stand; doch war es ihm auch wieder leid um Rahel, und außerdem begann er für seinen Säckel zu fürchten. Der Gesetzgeber hatte aufschreiben lassen, wenn eine Frau kinderlos hingehe, müsse der Schwiegervater ihren Kaufpreis zurückzahlen, denn solche Ehe sei nur ein Fehlschlag gewesen. Laban durfte hoffen, daß Jaakob das nicht wisse, aber dieser konnte es jeden Tag erfahren, und eines Tages, wenn keine Hoffnung mehr blieb für Rahel, mochte es dahin kommen, daß Laban oder seine Söhne den Jaakob für sieben Dienstjahre in bar würden entschädigen müssen, – das lag dem Manne im Magen.

Darum, als Lea auch im dritten Ehejahr schwanger ward – es war der Knabe Levi, der sich da ankündigte –, nichts aber auf Rahels Seite sich regte, so war es Laban zuallererst, der darauf hinwies, daß hier Abhilfe zu schaffen sei, und der forderte, daß man Maßregeln treffe, indem er Bilha's Namen ins Gespräch warf und verlangte, daß Jaakob sich ihr beitue, damit sie gebäre auf Rahels Schoß. Es wäre ein Irrtum, zu glauben, Rahel selbst hätte diesen übrigens naheliegenden Gedanken aufgebracht oder vornehmlich vertreten. Die Empfindungen, die sie ihm entgegenbrachte, waren zu zwiespältig, als daß sie mehr hätte für ihn tun können, als ihn dulden. Aber wahr ist, daß sie mit Bilha, ihrer Magd, einem anmutigen Ding, vor deren Reizen später Lea völlig das Feld räumen mußte, sehr vertraulich und herzlich stand; und ihre Begierde nach Mutterwürde überwog denn auch die natürlichen Hemmungen, die es ihr bereitete, eigenhändig zu tun, was einst der harte Vater getan, und dem Vettergatten eine nächtliche Stellvertreterin zuzuführen.

Es war eigentlich umgekehrt: Sie führte den Jaakob an der Hand bei Bilha ein, nachdem sie die Kleine, die vor Glückestrubel nicht wußte, wo ihr der Kopf stand, und übermäßig duftete, zuvor schwesterlich geküßt und zu ihr gesagt hatte: »Wenn es denn sein muß, Herzchen, so bist du mir die Rechte. Werde zu Tausenden!« Diese übertreibende Wunschphrase war nur eine Gratulation des Sinnes, daß Bilha sich empfänglich erweisen möge statt ihrer Herrin, und das tat das Kind unverzüglich: sie kündete ihr Gelingen der Mutter ihrer Frucht, damit diese es dem Vater, den Eltern kündete; ihre Leibeshöhe war während der folgenden Monate nur in geringem Rückstande hinter Lea's Lebenstracht, und in aller Augen konnte Rahel, die diese Zeit hin voller Zärtlichkeit für Bilha war, ihr oft den Leib streichelte und das Ohr an die Wölbung legte, die Achtung lesen, die der Erfolg ihres Opfers ihr eintrug.

Arme Rahel! War sie wohl glücklich? Ein anerkannter Brauch für den Notfall half ihr, den oberen Ratschluß bis zu einem gewissen Grad zu entkräften, aber ihre Würde wuchs, Verwirrung für ihr bereitwillig-sehnsüchtiges Herz, im Leib einer Fremden. Es war eine halbe Würde, ein halbes Glück, ein halber Selbstbetrug, notdürftig gestützt durch die Sitte, doch ohne Halt in Rahels Fleisch und Blut; und halbecht würden die Kinder, die Söhne sein, die Bilha ihr bringen würde, ihr und dem fruchtlos geliebten Mann. Rahels war die Lust gewesen, und einer anderen würden die Schmerzen sein. Das war bequem, aber hohl und abscheulich, ein stiller Greuel, nicht für ihr Denken, das dem Gesetz und der Üblichkeit folgte, aber für ihr redliches und tapferes kleines Herz. Sie lächelte wirr.

Sie leistete übrigens freudig und fromm alles, was zu leisten ihr vergönnt und vorgeschrieben war. Sie ließ Bilha auf ihren Knien gebären – das Zeremoniell verlangte es. Sie umschlang sie von hinten mit den Armen und beteiligte sich viele Stunden lang an ihrem Arbeiten, Stöhnen und Schreien, Wehmutter und Kreißende in einer Person. Es kam die kleine Bilha hart an, einen vierundzwanzigstündigen Tag dauerte die Niederkunft, und am Ende war Rahel fast ebenso erschöpft wie die fleischliche Mutter, aber das war ihrer Seele eben recht.

So kam der Jaakobssprosse zur Welt, der Dan genannt wurde, nur wenige Wochen nach Lea's Levi, im dritten Ehejahr. Aber im vierten, da Lea von dem entbunden wurde, den sie Lobgott oder Jehuda hießen, brachten Bilha und Rahel mit vereinten Kräften dem Gatten ihren Zweiten dar, der schien ihnen danach angetan, ein guter Ringkämpfer zu werden, weshalb sie ihn Naphtali nannten. So hatte Rahel in Gottes Namen zwei Söhne. Danach gab es vorläufig keine Geburten mehr.

Die Dudaim

Jaakob hatte die ersten Jahre seines Ehestandes fast ganz auf Labans Hof verbracht und draußen auf den Weiden die Unterhirten und Pächter walten lassen, indem er jene nur dann und wann mit scharfer Musterung heimsuchte, von diesen die Abgaben an Vieh und Waren einnahm, die Labans waren, aber nicht ganz, ja nicht einmal immer zum größten Teil; denn vieles draußen und selbst auf dem Hof, wo Jaakob mehrere neue Vorratshütten zur Berge eigener Handelswerte errichtet hatte, gehörte schon Labans Eidam, und nachgerade wäre von der Verschränkung zweier blühender Wirtschaften zu reden gewesen, einer vielfach in sich gewickelten Interessenverrechnung, die Jaakob offenbar übersah und beherrschte, die aber dem schweren Blicke Labans längst nicht mehr recht durchsichtig war, ohne daß er es über sich vermocht hätte, dies einzugestehen: teils aus Besorgnis, seinem Verstand eine Blöße zu geben, teils auch aus der alten Furcht, durch krittelnde

Einmischung seinem Sachwalter den Segen im Leibe zu verstimmen. Zu gut ging es ihm selbst bei alldem; er mußte durch die Finger sehen, und tatsächlich wagte er kaum noch, geschäftlich den Mund aufzutun – gar zu überwältigend-augenscheinlich bewährte sich Jaakobs Gotteskindschaft. Sechs Söhne und Wasserspender hatte er sich in vier Jahren erweckt; das war das Doppelte dessen, was Laban in Segensnähe hatte vor sich bringen können. Seine geheime Hochachtung war fast grenzenlos; sie wurde durch Rahels Verschlossenheit nur wenig eingeschränkt. Man mußte den Mann walten lassen, und ein Glück nur, daß er an Aufbruch und Abwanderung kaum noch zu denken schien.

In Wirklichkeit entfremdete Jaakobs Seele sich niemals dem Gedanken der Heimkehr und der Auferstehung aus dieser Grube und Unterwelt von Labansreich; nach zwölf Jahren hatte sie das so wenig getan wie nach zwanzig und fünfundzwanzig. Aber er nahm sich Zeit, in dem organischen Bewußtsein, Zeit zu haben (denn er sollte hundertundsechs Jahre alt werden), und hatte sich entwöhnt, den Reisegedanken an den Zeitpunkt des mutmaßlichen Absterbens von Esau's Wut zu binden. Auch hatte sich eine gewisse Verwurzelung seines Lebens in Naharina's Boden notwendig vollzogen, denn vieles hatte er hier erlebt, und die Geschichten, die uns an einem Ort widerfahren, sind Wurzeln gleich, die wir in seinen Grund senken. Hauptsächlich aber urteilte Jaakob, er habe aus seinem Untergang in die Labanswelt noch nicht genug Nutzen gezogen, sei noch nicht schwer genug in ihr geworden. Die Unterwelt barg zweierlei: Kot und Gold. Den Kot hatte er kennengelernt: in Gestalt grausamer Wartezeit und des noch grausameren Betruges, mit dem Laban, der Teufel, in der Brautnacht ihm die Seele gespalten. Auch mit dem Reichtum hatte er angefangen, sich zu beladen, – aber nicht hinlänglich, nicht ausgiebig; was nur zu tragen war, galt es aufzupacken, und Laban, der Teufel, mußte noch Gold lassen, sie waren nicht quitt, er mußte gründlicher betrogen sein: nicht um der Rache Jaakobs willen, sondern schlechthin, weil es sich so gehörte, daß zuletzt der betrügerische Teufel spottgründlich betrogen war, – nur sah unser Jaakob das durchschlagende Mittel noch nicht, das Vorgeschriebene recht zu erfüllen.

Das hielt ihn hin, und seine Geschäfte beschäftigten ihn. Er war jetzt wieder viel draußen in Feld und Steppe, bei den Hirten und Herden, vertieft in Erzeugung und Handel auf Labans und seine Rechnung; und das mochte ein Grund sein unter anderen, weshalb eine Stockung eintrat im Strom des Kindersegens, obgleich des öfteren die Frauen mit ihren Knaben und auch die schon heranwachsenden Labanssöhne mit ihm bei den Pferchen waren und bei ihm wohnten in Zelten und Hütten. Es war so, daß Rahel, notdürftig zu dem Ihren gekommen, die Eifersucht auf Bilha, die Nothelferin, nicht mehr unterdrückte und keinen Umgang mehr duldete des Herrn und der Magd, wobei sie auch beide ihrem Verbote willig fand. Sie selbst blieb verschlossen ins fünfte, ins sechste Jahr, auf immer, wie es unseligerweise schien; und Lea's Leib hielt Brache – gar sehr zu ihrem Verdruß, aber er ruhte einfach, ein Jahr und zwei Jahre, so daß sie zu Jaakob sprach:

»Ich weiß nicht, was das ist, und was mir für Schimpf geschieht, daß ich öde und nutzlos bin! Hättest du nur mich, so geschähe das nicht, und ich wäre nicht ungesegnet geblieben zwei Jahre lang. Aber da ist die Schwester, die unserem Herrn alles ist, und nimmt mir meinen Mann, so daß ich nur mit Mühe umhin kann, sie zu verwünschen, da ich sie doch liebe. Vielleicht verdirbt mir dieser Widerstreit das Geblüt, daß ich nicht Frucht trage, und dein Gott mag nicht mehr meiner gedenken. Was aber der Rahel recht war, das sei mir billig. Nimm Silpa, meine Magd, und wohne ihr bei, daß sie auf meinen Schoß gebäre und ich Söhne gewinne durch sie. Bin ich schon unwert vor dir, so will ich doch Kinder haben auf alle Weise, denn sie sind mir wie Balsam auf den Wunden, die mir deine Kälte schlägt.«

Jaakob widersprach kaum ihren Klagen. Seine Bekundung, auch sie sei ihm wert, trug offen das Gepräge mattester Höflichkeit. Man muß das tadeln. Konnte er sich denn nicht ein wenig überwinden zur Güte gegen die Frau, durch die er freilich schweren Seelenbetrug erlitten, und mußte er jedwedes warme Wort, das er ihr gäbe, sogleich für Raub an seinem teueren, gehätschelten Gefühl erachten? Der Tag sollte kommen, da er bitter zu büßen hatte für die Hoffart seines Herzens; der aber war fern, und vorher sollte sogar seinem Gefühl noch der Tag seines höchsten Triumphes dämmern …

Den Vorschlag mit Silpa hatte Lea wahrscheinlich nur der Form wegen gemacht und um ihren eigentlichen Wunsch, Jaakob möchte sie öfter besuchen, darein zu kleiden. Aber der Gefühlvolle fühlte das nicht, er fühlte hoffärtig darüber hinweg und erklärte sich nur einfach bereit und einverstanden, durch Zuziehung Silpa's den Kindersegen aufzufrischen. Er fand Befreiung dafür bei Rahel, die solche nicht weigern konnte, zumal auch die hochbusige Silpa, die eine gewisse Ähnlichkeit mit ihrer Herrin besaß und es denn auch nie zu wirklicher Gunst bei Jaakob brachte, sich fußfällig bei ihr, der Liebsten, entschuldigte. Da empfing Lea's Magd den Herrn mit Demut und sklavischer Emsigkeit, ward schwanger und gebar auf den Knien der Herrin, die ihr seufzen half. Im siebenten Ehejahre, dem vierzehnten von Jaakobs Labanszeit, gebar sie den Gad und befahl ihn dem Glücke; dazu im achten und fünfzehnten den naschhaften Ascher. So hatte Jaakob acht Söhne.

In diese Zeit, da Ascher geboren war, fiel das Vorkommnis mit den Dudaim. Es war Re'uben, der das Glück hatte, sie zu finden, – schon achtjährig damals, ein dunkler, muskulöser Knabe mit entzündeten Augenlidern. Er beteiligte sich bereits an den frühsommerlichen Erntearbeiten, zu denen auch Laban und Jaakob von der Schafschur hereingekommen waren und die das Hofvolk zuzüglich einiger vorübergehend angestellter Lohnarbeiter streng in Atem hielten. Laban, der Schafzüchter, dessen landwirtschaftliche Betätigung sich bei Jaakobs erstem Eintreffen auf die Bestellung eines Sesamfeldes beschränkt hatte, baute seit dem Wasserfunde auch Gerste, Hirse, Emmer und namentlich Weizen: sein Weizenfeld, von einem Lehmzaun eingefaßt, von Gräben und Dämmen durchzogen, war der bedeutendste seiner Äcker. Sechs Morgen groß, wölbte er sich über eine flache Hügelwelle hin, und seine Krume war fett und kraftvoll: ließ man sie ruhen von Zeit zu Zeit, wie Laban nach heilig-vernünftiger Regel nicht verfehlte zu tun, so trug er mehr als dreißigfältige Frucht.

Es war ein Segensjahr, dieses Mal. Das fromme Werk der Bestellung, des Pfluges und der säenden Hand, der Hacke, der Egge, des spendenden Schöpfeimers war göttlich gelohnt worden. Ehe die Ähren ansetzten, war dem Labansvieh köstliche Grünweide beschert gewesen, fern war die Gazelle, der Rabe der Frucht geblieben, nicht hatte die Heuschrecke das Land bedeckt, noch die Hochflut es weggerissen. Reich stand im Ijar die Ernte, zumal Jaakob, obgleich bewußtermaßen kein Ackersmann, auch auf diesem Gebiet seine Segensanschlägigkeit bewährt und durch Rat und Tat eine dichtere Besäung, als sonst wohl üblich, herbeigeführt hatte, wodurch zwar die Körnerzahl der Ähre sich etwas verringerte, doch nicht so sehr, daß nicht das Gesamterträgnis größer gewesen wäre, – hinlänglich größer, daß Laban, wie wenigstens Jaakob ihm rechnerisch klarzumachen wußte, immer noch im Vorteil blieb, wenn seinem Eidam persönlich ein gemessener Teil der Ernte zufiel.

Alle waren sie draußen zum Werken, selbst Silpa, die zwischenein dem Gad und Ascher die Brust gab, und nur die Töchter des Hauses waren daheim geblieben, das Abendmahl vorzubereiten, Lea und Rahel. In Sonnenhauben aus Schilfrohr, den Zottenschurz um die Lenden, schweißblank am Leibe und Gotteslieder singend, sichelten die Feldleute mit ausholenden Armen das Korn. Andere aber schnitten Stroh oder banden die Garben, luden sie auf Esel und Ochsenkarren, daß der Segen zur Tenne käme, gedroschen würde vom Rindvieh, geworfelt, geseiht und aufgeschüttet. Auch Ruben, der Knabe, hatte beim Arbeitsfeste unter den Kindern Labans schon seinen Mann gestellt. Als ihm nun die Arme erlahmten, am goldenen Nachmittag, schlenderte er abseits am Rande des Feldes. Da, an der Lehmmauer, fand er die Alraune.

Es gehörte Scharfblick und Unterricht dazu, sie zu erkennen. Das rauhe Kraut mit den eiförmigen Blättern erhob sich nur wenig über den Boden, unscheinbar für das nichtbelehrte Auge. An den Beerenfrüchten aber, den Dudaim eben, dunkel und von der Größe der Haselnüsse, erkannte Ruben, was da im Grunde steckte. Er lachte und dankte. Gleich griff er zum Messer, zog einen Kreis und grub ringsherum, bis der Wurzelstock nur noch an dünnen Fasern hing. Dann sprach er zwei schützende Worte und löste mit raschem Ruck die Rübe vom Erdreich. Er hatte erwartet, daß sie schreien würde, was aber nicht geschah. Dennoch war es ein rechtes und wohlschaffenes Zaubermännchen, das er am Schopfe hielt: fleischigweiß, mit zwei Beinen, kinderhandgroß, bärtig und überall zäsrig behaart, – ein Kobold zum Wundern und Lachen. Der Knabe kannte seine Eigenschaften. Sie waren zahlreich und nützlich; besonders aber, so wußte es Ruben, kamen sie den Weibern zugute. Darum dachte er sogleich seinen Fund der Lea zu, seiner Mutter, und lief springend nach Hause, ihn ihr zu bringen.

Lea freute sich sehr. Sie lobte den Ältesten mit Schmeichelworten, gab ihm Datteln in die Faust und ermahnte ihn, vorm Vater und auch vorm Großvater nicht groß von der Sache zu schwatzen. »Schweigen ist nicht lügen«, sagte sie, und es sei unnötig, daß alle gleich wüßten, was man im Hause habe, – genug, daß alle ein Gutes davon spüren würden. »Ich will's schon warten«, beschloß sie, »und ihm entlocken, was es zu bieten hat. Danke, Ruben, mein Erster, du Sohn der Ersten, Dank, daß du ihrer gedachtest! Andere gibt es, die gedenken nicht ihrer. Von ihnen hast du das Gelingen. Spring nun deiner Wege!«

Somit entließ sie ihn und meinte, ihren Schatz für sich zu behalten. Rahel aber, ihre Schwester, hatte spioniert und alles gesehen. Wer spionierte wohl später auch so und plapperte sich fast um den Hals? Es lag in ihr, nebst vieler Anmut, und an ihr Fleisch und Blut gab sie's weiter. Sie sagte zu Lea:

»Was hat dir denn unser Sohn gebracht?«

»Mein Sohn«, sagte Lea, »hat mir fast nichts gebracht, oder irgend etwas. Warst du hier zufällig in der Nähe? Er hat mir einen Käfer gebracht in seiner Narrheit und ein buntes Steinchen.«

»Er hat dir ja ein Erdmännchen mit Kraut und Früchten gebracht«, sagte Rahel.

»Allerdings, das auch«, erwiderte Lea. »Hier ist es. Du siehst, es ist feist und lustig. Mein Sohn hat es mir gefunden.«

»Ach ja, du hast recht, nun sehe einer, wie feist und lustig es ist!« rief Rahel. »Und wieviele Dudaim es trägt, voll von Samen!« Sie hatte schon die gestreckten Hände neben ihrem hübschen Gesicht zusammengefügt, die Wange daran lehnend. Es fehlte nur, daß sie die Hände nach vorn getan und damit gebettelt hätte. Sie fragte:

»Was willst du machen damit?«

»Ich will ihm natürlich ein Hemdlein anlegen«, antwortete Lea, »nachdem ich es gewaschen und gesalbt, und es in ein Gehäuse tun und seiner treulich warten, damit es dem Hause fromme. Es wird das Gelichter der Lüfte verscheuchen, daß keines davon in einen Menschen fahre oder in ein Vieh des

Stalles. Es wird uns das Wetter künden und Dinge erforschen, die gegenwärtig verborgen sind oder noch in der Zukunft liegen. Es wird stichfest machen die Männer, wenn ich's ihnen zustecke, wird ihnen Gewinn bringen im Gewerbe und es anstellen, daß sie recht bekommen vorm Richter, selbst wenn sie im Unrecht sind.«

»Was redest du?« sagte Rahel. »Ich weiß von selbst, daß es dazu nütze ist. Was willst du aber sonst damit tun?«

»Ich will ihm das Kraut und die Dudaim scheren«, erwiderte Lea, »und einen Sud daraus machen, der schläfert ein, wenn einer nur daran riecht, und riecht er lange, so raubt's ihm die Sprache. Das ist ein starker Aufguß, mein Kind, wer davon einnimmt überreichlich, ob Mann oder Weib, der stirbt des Todes, ein wenig aber ist gut gegen Schlangenbiß, und muß einer sich schneiden lassen am Fleische, so ist's, als wär's eines anderen Fleisch.«

»Das ist ja alles ganz nebensächlich«, rief Rahel, »und was dir im Sinne liegt allererst, davon redest du nicht! Ach, Schwesterlein Lea«, rief sie und fing an zu schmeicheln und mit den Händen zu betteln wie ein kleines Kind, »Äderchen meines Auges, du stattlichste unter den Töchtern! Gib mir von den Dudaim deines Sohnes einen Teil, daß ich fruchtbar werde, denn die Enttäuschung, daß ich's nicht werde, gräbt mir das Leben ab, und so bitterlich schäme ich mich meines Minderwertes! Siehe, du weißt, meine Hindin, Goldhaarige unter den Schwarzköpfen, was es auf sich hat mit dem Sud, und wie er es antut den Männern, und ist wie Himmelswasser auf die Dürre der Weiber, daß sie selig empfangen und niederkommen mit Leichtigkeit! Du hast sechs Söhne im ganzen, und ich habe zwei, die nicht mein sind, was sollen dir da die Dudaim? Gib sie mir, meine Wildeselin, wenn nicht alle, so doch einige bloß, daß ich dich segne und dir zu Füßen falle, denn mein Verlangen danach ist fieberhaft!«

Lea aber drückte die Alraune an ihre Brust und sah die Schwester mit drohend schielenden Augen an.

»Das ist doch stark«, sagte sie. »Kommt daher, die Liebste, und hat gekundschaftet und will meine Dudaim. Hast du nicht genug, daß du mir meinen Mann nimmst täglich und stündlich, und willst obendrein noch die Dudaim meines Sohnes? Es ist unverschämt.«

»Mußt du so häßlich reden«, versetzte Rahel, »und will es dir gar nicht anders gelingen, auch wenn du dich bemühst? Bringe mich doch nicht außer mir, indem du alles entstellst, da ich zärtlich mit dir sein möchte um unserer Kindheit willen! Ich hätte dir Jaakob genommen, unseren Mann? Du hast ihn mir genommen in der heiligen Nacht, da du dich heimlich zu ihm tatest statt meiner, und er flößte dir blindlings den Ruben ein, den ich hätte empfangen sollen. So wäre er mein Sohn jetzt, wenn es recht zugegangen wäre, und hätte mir gebracht Kraut und Rübe, und wenn du mich angingest um etwas davon, so gäbe ich dir.«

»Ei, was du sagst!« sprach Lea. »Hättest du wahrlich empfangen meinen Sohn? Warum hast du denn seitdem nicht empfangen und willst nun zaubern in deiner Not? Nichts gäbest du mir, ich weiß es genau! Hast du je, wenn Jaakob dir schön tat und wollte dich zu sich nehmen, zu ihm gesprochen: ›Lieber, gedenke doch auch der Schwester!‹? Nein, sondern schmachtetest hin und gabst ihm gleich deine Brüste zu spielen, und war dir um nichts zu tun als um deine Buhlschaft. Jetzt aber bettelst du: ›Ich gäbe dir‹!«

»Ach, wie häßlich!« erwiderte darauf Rahel. »Wie abstoßend häßlich ist es, was du deiner Natur nach zu reden gezwungen bist, – ich leide darunter, aber auch du tust mir leid um deinetwillen. Es ist ja ein Fluch, alles entstellen zu müssen, wenn man nur den Mund auftut. Daß ich Jaakob nicht zu dir schickte, wenn er ruhen wollte bei mir, das war keineswegs, weil ich ihn dir nicht gönnte, sein Gott und unseres Vaters Götter sind meine Zeugen! Sondern unfruchtbar bin ich ihm ins neunte Jahr zu meiner Trostlosigkeit, und jede Nacht, da er mich erwählt, hoffe ich inbrünstig auf Segen und darf's nicht versäumen. Du aber, die du's leichtlich versäumen magst ein und das andere Mal, was hast du im Sinne? Du willst ihn bezaubern für dich mit den Dudaim und mir nicht davon geben, so daß er mein vergißt und du alles hast und ich nichts. Denn ich hatte seine Liebe, und du hattest die Frucht, so gab es noch eine Art von Gerechtigkeit. Du aber willst beides haben, so Liebe wie Frucht, und ich soll Staub essen. So gedenkst du der Schwester!«

Und sie setzte sich auf die Erde und weinte laut.

»Ich nehme nun meines Sohnes Erdmännlein und gehe von hinnen«, sprach Lea kalt.

Da sprang Rahel auf, vergaß ihre Tränen und rief halblaut und inständig:

»Tu das bei Gott nicht, sondern bleib und höre! Er will mit mir sein diese Nacht, er hat es morgens gesagt, als er von mir ging. ›Süßeste‹, sprach er, ›danke für diesmal! Heut will der Weizen geschnitten sein, aber nach des Feldtages Arbeitsglut will ich kommen, du Liebste, und mich baden in deiner Mondesmilde.‹ Ach, wie er spricht, unser Mann! Bildlich und weihevoll ist seine Rede. Lieben wir ihn nicht beide? Ich aber lasse ihn dir die Nacht um die Dudaim. Ausdrücklich laß ich ihn dir, wenn du mir einige gibst, und verberge mich abseits, während du sprechen sollst: ›Rahel mag nicht und ist satt des Geschnäbels. Bei mir, sagt sie, sollst du schlafen.‹«

Lea errötete und erblaßte.

»Ist das wahr«, sprach sie stockend, »und willst du ihn mir verkaufen um die Dudaim meines Sohnes, daß ich soll zu ihm sagen können: ›Heut bist du mein‹?«

Antwortete Rahel:

»Du sagst es genau.«

Da gab Lea ihr die Alraune, Kraut und Rübe, alles zusammen, gab sie ihr in die Hand vor Eile und sprach flüsternd mit wogender Brust:

»Nimm, geh und laß dich nicht blicken!«

Sie selbst aber, da Feierabend ward und die Leute vom Felde kamen, ging dem Jaakob entgegen und sprach:

»Bei mir sollst du liegen zur Nacht, denn unser Sohn fand eine Schildkröte, die bettelte Rahel mir ab um diesen Preis.«

Jaakob antwortete:

»Ei, bin ich wohl eine Schildkröte wert und ein geflammtes Kästchen, das sich gewinnen läßt aus ihrer Schale? Ich erinnere mich nicht, gar so fest entschlossen gewesen zu sein, heute bei Rahel zu wohnen. So hat sie das Gewisse erkauft für das Ungewisse, was ich loben muß. Seid ihr einig in meinem Betreff, so soll's also sein. Denn wider Weibesrat soll der Mann sich nicht setzen, noch löcken wider der Frauen Beschluß und Befinden.«

Das Öl-Orakel

Es war Dina, das Frätzchen, die damals erzeugt wurde, – ein unglückliches Kind. Lea's Leib aber ward neu eröffnet durch sie; nach vierjähriger Pause kam die Rüstige wieder in Zug. Im zehnten Ehejahr gebar sie Issakhar, den knochigen Esel, im elften den Sebulun, der wollte kein Hirte sein. – Arme Rahel! Sie hatte die Dudaim, und Lea gebar. So wollte es Gott und wollte es noch eine Weile so, bis sein Wille sich wendete oder vielmehr auf eine neue Stufe trat; bis ein weiteres Teilstück seines Schicksalsplans offenkundig ward und Jaakob, dem Segensmanne, ein Glück zuteil wurde – lebensvoll-leidensträchtig, wie sein zeitbefangener Menschensinn sich nicht träumen ließ, da er's empfing. Laban, der Erdenkloß, hatte wohl recht gehabt, als er beim Biere schwer gekündet, daß Segen Kraft sei und Leben Kraft und nichts weiter. Denn das ist dünner Aberglaube, zu meinen, das Leben von Segensleuten sei eitel Glück und schale Wohlfahrt. Bildet der Segen doch eigentlich nur den Grund ihres Wesens, welcher durch reichliche Qual und Heimsuchung zwischenein gleichsam golden hindurchschimmert.

Im zwölften Ehejahr oder dem neunzehnten von Jaakobs Labanszeit wurde kein Kind geboren. Im dreizehnten aber und zwanzigsten kam Rahel in Hoffnung.

Welch eine Wende und welch ein Anbruch! Man stelle sich doch ihr ängstlich-ungläubiges Frohlocken vor und Jaakobs kniefälliges Hochgefühl! Sie war einunddreißig Jahre alt zu der Zeit; niemand hatte vermeint, daß Gott ihr dies Lachen noch aufgespart hätte. In Jaakobs Augen war sie Sarai, die einen Sohn haben sollte nach des dreifachen Mannes Verkündigung, wider alle Wahrscheinlichkeit, und mit Urmutters Namen nannte er sie, zu ihren Füßen, aufblickend durch Tränen der Andacht in ihr bläßlich sich entstellendes Antlitz, das ihm lieblicher schien als je. Ihre Frucht aber, die lange verweigerte, endlich empfangene, dieses Kind, das ihrer Zuversicht durch einen unbegreiflichen Bann so viele Jahre war vorenthalten worden, nannte er, während sie es trug, mit dem uralten, archaischen Namen einer amtlich kaum noch recht anerkannten, im Volke aber beliebt gebliebenen Jünglingsgottheit: Dumuzi, echter Sohn. Lea hörte es. Sie hatte ihm sechs echte Söhne und eine ebenfalls durchaus echte Tochter gebracht.

Sie wußte ohnedies Bescheid. Zu ihren vier Ältesten, damals zehn bis dreizehn Jahre alt, so gut wie erwachsen, stämmige und höchst brauchbare, männlich veranlagte junge Leute, wenn auch ziemlich unschön von Angesicht und alle mit einer Neigung zur Lidentzündung, sagte sie klar und offen:

»Söhne Jaakobs und Lea's, mit uns ist's aus. Wenn jene ihm einen Sohn gebiert, – und ich wünsche ihr Heil, die Götter sollen mein Herz behüten –, so sieht der Herr uns nicht mehr an, euch nicht und die Kleinen nicht, noch die Kinder der Mägde und mich nun schon gar nicht, ob ich auch zehnmal die Erste wäre. Denn die bin ich, und siebenfach haben sein Gott und meines Vaters Götter mir Muttergelingen gegeben. Sie aber ist die Liebste, drum ist sie ihm auch die Erste und einzig Rechte, so stolz ist sein Sinn, und ihren Sohn, der noch nicht am Lichte ist, nennt er Dumuzi, ihr habt's gehört. Dumuzi! Es ist wie ein Messer in meine Brust und wie ein Backenstreich in mein Antlitz, wie eine Strieme ist es in das Antlitz eines jeden von euch, doch müssen wir's dulden. Knaben, so steht es. Wir müssen gefaßt sein, ihr und ich, und unsere Herzen in beide Hände nehmen, daß sie nicht stürmisch ausarten wider das Unrecht. Wir müssen lieben und ehren den Herrn, ob wir in Zukunft auch nur ein Wegwurf sein werden in seinen Augen und er durch uns hindurchblicken wird, als seien wir Luft. Und auch jene will ich lieben und will mein Herz pressen, daß es sie ja nicht verwünsche. Denn es ist zärtlich dem Schwesterlein und innig gesinnt dem Kindgespiel, aber die Liebste, die den Dumuzi gebären will, hat es eine heftige Neigung zu verwünschen, und so geteilt sind meine Empfindungen für sie, daß mir schlecht ist und übel davon im Leibe und ich mich selber nicht kenne.«

Ruben, Schimeon, Levi und Jehuda liebkosten sie ungeschickt. Sie grübelten mit den rötlichen Augen und kauten die Unterlippe. Damals fing es an. Damals bereitete sich in Rubens Herzen die rasche Zornestat vor, die er einst tun sollte für Lea und die der Anfang war vom Ende seiner Erstgeburt. Damals senkte sich in die Herzen der Brüder der Keim des Hasses gegen das Leben, das selbst erst ein Keim war; die Saat geschah, die aufgehen sollte als unnennbares Herzeleid für Jaakob, den Gesegneten. Mußte es denn so sein? Hätte nicht Friede und heiterer Sinn können herrschen im Jaakobsstamm und alles einen gelinden und gleichen Gang nehmen in ebener Verträglichkeit? Leider nicht, wenn geschehen sollte, was geschah, und wenn die Tatsache, daß es geschah, auch zugleich der Beweis dafür ist, daß es geschehen sollte und mußte. Das Geschehen der Welt ist groß, und da wir nicht wünschen können, es möchte lieber friedlich unterbleiben, dürfen wir auch die Leidenschaften nicht verwünschen, die es bewerkstelligen; denn ohne Schuld und Leidenschaft ginge nichts voran.

Wieviel Aufhebens gemacht wurde von Rahels Zustand, das war allein schon ein Ärger und Greuel für Lea, nach deren rüstigen Schwangerschaften niemals ein Hahn gekräht hatte. Rahel war gleichsam heilig geworden durch die ihre, eine Auffassung, deren Urheber natürlich Jaakob war, der aber kein Hausgenosse, von Laban angefangen bis hinab zum letzten Hofsklaven und Stallräumer, sich zu entziehen vermochte. Man ging auf den Zehenspitzen um sie herum, man sprach nicht anders zu ihr als mit süßlich, wehleidiger Stimme, indem man schiefen Kopfes Handbewegungen beschrieb, als streichelte man den Luftraum, der ihre Gestalt umgab. Nichts fehlte, als daß man Palmzweige und Teppiche hingebreitet hätte, wo sie ging, damit ihr Fuß nicht an einen Stein stoße; und bläßlich lächelnd ließ sie die Hofmacherei sich gefallen, weniger aus Eigenliebe als um der Jaakobsfrucht willen, mit der sie endlich gesegnet war: zu Ehren Dumuzi's, des Echten. Aber wer unterscheidet wohl Demut und Hoffart der Gesegneten?

Behangen mit Amuletten, durfte sie keine Hand rühren in Haus, Hof, Garten und Feld. Jaakob verbot es. Er weinte, wenn sie nicht essen oder das Gegessene nicht behalten konnte; denn wochenweise ging es ihr kläglich, und man befürchtete sehr den hämischen Einfluß irgendwelchen Gelichters. Beständig legte Adina, ihre Mutter, ihr Salbverbände auf, die sie nach alten Rezepten herstellte und deren Kräfte zwiefach waren: sowohl zauberhaft schützend und abschreckend, wie auch auf natürliche Weise heilsam und schmeidigend wirkten die Gemenge. Sie zerrieb Nachtschatten, Hundszunge, Gartenkresse und die Wurzel der Pflanze Namtars, des Herrn der sechzig Krankheiten, rührte das Pulver mit reinem, eigens besprochenem Öle an und massierte der Hoffenden die Nabelgegend damit von unten nach oben, indem sie auf verwaschene, alles ineinander ziehende und halb sinnlose Weise murmelte:

»Der böse Utukku, der böse Alu mögen beiseite treten; böser Totengeist, Labartu, Labaschu, Herzkrankheit, Bauchgrimmen, Kopfkrankheit, Zahnschmerz, Asakku, schwerer Namtaru, geht aus dem Hause, beim Himmel und bei der Erde sollt ihr beschworen sein!«

Im fünften Monat bestand Laban darauf, daß Rahel zu einem Sehe-Priester des Sin-Tempels E-chulchul nach Charran gebracht werde, damit er ihr und dem Kinde durch Wahrsagung die Zukunft deute. Jaakob wahrte nach außen hin seine Grundsätze, indem er sich dagegen aussprach und seine Teilnahme verweigerte, brannte aber im Grunde nicht weniger als die Verwandten auf den Spruch und war der erste, zu wünschen, daß nichts versäumt werde. Überdies war der alte Seher und Hausbetreter Rimanni-Bel, das ist: Bel, erbarme dich meiner, ein Sohn und Enkel von Sehern, um den es sich handelte, ein besonders volkstümlicher und kunsterfahrener Weissager und Ölkundiger, der nach allgemeinem Urteil meisterhaft sah und zu dem immerdar großer Zudrang herrschte; und wenn Jaakob es selbstverständlich ablehnte, als Fragender vor ihn zu treten und dem Monde zu opfern, so war er doch viel zu neugierig auf alles, was, unter welchem Gesichtspunkt immer, über Rahels Zustand und Aussichten etwa zu sagen war, als daß er die Eltern nicht nachsichtig hätte gewähren lassen sollen.

Sie waren es also, Laban und Adina, die auf dem Wege nach Charran zu beiden Seiten den Zaum des Esels hielten, auf dem die Schwangere saß, und ihn behutsam führten, daß sein Fuß nicht stolpere und nicht die Bleiche erschüttert werde. Hintennach aber zerrten sie das Schaf, das sie opfern wollten. Jaakob, der ihnen gewinkt hatte, blieb zu Hause, um nicht den Prunkgreuel zu sehen von E-chulchul und nicht ein Ärgernis zu nehmen am zugehörigen Hause der Buhlweiber und Liebesknaben, die sich den Fremden überließen für schweres Geld, zu Ehren des Abgottes. Er wartete, ohne eigene Verunreinigung, den Spruch des Sehersohnes ab, die Becherweissagung, die jene nachdenklich heimbrachten, und lauschte schweigend ihren Erzählungen, wie es ihnen im Tempelbezirk und vor dem Angesichte Rimanni-Bels, des Ölbeschauers, oder Rimuts, wie er sich nennen ließ um der Kürze willen, ergangen war. »Nennet mich Rimut, ganz bündig!« hatte der Milde gesagt. »Denn ich heiße zwar Rimanni-Bel, damit Sin sich meiner erbarme, aber ich selbst bin voller Erbarmen mit denen, die um ihrer Not und ihres Zweifels willen zu opfern wissen, darum saget einfach ›Erbarmen‹ zu meiner Anrede, die Abkürzung steht mir zu Gesichte.« Und dann hatte er sich erkundigt, was sie mitgebracht an Notwendigem, die Makellosigkeit untersucht des Darzubringenden und sie angewiesen, noch die und die Brandspezereien zu erstehen bei den Handelsständen des Haupthofes.

Ein angenehmer Mann, dieser Rimanni-Bel oder Rimut in seinen weißen Linnengewändern und seiner ebenfalls linnenen Kegelmütze, – ein Greis schon, doch ranken und nicht von Speck entstellten Leibes, mit weißem Bart, einer geröteten Knollennase und scherzhaften Äuglein, in die zu blicken erheiternd wirkte. »Wohlschaffen bin ich«, hatte er geäußert, »und ohne Tadel an Gliedern und Eingeweiden, wie das Opfertier, wenn es angenehm ist, und wie das Schaf, wenn nichts dagegen zu sagen. Ich bin eben nach Wuchs und Maßen, und weder ist gekrümmt mein Bein nach außen oder innen, noch fehlt mir auch nur ein einziger Zahn, noch muß ich mich schieläugig nennen oder hodenkrank. Nur meine Nase ist etwas rot, wie ihr seht, doch allein aus Lustigkeit und aus keiner anderen Ursache, denn ich bin nüchtern wie klares Wasser. Ich könnte nackend vor den Gott treten, wie es ehemals üblich war, so hören und lesen wir. Jetzt stehen wir vor ihm in weißem Linnen, und auch des bin ich froh, denn es ist rein und nüchtern ebenfalls und steht meiner Seele an. Ich hege keinen Neid auf meine Brüder, die Beschwörungspriester, die in rotem Untergewande und Überwurf handeln, gehüllt in Schreckensglanz, um die Dämonen in Verwirrung zu setzen, die Lauerer und das Gelichter. Auch sie sind nützlich und notwendig und ihrer Einkünfte wert, doch möchte Rimanni-Bel (das bin ich) nicht einer von ihnen sein, noch der Wasch- und Salbenpriester einer, noch ein Besessener, noch auch ein Klage- und Schreipriester, noch etwa ein solcher, dessen Mannbarkeit Ischtar in Weiblichkeit verwandelt hat, so heilig es sein mag. Sie alle erwecken mir nicht eine Spur von Mißgunst, so recht ist mir meine Haut, und auch keine andere Art von Wahrsagekunst möchte ich üben als einzig und allein die ölkundige, denn das ist mit Abstand die vernünftigste, klarste und beste. Unter uns gesagt, es ist bei der Leberschau sowohl als beim Pfeilorakel viel Willkür im Spiel, und auch die Deutung von Träumen und Gliederzuckungen entbehrt nicht der Fehlerquellen, so daß ich mich im stillen oft etwas lustig darüber mache. Euch angehend, Vater, Mutter und schwangeres Kind, so habt ihr den rechten Weg eingeschlagen und geklopft an die rechte Tür. Denn mein Ahn ist Enmeduranki, der König zu Sippar war vor der Flut, der Weise und der Bewahrer, dem die großen Götter die Kunst verliehen, Öl auf Wasser zu beschauen und zu erkennen, was sein wird, nach des Öles Benehmen. In schnurgerader Linie, vom Vater auf den Sohn, leite ich von ihm meinen Ursprung her, und ist lückenlos die Überlieferung, denn immer ließ der Vater den Sohn, den er liebte, auf Tafel und Schreibstift schwören vor Schamasch und Adad und ließ ihn lernen das Werk ›Wenn der Sohn der Seher‹ bis herab zu Rimut, dem Heiteren, Tadellosen (das bin ich). Und ich erhalte von dem Schaf das Hinterteil, das Fell und einen Topf Fleischbrühe, daß ihr's im voraus wißt; ferner die Sehnen und die Hälfte der Eingeweide nach den Tafeln und gemäß den Aufstellungen. Die Lenden, die rechte Keule und ein schönes Bratenstück erhält der Gott, und was übrig ist, danach heben wir gemeinsam die Hände beim Tempelmahl, seid ihr's zufrieden?«

So Rimut, der Sehersohn. Und sie hatten geopfert auf dem mit Weihwasser besprengten Dach, hatten aufgetragen vier Krüge Wein und zwölf Brote sowie Mus aus Dickmilch und Honig auf den Tisch des Herrn und Salz gestreut. Dann hatten sie Feuerswürze gestreut auf den Räucherkandelabern und das Schaf geschlachtet: der Opferer hielt es, der Priester schlug's, und dargebracht wurde das Schuldige. Wie anmutig Rimut, der

Alte, in der Untadeligkeit seiner Glieder den Schlußtanz vollführt hatte vorm Altar in besonnenen Sprüngen! Laban und die Frauen wußten nicht genug Rühmens davon zu machen vor Jaakob, der ihnen schweigend lauschte, in stiller Begier nach dem Spruch und in Ungeduld, die er geheim hielt.

Ja, der Spruch und des Öles Aussage – es stand dunkel und mehrdeutig darum; viel klüger war man nicht in ihrem Besitze als vorher, denn sie lauteten tröstlich und drohend zugleich, aber so mußte Zukunft wohl lauten, wenn sie redete, und man hatte doch immerhin einen Laut von ihr, wenn es auch nur ein Summen war und ein Reden mit ungetrennten Lippen. Rimanni-Bel hatte den Zedernstab genommen und die Schale, hatte gebetet und gesungen und Öl gegossen in Wasser sowie Wasser in Öl und mit schiefem Kopfe die Bildungen des Öles betrachtet im Wasser. Aus dem Öl waren zwei Ringe herausgekommen, groß einer und einer klein: so würde Rahel, des Schafzüchters Tochter, allem Anscheine nach einen Knaben gebären. Aus dem Öl war ein Ring gekommen gegen Osten und war stehen geblieben: so würde gesund werden die Gebärerin. Aus dem Öl war beim Schütteln eine Blase gekommen: so würde ihr Schutzgott bei ihr stehen in der Not, denn es würde schwer sein. Aus der Not würde der Mensch entkommen, denn das Öl war gesunken und gestiegen, da man Wasser hineingoß, es hatte sich zerteilt und zurückkehrend wieder vereint, so würde der Mensch, wenn auch nach argem Leiden, dennoch gesund werden. Da aber das Öl, als man Wasser hineingegossen, untergesunken und dann wieder hochgekommen war und den Rand des Bechers erfaßt hatte, so würde zwar erstehen der Kranke, aber der Gesunde werde des Todes sein. »Doch nicht der Knabe!« konnte Jaakob sich nicht enthalten zu rufen … Nein, für das Kind lag es vielmehr umgekehrt, den Winken des Öles zufolge, die aber gerade hier nicht leicht begreiflich waren dem Menschensinn. Das Kind werde in die Grube fahren und dennoch leben, es werde sein wie das Korn, das nicht Frucht trägt, es stürbe denn. Dieser Sinn, hatte Rimut versichert, sei unzweifelhaft nach der Art, wie das Öl, als er Wasser hineingegossen, zuerst entzweigegangen war, dann aber sich wieder vereinigt und an seinem Rande nach der Sonne zu eigentümlich geglänzt habe, denn dies bedeute Erhebung des Hauptes aus dem Tode. Recht verständlich sei es nicht, hatte der Seher gesagt, er selber verstehe es nicht, er mache sich nicht weiser vor ihnen, als er sei, aber der Wink sei verlässig. In Ansehung dagegen der Frau, so werde sie der Probe und Gegenprobe zufolge den Stern ihres Knaben nicht sehen, wenn er am höchsten stände, es sei denn, sie hüte sich vor der Zahl 2. Denn dies sei überhaupt eine Unglückszahl, aber für des Schafzüchters Tochter besonders, und dem Öle nach solle sie die Reise nicht antreten im Zeichen 2, sie werde sonst sein wie ein Heer, das das Haupt seines Feldes nicht erreiche.

So der Spruch und des Spruches Gemurmel, das Jaakob kopfnickend anhörte, indem er zugleich die Achseln zuckte. Was sollte man anfangen damit? Es war wichtig zu hören, weil es sich auf Rahel bezog und ihr Kind, im übrigen aber mußte man es auf sich beruhen lassen und es der Zukunft anheimgeben, was sie aus ihrem Gemurmel zu machen gedachte. Hierin wahrten Schicksal und Zukunft sich ohnehin weitgehend freie Hand. Vieles konnte geschehen und nicht geschehen, und es würde immer noch mit dem Spruche leidlich in Einklang zu bringen sein, so daß man erkennen mochte, so also sei es gemeint gewesen. Jaakob grübelte manche Stunde noch über das Wesen des Orakels im allgemeinen und redete auch vor Laban davon, der aber nichts wissen wollte. War es seiner Natur nach die Enthüllung eines Zukünftigen, an dem nichts zu ändern war, oder war es eine Anweisung zur Vorsicht und eine Mahnung dem Menschen, das Seine zu tun, daß ein verkündigtes Unglück nicht eintrete? Dies hätte vorausgesetzt, daß Ratschluß und Schicksal nicht feststanden, sondern daß es dem Menschen gegeben war, sie zu beeinflussen. War dies aber der Fall, so war die Zukunft nicht außer dem Menschen, sondern in ihm, und wie war sie dann lesbar? Übrigens war es oft vorgekommen, daß durch vorbeugende Maßregeln das unglücklich Verkündete geradezu herbeigeführt worden war, ja, ohne diese Maßregeln offenbar gar nicht hätte geschehen können, wodurch die Warnung sowohl wie das Schicksal zum Dämonenspott wurde. Das Öl hatte gesprochen, Rahel werde, wenn auch sehr schwer, eines Sohnes genesen. Wenn man nun aber die Kreißende vernachlässigte, keine Beschwörungen sprach, ihr die notwendigen Salbungen vorenthielt: wie würde dann das Schicksal es anfangen, seinem glückhaften Spruche treu und es selber zu bleiben? Dann würde sündigerweise das Böse geschehen gegen das Schicksal. Aber war dann nicht auch Sünde der Versuch, das Gute herbeizuführen gegen das Schicksal?

Laban mißbilligte solche Quengeleien. Das sei nicht wohl gedacht, sagte er, sondern schief, überfein und mäkelsüchtig. Die Zukunft sei eben die Zukunft, das heiße: sie sei noch nicht und stehe also nicht fest, aber sie werde eines Tages sein und dann so und so, sie stehe also in einer gewissen Weise fest, nämlich nach Maßgabe ihrer Eigenschaft als Zukunft, und mehr sei nicht darüber zu sagen. Ein Spruch über sie sei erhellend und lehrreich dem Herzen, und es seien die Sehepriester bestellt und bezahlt, ihn zu spenden nach jahrelanger Schulung, unter der Schirmherrschaft des Königs der vier Weltgegenden zu Babel-Sippar an beiden Seiten des Stromes, Günstlings des Schamasch und Lieblings des Mardug – des Königs von Schumer und Akkad, der da wohne in einem Palaste mit klaftertiefen Unterbauten und in einem Thronsaal von unnennbarer Pracht. Darum mäkle nicht!

Jaakob schwieg schon. Gegen den Nimrod von Babel trug er eine tiefe, vom Urwanderer her vererbte Ironie im Herzen.

Darum ließ es ihm den Spruch nicht heiliger erscheinen, daß Laban sich zu seinen Gunsten auf den Großmächtigen berief und darauf, daß dieser selbst nicht den Finger rührte, ohne die Sehepriester zu Rate gezogen zu haben. Laban hatte den Spruch bezahlt mit einem Schaf und allerlei Nahrung für den Mondgötzen, und schon darum mußte er an dem Erwerbe hängen. Jaakob, der nicht gezahlt hatte, verhielt sich notwendig freier dagegen; aber es freute ihn auch wieder, daß er, ohne zu zahlen, etwas zu hören bekommen hatte, und was die Zukunft betraf, so stand sie, dachte er, wenigstens in der einen Frage heute schon fest, ob Rahels Frucht ein Knabe oder ein Mädchen war. In Rahels Schoß war das ausgemacht, nur, daß man es noch nicht sah. Es gab also feststehende Zukunft, und daß Rimanni-Bels Öl auf einen Knaben gedeutet hatte, war immerhin stärkend. Im übrigen war Jaakob dankbar für praktische Anweisungen, die der Seher erteilt hatte; denn als ein rechter Priester und Hausbetreter war er zugleich der Heilkunst kundig und hatte, obgleich ohne Frage ein Widerspruch bestand zwischen diesen seinen beiden Eigenschaften (denn was vermochte die Medizin gegen die Zukunft?), für die Niederkunft nicht mit erprobten Ratschlägen gespart, in denen das Ärztlich-Rezeptmäßige und das Rituell-Beschwörerische einander zu voller Wirksamkeit ergänzten.

Die kleine Rahel hatte es nicht leicht. Lange bevor ihre Stunde kam, die dann beinahe ihr Stündlein geworden wäre, begannen die Praktiken, und sie mußte trinken, was ihr nicht schmeckte, zum Beispiel viel Öl, das das Pulver zerstoßener Schwangerschaftssteine enthielt, und viele Auflagen dulden auf ihren Körper, Salbenpakete aus Erdpech, Schweinefett, Fischen und Kräutern, ja ganze Teile von unreinen Tieren, die, wie die Salben, mit Fäden auf ihren Gliedern festgebunden wurden. Ein Sühnezicklein lag außerdem immer zu ihren Häupten, wenn sie schlief, als Ersatzopfer an ihrer Statt für die

Gierigen. In ihrer Nähe bei Tag und Nacht stand eine Tonpuppe der sumpfentstiegenen Labartu, im Munde ein Ferkelherz, um die Abscheuliche aus dem Körper der Schwangeren, den sie bezogen, hinüberzulocken in ihr Bild, das man von drei zu drei Tagen mit dem Schwerte zerschlug und im Mauerwinkel vergrub, wobei man nicht hinter sich blicken durfte. Das Schwert steckte in einem feurigen Kohlenbecken, das ebenfalls, obgleich die Jahreszeit schon sehr warm war und der Tammuz-Monat sich näherte, Tag und Nacht neben Rahel stehen mußte. Ihr Bett war mit einer kleinen Mauer aus Mehlbrei umgeben, und daß drei Getreidehaufen in ihrer Kammer lagen, entsprach gleichfalls dem Rate Rimanni-Bels. Als die Vorwehen sich meldeten, beeilte man sich, die Seiten des Bettes mit Ferkelblut und die Haustür mit Gips und Asphalt zu bestreichen.

Die Geburt

Es war Sommer damals, der Monat des Herrn der Hürde, des Zerrissenen, schon einige Tage vorgeschritten. Jaakob war, seit der große Augenblick, da die Echte und Liebste ihm gebären sollte, zu erwarten stand, nicht mehr von ihrer Seite gewichen, hatte auch eigenhändig an ihrer Vorpflege teilgenommen, indem er die Salbenverbände erneuert und einmal sogar das Labartubild zerschlagen und vergraben hatte – Maßregeln und Bräuche, die zwar nicht von dem Gott seiner Väter kamen, aber über den Götzen und seinen Seher allenfalls doch von ihm kommen konnten und jedenfalls die einzigen waren, die es zu befolgen gab. Öfters hatte Rahel, bleich, abgezehrt und stark nur in Leibesmitte, wo die Frucht in unwissender Erbarmungslosigkeit all ihre Kräfte und Säfte zu ihrem Gedeihen an sich zog, lächelnd seine Hand dorthin geführt, wo er des Kindes dumpfe Stöße ertasten konnte, und durch die Fleischesdecke hatte er Dumuzi, den echten Sohn, begrüßt und ihm zugeredet, sich bald ein Herz zu fassen zum Tageslicht, aber gewandt und schonend zu entschlüpfen der Berge, damit nicht über Gebühr zu leiden habe die Bergerin. Da nun ihr armes Gesicht sich lächelnd verzerrte und sie mit kurzem Atem zu wissen gab, sie fühle, es nahe, geriet er in größte Aufregung, rief die Eltern und Mägde herbei, befahl, die Ziegel zu rüsten, lief hin und her in gegenstandsloser Geschäftigkeit, und sein Herz war voller Flehen.

Rahels Bereitwilligkeit und guter Mut sind nicht genug zu rühmen. In freudiger Tapferkeit, entschlossen, sich tüchtig zu erweisen im Tun und Dulden, trat sie ein ins Werk der Natur. Nicht um des äußeren Ansehens willen, und weil sie vor den Leuten nicht länger die Kinderlose, Gehaßte vorstellen sollte, war sie so rührig, sondern aus tieferen, körperlicheren Ehrengründen; denn nicht nur die Menschengemeinschaft weiß von Ehre, das Fleisch selbst kennt sie und besser als jene, wie Rahel erfahren hatte, als sie schmerzlos und schandenhalber in Bilha Mutter geworden war. Ihr Lächeln, da es anging, war nicht das wirre von damals, worin sich das traurige Gewissen ihres Fleisches gemalt hatte. Von Glück und Kurzsichtigkeit verklärt ruhten ihre hübschen und schönen Augen dabei in denen Jaakobs, dem sie gebären sollte in Ehren; denn diese Stunde war es gewesen, der sie entgegengeblickt in schauender Lebensbereitschaft, als einst auf dem Felde zuerst der Fremde vor ihr gestanden hatte, der Vetter aus der Fremde.

Arme Rahel! So frohen Mutes war sie, so voll guten Willens zur Rüstigkeit beim Werk der Natur, und so wenig wohl wollte ihr diese, so schwer ließ sie's die Tapfere ankommen! War Rahel, die so redlich ungeduldig gewesen nach Mutterschaft und so überzeugt von ihrer Begabung dazu, in Wahrheit, das heißt: im Fleische, gar nicht geschaffen dafür, viel weniger als Lea, die Ungeliebte, so daß des Todes Schwert über ihr schwebte, wann sie niederkam, und schon beim zweitenmal auf sie fiel und sie erwürgte? Kann so Natur mit sich selbst im Streite liegen und so verhöhnen, was sie selbst an Wünschen und frohem Glauben ins Herz gelegt? Offenbar. Rahels Freudigkeit ward nicht angenommen und ihr Glaube Lügen gestraft, das war das Schicksal dieser Bereitwilligen. Sieben Jahre hatte sie mit Jaakob gewartet im Glauben und war dann dreizehn Jahre lang unbegreiflich enttäuscht worden. Nun aber, da die Natur ihr das Ersehnte denn endlich zugestand, tat sie's zu so gräßlichem Preis, wie Lea, Bilha und Silpa zusammen für all ihre Mutterehren nicht hatten zahlen müssen. Sechsunddreißig Stunden, von Mitternacht zu Mittag und wieder durch eine ganze Nacht bis zum anderen Mittag, währte das Schreckenswerk, und hätte es nur noch eine Stunde oder eine halbe gewährt, so wäre der Atem ihr ausgegangen. Gleich schon zu Anfang war es dem Jaakob ein Kummer, Rahels Enttäuschung zu sehen; denn schnell, lustig und rüstig hatte sie's abzumachen gedacht und kam nun alsbald nicht von der Stelle. Die ersten Anzeichen schienen getrogen zu haben; vielstündige Pausen unterbrachen die Vorwehen, fruchtlose Zeiträume der Leere und Stille, in denen Rahel nicht litt, aber sich schämte und langweilte. Oft sagte sie zu Lea: »Bei dir war es, Schwester, ein ander Ding!«, und diese mußte es zugeben, wobei sie Jaakob, den Herrn, mit einem Blick streifte. Dann packte Schmerzensdrang die Wöchnerin, grausamer und länger von Mal zu Mal, doch wenn er ging, so schien die harte Arbeit vergebens getan. Sie vertauschte die Ziegelsteine mit dem Bett und dieses wieder mit den Steinen. Die Stunden, die Nachtwachen, die Tageszeiten kamen und gingen; sie schämte und grämte sich ob ihrer Untüchtigkeit. Rahel schrie nicht, wenn es sie packte und überhaupt nicht mehr lassen wollte; sie biß die Zähne zusammen und werkte in stummer Redlichkeit nach ihrer besten Kraft, denn sie wollte den Herrn nicht erschrecken, dessen weiches Herz sie kannte und der ihr in den Zwischenzeiten der

Ermattung mit zerrissener Seele Hände und Füße küßte. Was half ihr die Redlichkeit? Die ward nicht angenommen. Da es ausartete, schrie sie doch, und zwar ungeheuer wild, wie es ihr nicht zu Gesichte stand und nicht paßte zur kleinen Rahel. Denn um diese Zeit, da abermals Morgen wurde, war sie nicht bei sich und sie selber nicht mehr, und man hörte ihrem gräßlichen Brüllen wohl an, daß nicht sie es war, die schrie, denn die Stimme war völlig fremd, sondern daß die Dämonen es waren, die das Ferkelherz im Munde der Tonpuppe noch immer nicht hatte hinüberlocken können von ihr in die Puppe.

Es waren Krampfwehen, die nichts förderten, sondern die heilig Jammervolle nur in unlöslicher Höllenqual gepackt hielten, so daß die schreiende Maske ihres Antlitzes blau war und ihre Finger sich in der Luft verkrallten. Jaakob irrte durch Haus und Hof und stieß sich überall, da er die Daumen in den Ohren und die acht anderen Finger vor den Augen hatte. Er rief zu Gott – nicht länger um einen Sohn, es lag ihm nicht mehr an einem solchen, sondern daß Rahel sterben möge und friedlich daliegen, befreit von der Höllennot. Laban und Adina, da ihre Tränke, Salbungen und Streichungen nichts hatten fruchten wollen, zählten in tiefer Betretenheit Beschwörungen auf und erinnerten unter dem Schreien der Kreißenden in rhythmischen Worten Sin, den Mondgott, daran, wie er einst eine Kuh bei der Geburt unterstützt habe: so nun möge er auch lösen die Verschlingung dieser Frau und beistehen der Magd in Kindesnöten. Lea hielt sich aufrecht in einem Winkel der Wochenstube, die Arme am Körper, die Hände aus den Gelenken erhoben, und blickte schweigend mit ihren schielenden blauen Augen auf den Todes- und Lebenskampf der Liebsten Jaakobs.

Und dann kam aus Rahel ein letzter Schrei, von äußerster Dämonenwut, wie man ihn nicht zweimal ausstoßen kann, ohne des Todes zu sein, und nicht zweimal vernehmen, ohne den Verstand zu verlieren, – und Labans Weib bekam anderes zu tun, als von Sins Kuh zu rezitieren, denn ausgetreten war Jaakobs Sohn, sein elfter und erster, hervorgegangen aus dem dunkelblutigen Schoße des Lebens – Dumuzi-Absu, des Abgrundes rechter Sohn. Bilha war es, Dans und Naphtali's Mutter, die bleich und lachend gelaufen kam auf den Hof, wohin Jaakob sinnlos gerannt war, und es mit flatternder Zunge meldete dem Herrn, daß ein Kind uns geboren, ein Sohn uns gegeben sei, und daß Rahel lebe; und er schleppte sich am ganzen Leibe zitternd zur Wöchnerin, fiel bei ihr hin und weinte. Schweißbedeckt und wie vom Tode verklärt, sang sie ein kurzatmig Lied der Erschöpfung. Zerfleischt war die Pforte ihres Leibes, sie hatte sich die Zunge zerbissen, und ihres Herzens Leben war matt bis zum Verlöschen. Das war der Lohn ihrer Freudigkeit.

Sie hatte nicht die Kraft, den Kopf nach ihm zu wenden, noch auch zu lächeln, aber sie streichelte seinen Scheitel, indes er bei ihr kniete, und ließ dann die Augen seitwärts gehen nach der Hängewiege, zum Zeichen, er solle nach dem Leben des Kindes sehen und die Hand legen auf den Sohn. Das Gebadete hatte schon aufgehört zu greinen. Es schlief, in Windeln gewickelt. Es hatte glattes schwarzes Haar auf dem Köpfchen, das beim Austritt die Mutter zerrissen, lange Wimpern und winzige Händchen mit genau ausgebildeten Nägeln. Es war nicht schön zu der Zeit; wie hätte wohl mögen von Schönheit die Rede sein bei einem so kleinen Kind. Und doch sah Jaakob etwas, was er nicht gesehen bei Leas Kindern und nicht wahrgenommen bei den Kindern der Mägde, sah mit dem ersten Blick, was sein Herz, je länger er hinblickte, bis zum Überströmen mit andächtigem Entzücken füllte. Es war um dies Neugeborene, unnennbar, gleichwie ein Scheinen von Klarheit, Lieblichkeit, Ebenmaß, Sympathie und Gottesannehmlichkeit, das Jaakob, wenn nicht zu erfassen, so doch zu erkennen meinte nach seiner Bewandtnis. Er tat seine Hand auf den Knaben und sprach: »Mein

Sohn.« Wie er es aber berührte, schlug es seine Augen auf, die damals blau waren und das Licht widerstrahlten der Sonne seiner Geburt in des Himmels Scheitelpunkt, und nahm mit dem winzigen, genau ausgebildeten Händchen den Finger Jaakobs. Den hielt es in zartester Umklammerung, während es weiterschlief, und auch Rahel, die Mutter, schlief einen tiefen Schlaf. Jaakob aber stand gebückt, ein hauchzart Gehaltener, und blickte in seines Söhnchens Klarheit wohl eine Stunde lang, bis es greinend nach Nahrung verlangte, da hob er's hinüber.

Sie nannten es Joseph, auch Jaschup, das meint die Mehrung und Zunahme, wie wenn wir unsere Söhne Augustus heißen. Mit Gott war sein ganzer Name Joseph-el oder Josiphja, doch auch die erste Silbe davon verstanden sie gern schon als Hindeutung aufs Höchste und nannten seinen Namen Jehoseph.

Die Gesprenkelten

Da nun Rahel den Joseph geboren hatte, war Jaakob sehr zart und hoch gestimmt; er redete nicht anders denn mit feierlich bewegter Stimme, und die Selbstgefälligkeit seines Gefühls war sträflich. Da um die Mittagsstunde, in der das Kind erschienen, östlich das Tierkreiszeichen der Jungfrau heraufgekommen war, das, wie er wußte, in dem Verhältnis der Entsprechung zum Ischtar-Sterne, der planetarischen Offenbarung himmlischer Weiblichkeit, stand, so versteifte er sich darauf, in Rahel, der Gebärerin, eine himmlische Jungfrau und Muttergöttin zu sehen, eine Hathor und Eset mit dem Kind an der Brust, – in dem Kinde aber einen Wunderknaben und Gesalbten, mit dessen Auftreten der Anbruch gelächtervoller Segenszeit verbunden war und der da weiden werde in der Kraft Jahu's. Es bleibt nichts anderes übrig, als ihm Maßlosigkeit und Überschwang zur Last zu legen. Eine Mutter mit dem Kinde ist wohl ein heilig

Bild, aber die einfachste Rücksicht auf gewisse Empfindlichkeiten hätte Jaakob hindern müssen, aus dem Bilde ein »Bild« in des Wortes anstößigstem Sinn und aus der kleinen Rahel eine astrale Gottesmagd zu machen. Er wußte natürlich, daß sie nicht nach gewöhnlicher und irdischer Bedeutung des Wortes eine Jungfrau war. Mit was für Dingen hätte das auch zugehen sollen! Wenn er von »Jungfrau« sprach, so war das nur mythisch-sternkundiges Gerede. Aber er bestand auf dem Gleichnis mit allzu wörtlichem Entzücken und bekam Tränen des Eigensinns dabei in die Augen. Ebenso hätte es, da er Schafzüchter war und obendrein die Liebste seines Herzens Rahel hieß, als ein ganz leidliches und sogar anmutiges Gedankenspiel hingehen mögen, daß er ihren Säugling »das Lamm« nannte. Aber der Tonfall, in dem er es tat und von dem Lamme redete, das aus der Jungfrau hervorgegangen, hatte nichts mit Scherz zu tun, sondern schien für den kleinen Balg in der Hängewiege die Heiligkeit des fleckenlosen Erstlingsopfers aus der Herde in Anspruch zu nehmen. Alle wilden Tiere, schwärmte er, würden das Lamm bestürmen, aber es werde sie alle besiegen, und Freude werde darüber bei Engeln und Menschen auf der ganzen Erde sein. Auch ein Reis und einen Zweig, der aus der zartesten Wurzel gebrochen sei, nannte er den Sohn, denn damit verband sich seinem überpoetischen Sinn die Vorstellung des Weltenfrühlings und ebenjener nun angebrochenen Segenszeit, in welcher der Himmelsknabe die Gewalttätigen schlagen werde mit dem Stabe seines Mundes.

Was für Übertreibungen des Gefühls! Und dabei hatte für Jaakob der »Anbruch der Segenszeit«, soweit seine eigene, persönliche Zeit dabei in Frage kam, eine sehr praktische Bedeutung. Er bedeutete Reichtumssegen – Jaakob war sicher, in der Geburt des Sohnes der Rechten eine Gewähr dafür sehen zu dürfen, daß es nun mit seinen Geschäften in Labans Diensten, so viel sie ihm unter der Hand schon abgeworfen hatten, entscheidend und in sehr steiler Kurve aufwärtsgehen, daß die kotige Unterwelt ihm nach dieser Wende rückhaltlos alles gewähren werde, was sie an Goldesschätzen zu bieten hatte: womit dann freilich wieder ein höherer und gefühlvollerer Gedanke nahe zusammenhing, nämlich derjenige beladener Heimkehr zur Oberwelt, ins Land seiner Väter. Ja das Erscheinen Jehosiphs kam einem Wendepunkt im Sternenlauf seines Lebens gleich, mit welchem genau genommen sein Aufstieg aus Labans Reich hätte zusammenfallen müssen. Das aber konnte nicht sein und stimmte nicht ohne weiteres. Weder war Rahel reisefähig (denn sie erholte sich, bleich und schwach, nur sehr schwer von der fürchterlichen Entbindung), noch war es vorläufig das Kind, ein Säugling, dem die mühselige Eliezer-Fahrt von mehr als siebzehn Tagen unmöglich zugemutet werden durfte. Es ist erstaunlich und legt das Lachen nahe, mit welcher Gedankenlosigkeit über diese Dinge zuweilen geurteilt und berichtet wird. So kann man hören, Jaakob habe vierzehn Jahre bei Laban verbracht, sieben und sieben; am Ende sei Joseph geboren worden, und dann sei er heimgereist. Dabei heißt es ausdrücklich, bei der Begegnung mit Esau am Jabbok seien auch Rahel und Joseph herzugetreten und hätten sich vor dem Edom geneigt. Wie aber sollte ein Säugling wohl hintreten und sich verneigen? Damals war Joseph fünf Jahre alt, und diese fünf Jahre waren es, die Jaakob nach den zwanzig dort noch verlebte, und zwar unter neuem Kontrakt. Er konnte nicht reisen, aber er konnte so tun, als ob er sofort zu reisen gedächte, um einen Druck auszuüben auf Laban, den Erdenkloß, dem nur mit Druck und eherner Ausnützung der Härten des Wirtschaftslebens überhaupt beizukommen war.

Darum redete Jaakob vor Laban und sprach:

»Mein Vater und Oheim neige gefälligst etwas sein Ohr meinem Wort.«

»Bevor du redest«, fiel Laban geschwinde ein, »höre du lieber mich, denn ich habe Vordringliches zu sagen. Es kann nicht weitergehen so wie jetzt, und ist keine gesetzliche Ordnung mehr zwischen den Menschen, das ist auf die Dauer ein Greuel vor mir. Du hast mir gedient um die Weiber sieben und sieben Jahre nach unserm Vertrage, der ruht bei den Teraphim. Seit einigen Jahren aber, ich glaube seit sechsen, sind überaltert Abkommen und Urkunde, und ist kein Recht mehr, sondern nur noch Gewohnheit und Schlendrian, daß keiner mehr weiß, woran er sich halten soll. So ist unser Leben geworden wie ein Haus, das man baut ohne Richtschnur, und ist, offen gesagt, wie das der Tiere. Ich weiß wohl, denn die Götter haben mich sehend geschaffen, daß du auf deine Rechnung gekommen bist, da du mir dientest ohne Bedingungen und ohne verbrieften Lohn; denn du hast auf deine Seite gebracht allerlei Güter und Wirtschaftswerte, die ich nicht zählen will, da sie nun dein sind, und wenn die Kinder Labans, Beor, Alub und Muras, meine Söhne, ein Maul darüber zogen, so verwies ich's ihnen. Denn es ist eine Leistung ihres Lohnes wert, nur muß man ihn regeln. Darum nun, so wollen wir hingehen und einen neuen Vertrag schließen auf vorläufig aber sieben Jahre, und siehst mich verhandlungsbereit in betreff jeder Bedingung, die du gesonnen bist, mir zu stellen.«

»Das kann nicht sein«, erwiderte Jaakob kopfschüttelnd, »und leider vergeudet mein Oheim seine kostbaren Worte, was er hätte vermeiden können, wenn er mich gleich gehört hätte. Denn nicht um neuen Vertrages willen rede ich vor Laban, sondern von wegen Urlaubs und der Entlassung halber. Zwanzig Jahre habe ich dir gedient, und wie ich's tat, davon zu zeugen muß ich dir anheimgeben, denn ich selbst kann's nicht tun, weil ich schicklicherweise die Worte nicht brauchen darf, die einzig am Platze. Dir aber stünden sie sogar sehr gut zu Gesicht.«

»Wer leugnet's?« sprach Laban. »Du hast mir überaus leidlich gedient, davon ist nicht die Rede.«

»Und bin alt und grau worden in deinen Diensten ohne Not«, fuhr Jaakob fort, »denn der Grund, warum ich aus Jizchaks Hause ging und verließ meinen Ort: Esau's Zorn, der ist längst verraucht, und es weiß der Jäger in seinem Kindergemüt überhaupt nichts mehr von den alten Geschichten. Seit Jahr und Tag hätte ich können dahinziehen in mein Land zu jeder Stunde, aber ich tat's nicht. Und warum tat ich's nicht? Dafür gibt es wieder nur Worte, die ich nicht brauchen darf, denn sie sind lobend. Nun aber hat Rahel, die Himmelsmagd, in der du schön worden bist, mir den Dumuzi geboren, Joseph, meinen und ihren Sohn. Den will ich nehmen nebst meinen anderen Kindern, Lea's und der Mägde, und will sammeln, was mir zugewachsen in deinen Diensten, und aufsitzen und reisen, daß ich in mein Land und an meine Stätte komme und endlich denn auch einmal mein eigenes Haus versorge, da ich so lange ausschließlich für dich gewacht.«

»Das würde ich im wahrsten Sinne des Wortes bedauern«, versetzte Laban, »und was an mir liegt, das soll geschehen, damit es nicht statthabe. Es äußere mein Sohn und Neffe doch frisch und unmittelbar von seiner Leber weg, was er verlangt in Hinsicht auf neue Bedingungen, und ich versichere bei Anu und Ellil, daß ich das Äußerste noch, was er auch nur einigermaßen vernünftigerweise wird fordern können, mir in aller Wohlgeneigtheit werde durch den Sinn gehen lassen.«

»Ich weiß nicht, was dich vernünftig dünken würde«, sagte Jaakob, »in Anbetracht dessen, was du besaßest, ehe ich zu dir kam, und wie sich's ausgebreitet hat unter meinen Händen, so daß sogar dein Weib Adina mit einbezogen wurde ins Wachstum und dir mit unerwarteter Rüstigkeit drei Söhne brachte auf deine grauen Tage. Du wärest imstande und ließest dir's unvernünftig vorkommen, drum schweige ich lieber und ziehe.«

»Sprich, und du wirst bleiben«, erwiderte Laban.

Da nannte denn Jaakob seine Forderung und sprach aus, was er wollte, wenn er das ein oder andere Jahr noch bliebe. Laban hatte manches erwartet, doch dieses nicht. Er war im ersten Augenblick wie vor den Kopf geschlagen, und sein Sinn rang hastig danach, die Forderung erstens recht zu verstehen und zweitens durch die nötigsten Gegenzüge sofort ihre Tragweite einzuschränken.

Es war die berühmte Geschichte mit den gesprenkelten Schafen, tausendmal wiedererzählt an Brunnen und Feuern, tausendmal besungen und ausgetauscht im Schönen Gespräch zu Ehren Jaakobs und als Meisterstreich geistreicher Hirtenanschlägigkeit, – diese Geschichte, deren auch Jaakob selbst im Alter, wenn er alles besann, nicht gedenken konnte, ohne daß seine feinen Lippen sich lächelnd im Barte kräuselten ... Mit einem Wort, Jaakob verlangte die zweifarbigen Schafe und Ziegen, die schwarz-weiß gefleckten – nicht die vorhandenen – die Sache ist recht zu verstehen! –, sondern was scheckig fallen würde in Zukunft von Labans Herden, das sollte sein Lohn sein und geschlagen werden zu dem Privatbesitz, den er sich von langer Hand her in des Oheims Diensten erworben. Es lief auf die Teilung der von nun an zu züchtenden Tiere hinaus zwischen Bas und Knecht, wenn auch nicht gerade zu gleichen Hälften; denn die große Masse der Schafe war weiß und nur eine Minderzahl scheckig, so daß denn Jaakob auch tat, als handle es sich um eine Art von Ausschuß. Doch wußten beide genau, die da handelten, daß die Gesprenkelten geil und fruchtbar waren vor den Weißen, und Laban sprach das auch aus mit Entsetzen und Hochachtung, gebrochen von des Neffen Kunst und Unverschämtheit im Fordern.

»Dir fallen Dinge ein!« sagte er. »Es ist, daß einem Manne Hören und Sehen vergehen könnte bei deinen Artikeln! Die Gesprenkelten also, die hervorragend Geilen? Es ist stark. Nicht daß ich nein dazu sagte, mißhöre mich nicht! Ich gab dir die

Forderung frei und stehe zu meinem Wort. Wenn es die Bedingung ist, auf die du dich hart versteifst, und ziehest sonst hin und reißest die Töchter von meinem Herzen, Lea und Rahel, deine Weiber, daß ich Alter sie nimmermehr wiedersehe, so sei's, wie du sagst. Doch geht es mir, offen gestanden, nahe bis an mein Leben.«

Und Laban setzte sich nieder als wie gelähmt.

»Höre!« sprach Jaakob. »Ich sehe, es kommt dich hart an, was ich verlange, und ist nicht ganz nach deinem Gefallen. Da du nun aber meiner Mutter leiblicher Bruder bist und hast mir Rahel gezeugt, die Sternenjungfrau, die Rechte und Liebste, so will ich bedingen meine Bedingung, daß sie dich weniger erschrecke. Wir wollen durch deine Herde gehen und auslesen alles sprenkliche und bunte Vieh und auch das schwarze und es abseits tun von dem weißen, so daß die einen von den andern nichts wissen. Was danach zweifarben fällt, das sei mein Lohn. Bist du's also zufrieden?«

Laban sah ihn an und blinzelte.

»Drei Tagereisen!« rief er plötzlich. »Drei Tagereisen Raum soll gelegt sein zwischen die Weißen und die Gefleckten und Schwarzen und soll getrennte Zucht und Wirtschaft sein zwischen ihnen, so daß die einen nichts von den anderen wissen, so will ich's haben! Und soll so besiegelt sein zu Charran vor dem Richter und hinterlegt unter Tag bei den Teraphim, das ist meine unweigerliche Gegenbedingung.«

»Hart für mich!« sagte Jaakob. »Ja, recht, recht hart und bedrückend. Doch bin ich's gewohnt von Anbeginn, daß mein Oheim streng und trocken denkt in wirtschaftlichen Dingen und ohne Rücksicht auf verwandtschaftliche Beziehungen. So nehme ich deine Bedingung an.«

»Du tust wohl daran«, antwortete Laban, »denn nie wäre ich davon abgegangen. Laß übrigens hören und sage mir: Welche Herde gedenkst du zu weiden und über welche den Stab zu führen für deine Person, die gesprenkelte oder die weiße?«

»Es ist recht und natürlich«, sprach Jaakob, »daß jeder das Eigentum hüte, das ihm fruchten soll, ich also die Scheckigen.«

»Nicht also!« rief Laban. »Dies nun aber gewiß nicht! Du hast gefordert, und zwar gewaltig. Nun bin ich an der Reihe und stelle auf dagegen, was mir das Wenigste dünkt und Billigste zur Wahrung der Wirtschaftsehre. Du verdingst dich mir neu durch diesen Vertrag. Bist du aber mein Knecht, so will es die Wirtschaftsvernunft, daß du den Stab hältst über das Vieh, das mir frommen soll, das weiße, nicht über das, das dir wirft, das scheckige. Das mögen weiden Beor, Alub und Muras, meine Söhne, die mir Adina strotzend gebracht hat auf ihre älteren Tage.«

»Hm«, sagte Jaakob, »auch das möge hingehen, ich will mich nicht zänkisch dawidersetzen, du kennst meine Sanftmut.«

So trafen sie ihr Abkommen, und Laban wußte nicht, welche Rolle er spielte und daß er vom Wirbel bis zur Zehe der betrogene Teufel war. Der schwerfällig berechnende Mann! Den Jizchaksegen wollte er sich nutzbar halten, dies vor allem, und rechnete, daß dieser stärker war als die natürliche Tüchtigkeit der Gefleckten. Unter Jaakobs Händen, das wußte er, würde die weiße Herde, von welcher, nach Absonderung der bunten und schwarzen, gesprenkelte Lämmer nicht zu erwarten waren, ergiebiger gedeihen als die zweifarbige unter der soliden, doch ungenialen Hut seiner Söhne. Der Erdenkloß! Er nahm zwar klüglich Bedacht auf den Segen, doch tat er's wieder nicht hinlänglich, um sich das rechte Bild zu machen von Jaakobs Witz und Erfindungsgeist und von dem Plane sich etwas träumen zu lassen, der hinter des Eidams Forderung sowohl wie seinen Zugeständnissen stand: von der tiefsinnigen und im voraus durch gründliche Versuche erhärteten Idee, die allem zum Grunde lag.

Denn man darf nicht glauben, daß Jaakob auf seinen profunden Schlich, wie geschecktes Vieh zu erzielen sei, auch wenn weißes allein mit weißem sich mischte, erst nach geschlossenem Vertrage verfallen wäre, um diesen recht für sich auszubeuten. Der Gedanke war ursprünglich zweckfrei gewesen, ein Spiel des Witzes, erprobt rein um der Wissenschaft willen, und jener Abschluß mit Laban galt eben nur seiner geschäftsklugen Anwendung. Der Einfall ging in die Zeit vor Jaakobs Hochzeit zurück, da er ein wartend Liebender und sein Züchterverstand am wärmsten und hellsten gewesen war, – er war jenem Dauerzustande sympathievoller Eingebung und inniger Intuition entsprungen. Wirklich sind Gefühl und Ahnung nicht genug zu schätzen, mit denen er die Natur zum Eingeständnis eines ihrer wunderlichsten Geheimnisse reizte und sie experimentell darauf festlegte. Er entdeckte das Phänomen des mütterlichen Sich-versehens. Er probte aus, daß der Anblick von Scheckigem sich bei der läufigen Kreatur auf die Frucht warf, die sie bei solchem Anblick empfing, und daß Scheckig-Zweifarbenes danach zutage trat. Seine Neugier war, man muß das betonen, rein ideeller Art, und mit durchaus geistreichem Vergnügen verzeichnete er im Gange seiner Versuchsreihen die zahlreichen Fälle bestätigenden Gelingens. Ein Instinkt bestimmte ihn, seine Einsicht in den Sympathiezauber vor aller Welt und auch vor Laban geheimzuhalten; aber wenn auch der Gedanke, aus dem verborgenen Wissen eine Quelle entscheidend-ausgiebiger Selbstbereicherung zu machen, sich zeitig anschloß, so war er doch sekundär und verdichtete sich erst, als der Zeitpunkt neuen Vertragsschlusses mit dem Schwiegervater heranrückte.

Den Hirten freilich im Schönen Gespräch war die Praktik alles, der Pfiff und Kniff geriebener Übervorteilung. Wie Jaakob den Maßregeln Labans ein Schnippchen geschlagen und ihm systematisch das Seine ausgespannt; wie er Stäbe von Pappeln und Haselsträuchern genommen, weiße Streifen daran geschält und sie in die Tränkrinnen vor die Tiere gelegt habe, die zu trinken kamen, wobei sie sich zu begatten pflegten; wie sie über den Stäben empfangen und dann gesprenkelte Lämmer und Zicklein geworfen hätten, obgleich sie selber einfarben gewesen; und wie Jaakob dies namentlich beim Lauf der Frühlingsherde angestellt habe, während die Spätlinge, weniger werte Ware also, Labans sein mochten: das sangen und sprachen sie einander zu mit Lautenbegleitung und hielten sich die Seiten vor Lachen über die kostbare Prellerei. Denn sie besaßen nicht Jaakobs Frömmigkeit und mythische Bildung und kannten den Ernst nicht, mit dem er dies alles durchgeführt: erstens, um nach Menschenpflicht Gott dem König beim Erfüllen seiner Wohlstandsverheißung behilflich zu sein, und dann, weil Laban, der Teufel, betrogen sein mußte, der ihn betrogen hatte im Dunkeln mit der stattlichen, doch hundsköpfigen Lea; weil es galt, der Vorschrift gerecht zu werden, nach der man die Unterwelt nicht anders verließ als mit den Schätzen beladen, die dort so reichlich neben dem Kote ausgebreitet lagen.

So war es also: Es waren drei Herden, die weideten, – die weiße, die Jaakob hütete, die bunte und schwarze, über die Labans Söhne den Stab führten, und Jaakobs Eigenbesitz an Vieh, ihm zugewachsen im Lauf der Jahre in Handel und Wandel, den seine Unterhirten und Knechte ihm hüteten und zu welchem jeweils geschlagen wurde, was scheckig fiel von seiten der Sprenklichen und der bezauberten Weißen. Und wurde der Mann auf diese Weise dermaßen schwer, daß es ein Gerede und eine Ehrfurcht war durch diese ganze Gegend hin, wieviel Schafe, Mägde und Knechte, Kamele und Esel er nachgerade sein eigen nannte. Er war zuletzt viel reicher als Laban, der Erdenkloß, und als alle Wirtschaftshäupter, die dieser einst zur Hochzeit geladen.

Der Diebstahl

Ach, wie sich Jaakob erinnerte, wie tief und deutlich! Jedermann erkannte es, der ihn stehen und feierlich sinnen sah, und
dämpfte seine Lebensäußerungen in Ehrfurcht vor so geschichtenvoller Lebensschwere. Denn nun war die Lage des reichen
Jaakob überaus heikel geworden, – Gott selbst, El, der Höchste,
hatte eingesehen, daß sie vor lauter Segen unhaltbar geworden
war, und ihm entsprechende Weisungen gegeben im Gesicht.
Nachrichten kamen vor den Gesegneten – allzu glaubwürdige,
die die Gesinnung seiner Schwäger, der Labanserben, Beors,
Alubs sowie des Muras, gegen ihn, den Erstarkten, betrafen:
mürrische – Äußerungen dieser drei, bedrohliche Äußerungen,
überliefert von Unterhirten und Knechten, die sie wieder von
Leuten der Vettern bei Begegnungen auf dem Hofe erfahren
hatten, Äußerungen, deren starker Wahrheitsgehalt sie nicht
weniger beunruhigend erscheinen ließ. »Jaakob, dieser Mann,
ein entfernter Verwandter«, hatten sie geäußert, »ist dahergekommen vor unserer Zeit als ein Bettler und Unbehauster, der
nichts hatte denn seine Haut, und aus Sanftmut hat der Vater
ihn beherbergt und eingestellt um der Götter willen, den Lungerer. Und nun siehe an, wie das Ding sich gewendet hat vor
unseren Nasen! Hat er sich doch gemästet von unserm Fleisch
und Blut und das Gut unseres Vaters an sich gebracht und ist
fett und reich worden, daß es zu den Göttern stinkt, denn es ist
ein Diebstahl vor ihnen und ein Unterschleif vor den Erben
Labans. Es ist Zeit, daß etwas geschehe zur Wiederherstellung
der Gerechtigkeit auf dem oder jenem Wege im Namen der
Landesgötter: Anu's, Ellils und des Marudug, nicht zu vergessen des Bel Charran, denen wir anhangen nach unserer Väter
Weise, während leider unsere Schwestern, des Fremden Weiber,
es zum Teile auch mit seinem Gott halten und dem Herrn
seiner Sippe, der ihn zaubern lehrt, daß ihm die Frühlinge

sprenklich fallen und das Gut unseres Vaters sein wird nach einem schmutzigen Vertrage. Aber wir wollen doch sehen, wer sich stärker erweist auf diesem Grunde und in diesen Gebreiten, wenn es ernst wird: die Landesgötter, die hier von alters zu Hause sind, oder sein Gott, der kein Haus hat außer Beth-el, das nur ein Stein ist auf einem Hügel. Denn es könnte geschehen, daß ihm etwas zustieße hierzulande um der Gerechtigkeit willen und daß ein Löwe ihn zerrisse auf dem Felde, was nicht gelogen wäre, denn wir sind Löwen in unserem Zorn. Laban, unser Vater, ist zwar übergetreu und fürchtet den Vertrag, der ruht bei den kleinen Göttern des Hauses. Aber man könnte ihm sagen, ein Löwe sei es gewesen, und er wird es zufrieden sein. Denn es hat der Räuber aus Westland zwar stämmige Söhne, von denen zweie, Schimeon und Levi, brüllen können, daß man erbebt. Aber auch uns haben die Götter Erz in die Arme gegeben zum Schlagen, ob wir gleich Kinder sind eines Ergrauten, und wir könnten zuschlagen unversehens und ohne Ansage, bei der Nacht, wenn er schläft, und sagen, der Löwe sei es gewesen, – der Vater wird's unschwer glauben.«

So die Reden der Labanssöhne untereinander, Reden, nicht für Jaakob bestimmt, aber ihm zugetragen von Unterhirten und Knechten gegen Belohnung; und er schüttelte voll sachlicher Mißbilligung den Kopf darüber, in der Erwägung, daß diese Burschen gar nicht das Leben gehabt hätten und keinen Odem in ihren Nasen ohne den Isaakssegen, dem alle Blüte Labans zu danken war, und daß sie sich solcher Ränke hätten schämen sollen gegen ihn, ihren wahren Erzeuger. Außerdem aber war es Besorgnis, was er empfand, und von Stund an trachtete er, in Labans Miene zu lesen, wie es um ihn, den Bas, selber stünde und um seine Gesinnung: ob er wohl aufgelegt sei, zu glauben, ein wildes Tier habe Jaakob zerrissen, wenn die Schwäger es aussagten. Er las in des Mannes Angesicht, als dieser herauskam auf einem Ochsen, die Zucht zu besehen, und fand, er müsse noch einmal lesen, ritt selber zum Hof, um zu bereden die Schafschur, und las aufs neue in dem schweren Gesicht. Und siehe, es war nicht mehr gegen ihn wie gestern und ehegestern, er erwiderte sein forschendes Blicken gar nicht, finster und schwer hingen seine Züge herab, und nicht ein einziges Mal erhob der Mann seine Augen zu Jaakob, sondern unter den Wülsten der Brauen gingen dieselben niedrig beiseite, wenn er das Notwendigste sprach zu dem Eidam, so daß nach der zweiten Lesung dem Jaakob klar und gewiß war: der Mann würde nicht allein glauben an das reißende Tier, sondern diesem sogar auch noch finsteren Dank wissen in seinem Herzen.

Da wußte Jaakob genug und vernahm Gottes Stimme im Traum, sobald er nur schlief, die lautete: »Mach, daß du fortkommst!« Und drängte ihn: »Pack alles auf, was du hast, lieber heut als morgen, und nimm deine Weiber und Kinder und alles, was dein geworden durch mich in all der Zeit, und zieh schwankend und schwer in die Heimat fort, in Richtung auf das Gebirge Gilead, ich will mit dir sein.«

Es war eine großzügige Weisung; die Überlegung und Anordnung im einzelnen war des Menschen Teil, und mit stiller Umsicht begann Jaakob seine Flucht aus der Unterwelt ins Werk zu setzen. Vor allem ließ er seine Frauen aufs Feld kommen, wo er hütete, Lea und Rahel, die Haustöchter, um sich mit ihnen zu verständigen und sicher zu gehen in betreff ihrer Anhänglichkeit. Denn was die Kebsen betraf, Bilha und Silpa, so kam es auf ihre Meinung nicht an, sie würden Bescheid erhalten.

»So ist es«, sagte er zu den Frauen, als sie zu dritt vorm Zelte saßen auf ihren Fersen, »so und so. Nach dem Leben trachten mir eure späten Brüder um meiner Habe willen, welche die eure ist und eurer Kinder Erbe. Lese ich aber in eures Vaters Miene, ob er mich schützen wird vor der Bösen Rat, so finde ich, daß er nicht auf mich blickt wie gestern und ehegestern, sondern überhaupt nicht; denn er läßt hängen die eine Hälfte seines Gesichtes als wie gelähmt, und die andere will auch nichts von mir wissen. Nämlich warum? Ich habe ihm gedient mit allen Kräften. Dreimal sieben und vier Jahre lang, er aber hat mich betrogen, wie er konnte, und mir den Lohn verändert, wie es ihm einfiel, unter Berufung auf die Härten des Wirtschaftslebens. Aber der Gott zu Beth-el, meines Vaters Gott, hat nicht zugelassen, daß er mir Schaden täte, sondern die Dinge zu meinen Gunsten gewandt. Und wenn es hieß: Die Sprenklichen sollen dein Lohn sein, siehe, so sprangen die Böcke, und die ganze Herde trug Sprenkliche, also daß eures Vaters Gut ihm entwandt wurde und ward mir gegeben. Darum soll ich nun sterben, und es soll heißen: Ein Löwe hat ihn zerrisssen. Der Herr zu Beth-el aber, dem ich den Stein salbte, will, daß ich lebe und sehr alt werde, darum hat er mich im Traum gewiesen, zu nehmen, was mein ist, und in der Stille fortzuziehen über das Wasser in meiner Väter Land. Ich habe geredet. Redet nun ihr!«

Da zeigte sich denn, daß die Frauen einhellig der Meinung Gottes waren – wie hätten sie einer anderen sein sollen? Armer Laban! Er hätte wohl den kürzeren gezogen, selbst wenn es etwas wie eine Entscheidung gewesen wäre, vor die sie sich gestellt sahen, was kaum der Fall war. Sie waren Jaakobs. Der Kaufpreis war gezahlt worden für sie in vierzehn Jahren. Wäre alles mit üblichen Dingen zugegangen, so hätte ihr Käufer und Herr sie längst von hinnen geführt aus ihres Vaters Haus in den Schoß seiner eigenen Sippe. Sie waren die Mütter von achten seiner Kinder geworden, ehe denn nun das Natürliche eintrat und Jaakob die Rechte geltend machte, die er seit langem erworben. Sollten sie ihn ziehen lassen mit den Söhnen und Dina, der Lea-Tochter, um ihrerseits dem Vater anzuhangen, der sie verkauft hatte? Sollte er allein fliehen mit den Reichtümern, die sein Gott ihrem Vater entwandt hatte zu ihnen und ihren Kindern? Oder sollten sie seinen Fluchtplan dem Vater, den Brüdern verraten und ihn verderben? Alles unmöglich. Eines unmöglicher als das andere. Vor allem liebten sie ihn ja, liebten ihn um die Wette seit dem Tage seiner Ankunft, und zum Wettstreit in der Hingabe war nie ein Augenblick günstiger gewesen als dieser. Darum schmiegten sie sich an ihn von beiden Seiten und sprachen gleichzeitig:

»Ich bin dein! Wie jene denkt, weiß und frage ich nicht. Ich aber bin dein, wo du auch bist und wohin du gehst. Stiehlst du dich fort, so stiehl auch mich hinweg nebst allem, was Abrahams Gott dir zugewandt, und Nabu, der Führer, der Gott der Diebe, sei mit uns!«

»Dank euch!« erwiderte Jaakob. »Gleichmäßigen Dank euch beiden! Laban kommt heraus, mit mir seine Herde zu scheren den dritten Tag von heute. Danach zieht er hinüber drei Tagereisen weit, seine Sprenklichen zu scheren mit Beor, Alub und Muras. Indes er zieht, sammle ich das Meine, das in der Mitte ist zwischen hier und dort, die Herden, die Gott mir geschenkt, und den sechsten Tag von heute, wenn Laban fern ist, stehlen wir uns hinweg in all unsrer Schwere gegen das Wasser Prath und gen Gilead. Geht, ich liebe euch ungefähr gleichmäßig! Aber du, Rahel, mein Auge, trage Sorge um das Lamm der Jungfrau, Jehosiph, den wahrhaften Sohn, daß die Reise ihm möglichst sanft sei, und sinne auf warme Hüllen für ihn in Voraussicht kalter Nächte, denn das Reis ist zart wie die Wurzel, aus der es unter Krämpfen und Schmerzen gebrochen. Geht und bewegt bei euch alle meine Worte!«

So, und genauer noch, wurde die Flucht verabredet, deren Jaakob noch im Alter mit listiger Erregung gedachte. Aber mit Rührung gedachte er dessen und sprach davon bis an seinen Tod, was Rahel, die Kleine, damals getan in lieblicher Einfalt und Durchtriebenheit. Sie tat es in aller Selbständigkeit, ohne jemandes Mitwissen, und auch ihm, dem Jaakob, gestand sie es erst später, um sein Gewissen nicht an ihrer Tat zu beteiligen, so daß er reinen Herzens schwören könne vor Laban … Was tat sie? Da man sich fortstahl und die Welt im Zeichen Nabu's stand, so stahl auch sie. Da Laban den Hof verlassen, um zu scheren, stieg sie hinab zu stiller Stunde durch die Falltür ins Gelaß der Gräber und Quittungen, nahm Labans kleine Hausgötter, die Teraphim, einen nach dem anderen an den bärtigen und weiblichen Köpfchen, steckte sie unter ihren Arm und in ihre Gürteltasche, behielt auch ein paar in der Hand und schlüpfte ungesehen damit hinweg ins Frauenquartier, um die Tönernen mit Hausrat zuzudecken und mitzunehmen auf die diebische Reise. Denn in ihrem Köpfchen sah es verworren aus, und das war es gerade, was Jaakobs Herz mit Rührung erfüllte, als er alles erfuhr, – mit Rührung und Kummer. Zur Hälfte und nach ihrem mündlichen Bekenntnis war sie, aus Liebe zu ihm, wohl seinem Gotte, dem Höchst-Einzigen, gewonnen und hatte dem Landesüblichen abgesagt. Zur anderen Hälfte aber und im geheimen Herzen war sie noch götzendienerisch und dachte zum mindesten: Sicher ist sicher. Für alle Fälle nahm sie dem Laban die Ratgeber und Wahrsager weg, damit sie ihm nicht Auskunft gäben über die Pfade der Flüchtigen, sondern diesen Schutz gewährten gegen Verfolgung, worin nach landläufiger Annahme eine ihrer Kräfte und Tugenden bestand. Sie wußte, wie Laban an diesen Männlein und Ischtar-Weiblein hing, wie hoch er sie hielt, und dennoch stahl sie sie ihm um Jaakobs willen. Kein Wunder, daß Jaakob sie feuchten Auges küßte, als sie ihm später die Tat gestand, und sie nur ganz nebenbei aufs sanfteste etwas vermahnte von wegen ihrer Verworrenheit und darob, daß sie ihn mit leiblichen Eiden sich hatte verschwören lassen vor Laban, als dieser ihn einholte: denn blindlings setzte er damals ihrer aller Leben zum Pfande dafür, daß die Götter sich nicht unter seinem Dache befänden.

Die Verfolgung

Die Teraphim nämlich bewährten ihre schützende Tugend in diesem Falle durchaus nicht, – vielleicht weil sie sie nicht gegen ihren rechtmäßigen Besitzer zu kehren wünschten. Daß Jizchaks Sohn mit den Weibern, den Mägden, dem zwölfköpfigen Nachwuchs und all dem Seinen geflohen sei, und zwar natürlich gen Westen, erfuhr Laban schon den dritten Tag, kaum daß er zur Schur bei den Sprenklichen und Schwarzen angekommen war, erfuhr er es von Hüterknechten, die sich für die Treue ihres Mundes besseren Lohn erhofft hatten, als ihnen zuteil wurde: im Gegenteil, sie hätten fast noch Prügel bekommen. Der Wütende hastete nach Hause, wo er den Raub der Idole feststellte, und nahm von da, mit seinen Söhnen und einer Anzahl Bewaffneter, sogleich die Verfolgung auf.

Ja, es war ganz wie vor fünfundzwanzig Jahren, auf Jaakobs Herreise, als er den Eliphas auf den Fersen gehabt hatte: wieder sah er sich furchtbar verfolgt, um so furchtbarer wiederum, als die nachsetzende Macht viel leichter beweglich war als er mit seinem langsam im Staube sich vorwärtsschiebenden Heerwurm von Kleinvieh, Packtieren und Ochsenkarren, und in den Schrecken, der ihn befiel, als die Späher und Horcher in seinem Rücken ihm das Herannahen Labans meldeten, mischte sich ein geistiges Wohlgefallen an Entsprechung und Ebenmaß. Sieben Tage, so steht es fest, brauchte Laban, den Eidam einzuholen, und dieser hatte der Reise übelsten Teil, die Wüste, schon hinter sich, war schon auf den waldigen Höhen des Gebirges Gilead angelangt, von wo er nur noch hinabzusteigen brauchte, um ins Tal des Jordan, der da ins Meer des Lot oder das Salzmeer fließt, zu gelangen –, als sein Vorsprung verbraucht war und er sich zur Begegnung und Auseinandersetzung bequemen mußte.

Der Schauplatz, die dauernde Landschaft, Strom, Meer und

Dunstgebirge, sind Zeugen und schweigend schwörende Bürgen der Geschichten, von denen Jaakobs Sinn schwer und würdig war, die sein Sinnen so scheugebietend machten und die wir umständlich, will sagen: mit ihren Umständen erzählen, wie sie ihm nachprüfbar richtig hier geschahen in standhaltender Übereinstimmung mit Berg und Tal. Hier war es, alles ist richtig und stimmt, wir selbst sind hinabgefahren, ungeheuer, in die Tiefe und haben vom Abendstrande des scheußlich schmeckenden Lotmeeres alles mit Augen gesehen, daß es in Ordnung ist und übereinstimmt mit sich selber. Ja, diese bläulichen Höhen im Morgen jenseits der Lauge sind Moab und Ammon, die Länder der Kinder Lots, der Ausgestoßenen, die seine Töchter ihm abgewonnen im Beischlaf. Dort hinten, im fernen Süden des Meers, dämmert Edomgebiet, Seïr, das Bocksland, von wo Esau verworren aufbrach, dem Bruder entgegen, und traf ihn am Jabbok. Hat es seine Richtigkeit mit den Bergen Gileads, wo Laban den Eidam einholte, und ihrem örtlichen Verhältnis zum Wasser Jabbok, an das Jaakob danach gelangte? Vollkommen. Das Gilead im Ostjordanland ließen die Leute mit seinem Namen wohl weit hinaufreichen gen Norden, bis zum Jarmukfluß, der unfern des Sees Kinnereth oder Genezareth sein reißend Wasser mit dem des Jordan vereinigt. Aber das Gebirge Gilead besonders sind jene Höhen, die sich westöstlich an beiden Ufern des Jabbok erstrecken, und von ihnen steigt man hinab zu seinen Gebüschen und zu der Furt, die Jaakob den Seinen zum Übergang wählte; er aber blieb zurück über Nacht und erlitt das einsame Abenteuer, das seinen Gang für alle Zeit etwas hinkend machte. Wie einleuchtend übrigens, daß er, da hier der Eintritt ins heiße Ghor des Stromes erfolgte, mit seinem ermatteten Anhang an Menschen und Tieren nicht erst hinabzog ins eigentlich Heimatliche, sondern gerade durchging gen Westen, ins Tal von Sichem zu Füßen Garizims und Ebals, wo er zur Ruhe zu kommen hoffte. Ja, alles stimmt nachprüfbar überein mit sich selbst und bezeugt auf die Dauer, daß kein Falsch ist in den Liedern der Hirten und ihrem Schönen Gespräch. –

Es wird immer unklar bleiben, wie Laban, dem Erdenkloß, eigentlich zu Mute war bei seiner schnaubenden Verfolgung; denn wie er sich an ihrem Ziele benahm, das bot dem Jaakob manche recht angenehme Überraschung, und wiederum stand es, so fand er später, in schöner Entsprechung zu Esau's unverhofftem Benehmen bei ihrer Begegnung. Ja, Labans Gemütszustand beim Aufbruch war offenbar ebenso verworren gewesen wie der des Roten. Er schnaubte und führte Waffen gegen den Ausgerückten, dann aber hieß er dessen Handlungsweise nur töricht, und bei ihrer Unterredung gestand er dem Neffen, ein Gott, der Gott seiner Schwester, habe ihn heimgesucht im Traume und ihn bedroht, er möge beileibe mit Jaakob nicht anders als freundlich reden. Das mag sein, denn es genügte dem Laban, vom Gotte Abrams und Nachors überhaupt zu wissen, um ihm ebensoviel Daseinswirklichkeit zuzuerkennen wie der Ischtar oder dem Adad, wenn er sich auch nicht zu den Seinen zählte. Ob er, der Unzugehörige, aber wirklich Jeho, den Einzigen, im Traume gesehen und gehört hatte, bleibt strittig; Lehrer und Kommentatoren haben sich befremdet darüber geäußert, und wahrscheinlicher ist, daß er gewissen Empfindungen und Furchtgedanken, die ihn auf dem Wege überkommen, Überlegungen, die er in stiller Seele angestellt, ausdrucksvollerweise den Namen eines Traumgesichtes gab, – auch Jaakob unterschied hier wenig und billigte die Redeweise. Fünfundzwanzig Jahre hatten den Laban gelehrt, daß er es mit einem Segensmanne zu tun habe, und wenn nichts begreiflicher ist, als daß er schnaubte, weil Jaakob mit seiner Person auch die Segenswirkung hinwegstahl, um derentwillen Laban so große Opfer gebracht, so versteht sich nicht weniger leicht, daß sein erstes Vorhaben, ihm gewalttätig zu begegnen, sehr bald durch scheue Bedenken gedämpft wurde. Auch war gegen die Mitnahme der Frauen, seiner Töchter, so gut wie nichts einzuwenden. Sie waren gekauft, sie waren Jaakobs mit Leib und Seele, und Laban selbst hatte einst den Bettler verachtet, der nicht gehabt hatte, wohin sie führen im Hochzeitszuge aus dem Haus ihrer Eltern. Wie hatten nun die Götter es anders gefügt und dem Manne gestattet, ihn auszuplündern! Indem er ihm auffahrend nachsetzte, glaubte er kaum, er tue es, um ihm den Reichtum mit Waffengewalt wieder abzunehmen, sondern ihn trieb es dunkel, den Schrekken über den endgültigen Verlust all dessen, was aus seiner Hand in die Jaakobs übergegangen war, dadurch zu lindern, daß er von dem glücklichen Diebe doch wenigstens Abschied nähme und zu einem Frieden mit ihm käme – dann würde ihm wohler sein. Und nur in einem Punkte schnob er wirklich Empörung und Wiederherausgabe: das war der Diebstahl der Teraphim. Unter den vagen und wirren Motiven seiner Verfolgungswut war dies das feste und handgreifliche: seine Hausgötzlein wollte er wiederhaben, und wer zu dem chaldäischen Geschäfts- und Vertragsmenschen trotz all seiner plumpen Härte ein wenig Neigung fassen konnte, den mag es noch heute kränken und wehmütig anmuten, daß er sie niemals wiederbekam.

In seltsam friedlichen und geräuschlosen Formen vollzog sich die Vereinigung von Flüchtling und Verfolger, da man doch, nach Labans Aufbruchsgebärde zu schließen, etwas wie einen Zusammenprall hätte erwarten sollen. Die Nacht fiel ein über Gilead, und auf feuchter Höhenwiese hatte Jaakob soeben sein Lager aufspannen, die Kamele anpflocken, das Kleinvieh zusammenpferchen lassen, damit es sich aneinander wärme, als Laban schweigend anlangte, in schattenhaftem Schweigen auch sein Zelt aufschlagen ließ nahebei und darin verschwand, um diese Nacht überhaupt nichts mehr von sich merken zu lassen.

In der Frühe aber ging er hervor und schweren Schrittes hinüber zu Jaakobs Gehänge, vor welchem dieser ihn etwas ratlos erwartete, und sie berührten Stirne und Brust und ließen sich nieder.

»Es trifft sich höchst dankenswert«, eröffnete Jaakob die heikle Unterredung, »daß ich meinen Vater und Oheim noch einmal sehe. Möchten doch die Beschwerden der Reise sein körperliches Wohlsein in nichts zu mindern vermögend gewesen sein!«

»Ich bin rüstig über meine Jahre«, erwiderte Laban. »Zweifellos warst du dir dessen bewußt, als du mir diese Reise auferlegtest.«

»Wie nun das?« fragte Jaakob.

»Wie nun das? Menschensohn, geh in dich und frage dich, wie du an mir getan hast, daß du dich wegstiehlst heimlich von mir und unserm Vertrage und führst mir roh die Töchter hinweg wie Schwertesbeute! Meiner Auffassung nach hättest du immerdar sollen bei mir bleiben nach dem Vertrage, der mich mein Blut kostete, aber an dem ich heilig festhielt nach Landessittsamkeit. Wenn es dich aber nicht litt und du fortbegehrtest so ungestüm in dein Erb und Eigen, warum tatest du deinen Mund nicht auf und redetest nicht vor mir wie ein Sohn? Wir hätten so spät noch nachgeholt, was im rechten Augenblick deine Umstände verhinderten, und hätten euch geleitet mit Cymbeln und Harfen auf dem Land- oder Wasserwege nach stattlicher Üblichkeit. Was aber hast du getan? Mußt du denn immer stehlen, bei Tag und Nacht, – und hast du kein Herz im Leibe und kein fühlsam Eingeweide, daß du mir Altem nicht gönnst, meine Kinder zu küssen zum letztenmal? Ich will dir sagen, wie du getan hast, du hast ganz töricht getan, das ist das Wort, das mir einfällt für deine Handlungsweise. Und wenn ich wollte und nicht gestern eine Stimme zu mir gekommen wäre im Traum – es war möglicherweise deines

Gottes Stimme – und hätte mir abgeraten, mich mit dir einzulassen, so glaube du nur, daß meine Söhne und Knechte genug Erz hätten in ihren Armen, um dir die Torheit einzutränken, da wir dich einholten auf Diebesflucht!«

»O ja«, erwiderte Jaakob da, »was wahr ist, muß wahr bleiben. Meines Brotherrn Söhne sind Eber und junge Löwen und hätten wohl gern schon seit längerem an mir gehandelt nach Eber- und Löwenart, wenn nicht am Tage, so doch in der Nacht, wenn ich schlief, du aber hättest willig geglaubt, ein reißend Tier sei's gewesen, und hättest mich baß beweint. Fragst du, warum ich gezogen bin in der Stille und habe nicht lange Worte gemacht? Sollte ich mich denn nicht fürchten vor dir, daß du's nicht zugeben würdest und würdest die Weiber, deine Töchter, von mir reißen, mindestens aber mir neue Bedingungen auferlegen für die Reiseerlaubnis und mir abnehmen mein Hab und Gut? Denn mein Oheim ist hart, und sein Gott ist das unerbittliche Wirtschaftsgesetz.«

»Und warum hast du mir meine Götter gestohlen?!« rief Laban plötzlich, und die Zornesadern schwollen zolldick auf seiner Stirn …

Jaakob war sprachlos und sagte auch, daß er es sei. Im Grunde war seiner Seele leichter, da Laban sich durch eine so widersinnige Behauptung ins Unrecht setzte, – das war günstig für Jaakob.

»Götter?« wiederholte er staunend. »Die Teraphim? Ich soll dir deine Bilder entwandt haben aus dem Gelaß? Das ist das Stärkste und Lächerlichste, was mir je vorgekommen! Nimm doch deine Vernunft zu Hilfe, Mann, und überlege dir, was du mir vorwirfst! Welchen Wert und Belang sollen für mich denn deine Götzlein haben, die Irdenen, daß ich sollte daran zum Missetater werden? Meines Wissens sind sie gedreht auf der Töpferscheibe und an der Sonne getrocknet, wie ander Gerät, und taugen mir nicht einmal, einem Sklavenkinde den Lauf der

Nase zu stillen, wenn's Schnupfen hat. Ich rede von mir, bei dir mag es etwas anderes sein. Aber da sie dir scheinen abhanden gekommen, so wär' es nicht fein, ihre Tugend vor dir allzu hoch zu veranschlagen.«

Laban erwiderte:

»Das ist nur falsch und weise von dir, daß du tust, als gäbest du keinen Deut auf sie, damit ich glaube, du habest sie nicht gestohlen. Es kann kein Mensch den Teraphim so wenig Tugend beimessen, daß er sie nicht gerne stähle, das ist unmöglich. Und da sie nicht sind, wo sie waren, so bist du's, der sie stahl.«

»Jetzt hör mich an!« sagte Jaakob. »Es ist sehr gut, daß du da bist und hast's nicht für Raub gehalten, hinter mir drein zu ziehen so viele Tage um dieser Sache willen, denn sie muß geklärt werden bis aufs letzte, das verlange ich, der Beschuldigte. Mein Lager liegt dir offen. Gehe hindurch, wie du magst, und suche! Kehre alles um ohne Scheu und ganz nach Gefallen, ich gebe dir freieste Hand. Und bei wem du deine Götter findest, ob nun ich es sei oder der Meinen einer, der sei des Todes hier gleich vor aller Augen, und mir sei es gleich, ob du willst, daß es durchs Eisen, durchs Feuer oder durch Verscharren geschehe. Fange an bei mir und sei umsichtig! Ich bestehe auf genauester Untersuchung.«

Ihm war wohl, weil er alles auf die Teraphim abstellen konnte, so daß nur von diesen überall noch die Rede war und er groß und beleidigt dastehen würde am Ende der Untersuchung. Er ahnte nicht, wie schlüpfrig der Boden war unter seinen Füßen, und wie tödlich er sich vermaß. Daran war Rahel schuldig in ihrer Unschuld; aber mit größter Gewandtheit und Festigkeit kam sie auf für ihren Leichtsinn und den, den sie schuf.

Laban nämlich antwortete: »Wahrlich, so sei es!«, erhob sich eifervoll und fing an, das Lager abzusuchen, daß er seine Irdenen fände. Wir wissen genau die Reihenfolge, in der er vorging, – anfangs mit heftiger Gründlichkeit, dann aber, nach Stunden vergeblicher Mühe, langsam ermattend und verzagend; denn bei steigender Sonne ward ihm sehr heiß, und ob er auch ohne Obergewand suchte, im Hemde mit offener Brust und aufgestülpten Ärmeln, so troff ihm doch bald der Schweiß unter der Mütze hervor, und war sein Gesicht so rot, daß man hätte den Schlagfluß befürchten mögen für den schweren Alten – alles von wegen der Teraphim! Hatte denn Rahel kein Herz für ihn, daß sie ihn so sich quälen ließ und ihn so festen Auges zum besten hielt? Aber man muß die Übertragungs- und Einflüsterungskräfte bedenken, die von Jaakobs bedeutender Person und seinen geistlichen Vorstellungen ausgingen auf seine ganze Umgebung und besonders auf die, die ihn liebten. Durch seines Geistes Macht und Eigensinn spielte Rahel selbst eine heilige Rolle, nämlich die der Sternenjungfrau und Mutter des segenbringenden Himmelsknaben; desto geneigter also war sie, auch die übrige Welt und auch die Gestalt ihres Vaters in Jaakobs Lichte zu sehen und die gesetzliche Rolle anzuerkennen, die ihm darin beschieden war. Für sie, wie für den Geliebten, war Laban ein betrügerischer Teufel und Schwarzmonddämon, der letztlich selber betrogen wurde, und zwar in noch größerem Stil, als er selber betrogen hatte; und Rahel zuckte darum nicht mit den Wimpern dabei, weil es ein frommer, sinniger und gesetzlicher Akt war, der sich vollzog und in dem auch Laban mit mehr oder weniger Bewußtsein und Zustimmung seine heilige Rolle spielte. Sie hatte so wenig Mitleid mit ihm, wie Jizchaks Hofvolk mit Esau gehabt hatte beim großen Jokus.

Laban war nächtlich angelangt und hatte sich in der Frühe zu Jaakob begeben – zweifellos, um von ihm zu fordern, was sie hatte. Daß sich der Vater von der Unterredung erhoben und angefangen habe zu suchen, meldete ihr eine kleine Dienerin, die sie zum Spähen gesandt hatte und die, um schneller zu rennen, den Saum ihres Rockes zwischen die Zähne nahm, so daß sie vorne ganz bloß war beim Laufen. »Laban sucht!« rief sie flüsternd. Da sputete sich Rahel, nahm die Teraphim, die in ein Tuch gewickelt waren, und trug sie hinaus vor ihr schwärzliches Zelt, wo Lea's Reitkamel und ihr eigenes angepflockt waren, erlesene Tiere von fratzenhafter Schönheit, mit urklugen Schlangenköpfen an ihren geschwungenen Hälsen und Füßen so breit wie Kissen, so daß sie im Sande nicht einsanken. Reichliche Streu hatten die Knechte ihnen untergetan, darauf lagen sie, hochmütig malmend. Unter die Streu aber schob Rahel ihr Gestohlenes, vergrub es ganz darin und setzte sich dann, wo sie es verwühlt hatte, obenauf, vor die Kamele, die ihr käuend über die Schultern schauten. So wartete sie auf Laban.

Dieser, so wissen wir, hatte in Jaakobs Hütte zu suchen begonnen und von des Eidams Reisehausrat das Unterste zuoberst gekehrt, die Fußmatte gelüftet, die Matratze des Gurtbettes aufgehoben, Hemden, Mäntel und Wolldecken geschüttelt und die Kassette mit den Steinen zu Jaakobs Brettspiel »Böser Blick«, das er mit Rahel zu spielen liebte, zu Boden fallen lassen, so daß fünf Figuren zerbrachen. Von da hatte er sich mit wütendem Achselzucken in Lea's Wohnung und in die Silpa's und Bilha's begeben und beim Stöbern keine Heimlichkeit der Weiber geschont, wobei er sich zitternd mit ihren Pinzetten gestochen und sich den Bart mit grüner Farbe beschmiert hatte, die sie brauchten, um sich die Augenwinkel länger zu malen; so ungeschickt war er vor Eifer und in dem dunklen Bewußtsein, daß es seine Rolle sei, sich lächerlich zu machen.

Dann kam er dahin, wo Rahel saß, und sprach:

»Gesundheit, mein Kind! Du hast nicht gedacht, mich zu sehen.«

»Vollkommene Gesundheit!« antwortete Rahel. »Mein Herr sucht?«

»Ich suche Gestohlenes«, sagte Laban, »durch all eure Hütten und Hürden hin.«

»Ja, ja, wie schlimm!« nickte sie, und die beiden Kamele sahen ihr mit einem dünkelhaft hämischen Lächeln ihrer Gesichter über die Schultern. »Warum hilft Jaakob, unser Mann, dir nicht beim Suchen?«

»Er würde nichts finden«, versetzte Laban. »Ich muß ganz alleine suchen und mich mühen in der steigenden Sonne zu Gilead auf dem Berge.«

»Ja, ja, wie schlimm!« wiederholte sie. »Mein Hüttlein ist jenes. Sieh dich um darin, wenn du mußt und meinst. Aber sei vorsichtig mit meinen Töpfen und Löffeln! Schon ist dein Bart etwas grün!«

Laban bückte sich und ging hinein. Bald kam er wieder heraus zu Rahel und den Tieren, seufzte und schwieg.

»Ist nichts Gestohlenes dort?« fragte sie.

»Nicht für mein Auge«, erwiderte er.

»Dann muß es woanders sein«, sagte Rahel. »Gewiß wundert mein Herr sich längst, daß ich nicht aufstehe vor ihm nach Ehrfurcht und Schicklichkeit. Es ist nur, weil ich mich eben unmustern fühle, so daß ich behindert bin in meiner Bewegungsfreiheit.«

»Wie denn unmustern?« wollte Laban wissen. »Ist dir heiß und kalt in abwechselnder Reihenfolge?«

»Nicht doch, unpäßlich bin ich«, erwiderte sie.

»Worin besteht es denn aber?« fragte er wieder. »Hast du den Zahnwurm oder eine Beule?«

»Ach, lieber Herr, es geht mir nach Frauenart, ich erleide die Regel«, antwortete sie, und die Kamele lächelten überaus hämisch und dünkelhaft über ihren Schultern.

»Weiter nichts?« sprach Laban, »nun, das zählt nicht. Es ist mir geradezu lieb, daß du die Regel hast, lieber, als wärest du schwanger. Denn zum Gebaren taugst du nicht sonderlich. Gesundheit! Ich muß das Gestohlene suchen.«

Damit ging er und suchte sich halb zuschanden bis in den

Nachmittag, als die Sonne schon schräge fiel. Da kam er wieder zu Jaakob, schmutzig, erschöpft und aufgelöst und ließ seinen Kopf hängen.

»Nun denn, wo waren die Götzen?« fragte Jaakob.

»Scheinbar nirgends«, erwiderte jener, hob seine Arme und ließ sie fallen.

»Scheinbar?« erbitterte Jaakob sich da; denn seine Mühle hatte nun Oberwasser, groß stand er da und mochte den Mund voll nehmen ganz nach Gefallen. »Sagst du ›scheinbar‹ zu mir und willst es nicht als Beweis anerkennen meiner Unschuld, daß du das Deine nicht fandest, da du gesucht zehn Stunden lang und hast mir das Lager um und um gewühlt in deiner Wut mich zu töten oder einen von mir? All meinen Hausrat hast du betastet – mit meiner Erlaubnis, gewiß, ich hab' dir's freigestellt, aber daß du's tatest, war dennoch sehr unfein. Und was hast du gefunden von dem Deinen? Lege es nieder hier und klage mich an vor deinem und meinem Volk, daß die öffentliche Stimme richte zwischen uns beiden! Wie du dich doch erhitzt und besudelt hast, nur um mich umzubringen! Und was habe ich dir getan? Ich war ein Jüngling, da ich zu dir kam, und bin nun würdigen Alters, wenn ich auch hoffe, daß der Einzige mir noch ein langes Leben beschert – so viel Zeit habe ich hingebracht in deinen Diensten und war dir ein Großknecht, wie die Welt ihn nicht sah, – das läßt der Zorn mich dir sagen, da ich's sonst in mich verschloß aus Verschämtheit. Ich habe dir Wasser gefunden, daß du frei wurdest von Ischullanu's Söhnen und abwerfen konntest das Bänkerjoch, und bist aufgeblüht wie die Rose im Tale Saron und in Frucht gestanden wie die Dattelpalme in der Tiefebene Jericho. Deine Ziegen haben zweifach geworfen und deine Schafe Zwillinge. Wenn ich je einen Widder deiner Herde gegessen habe, so schlage mich, denn Kräuter habe ich mir gerupft mit den Gazellen und mich mit dem Vieh versorgt an der Tränke. So habe ich gelebt für dich und dir gedient vierzehn Jahre um deine Töchter und sechs um nichts und wieder nichts und fünf um den Ausschuß deiner Herde. Am Tage bin ich vor Hitze verschmachtet und habe des Nachts gebebt vor Frost in der Steppe, und geschlafen habe ich überhaupt nicht vor Achtsamkeit. Wenn aber unglücklicherweise eine Berührung geschah in der Hürde, oder es mordete ein Löwe, so ließest du mich nicht schwören zu meiner Reinigung, sondern aufkommen mußte ich für den Ausfall, und tatest, als stähle ich Tag und Nacht. Und hast mir den Lohn verändert völlig nach Gutdünken und mir Lea untergeschoben, da ich glaubte, die Rechte zu umfangen, das wird mir in den Gliedern liegen mein Leben lang! Wäre der Gott meiner Väter nicht auf meiner Seite gewesen, Jahu, der Gewaltige, und hätte mir einiges zugewandt, so wäre ich, Gott behüte, ebenso nakkend von dir gegangen, wie ich zu dir kam. Das aber hat Er denn doch nicht gewollt und hat seines Segens nicht spotten lassen. Niemals hat er zu einem Fremden gesprochen, aber zu dir hat er gesprochen um meinetwillen und dich gewiesen, mit mir nicht anders zu reden denn freundlich. Ja, das nenne ich freundlich reden, daß du kommst und brüllst, ich hätte dir deine Götter gestohlen; da du sie aber nicht findest, trotz maßlosen Suchens, so ist's nur scheinbar!«

Laban schwieg und seufzte.

»Du bist so falsch und weise«, sagte er müde, »daß kein Aufkommen ist wider dich, und soll keiner anbinden mit dir, denn du setzest ihn so oder so ins Unrecht. Wenn ich mich umsehe, so ist mir's als wie im Traum. Alles ist mein, was ich sehe, die Töchter, die Kinder, die Herden und Wagen und Tiere und Knechte sind mein, aber sie sind eingegangen in deine Hände, ich weiß nicht wie, und du ziehst damit hinweg von mir, das dünkt mich träumerisch. Siehe, mir ist versöhnlich zu Sinn, ich möchte mich vertragen mit dir und einen Bund mit dir machen, daß wir auseinanderkommen in Frieden und ich mich nicht verzehren muß all meine Lebtage um deinetwillen.«

»Das läßt sich hören«, antwortete Jaakob, »und wenn du so sprichst, so lautet es anders als ›scheinbar‹ und dergleichen Kränkung. Es ist ganz nach meinem Sinn, was du sagst, denn siehe, du hast mir die Jungfrau gezeugt, des Sohnes Mutter, in der du schön worden bist, und nicht soll die Furcht Labans mir fremd sein, das wäre verwerflich. Einzig um dir den Abschied nicht schwer zu machen, bin ich in der Stille gezogen und habe das Meine fortgestohlen, aber es soll mir sehr lieb sein, wenn wir gütlich auseinanderkommen und auch ich fortan in Gemütsruhe deiner gedenken kann. Ich will einen Stein aufrichten – soll ich? Ich tue das mit Vergnügen. Und es sollen vier deiner Knechte und vier von meinen uns einen Steinhaufen machen zum Gelöbnismal, daß wir essen vor Gott und uns vertragen vor ihm – bist du's zufrieden?«

»Ich glaube: ja«, sagte Laban. »Denn ich sehe nichts anderes.«

Da ging Jaakob hin und stellte einen schönen, langen Stein gerade auf, damit Gott zugegen sei; acht Männer aber mußten den Bundeshaufen zusammentragen aus allerlei Bergschutt und kleinem Geröll, und unter vier Augen aßen sie darauf ein Hammelgericht mit dem Fettschwanz inmitten der Schüssel. Aber Jaakob ließ Laban beinahe den ganzen Fettschwanz essen und kostete nur. So aßen sie miteinander, allein unter dem Himmel, und vertrugen sich über dem trennenden Haufen mit Blick und Hand. Zum Gegenstande des Eides machte Laban die Töchter, da er nicht recht wußte, was er sonst dazu machen sollte. Jaakob mußte schwören bei seiner Väter Gott und der Furcht Isaaks, daß er seine Weiber nicht wolle mißhandeln und keine andere nehmen außer ihnen – Haufe und Mahl sollten Zeuge sein. Es war aber dem Laban nicht so sehr um die Töchter; die schützte er vor aus Sehnsucht, in irgend leidlicher Form zu Ende zu kommen mit dem Gesegneten, damit er schlafen könnte.

Er blieb noch auf dem Berge die Nacht mit den Seinen. Am

Morgen umarmte er die Frauen, sprach auch einen letzten Spruch über ihnen und wandte sich heimwärts. Jaakob aber seufzte einmal erleichtert und einmal gleich hinterher aus neuer Besorgnis. Denn, sagt das Wort, ist der Mensch einem Löwen entronnen, so begegnet er gleich einem Bären. Und nun kam der Rote.

Benoni

Zwei Frauen waren schwanger in Jaakobs Reisezuge, als er nach den schweren Geschichten von Schekem hinabzog gen Beth-el und weiter von dort in Richtung auf Kirjath Arba und Isaaks Haus: zwei, die ins Licht der Ereignisse ragen, denn ob von den Weibern des Sklavengesindels, das man nicht unterscheidet, gerade noch mehrere schwanger waren, darüber kann man nichts aussagen. Schwanger war Dina, das unselige Kind; fruchtbar war sie von Sichem, dem Unseligen, und ein harter Beschluß hing über ihrer traurigen Fruchtbarkeit, so daß sie verhüllt ritt. Und schwanger war Rahel.

Welche Freude! – Ach, mäßigt nur euren Jubel, erinnert euch und verstummt! Rahel starb. So wollte es Gott. Die liebliche Diebin, sie, die dem Jaakob am Brunnen entgegengetreten war, hervor aus der Mitte der Labanschafe mit kindlich tapferem Schauen, sie kam auf der Wanderung nieder und ertrug es nicht, da sie es schon das erstemal mit Not hatte ertragen können, verlor den Atem und starb. Die Tragödie Rahels, der Rechten und Liebsten, ist die Tragödie der nichtangenommenen Tapferkeit.

Man hat fast den Mut nicht, mit Jaakobs Seele zu fühlen an dieser Stelle, da ihm die Herzensbraut auslöschte und hinging als Opfer für seinen Zwölften, – sich einzubilden, wie ihm der Verstand geschlagen war und wie tief in den Staub getreten die weiche Hoffart seines Gefühls. »Herr«, rief er, da er sie sterben sah, »was tust du?« Er hatte gut rufen. Das Gefährliche aber, und was uns im voraus ängstigt, war, daß Jaakob sich durch Rahels Zerstörung sein teures Gefühl, diese selbstherrliche Vorliebe durchaus nicht entreißen ließ, daß er sie keineswegs mit hinabsenkte in das rasch ausgehobene Grab am Wege, sondern sie, als wollte er dem Waltenden beweisen, daß er durch Grausamkeit nichts gewönne, in ihrem ganzen üppigen Eigensinn auf Rahels Erstgeborenen, den neunjährigen, bildschönen Joseph, warf, so daß er diesen denn also zwiefach und vollkommen übermütig liebte und so dem Schicksal eine neue furchtbare Blöße bot. Es ist zum Nachdenken, ob der Gefühlvolle eigentlich mit Bewußtsein Freiheit und Ruhe mißachtet, wissentlich das Verhängnis gegen sich aufruft und nicht anders als in Ängsten und unter dem Schwerte zu leben wünscht. Offenbar ist ein solcher vermessener Wille das Zubehör der Gefühlsseligkeit, denn daß diese große Leidensbereitschaft voraussetzt und es nichts Unvorsichtigeres gibt als die Liebe, sollte jedermann wissen. Der hier waltende Widerspruch der Natur ist eben nur der, daß es weiche Seelen sind, die dies Leben wählen, gar nicht geschaffen, zu tragen, was sie herausfordern, – während die, die es tragen könnten, nicht daran denken, ihr Herz bloßzustellen, so daß ihnen nichts geschehen kann.

Rahel hatte zweiunddreißig Jahre gezählt, als sie unter heiligen Qualen den Joseph gebar, und siebenunddreißig, als Jaakob die staubigen Riegel brach und sie entführte. Sie zählte einundvierzig, als sie noch einmal in Hoffnung kam und so von Schekem auf Reisen gehen mußte, – das heißt: wir sind es, die zählen; in ihrer Gewohnheit und der ihrer Sphäre lag es nicht, das zu tun; sie hätte sich lange besinnen müssen, um annähernd zu sagen, wie alt sie sei, – das war eine allgemein wenig beachtete Frage. Im Morgen der Welt ist die dem Abendländer natürliche zeitrechnerische Wachsamkeit fast unbekannt; viel gleichmütiger überläßt man dort Zeit und Leben sich selbst und dem Dunkel, ohne sie einer messenden und zählenden

Ökonomie zu unterwerfen, und ist auf die Frage nach dem persönlichen Alter so wenig vorbereitet, daß der Fragende eines achselzuckend-unbekümmerten Schwankens der Antwort um ganze Jahrzehnte gewärtig sein und etwa hören mag: »Vierzig vielleicht oder siebzig?« – Auch Jaakob war sich über sein eigenes Alter recht sehr im unklaren und nahm keinen Anstoß daran. Zwar waren gewisse Jahre, die er im Labanslande verbracht, gezählt worden, aber andere nicht; und außerdem wußte er nicht und ließ es auf sich beruhen, wie alt er bei seinem Eintreffen gewesen war. Rahel angehend, so hatte die stehende Gegenwart liebender Lebensgemeinschaft ihn nicht einmal die natürlichen Veränderungen gewahr werden lassen, welche die Zeit, überwacht und gezählt oder nicht, an ihrer hübschen und schönen Person zu bewirken sich nicht hatte hindern lassen, indem sie das liebliche Halbkind von einst in eine reife Frau hinübergewandelt hatte. Für ihn, wie das zu gehen pflegt, war Rahel noch immer die Braut vom Brunnen, die mit ihm Wartende der sieben Jahre, der er die Tränen der Ungeduld von den Lidern geküßt; er sah sie wie mit übersichtigen Augen, ungenau, in dem Bilde, das seine Augen einst zärtlich getrunken und dessen Wesentliches ja dann auch von der Zeit nicht hatte berührt werden können: Die freundliche Nacht der Augen war da, die sich gern kurzsichtig zusammengezogen, die zu dicken Flügel des Näschens, die Bildung der Mundwinkel, ihr ruhendes Lächeln, dies besondere Aufeinanderliegen der Lippen, das auf den vergötterten Knaben gekommen war, vor allem aber das Pfiffige, Sanfte und Tapfere in der Charakterhaltung des Labanskindes, der Ausdruck entgegenschauender Lebenswilligkeit, der am Brunnen gleich, auf den ersten Blick, dem Jaakob das Herz im Busen emporgehoben hatte und so stark und lieblich wieder hervorgetreten war, als sie ihm im Lager vor Schekem ihre Umstände vertraut hatte.

»Noch einen dazu!« »Mehre ihn, Herr!«, das war der Sinn des

Namens gewesen, den die zu Tode Erschöpfte dem Erstgeborenen gegeben hatte. Und nun, da Joseph gemehrt werden sollte, fürchtete sie sich nicht, sondern war froh bereit, alles auszustehen, was sie damals ausgestanden, um der Mehrung und ihrer weiblichen Ehre willen. Hier kam ihrem Frohmut wohl eine eigentümliche und organische Vergeßlichkeit der Frauen zu Hilfe, von denen wohl manche in Kindesnöten es laut verschwört, je wieder den Mann zu erkennen, um das nicht noch einmal zu leiden – und ist doch schwanger von neuem schon übers Jahr; denn jener Schmerzeneindruck verfliegt dem Geschlecht auf besondere Weise. Jaakob dagegen hatte die Hölle von damals durchaus nicht vergessen und erschrak, wenn er dachte, daß Rahels Leib nach neunjähriger Brache noch einmal einem so grausamen Aufbruch unterworfen sein sollte. Zwar freute ihn ihre Ehre, und auch die Idee, daß die Zahl seiner Söhne auf die der Tierkreistempel solle gebracht werden, unterhielt seinen Geist. Doch wollte er es auch wieder wie Störung empfinden, daß dem erklärten Liebling, dem Jüngsten, ein Jüngerer nachzufolgen sich unterfing; denn den Jüngsten kleidet die Lieblingsschaft immer am besten, und etwas wie Eifersucht für Joseph, den Reizenden, mischte sich also in Jaakobs väterliche Erwartung, – kurzum er war, als hätte eine begreifliche finstere Ahnung ihn gleich umschwebt, ob Rahels Eröffnung von Anfang an nicht sonderlich glücklich.

Es war noch zur Zeit der Winterregen, im Kirlew, daß sie's ihm sagte: Das Schicksal Dina's, des Frätzchens, stand da noch in weitem Felde. Er hüllte die Gesegnete in Schonung und verehrende Sorgsamkeit ein wie nur je, tat den Kopf zwischen die Hände vor Trauer, wenn sie erbrechen mußte, und rief zu Gott, da er sie bläßlich sich vermindern und nur ihre Leibeswölbung wachsen sah; denn der kraß-natürliche Eigennutz der Kindesfrucht zeigte sich hier in aller bewußtlosen Grausamkeit. Das Ding in der Höhle wollte stark werden ganz unbedingt, erbarmungslos und einzig auf sich bedacht zog es Säfte und Kräfte an sich auf Kosten der Tragenden, es fraß sie auf, ohne sich Böses noch Gutes dabei zu denken, und wenn es seine Auffassung der Sachlage zu äußern gewußt oder auch nur eine gehabt hätte, so hätte sie dahin gelautet, die Mutter sei nur ein Mittel zu seiner Munterkeit, nichts weiter als Schutz und nährende Berge seiner Erstarkung, bestimmt, als nutzlose Hülse und Schale am Wege liegen zu bleiben, wenn es, das einzig wichtige Ding, erst ausgeschlüpft sein werde. Es konnte das weder sagen noch denken, doch seine innerste Meinung war es ganz unverkennbar, und Rahel lächelte entschuldigend dazu. Es ist nicht immer so, daß Mutterschaft in diesem Grade gleichbedeutend mit Opfer ist, es muß nicht sein. In Rahel aber erwies die Natur diese Gesinnung, hatte es schon in Josephs Falle deutlich getan, doch nicht so unumwunden und Jaakob nicht so erschreckend wie diesmal.

Seine Erbitterung gegen die älteren Söhne, gegen Schimeon und Levi zumal, die störrigen Dioskuren, ob ihrer Schekemer Schreckenstat kam namentlich aus seiner Angst um Rahel. Nie wäre es ihm in den Sinn gekommen, mit der schwachen Schwangeren, in der nur die Frucht stark war, auf Reisen zu gehen. Nun hatten die tollen Buben ihm dies angerichtet um ihrer Ehre und Rache willen. Die Sinnlosen! Genau jetzt mußten sie Männer erschlagen im Zorn und Stiere lähmen im Mutwillen. Sie waren Lea-Kinder, wie Dina, für die sie würgten. Was ging sie die Zartheit der Liebsten und Rechten an und des Vaters Sorge um sie? Nicht mit einem ihrer wilden Gedanken hatten sie Rücksicht darauf genommen. Nun war es an dem, man mußte fort. Acht Monde und mehr waren es schon, daß Rahel sich ihm eröffnet hatte; es waren gezählte Monde, Rahel-Monde; während sie wuchsen und abnahmen, wuchs in ihr das Kind, und sie nahm ab. Das runde Jahr hatte in Blumen von vorn begonnen, man stand im sechsten Monde, dem Ellul,

Hochsommerglut herrschte, gute Wanderzeit war das nicht, aber dem Jaakob blieb keine Wahl. Rahel mußte aufs Reittier, – er gab ihr einen klugen Esel, damit nicht ihr Zustand der Schaukelbewegung des Kamelrittes ausgesetzt werde. Sie saß auf des Tieres Hinterhand, wo es am wenigsten stößt, und zwei Knechte mußten es führen, denen Prügelstrafe drohte, falls es strauchelte oder sein Fuß nur an einen Stein rührte. So brach man auf mit den Herden. Das Endziel war Hebron, wohin der Großteil des Stammes gerade durchziehen sollte. Für sich selbst, die Frauen und einigen Anhang aber hatte Jaakob als Zwischenziel und nächste Zuflucht die Stätte Beth-el ins Auge gefaßt, deren Heiligkeit ihm gegen Verfolgung und Angriff Schutz gewähren würde, an der er aber auch im Gedenken an die Nacht der Haupterhebung und des Rampentraumes wieder zu ruhen wünschte.

Dies war Jaakobs Fehler. Er hatte zwei Leidenschaften: Gott und Rahel. Hier kam die eine der anderen in die Quere, und während er sich der geistlichen hingab, beschwor er das Verhängnis auf die irdische herab. Er hätte können gerade auf Kirjath Arba ziehen, das bei stetiger Reise in vier oder fünf Tagen zu erreichen gewesen wäre; und wäre wirklich Rahel auch dort gestorben, so wäre es wenigstens nicht so hilflos und arm am Wegesrande geschehen. Aber er verweilte sich mit ihr mehrere Tage lang bei der Stätte Luz zu Beth-el auf dem Hügel, wo er einst im Elend geschlafen und hoch geträumt hatte; denn in Not und Gefahr war er auch jetzt und ganz in der Verfassung, sich wieder von oben das Haupt erheben und großen Zuspruch geschehen zu lassen. Der Gilgal war unverletzt, mit dem schwärzlichen Sternenstein in der Mitte. Jaakob zeigte ihn den Seinen und wies ihnen auch die Stelle, wo er geschlafen hatte und überschwenglichen Gesichtes gewürdigt worden war. Der Stein, der ihm dazu das Haupt erhoben und den er gesalbt hatte, war nicht mehr da, was ihn verstimmte. Er richtete einen anderen auf, den er mit Öl besprengte, und beschäftigte sich überhaupt diese ganzen Tage hin mit allerlei dienstlichen Handlungen, Feuerdarbringungen und Libationen, mit deren Vorbereitung er es genau nahm; denn er bestand darauf, die Stätte, die er über alle Bedeutung hinaus, die man ihr hierzulande schon immer beigelegt, als einen Ort der Gegenwart erkannt hatte, würdig und praktisch zum Dienste auszugestalten und nicht nur einen Feuerherd aus Erde zu erbauen, um Nahrung für Ja darauf in Rauch aufgehen zu lassen, sondern auch das hervorragende Felsgestein der Hügelkuppe zu einem Gottestisch mit hinanführenden Stufen und einer Plattform zuzuhauen, in deren Mitte eine Spendeschale nebst Ablaufsrinne eingebohrt und gewetzt werden mußte. Das war mühsam, und der die Arbeiten leitende Jaakob ließ es sich Zeit kosten. Die Seinen sahen ihm zu, den Anweisungen lauschend; aber auch aus Luz, dem Städtchen, kamen viele Neugierige herauf und füllten liegend oder auf ihren Fersen sitzend den freien Platz vor dem Altar, indem sie nachdenklich und unter halblautem Meinungsaustausch die Vorkehrungen des wandernden Gottkünders und Freipriesters beobachteten. Sie sahen nichts auffallend Neues, doch war ihnen des würdigen Fremden Absicht deutlich, dem Üblichen einen ausnehmend starken und selbst abweichenden Sinn beizulegen. Zum Beispiel bedeutete er sie, die Hörner an den vier Ecken seines Darbringungstisches seien nicht Mondhörner, durchaus nicht die Stierhörner des Mardug-Baal; es seien Widderhörner. Darüber wunderten sie sich und besprachen es vielfach. Da er den Herrn anrief, Adonai, glaubten sie eine Zeitlang, es handle sich um den Schönen, Zerrissenen und Erstandenen, mußten sich aber dann überzeugen, daß jemand anders gemeint sei. Den Namen des El erfuhren sie nicht. Daß er Jisrael heiße, erwies sich als Irrtum; so hieß vielmehr der Mann Jaakob selbst, erstens für seine Person und dann zusammen mit allen, deren

Glaubenshaupt er war; daher ging eine Weile die Meinung um, er selbst sei der Gott der Widderhörner oder gebe vor, es zu sein, doch wurde das richtiggestellt. Man konnte kein Bild von dem Gotte machen, denn er hatte zwar einen Körper, aber keine Gestalt; er war Feuer und Wolke. Das sagte einigen zu, anderen widerstand es. Auf jeden Fall war dem Manne Jaakob anzusehen, daß er sich über sein Gotteswesen bedeutende Gedanken machte, wenn auch eine gewisse Besorgtheit, eine Art von Gram dabei in seinen klugen und feierlichen Mienen zu beobachten war. Er sah wundervoll aus, als er dort oben eigenhändig das Zicklein stach, das Blut hinlaufen ließ und die Hörner, die keine Mondhörner waren, damit bestrich. Auch Wein und Öl wurden reichlich vor dem Unbekannten vergossen und Brote herangebracht, – der Opferer mußte reich sein, was viele einnahm für ihn sowohl als für seinen Gott. Des Zickleins beste Stücke ließ er in Rauch aufgehen, der lieblich duftete von Samim und Besamim; vom Übrigen wurde ein Mahl gekocht, und teils um daran teilnehmen zu dürfen, teils auch in wirklicher Gewonnenheit durch des Wanderers große Person, erklärten mehrere Städter, fortan dem Gotte Jisraels opfern zu wollen, wenn auch nur nebenbei und unter Wahrung des angestammten Dienstes. Fast allen hatte während dieser Handlungen und Annäherungen die unglaubliche Schönheit des jüngsten Jaakobssohnes, Joseph geheißen, es angetan. Sie küßten die Fingerspitzen, wo er sich zeigte, schlugen die Hände über dem Kopf zusammen, segneten ihre Augen und wollten vor Lachen vergehen, da er sich selbst mit bezwingender Unverschämtheit als den Liebling der Eltern bezeichnete und diese Vorzugsstellung mit seinen körperlichen und geistigen Reizen begründete. Sie genossen den schelmischen Übermut mit jener pädagogischen Verantwortungslosigkeit, die unser Verhältnis zu anderer Leute Kindern bestimmt.

Die Spätstunden dieser Tage verbrachte Jaakob in betrachtender Zurückgezogenheit, indem er sich auf Offenbarungsträume vorbereitete, die ihm zur Nacht etwa vergönnt sein mochten. Solche stellten sich auch ein, wenn auch nicht in der überwältigenden Anschaulichkeit dessen, den er als Jüngling hier geträumt. Groß, allgemein, erhebend und unbestimmt redete die Stimme zu ihm von Fruchtbarkeit und Zukunft, vom Fleischesbunde mit Abram und am eindringlichsten von dem Namen, den der Schläfer sich mit angstvoller Kraft am Jabbok errungen und den sie ihm gewaltig bestätigte, indem sie seinen alten und ursprünglichen gleichsam verbot und austilgte und den neuen zu ausschließlicher Geltung erhob, was den Lauschenden mit herzaufstörendem Neuerungsgefühle erfüllte, als geschehe ein Schnitt, das Alte falle zurück, und in jungem Anfange ständen Zeit und Welt. Dies drückte sich in seiner Miene aus im Wandel des Tages, und es scheuten ihn alle. Tief und mühsam beschäftigt, schien er Rahels dringlichen Zustand vergessen zu haben, und niemand unterstand sich, ihn zu mahnen, am wenigsten die Hochhoffende, die ihr leibliches Interesse an schleunigem Weiterkommen hinter sein geistiges Sinnen liebend-bescheiden zurückstellte. – Endlich befahl er den Aufbruch.

Vom Ölberge bei Jebus, das auch Uru-schalim hieß und wo ein chetitischer Mann namens Putichepa im Auftrage des ägyptischen Ammun den Hirten und Steuereinnehmer machte, hätte man den Reisezug beobachten können und tat es wohl auch, wie er als winzige Figurengruppe im Bogen sich hinbewegte von Beth-el her durch das weite, sommerlich verbrannte Hügelland, die Stätte Jebus links liegen ließ und die Richtung nach Süden, aufs Haus des Lachama oder Beth-Lachem, nahm. Jaakob hätte nicht übel Lust gehabt, in Jebus einzukehren, um sich mit den Priestern über die im Westen des Landes beheimatete Sonnengottheit Schalim zu unterhalten, nach der die Stadt ihren zweiten Namen hatte; denn auch ein Gespräch über fremde und falsche Götter regte ihn geistlich an und war seiner inneren Arbeit am Bilde des Wahren und Einzigen zuträglich; aber die Geschichten von Schekem und was die Söhne an der Besatzung und ihrem Hauptmanne Beset getan, war sehr möglicherweise längst zu den Ohren des Ammunmannes und Hirten Putichepa gelangt und legte dem Reisenden Vorsicht auf. Dagegen mochte er zu Beth-Lachem, dem Brothause, mit den Räucherern des Lachama das Wesen dieser Erscheinungsform des Erstandenen und des Ernährers erörtern, zu dessen Kult schon Abraham freundlich interessierte und bedingt-verwandtschaftliche Glaubensbeziehungen unterhalten hatte. Er freute sich, die Stadt von ihrem Sitze grüßen zu sehen. Es war später Nachmittag. Unter einer bläulich-gewitterigen Wolkenwand hervor sandte die gen Westen gesunkene und verdeckte Sonne breite Lichtbündel strahlenförmig auf die Berglandschaft herab, so daß die umringte Siedelung droben weiß darin erschimmerte. Staub und Stein waren verklärt von dieser abgeblendeten und feierlich gebrochenen Offenbarung des Lichtes, die Jaakobs Herz mit stolzer und frommer Empfindung des Göttlichen erfüllte. Zur Rechten, hinter einer Mauer aus lokkeren Steinen, lagen Weinberge, violett getönt. Kleine Fruchtfelder füllten die Lücken zwischen dem Geröll zur Linken des Weges. Ferneres Gebirge wollte sich in einer Art von durchsichtigem Dämmern verfärben und entstofflichen. Ein sehr alter, großenteils hohler Maulbeerbaum neigte seinen Stamm, von aufeinandergestellten Steinen gestützt, über den Weg. Hier ritt man eben vorbei, als Rahel ohnmächtig vom Tiere sank.

Seit Stunden schon hatten die Wehen leise begonnen, aber um Jaakob nicht zu beunruhigen, die Reise nicht aufzuhalten, hatte sie es verschwiegen. Jetzt, unvermittelt, kam die Not mit einem Stoß und Schlage so wild und reißend über sie, daß der Schwachen, von ihrer kräftigen Frucht Ausgehöhlten sogleich die Sinne vergingen. Jaakobs hoch und prächtig gesatteltes

Dromedar ging ungeheißen in die Knie, um seinen Reiter absitzen zu lassen. Er rief nach einem alten Sklavenweibe, einer Gutäerin von jenseits des Tigris, die, gelehrt in Weiberangelegenheiten, schon im Labanshause manche Niederkunft als Wehmutter geleitet hatte. Man legte die Kreißende unter den Maulbeerbaum und schleppte Polster. Wenn es die Würze nicht war, die man ihr zu atmen gab, so waren es neue Schmerzen, die sie aus der Bewußtlosigkeit aufriefen. Sie versprach, ihr nicht wieder anheimzufallen.

»Wach und arbeitsam will ich sein fortan«, sprach sie kurzatmig, »damit ich's fördere und dir die Reise nicht lange stokken lasse, lieber Herr. Daß es jetzt über mich kommen mußte, nahe dem Ziel! Aber siehe, man wählt die Stunde nicht.«

»Hat nichts auf sich, meine Taube«, erwiderte Jaakob leicht. Und unwillkürlich murmelte er einen Text, mit dem man zu Naharin Ea anging in Nöten: »Ihr habt uns geschaffen, möge denn abgewehrt werden Krankheit, Sumpffieber, Schüttelfrost, Unglück.« Auch die Gutäerin sagte dergleichen auf, indem sie der Herrin ein erprobtes Amulett aus eigenem Besitze umhing, zu denen, die sie schon trug; da es aber die arme Rahel wieder hart ankam, redete sie ihr in ihrem gebrochenen Babylonisch schwätzend zu und sprach:

»Sei nur getrost, Fruchtbare, und halte aus, wenn's dir auch zusetzt wie wild! Diesen Sohn wirst du auch haben, zu dem einen, das sehe ich in meiner Weisheit, und soll dein Auge nicht auslaufen, ehe du ihn erschaust; denn das Kind ist sehr rege.«

Rege war es, das einzig wichtige Ding. Aufs entschiedenste erachtete es seine Stunde für gekommen, strebte heraus ans Licht und wollte abwerfen die Mutterhülle. Es gebar sich gleichsam selbst, ungeduldig den schmalen Schoß bestürmend, kaum unterstützt, trotz herzlicher Willensbereitschaft, von der, die es selig empfangen und mit ihrem Leben herangenährt hatte, aber es nicht hervorzubringen wußte. Es half wenig, daß die Alte ihr summend und ratend die Glieder ordnete zu nützlichem Tun, sie anwies, wie sie zu atmen, wie Kinn und Knie zu halten habe. Die Stürme der Qual rissen alle Arbeitsordnung dahin, daß sich die Gepeinigte regellos krampfig wand und warf, in kaltem Schweiß und mit bläulichen Lippen, in sich selber verbissen. »Ai! Ai!« schrie sie und rief abwechselnd die Götter Babels und den des Erzeugers an. Als es Nacht geworden und die Barke des Mondes silbern heraufgeschwommen war überm Gebirge, sagte sie, aus einer Ohnmacht erwachend:

»Rahel wird sterben.«

Alle schrien auf, die umher kauerten, Lea, die Muttermägde und was an Weibern sonst zugelassen war, und streckten beschwörend die Arme aus. Dann setzte verstärkt ihr eintöniges Sprüchemurmeln wieder ein, das wie das Summen eines Bienenschwarms fast ohne Unterbrechung das Geschehen begleitete. Jaakob, in dessen Arm der Kopf der Verzagenden lag, brachte erst nach längerer Pause tonlos hervor:

»Was sagst du!«

Sie schüttelte den Kopf mit dem Versuch eines Lächelns. Ein Stillstand war eingetreten, während dessen der Lebensstürmer in seiner Höhle mit sich zu Rate zu gehen schien. Da die Nothelferin diese Ruhe halb guthieß und meinte, sie könne lange währen, wollte Jaakob vorschlagen, daß man benutze die Unterbrechung, eine sanfte Trage herstelle für Rahel und weiterziehe das geringe Stück Feldweges, nach Beth-Lachem in die Herberge. Aber Rahel wollte nicht so.

»Hier hat's begonnen«, sprach sie mit mühsamen Lippen, »hier soll sich's vollenden. Und wer weiß, ob überall Raum für uns ist in der Herberge? Wehmutter irrt. Gleich will ich wieder rüstig ans Schaffen gehen, daß ich dir unseren Zweiten bringe, Jaakob, mein Mann.«

Die Ärmste, es konnte von Rüstigkeit auf ihrer Seite auch

nicht im entferntesten die Rede sein, und sie täuschte sich selbst nicht darüber mit solchen Worten. Was sie im Tiefsten dachte und wußte, hatte sie ausgesprochen, und sie ließ ihr Wissen und heimliches Denken neuerdings durchblicken, als sie im Laufe der Nacht, zwischen zwei Zeiten wüster Marter, mit schon herzschwach gedunsenen und schwer beweglichen Lippen auf den Namen zu sprechen kam, den man dem Zweiten verleihen solle. Sie fragte den Jaakob nach seinen Ansichten, und er erwiderte:

»Siehe, er ist der Sohn der einzig Rechten und soll Ben-Jamin heißen.«

»Nein«, sagte sie, »sei nicht böse, ich weiß es besser. Ben-Oni soll dieses Lebenden Name sein. So sollt ihr heißen den Herrn, den ich dir bringe, und er soll Mami's gedenken, die ihn schön ausbildete nach deinem und ihrem Bilde.«

Es gehörte Jaakobs Übung in weitläufigen geistigen Kombinationen dazu, daß er sie, fast ohne nachdenken zu müssen, verstand. Mami oder »Die weise Ma-ma« war ein volkstümlicher Name Ischtars, der Göttermutter und Menschenbildnerin, von der man sagte, daß sie Männlein und Weiblein schön forme nach ihrem eigenen Bilde; und aus Schwäche und Witz ließ Rahel die Person der göttlichen Bildnerin und ihr eigenes Mutter-Ich undeutlich ineinanderlaufen, was um so leichter geschah, als Joseph sie oftmals »Mami« nannte. Der Name »Ben-Oni« aber bedeutete für den Wissenden, dessen Gedanken den rechten Bogen schlugen, »Sohn des Todes«. Sie wußte gewiß nicht mehr, daß sie sich schon verraten hatte, und wollte den Jaakob behutsam nötigen, beizeiten Fühlung zu nehmen mit dem, was ihres Wissens herankam, damit es ihn nicht träfe als jäher Schlag und er den Verstand verlöre.

»Benjamin, Benjamin«, sagte er weinend. »Mitnichten Benoni!« Und hier war es, wo er zum erstenmal, über sie hin und hinauf in die silbrige Weltennacht, gleichsam als Eingeständnis seines Begreifens, die Frage richtete:

»Herr, was tust du?«

In solchen Fällen erfolgt keine Antwort. Aber der Ruhm der Menschenseele ist es, daß sie durch dieses Schweigen nicht an Gott irre wird, sondern die Majestät des Unbegreiflichen zu erfassen und daran zu wachsen vermag. Seitwärts summte und litaneite das chaldäische Weiber- und Sklavenvolk seine Zaubereien, mit denen es starke und unverständige Mächte zum menschlich Wünschenswerten anzuhalten hoffte. Aber Jaakob hatte nie so deutlich begriffen wie in diesen Stunden, warum dies falsch war, und warum Abram sich von Ur in Bewegung gesetzt hatte. Sein Aufblick ins Ungeheuere war entsetzensvoll, aber nicht ohne Kraft des Schauens, und seine Arbeit am Göttlichen, die sich immer als ein Ausdruck von Besorgnis in seiner Miene abzeichnete, erfuhr in dieser furchtbaren Nacht eine Förderung, die eine gewisse Verwandtschaft mit Rahels Qualen hatte. Auch war es ganz nach dem Sinn ihrer Liebe, daß Jaakob, ihr Mann, doch geistlichen Vorteil hatte von ihrem Sterben.

Das Kind kam zur Welt gegen Ende der letzten Nachtwache, als der Himmel sich bleich erhellte, vor Morgenrot. Gewaltsam mußte die Alte es aus dem armen Schoße reißen, denn es erstickte. Rahel, die nicht mehr schreien konnte, verging in Ohnmacht. Viel Blut stürzte nach, so daß der Puls an ihrer Hand nicht mehr schlug, sondern nur wie ein dünnes Rinnsal dahinlief, das sich verlor. Doch sah sie des Kindes Leben und lächelte. Sie lebte noch eine Stunde. Als man den Joseph vor sie brachte, erkannte sie ihn nicht.

Daß sie zum letzten Male die Augen aufschlug, war, als der Osten sich eben zu röten begann, und auch in ihr Antlitz fiel Morgenrot. Sie blickte in Jaakobs Angesicht auf, das über ihr war, kniff etwas die Lider zusammen und lallte:

»Ei, siehe, ein Fremder! … Warum solltest du mich wohl küssen dürfen? Ist es, weil du der Vetter bist aus der Ferne, und weil wir Urvaters Kinder sind beide zumal? Darum, so küsse mich, und es frohlocken die Hirten am Brunnenstein: Lu, lu, lu!«

Er küßte sie zitternd zum letztenmal. Sie sprach ferner:

»Siehe, du wälztest den Stein für mich mit Manneskraft, Jaakob, mein Lieber. Wälze ihn nun von der Grube ein andermal und bette ein das Labanskind, denn ich gehe von dir dahin. – Wie ist doch alle Last von mir genommen, Kindeslast, Lebenslast, und es wird Nacht. – Jaakob, mein Mann, verzeihe, daß ich dir unfruchtbar war und brachte dir nur zwei Söhne, aber die zweie doch, Jehosiph, den Gesegneten, und Todessöhnchen, das Kleine, ach, ich gehe so schwer von ihnen dahin. – Und auch von dir gehe ich schwer, Jaakob, Geliebter, denn wir waren einander die Rechten. Ohne Rahel mußt du's nun sinnend ausmachen, wer Gott ist. Mache es aus und leb wohl. – Und verzeih auch«, hauchte sie schließlich, »daß ich die Teraphim stahl.« Da ging der Tod über ihr Antlitz und löschte es aus.

Das Summen der Beschwörer verstummte auf ein Zeichen von Jaakobs Hand. Alle fielen auf ihre Stirnen. Aber er saß, ihr Haupt in seinen Armen noch immer, und seine Tränen fielen still und unversieglich auf ihre Brust. Über eine Weile fragten sie ihn, ob man nun solle eine Bahre richten und die Tote nach Beth-Lachem oder Hebron führen, sie zu begraben.

»Nein«, sprach er, »hier hat's begonnen, hier soll's vollendet sein, und wo Er's tat, da soll sie liegen. Hebet ein Grab aus und höhlt ihr die Grube an der Mauer dort! Nehmet fein Leinen aus dem Gepäck, sie einzuhüllen, und erlest einen Stein zum Mal auf das Grab und zu ihrem Gedenken. Danach wird Israel weiterziehen, ohne Rahel und mit dem Kinde.«

Während die Männer gruben, lösten Weiber ihr Haar und legten die Brüste bloß, mischten Staub mit Wasser, sich damit zu besudeln um dieses Leides willen, und stimmten zur Flöte die Klage an »Weh um die Schwester«, indem sie die Hand auf den Scheitel warfen und mit der anderen die Brüste schlugen. Jaakob aber hielt Rahels Haupt im Arm, bis sie sie ihm nahmen.

Als über der Liebsten die Erde sich geschlossen, an der Stelle, wo Gott sie ihm nahm, am Wege, zog Jisrael weiter fort und schlug zwischenein sein Lager auf bei Migdal Eder, einem Turme der Urzeit. Da sündigte Ruben mit Bilha, der Kebse, und ward verflucht. 5

ENDE DES ERSTEN ROMANS

DER JUNGE JOSEPH

Roman:

DER JUNGE JOSEPH

ERSTES HAUPTSTÜCK: THOT

Von der Schönheit

Da heißt es nun: Joseph war siebzehn Jahre alt, da er ein Hirte des Viehs ward mit seinen Brüdern; und der Knabe war bei den
5 Kindern Bilha's und Silpa's, der Weiber seines Vaters. Das ist richtig, und was hinzugefügt wurde im Schönen Gespräch: daß er vor ihren Vater gebracht habe, wo ein bös Geschrei wider die Brüder war, davon kennen wir Proben. Ohne Schwierigkeit ließe sich ein Gesichtswinkel finden, unter dem gesehen er ein
10 unausstehlicher Bengel war. Es war der Standpunkt der Brüder. Wir teilen ihn nicht, oder verlassen ihn sofort, nachdem wir ihn einen Augenblick eingenommen; denn Joseph war mehr. Die Angaben aber, exakt wie sie sind, bedürfen eine nach der anderen der Erläuterung, damit die Sachlage deutlich werde und
15 recht aufgehe, was eng zusammengeschrumpft durch Gewesenheit.

Joseph war siebzehn Jahre alt und in den Augen aller, die ihn sahen, der Schönste unter den Menschenkindern. Offengestanden sprechen wir nicht gern von Schönheit. Geht nicht Lange-
20 weile von dem Wort und Begriffe aus? Ist Schönheit nicht ein Gedanke erhabener Blässe, ein Schulmeistertraum? Man sagt, sie beruhe auf Gesetzen; aber das Gesetz redet zum Verstande, nicht zum Gefühl, das sich von jenem nicht gängeln läßt. Daher die Ödigkeit vollkommener Schönheit, bei der es nichts zu
25 verzeihen gibt. Wirklich will das Gefühl etwas zu verzeihen haben, sonst wendet sich's gähnend ab. Das bloß Vollkommene mit Begeisterung zu würdigen, bedarf es einer Ergebenheit für das Gedachte und Vorbildliche, die Schulmeistersache ist. Es ist schwer, dieser gedachten Begeisterung Tiefe zuzuschreiben.
30 Das Gesetz bindet auf äußerlich lehrhafte Weise; innere Bindung bewirkt nur der Zauber. Schönheit ist magische Gefühls-

wirksamkeit, immer halb wahnhaft, sehr schwankend und zerstörbar eben als Wirkung. Setze einem schönen Körper ein garstiges Haupt auf, und auch der Körper wird nicht mehr schön sein in irgendeinem gefühlswirksamen Sinne – höchstens im Dunkeln, aber dann handelt sich's um Betrug. Wieviel Betrug, Gaukelei, Fopperei ist einschlägig ins Gebiet des Schönen! Und warum? Weil es zugleich und auf einmal das Gebiet der Liebe und des Verlangens ist; weil das Geschlecht sich einmischt und den Begriff der Schönheit bestimmt. Die anekdotische Welt ist voll von Geschichtchen, wie als Weiber verkleidete Jünglinge Männern die Köpfe verdrehten, Fräuleins in Hosen die Leidenschaft von ihresgleichen entfachten. Die Entdeckung genügte, jedes Gefühl zu dämpfen, da die Schönheit unpraktisch geworden war. Menschenschönheit als Gefühlswirksamkeit ist vielleicht nichts als Geschlechtszauber, Anschaulichkeit der Geschlechtsidee, so daß man besser von einem vollkommenen Mann, einem höchst weiblichen Weibe als von einem schönen redete und nur mit verständiger Überwindung eine Frau die andere, ein Mann den anderen schön heißen wird. Fälle, in denen Schönheit über die Eigenschaft des offenbar Unpraktischen triumphiert und unbedingte Gefühlswirksamkeit bewährt, sind in der Minderheit, kommen aber nachweislich vor. Hier tritt das Moment der Jugend ins Spiel, also ein Zauber, den das Gefühl mit Schönheit zu verwechseln sehr geneigt ist, so daß Jugend, wenn nicht gar zu störende Gebrechen ihre Anziehung lähmen, meistens einfach als Schönheit empfunden wird – und zwar auch von ihr selbst, wie ihr Lächeln unmißverständlich bekundet. Ihrer ist die Anmut: eine Erscheinungsform der Schönheit, die ihrer Natur nach zwischen dem Männlichen und Weiblichen eine schwebende Mitte hält. Ein Jüngling von siebzehn ist nicht schön im Sinne vollkommener Männlichkeit. Er ist auch nicht schön im Sinne einer bloß unpraktischen Weiblichkeit – die wenigsten würde das anziehen. Aber so viel ist zuzugeben, daß Schönheit als Jugendanmut seelisch und ausdrucksweise immer ein wenig ins Weibliche spielt; das liegt in ihrem Wesen, ihrem zarten Verhältnis zur Welt und dem Verhältnis der Welt zu ihr begründet und malt sich in ihrem Lächeln. Mit siebzehn, das ist wahr, kann einer schöner sein als Weib und Mann, schön wie Weib und Mann, schön von beiden Seiten her und auf alle Weise, hübsch und schön, daß es zum Gaffen und Sichvergaffen ist für Weib und Mann.

So war es mit Rahels Sohn, und darum heißt es, daß er der Schönste war unter den Menschenkindern. Das war eine übertreibende Lobpreisung, denn seinesgleichen gab und gibt es die Menge, und seit der Mensch nicht mehr das Amphibium oder Reptil spielt, sondern seinen Weg zum Körperlich-Göttlichen schon recht weitgehend verfolgt hat, ist es nichts Ungewöhnliches, daß ein Siebzehnjähriger so schlanke Beine und schmale Hüften, einen so wohlgestalteten Thorax, eine so goldbraune Haut der beifälligen Anschauung entgegenstellt; daß er weder zu lang noch zu gedrungen, sondern genau angenehm von Wuchs erscheint, daß er auf halbwegs göttliche Weise zu gehen und zu stehen weiß und seine Bildung zwischen Zartheit und Kraft eine schwebende Anmutsmitte hält. Es hat auch nichts Außerordentliches, daß auf einem solchen Körper kein Hundskopf, sondern etwas sehr Gewinnendes, mit annähernd göttlichem Menschenmund Lächelndes sitzt – das kommt alle Tage vor. Aber in Josephs Welt und Kreise war es nun gerade seine Person und Gegenwart, die die Gefühlswirksamkeit des Schönen übte, und allgemein fand man, daß auf seine Lippen, die bestimmt zu voll gewesen wären ohne ihre Bewegung im Sprechen und Lächeln, Huld vergossen habe der Ewige. Diese Huld war angefochten, es gab hie und da Widerwillen dagegen, aber der Widerwille leugnete nichts, und man kann nicht sagen, daß er sich eigentlich von dem herrschenden Gefühle ausgeschlossen hätte. Vieles spricht jedenfalls dafür, daß der Haß der Brüder im wesentlichen nichts anderes war als die allgemeine Verliebtheit mit verneinendem Vorzeichen.

Der Hirte

So viel von Josephs Schönheit und seinen siebzehn Jahren. Daß er ein Hirte des Viehs war mit seinen Brüdern, nämlich mit den Kindern Bilha's und Silpa's, will auch erläutert, nach einer Seite ergänzt, nach der anderen eingeschränkt sein.

Jaakob, der Gesegnete, war ein Fremdling im Lande, ein Ger, wie man sagte, ein Gast und ansehnlich Geduldeter, – nicht weil er so lange außer Landes gelebt hatte, sondern von Hause aus, nach Erbe und Stand, als Sohn seiner Väter, die ebenfalls Gerim gewesen waren. Seine Würde war nicht die eines haussässigen Bürgers von städtischem Herrengeschlecht; Weisheit und Reichtum, sie beide zusammen, und das Gepräge, das sie seiner Person und Haltung verliehen, waren ihre Quelle, nicht seine Lebensform, die halb locker und, wenn auch gesetzlich, so doch, wie man sagen möchte, von einer geordneten Zweideutigkeit war. Er wohnte in Zelten vor Hebrons Mauerbereich, wie er ehedem vor Sichems Toren gewohnt, und mochte sich aufheben eines Tages, um wieder andere Brunnen und Weiden zu suchen. War er also ein Bedu und Kainssprosse mit dem Zeichen der Unstetheit und der Räuberei an der Stirn, ein Greuel und Schrecken Städtern und Bauern? Das ganz und gar nicht. In der Todfeindschaft gegen Amalek unterschied sein Gott sich nicht von den Landesbaalen, – er, Jaakob, hatte es mehrfach bewiesen, indem er sein Hofvolk bewaffnet hatte, damit es, zusammen mit den Städtern und rindviehhaltenden Bauern, das kamelzüchtende, mit Stammeszeichen bemalte Gelichter der südlichen Wüste zurückschlage, das anschwärmte, um zu plündern. Doch war er auch wieder kein Bauer – mit Bewußtsein und ausdrücklich nicht; es hätte seinem religiösen Selbstgefühl widersprochen, das nicht mit dem von der Sonne geröteter Schollenbesteller übereinstimmte. Und außerdem hatte er als Ger und geduldeter Schutzbürger kein Recht auf Landbesitz, seine Wohnstätten ausgenommen. Er hatte ein wenig Ackerland in Pacht, bald dies, bald jenes Stück, ein ebengebreitetes oder ein abschüssig felsiges, mit fruchtbarer Erde zwischen dem Gestein, die Weizen und Gerste trug. Er ließ es von den Söhnen und Knechten bestellen – auch den Sämann und Schnitter also machte Joseph zuweilen, nicht nur den Hirten, wie übrigens jedermann weiß. Doch war diese lose Wirtschaft nur wenig bestimmend für Jaakobs Dasein, ein Nebenbei, an dem er ohne Herzlichkeit festhielt, um ein wenig Bodenständigkeit hervorzukehren. Was ihm in Wahrheit Lebensschwere verlieh, war sein beweglich wimmelnder Reichtum, es waren die Herden, für deren Erträgnisse er allen Überfluß eintauschte an Korn und Most, Öl, Feigen, Granatäpfeln, Honig und auch an Silber und Gold –, und dieser Besitz bestimmte sein Verhältnis zu Städtern und Landleuten, ein vertragsreiches und vielfach geregeltes Verhältnis, das seine Lokkerheit bürgerlich festigte.

Zum Unterhalt der Herden bedurfte es geschäftsfreundlicher Beziehungen zu den Ansässigen, den handeltreibenden Städtern und den Bauern, die ihnen fronten oder zinsten. Weiderechte mußten gütlich und gültig gegen die und die Abgaben vereinbart werden mit den Leuten Baals, wenn Jaakob nicht unstet und flüchtig leben wollte, als Wanderräuber, der den Besitzenden ins Gehege brach und ihnen die Äcker verwüstete: verbriefte Befugnisse, sein Gewimmel zu treiben in die Stoppeln und es rupfend dahingehen zu lassen über das Brachland. Dieses aber nahm ab zu der Zeit in den Bergen hier; schon lange war Friede und Segenszeit, nicht lagen die Reisestraßen stille, der landbewuchernde Städter ward fett vom Karawanenhandel, von Stapel-, Umschlags- und Geleitgeldern für Waren, die vom Lande Mardugs über Damask auf der Straße östlich des Jardên durch diese Gegend ans große Meer und von da ins Land des Schlammes oder in entgegengesetzter Richtung gingen; er häufte den Grundbesitz, den er durch Hörige und Schuldsklaven bewirtschaften ließ und dessen Erträge ihn fett machten außer den Handelsvorteilen, so daß er, wie Ischullanu's Söhne den Laban, durch Kapitalvorschüsse auch freie Bauern sich unterwerfen mochte; die Besiedelung nahm zu und die Beackerung; es blieb nicht allzuviel Weiderevier, und so kam es, daß das Land den Jaakob nicht trug, wie einst die Auen von Sodom den Abram und Lot zusammen nicht getragen. Er mußte sich teilen; größere Mengen seiner Bestände rupften verträglich nicht hier, sondern fünf Tagereisen nördlicher im Lande, dort, wo Jaakob vordem gesiedelt hatte, im quellreichen Tale von Schekem, und dort hüteten meist die Lea-Söhne, von Ruben bis Sebulun, während nur die vier von Bilha und Silpa nebst den beiden Rahelsreisern beim Vater wohnten, also daß es wie mit den Bildern des Tierkreisgürtels war, von denen auch nur sechs auf einmal sichtbar, die anderen sechs aber dem Auge entzogen sind, worauf als auf Gleichnis und Abbild hinzuweisen Joseph sich nicht nehmen ließ. Damit ist nicht gesagt, daß nicht auch die Fernen herangekommen wären, wenn es bei Hebron besondere Arbeit gab, zum Beispiel zur Erntezeit – es ist sogar wichtig. Aber meistens waren sie fern um vier bis fünf Tagereisen. Das ist ebenso wichtig, und darum heißt es, der Knabe Joseph sei bei den Kindern der Mägde gewesen, es ist die Erklärung.

Die Arbeit nun aber, die Joseph mit den Brüdern auf Feld und Weide leistete, tat er nicht alle Tage, – man darf sie nicht allzu ernst nehmen. Nicht jederzeit war er ein Hirte des Viehs oder öffnete den Acker zur Wintersaat, wenn er weich war vom

Regen, sondern nur dann und wann tat er das, zwischendurch, wenn es ihm einfiel, nach seinem Belieben. Jaakob, der Vater, gönnte ihm viel freie Zeit zu höheren Beschäftigungen, die gleich zu kennzeichnen sein werden. In welcher Eigenschaft aber war er mit jenen, wenn er es war, – als ihr Gehilfe oder ihr Aufseher? Das blieb den Brüdern auf anstößige Weise zweifelhaft, denn angewiesen von ihnen als der Jüngste, und zwar barsch genug, leistete er ihnen zwar leichte Dienste, hielt sich aber in ihrer Mitte nicht recht als ihresgleichen, nicht als Zugehöriger und Einverstandener ihrer Sohnesgemeinschaft gegen den Alten, sondern als dessen Vertreter und Sendling, der sie bespähte, so daß sie ihn ungern bei sich sahen, sich aber auch wieder ärgerten, wenn er nach Belieben zu Hause blieb.

Der Unterricht

Was tat er dort? Er saß mit dem alten Eliezer unter dem Gottesbaum, der großen Terebinthe nahe dem Brunnen, und trieb die Wissenschaften.

Von Eliezer sagten die Leute, er gleiche dem Abram von Angesicht. Sie konnten das im Grunde nicht wissen, denn niemand von ihnen hatte den Chaldäer gesehen, noch war irgendein Bild und Gleichnis seines Äußeren durch die Jahrhunderte überliefert, und die behauptete Ähnlichkeit Eliezers mit ihm konnte nur umgekehrt zu verstehen sein: Wenn man sich von der Person des Urwanderers und Freundes Gottes ein Bild zu machen suchte, so mochten Eliezers Züge wohl dabei zur Hilfeleistung taugen: und zwar nicht sowohl, weil sie groß und würdig waren, wie seine Gestalt und Haltung, sondern vielmehr noch, weil ihnen etwas ruhig Allgemeines und göttlich Nichtssagendes eigentümlich war, das es erleichterte, sein Bild auf ein ehrwürdig Unbekanntes der Vorzeit zu übertragen. Er war von Jaakobs Jahren, etwas älter als dieser, und trug sich ähnlich wie er, halb beduhaft, halb nach der Art der Leute von Sinear, mit Fransenfalbeln auf seinem Kleide, an dessen Gürtelschärpe sein Schreibzeug steckte. Seine Stirn, soweit das Kopftuch sie frei ließ, war klar und ohne Runzeln. Die noch dunklen Brauen liefen von der breiten und wenig vertieften Nasenwurzel in schmalen und flachen Bogen zu den Schläfen, und darunter waren die Augen so geartet, daß die oberen und unteren, fast wimperlosen Lider, schwer und gleichsam geschwollen, wie Lippen wirkten, zwischen denen die schwarzen Augäpfel gewölbt hervortraten. Mit breitem Rücken senkte die engnüstrige Nase sich gegen den schmalen Schnurrbart, der, von den Mundwinkeln abwärtslaufend, dem weißgelben Barte des Untergesichts auflag und unter dem, gleichbreit von Winkel zu Winkel, der rötliche Bogen der Unterlippe hing. Der Ansatz des Bartes an den Wangen, die ihn, mit vielen kleinen Sprüngen in der gelblichen Haut, überwölbten, war ganz besonders ebenmäßig, so daß man den Eindruck gewinnen konnte, als sei dieser Bart an den Ohren befestigt und man könne ihn abnehmen. Ja, noch mehr, das ganze Gesicht erweckte die Vorstellung, es sei abnehmbar, und darunter möchte erst Eliezers eigentliches Gesicht sich befinden: dem Joseph als Knaben schien es in manchen Augenblicken so.

Über Eliezers Person und Herkunft waren verschiedene irrtümliche Nachrichten in Umlauf, denen weiter unten entgegengetreten werden soll. Er war Jaakobs Hausvogt und Ältester Knecht, lese- und schreibkundig und Josephs Lehrer, das sei hier genug.

»Sage mir, Sohn der Rechten«, fragte er ihn wohl, wenn sie miteinander im Schatten des Unterweisungsbaumes saßen: »aus welchen drei Gründen schuf Gott den Menschen als letztes nach allem Gewächs und Getier?«

Dann mußte Joseph antworten:

»Am allerletzten schuf Gott den Menschen erstens, damit

niemand sagen könne, er habe mitgewirkt bei den Werken; zum zweiten um des Menschen Demütigung willen, damit er sich sage: ›Die Schmeißfliege ging mir voran‹, und drittens, damit er sich alsobald zum Mahle setzen könnte, als der Gast, für den alle Vorbereitungen getroffen.«

Hierauf erwiderte Eliezer zufrieden: »Du sagst es«, und Joseph lachte.

Aber das war das wenigste. Es war nur ein Beispiel statt vieler für die Übungen des Scharfsinns und des Gedächtnisses, denen der Junge sich zu unterziehen hatte, auch für die Ur-Schnurren und Histörchen, die Eliezer ihm schon in zartem Alter überlieferte und mit deren Wiedergabe Joseph dann huldreichen Mundes die Leute bezauberte, die ohnedies närrisch vor Bewunderung waren ob seiner Schönheit. So hatte er am Brunnen den Vater zu unterhalten und abzulenken versucht durch die Nachricht und Fabel vom Namen, und wie Ischchara, die Jungfrau, ihn dem lüsternen Boten abgefragt. Denn nicht sobald hatte sie damals den wahrhaften und unverstellten erfahren, als sie ihn angerufen hatte und kraft seiner aufgefahren war, unversehrt an ihrer Jungfräulichkeit, indem sie Semhazai, dem Begehrlichen, ein Schnippchen schlug. Droben hatte der Herr sie sehr beifällig aufgenommen und zu ihr gesprochen: »Da du der Sünde entflohen bist, wollen wir dir unter den Sternen deinen Platz anweisen.« Und das war der Ursprung des Bildes der Jungfrau. Semhazai, der Bote, aber hatte nicht mehr empor gekonnt, sondern müssen im Staube bleiben bis auf den Tag, da Jaakob, Jizchaks Sohn, zu Beth-el den Traum von der Himmelsleiter geträumt. Erst auf dieser Leiter und Rampe hatte er wieder heimsteigen können, tief beschämt, daß er es nicht vermochte außer in eines Menschen Traum.

War das Wissenschaft zu nennen? Nein, es war kaum halb wahr und dem Geist nur ein Schmuck, war aber geeignet, das Gemüt vorzubereiten auf die Empfängnis des Strengeren und heilig Genauen. So erlernte Joseph von Eliezer das Weltall, nämlich das himmlische, dreigeteilte, das sich aus oberem Himmel, aus des Tierkreises himmlischer Erde und dem südlichen Himmelsmeer vorbildlich zusammensetzte; denn genau entsprach ihm das irdische, das ebenfalls in drei Teile – Lufthimmel, Erdreich und irdischen Ozean – zerfiel. Dieser, so lernte er, umlief die Erdscheibe wie ein Band, war aber auch unter ihr, so daß er zur Zeit der großen Flut durch alle Spalten brechen und seine Wasser mit denen des herabstürzenden himmlischen Meeres vereinen mochte. Aber das Erdreich war anzuschauen ganz wie das Festgestampfte und die himmlische Erde dort oben als ein Bergland mit zwei Spitzen, dem Sonnen- und Mondgipfel, Horeb und Sinai.

Sonne und Mond bildeten zusammen mit fünf anderen Wandelnden die Siebenzahl der Planeten und Befehlsträger, die in sieben Kreisen unterschiedlichen Umfanges am Damme des Tierkreises dahingingen, so daß dieser einem siebenstufigen Rundturme glich, dessen Terrassenringe emporführten zum obersten Nordhimmel und Herrschersitz. Dort war Gott, und es funkelte sein heiliger Berg wie von feurigen Steinen, so wie Hermon im Schnee herfunkelte über das Land von Norden. Auf den weiß schimmernden Herrscherberg der Ferne, den man überall und auch von dem Baume aus sah, wies Eliezer hin bei seiner Lehre, und Joseph unterschied nicht, was himmlisch und was irdisch war.

Er lernte das Wunder und das Geheimnis der Zahl, die Sechzig, die Zwölf, die Sieben, die Vier, die Drei, die Göttlichkeit des Maßes und wie alles stimmte und einander entsprach, so daß es ein Staunen war und eine Anbetung des großen Einklanges.

Zwölf waren es der Tierkreisbilder, und sie bildeten die Stationen des großen Umlaufs. Das waren die zwölf Monate zu dreißig Tagen. Aber dem großen Gange entsprach der kleine, denn teilte man auch ihn in die zwölf Abschnitte, so war da ein

Zeitraum, sechzigmal so groß wie die Sonnenscheibe, und das war die Doppelstunde. Sie war der Monat des Tages und erwies sich als ebenso sinnreich teilbar. Denn der Durchmesser der Sonnenscheibe war genau so oft in der an den Tagesgleichen sichtbaren Sonnenbahn enthalten, wie das Jahr Tage hatte, nämlich dreihundertsechzigmal, und an eben diesen Tagen dauerte der Aufgang der Sonne von dem Augenblick an, da ihr oberster Rand überm Horizont erschien, bis zu dem, da die Scheibe vollkommen war, den sechzigsten Teil einer Doppelstunde. Siehe, das war die Doppelminute; und wie aus Sommer und Winter der große Kreislauf wurde, aus Tag und Nacht der kleine, so kamen von den zwölf Doppelstunden zwölf einfache je auf den Tag und die Nacht und sechzig einfache Minuten auf je eine Stunde des Tages und der Nacht.

War das Ordnung, Harmonie und Wohlsein?

Merke nur weiter, Dumuzi, wahrhafter Sohn! Mache deinen Sinn hell, scharf und heiter!

Sieben waren es der Wandelnden und der Befehlsübermittler, und ein Tag war jedem zu eigen. Aber sieben war auch die Zahl des Mondes im besonderen, der da den Weg der Götter, seiner Brüder, bahnte: nämlich die Zahl seiner Viertel, die siebentägig waren. Sonne und Mond waren zwei, wie alles in Welt und Leben und wie Ja und Nein. Darum konnte man die Planeten anordnen als zwei und fünf – mit wieviel Recht auch von seiten der Fünf! Denn diese stand in schönstem Verhältnis zur Zwölf, insofern fünfmal zwölf die schon als heilig erwiesene Sechzig ergaben, in dem allerschönsten aber auch zur heiligen Sieben, denn fünf und sieben waren zwölf. War das alles? Nein, man gewann bei dieser Anordnung und Sonderung eine fünftägige Planetenwoche, und zweiundsiebzig ihrer Art kamen aufs Jahr; fünf aber war die Zahl, mit der man die Zweiundsiebzig vervielfachen mußte, damit sich die herrliche Dreihundertsechzig ergab, – Summe zugleich der Tage im Jahr und

Ergebniszahl jener Teilung der Sonnenbahn durch die längste Linie, die auf der Scheibe zu ziehen.

Das war glänzend.

Man konnte die Planeten aber auch anordnen als drei und vier, mit der erhabensten Befugnis von beiden Seiten her. Denn drei war die Zahl der Regenten des Tierkreises, Sonne, Mond und Ischtar. Sie war überdies die Weltzahl, sie bestimmte oben und unten die Gliederung des Alls. Auf der anderen Seite war vier die Zahl der Weltgegenden, denen die Tageszeiten entsprachen; sie war auch die Zahl der von je einem Planeten verwalteten Teile, in welche die Sonnenbahn zerfiel, und obendrein die des Mondes und des Ischtarsterns, welche vier Zustände zeigten. Was aber ergab sich, wenn man die Drei mit der Vier vervielfältigte? Es ergab sich die Zwölf!

Joseph lachte. Eliezer aber erhob seine Hände und sprach: »Adonai!«

Wie fügte es sich, daß, wenn man die Tage des Mondes mit der Zahl seiner Zustände, nämlich vier, teilte, sich wieder die siebentägige Woche ergab? Das war Sein Finger.

Mit all diesem spielte Jung-Joseph unter des Alten Aufsicht wie mit Bällen und unterhielt sich gewinnbringend. Er sah ein, daß der Mensch, dem Gott Verstand gegeben, damit er das Heilige, aber nicht ganz Stimmende verbessere, die dreihundertsechzig Tage mit dem Sonnenjahr ausgleichen müsse, indem man zum Schlusse fünf Tage einschaltete. Das waren böse und arge Tage, Drachen- und Fluchtage winternächtigen Gepräges; erst wenn sie vorüberwaren, erschien der Frühling, und Segenszeit waltete. Die Fünf gewann hier ein unleidliches Ansehen. Aber sehr übel war auch die Dreizehn, und warum? Weil die zwölf Mondmonate nur dreihundertvierundfünfzig Tage hatten und von Zeit zu Zeit Schaltmonate eingeschoben werden mußten, die dem dreizehnten Tierkreiszeichen, dem Raben, entsprachen. Ihre Überschüssigkeit stempelte die Dreizehn zur Unglückszahl, wie auch der Rabe ein heilloser Vogel war. Darum wäre Benoni-Benjamin beinahe gestorben, da er durch den Paß der Geburt gleichwie durch den Hohlweg zwischen den Gipfeln des Weltberges ging, und fast erlegen im Kampf gegen die Macht der Unterwelt, weil er Jaakobs Dreizehnter war. Aber Dina war angenommen worden als Ersatzopfer, und sie verdarb.

Es war gut, das Notwendige einzusehen und Gottes Gemütsart dabei zu durchdringen. Denn sein Zahlenwunder war nicht ganz tadellos, und der Mensch mußte es verständig ins gleiche bringen; auf der Berichtigung aber lag Fluch und Unheil, und selbst die Zwölf, sonst immer so schön, wurde ominös dabei, denn sie war es, mit der man die dreihundertvierundfünfzig Tage des Mondjahrs auf die dreihundertsechsundsechzig des Mond-Sonnenjahres bringen mußte. Nahm man aber dreihundertfünfundsechzig als Zahl der Tage an, so fehlte immer, wie Joseph ausrechnen mußte, ein Viertel Tag, und diese Unstimmigkeit schwoll im Gange der Umläufe, so daß deren eintausendvierhundertundsechzig ein ganzes Jahr daraus machten. Das war die Periode des Hundssternes; und Josephs raumzeitliche Anschauung wuchs nun ins Übermenschliche, sie drang von kleinen Kreisen zu immer ungeheuereren vor, die sie weit umliefen, zu geschlossenen Jahren von schaudervoller Ausdehnung. Schon der Tag war ein kleines Jahr mit seinen Zeiten, mit Sommershelle und Wintersnacht, und beschlossen waren die Tage im großen Kreislauf. Aber dieser war nur vergleichsweise groß, und eintausendvierhundertundsechzig davon schlossen sich umfassend zum Hundssternjahre. Die Welt aber bestand aus dem übergewaltigen Ab- und Rundlauf größter – oder vielleicht auch wieder noch nicht endgültig größter – Jahre, von denen ein jedes seinen Sommer und Winter hatte. Dieser trat ein, wenn alle Gestirne sich im Sternbilde des Wasserschöpfers oder der Fische trafen, jener, wenn sie es im Zeichen des Löwen oder des Krebses taten. Mit einer Flut begann jeder Winter, und jeder Sommer mit einer Feuersbrunst, also daß zwischen einem Anfangs- und einem Endpunkt alle Weltumläufe und großen Kreisgänge sich vollzogen. Jeder davon umfaßte vierhundertzweiunddreißigtausend Jahre und war die genaueste Wiederholung aller vorangegangenen, da ja die Gestirne in dieselbe Lage zurückgekehrt waren und im großen und kleinen die gleichen Wirkungen herbeiführen mußten. Darum hießen die Weltumläufte »Erneuerungen des Lebens«, auch wohl »Wiederholungen des Gewesenen«, auch wohl »Ewige Wiederkehr«. Außerdem war ihr Name »Olâm«, »Das Äon«; Gott aber war der Herr der Äonen, El olâm, der durch die Äonen Lebende, Chai olâm, und Er war es, der dem Menschen hatte olâm ins Herz gegeben, nämlich die Fähigkeit, die Äonen zu denken und sich damit in gewissem Sinne ebenfalls zu ihrem Meister aufzuschwingen …

Das war ein stolzer Unterricht. Joseph unterhielt sich in großem Stil. Denn was wußte Eliezer nicht sonst noch alles! Geheimnisse, die das Lernen zu einem großen und schmeichelhaften Vergnügen machten, eben weil es Geheimnisse waren, die auf Erden nur eine kleine Anzahl verschwiegener Erzgescheiter in Tempeln und Bauhütten wußte, nicht aber der große Haufe. So wußte und lehrte Eliezer, die babylonische Doppelelle sei die Länge des Pendels, das sechzig Doppelschwingungen in der Doppelminute mache. Joseph, so geschwätzig er war, sagte es niemandem weiter; denn es erwies aufs neue die Heiligkeit der Sechzig, die, mit der schönen Sechs vervielfältigt, die hochheilige Dreihundertundsechzig ergab.

Er lernte die Längen- und Wegesmaße und leitete sie von seinem eigenen Gange und vom Gange der Sonne auf einmal ab, was nicht vermessen war, wie Eliezer ihn versicherte, denn der Mensch war das kleine All, das dem großen genau entsprach, und so spielten die heiligen Zahlen des Umlaufs ihre

Rolle in dem ganzen Gebäude des Maßes und in der Zeit, die Raum wurde.

Sie wurde Hohlraum und damit Gewicht; und Joseph lernte die Werte und Zahlungsschweren in Gold, Silber und Kupfer nach der gewöhnlichen und der königlichen, der babylonischen und der phönizischen Norm. Er übte sich in kaufmännischen Berechnungen, verwandelte Kupfer- in Silberwerte, tauschte einen Ochsen gegen die Mengen von Öl, Wein und Weizen ein, die seinem Metallwert entsprachen, und war so quicken Geistes dabei, daß Jaakob, wenn er zuhörte, mit der Zunge schnalzte und sprach:

»Wie ein Engel! Ganz wie ein Engel des Araboth!«

Zu alldem lernte Joseph das Notwendigste von den Krankheiten und Heilstoffen, vom menschlichen Körper, der sich nach der kosmischen Dreizahl aus festen, flüssigen und luftförmigen Stoffen zusammensetzte. Er lernte die Körperteile den Tierkreisbildern und den Planeten zuzuordnen, das Nierenfett als überwertig zu schätzen, da das von ihm umlagerte Organ mit denjenigen der Zeugung in Zusammenhang stand und den Sitz der Lebenskraft bildete, die Leber als Ausgangspunkt der Gemütserregungen zu erkennen und sich an der Hand eines in Felder geteilten und vielfach beschriebenen Tonmodells das Lehrsystem einzuprägen, nach welchem die Eingeweide ein Spiegel des Zukünftigen und eine Quelle verlässiger Omina waren. – Dann lernte er die Völker des Erdkreises.

Es waren ihrer siebzig oder wahrscheinlich zweiundsiebzig, da dies die Zahl der Fünferwochen des Jahres war, und die Art einiger von ihnen, zu leben und anzubeten, war ungeheuerlich. In erster Linie galt dies von den Barbaren des letzten Nordens, die das Land Magog bewohnten, weit über Hermons Höhen und noch über das Land Chanigalbat, nördlich vom Taurus, hinaus. Aber entsetzlich war auch der äußerste Westen, Tarschisch genannt, wohin, jeder Furcht bar, Männer von Sidon gelangt waren, indem sie das Große Grüne in unendlich vielen Tagen der Länge nach durchschifft hatten. Auch nach Kittim, das meinte Sizilien, waren, versessen auf Ferne und Austausch, die Leute von Sidon und Gebal auf diesem Wege gedrungen und hatten dort Niederlassungen gegründet. Viel hatten sie getan, den Erdkreis bekannt zu machen: nicht gerade, damit der weise Eliezer Lehrstoff erhalte, sondern in dem Drang, Außensitzende zu besuchen und ihnen ihre Purpurstoffe und künstlichen Stickereien aufzuschwatzen. Es gab Winde, die sie gleichsam von selbst nach Cypern oder Alaschia und nach Dodanim, das war Rhodos, führten. Ohne allzu wilde Fährlichkeiten waren sie von da nach Muzriland und Ägypten vorgestoßen, von wo eine dem Handelsgeist holde Meeresströmung ihre Schiffe in die Heimat zurücktrug. Aber die Leute Ägyptens selbst hatten Kusch unterworfen und der Wissenschaft aufgetan, die Negerländer nilaufwärts gen Mittag. Sie hatten sich ein Herz gefaßt, waren ebenfalls zu Schiffe gegangen und hatten die Weihrauchländer am untersten Roten Meere ausfindig gemacht, Punt, das Reich des Phönix. Im äußersten Süden lag Ophir, das Goldland, der Kunde nach. Was den Aufgang betraf, so war ein König in Elam, den man noch nicht hatte befragen können, ob er nach seiner Himmelsrichtung über sich selbst hinauszublicken vermöchte. Wahrscheinlich nicht.

Dies ist nur ein Auszug von dem, was Eliezer dem Joseph unter dem Gottesbaum einprägte. Der Jüngling aber schrieb alles auf nach der Anweisung des Alten und las es, den Kopf auf der Schulter, sich selber vor, bis er es auswendig wußte. Das Lesen und Schreiben war selbstverständlich die Grundlage von allem und begleitete alles; denn es wäre sonst nur ein verwehendes Hörensagen und Wiedervergessenwerden gewesen unter den Menschen. Darum mußte Joseph sehr gerade hocken unter dem Baum, die Knie gespreizt, und in seinem Schoße das Schreibzeug halten, die Tontafel, in die er mit dem Griffel keilförmige Zeichen grub, oder die geklebten Blätter aus Schilfgewebe, das geglättete Stück Schaf- oder Ziegenhaut, darauf er mit dem faserig zerkauten oder spitz zugeschnittenen Rohr seine Krähenfüße aneinanderreihte, indem er es in den roten und den schwarzen Napf seiner Tuschtafel tauchte. Abwechselnd schrieb er die Landes- und Menschenschrift, die zur Befestigung seiner täglichen Redeweise und Mundart taugte und in der sich Handelsbriefe und -aufstellungen nach phönizischem Muster am säuberlichsten zu Blatt bringen ließen, – und auch wieder die Gottesschrift, die amtlich-heilige von Babel, die Schrift des Gesetzes, der Lehre und der Mären, für die es den Ton gab und den Griffel. Eliezer besaß zahlreiche und schöne Muster davon, Schriftstücke, die die Sterne betrafen, Hymnen an Mond und Sonne, Zeittafeln, Wetterchroniken, Steuerlisten sowie Bruchstücke großer Versfabeln der Urzeit, die erlogen waren, doch mit so kecker Feierlichkeit in Worte gebracht, daß sie dem Geiste wirklich wurden. Diese handelten von der Welt- und Menschenschöpfung, von Mardugs Kampf mit dem Drachen, von Ischtars Erhöhung aus dienender Stellung zur Königsherrschaft und ihrer Höllenfahrt, vom Gebärkraut und Lebenswasser, von den erstaunlichen Befahrnissen Adapa's, Etana's und jenes Gilgamesch, dessen Leib Götterfleisch war und dem es dennoch auf keine Weise gelang, das ewige Leben zu erwerben. Dies alles las Joseph mit dem Zeigefinger und schrieb es ab in züchtiger Haltung, ungebückt, nur die Lider gesenkt. Er las und schrieb von Etana's Freundschaft mit dem Adler, der ihn gegen den Himmel Anu's trug; und so hoch gelangten sie in der Tat, daß das Land unter ihnen wie ein Kuchen und das Meer wie ein Brotkorb war. Als aber beides ganz verschwunden gewesen, hatte den Etana leider die Furcht gepackt, und mitsamt dem Adler war er in die Tiefe gestürzt – ein beschämender Ausgang. Joseph hoffte, daß er sich anders halten würde als Held Etana, gegebenen Falles; doch besser als dessen Geschichte gefiel ihm die des Waldmenschen Engidu und wie die Dirne aus Uruk, der Stadt, ihn zur Gesittung bekehrte: wie sie den Viehischen lehrte, mit Manier zu essen und zu trinken, mit Öl sich zu salben und Kleider zu tragen, kurz, einem Menschen und Städter zu gleichen. Das zog ihn an, er fand es vorzüglich, wie die Dirne den Steppenwolf zustutzte, nachdem sie ihn durch ein Liebesleben von sechs Tagen und sieben Nächten für die Verfeinerung empfänglich gemacht. Die Babelsprache ging ihm in dunkler Pracht von den Lippen, wenn er diese Reihen aufsagte, so daß Eliezer den Saum küßte von seines Schülers Kleid und ausrief:

»Heil dir, Sohn einer Lieblichen! Deine Fortschritte sind glänzend, und wirst über ein kleines der Mazkir sein eines Fürsten und eines großen Königs Erinnerer! Gedenke an mich, wenn du in dein Reich kommst!«

Danach schlenderte Joseph wieder hinaus zu den Brüdern aufs Feld oder auf die Weide, um ihnen leichte Dienste zu leisten als Jungknecht. Sie aber sprachen, indem sie die Zähne bloßlegten:

»Seht, da kommt er geschlendert, der Laffe mit Tintenfingern, und hat Steine gelesen von vor der Flut! Will er so gut sein, die Geißen zu melken, oder will er nur lauern, ob wir vielleicht Stücke Fleisches herausschneiden den Tieren für unseren Kochtopf? Ach, käme es nur auf unsere Lust an, ihn zu verprügeln, er sollte nicht leer ausgehen, wie es nun leider geschehen muß von wegen der Furcht Jaakobs!«

Von Körper und Geist

Führt man die schwere Trübung des Verhältnisses zwischen Joseph und seinen Brüdern, wie sie sich im Laufe der Jahre herausbildete, vom Einzelnen aufs Allgemeine, von den Reibereien und Mißhelligkeiten des Tages auf ihre grundlegenden

Ursachen zurück, so stößt man auf Neid und Dünkel als erste und letzte Gründe; und wer Gerechtigkeit liebt, wird es schwer haben zu entscheiden, ob diesem, ob jenem Laster, ob also, persönlich gesprochen, dem Einen oder der Schar, die auf immer bedrohlichere Art gemeinsame Sache gegen ihn machte, die Hauptschuld an allem Unglück zuzuschreiben sei. Gerechtigkeit eben und der redliche Wunsch, sich jeder Parteilichkeit, zu der er versucht sein könnte, zu entschlagen, wird einen solchen vielleicht bestimmen, den Dünkel hier als der Übel erstes und als Quelle des Unheils zu rügen; aber dann wird wiederum Gerechtigkeit es sein, die ihn zu gestehen anhält, daß nicht oft in der Welt es so viel Anlaß zum Dünkel – und damit freilich auch zum Neide – gegeben hat wie hier und damals.

Es ist selten, daß Schönheit und Wissenschaft sich auf Erden zusammenfinden. Wohl oder übel ist man gewöhnt, die Gelehrsamkeit als häßlich, die Anmut aber als geistlos, und zwar – was eben zur Anmut gehört – als geistlos mit gutem Gewissen vorzustellen, da sie Schrift, Geist und Weisheit nicht nur nicht nötig hat, sondern sogar Gefahr liefe, durch sie entstellt und zerstört zu werden. Die exemplarische Überbrückung der Kluft nun aber, die zwischen Geist und Schönheit gesetzt ist, die Vereinigung beider Auszeichnungen im Einzelwesen erscheint als Aufhebung einer Spannung, die man als im Natürlich-Menschlichen begründet anzusehen gewohnt ist, und läßt ganz unwillkürlich an Göttliches denken. Das unbefangene Auge ruht auf solchem Vorkommnis göttlicher Spannungslosigkeit notwendig mit reinstem Entzücken, während es ganz danach angetan ist, die bittersten Empfindungen auszulösen bei solchen, die Grund haben, sich durch sein Licht verkürzt und verdunkelt zu finden.

So war es hier. Das glückliche Einverständnis, das gewisse Erscheinungen im Menschenherzen erregen und das man sachlich ihre Schönheit nennt, machte im Falle von Rahels Erstgeborenem sich mit solcher Unverbrüchlichkeit fühlbar; man fand ihn – ob wir nun diesem Enthusiasmus ganz zu folgen vermögen oder nicht – dermaßen hübsch, daß seine Anmut frühzeitig und ein gutes Stück ins Land hinein sprichwörtlich wurde. Und ihr war es gegeben, das Geistige und seine Künste in sich einzubeziehen, es mit heiterem Eifer zu ergreifen, in sich zu nehmen und es, geprägt mit ihrem Siegel, dem Siegel der Anmut, wieder aus sich zu entlassen, so daß zwischen beiden, zwischen Schönheit und Geist, kein Gegensatz und fast kein Unterschied mehr bestand. Wir sagten, die Aufhebung ihrer natürlichen Spannung habe göttlich anmuten müssen. Das ist wohl zu verstehen. Nicht ins Göttliche hob sie sich auf – denn Joseph war ein Mensch, dazu ein recht fehlbarer, und zu gesunden Verstandes, um das nicht jederzeit im Grunde wohl zu wissen; aber sie hob sich im Göttlichen auf; nämlich im Monde.

Wir waren Zeugen einer Szene, sehr kennzeichnend für die körperlich-geistigen Beziehungen, die Joseph zu diesem zauberhaften Gestirne pflegte – hinter dem Rücken seines Vaters, wie sich versteht, welcher, hinzukommend, nichts Eiligeres zu tun gehabt hatte, als die Entblößung zu rügen, mit der sein Ein und alles der nackten Schönheit dort oben liebäugelnd begegnet war. Mit dem Wesen des Mondes aber verband sich dem Jungen mehr als nur der Gedanke des Schönheitszaubers: auch und ebenso enge verband sich ihm damit die Idee der Weisheit und des Schrifttums, denn der Mond war das Himmelsbild Thots, des weißen Pavians und Erfinders der Zeichen, des Sprechers und Schreibers der Götter, Aufzeichners ihrer Worte und Schutzherrn derer, die schrieben. Schönheits- und Zeichenzauber auf einmal und als Einheit also war es gewesen, was ihn damals berauscht und seinem einsamen Kult das Gepräge gegeben hatte, – einem etwas abwegigen, wirren und zur Ausartung geneigten Kult, wohl geeignet, den Vater zu beunruhigen, aber ebendarum leicht ins Trunkene hinüberspielend, weil die Gefühle des Körperlichen und Geistigen auf eine entzückende Art darin durcheinandergerieten.

Ohne Zweifel hegt und besitzt jeder Mensch, mehr oder weniger bewußt, eine Vorstellung, einen Lieblingsgedanken, der die Quelle seines heimlichen Entzückens bildet und von dem sein Lebensgefühl gespeist und aufrechterhalten wird. Diese reizende Idee war für Joseph das Zusammenwohnen von Körper und Geist, Schönheit und Weisheit und das wechselseitig einander verstärkende Bewußtsein beider. Chaldäische Reisende und Sklaven hatten ihm erzählt, wie zum Zwecke der Menschenschöpfung Bel sich den Kopf habe abschlagen lassen, wie sein Blut sich mit Erde vermischt habe und aus dem blutigen Erdklumpen Lebewesen seien erschaffen worden. Er glaubte das nicht; aber wenn er sein Dasein empfinden und sich auf eine heimliche Art seiner freuen wollte, so erinnerte er sich jener blutigen Vermengung des Erdigen mit dem Göttlichen, fühlte sich, eigentümlich beglückt, selbst als von solcher Substanz und bedachte lächelnd, daß das Bewußtsein des Körpers und der Schönheit verbessert und verstärkt sein müsse durch das Bewußtsein des Geistes, sowie dieses durch jenes.

Was er glaubte, war, daß der Geist Gottes, den die Leute von Sinear »Mummu« nannten, über den Chaoswassern gebrütet und durch das Wort die Welt erschaffen hatte. Er dachte: Man denke! Durch das Wort, das freie und auswärtige Wort war die Welt entstanden, und selbst heute noch – mochte ein Ding auch vorhanden sein, so war es in Wahrheit doch eigentlich erst vorhanden, wenn ihm der Mensch im Worte Dasein verliehen und es benannt hatte. Sollte da nicht auch ein hübscher und schöner Kopf von der Wichtigkeit wörtlicher Weisheit sich überzeugen?

Wie sehr aber mußten solche Neigungen und ihre von Jaakob aus mehreren, gleich anzuführenden Gründen geförderte Pflege den Joseph absondern von den Söhnen Lea's und der Mägde, und wieviel Keime zur Hoffart hier, zur Mißgunst dort trug diese Absonderung in sich! Es widersteht unserm Griffel, die Brüder und Stammhalter, deren Namen noch heute jedes Kind mit Recht nach der Reihenfolge ihrer Geburt auswendig lernt, in Bausch und Bogen als recht gewöhnliche Burschen zu bezeichnen. Wenigstens auf ein paar von ihnen, wie auf Jehuda, der ein verwickelter und geplagter Charakter war, aber auch auf den grundanständigen Ruben träfe das übrigens nur unvollkommen zu. Erstens jedoch konnte von Schönheit bei denen so wenig, die dem Joseph an Jugend näher waren, wie bei denen, die schon hoch in den Zwanzigern standen, als er siebzehn zählte, im entferntesten die Rede sein, obgleich sie rüstige Leute waren und namentlich die Lea-Sprossen, allen voran Re'uben, aber auch Schimeon, Levi und Jehuda, sich eines athletischen Wuchses erfreuten; und was nun gar Wort und Weisheit betraf, so gab es keinen unter ihnen, der sich nicht geradezu eine Ehre daraus gemacht hätte, nicht das geringste davon zu halten und zu verstehen. Von Bilha's Naphtali hieß es wohl früh schon, daß er »schöne Rede zu geben wisse«, aber dies Urteil beruhte auf volkstümlich bescheidenen Ansprüchen, und Naphtalis Redegabe lief alles in allem auf eine ziemlich untergeordnete Zungenfertigkeit hinaus, die wissenschaftlich ungegründet war und mit Höherem nichts zu tun hatte. Sie waren allesamt, was Joseph, um recht in ihrer Gemeinschaft aufzugehen, auch hätte sein müssen: Hirten und gelegentlich, an zweiter Stelle, auch feldbestellende Bauern, – höchst achtbar in beiden Eigenschaften und voller Aufsässigkeit gegen denjenigen, der sich mit des Vaters Erlaubnis einbildete, es auch sein zu können, aber nur nebenbei und gleichsam mit der linken Hand, indem er gleichzeitig den Schreiber und Tafelleser spielte. Bevor unter ihnen der Spitzname für Joseph aufkam, unter dem sie ihn am bittersten haßten: »Der Träumer von Träumen«, nannten sie ihn spottend Noah-Utnapischtim, den Erzgescheiten, den Leser von Steinen von vor der Flut. Er seinerseits, um ihnen zu antworten, nannte sie »Hundsköpfe« und »Leute, die nicht wissen, was Gut und Böse ist«, – nannte sie so ins Gesicht hinein, gedeckt einzig und allein durch die Furcht Jaakobs, ohne die sie ihn braun und blau geprügelt hätten. Wir würden das ungern gesehen haben; aber seine schönen Augen sollten uns nicht verleiten, die Antwort weniger tadelnswert zu finden als den Spott. Im Gegenteil; denn wozu nützt Weisheit, wenn sie nicht einmal vor Hochmut zu schützen vermag?

Und wie verhielt Jaakob, der Vater, sich zu alldem? Er war kein Gelehrter. Er sprach natürlich neben seiner südkanaanäischen Mundart das Babylonische, dieses sogar besser als jenes, aber das Ägyptische nicht, schon deshalb nicht, weil er, wie wir ihm anmerkten, alles Ägyptische mißbilligte und verabscheute. Was er von diesem Lande wußte, ließ es ihm als die Heimat der Fronfuchtel und der Unmoralität auf einmal erscheinen. Die staatliche Dienstbarkeit, die dort offenbar das Leben bestimmte, beleidigte seinen ererbten Sinn für Unabhängigkeit und Selbstverantwortung, und der Tier- und Totenkult, der drunten in Blüte stand, war ihm ein Greuel und eine Narrheit, – dieser in noch höherem Grade als jener, denn aller Dienst am Unterirdischen, das aber schon sehr früh, schon beim Irdischen begann, schon beim Samenkorn, das in der Erde fruchtbar verweste, war ihm gleichbedeutend mit Unzucht. Er nannte das schlammige Land dort unten nicht »Keme« oder »Mizraim«, er nannte es »Scheol«, die Hölle, das Totenreich; und seine geistlich-sittliche Abneigung erstreckte sich auch auf das übertriebene Ansehen, in dem, wie man hörte, alles Schreibertum dortzulande stand. Seine eigene Übung auf diesem Gebiet ging kaum etwas weiter als bis zur Zeichnung seines Namens, wenn er ihn unter rechtliche Verträge zu setzen hatte, wobei er ihn aber meistens auch nur stempelte. Weiteres der Art überließ er dem Eliezer, seinem Ältesten Knecht, und mochte es tun; denn die Fertigkeiten unserer Diener sind unsere Fertigkeiten, und Jaakobs Würdenschwere beruhte auf solchen nicht. Sie war freien, ursprünglichen und persönlichen Wesens, sie gründete sich auf die Macht seines Fühlens und Erlebens, das ein kluges und bedeutendes Erfüllen von Geschichten war; sie entstammte einer natürlichen Geistigkeit, die, jedem spürbar, von ihm ausstrahlte, und war das Übergewicht eines Mannes von Eingebung, Traumkühnheit, Gottesunmittelbarkeit, der eigentlicher Schreibwissenschaft leicht entraten mochte. Es wäre wenig schicklich, einen Vergleich anzustellen, auf den Eliezer selbst in seinem Leben nicht verfallen wäre. Aber wäre es wohl seine Sache gewesen, den Traum von der Himmelsrampe zu träumen oder mit Gottes Hilfe im Naturbereiche Entdeckungen zu machen, wie die des Sympathiezaubers zur Erzeugung gesprenkelten Kleinviehs? Nie und nimmer!

Warum denn nun aber begünstigte Jaakob Josephs literarische Ausbildung durch den Schreibknecht und sah mit Wohlgefallen einer Belehrung zu, deren Gefahren für den Jungen und sein Verhältnis zu den Brüdern ihm nicht entgehen konnte? Das hatte zwei Gründe, Gründe der Liebe alle beide, der eine ehrgeiziger Art, der andere von sorgend-erzieherischer. Lea, die Verschmähte, hatte wohl gewußt, was sie sagte, als sie sich selbst und ihres Leibes Söhnen bei Josephs Geburt prophezeit hatte, nun würden sie alle vor Jaakob zu Nichtsen werden und leicht wie Luft. Seit dem Tage, der ihm das Kind der Rechten, Dumuzi, das Reis, den Sohn der Jungfrau, geschenkt, war Jaakob nur auf das eine aus: diesen Spätgekommenen vor die Früheren zu setzen, an ihre Spitze, an den obersten Platz und ihm, der doch nur Rahels Erster war, die Erstgeburt überhaupt zuzuspielen. Sein Zorn, als Re'uben sich mit Bilha so schlimm vergangen hatte, war echt genug gewesen, sehr echt und aufrichtig zweifellos, außerdem aber auch etwas gespielt und im Ausdruck zweckmäßig verstärkt. Joseph hatte es nicht gewußt, oder nur halb gewußt, aber als er damals dem Vater das Vorgefallene mit kindlich-boshaften Worten enthüllt hatte, war Jaakobs erster Gedanke gewesen: Jetzt kann ich dem Großen fluchen, und der Platz für den Kleinen wird frei! Ebenweil er sich bewußt war, so gedacht zu haben, und auch wohl aus Scheu vor der Erbitterung derer, die nach Ruben kamen, hatte er nicht gewagt, die Gelegenheit gleich aufs letzte auszunutzen und Joseph ausdrücklich an des Missetäters Stelle zu setzen. Vielmehr ließ er die Dinge in der Schwebe, indem er, abwartend, seinem Liebling den Ehrenplatz, den Platz des Erbes und der Erwählung, gleichsam offenhielt. Denn um die Erberwählung, den Segen Abrams handelte es sich, den Jaakob trug, den er an Esau's Statt vom Blinden empfangen hatte und bei dessen Weitergabe auch er es nicht mit so rechten Dingen wünschte zugehen zu lassen, daß sie zu falschen würden. War es nur irgend einzurichten, so sollte das hohe Gut Josephs sein, der sichtbarlich, im Fleische wie im Geist, besser taugte es zu empfangen als der zugleich schwere und leichtsinnige Ruben; und jedes Mittel war recht, um seine höhere Eignung auch nach außen, auch anderen, auch den Brüdern selbst offenkundig zu machen, zum Beispiel die Wissenschaft. Die Zeiten änderten sich: bisher hatten Abrams geistliche Erben Gelehrsamkeit nicht nötig gehabt, Jaakob für seine Person hatte sie nicht entbehrt. In Zukunft aber, wer wußte, würde es vielleicht, wenn nicht notwendig, so doch nützlich und wünschenswert sein, daß der Gesegnete auch ein Studierter sei. Groß oder klein – auf jeden Fall war es ein Vorzug, und Joseph konnte vor den Brüdern nicht genug Vorzüge haben.

Dies war der eine Grund von Jaakobs Zustimmung. Der andere lag tiefer im Väterlich-Sorgenvollen, er betraf des Knaben Seelenheil und religiöse Gesundheit. Wir waren zugegen, als Jaakob, abends am Brunnenrand, seinem Liebling mit zarter Behutsamkeit eine Äußerung über hoffentlich nahe Bevorstehendes, die Regentränkung, abfragte, indem er gleichsam schützend dabei die Hand über ihn hielt. Er hatte nicht gern gefragt. Nur seine große Begier, über die Wetterzukunft, lebenswichtig wie sie war, etwas zu erfahren, hatte ihn vermocht, eine Gemütsverfassung des Sohnes zu benutzen, in der er ihn, wenn nicht ganz ohne Bewunderung, so doch mit ängstlich vorwiegender Abneigung sah.

Er kannte Josephs Anlage zu leicht ekstatischen Zuständen, zum nicht sehr ausgebildeten und halb verspielten, dann aber auch wieder echten prophetischen Krampf und schwankte sehr in seinem väterlichen Verhalten dazu, durchdrungen von der schlimm-heiligen Zweideutigkeit solcher Neigungen. Die Brüder, – ach nein, nicht einer von diesen hatte je das geringste Anzeichen derartiger Erwähltheit an den Tag gelegt, sie sahen nicht wie Heimgesuchte und Seher aus, das wußte Gott. Man konnte ruhig schlafen ihretwegen, Verzückung, mochte sie nun schlimm oder heilig zu werten sein, war nicht ihre Sache, und daß Joseph auch hierin von ihnen auf bedeutende, wenn auch bedenkliche Weise abstach, paßte ja einerseits in Jaakobs Pläne: es mochte als Auszeichnung verstanden werden, die zusammen mit so viel anderen Vorzügen die Erberwählung einleuchtend machte.

Trotzdem war dem Jaakob nicht schlechthin wohl bei seinen Beobachtungen. Es gab im Lande Leute – nicht wünschbar für das Vaterherz, daß Joseph einer der Ihren würde. Es waren heilige Narren, Geiferer, Gottbesessene, welche aus ihrer Gabe, in schäumendem Zustande wahrzusagen, ihren Lebensunterhalt gewannen, – Orakellaller, die, umherziehend oder von der Kundschaft in Felsenhöhlen besucht, für allerlei Tagwählerei und Anzeige des Verborgenen Lebensmittel und Geldeswert einstrichen. Jaakob mochte sie nicht von Gottes wegen, aber eigentlich mochte niemand sie, obgleich man sich wohl hütete, ihnen zu nahezutreten. Es waren schmutzige Männer, von unordentlichen und tollen Sitten; die Kinder liefen und riefen hinter ihnen drein: »Aulasaulalakaula«, denn so ungefähr klang es, wenn sie weissagten. Sie verwundeten und verstümmelten sich am Leibe, aßen Verfaultes, gingen mit einem Joch auf dem Nacken oder mit einem Paar eiserner Hörner an der Stirn umher; einer oder der andere ging nackt. Das sah ihnen ähnlich: die Hörner sowohl wie die Nacktheit. Man wußte wohl, woran man war bei ihrem Treiben und was ihm letztlich zum Grunde lag: Nichts weiter als Baalsunflat und Sakralhurerei, des ackerbauenden Landesvolkes Fruchtbarkeitszauber und verzücktes Geschlechtsopfer zu Füßen Melechs, des Stierkönigs. Das war kein Geheimnis; jedermann war sich des Zusammenhanges und der Beziehung bewußt; nur daß die Leute ringsum sich ihrer mit einer Art gemütlicher Ehrfurcht bewußt waren, bar jener Empfindlichkeit, die in Jaakobs geistlicher Überlieferung lag. Er hatte nichts gegen ein vernünftiges Pfeil- oder Losorakel zur Erforschung der Segensstunde für dies und jenes Geschäft und gab wohl acht, wie die Vögel flogen oder der Rauch ging bei einer Darbringung. Wo aber der Gottesverstand in die Brüche ging und geiler Taumel an seine Stelle trat, da begann das für ihn, was er »eine Narrheit« nannte, ein sehr starkes Wort in seinem Munde, stark genug, das äußerste an Mißbilligung auszusagen. Es war »Kanaan«, an dem die dunkle Geschichte mit dem Großvater im Zelte hing und der nackt gehen sollte mit bloßer Scham, nachhurend den Landesbaalen. Entblößung, Singreigen, Festvöllerei, dienstliche Unzucht mit Tempelweibern, Scheol-Kult – und »Aulasaukaulala« und wüste Krampfkünderei: das alles war »Kanaan«, das gehörte zusammen, es war alles eins, und es war eine Narrheit vor Jaakob.

Höchst ängstlich zu denken, daß Joseph durch seine kindliche Neigung zum Augenverdrehen und Traumreden Berührung haben sollte mit dieser unreinen Seelengegend. Auch Jaakob, wohlgemerkt, war ein Träumer, – aber in Ehren! Im Traume hatte er Gott als großen König und seine Engel erschaut und stärkendste Verheißung im Harfenschwall von ihm vernommen, gewiß. Aber es lag wohl auf der Hand, wie sehr eine solche Haupterhebung aus Trübsal und äußerer Demütigung sich unterschied durch vernünftiges Maß und geistlichen Anstand von jeder üblen Berückung. War es nicht ein Kummer und eine Pein, wie sich die ehrbaren Gaben und Begnadungen der Väter verjüngten in schwanken Söhnen zu feiner Verderbnis? Ach, es war liebenswürdig, das Väterliche in Sohnesgestalt, aber befremdend auch und bedenklich in schwanker Verjüngung! Ein Trost nur, daß Joseph eben so jung war; seine Schwankheit würde sich festigen, robuster und ständiger werden, zur Ehrbarkeit reifen im Gottesverstande. Daß aber des Jünglings Neigung zu einem nicht mustergültigen Entzücken mit Nacktheit zu tun hatte, mit Preisgabe also, mit Baal und Scheol also, mit Todeszauber und erdunterer Unvernunft, entging nicht dem sittlichen Scharfsinn Jaakobs, des Vaters, und ebendarum denn nun begünstigte er des Schreibers Einfluß auf den Geliebten. Es war sehr gut, daß Joseph was lernte, sich unter kundiger Anleitung regelrecht übte in Wort und Schriftlichkeit. Er, Jaakob, hatte des nicht bedurft; ehrbar und mäßig waren noch seine größten Träume gewesen. Doch Josephs Träume, das fühlte der Alte, konnten es brauchen, in genaue Zucht genommen zu werden durchs Buchstäblich-Vernünftige, – das konnte zur Festigung seiner Schwankheit segensreich beitragen, und mit gehörnten Nacktläufern und Geiferern würde er, der Gebildete, keine Ähnlichkeit haben.

So Jaakobs Überlegung. Dunkle Elemente im Wesen seines Lieblings schienen ihm lösender Klärung im Intellektuellen bedürftig, also daß er, wie man sieht, auf seine bedachte Art übereinstimmte mit Josephs eigener Knabenspekulation, das Bewußtsein des Körpers müsse verbessert und berichtigt sein durch das Bewußtsein des Geistes.

Vom ältesten Knechte

Wirklich, wie Eliezer mochte Abram wohl ausgesehen haben – vielleicht aber auch ganz anders, vielleicht klein, arm, zuckend vor Unruhe und gramverzerrt; und die Aussage, Eliezer, Josephs Lehrer, sehe dem Mondwanderer gleich, hatte eigentlich nichts mit der jetzt anschaubaren Person des gelehrten Großknechts zu tun. Die Leute sprachen in der Gegenwart, meinten aber die Vergangenheit und übertrugen diese auf jene. Eliezer, hieß es, »glich« dem Abram von Angesicht, und dies Gerücht konnte leicht zutreffen in Anbetracht von des Freiwerbers Geburt und Herkunft. Denn mutmaßlich war er Abrahams Sohn. Zwar wollte man wissen, Eliezer sei der Knecht gewesen, den Nimrod von Babel dem Abram geschenkt hatte, als er ihn ziehen lassen mußte; doch war das unwahrscheinlich bis zur Gewißheit, daß es nicht so gewesen sein konnte. Abraham war mit dem Großmächtigen, unter dessen Herrschaft seine Auswanderung aus Sinear erfolgte, gar nie in persönliche Berührung gekommen; dieser hatte sich überhaupt nicht um ihn gekümmert; sehr still und innerlich war es zugegangen bei den Konflikten, die Jaakobs geistlichen Ahn aus dem Lande getrieben hatten, und alle Nachrichten von persönlichen Zusammenstößen zwischen ihm und dem Gesetzgeber, von seinem Märtyrertum, seinem Aufenthalt im Gefängnis, einer Feuerprobe im Kalkofen, der er ausgesetzt worden, – diese Geschichten, von denen hier nur einiges angedeutet wird und mit denen auch Eliezer den Joseph unterhielt, beruhten – wenn auch nicht auf freier Kombination, so dann allenfalls auf viel älteren Vorgängen, die aus fernster Vergangenheit auf eine nähere, nur sechshundert Jahre alte übertragen wurde. Abrams König, zu seiner Zeit, Erneuerer und Erhöher des Turmes, hatte ja nicht Nimrod geheißen, was nur eine Rang- und Gattungsbezeichnung war, sondern Amraphel oder Chamurapi, und der eigentliche Nimrod war der Vater jenes Bel von Babel gewesen, von dem es hieß, daß er Stadt und Turm erbaut habe, und der zum Götterkönig wurde, nachdem er vorher ein Menschenkönig gewesen, gleich dem ägyptischen Usir. Die Gestalt Ur-Nimrods gehört also vorusirischen Zeiten an, wonach man ihren historischen Abstand von Abrams Nimrod ermessen oder vielmehr der Unermeßlichkeit dieses Abstandes inne werden möge; und was für Geschichten sich unter ihm zugetragen: ob ihm von seinen Sterndeutern die Geburt eines seiner Herrschaft sehr gefährlichen Knaben angesagt worden sei und er danach sich zu einem allgemeinen Knabentöten entschlossen habe – ein Abram-Knabe aber sei dem Vorsichtsmorden entrückt und in einer Höhle von einem Engel aufgezogen worden, der ihn aus seinen Fingerspitzen Milch und Honig habe saugen lassen – und so fort –, das ist wissenschaftlich überhaupt nicht auszumachen. Mit der Figur des Nimrod-Königs steht es auf jeden Fall sehr ähnlich wie mit der Edoms, des Roten: sie ist eine Gegenwart, durchscheinend für immer ältere Vergangenheiten, die sich im Göttlichen verlieren, das in weiterer Zeitentiefe wieder aus Menschlichem hervorgegangen. Der Zeitpunkt wird kommen, zu bemerken, daß es sich mit Abraham ähnlich verhielt. Für den Augenblick tut man gut, sich an Eliezer zu halten.

Dieser also war dem Abram nicht von »Nimrod« zum Geschenk gemacht worden – das hat als Fabel zu gelten. Er war vielmehr aller Wahrscheinlichkeit nach Abrams natürlicher Sohn gewesen, gezeugt mit einer Sklavin und geboren vermutlich zu Damaschki während des Aufenthaltes der Abrahamsleute an diesem blühenden Ort. Abram hatte ihm später die Freiheit geschenkt, und seine familiäre Rangstufe war etwas niedriger als diejenige Ismaels, des Sohnes Hagars, gewesen. Von seinen Söhnen, Damasek und Elinos, hatte der Chaldäer, der ja lange kinderlos blieb, den älteren ursprünglich als seinen Erben betrachten müssen, bis zuerst Ismael, danach aber Jizchak, der wahrhafte Sohn, geboren worden waren. Aber auch nachher war Eliezer unter den Abrahamsleuten eine bedeutende Person geblieben, und sein war die Ehre gewesen, als Brautwerber für Isaak, das verwehrte Opfer, gen Naharina zu ziehen.

Oft und gern, das wissen wir schon, erzählte er dem Joseph von dieser Reise, – ja, wir lassen uns, vielleicht allzu willig, verführen, hier einfach das Wort »er« hinzuschreiben, obgleich es nicht Abrams Eliezer war, der zu Joseph sprach, nach unseren heimischen Begriffen nicht. Was uns verführt, ist die Natürlichkeit, mit der er »ich« sagte, wenn er auf die Brautfahrt zu sprechen kam, und die Widerspruchslosigkeit, mit der sein Schüler diese in Mondlicht liegende grammatische Form über sich ergehen ließ. Er lächelte zwar, aber er nickte dabei, und es war ungewiß, ob das Lächeln irgendwelche Kritik, das Nicken vielleicht nur verbindliche Nachsicht bedeutete. Genau hingesehen, möchten wir seinem Lächeln mehr glauben als seinem Nicken und neigen zu der Annahme, daß sein Verhalten zu Eliezers Redeweise etwas heller und schärfer war als das des Alten selbst, des würdigen Halbbruders Jaakobs.

So nennen wir Eliezer mit Klarsicht und Vernunft, denn er war es. Jizchak, der wahrhafte Sohn, war, bevor er blind und kümmerlich wurde, ein sinnenstarker Mann gewesen, der es durchaus nicht allein mit Bethuels Tochter gehalten hatte. Schon der Umstand, daß diese, gleich Sahar, lange unfruchtbar blieb, hatte ihn bestimmen müssen, beizeiten auf anderem Wege für einen Erben zu sorgen, und Jahre schon, bevor Jaakob und Esau erschienen, war ihm von einer schönen Magd ein Sohn geboren worden, dem er später die Freiheit schenkte und der Eliezer genannt wurde. Es war hergebracht, daß dieser

Sohnestyp eines Tages die Freiheit erhielt und daß er Eliezer hieß. Ja, Jizchak, das verwehrte Opfer, war seinetwegen um so mehr zu entschuldigen gewesen, als man einen Eliezer haben mußte, – es hatte ihn immer gegeben an den Höfen von Abrahams geistlichem Familienstamm, und immer hat er dort die Rolle eines Hausvogtes und Ersten Knechtes gespielt, war auch womöglich als Sendbote auf Freiersfahrt für den Sohn der Rechten geschickt worden, und regelmäßig hatte das Familienhaupt ihm selbst ein Weib gegeben, von dem er zwei Söhne, nämlich Damasek und Elinos, hatte. Kurzum, er war eine Einrichtung, wie Nimrod von Babel, und wenn Jung-Joseph ihn beim Unterricht betrachtete, wenn sie miteinander zu Füßen des Unterweisungsbaumes, nahe dem Brunnen, im Blätterschatten saßen und der Knabe, seine Arme um die Knie geschlungen, lauschend in das Gesicht des kündenden Alten blickte, der »dem Abraham ähnlich sah« und auf so freie und großartige Weise Ich zu sagen wußte, so beschlichen ihn oft wohl eigentümliche Gefühle. Der Blick seiner hübschen und schönen Augen brach sich dann an der Gestalt des Erzählenden, er sah durch ihn hindurch in eine unendliche Perspektive von Eliezer-Gestalten, die alle durch den Mund des gegenwärtig Dasitzenden Ich sagten, und da man im Dämmer des schattenmächtigen Baumes saß, hinter Eliezer aber die hitzig durchsonnten Lüfte flirrten, so verlor diese Identitätsperspektive sich nicht im Dunkel, sondern im Licht …

Die Sphäre rollt, und nie wird ausgemacht werden, wo eine Geschichte ursprünglich zu Hause ist: am Himmel oder auf Erden. Der Wahrheit dient, wer erklärt, daß alle entsprechungsweise und zugleich hier und dort sich abspielen und nur unserm Auge es so erscheint, als ob sie herunterkämen und wieder emporstiegen. Die Geschichten kommen herab, so, wie ein Gott Mensch wird, werden irdisch und verbürgerlichen sozusagen, – wofür als Beispiel eine Lieblingsprahlgeschichte der Jaakobsleute wieder angeführt werde: der sogenannte Kampf der Könige, nämlich wie Abram die Heere aus Osten schlug, um seinen »Bruder« Lot zu befreien. Jüngere Redaktoren und gelehrte Ausleger der Vätergeschichten halten mit Bestimmtheit dafür und bekunden für wahr: nicht mit dreihundertachtzehn Mann, wie Joseph es wußte, habe Abram die Könige verfolgt und geschlagen und bis über Damask getrieben, sondern ganz allein mit seinem Knecht Eliezer; und es hätten die Sterne für sie gekämpft, so daß sie siegten und die Feinde zu Paaren trieben. Es kam vor, daß auch Eliezer selbst dem Joseph die Geschichte so erzählte, – der Junge war an die Variante gewöhnt. Niemandem entgeht aber, daß in dieser Gestalt die Erzählung den irdischen, wenn auch heldenhaften Charakter einbüßt, den die plaudernden Hirten ihr beilegten, und einen anderen dafür gewinnt. Wenn man sie hört, so ist es – und auch Joseph hatte mehr oder weniger entschieden diesen Eindruck –, als hätten zwei Götter, der Herr und der Diener, eine Überzahl von Riesen oder minderen Elohim bestritten und niedergeworfen; und das bedeutet unzweifelhaft eine berechtigte und der Wahrheit dienliche Zurückführung des Vorkommnisses auf seine himmlische Form und seine Wiederherstellung in dieser. Sollte man aber darum gar seine irdische Wirklichkeit leugnen wollen? Ganz im Gegenteil wäre zu sagen, daß seine überirdische Wahrheit und Wirklichkeit seine irdische beweise. Denn was oben ist, kommt herunter; aber das Untere wüßte gar nicht zu geschehen und fiele sozusagen sich selber nicht ein ohne sein himmlisches Vorbild und Gegenstück. In Abram wurde Fleisch, was vorher sternenhaft gewesen war, und auf dem Göttlichen fußte er, auf dieses stützte er sich, als er die Räuber von jenseits des Euphrat siegreich zerstreute.

Hatte denn nicht zum Beispiel auch die Geschichte von Eliezers Brautfahrt ihre eigene Geschichte, auf der sie fußte, und auf die ihr Held und Erzähler sich stützen mochte, indem er sie erlebte und erzählte? Auch diese wandelte der Alte zuweilen auf eine sonderbare Weise ab, und auch in so abgewandelter Form ist sie durch die Pfleger der Überlieferung auf uns gekommen. Diese nämlich erklären, Eliezer habe, als Abram ihn auf die Freite für Isaak nach Mesopotamien geschickt habe, die Reise von Beerscheba nach Charran, eine Reise, die zwanzig Tage, mindestens aber siebzehn in Anspruch nimmt, in drei Tagen zurückgelegt, und zwar weil »die Erde ihm entgegengesprungen« sei. Dies kann nur tropisch verstanden werden, denn es steht fest, daß die Erde niemandem entgegenläuft oder -springt; aber sie *scheint* es demjenigen zu tun, der sich mit großer Leichtigkeit und gleichsam beflügelten Fußes über sie hin bewegt. Es sagen die Lehrer denn auch nicht, die Reise sei in üblicher Form, als Karawane, mit Tier und Pack, vonstatten gegangen; der zehn Kamele gedenken sie nicht. Vielmehr erzeugt das Licht, das sie auf die Geschichte werfen, die bestimmte Vorstellung, Abrams natürlicher Sohn und Sendling habe die Strecke allein und eben auf die beschwingteste Weise zurückgelegt: mit einer Schnelligkeit, daß die Beflügelung seiner Füße gar nicht genügt, sie zu erklären, sondern daß man unwillkürlich versucht ist, sich auch sein Hütchen beflügelt vorzustellen … Kurzum, in dieser Beleuchtung erscheint Eliezers irdisch-fleischliche Reise als eine heruntergekommene Geschichte, bei der er auf einer überirdischen gefußt hatte, so daß er später, in Josephs Gegenwart, nicht nur die grammatischen Formen, sondern auch die Formen der Geschichte selbst ein wenig durcheinanderbrachte und sagte, die Erde sei »ihm entgegengesprungen«.

Ja, des ehrwürdigen Eliezer Persönlichkeitsdurchblick verlor sich im Lichte und nicht im Dunkel, wenn des Schülers Blick sich sinnend an seiner Erscheinung und Gegenwart brach, und auch die Identität anderer Leute noch tat das zugleich – man vermutet schon, welcher anderen. Wir wollen hier, im Vorblick auf Josephs Lebensgeschichte, nur gleich bemerken, daß diese Art von Eindrücken die nachhaltigsten und wirksamsten waren, die er beim Unterricht durch den alten Eliezer gewann. Kinder sind ja nicht unaufmerksam, wenn ihre Lehrer sie scheltend so nennen; sie sind nur aufmerksam auf andere, vielleicht wesentlichere Dinge, als die Sachlichkeit der Bildenden wünschen mag, und Joseph bewährte, mochte sein Blick auch in Unaufmerksamkeit zu verschwimmen scheinen, diese Kinderaufmerksamkeit sogar angelegentlichst – ob durchaus zu seinem Heile, ist freilich eine andere Frage.

Wie Abraham Gott entdeckte

Indem wir von »anderen Leuten« sprachen, deuteten wir vorläufig und behutsam auf Abraham hin, den Herrn des Boten. Was wußte Eliezer von ihm? Vielerlei – und Verschiedenartiges. Er sprach von ihm gleichsam mit doppelter Zunge, mal so und dann wieder ganz anders. Das eine Mal war der Chaldäer schlechthin der Mann gewesen, der Gott entdeckt hatte, so daß dieser vor Freude seine Finger geküßt und gerufen hatte: »Bisher hat kein Mensch mich Herr und Höchster genannt, nun werde ich so geheißen!« Die Entdeckung war auf sehr mühsamem, ja qualvollem Wege vor sich gegangen; Urvater hatte sich nicht wenig gegrämt. Und zwar war sein Mühen und Trachten von einer gerade ihm eigentümlichen Vorstellung bestimmt und getrieben gewesen: der Vorstellung, daß es höchst wichtig sei, wem oder welchem Dinge der Mensch diene. Das machte dem Joseph Eindruck, er verstand es sogleich, und zwar vor allem nach der Seite des Wichtignehmens. Um es vor Gott und Menschen zu irgendwelcher Ansehnlichkeit und Bedeutung zu bringen, war es nötig, daß man die Dinge – oder wenigstens ein Ding – wichtig nahm. Urvater hatte die Frage unbedingt wichtig genommen, wem der Mensch dienen solle, und seine merkwürdige Antwort darauf war gewesen: Dem Höchsten allein. Merkwürdig in der Tat! Es sprach aus der Antwort ein Selbstgefühl, das man fast hoffärtig und überhitzt hätte nennen können. Der Mann hätte mögen zu sich selber sagen: »Was bin und tauge ich weiter und in mir der Mensch! Es genügt, daß ich irgendeinem Elchen oder Ab- und Untergott diene, es liegt nichts daran.« So hätte er es bequemer gehabt. Er aber sprach: »Ich, Abram, und in mir der Mensch, darf ausschließlich dem Höchsten dienen.« Damit fing alles an. (Dem Joseph gefiel es.)

Es fing damit an, daß Abram dachte, der Mutter Erde allein gebühre Dienst und Anbetung, denn sie bringe die Früchte und erhalte das Leben. Aber er bemerkte, daß sie Regen brauche vom Himmel. Also sah er sich an dem Himmel um, sah die Sonne in ihrer Herrlichkeit, Segens- und Fluchgewalt und war auf dem Punkt, sich für sie zu entscheiden. Da jedoch ging sie unter, und er überzeugte sich, sie könne also nicht wohl das Höchste sein. Also blickte er auf den Mond und die Sterne – auf diese sogar mit besonderer Neigung und Hoffnung. Wahrscheinlich war es der erste Anlaß seines Verdrusses und Wandertriebes gewesen, daß seine Liebe zum Monde, der Gottheit von Uru und Charan, gekränkt worden war durch übertriebene Staatsehren, die dem Sonnenprinzip, Schamasch-Bel-Mardug, durch Nimrod von Babel zum Schaden Sins, des Sternenhirten, waren erwiesen worden: Ja, dies mochte die List Gottes gewesen sein, der in Abiram sich zu verherrlichen und sich durch ihn einen Namen zu machen gedachte, daß er durch seine Mondliebe ersten Widerspruch und Unruhe in ihm erregt, sie zu eigenen Zwecken benutzt und sie zum heimlichen Ausgangspunkt seiner Laufbahn gemacht hatte. Denn da der Morgenstern aufging, verschwanden Hirt und Herde, und Abram folgerte: Nein, auch sie sind nicht meiner würdige Götter. Seine Seele war bekümmert vor Mühe, und er folgerte: »Hätten sie nicht über sich noch, so hoch sie sind, einen Lenker und Herrn, wie möchte das eine auf-, das andere untergehen? Es wäre unschicklich für mich, den Menschen, ihnen zu dienen und nicht vielmehr dem, der über sie gebietet.« Und Abrahams Sinn lag der Wahrheit an so inständig-kummervoll, daß es Gott den Herrn aufs tiefste rührte und er bei sich sprach: »Ich will dich salben mit Freudenöl mehr denn deine Gesellen!«

So hatte Abraham Gott entdeckt aus Drang zum Höchsten, hatte ihn lehrend weiter ausgeformt und hervorgedacht und allen Beteiligkeiten eine große Wohltat damit erwiesen: dem Gotte, sich selbst und denen, deren Seelen er lehrend gewann. Dem Gotte, indem er ihm Verwirklichung in der Erkenntnis des Menschen bereitete, sich selbst und den Proselyten aber namentlich dadurch, daß er das Vielfache und beängstigend Zweifelhafte auf das Eine und beruhigend Bekannte zurückführte, auf den Bestimmten, von dem alles kam, das Gute und Böse, das Plötzliche und Grauenhafte sowohl wie das segenvoll Regelmäßige, und an den man sich auf jeden Fall zu halten hatte. Abraham hatte die Mächte versammelt zur Macht und sie den Herrn genannt – ein für allemal und ausschließlich, nicht nur für einen Festtag, an dem man alle Macht und Ehren in Schmeichelhymnen auf das Haupt eines Gottes, des Mardug, Anu oder Schamasch, häufte, um dasselbe am nächsten Tage und im nächsten Tempel einem anderen Gotte zuzusingen. »Du bist der Eine und Höchste, ohne dich wird kein Gericht gehalten, keine Entscheidung getroffen, kein Gott im Himmel und auf Erden kann dir Widerstand leisten, du bist erhaben über ihre Gesamtheit!« Das war liebedienerischerweise und aus Hingabe an den Augenblick oft gesagt und gesungen worden in Nimrods Reich; aber Abraham fand und erklärte, daß es in Wahrheit nur Einem gesagt werden könne und dürfe, immer demselben, der der durchaus Bekannte war, weil alles von ihm kam, und der also alle Dinge nach ihrer Quelle bekannt machte.

Die Menschen, unter denen er aufgewachsen, ängstigten sich sehr, bei Dank und Flehen diese Quelle nicht zu verfehlen. Taten sie Buße im Unheil, so stellten sie an die Spitze ihres Notgebets eine ganze Liste von Götteranrufungen, riefen sorgfältig jeden einzelnen Gott an, dessen Namen sie nur irgend kannten, um beileibe nicht den auszulassen, der diese Heimsuchung gesandt hatte und gerade für diese zuständig war; denn sie wußten nicht, welcher es sei. Abraham wußte und lehrte es. Es war immer nur Er, der Letzthöchste, der allein des Menschen rechter Gott sein konnte und der unverfehlbar war für des Menschen Notschrei und Lobgesang.

Joseph, so jung er war, begriff sehr wohl die Kühnheit und Seelenstärke, die in Urvaters Gottesbeschlüssen sich ausgedrückt hatten und vor der viele mit Grauen zurückgeschreckt waren, denen er sie hatte zumuten wollen. Wirklich, ob Abram nun hoch und greisenschön wie Eliezer oder vielleicht klein, mager und krumm von Statur gewesen war, – auf jeden Fall hatte er Mut besessen, den ganzen Mut, der dazu gehörte, alles vielfach Göttliche auf ihn, seinen Gott, durchaus allen Grimm und alle Gnade geraden Weges auf ihn zurückzuführen, sich nur auf ihn zu stellen und sich allein und ungeteilt von dem äußerst Höchsten abhängig zu machen. Lot selbst hatte bleichen Angesichts zu ihm gesagt:

»Wenn aber dein Gott dich verläßt, so bist du ja ganz verlassen!«

Worauf Abram erwidert hatte:

»Recht so, du sagst es. Dann kommt keine Verlassenheit im Himmel und auf Erden nach ihrem Umfang der meinen gleich, – sie ist vollkommen. Bedenke aber, daß, wenn ich Ihn versöhne und Er mein Schild ist, mir nichts mangeln kann und ich die Tore meiner Feinde besitzen werde!«

Da hatte Lot sich stark gemacht und zu ihm gesprochen:

»So will ich dein Bruder sein!«

Ja, Abram hatte den Seinen von seiner Hochgemutheit mitzuteilen gewußt. Er hieß Abirâm, was heißen mochte: »Mein
Vater ist erhaben«, oder auch mit Recht wohl: »Vater des Erhabenen«. Denn gewissermaßen war Abraham Gottes Vater. Er
hatte ihn erschaut und hervorgedacht, die mächtigen Eigenschaften, die er ihm zuschrieb, waren wohl Gottes ursprüng-
liches Eigentum, Abram war nicht ihr Erzeuger. Aber war er es
nicht dennoch in einem gewissen Sinne, indem er sie erkannte,
sie lehrte und denkend verwirklichte? Gottes gewaltige Eigenschaften waren zwar etwas sachlich Gegebenes außer Abraham,
zugleich aber waren sie auch in ihm und von ihm; die Macht
seiner eigenen Seele war in gewissen Augenblicken kaum von
ihnen zu unterscheiden, verschränkte sich und verschmolz erkennend in eines mit ihnen, und das war der Ursprung des
Bundes, den der Herr dann mit Abraham schloß und der nur
die ausdrückliche Bestätigung einer inneren Tatsache war; es
war aber auch der Ursprung des eigentümlichen Gepräges von
Abrams Gottesfurcht. Denn da Gottes Größe zwar etwas
furchtbar Sachliches außer ihm war, zugleich aber mit seiner
eigenen Seelengröße in gewissem Maße zusammenfiel und ihr
Erzeugnis war, so war diese Gottesfurcht nicht ganz allein
Furcht im eigentlichen Sinn des Wortes, nicht nur Zittern und
Beben, sondern auch Verbundenheit, Vertraulichkeit und
Freundschaft, beides in einem; und tatsächlich hatte Urvater
zuweilen eine Art gehabt, mit Gott umzugehen, die das Erstaunen von Himmel und Erde hätte erregen müssen, ohne die
Berücksichtigung der verschränkten Besonderheit dieses Verhältnisses. Wie er zum Exempel den Herrn freundschaftlich
angelassen hatte beim Untergange von Sodom und Amorra, das
war in Anbetracht von Gottes furchtbarer Macht und Größe
vom Anstößigen nicht weit entfernt gewesen. Aber freilich, wo
sollte es anstoßen, wenn nicht bei Gott, – der es gut aufnahm?
»Höre, Herr«, hatte Abram damals gesagt, »so oder so, das eine

oder das andere! Willst du eine Welt haben, kannst du nicht Recht verlangen; ist es dir aber ums Recht zu tun, so ist es aus mit der Welt. Du fassest die Schnur bei beiden Enden an, willst eine Welt und in ihr Recht. Wenn du aber nicht etwas milder wirst, so kann die Welt nicht bestehen.« Sogar der List hatte er damals den Herrn geziehen und ihm vorgehalten: Der Wassersflut habe er abgeschworen, seinerzeit, nun aber komme er mit der Feuersflut. Gott aber, der mit den Städten wohl nicht anders hatte verfahren können, nach dem, was seinen Boten zu Sodom geschehen war oder beinahe geschehen wäre, hatte das alles, wenn nicht gut, so doch jedenfalls nicht übel aufgenommen; er hatte sich davor in wohlwollendes Schweigen gehüllt.

Dieses Schweigen war der Ausdruck eines ungeheueren Faktums, das sowohl dem Außensein Gottes wie auch gleichzeitig der Seelengröße Abrams angehörte, deren eigentlichstes Erzeugnis es vielleicht war: des Faktums, daß der Widerspruch einer Lebewelt, die gerecht sein sollte, in Gottes Größe selber lag, daß er, der lebendige Gott, nicht gut oder nur unter anderem gut, außerdem aber auch böse war, daß seine Lebendigkeit das Böse mit umschloß und dabei heilig, das Heilige selbst war und Heiligkeit forderte!

Wie ungeheuer! Er war es, der Tiamat zerschmissen, den Chaosdrachen gespalten hatte; der Jubelruf, mit dem bei der Schöpfung die Götter den Mardug gegrüßt hatten und den Abrams Landsleute an jedem Neujahrstag wiederholten, er gebührte Ihm, seinem Gott. Die Ordnung und das beglückend Verlässige stammte von ihm. Daß Früh- und Spätregen fielen zu ihrer Zeit, war sein Werk. Er hatte dem greulichen Meere, dem Reste der Urflut, der Wohnung Leviathans, seine Grenzen gewiesen, die es mit wütendstem Anprall nicht zu überschreiten vermochte. Er ließ die Sonne zeugerisch aufgehen, zum Höhepunkt steigen und abendlich ihre Höllenfahrt antreten, den Mond in immer gleichem Wechsel seiner Zustände die Zeit messen. Er führte die Sterne herauf, hatte sie zu festen Bildern vereinigt und regelte das Leben von Tieren und Menschen, indem er sie nährte nach Maßgabe der Jahreszeiten. Von Orten, wo niemand gewesen war, sank der Schnee und befeuchtete die Erde, deren Scheibe Er auf der Wasserflut festgestellt hatte, so daß sie nicht, oder nur sehr selten, schwankte und wankte. Wieviel des Segens, der Zuträglichkeit und der Güte!

Allein, wie ein Mann, der einen Feind erschlägt, wohl durch den Sieg dessen Eigenschaften den seinen hinzufügt, so hatte Gott, wie es schien, indem er das Chaosungeheuer spaltete, dessen Wesen sich einverleibt und war vielleicht erst dadurch ganz und vollkommen geworden, erst dadurch zur vollen Majestät seiner Lebendigkeit erwachsen. Der Kampf zwischen Licht und Finsternis, dem Guten und Bösen, dem Schrecknis und der Wohltat auf Erden, war nicht, wie Nimrods Leute glaubten, die Fortsetzung jenes Mardug-Kampfes gegen Tiamat; auch die Finsternis, das Böse und das unberechenbar Schreckliche, auch das Erdbeben, der knisternde Blitz, der Heuschreckenschwarm, der die Sonne verdunkelte, die sieben bösen Winde, der Staub-Abubu, die Hornissen und Schlangen waren von Gott, und hieß er der Herr der Seuchen, so darum, weil er zugleich ihr Sender war und ihr Arzt. Er war nicht das Gute, sondern das Ganze. Und er war heilig! Heilig nicht vor Güte, sondern vor Lebendigkeit und Überlebendigkeit, heilig vor Majestät und Schrecklichkeit, unheimlich, gefährlich und tödlich, so daß ein Versehen, ein Fehler, eine leichte Unachtsamkeit im Verhalten zu Ihm entsetzliche Folgen haben konnte. Er war heilig; aber er verlangte auch Heiligkeit, und daß er sie durch sein bloßes Dasein verlangte, gab dem Heiligen einen größeren Sinn als nur den der Gefährlichkeit; die Vorsicht, zu der er mahnte, wurde dadurch zur Frömmigkeit und Gottes lebendige Majestät zum Maßstab des Lebens, zur Quelle des Schuldgefühls, zur Gottesfurcht, die ein Wandeln war in Reinheit vor Gottes Größe.

Gott war da, und Abraham wandelte vor ihm, in der Seele geheiligt durch Seine Außennähe. Sie waren Zwei, ein Ich und ein Du, das ebenfalls »Ich« sagte und zum anderen »Du«. Schon richtig, daß Abram die Eigenschaften Gottes mit Hilfe der eigenen Seelengröße ausmachte – ohne diese hätte er sie nicht auszumachen und zu benennen gewußt, und sie wären im Dunkel geblieben. Darum blieb Gott aber doch ein gewaltig Ich sagendes Du außer Abraham und außer der Welt. Er war im Feuer, aber nicht das Feuer, – weshalb es höchst fehlerhaft gewesen wäre, dieses anzubeten. Gott hatte die Welt geschaffen, in der doch Dinge vorkamen von so gewaltiger Größe wie der Sturmwind oder der Leviathan. Dies mußte man erwägen, um sich von seiner eigenen Außengröße eine Vorstellung oder, wenn keine Vorstellung, so doch einen Gedanken zu machen. Er war notwendig viel größer als alle seine Werke, und ebenso notwendig außerhalb seiner Werke. Makom hieß er, der Raum, weil er der Raum der Welt war, aber die Welt nicht sein Raum. Er war auch in Abraham, der Ihn kraft Seiner erkannte. Aber ebendies verstärkte und erfüllte Urvaters Ich-Aussage, und keineswegs war dieses sein gottvoll mutiges Ich gesonnen, in Gott zu verschwinden, mit Ihm eins zu werden und nicht mehr Abraham zu sein, sondern hielt sich sehr wacker und klar Ihm gegenüber aufrecht – in ungeheurem Abstand von Ihm, gewiß, denn Abraham war nur ein Mensch, ein Erdenkloß, aber verbunden mit Ihm durch die Erkenntnis und geheiligt durch Gottes erhabenes Du- und Da-Sein. Auf solcher Grundlage hatte Gott den ewigen Bund mit Abram geschlossen, diesen für beide Teile verheißungsvollen Vertrag, auf den der Herr so eifersüchtig war, daß er durchaus allein, ohne jedes Schielen nach anderen Göttern, deren die Welt voll war, von den Seinen verehrt sein wollte. Das war bemerkenswert: Durch Abraham und seinen Bund war etwas in die Welt gekommen, was zuvor nicht darin gewesen war und was die Völker nicht kannten: die verfluchte Möglichkeit des Bundesbruches, des Abfalles von Gott.

Vieles noch wußte Urvater von Gott zu lehren, aber er wußte nichts von Gott zu *erzählen*, – nicht in dem Sinn, wie andere zu erzählen wußten von ihren Göttern. Es gab von Gott keine Geschichten. Das war vielleicht sogar das Bemerkenswerteste: Der Mut, mit dem Abram Gottes Dasein von vornherein, ohne Umstände und Geschichten, hinstellte und aussprach, indem er »Gott« sagte. Gott war nicht entstanden, nicht geboren worden, von keinem Weibe. Es war auch neben ihm auf dem Throne kein Weib, keine Ischtar, Baalat und Gottesmutter. Wie hätte das wohl sein mögen? Man brauchte sich nur seiner Vernunft zu bedienen, um zu verstehen, daß es in Ansehung von Gottes ganzer Beschaffenheit keine mögliche Vorstellung war. Er hatte den Baum der Erkenntnis und des Todes gepflanzt in Eden, und der Mensch hatte davon gegessen. Des Menschen waren Zeugung und Tod, aber nicht Gottes, und kein Gottweib sah dieser an seiner Seite, weil er nicht zu erkennen brauchte, sondern Baal und Baalat in einem und auf einmal war. Er hatte auch keine Kinder. Denn weder waren dies die Engel und Zebaoth, die ihm dienten, noch waren es jene Riesen gewesen, welche vielmehr einige Engel mit den Töchtern der Menschen erzeugt hatten, verführt durch den Anblick ihrer Unzucht. Er war allein, und das war ein Merkmal seiner Größe. Aber wie das Alleinsein des weib- und kinderlosen Gottes beitragen mochte zur Erklärung seiner großen Eifersucht auf seinen Bund mit dem Menschen, so hing damit jedenfalls seine Geschichtenlosigkeit zusammen und daß es nichts von ihm zu erzählen gab.

Und doch war ebendies auch wieder nur bedingt zu verstehen und richtig nur in Betreff der Vergangenheit, nicht aber auch der Zukunft, – vorausgesetzt, daß das Wort »erzählen« auf das Zukünftige anwendbar ist und man die Zukunft erzählen kann, sei es selbst in der Form der Vergangenheit. Gott hatte dennoch und allerdings eine Geschichte, aber sie betraf die Zukunft, eine Zukunft, so herrlich für Gott, daß seine Gegenwart, so herrlich sie immer war, ihr nicht gleichkam; und *daß* sie ihr nicht gleichkam, das verlieh der Größe und heiligen Macht Gottes, trotz ihrer selbst, einen Zug von Erwartung und unerfüllter Verheißung, einen Leidenszug, geradeheraus gesagt, der nicht verkannt sein durfte, wenn es darauf ankam, Gottes Bund mit dem Menschen und seine Eifersucht auf ihn ganz zu verstehen.

Es kam ein Tag, der der späteste und letzte war, und erst er würde die Erfüllung Gottes bringen. Dieser Tag war Ende und Anfang, Vernichtung und Neugeburt. Die Welt, diese erste oder vielleicht auch nicht erste Welt, zerstob in umfassender Katastrophe, das Chaos, das Urschweigen kehrte wieder. Dann aber würde Gott sein Werk aufs neue, und wundervoller, beginnen – Herr der Vernichtung, Herr des Erstehens. Aus Tohu und Bohu, Schlamm und Finsternis rief sein Wort einen neuen Kosmos hervor, und überwältigter als voriges Mal klang der Jubel der zuschauenden Engel, denn die verjüngte Welt übertraf die alte in jeder Beziehung, und in ihr würde Gott triumphieren über all seine Feinde!

Dies war es: Am Ende der Tage würde Gott König sein, König der Könige, König über Menschen und Götter. War er das aber denn nicht schon heute? Allerdings, in der Stille und in Abrams Erkenntnis. Aber nicht anerkannter- und eingesehenermaßen, nicht ganz verwirklichterweise also. Dem letzten und ersten Tage, dem Tag der Vernichtung und des Erstehens war die Verwirklichung von Gottes unumschränktem Großkönigtum vorbehalten; aus Banden, in denen sie jetzt noch lag, würde seine bedingungslose Herrlichkeit erstehen vor den Augen aller. Kein Nimrod würde sich wider Ihn erheben mit unverschämten Terrassentürmen, kein Menschenknie sich beugen als vor Ihm und kein Menschenmund noch einem andern die Ehre geben. Das aber bedeutete, daß Gott, wie in Wahrheit von je, so endlich auch in Wirklichkeit Herr und König sein würde über alle Götter. Im Tosen von zehntausend schräg aufwärts gerichteten Posaunen, im Singen und Donnern der Flammen, in einem Hagelwetter von Blitzen würde er, angetan mit Hoheit und Schrecken, hinweg über eine auf den Stirnen anbetende Welt, zum Throne schreiten, um allen sichtbar und auf ewig Besitz zu ergreifen von einer Wirklichkeit, die Seine Wahrheit war.

O Tag von Gottes Apotheose, Tag der Verheißung, Erwartung und Erfüllung! Er würde, das wollte bemerkt sein, auch Abrahams Apotheose in sich schließen, dessen Name fortan ein Segenswort sein würde, mit dem sich grüßen würden die Geschlechter der Menschen. Das war die Verheißung. Daß aber dieser donnernde Tag nicht Gegenwart, sondern endlichste Zukunft und bis dahin ein Harren war: das war es, was in Gottes heutiges Antlitz den Leidenszug brachte, den Zug des Noch-Nicht und der Erwartung. Gott lag in Banden, Gott litt. Gott war gefangengehalten. Das milderte seine Erhabenheit zum Gegenstande tröstlicher Anbetung für alle Leidenden und Harrenden, die nicht groß, sondern klein waren in der Welt, und gab ihnen einen Hohn ins Herz gegen alles, was gleichwie Nimrod war, und gegen das unverschämt Große. Nein, Gott hatte keine Geschichten wie Usir, der Dulder von Ägypterland, der zerstückelte Begrabene und Erstandene, oder wie Adon-Tammuz, um den die Flöte klagte in den Schluchten, der Herr des Schafstalles, dem Ninib, der Eber, die Seite zerriß und der hinabging in die Gefangenschaft, um zu erstehen. Es mochte fern sein und zu denken verboten, daß Gott Beziehungen gehabt hätte zu den Geschichten der Natur, die in Gram verdorrte, in Leid erstarrte, um sich nach Gesetz und Verheißung zu erneuern in Lachen und Blumenschwall; zum Korn, das im

Finstern verweste und im Gefängnis der Erde, damit es ersprieße und erstehe; zum Sterben und zum Geschlecht; zur verderbten Heiligkeit Melek-Baals und seines Dienstes zu Tyrus, bei dem Männer dem Greulichen ihren Samen darbrachten in augenverdrehender Narrheit und Todesschamlosigkeit. Bewahre es Gott, daß Er zu schaffen gehabt hätte mit derlei Geschichten! Aber daß er in Banden lag und ein harrender Gott der Zukunft war, das stellte immerhin eine gewisse Ähnlichkeit her zwischen Ihm und jenen leidenden Gottheiten, und es war darum, daß Abram zu Sichem mit Malchisedek, dem Hausbetreter des Bundesbaal und El-eljon, lange Gespräche geführt hatte über die Frage, ob und bis zu welchem Punkte etwa Wesensgleichheit bestehe zwischen diesem Adon und Abrahams Herrn.

Gott aber hatte seine Fingerspitzen geküßt und zum heimlichen Ärger der Engel gerufen: »Es ist unglaublich, wie weitgehend dieser Erdenkloß mich erkennt! Fange ich nicht an, mir durch ihn einen Namen zu machen? Wahrhaftig, ich will ihn salben!«

Der Herr des Boten

Als einen solchen Mann also, schlechthin, schilderte Eliezer seinem Schüler den Abraham mit seiner Zunge. Aber unversehens spaltete diese Zunge sich im Reden und redete auch noch anders von ihm, auf andere Weise. Es war immer noch Abram, der Mann aus Uru oder eigentlich Charran, von dem die würdige Schlangenzunge redete, – und sie nannte ihn Josephs Urgroßvater. Daß Abram das bei Lichte nicht war, – jener Abraham, von dem die Zunge noch soeben geredet, der unruhige Untertan Amraphels von Sinear; daß keines Menschen Großältervater zwanzig Menschenalter vor ihm selbst gelebt hat, das wußten beide, der Alte und der Junge. Aber es gab über mehr noch ein Auge zuzudrücken zwischen ihnen als nur über diese

Ungenauigkeit; denn der Abraham, von dem die Zunge nun redete, zwischenein, hin und her wechselnd, zwiespältig, war auch der nicht, der damals gelebt und Sinears Staub von den Füßen geschüttelt hatte, sondern vielmehr eine Figur, die wiederum tief hinter jener sichtbar wurde und für die jene durchscheinend war, so daß die Augen des Jungen sich ebenso schwimmend in dieser Persönlichkeitsdurchsicht brachen wie in der »Eliezer« genannten, – einer immer lichteren Durchsicht, naturgemäß; denn Licht ist's, was durchscheint.

Dann kamen all jene Geschichten zum Vorschein, die der Sphärenhälfte angehörten, in welcher Herr und Diener nicht mit dreihundertachtzehn Mann, sondern allein, aber unter Beihilfe oberer Geister die Feinde über Damaschki getrieben hatten und Eliezer, dem Boten, »die Erde entgegengesprungen« war; die Geschichte von Abrahams verkündigter Geburt, dem Knabengemetzel um seinetwillen, seine Höhlenkindheit und wie ihn der Engel gesäugt, indes seine Mutter suchend umhergeirrt war. Das trug Wahrheitsgepräge; irgendwo und -wie war es richtig. Mütter irren und suchen immer; sie haben viele Namen, aber sie irren umher auf den Fluren und suchen ihr armes Kind, das man ins Untere entführt, gemordet, zerstückelt hat. Diesmal hieß sie Amathla, auch wohl Emtelai, – Namen, bei denen Eliezer sich vielleicht eine freie Übertragung und träumerische Zusammenarbeitung unterlaufen ließ; denn besser, als auf die Mutter, paßten sie auf den säugenden Engel, der, um dem Vorgange größere Anschaulichkeit zu verleihen, der gespaltenen Zunge zufolge, auch wohl die Gestalt einer Ziege gehabt hatte. Sehr träumerisch mutete es den Joseph auch an und wirkte bestimmend auf den Ausdruck seiner Augen beim Lauschen, die Mutter des Chaldäers »Emtelai« nennen zu hören; denn unzweideutig bedeutete der Name: »Mutter meines Erhöhten«, schlecht und recht also »Gottesmutter«.

Traf wohl den würdigen Eliezer irgendein Vorwurf, weil er so redete? Nein. Die Geschichten kommen herab, so, wie ein Gott Mensch wird, verbürgerlichen gleichsam und werden irdisch, ohne daß sie darum aufhörten, auch droben zu spielen und in ihrer oberen Form erzählbar zu sein. So behauptete der Alte zuweilen, die Söhne jener Ketura, die Abram noch im Alter zum Kebsweibe nahm: Medan, Midian und Jaksan also, Simran, Jesbak und wie sie hießen, – diese Söhne hätten »geglänzt wie Blitze«, und Abram habe ihnen und der Mutter eine eiserne Stadt gebaut, so hoch, daß niemals die Sonne hineinschien und nur Edelsteine ihr leuchteten. Sein Zuhörer hätte ein völlig stumpfer Junge sein müssen, um zu verkennen, daß mit dieser düster leuchtenden Stadt die Unterwelt gemeint sei, als deren Königin also Ketura in dieser Darstellung erschien. Einer unangreifbaren Darstellung! Denn Ketura war zwar ein schlecht kanaanitisch Weib, das Abraham im Alter des Beilagers würdigte, aber sie war die Mutter einer Reihe arabischer Stammväter und Herren der Wüste, wie Hagar, die Ägypterin, die Mutter eines solchen war; und wenn Eliezer von den Söhnen aussagte, sie hätten wie Blitze geglänzt, so hieß das nichts anderes, als sie mit beiden Augen sehen, und nicht nur mit einem, im Zeichen des Zugleich und der Einheit des Doppelten: als Bedu-Häuptlinge also und Unbehauste und als Söhne und Fürsten der Unterwelt, wie Ismael, der unrechte Sohn, einer war.

Es gab denn auch Augenblicke, in denen der Alte von Sara, Urvaters Weibe, in sonderbaren Tönen sprach. Er nannte sie »Tochter des Entmannten« und »Himmelshöchste«. Er fügte hinzu, daß sie einen Speer getragen habe, und dazu stimmte genau, daß sie ja ursprünglich Sarai, nämlich »Heldin« geheißen hatte und erst von Gott zur Sara, also zur bloßen »Herrin« gedämpft und herabgesetzt worden war. Ein Gleiches war ihrem Ehebruder geschehen; denn aus »Abram«, was da der hohe Vater und Vater der Höhe heißt, war er gedämpft und herabgesetzt worden zum »Abraham«, also zum Vater sehr vieler, einer wimmelnden geistlich-leiblichen Nachkommenschaft. Hatte er darum aufgehört, Abram zu sein? Keineswegs. Es war nur, daß die Sphäre rollte; und die in Abram und Abraham fein gespaltene Zunge sprach von ihm so und auch wieder so.

Nimrod, der Landesvater, hatte ihn fressen wollen, aber er war seiner Gier entrückt, in der Höhle vom Ziegenengel genährt worden und hatte, herangewachsen, dem gefräßigen König und seiner Götzenherrlichkeit auf eine Weise mitgespielt, daß man wohl sagen mochte, der habe die Sichel zu spüren bekommen. Bevor er sich in irgendeinem Sinn an seine Stelle setzte, hatte er zu leiden gehabt. Er war gefangengehalten worden, und es war lustig, zu hören, wie er selbst diesen Aufenthalt dazu benutzt hatte, Proselyten zu machen und den Wächter der Gefängnisgrube zum höchsten Gott zu bekehren. Er hatte typhonischer Gluthitze geopfert werden sollen, hatte im Kalkofen gesteckt oder – Eliezers Angaben schwankten – vielmehr den Scheiterhaufen beschritten, und auch das trug den Stempel der Wahrheit, denn Joseph wußte sehr gut, daß noch heute in vielen Städten ein »Fest des Scheiterhaufens« begangen wurde. Feiert man aber Feste, denen nicht ein Gedenken zugrunde liegt, unwirkliche, wurzellose Feste? Führt man am Neujahrs- und Schöpfungstage im frommen Mummenschanz Dinge auf, die man sich oder einem Engel aus den Fingern gesogen hat und die sich nie zugetragen haben? Der Mensch denkt sich nichts aus. Er ist wohl erzgescheit, seit er vom Baume gegessen, und in diesem Betracht fehlte nicht viel, daß er ein Gott wäre. Aber wie sollte er bei aller Gescheitheit auf etwas kommen, was nicht da ist? Es hatte also seine Richtigkeit mit dem Scheiterhaufen.

Eliezer zufolge hatte Abraham die Stadt Dimaschki gegründet und war ihr Urkönig gewesen. Eine licht schimmernde Aussage; denn Städte pflegen nicht von Menschen gegründet zu werden, und nicht Menschenantlitz pflegen die Wesen zu tragen, die man ihre Urkönige nennt. Auch Hebron selbst, Kirjath Arba genannt, in dessen Gebiet man saß, war nicht von einem Menschen erbaut worden, sondern, wie wenigstens der Volksmund es wissen wollte, von dem Riesen Arba oder Arbaal. Eliezer dagegen hielt strikt dafür, Abram habe auch Hebron gegründet, was aber vielleicht keinen Widerspruch zu der Volksmeinung bildete und bilden sollte; denn daß Urvater von Gigantengröße gewesen sein mußte, ging schon daraus hervor, daß er nach Eliezers Zeugnis meilenlange Schritte gemacht hatte.

Was Wunders also, daß dem Joseph in gewissen träumerisch verworrenen Augenblicken die Gestalt seines Ahnen, des Städtegründers, in ferner Durchsicht zusammenlief mit der des Bel zu Babel, der den Turm und die Stadt baute und der ein Gott wurde, nachdem er auch einmal Mensch gewesen und beigesetzt worden im Bel-Grabe? Mit Abraham schien es sich umgekehrt zu verhalten. Aber was heißt hier »umgekehrt«, und wer will sagen, was er zuerst gewesen war und wo die Geschichten ursprünglich zu Hause sind, droben oder drunten? Sie sind die Gegenwart dessen, was umschwingt, die Einheit des Doppelten, das Standbild mit Namen »Zugleich«.

DRITTES HAUPTSTÜCK: JOSEPH UND BENJAMIN

Der Adonishain

Eine halbe Stunde Weges von Jaakobs lockerer Siedelung, von seinen Zelthütten, Ställen, Pferchen und Vorratsschuppen gegen die Stadt, gab es eine Schlucht, die ganz mit starkstämmigem Myrtengebüsch, krüppelwaldartig, gefüllt war und den Leuten von Hebron als Hain der Astaroth-Ischtar oder mehr noch ihres Sohnes, Bruders und Gatten, des Tammuz-Adoni, heilig galt. Angenehme, wenn auch im Sommer hitzige Bitternis erfüllte da die Luft, und die würzige Wildnis war nicht undurchdringlich, sondern ein Gewirr krummer Zufallsöffnungen, die man für Pfade halten konnte, führte überall darin herum, und steuerte man gegen den tiefsten Punkt der Mulde, so fand man eine gewiß durch Rodung entstandene Freiheit mit Heiligtum: ein übermannshoher vierkantiger Steinkegel, in den Zeugungssymbole eingeprägt waren, eine Massebe, war, selbst wohl ein Zeugungssymbol, inmitten der Lichtung errichtet, und auf ihrem Sockel fanden sich Weihgaben niedergelegt, irdene Gefäße, mit Erde gefüllt, aus der es weiß-grünlich keimte, und künstlichere Dinge dieser Art: zum Viereck verleimte Holzlatten, mit Leinwand bespannt, von der eine unförmige grüne Menschengestalt, gewickelt, wie es schien, sich sonderbar abhob; denn die spendenden Frauen hatten die Zeichnung eines Toten auf der Leinwand mit Fruchterde bedeckt, Weizen darein gesät, die Saat benetzt und die Triebe ebengeschoren, so daß die Figur grün erhaben auf dem Grunde lag.

An diesen Ort kam Joseph oft mit Benjamin, seinem leiblichen Bruder, der, nun achtjährig, der Obhut der Weiber zu entwachsen begann und seine Schritte gern zu denen des Erstgeborenen seiner Mutter gesellte, – ein pausbäckiger Junge, der nicht mehr nackt lief, sondern einen knielangen, an den Säumen bestickten Hemdrock aus dunkelblauer oder rostroter Wolle mit kurzen Ärmeln trug. Er hatte schöne graue Augen, die er mit einem Ausdruck klarsten Vertrauens zu dem Älteren aufzuschlagen pflegte, dichtes, metallisches Haar, das wie ein spiegelnder Helm seinen Schädel dick aufliegend von der Mitte der Stirn bis in den Nacken bedeckte, mit Ausschnitten für die Ohren, die ebenso klein und fest waren wie seine Nase und seine kurzfingrigen Hände, deren eine er immer dem Bruder gab, wenn sie zusammen gingen. Er war zutunlichen Wesens, die Freundlichkeit Rahels war in ihm. Aber eine schüchterne Schwermut lag wie ein Schatten über seiner kleinen Person, denn was er in vorbewußtem Zustande angerichtet, die Todesart und -stunde der Mutter, war ihm nicht unbekannt geblieben, und das Gefühl tragisch schuldloser Schuld, das er mit sich herumtrug, wurde genährt durch das Verhalten Jaakobs zu ihm, das gewiß nicht unzärtlich, aber von schmerzlicher Scheu bestimmt war, so nämlich, daß der Vater seinen Anblick eher mied als suchte, von Zeit zu Zeit aber den Jüngsten lange und inständig ans Herz drückte, ihn Benoni nannte und an seinem Ohre von Rahel sprach.

Mit dem Vater also war für den Kleinen, als er sich von den Röcken der Frauen löste, kein recht unbefangenes Auskommen. Desto inniger schloß er sich dem Vollbruder an, den er auf alle Weise bewunderte und der, obgleich jedermann mit hohen Augenbrauen lächelte, der ihn sah, doch recht vereinsamt dastand, solche Anhänglichkeit also wohl brauchen konnte und auch für sein Teil die natürliche Zusammengehörigkeit mit dem Kleinen stark empfand, so daß er ihn also zum Freunde und Vertrauten nahm – in einem Maße sogar, mit dem er dem bestehenden Altersunterschiede zu wenig Rechnung trug und das Benjamin fast mehr noch beschwerte und verwirrte, als es ihn stolz und glücklich machte. Ja, was der kluge und wunderschöne »Jossef« (so sprach Benoni den Namen des Bruders aus) ihm alles sagte und anvertraute, war mehr, als seine Kindlichkeit bergen konnte, und so eifrig er war, es aufzunehmen, so verstärkte es doch den Schatten von Melancholie, der über dem kleinen Muttermörder lag.

Hand in Hand gingen sie weg von Jaakobs Ölgarten am Hügel, wo die Söhne der Mägde Ernte und Kelter hielten. Sie hatten den Joseph von dort verwiesen, weil er dem Vater, der auf dem Viehhof saß und von dem vor ihm stehenden Eliezer eine Abrechnung entgegennahm, angezeigt hatte, daß sie an fast allen Bäumen die Frucht hätten zu reif werden lassen, so daß sie kein feinstes Öl mehr ergäbe, besonders da sie sie seiner Ansicht nach in den Mühlen zu heftig preßten und quetschten, statt sie behutsam zu zerstoßen. Nachdem sie ihren Tadel empfangen, hatten Dan, Naphtali, Gad und Ascher mit ausgestreckten Armen und schief offenen Mündern den Angeber oder auch Verleumder sich seines Weges scheren geheißen; Joseph aber hatte den Benjamin gerufen und zu ihm gesprochen:

»Komm, wir gehen an unseren Ort.«

Unterwegs sagte er:

»Ich habe den Ausdruck gebraucht: ›an fast allen Bäumen‹ – gut, das war eine Übertreibung, wie wohl die Rede sie mit sich bringt. Hätte ich gesagt ›an mehreren‹, so wär's genauer abgewogen gewesen, das will ich zugeben, denn ich bin selbst in den alten, dreistämmigen hinaufgegangen, den ummauerten, weißt du, um zu pflücken und hinabzuwerfen ins Tuch, während die Brüder leider mit Steinen warfen nach der Frucht und sie mit Stöcken abschlugen, und ich habe mit Augen gesehen, daß sie an den alten jedenfalls schon zu ausgereift war, – von den anderen will ich nichts sagen. Sie aber tun, als löge ich überhaupt und als wäre fein Öl zu gewinnen, wenn man mit dem Stein über die heilige Gabe tölpelt wie sie und alles zermalmt. Kann man das sehen, ohne zu klagen?«

»Nein«, antwortete Benjamin dann, »du weißt es besser als sie und mußtest zum Vater gehen, damit er's erfahre. Mir ist es ganz recht, daß du Zank mit ihnen hattest, kleiner Jossef, denn da hast du den Bruder gerufen zur rechten Hand.«

»Stattlicher Ben«, sagte Joseph, »jetzt wollen wir anspringen und das Feldmäuerchen da im Fluge nehmen, eins, zwei, drei –«

»Schon gut«, erwiderte Benjamin. »Aber laß mich nicht los dabei! Zusammen ist es sowohl lustiger wie auch sicherer für mich Minderjährigen.«

Sie liefen, sprangen und gingen weiter. Wenn Benjamins Hand in der seinen zu heiß und naß wurde, hatte Joseph die Gewohnheit, sie am Gelenk zu nehmen, das Benjamin lose machte, und mit ihr zu fächeln, damit sie im Winde trockne. Über diese Lüftung lachte der Kleine immer so sehr, daß er stolperte.

Wenn sie zur Myrtenschlucht kamen und zum Gotteshain, mußten sie sich trennen und hintereinander gehen, die engen Buschpfade wollten es so. Sie bildeten einen Irrgarten, in dem sich umherzuschlagen sie immer unterhielt; denn es war spannend, wie weit ein geschlängelter Durchlaß das Vorwärtsdringen erlaubte, bis man vorm Undurchdringlichen festsaß, und ob es noch einmal, indem man bergan oder bergabwärts ausbog, ein Weiterkommen gab oder ob man umkehren mußte, auf die Gefahr hin übrigens, den Weg, der einen so weit geführt, zu verfehlen und abermals in eine Sackgasse zu geraten. Sie redeten und lachten im Kampfe, indem sie ihre Gesichter vor Schlägen und Kratzern schützten, und Joseph brach auch wohl kleine Zweige vom Gebüsch, das im Frühjahr weiß blühte, und sammelte sie in der Hand für später; denn hier war es, wo er sich immer mit Myrtengrün versah für die Kränze, die er im Haar zu tragen liebte. Anfangs hatte Benjamin es ihm darin gleichtun wollen, hatte auch für sein Teil gepflückt und den Bruder gebeten, auch ihm einen Kranz zu machen. Aber er hatte gemerkt, daß Joseph es nicht gern sah, wenn er auch sich mit Myrten schmückte, sondern diese Zier, ohne es geradezu auszusprechen, sich selber vorbehielt, – wohinter, wie es dem Kleinen schien, eine Art von Gedankengeheimnis steckte, wie Joseph solche auch sonst, das merkte Benjamin ebenfalls, bei sich hütete: denn gerade gegen ihn, das Brüderchen, hielt er dabei nicht immer ganz dicht. Benoni vermutete, es könne sich bei Josephs uneingestandener, aber auffallender Eifersucht auf den Myrtenschmuck vielleicht um die Erberwählung, die nominelle Erstgeburtswürde, die Segensträgerschaft handeln, die, wie bekannt, vom Vater ihm zugedacht, über seinem Scheitel schwebte – doch war das augenscheinlich nicht alles.

»Sei ruhig, Bürschchen!« mochte Joseph wohl sagen, indem er den Gefährten auf seinen kühlen Haarhelm küßte. »Ich mache dir zu Hause einen Kranz aus Eichenlaub oder von bunten Disteln oder einen Ebereschenkranz mit roten Perlen darin, – was sagst du dazu? Ist es nicht hübscher? Was soll dir die Myrte? Sie paßt nicht zu dir. Man muß achtgeben, womit man sich schmückt, und seine Wahl treffen.«

Dann antwortete Benjamin:

»Das ist offenbar, du hast recht, und ich sehe es ein, Josephja, Jaschup, mein Jehosiph. Du bist über die Maßen klug, und was du sagst, könnte nicht ich sagen. Aber wenn du es sagst, so sehe ich es und ergebe mich in deine Gedanken, so daß es auch meine sind und ich so klug bin, wie du mich machst. Es ist mir ganz klar, daß man eine Wahl treffen muß und daß nicht jedem ein jeder Schmuck gebührt. Ich sehe, du willst dabei stehenbleiben und mich so klug lassen, wie ich damit geworden bin. Aber selbst wenn du weitergingest und ließest dich gegen den Bruder genauer aus, so würde ich schon mitkommen, glaube dem Kleinen, du könntest ihm manches zumuten.«

Joseph schwieg.

»Soviel habe ich sagen hören von Leuten«, fuhr Benjamin

fort, »daß die Myrte ein Gleichnis ist der Jugend und Schönheit – so sagen die Großen, wenn ich es sage, so lächert's dich und mich, denn was sind das für Worte, daß sie mir zukämen nach ihrem Laut und nach ihrer Meinung. Jung bin ich wohl, nämlich klein, das heißt noch nicht einmal jung, sondern ein Knirps: Jung bist du und bist schön, daß es ein Geschrei und Gerede ist in der Welt. Ich hingegen bin ja eher drollig als schön, – sehe ich meine Beine an, so sind sie zu kurz im Verhältnis zum übrigen, einen Nabelbauch hab' ich auch wie ein Säugling noch, und meine Backen sind rund, als hätt' ich sie stets voller Odem geblasen, zu schweigen von dem Haar meines Hauptes, das einer Mütze aus Otternfell gleicht. Wenn also die Myrte der Jugend und Schönheit ziemt, und es ist dies die Bewandtnis, dann ziemt sie freilich nur dir, und für mich wär's ein Fehler, sie anzulegen. Ich weiß ganz wohl, daß man fehlen kann und sich Schaden zuziehen in solchen Dingen. Siehst du, auch schon von mir aus, und ehe du redest, verstehe ich einiges, aber natürlich nicht alles, du mußt mir schon helfen.«

»Gutes Männlein«, sagte Joseph und legte den Arm um ihn. »Deine Otternmütze ist mir ganz recht, wie auch Bäuchlein und Backen. Du bist mein Brüderchen rechter Hand und bist meines Fleisches, denn aus demselben Abgrunde kamen wir beide, der da heißt ›Absu‹, uns aber heißt er Mami, die Süße, um die Jaakob diente. Komm, wir wollen zum Steine hinab und ruhen.«

»Das wollen wir«, erwiderte Benjamin. »Wir wollen die Gärtlein der Frauen betrachten in den Rahmen und Töpfen, und du erklärst mir die Grabstätte, das höre ich gern. – Höchstens weil Mami doch an mir starb«, setzte er im Abwärtssteigen hinzu, »und ich halb und halb Todessöhnchen heiße, höchstens darum könnte allenfalls auch mir wohl die Myrte zukommen, denn ich hörte von Leuten, daß sie auch ein Todesschmuck wäre.«

»Ja, es ist Klage in der Welt um Jugend und Schönheit«, sagte Joseph, »aus dem Grunde, weil Aschera Weinen bereitet den Ihren und Verderben bringt denen, die sie liebt. Darum ist die Myrte auch wohl ein Todesstrauch. Spüre aber einmal den Duft der Zweige, – riechst du die Strenge? Bitter und herb ist der Myrtenschmuck, denn er ist der Schmuck des Ganzopfers und ist aufgespart den Aufgesparten und vorbehalten den Vorbehaltenen. Geweihte Jugend, das ist der Name des Ganzopfers. Aber die Myrte im Haar, das ist das Kräutlein Rührmichnichtan.«

»Jetzt hast du nicht mehr den Arm um mich«, bemerkte Benjamin, »sondern hast ihn von mir getan und läßt den Kleinen ganz einzeln gehen.«

»Hier ist wieder mein Arm!« rief Joseph. »Du bist mein rechtes Brüderchen, und ich will dir daheim einen kunterbunten Kranz machen aus allerlei Kräutern des Feldes, so daß jeder vor Freuden lacht, der dich sieht, – soll das ein Wort sein hier auf der Stelle zwischen dir und mir?«

»Es ist lieb und gut von dir«, sagte Benjamin. »Erlaube mir einen Augenblick deinen Rock, daß ich ihn am Saum mit den Lippen berühre!«

Er dachte: Augenscheinlich ist es die Erberwählung und Erstgeburt, die er im Sinne hat. Doch berührt es mich neu und sonderbar, daß er vom Ganzopfer etwas hineinmischt und von Rührmichnichtan. Es ist möglich, daß er an Isaak denkt, wenn er vom Ganzopfer spricht und von geweihter Jugend. Jedenfalls will er mich dahin bedeuten, die Myrte sei ein Opferschmuck; das ängstigt mich etwas.

Laut sagte er:

»Du bist noch einmal so schön, wenn du sprichst wie eben, und ich weiß kaum in meiner Narrheit, ob der Myrtengeruch in meiner Nase aus den Bäumen hier kommt oder von deinen Worten ist. Jetzt sind wir am Orte. Sieh, der Gaben sind mehr worden seit vorigem Male. Es sind zwei Saatgötter hinzugekommen in Rahmen und zwei keimende Schüsseln. Es waren Frauen hier. Auch vor die Grotte haben sie Gärtlein gestellt, die will ich besehen. Aber der Stein ist unberührt und nicht weggewälzt vom Grabe. Ob wohl der Herr darin ist, die schöne Gestalt, oder wo ist er?«

Es war nämlich seitlich im Abhang eine umbuschte und felsige Höhle, nicht hoch, aber mannslang und unvollkommen mit einem Steine verschlossen, die diente den Weibern aus Hebron zu ihren Festgebräuchen.

»Nicht doch«, erwiderte Joseph auf die Frage, »die Gestalt ist nicht hier und nicht sichtbar jahrüber. Sie ist verwahrt im Tempel von Kirjath Arba, und nur am Fest, am Tage der Wende, wenn die Sonne zu schwinden beginnt und das Licht anheimfällt der Unterwelt, wird sie hervorgeholt, und die Frauen handhaben sie nach den Bräuchen.«

»Sie setzen sie bei in der Höhle?« forschte Benjamin. Einmal fragte er zum ersten Male so, und Joseph belehrte ihn. Später tat der Kleine öfters, als habe er die Belehrung vergessen, um sie aufs neue zu empfangen und Joseph über Adonai, den Schäfer und Herrn, den Gemordeten, um den Klage war in der Welt, reden zu hören. Denn er horchte dabei zwischen seine Worte hinein und auf den Ton und die Bewegung seiner Rede, und es war ihm unbestimmt so, als möchte er dem Bruder dabei auf sein Gedankengeheimnis kommen, das – so schien es ihm – in der Rede aufgelöst war wie das Salz im Meere.

»Nein, daß sie ihn begraben, kommt später«, antwortete Joseph. »Erst suchen sie ihn.« Er saß am Fuß des Astaroth-Mals, dieses schwärzlichen Steinkegels von roher Form, dessen Oberfläche wie von kleinen, brandigen Blasen bedeckt schien, und seine Hände, an deren Rücken die feinen Knöchelverlängerungen bewegt hervortraten, hatten begonnen, die gesammelten Myrtenzweige zum Kranz zu flechten.

Benjamin betrachtete ihn von der Seite. Eine dunkle Blankheit unterhalb seiner Schläfe und an seinem Kinn ließ erkennen, daß er sich schon den Bart rasierte: er tat es mittels einer Mischung aus Öl und Pottasche und eines Steinmessers. Wenn er sich nun den Bart hätte wachsen lassen, was dann? Man mochte bedenken, daß ihn das sehr verändert hätte. Möglicherweise wäre es noch nicht viel gewesen mit dem Bart; doch immerhin, was wäre dann aus seiner Schönheit geworden, der besonderen seiner siebzehn Jahre? Ebensogut hätte er einen Hundekopf auf dem Halse tragen können – es hätte auch nichts Wesentliches mehr ausgemacht. Ein gebrechlich Ding ist die Schönheit, das muß man gestehen. »Sie suchen ihn«, sagte Joseph, »denn er ist der erhabene Vermißte. Einige von ihnen haben die Gestalt versteckt im Gebüsch, aber auch sie suchen mit, sie wissen, wo sie ist, und wissen es nicht, sie verwirren sich absichtlich. Sie klagen alle, indes sie umherirren und suchen, sie klagen zusammen und doch jede einzeln für sich: ›Wo bist du, mein schöner Gott, mein Gatte, mein Sohn, mein bunter Schäfervogel? Ich vermisse dich! Was ist dir zugestoßen im Hain, in der Welt, im Grünen?‹«

»Aber sie wissen doch«, warf Benjamin ein, »daß der Herr zerrissen ist und tot?«

»Noch nicht«, erwiderte Joseph. »Das ist das Fest. Sie wissen es, weil es einst entdeckt wurde, und wissen es noch nicht, weil die Stunde, es wieder zu entdecken, noch nicht gekommen ist. Im Fest hat jede Stunde ihr Wissen, und jede der Frauen ist die suchende Göttin, ehe sie gefunden hat.«

»Aber dann finden sie den Herrn?«

»Du sagst es. Er liegt im Gebüsch, und seine Seite ist aufgerissen. Sie drängen alle herzu, heben die Arme und schreien schrill.«

»Du hast es gehört und gesehen?«

»Du weißt, daß ich es schon zweimal gehört und gesehen

habe, aber ich nahm dir das Versprechen ab, es nicht dem Vater zu sagen. Hast du geschwiegen?«

»Ich habe fest geschwiegen!« versicherte Benoni. »Werde ich den Vater kränken? Ich habe ihn genug gekränkt mit meinem Leben.«

»Ich werde auch wieder hingehen, wenn es herankommt«, sagte Joseph. »Jetzt sind wir ebenso weit entfernt vom vorigen Mal wie vom nächsten Mal. Wenn sie das Öl keltern, ist die Zeitenwende der Wiederkehr. Es ist ein wunderbares Fest. Der Herr liegt hingestreckt in den Sträuchern mit der klaffenden Todeswunde.«

»Wie sieht er wohl aus?«

»Wie ich ihn dir beschrieb. Er ist von schöner Gestalt, aus Olivenholz, Wachs und Glas, denn seine Augensterne sind aus schwarzem Glas, und sie haben Wimpern.«

»Er ist jung?«

»Ich sagte dir ja, daß er jung und schön ist. Die Masern des gelben Holzes sehen feinem Geäder gleich an seinem Leibe, seine Locken sind schwarz, und der Schurz seiner Lenden ist vielfarbig gewirkt, mit Perlen und Glasfluß darin und Purpurfransen am Saum.«

»Was hat er im Haar?«

»Nichts«, antwortete Joseph kurz. – »Man hat seine Lippen, Nägel und Körpermale aus Wachs gemacht, und auch die furchtbare Wunde von Ninibs Zahn ist mit rotem Wachs ausgelegt. Sie blutet.«

»Du sagtest, der Frauen Jammer sei groß, wenn sie ihn finden?«

»Er ist sehr groß. Bisher war es nur die Klage des Vermissens, jetzt erst beginnt die große Klage des Findens, die weit gellender ist. Es ist die Flötentrauer um Tammuz, den Herrn, denn hier am Orte sitzen Spielleute, die blasen aus aller Kraft kurze Flöten, deren Weinen gar jammervoll das Gebein durchdringt.

Die Weiber aber lassen ihr Haar fallen und schweifen aus in allen ihren Gebärden, indem sie über dem Leichnam klagen: ›O mein Gatte, mein Kind!‹ Denn jede von ihnen ist wie die Göttin, und jede klagt: ›Niemand liebte dich mehr als ich!‹«

»Ich muß schluchzen, Joseph. Der Tod des Herrn ist fast zu jammervoll für mich Kleinen, so daß es mich stößt von innen. Warum mußte auch der Junge, Schöne zerrissen werden im Hain, in der Welt, im Grünen, daß nun solche Klage über ihn ist?«

»Das verstehst du nicht«, antwortete Joseph. »Er ist der Dulder und ist das Opfer. Er steigt in den Abgrund, um daraus hervorzugehen und verherrlicht zu werden. Dessen war Abram gewiß, als er das Messer hob über den wahrhaften Sohn. Aber als er es niederstieß, da war's zum Ersatz ein Widder. Darum, wenn wir einen Widder darbringen oder ein Lamm als Ganzopfer, so hängen wir ihm wohl ein Siegel an mit dem Bild eines Menschen zum Zeichen der Stellvertretung. Aber das Geheimnis der Stellvertretung ist größer, es ist beschlossen im Sternenstande von Mensch, Gott und Tier und ist das Geheimnis des Austausches. Wie der Mensch den Sohn darbringt im Tiere, so bringt der Sohn sich dar durch das Tier. Ninib ist nicht verflucht, denn es steht geschrieben: Einen Gott soll man schlachten, und des Tieres Sinn ist der des Sohnes, der seine Stunde kennt, als wie im Feste, und kennt auch die, da er des Todes Wohnung umstürzen und hervorgehen wird aus der Höhle.«

»Wär' es nur erst so weit«, sagte der Kleine, »und es begönne das Freudenfest! Legen sie den Herrn nun in das Grab und in die Höhle dort?«

Joseph wiegte sich bei seiner Arbeit in den Hüften hin und her. Er summte näselnd:

»In den Tagen des Tammuz spielet auf der Flöte von Lasurit,
Auf dem Ring von Karneol spielet zugleich! ...

Sie tragen ihn klagend hierher zum Steine«, sagte er dann, »und die Spielleute verstärken ihr Spiel auf den Flöten, daß es in die Seele schneidet. Ich sah die Weiber geschäftig um die Leichengestalt in ihrem Schoß. Sie wuschen sie mit Wasser und salbten sie mit Nardenöl, daß die Miene des Herrn und sein gemaserter Leib davon glänzten und troffen. Danach umwanden sie ihn mit Binden aus Leinwand und Wolle, hüllten ihn ein in Purpurtücher und streckten ihn auf eine Bahre hin hier am Stein, unausgesetzt zu den Pfeifen klagend und weinend:

›Wehe um Tammuz!
Wehe um den geliebten Sohn, meinen Frühling, mein Licht!
Adon! Adonai!
Wir setzen uns mit Tränen nieder,
Denn du bist tot, mein Gott, mein Gatte, mein Kind!
Du bist eine Tamariske, die im Beete Wasser nicht getrunken,
Deren Wipfel auf dem Felde keinen Trieb hervorgebracht!
Ein Schößling bist du, den man in seiner Wasserrinne nicht gepflanzt hat,
Ein Reis, dessen Wurzeln ausgerissen sind,
Ein Grünkraut, das im Garten kein Wasser getrunken!
Wehe, mein Damu, mein Kind, mein Licht!
Niemand liebte dich mehr als ich!‹«

»Du kennst die Klage wohl in allen ihren Worten.«

»Ich kenne sie«, sagte Joseph.

»Und auch dir geht sie nahe ans Herz, wie mich dünkt«, setzte Benoni hinzu. »Ein- oder zweimal, während du sangest, war es mir ganz, als wollte es dich ebenfalls von innen stoßen, obgleich die Weiber der Stadt es doch nur treiben, wie sie's wissen, und der Sohn nicht Adonai ist, Jaakobs und Abrahams Gott.«

»Er ist der Sohn und der Geliebte«, sagte Joseph, »und ist das

Opfer. Was redest du, es hat mich nicht gestoßen. Bin ich doch nicht klein und weinerlich wie du.«

»Nein, sondern bist jung und schön«, sagte Benjamin unterwürfig. »Nun ist dein Kranz gleich fertig, den du dir vorbehältst. Ich sehe, du hast ihn vorne höher und breiter gemacht denn hinten, als wie eine Stirnkrone, um deine Geschicklichkeit zu beweisen. Ich freue mich darauf, daß du ihn dir aufsetzest, mehr als auf den Ebereschenkranz, den du mir machen willst. Aber der schöne Gott liegt nun auf der Bahre vier Tage lang?«

»Du sagst es und hast es behalten«, antwortete Joseph. »Dein Verstand ist im Zunehmen und wird bald rund und voll sein, daß man ausnahmslos alles mit dir besprechen kann. Er liegt dort ausgestellt bis auf den vierten Tag, und täglich kommen mit den Pfeifern die Städter heraus in den Hain, schlagen sich die Brüste bei seinem Anblick und klagen:

›O Duzi, mein Herrscher, wie lange liegst du da!
O Herr des Schafstalls, Ohnmächtiger, wie lange liegst du da!
Ich werde kein Brot essen, ich werde kein Wasser trinken,
Denn tot ist die Jugend, tot ist Tammuz!‹

Auch in dem Tempel drinnen und in den Häusern klagen sie so. Aber den vierten Tag kommen sie und legen ihn in die Lade.«

»In einen Kasten?«

»Man muß ihn ›die Lade‹ nennen. Auch ›Kasten‹ wäre ein Wort dafür, ganz zutreffend an und für sich, doch unschicklich in diesem Fall. Man sagt von alters ›die Lade‹. Der Herr paßt genau hinein, sie ist nach seinem Maße gemacht, aus Holz, rot geflammt und schwarz, und könnte nicht besser passen. Sobald Er darin liegt, schlagen sie den Deckel zu, verpechen ihn ringsherum und setzen bei den Herrn in der Höhle dort unter Tränen, wälzen den Stein davor und kehren heim von dem Grabe.«

»Verstummt nun das Weinen?«

»Das hast du schlecht behalten. Es wird noch fortgeklagt im Tempel und in den Häusern, zwei Tage lang und einen halben. Aber den dritten Tag, wenn es dunkelt, beginnt das Fest des Lampenbrennens.«

»Darauf habe ich mich gefreut. Sie zünden einige wenige Lampen an?«

»Zahllose Lampen, überall«, sagte Joseph, »so viele sie nur besitzen, um die Häuser herum unter dem Himmel sowie am Wege hierher und am Orte, da ringsumher im Gebüsch, überall brennen Lampen. Sie kommen zum Grabe und klagen noch einmal, und das ist sogar der allerbitterste Jammer, nie zuvor haben die Flöten so schneidend gegellt zu der Klage: ›O Duzi, wie lange liegst du da!‹, und lange noch haben die Weiber zerkratzte Brüste von dieser Trauer. Um Mitternacht aber wird alles still.«

Benjamin griff nach des Bruders Arm.

»Urplötzlich wird's still?« sagte er. »Und alles schweigt?«

»Regungslos stehen sie und verstummen. Die Stille dauert. Da aber wird von fern eine Stimme laut, einzeln, hell und freudevoll: ›Tammuz lebt! Der Herr ist auferstanden! Umgestürzt hat Er die Wohnung des Todesschattens! Groß ist der Herr!‹«

»Oh, welche Nachricht, Joseph! Ich wußte, daß sie kommen würde zu ihrer Feststunde, aber sie fährt mir doch in die Glieder, als hätt' ich sie nie gehört. Wer ist es, der ruft?«

»Es ist ein Mägdlein zarten Antlitzes, besonders dazu erwählt und ernannt jedes neue Jahr. Ihre Eltern preisen sich hoch deswegen und stehen in Ehren. Die Verkünderin kommt daher, eine Laute im Arm, sie klingt und singt:

›Tammuz lebt, Adon ist auferstanden!
Groß ist Er, groß, der Herr ist groß!

Sein Auge, das der Tod verschloß, Er hat es aufgetan.
Sein Mund, den der Tod verschloß, Er hat ihn aufgetan.
Seine Füße, die gefesselt waren, gehn wieder dahin,
Grünkraut und Blumen sprießen unter ihrem Tritt.
Groß ist der Herr, Adonai ist groß!‹

Aber indes das Mägdlein kommt und singt, stürzen alle sich auf das Grab. Sie wälzen den Stein hinweg, und siehe, die Lade ist leer.«

»Wo ist der Zerrissene?«

»Er ist nicht mehr da. Das Grab hat ihn nicht gehalten, es sei denn drei Tage. Er ist erstanden.«

»Oh! – Doch, Joseph, wie – verzeih mir Pausbäckigem, aber was redest du da? Betrüge, bitte, nicht deiner Mutter Sohn! Denn du hast mir gesagt das eine und andere Mal, daß die schöne Gestalt im Tempel verwahrt wird von Jahr zu Jahr. Darum, was heißt hier ›erstanden‹?«

»Närrchen«, erwiderte Joseph, »es fehlt viel, daß dein Verstand rund und voll wäre, sondern, ist er auch zunehmend, so gleicht er doch noch einem Nachen, der schwankend dahinfährt über das Himmelsmeer. Ist es denn nicht das Fest in seinen Stunden, von dem ich dir sage, und betrügen sich wohl auch die Leute, die es Stunde für Stunde begehen, indem sie die nächste kennen, aber die gegenwärtige heiligen? Wissen sie doch alle, daß die Gestalt im Tempel verwahrt ist, und dennoch ist Tammuz erstanden. Ich glaube fast, du meinst, weil das Bild nicht der Gott ist, wäre der Gott nicht das Bild. Hüte dich, er ist's allerdings! Denn das Bild ist das Mittel der Gegenwart und des Festes. Tammuz aber, der Herr, ist der Herr des Festes.«

Dabei setzte er sich den Kranz aufs Haupt, denn er war fertig. Benjamin betrachtete ihn mit großen Augen.

»Gott unserer Väter«, rief er bewundernd, »wie die Stirnkrone aus Myrtengrün dich kleidet, die du für dich gemacht hast vor mir mit kundigen Händen! Einzig dir steht sie an, und wenn ich denke, wie sie sich ausnehmen würde auf meiner Otternmütze, so sehe ich ein, wie fehlerhaft es wäre, wenn du sie dir nicht vorbehieltest. Sage mir wahr«, fuhr er fort, »und erzähle mir noch: Wenn die Leute der Stadt Lade und Grab leer gefunden, dann kehren sie wohl still und freudig in sich gekehrt nach Hause zurück?«

»Dann beginnt der Jubel«, verbesserte Joseph, »und bricht aus das Freudenfest. ›Leer, leer, leer!‹ rufen sie alle. ›Das Grab ist leer, Adon ist auferstanden!‹ Sie küssen das Kind und rufen: ›Der Herr ist groß!‹ Dann küssen sie einander wechselseitig und rufen: ›Verherrlicht ist Tammuz!‹ Dann halten sie einen Reigen und Wirbeltanz um das Mal der Astaroth hier im Lampenschein. Und auch in der erhellten Stadt ist eitel Freude und Lustbarkeit, sie schmausen und zechen, und alle Lüfte sind voll von dem Ruf der Verkündung. Ja, noch den nächsten Tag grüßen sie einander mit Doppelkuß und mit dem Gruße: ›Er ist wahrlich erstanden!‹«

»Ja«, sagte Benjamin, »so ist's, und so hast du mir's angezeigt. Ich hatte es nur vergessen und dachte, sie gingen still nach Hause. Was für ein herrliches Fest in allen seinen Stunden! Und dem Herrn ist nun also das Haupt erhöht für dieses Jahr, aber er kennt die Stunde, da Ninib ihn wieder schlagen wird im Grünen.«

»Nicht ›wieder‹«, belehrte ihn Joseph. »Es ist immer das eine und erste Mal.«

»Wie du meinst, lieber Bruder, so ist es. Es war unreif, wie ich mich ausdrückte, und eines Knirpses Sprache. Das eine und erste Mal immer, denn Er ist der Herr des Festes. Aber, wenn man es recht bedenkt, einmal, damit das Fest werde, muß es doch wohl das erste und eine Mal gewesen sein, daß Tammuz starb und der Schöne zerrissen ward, oder nicht?«

»Wenn Ischtar vom Himmel verschwindet und hinabsteigt, den Sohn zu erwecken, das ist das Geschehen.«

»Ei ja, das ist oben. Wie aber ist es hinieden? Du nennst das Geschehen. Nenne mir aber doch die Geschichte!«

»Sie sagen, es war ein König zu Gebal«, antwortete Joseph, »zu Füßen des Schneegebirges, der hatte eine Tochter, lieblich von Angesicht, und Nana, die da heißt Astaroth, schlug ihn mit Narrheit zu ihrer Lust, also daß die Lust ihn ergriff nach seinem Fleisch und Blut und er die Tochter erkannte.«

Dabei wies Joseph hinter sich auf die Zeichen, die eingewetzt waren in das Mal, an dem sie saßen.

»Da sie nun schwanger war von einem Kinde«, fuhr er fort, »und der König sah, daß er seines Enkels Vater war, packten ihn Verwirrung, Wut und Reue, und er hob sich auf, sie zu töten. Aber die Götter, wohl wissend, daß Aschrath dies angerichtet, verwandelten die Schwangere in einen Baum.«

»In was für einen Baum?«

»Es war ein Baum oder Strauch«, sagte Joseph ärgerlich, »oder ein Strauch von Baumesstärke. Ich war nicht in der Nähe, daß ich dir sagen soll, was für eine Nase der König gehabt und was für Ohrringe die Amme der Königstochter. Willst du hören, so höre und wirf mir nicht unreife Fragen gleich Steinen ins Gehege!«

»Schiltst du, so weine ich«, klagte Benjamin, »und dann mußt du mich trösten. Darum, so schilt nicht erst, sondern glaube, ich will nichts Besseres als hören!«

»Nach zehn Monaten«, setzte Joseph seine Erzählung fort, »öffnete sich der Baum und sprang auf nach dieser Frist, und siehe, Adonai, der Knabe, ging daraus hervor. Ihn sah Aschera, die alles angerichtet, und gönnte ihn niemandem. Darum verwahrte sie ihn im Unteren Reich bei der Herrin Ereschkigal. Aber auch diese gönnte ihn niemandem und sprach: ›Nie gebe ich ihn wieder heraus, denn dies ist das Land ohne Wiederkehr.‹«

»Warum denn gönnten die Herrinnen ihn niemandem?«

»Niemandem und einander nicht. Du mußt fragen und alles wissen. Kann man aber von einem Ding auf das andere schließen, so braucht man nur eines zu sagen, und auch das andere ist daraus ersichtlich. Adon war der Sohn einer Lieblichen, und Nana selbst hatte bei seiner Zeugung die Hand im Spiele gehabt, da versteht sich ohne Worte, daß er zum Anlaß des Neides geschaffen war. Darum, als die Herrin der Lust im Unteren Reiche erschien, um ihn zu fordern, erschrak die Herrin Ereschkigal in tiefster Seele und biß die Zähne zusammen. Sie sprach zum Pförtner: ›Verfahre mit ihr nach den Bräuchen!‹ Und also mußte die Herrin Aschtarti die sieben Tore durchschreiten, zurücklassend in den Händen des Pförtners an jedem ein Stück ihrer Kleidung, Kopftuch, Gehänge, Gürtel und Spangen, am letzten Tore das Schamtuch, so daß sie nackt vor die Herrin Ereschkigal trat, den Tammuz zu fordern. Da machten die Herrinnen ihre Finger krumm und fuhren gegeneinander.«

»Sie rauften um ihn mit den Nägeln?«

»Ja, eine wand sich der anderen Haar um die Hand, und sie rauften, so groß war ihr Neid. Dann aber ließ die Herrin Ereschkigal die Herrin Aschtarti im Unteren Reiche einschließen mit sechzig Schlössern und schlug sie mit sechzig Krankheiten, also daß die Erde vergebens ihre Rückkehr erharrte und das Sprossen gefesselt sowie das Blühen gebunden war. Nachts wurde das Gefilde weiß, das Feld gebar Salz. Es ging kein Kraut auf, es wuchs kein Getreide. Der Stier besprang nicht mehr die Kuh, noch beugte der Esel sich über die Eselin, noch über das Weib der Mann. Der Mutterleib war verschlossen. Das Leben, von Lust verlassen, erstarrte in Traurigkeit.«

»Ach, Josephja, mach nur, daß du zu anderen Stunden kommst der Geschichte, und feiere diese nicht länger! Ich kann es nicht hören, daß nicht der Esel sich mehr über die Eselin beugte und die Erde aussätzig war von Salz. Ich werde weinen, und dann hast du deine Not mit mir.«

»Auch Gottes Bote weinte, als er es sah«, sagte Joseph, »und zeigte es an unter Tränen dem Herrn der Götter. Der sagte: ›Es geht nicht an, daß das Blühen gebunden ist. Ich will mich ins Mittel legen.‹ Und legte sich ins Mittel zwischen den Herrinnen Astaroth und Ereschkigal, indem er die Ordnung setzte, daß Adoni sollte ein Drittel des Jahres im Unteren Reich verbringen, ein Drittel auf Erden und ein Drittel, wo es ihm selbst beliebte. So führte Ischtar den Geliebten herauf.«

»Wo weilte aber der Sprößling des Baumes im dritten Drittel?«

»Das ist schwer zu sagen. An verschiedenen Orten. Es gab viel Neid um ihn und Umtriebe des Neides. Astaroth liebte ihn, aber mehr als ein Gott führte ihn hinweg und gönnte ihn niemandem.«

»Götter, nach dem Mannsbilde geschaffen und so wie ich?« fragte Benjamin.

»Wie du geschaffen bist«, antwortete Joseph, »ist wohl klar und gemeinverständlich, aber bei Göttern und Halbgöttern liegt es so eindeutig nicht. Viele nennen den Tammuz nicht Herrscher, sondern Herrscherin. Sie meinen dann Nana, die Göttin, zugleich aber den Gott, der mit ihr ist, oder ihn statt ihrer, denn ist auch wohl Ischtar ein Weib? Ich sah Bilder von ihr, und sie war bärtig. Also, warum sage ich nicht: Ich sah Bilder von ›ihm‹? Jaakob, unser Vater, macht sich kein Bild. Ohne Zweifel ist es das klügste, sich kein Bild zu machen. Aber wir müssen sprechen, und die linkischen Wahlfälle unserer Rede genügen der Wahrheit nicht. Ist Ischtar der Morgen stern?«

»Ja, und der Abendstern.«

»Sie ist also beides. Auch las ich von ihr auf einem Steine das Wort: ›Am Abend ein Weib und am Morgen ein Mann.‹ Wie soll man sich da ein Bild machen – und welchen Redefall wählen, um die Wahrheit zu treffen? Eines Gottes Bild sah ich, darstellend das Wasser Ägyptens, das die Fluren tränkt, und seine Brust war zur Hälfte eines Weibes Brust, zur anderen aber die eines Mannes. Vielleicht war Tammuz eine Jungfrau und ist ein Jüngling nur kraft des Todes.«

»Ist es des Todes Kraft, die Beschaffenheit zu ändern?«

»Der Tote ist Gott. Er ist Tammuz, der Hirte, der da Adonis heißt, aber im Unterlande Usiri. Dort hat er einen Knebelbart, wäre er auch lebend ein Weib gewesen.«

»Mami's Wangen waren überaus zart, hast du mir gesagt, und dufteten wie das Rosenblatt, wenn man sie küßte. Ich will mir kein bärtig Bild von ihr machen! Verlangst du's von mir, so bin ich ungezogen und tu's nicht.«

»Narr, ich verlange es nicht von dir«, sagte Joseph lachend. »Ich künde dir nur von den Leuten des Unterlandes und von ihren Gedanken über das nicht Gemeinverständliche.«

»Meine Pausbacken sind ebenfalls zart und weich«, bemerkte Benjamin und befühlte mit beiden Handflächen seine Wangen. »Das kommt, weil ich noch nicht einmal jung bin, sondern ein Knirps. Du, du bist jung. Darum hältst du dein Angesicht rein vom Barte, bis daß du ein Mann bist.«

»Ja, ich halte mich rein«, antwortete Joseph. »Du aber bist's. Du hast Wangen wie Mami's so zart, da du noch wie ein Engel des Höchsten bist, Gottes, des Herrn, der sich verlobt hat unserem Stamm und dem derselbe verlobt ist im Fleische durch den Bund Abrahams. Denn er ist uns ein Blutsbräutigam voller Eifer und Israel die Braut. Ist aber Israel wohl eine Braut oder ein Bräutigam? Das ist nicht gemeinverständlich, und man darf sich kein Bild davon machen, denn allenfalls ist es ein Bräutigam, zur Braut verschnitten, geweiht und aufgespart. Mache ich mir ein Bild von Elohim im Geiste, so ist er wie der Vater, der mich liebt, mehr denn meine Gesellen. Aber ich weiß, daß es Mami ist, die er liebt in mir, weil ich lebe, sie aber tot ist, – da lebt sie ihm nun in anderer Beschaffenheit. Ich und die Mutter sind eins. Jaakob aber meint Rahel, wenn er auf mich blickt, wie die Leute des Landes die Nana meinen, wenn sie den Tammuz Herrin heißen.«

»Ich meine auch Mami, ich auch, wenn ich dir zärtlich bin, Josephja, lieber Jehosiph!« rief Benjamin und schlang die Arme um Joseph. »Siehe, das ist der Ersatz und ist die Stellvertretung. Denn es mußte die Weichwangige gen Westen gehen um meines Lebens willen, so ist der Knirps eine Waise und ein Untäter von Anbeginn. Du aber bist mir wie sie, du führst mich an der Hand in den Hain, in die Welt, ins Grüne, du erzählst mir das Gottesfest in allen seinen Stunden und machst mir Kränze, wie sie getan hätte, wenn du mir selbstverständlich auch nicht alles und jedes Grün bewilligst, sondern dir einiges vorbehältst. Ach, wäre es sie nicht so hart angekommen am Wege, daß sie sterben mußte! Wäre sie gewesen gleich dem Baum, der aufsprang und sich öffnete in aller Bequemlichkeit und ließ hervorgehen den Sprößling! Wie sagtest du, was für ein Baum es gewesen sei? Mein Gedächtnis ist kurz wie meine Beinchen und meine Finger.«

»Komm nun und gehen wir!« sagte Joseph.

Der Himmelstraum

Damals nannten die Brüder ihn noch nicht den »Träumer«, aber bald schon kam es dahin. Wenn sie ihn vorderhand nur »Utnapischtim« und »Steineleser« nannten, so erklärt sich die Gutmütigkeit dieser als Ekelnamen gedachten Bezeichnungen lediglich durch den Mangel der jungen Leute an Erfindungsgabe und Einbildungskraft. Sie hätten ihm wahrhaftig gern schärfere gegeben, nur fielen ihnen keine ein, und so waren sie froh, als sie ihn »Träumer von Träumen« nennen konnten, was schon schärfer war. Der Tag aber war noch nicht gekommen; seine Schwatzhaftigkeit im Punkte des Wettertraumes, womit er den Vater getröstet, hatte nicht genügt, sie auf diese seine anmaßende Eigenschaft hinlänglich aufmerksam zu machen, und im übrigen hatte er vor ihnen bisher noch reinen Mund gehalten über seine Träume, die längst im Gange waren. Die stärksten erzählte er ihnen überhaupt nie, weder ihnen noch dem Vater. Die er ihnen zu seinem Unglück erzählte, waren die vergleichsweise bescheideneren. An Benjamin aber ging es aus; er bekam in vertraulichen Stunden auch die ganz unbescheidenen zu hören, über die sonst zu schweigen Joseph doch Selbstbeherrschung genug besaß. Daß der Kleine, neugierig wie er war, sie mit wachsamstem Vergnügen anhörte und ihre Mitteilung sogar herausforderte, braucht nicht gesagt zu werden. Aber, ohnehin schon etwas melancholisch belastet durch allerlei undeutliches Myrtengeheimnis, das man ihm zumutete, konnte er sich doch auch im Lauschen einer ängstlichen Beklemmung nicht erwehren, die er seiner Unreife zuschreiben wollte und also zu überwinden trachtete. Dennoch hatte sie nur zuviel sachlichen Fug, und wohl niemand wird sich ganz der Sorge entschlagen angesichts der krassen Unbescheidenheit eines Traums wie des folgenden, den Benjamin mehr als einmal zu hören bekam – er allein. Aber gerade die Allein-Mitwisserschaft bedrückte erklärlicherweise den Kleinen nicht wenig, als so notwendig er sie erkannte und so sehr er durch sie sich geehrt fühlte.

Joseph erzählte den Traum zumeist mit geschlossenen Augen, mit leiser und dann wieder heftig hervorbrechender Stimme, die geballten Hände auf der Brust und offenbar in großer Herzensbewegung, obgleich er seinen Zuhörer ermahnte, sich nicht davon packen zu lassen und alles ruhig hinzunehmen.

»Du darfst nicht erschrecken, keine Ausrufe tun und weder weinen noch lachen«, sagte er, »sonst rede ich nicht.«

»Wie werde ich!« antwortete Benjamin dann jedesmal. »Ein Knirps bin ich wohl, aber doch kein Gimpel. Ich weiß schon, wie ich es mache. Solange ich gelassen bin, will ich vergessen, daß es ein Traum ist, damit ich mich recht ergötze. Sobald ich mich aber fürchte oder mir heiß und kalt wird, will ich mich erinnern, daß alles ja nur geträumt ist, was du erzählst. Das wird mir den Sinn kühlen, so daß ich keinerlei Störung verursache.«

»Es träumte mir«, begann Joseph, »daß ich auf dem Felde sei bei der Herde und war allein unter den Schafen, die weideten um den Hügel, auf dem ich lag, und an seinen Hängen. Und ich lag auf dem Bauche, einen Halm im Munde, und hatte die Füße in der Luft, und meine Gedanken waren nachlässig wie meine Glieder. Da geschah es, daß ein Schatten fiel auf mich und meinen Ort, wie von einer Wolke, die die Sonne verdunkelt, und ein Rauschen gewaltiger Art geschah zugleich damit in den Lüften, und als ich aufblickte, siehe, da war's ein Adler, der über mir klafterte ungeheuer, wie ein Stier so groß und mit Hörnern des Stiers an der Stirn, – der war's, der mich beschattete. Und war um mich ein Tosen von Wind und Kraft, denn schon war er über mir, packte mich an den Hüften mit seinen Fängen und raubte mich empor von der Erde mit schlagenden Fittichen, mitten aus meines Vaters Herde.«

»O Wunder!« warf Benjamin ein. »Nicht, daß ich mich fürchtete, aber riefst du denn nicht: ›Zu Hilfe, ihr Leute!‹?«

»Aus drei Gründen nicht«, versetzte Joseph. »Denn erstens war niemand da auf dem weiten Felde, mich zu hören; zum zweiten verschlug's mir den Atem, daß ich nicht hätte rufen können, wenn ich gewollt hätte, und drittens wollte ich nicht, sondern eine große Freude war in mir, und es kam mich an, als hätte ich's längst erwartet. Der Adler hielt mich an den Hüften von hinten und hielt mich vor sich mit seinen Klauen, seinen Kopf über meinem, und meine Beine hingen hinab im Winde des Aufstiegs. Zuweilen neigte er sein Haupt neben meines und sah mich mit einem mächtigen Auge an. Da sprach er aus seinem erzenen Schnabel: ›Halte ich dich gut, Knabe, und pakke ich nicht allzu fest zu mit den unwiderstehlichen Klauen? Ich nehme sie wohl in acht, mußt du wissen, um dir kein Leid damit zuzufügen an deinem Fleische, denn täte ich's, dann wehe mir!‹ Ich fragte: ›Wer bist du?‹ Er antwortete: ›Der Engel Amphiel bin ich, dem diese Gestalt verliehen ward zu gegenwärtigem Behuf. Denn deines Bleibens, mein Kind, ist auf Erden nicht, sondern sollst versetzt werden, das ist der Ratschluß.‹ – ›Warum aber?‹ fragte ich da.

›Schweig still‹, sagte der rauschende Adler, ›und hüte deine Zunge vor Fragen, wie alle Himmel zu tun gezwungen sind. Denn es ist der Ratschluß der gewaltigen Vorliebe, und ist kein Klügeln und kein Aufkommen dagegen, da rede und frage du, der Ratschluß schlägt's mächtig nieder, und möge sich keiner die Zunge verbrennen am Ungeheuren!‹ Da hielt ich mich stille vor seinen Worten und schwieg. Aber mein Herz war voll grauenhafter Freude.«

»Ich bin froh, daß du bei mir sitzest, zum Zeichen, daß alles ein Traum gewesen«, sagte Benjamin. »Aber warst du nicht etwas traurig, von der Erde zu fahren auf Adlersfittichen, und tat es dir nicht ein wenig leid um uns alle, die du verließest, zum Beispiel um den Kleinen hier, der ich bin?«

»Ich verließ euch nicht«, antwortete Joseph. »Ich wurde von euch genommen und konnt' es nicht ändern, aber mir war, als hätt' ich's erwartet. Auch hat man im Traume nicht alles gegenwärtig, sondern nur eines, und das war die grauenhafte Freude in meinem Herzen. Diese war groß, und groß war, was mit mir geschah, so mag es sein, daß mir klein erschienen wäre, wonach du fragst.«

»Ich zürne dir nicht deswegen«, sagte Benjamin, »sondern bestaune dich.«

»Vielen Dank, kleiner Ben! Du mußt auch bedenken, daß mir die Auffahrt vielleicht das Gedächtnis verschlug, denn aufwärts ging's mit mir unablässig in des Adlers Fängen, der sagte zu mir nach zwei Doppelstunden: ›Schau hinab, mein Freund, auf Land und Meer, wie sie geworden sind!‹ Da war das Land wie ein Berg geworden nach seiner Größe und das Meer wie eines Flusses Wasser. Und aber nach zwei Doppelstunden sagte der Adler wieder: ›Schau hinab, mein Freund, wie das Land geworden ist und das Meer!‹ Da war das Land wie eine Baumpflanzung geworden und das Meer gleichwie der Graben eines Gärtners. Nach wieder zwei Doppelstunden aber, als Amphiel, der Adler, sie mir wies, siehe und denke, da war das Land zu einem Kuchen geworden und das Meer so groß wie ein Brotkorb. Nach diesem Anblick trug er mich noch zwei Doppelstunden empor und sagte: ›Schau hinab, mein Freund, wie das Land und das Meer verschwunden sind!‹ Und sie waren verschwunden, ich aber fürchtete mich nicht.

Durch Schejakim, den Wolkenhimmel, stieg der Adler mit mir, und seine Fittiche troffen vor Nässe. Im Grau und Weiß um uns her aber glänzte es golden, denn auf den feuchten Eilanden standen schon einzelne Himmelskinder und Angehörige der Scharen in goldenen Waffen, die legten die Hand über die Augen und spähten aus nach uns, und Tiere lagerten auf den Kissen, die sah ich die Nasen heben und schnuppern in den Wind unseres Aufstiegs.

Durch Rakia, den Sternenhimmel, stiegen wir, da war ein tausendfach Dröhnen des Wohllauts in meinen Ohren, denn es gingen um uns die Lichter und Planeten wunderbar in der Musik ihrer Zahlen, und Engel standen auf feurigen Fußgestellen zwischenein mit Tafeln voller Zahlen in Händen, die wiesen den tosend Ziehenden ihren Weg mit dem Finger, denn sie durften sich nicht herumlenken. Und riefen einander zu: ›Gelobt sei die Herrlichkeit des Herrn an ihrem Orte!‹ Aber da wir vorbeikamen, verstummten sie und schlugen die Augen nieder.

Es bangte mir in Freuden, und ich fragte den Adler: ›Wohin und wie hoch denn noch führst du mich?‹ Er antwortete: ›Überschwänglich hoch und in des Weltnordens oberste Höhe, mein Kind. Denn es ist der Ratschluß, daß ich dich geradeswegs und ohne Verzug in die letzte Höhe und die Weite des Araboth verbringen soll, wo sich die Schatzkammern des Lebens, des Friedens und des Segens befinden, und zum obersten Gewölbe, in die Mitte des Großen Palastes. Dort ist der Wagen und ist der Stuhl der Herrlichkeit, den du täglich fortan bedienen sollst, und sollst vor ihm stehen und Schlüsselgewalt haben, die Hallen des Araboth zu öffnen und zu schließen, und was man sonst noch im Sinn hat mit dir.‹ Ich sagte: ›Wenn ich erkoren bin und bin auserlesen unter den Sterblichen, so sei es darum. Ganz unerwartet kommt es mir nicht.‹

Da sah ich eine Feste, schrecklich, aus Eiskristall, die Zinnen besetzt mit Kriegern der Höhe, die deckten mit den Flügeln ihren Leib bis zu den Füßen, und ihre Beine standen gerade, aber ihre Füße waren sozusagen runde Füße und glänzten wie hell, glatt Erz. Und siehe, es standen zwei beieinander, gestützt mit den Armen auf ihre Schlangenschwerter und kühn von Angesicht, und hatten Furchen des Stolzes zwischen den Brauen. Der Adler sagte: ›Aza und Azaël sind es, von den Seraphim zweie.‹ Da hörte ich Aza sagen zu Azaël: ›Auf fünfundsechzigtausend Meilen habe ich sein Kommen gerochen. Sage mir aber, was ist der Geruch eines vom Weibe Geborenen und was der Wert eines vom weißen Samentropfen Entstandenen, daß er nach dem Obersten Himmel kommen darf und unter uns seinen Dienst nimmt?‹ Und Azaël verschloß erschrocken mit dem Finger die Lippen. Aza aber sprach: ›Nicht doch, ich fliege mit vor das Alleinige Angesicht und will eine Rede wagen, denn ich bin ein Blitzengel, und das Wort ist mir frei.‹ Und es flogen beide hinter uns drein.

Und durch welche Himmel der Adler mich führte an den

Hüften und durch welche Ränge, voll von lobsingenden Scharen und Schwärmen feuriger Diener, da verstummte der Lobgesang in Schweigen auf einen Augenblick, wenn wir vorüberstiegen, und von den Kindern der Höhe schlossen jeweils sich einige uns an, so daß es bald Schwärme von Beschwingten waren, die uns begleiteten, vor uns und hinter uns, und ich hörte das Rauschen ihrer Flügel wie gewaltigen Wassers Rauschen.

O Benjamin, glaube mir! Ich sah die sieben Hallen des Sebul in Feuer gebaut, und sieben Heere von Engeln standen da, und sieben feurige Altäre waren aufgerichtet. Da waltete der Oberste Fürst mit Namen ›Wer ist wie Gott?‹, behangen mit Priesterpracht, und opferte Feueropfer und ließ Rauchsäulen emporsteigen auf dem Altar des Brandopfers.

Die Zahl der Doppelstunden weiß ich nicht und kann nicht namhaft machen die Summe der Meilen, da erreichten wir Araboths Höhen und den Siebenten Söller und faßten Fuß auf seinem Grunde, der war licht und weich und tat meinen Sohlen ein Holdes an, daß es ganz durch mich aufstieg bis in die Augen und ich weinte. Es zogen vor uns die Kinder des Lichts und zogen hinter uns, also daß sie uns führten und folgten. Und der mich genommen und mich nun an der Hand führte, der war ein Starker, bis zum Gürtel nackt, in einem goldenen Rock bis zu den Knöcheln, mit Armspangen und Halsschmuck und einem runden Helm auf dem Haar, und die Spitzen seiner Fittiche berührten seine Fersen. Er hatte schwere Lider und eine fleischige Nase, und sein roter Mund lächelte, wenn ich auf ihn blickte, aber er wandte nicht den Kopf nach mir.

Und ich hob meine Augen auf im Traum: Da sah ich's schimmern von Waffen und Fittichen bis in alle Weite und unendliche Scharen, gelagert um ihre Feldzeichen und singend aus voller Kehle das Lob und den Krieg, und schwamm alles vor mir dahin wie Milch, Gold und Rosen. Und sah Räder gehen, schrecklich nach ihrer Höhe und nach ihren Felgen, die glühten wie der Türkis, und ging ein Rad in dem anderen, viere zusammen, und durften sich nicht herumlenken. Und ihre Felgen waren voller Augen um und um an allen vier Rädern.

Inmitten aber war ein Berg, funkelnd von feurigen Steinen, und darauf ein Palast, aus dem Lichte des Saphirs gebaut, da zogen wir ein mit großem Vorantritt und Gefolge. Und seine Säle waren voll von Boten, Wächtern und Waltern. Aber da wir einzogen in den Säulensaal der Mitte, da war kein Absehen seines Endes und Hintergrundes, denn sie führten mich darin ein der Länge nach, und Cherubim standen zu beiden Seiten vor den Säulen und zwischen ihnen, ein jeder mit sechs Flügeln und ganz mit Augen bedeckt. So zogen wir dahin zwischen ihnen, ich weiß nicht wie lange, gegen den Stuhl der Herrlichkeit. Und war die Luft übervoll vom Rufen derer unter den Säulen und derer, die in Scharen den Sitz umstanden: ›Heilig, heilig, heilig ist der Herr Zebaoth, die Lande sind seiner Ehre voll!‹ Das Gedränge um den Sitz aber war ein Gedränge der Seraphim, die deckten mit zwei Flügeln ihre Füße und mit zweien ihr Antlitz, aber sie lugten etwas hindurch durch das Gefieder. Und der mich genommen, sagte zu mir: ›Verbirg auch dein Angesicht, denn es ziemt sich!‹ Da tat ich die Hände vor mein Gesicht, aber ich lugte auch etwas zwischen den Fingern hindurch.«

»Joseph«, rief Benjamin, »um Gottes willen, sahst du das Alleinige Antlitz?!«

»Ich sah es sitzen im Saphirlicht auf dem Stuhl«, sprach Joseph, »gestaltet gleich wie ein Mensch und nach dem Mannesbilde geschaffen, in vertraulicher Majestät. Denn es schimmerte ihm der Bart mit dem Schläfenhaar seitlich dahin, und liefen Furchen hinein, gut und tief. Unter seinen Augen war's zart und müde drunter her, und waren nicht allzu groß, aber braun und glänzend, und spähten besorgt nach mir, da ich näher kam.«

»Mir ist«, sagte Benjamin, »als sähe ich Jaakob auf dich blik-
ken, unseren Vater.«

»Es war der Vater der Welt«, antwortete Joseph, »und ich fiel
auf mein Angesicht. Da hörte ich einen reden, der sprach zu
mir: ›Du Menschenkind, tritt auf deine Füße! Denn fortan
sollst du vor meinem Stuhle stehen als Metatron und Knabe
Gottes, und ich will dir Schlüsselgewalt geben, meinen Araboth
zu öffnen und zu schließen, und sollst zum Befehlshaber gesetzt sein über alle Scharen, denn der Herr hat Wohlgefallen an
dir.‹ Da ging es durch die Menge der Engel wie ein Rauschen
und wie ein Tosen großer Heere.

Aber siehe, es traten vor Aza und Azaël, die ich hatte reden
hören miteinander. Und Aza, der Saraph, sprach: ›Herr aller
Welten, was für einer ist dieser hier, daß er nach den oberen
Regionen kommt, seinen Dienst unter uns zu nehmen?‹ Und
Azaël setzte hinzu und bedeckte sein Angesicht mit zwei Flügeln, um seine Worte abzuschwächen: ›Ist er nicht vom weißen
Samentropfen entstanden und vom Geschlechte derer, die Unrecht trinken wie Wasser?‹ Und ich sah das Antlitz des Herrn
sich überziehen mit Ungnade, und seine Worte fuhren sehr
hoch, da er antwortete und sprach: ›Was seid ihr, daß ihr mir
dazwischenredet? Ich gönne, wem ich gönne, und erbarme,
wes ich erbarme! Wahrlich, eher denn euch alle will ich ihn
zum Fürsten und Herrscher in den Himmelshöhen machen!‹

Da ging wieder das Rauschen und Tosen durch die Heere
und war wie ein Beugen und Zurückweichen. Es schlugen die
Cherubim mit ihren Flügeln, und alles Himmelsgesinde rief,
daß es schallte: ›Gelobt sei die Herrlichkeit des Herrn an ihrem
Ort!‹

Der König aber übertrieb seine Worte und sprach: ›Auf diesen hier lege ich die Hand und segne ihn mit dreihundertfünf-
undsechzigtausend Segen und mache ihn groß und erhaben.
Ich mache ihm einen Stuhl, ähnlich meinem eigenen, mit ei-

nem Teppich darüber aus eitel Glanz, Licht, Schönheit und Herrlichkeit. Den stelle ich an den Eingang zum Siebenten Söller und setze ihn darauf, denn ich will's übertreiben. Es gehe ein Ruf vor ihm her von Himmel zu Himmel: Obacht, und nehmt euer Herz zu euch! Henoch, meinen Knecht, habe ich zum Fürsten und zum Mächtigen über alle Fürsten meines Reiches ernannt und über alle Himmelskinder, außer höchstens den acht Gewaltigen und Schrecklichen, die mit dem Namen Gott genannt werden nach dem Namen des Königs. Und jeglicher Engel, so ein Anliegen an mich hat, soll erst vor ihn treten und mit ihm sprechen. Ein jedes Wort aber, das er zu euch spricht in meinem Namen, sollt ihr hüten und befolgen, denn die Fürsten der Weisheit und der Vernunft stehen ihm zur Seite! So weit der Ruf, der da vor ihm hergehe. Gebt mir das Kleid und die Krone!‹

Und der Herr warf mir über ein herrlich Gewand, darin allerart Lichter verwoben waren, und kleidete mich ein. Und nahm einen schweren Reif mit neunundvierzig Steinen darin von unaussprechlichem Schimmer. Den setzte er mir aufs Haupt eigenhändig zu dem Kleide vor dem Angesicht der ganzen himmlischen Sippe und nannte mich bei meinem Titel: Jahu, den Kleinen, den Inneren Fürsten. Denn er übertrieb es.

Da schauderten wieder zurück, erbebten und beugten sich alle Himmelssöhne, und auch die Fürsten der Engel, die Gewaltigen, die Mächtigen und die Gotteslöwen, die größer sind denn alle Heerscharen, und die vor dem Stuhl der Herrlichkeit ihren Dienst haben, des ferneren die Engel des Feuers, des Hagels, des Blitzes, des Windes, des Zornes und der Wut, des Sturmes, des Schnees und Regens, des Tages, der Nacht, des Mondes und der Planeten, die der Welt Geschicke mit ihren Händen leiten, – auch sie erzitterten und verhullten geblendet ihr Antlitz.

Der Herr aber stand auf vom Stuhl und übertrieb es aufs

äußerste und fing an zu künden und sprach: ›Siehe, es war ein zarter Zedernschößling im Tal, den verpflanzte ich auf einen Berg, hoch und erhaben, und machte einen Baum daraus, unter dem die Vögel wohnen. Und der da unter den Scharen der Jüngste war an Tagen, Monden und Jahren, den Knaben machte ich größer denn alle Wesen, in meiner Unbegreiflichkeit, um der Vorliebe willen und der Gnadenwahl! Ich befahl ihn zum Aufseher über alle Kostbarkeiten der Hallen des Araboth und über alle Schätze des Lebens, so in den Höhen des Himmels aufbewahrt sind. Seines Amtes war außerdem, den heiligen Tieren die Kränze ums Haupt zu binden, die Prunkräder mit Stärke zu schmücken, die Cherubim in Pracht zu kleiden, den Brandpfeilern Glanz und Leuchten zu geben und die Seraphim in Stolz zu hüllen. Mir machte er jeden Morgen den Sitz zurecht, wenn ich den Stuhl meiner Herrlichkeit besteigen wollte, um Umschau zu halten in allen Höhen meiner Macht. Ich hüllte ihn in ein herrlich Gewand und zog ihm einen Mantel an voll Stolz und Ruhm. Mit einem schweren Reif krönte ich sein Haupt und verlieh ihm von der Hoheit, der Pracht und dem Glanz meines Thrones. Und war mir nur leid, daß ich seinen Stuhl nicht größer machen konnte denn meinen eigenen und seine Herrlichkeit noch größer denn meine eigene, denn sie ist unendlich! Sein Name aber war Der kleine Gott!‹

Nach dieser Verkündigung geschah eines gewaltigen Donners Krachen, und alle Engel fielen auf ihr Angesicht. Dieweil aber der Herr mich so in Freuden auserkor, ward mein Fleisch zur Feuersflamme, meine Adern loderten hell, meine Knochen wurden wie Wacholderfeuer, meiner Wimpern Aufschlag gleich einem Blitzstrahl, meine Augäpfel rollten wie Feuerkugeln, die Haare meines Hauptes wurden zur brennenden Lohe, meine Glieder zu feurigen Fittichen, und ich erwachte.«

»Ich zittere am ganzen Leibe«, sagte Benjamin, »Joseph, von deinem Traum, denn er ist übermäßig. Und auch du zitterst leicht, sollte ich denken, und bist selbst etwas blaß, ich erkenne es daran, daß das Dunkelblanke in deinem Gesicht, worüber du hingehst mit dem Schermesser, sichtbarlicher hervortritt.«

»Lächerlich«, antwortete Joseph. »Soll ich zittern vor meinem eigenen Traum?«

»Und warst du nun verherrlicht auf ewig in den Höhen ohne Wiederkehr und gedachtest überhaupt der Deinen nicht mehr, zum Beispiel des Kleinen hier, der ich bin?« fragte Benjamin.

»Du kannst dir denken bei aller Einfalt«, erwiderte Joseph, »daß ich ein wenig verwirrt war ob all der Willkür und Gnadenwahl und nicht viel Zeit hatte für Rückgedanken. Aber über ein kleines, des bin ich gewiß, hätte ich euer gedacht und euch nachkommen lassen, daß auch ihr wäret erhöht worden neben mir, der Vater, die Weiber, die Brüder und du. Das wäre mir ohne Zweifel ein Kleines gewesen bei meiner Vollmacht. Höre aber und laß dich ermahnen, Benjamin, dem ich alles anvertraue um deiner Reife und deines Verstandes willen! Daß du mir nicht dem Vater oder gar den Brüdern plapperst von meinem Traum, den ich dir erzählt habe, denn sie könnten mir's schief auslegen!«

»Beileibe nicht!« antwortete Benjamin da. »Das wäre des Drachens! Du vergißt allzu leicht den Unterschied zwischen einem Knirps und einem Gimpel, obgleich er einer der wichtigsten ist. Nicht einmal im Traume will ich mir einfallen lassen, auszuplaudern, auch nur für einen Deut, von dem, was du dir hast einfallen lassen im Traum. Aber du selbst, Joseph, wenn ich dich bitten darf, hüte du dich noch mehr, sei so gut, Lieber, um meinetwillen! Denn ich habe es leicht, da die Dankbarkeit mich hindert für dein Vertrauen, daß ich mich nicht vergesse. Dich aber hindert sie nicht, da du selbst geträumt hast, und bist voller davon als ich, dem du nur verliehen hast von der Pracht und dem Glanz deines Traumes. Darum denk an den Kleinen, wenn es dich anficht zu erzählen, wie sehr in

Freuden der Herr dich auserkor! Ich für mein Teil find' es angemessen und habe einen Ärger auf Aza und Azaël, die da dazwischenredeten. Aber den Vater möcht' es mit Sorge betrüben nach seiner Art, und die Brüder würden spucken und speien vor Mißbilligung und dich's entgelten lassen in ihrer Scheelsucht. Denn es sind Grobiane vor dem Herrn, das wissen wir beide.«

Das bunte Kleid

Nicht, wie vorgesehen, zu den Erntearbeiten, sondern schon zur Nacht des Frühjahrsvollmonds kehrten die Lea-Söhne 5 Hals über Kopf von den Weiden Schekems nach Hebron zurück. Sie kamen angeblich, um das Pesach-Schaf mit dem Vater zu essen und mit ihm den Mond zu beobachten, in Wirklichkeit aber, weil sie eine aufregende, alle Brüder nahe angehende Nachricht empfangen hatten, von deren Wahrheit sie sich un- 10 bedingt sofort an Ort und Stelle mit eigenen Augen überzeugen mußten, ob nun etwas daran zu ändern war oder nicht. Die Sache war dermaßen wichtig und erschreckend, daß die Söhne der Mägde nichts Eiligeres zu tun gehabt hatten, als einen der Ihren abzuordnen und ihm die viertägige Reise von 15 Hebron nach Schekem zuzumuten, nur damit er den Fernen die Kunde bringe. Selbstverständlich hatte man Naphtali, den Geläufigen, mit der Botschaft betraut. Im Grunde war es, die Schnelligkeit angehend, ganz gleichgültig, wer reiste. Auch Naphtali ritt zu Esel, und ob ein Paar langer oder kurzer Beine 20 an den Seiten des Esels herunterhing, machte, genau genommen, nichts aus: der Weg nahm jedenfalls ungefähr vier Tage in Anspruch. Aber Naphtali, Bilha's Sohn, war es nun einmal, mit dessen Person die Vorstellung der Geläufigkeit verbunden war; die Rolle des Boten war nach feststehender Übereinkunft 25 die seine; und da auch seine Zunge geläufig war, so traf schon zu, daß wenigstens im letzten Augenblick die Brüder durch ihn den Sachverhalt etwas schneller erfahren würden als durch einen anderen.

Was war geschehen? Jaakob hatte dem Joseph ein Geschenk 30 gemacht.

Das war nichts Neues. Dem »Lamm«, dem »Reis«, dem

»Himmelsknaben«, dem »Sohn der Jungfrau«, oder wie die eigensinnig gefühlvollen väterlichen Bezeichnungen für den Steineleser nun lauteten, war von jeher unter der Hand an Sondergaben und zärtlichen Aufmerksamkeiten, an Leckereien, hübschen Töpferstücken, Huldsteinen, Purpurschnüren, Skarabäen dies und jenes zugekommen, was dann die Brüder mit finstern Brauen in seinem lässigen Besitz sahen und um was sie sich verkürzt fanden; an Ungerechtigkeit, eine grundsätzliche und fast lehrhaft betonte Ungerechtigkeit, hatten sie Muße gehabt, sich zu gewöhnen. Dies aber war ein Geschenk von aufschreckender Art und eines, wie zu befürchten stand, entscheidenden Sinnes; es bedeutete einen Stoß vor den Kopf für sie alle.

Hier ist der Hergang. Es war Zeltwetter, die Spätregen waren in Gang gekommen. Jaakob hatte sich nachmittags in sein »härenes Haus« zurückgezogen, dessen verfilztes Gewebe, schwarz, aus Ziegenhaar, über neun feste Stangen gespannt und mit starken Seilen an den gerammten Pflöcken befestigt, vollkommenen und sicheren Schutz vor der Segensnässe bot. Es war das größte der ziemlich weit verteilten Siedlung, und als reicher Mann, der darauf hielt, den Frauen ein eigenes Obdach zu bieten, bewohnte der Herr es allein, obgleich es durch ein an den mittleren Pfählen von vorn nach hinten durchgezogenes Gehänge in zwei Räume geteilt war. Der eine diente als Privatmagazin und Vorratskammer: Kamelsättel und -taschen, unbenutzte Teppiche in gerolltem und zusammengelegtem Zustande, Handmühlen und anderes Gerät lagen umher, und Schläuche mit Getreide, Butter, Trinkwasser und aus eingeweichten Datteln gekeltertem Palmwein waren aufgehängt.

Die andere Abteilung war der Wohnraum des Gesegneten und zeigte im Verhältnis zu der halbbeduinisch lockeren Lebensform, an der er festhielt, viel Wohnlichkeit. Jaakob brauchte diese. Seine Ablehnung weichlicher Bindung durchs Städtische hinderte nicht, daß er einiges Behagens bedurfte, wenn er sich zu Betrachtung und denkerischer Gottesarbeit vor der Welt in sein Eigenstes zurückzog. Auf der Vorderseite in Manneshöhe offen, war das Gemach am Boden mit Filz und darüber noch mit Teppichen in Buntwirkarbeit warm bedeckt, von denen andere sogar die Wandgehänge überkleideten. Ein Bettlager, mit Decken und Kissen belegt, aus Zedernholz, stand auf erzenen Füßen im Hintergrunde. Mehrere Tonlampen auf verzierten Untersätzen, flache Schalen mit kurzen Schnauzen für die Dochte, brannten hier immer, denn armselig und einem Gesegneten nicht anständig wäre es gewesen, im Dunklen zu schlafen, und auch bei Tage unterhielt die Bedienung immer das Öl, damit nicht eine Redensart, die schlimmen Untersinn hatte, auch nur im eigentlichen Sinn anwendbar würde und man nicht sagen könne, Jaakobs Lampe sei erloschen. Bemalte Henkelkrüge aus Kalkstein standen auf dem flachen Deckel einer Truhe aus Sykomorenholz, deren Wände mit blau glasierten Toneinlagen geschmückt waren. Der Deckel einer anderen, geschnitzten und beschriebenen Truhe auf hohen Beinen dagegen war gewölbt. Es fehlte nicht an einem glühenden Kohlenbecken im Winkel, da Jaakob zum Frösteln neigte. Stuhlhocker waren vorhanden, dienten aber selten zum Sitzen, sondern vielmehr zum Abstellen von Gebrauchsdingen: ein kleiner Räucherturm stand auf einem, aus dessen fensterartigen Öffnungen feine, nach Zimt, Styraxgummi und Galbanum duftende Rauchwolken hervorkräuselten; ein anderer trug einen Gegenstand, der von der Wohlhabenheit des Besitzers zeugte: ein wertvolles kunstgewerbliches Gerät phönizischer Herkunft, golden, eine flache Schale auf zierlichem Untergestell, das dort, wo man es mit der Hand umfaßte, eine musizierende Frauenfigur zeigte.

Jaakob selbst saß mit Joseph in der Nähe des Eingangs auf Polstern an einem niedrigen Taburett, auf dessen gravierter

Bronzeplatte das Brettspiel aufgeschlagen war. Er hatte den Sohn zu diesem Zeitvertreib, bei dem früher Rahel seine Gegenspielerin gewesen war, zu sich gerufen. Draußen rauschte auf Ölbäume, Busch und Stein der Regen nieder, der nach Gottes Gnade dem Korn des Tales die Feuchtigkeit verlieh, die es brauchte, um die Sonne des Frühsommers bis zum Schnitt zu ertragen. Der Wind klapperte leicht mit den Holzringen am Zeltdach, an denen die Spannseile befestigt waren.

Joseph ließ den Vater im Spiele gewinnen. Er war absichtlich ins Feld »Böser Blick« geraten und dadurch so in Rückstand und Nachteil gekommen, daß Jaakob, zu seiner angenehmen Überraschung – denn er hatte mit großer Unaufmerksamkeit gespielt – ihn schließlich schlug. Er gestand seine Zerstreutheit ein, und daß das Glück mehr Anteil an diesem Ende gehabt habe als sein Scharfsinn.

»Wärest du nicht so zeitig zu Falle gekommen, Kind«, sagte er, »so hätte ich notwendig unterliegen müssen, denn meine Gedanken schweiften ab, und ich habe zweifellos schwere Fehler begangen, du aber hast sinnreich gezogen und nichts versäumt, dein Mißgeschick wieder gutzumachen. Deine Art zu spielen erinnert sehr an Mami's, die mich so oft in die Enge trieb. Sowohl ihre Art, beim Nachdenken den kleinen Finger zu beißen, wie auch gewisse Listen und Kunstgriffe, die sie liebte, erkenne ich zu meiner Rührung bei dir wieder.«

»Was hilft's?« antwortete Joseph und reckte sich, indem er den Kopf zurücklegte, einen Arm zur Seite streckte und den anderen zur Schulter bog. »Der Ausgang spricht gegen mich. Da das Väterchen obsiegte bei zerstreuten Gedanken, wie wäre es dem Kind erst ergangen, hätte es deine volle Aufmerksamkeit gegen sich gehabt? Der Gang wäre rasch zu Ende gewesen.«

Jaakob lächelte. »Meine Erfahrung«, sagte er, »ist die ältere und meine Schule die beste, denn schon als Knabe habe ich mit Jizchak gespielt, deinem Großvater meinerseits, und später gar oft mit Laban, deinem Großvater von seiten der Lieblichen, im Lande Naharajim, jenseits der Wasser, der ebenfalls ein Spieler von zäher Überlegung war.«

Auch er hatte Jizchak und Laban mehr als einmal absichtlich gewinnen lassen, wenn es ihm um ihre gute Laune zu tun gewesen war, kam aber nicht darauf, daß nun Joseph es so gemacht haben könnte.

»Es ist wahr«, fuhr er fort, »daß ich es heut habe fehlen lassen. Wiederholt überkam mich ein Sinnen, das mich den Stand der Steine vergessen ließ, und siehe, es galt dem Fest, das sich nähert, und der Opfernacht, die herankommt, da wir das Schaf schlachten nach Sonnenuntergang und tauchen den Ysopbüschel ins Blut, um die Pfosten damit zu bestreichen, damit der Würger vorübergehe. Denn es ist die Nacht des Vorübergehens und der Verschonung um des Opfers willen, und ist das Blut an den Pfosten dem Umhergehenden eine Beschwichtigung und ein Zeichen, daß der Erstling geopfert ist zur Versöhnung und zum Ersatz für Menschen und Vieh, die es ihn zu würgen gelüstet. Darüber fiel ich mehrfach in Sinnen, denn der Mensch tut manches, und siehe, er weiß nicht, was er tut. Wüßte und bedächte er's aber, so möchte es sein, daß sich das Eingeweide ihm umwendete und ihm das Unterste zuoberst käme in Übelkeit, wie mir's mehrmals im Leben erging, nämlich zum erstenmal, da ich erfuhr, daß Laban zu Sinear überm Prath einstmals sein erstgeboren Söhnchen geschlachtet habe als Darbringung und es in einer Kruke beigesetzt habe im Fundament zum Schutze des Hauses. Meinst du aber, es hätte ihm Segen gebracht? Nein, sondern Unsegen, Fluch und Lähmung, und wäre nicht ich gekommen und hätte ein wenig Leben verbreitet in Haus und Wirtschaft, so hätte alles in Trübsal gestockt, und nie wieder wäre er fruchtbar geworden in seinem Weibe Adina. Und doch hätte Laban das Söhnchen nicht eingemauert, wenn es nicht Altvorderen vor ihm Segen gebracht hätte in anderen Zeiten.«

»Da sagst du es«, antwortete Joseph, der die Hände im Nak-
ken gefaltet hatte, »und machst mir klar, wie sich dies begab.
Laban handelte nach überständigem Brauch und beging
schweren Fehler damit. Denn es ekelt den Herrn das Über-
ständige, worüber er mit uns hinauswill und schon hinaus ist,
und er verwirft's und verflucht's. Darum, hätte Laban sich auf
den Herrn und auf die Zeiten verstanden, so hätte er an Stelle
des Knäbleins ein Zicklein geschlachtet und mit dem Blute
Schwelle und Pfosten bestrichen, so wäre er angenehm gewesen, und sein Rauch wäre gerade aufgestiegen gen Himmel.«

»Da sagst nun du es wieder«, erwiderte Jaakob, »und nimmst
mir den Gedanken vorweg und das Wort vom Munde. Denn
den Würger gelüstet's nicht nur nach dem Vieh, sondern auch
nach des Menschen Blut, und nicht nur in Ansehung der Herde
beschwichtigen wir seine Gier durch das Blut des Tiers an den
Pfosten, sowie durch das Opfermahl, das wir abhalten gründlich und eilig bei der Nacht, damit bis zum Morgen nichts
übrigbleibe vom Braten. Was für ein Braten ist das, wenn man's
besinnt, und büßt wohl das Lamm nur für die Herde, da wir es
schlachten? Was würden wir schlachten und essen, wenn wir
töricht wären wie Laban, und was ist geschlachtet worden und
gegessen in unflätigen Zeiten? Wissen wir also, was wir festlich
tun, wenn wir essen, und müßte uns nicht, wenn wir's bedäch-
ten, das Unterste zuoberst kommen, so daß wir erbrächen?«

»Laß uns tun und essen«, sagte Joseph mit leichtsinnig hoher
Stimme und schaukelte sich in seinen gefalteten Händen.
»Brauch und Braten sind wohlschmeckend, und sind sie eine
Lösung, so lösen auch wir uns fröhlich damit vom Unflat,
indem wir uns auf den Herrn verstehen und auf die Zeiten!
Siehe, da ist ein Baum«, rief er und wies mit ausgestreckter
Hand ins Innere des Zeltes, als wäre dort zu sehen, wovon er
sprach, »prächtig in Stamm und Krone, von den Vätern ge-
pflanzt zur Lust der Späten. Seine Wipfel regen sich funkelnd

im Winde, da seine Wurzeln im Stein und Staube haften des Erdreichs, tief im Dunkeln. Weiß wohl auch der heitere Wipfel viel von der kotigen Wurzel? Nein, sondern ist mit dem Herrn hinausgekommen über sie, wiegt sich und denkt nicht ihrer. Also ist's, meines Bedünkens, mit Brauch und Unflat, und daß die fromme Sitte uns schmecke, bleibe das Unterste nur hübsch zuunterst.«

»Lieblich, lieblich, dein Gleichnis«, sprach Jaakob mit Kopfnicken und strich sich den Bart, indem er ihn von den Seiten zusammenfaßte und ihn durch die hohle Hand gleiten ließ, »witzig und wohlerfunden! Das hindert nicht, daß notwendig bleibt das Sinnen, sowie das Sorgen und die Beunruhigung, die Abrams Teil waren und unser Teil sind je und je, damit wir uns lösen von dem, worüber der Herr hinauswill mit uns und vielleicht schon hinaus ist, das ist die Sorge. Sage doch an: Wer ist der Würger, und was ist sein Vorübergehen? Geht nicht der Mond in der Nacht des Festes voll und schön durch den Paß, der da ist der Nord- und Scheitelpunkt seines Weges, woselbst er sich wendet in seiner Fülle? Aber der Nordpunkt ist Nergals, des Mörders; sein ist die Nacht, Sin regiert sie für ihn, Sin ist Nergal bei diesem Fest, und der Würger, der vorübergeht und den wir versöhnen, das ist der Rote.«

»Offenbar«, sagte Joseph. »Wir bedenken's kaum, doch er ist's.«

»Dies ist die Beunruhigung«, fuhr Jaakob fort, »die mich zerstreute beim Spiel. Denn es sind die Gestirne, die uns das Fest bestimmen, Mond und Roter, die die Vertauschung eingehen in dieser Nacht, und tritt dieser an jenes Stelle. Sollen wir aber den Gestirnen Kußhände werfen und ihre Geschichten feiern? Müssen wir uns nicht grämen um den Herrn und die Zeit, ob wir uns denn auch noch auf sie verstehen und uns nicht versündigen an beiden, da wir sie festhalten durch träge Gewohnheit beim Unflat, über den sie mit uns hinauswollen? Ich frage mich ernstlich, ob es nicht meine Sache wäre, unter den Unterweisungsbaum zu treten und die Leute zusammenzurufen, daß sie meine Sorgen vernähmen und anhörten meine Bedenken in Sachen des Festes Pesach.«

»Mein Väterchen«, sagte Joseph, indem er sich vorbeugte und seine Hand neben dem Brett, das seine Niederlage zeigte, auf die Hand des Alten legte, »ist von allzu genauer Seele, man muß ihn bitten, sich davon nicht zur Übereilung bewegen zu lassen und zur Zerstörung. Darf sich das Kind als befragt ansehen, so rät es, das Fest zu schonen und es nicht eifernd anzutasten um seiner Geschichten willen, für welche vielleicht mit der Zeit eine andere eintreten könnte, die du alsdann erzählst beim Bratenmahl: beispielsweise die Bewahrung Isaaks, die sehr passend wäre, oder aber wir warten ab in der Zeit, ob nicht Gott sich einmal durch eine große Errettung und Verschonung verherrliche an uns, – die legen wir dann dem Fest zum Grunde als seine Geschichte und singen Jubellieder. Sprach der Törichte wohltuend?«

»Balsamisch«, erwiderte Jaakob. »Sehr klug und tröstlich, was ich eben in dem Worte ›balsamisch‹ zusammenfasse. Denn du sprachst für den Brauch und zugleich für die Zukunft, das sei dir angerechnet zu Ehren. Und sprachst für ein Verharren, das dennoch ein Unterwegssein ist, darob lacht dir meine Seele zu, Joseph-el, du Reis aus zartestem Stamm, – laß dich küssen!«

Und er nahm Josephs schönen Kopf über dem Spielbrett zwischen seine Hände und küßte ihn, grundglücklich in seinem Besitz.

»Wenn ich nur wüßte«, sagte Joseph, »woher mir Klugheit kommt zu dieser Stunde und der geringste Scharfsinn, der Weisheit meines Herrn damit zu begegnen im Gespräch! Sagtest du, deine Gedanken seien abgeschweift beim Spiel, so taten's, offen gestanden, meine nicht minder: Immer nach einer Seite schweiften sie von den Steinen weg, und die Elohim wissen, wie mir's gelang, mich auch nur so lange zu halten.«

»Wohin denn, Kindchen, gingen deine Gedanken?«

»Ach«, erwiderte der Junge, »du errätst es leicht. Ein Wort jückt mich im Ohre Tag und Nacht, das das Väterchen kürzlich zu mir sprach am Brunnen; das hat mir die Ruhe geraubt, so daß die Neugier mich plagt, wo ich gehe und stehe, denn es war ein Wort der Verheißung.«

»Was sagte ich denn, und welche Verheißung gab ich dir?«

»Oh, oh, du weißt es! Ich seh' dir's an, daß du's weißt! Du hättest vor, sagtest du – nun? ›Ich habe vor‹, sagtest du, ›dir etwas zu schenken, – worüber dein Herz sich freuen – und was dich kleiden wird.‹ So war es Wort für Wort. Nur zu genau ist mir's haften geblieben und jückt mich im Ohre unausgesetzt. Was meinte denn wohl das Väterchen mit dieser Verheißung?«

Jaakob errötete, und Joseph sah es. Es war eine leichte, rosige Röte, die in die feine Greisenhagerkeit seiner Wangen emporstieg, und seine Augen trübten sich in sanfter Verwirrung.

»Wie denn, es war nichts«, sagte er abwehrend. »Umsonst macht das Kind sich Gedanken. Es war unbedeutend dahingesagt, ohne feste Meinung und Absicht. Schenke ich dir nicht dies und das, wenn's das Herz mich heißt? Nun denn, einzig so war's gemeint, daß ich dir irgendein schmuckes Ding zu gelegener Stunde …«

»Nichtsda, nichtsda!« rief Joseph, sprang auf und umschlang den Vater. »Dieser Weise und Gute hier sagt nichts unbedeutend dahin, das wäre das Neuste! Als ob ich's ihm nicht angesehen hätte beim Sprechen klar und deutlich, daß er mitnichten ins Leere sprach, sondern ein Ding im Auge hatte, bestimmt und schön, nicht irgendeines, – ein Besondres und Herrliches, und dachte mir's zu. Aber nicht zugedacht nur hast du mir's, sondern zugesagt und verheißen. Soll ich nicht wissen, was mein ist und was mich erwartet? Scheint es dir glaubhaft, ich könnte Ruhe finden und könnte dir Frieden geben, eh ich's nicht weiß?«

»Wie du mich drängst und bedrängst!« sagte der Alte in seiner Not. »Schüttle mich nicht und nimm die Hände doch von den Läppchen meiner Ohren, daß es nicht aussieht, als sprängest du mit mir um! Wissen – du magst es wissen, warum nicht, ich sage dir's und gebe zu, daß ich Eines im Sinne hatte, nicht dies oder jenes. Höre denn, laß dich zu Boden! Weißt du von Rahels Ketônet passîm?«

»Ein Gewandstück von Mami? Etwa ein Festkleid? Ah, ich verstehe, willst du mir aus ihrem Kleide ...«

»Höre, Jehosiph! Du verstehst nicht. Laß dich belehren! Da ich gedient um Rahel sieben Jahre und der Tag herankam, daß ich sie empfangen sollte im Herrn, sprach Laban zu mir: ›Einen Schleier will ich ihr schenken, daß sich die Braut verschleiere und sich der Nana heilige und sei eine Geweihte. Längst habe ich‹, sprach er, ›die Augendecke gekauft von einem Wandernden und sie in der Truhe verwahrt, denn sie ist kostbar. Einer Königstochter soll sie gehört haben vor Zeiten und soll gewesen sein das Jungfrauengewand eines Fürstenkindes, was da ist glaubhaft zu sagen, so kunstfertig, wie das Gewirk bestickt ist über und über mit allerlei Zeichen der Götzen. Sie aber soll ihr Haupt darein hüllen und soll sein wie der Enitu eine und wie eine Himmelsbraut im Bettgemach des Turmes Etemenanki.‹ So oder ähnlich der Teufel zu mir. Und er log nicht mit diesen Worten, denn Rahel erhielt das Gewand, und war eine Pracht sondergleichen damit, da wir zur Hochzeit saßen, und ich küßte das Bild der Ischtar. Da ich aber der Braut die Blüte gereicht, hob ich ihr den Schleier, daß ich sie sähe mit sehenden Händen. Lea war's, die der Teufel listig hatte eingelassen ins Bettgemach, so daß ich nur meiner Meinung nach glücklich war, nicht aber in Wahrheit, – wer sollte nicht irre werden im Haupte, wenn er dahinein sich verliert, darum übergeh' ich's. Aber besonnen war ich im vermeintlichen Glück und legte gefaltet das heilige Gewirk auf den Stuhl, der dastand, und sprach zur Braut die Worte: ›Wir wollen ihn vererben durch die Geschlechter, und sollen ihn tragen die Lieblinge unter den Zahllosen.‹«

»Trug auch Mami das Tuch zu ihrer Stunde?«

»Es ist kein Tuch, es ist eine Pracht. Es ist ein Stück zu freiem Gebrauch, knöchellang, mit Ärmeln, daß der Mensch nach seinem Geschmack und nach seiner Schönheit damit verfahre. Mami? Sie trug's und behielt's. Ein- und aufgepackt hat sie's treulich, als wir dahinfuhren und brachen die staubigen Riegel und prellten Laban, den Teufel. Immer hat's uns begleitet, und wie Laban es sorglich verwahrte von langer Hand in seiner Truhe, so auch wir.«

Josephs Augen gingen im Zelte umher und nach den Kästen. Er fragte:

»Ist es uns nahe?«

»Nicht allzu fern.«

»Und mein Herr will mir's schenken?«

»Zugedacht hab' ich's dem Kinde.«

»Zugesagt und verheißen!«

»Aber für später! Nicht für den Augenblick gleich!« rief in Unruhe Jaakob. »Nimm Vernunft an, Kind, und laß dir vorerst genügen an der Verheißung! Siehe, die Dinge sind in der Schwebe, und es hat der Herr sich ihretwegen noch nicht entschieden in meinem Herzen. Dein Bruder Ruben kam zu Falle, und ich war genötigt, ihn der Erstgeburt zu entkleiden. Bist nun du an der Reihe, daß ich dich damit bekleide und gebe dir hin die Ketônet? Man könnte antworten: Nein, denn nach Re'uben erschien Juda und erschienen Levi und Schimeon. Man könnte antworten: Ja, denn da Lea's Erstling fiel und verflucht ward, folgt Rahels Erstling. Das ist strittig und ungeklärt; wir müssen warten und nach den Zeichen sehn, wie es sich kläre. Kleide ich dich aber ein, so möchten die Brüder es fälschlich deuten, im Sinne des Segens und der Erwählung, und sich im Eifer erheben wider dich und mich.«

»Wider dich?« fragte Joseph im stärksten Erstaunen … »Ich glaube fast, ich traue den eigenen Ohren nicht mehr! Bist du nicht der Vater und Herr? Kannst du nicht aufstehen, falls sie murren, und deine Worte hochfahren lassen und zu ihnen sprechen: ›Ich gönne, wem ich gönne, und erbarme, wes ich erbarme! Wer seid ihr, daß ihr mir dazwischenredet? Eher denn euch alle will ich ihn mit dem Mantel bekleiden und mit seiner Mutter Ketônet passîm!‹ Übrigens traue ich meinen Ohren; sie sind jung und genau. Namentlich wenn das Väterchen spricht, spitze ich sie zu feinster Schärfe. Sagtest du einst zur Braut: ›Es sollen den Schleier tragen die Erstlinge unter den Zahllosen?‹ Sondern he? Sondern he? Sondern he? Wer, sagtest du, solle ihn tragen?«

»Laß das, Unhold! Geh und schmeichle mir nicht, daß nicht deine Narrheit übergehe von dir auf mich!«

»Väterchen! Ich möchte ihn sehen!«

»Sehen? Sehen ist nicht haben. Aber Sehen ist Habenwollen. Sei mir verständig!«

»Soll ich nicht sehen, was mein ist und mir verheißen? Also machen wir's: Ich kauere hier, gefesselt, rühre mich nicht von der Stelle. Du aber gehst und weist mir das Festkleid, nimmst es und hältst es vor dich, wie im Gewölbe der Kaufmann zu Hebron dem Käufer die Ware zeigt und läßt an sich hinabhängen das Gewebe vor den Augen des Lüsternen. Der aber ist arm und kann's nicht kaufen. Da verbirgt der Kaufmann es wieder.«

»Sei es im Namen des Herrn«, sagte Jaakob. »Wiewohl es für Dritte wohl aussähe, als sprängest du mit mir um. Bleib, wo du bist! Sitze auf deinem Bein, die Hände im Rücken! Du sollst sehen, was vielleicht einmal dein sein soll, unter Umständen.«

»Was schon mein ist!« rief Joseph ihm nach. »Und was ich nur noch nicht habe!«

Er rieb mit den Knöcheln die Augen, machte sich zum Schauen bereit. Jaakob ging zur gewölbten Truhe, löste die

Riegel und schlug den Deckel zurück. Mancherlei Wärmendes nahm er heraus, das obenauf und tiefer lag, Mäntel und Dekken, Schurze, Kopftücher, Hemden, und ließ es gefaltet zu Boden fallen auf einen Haufen. Er fand den Schleier, wo er ihn 5 wußte, nahm ihn, wandte sich, ließ ihn aus den Falten fallen und spreizte ihn auseinander.

Der Knabe staunte. Er zog die Luft ein durch seinen offenen, lachenden Mund. Die Metallstickereien glitzerten im Lampenlicht. Silber- und Goldblitze überblendeten zwischen den un- 10 ruhigen Armen des Alten zuweilen den stilleren Farbenschein, den Purpur, das Weiß, Olivengrün, Rosa und Schwarz der Zeichen und Bilder, der Sterne, Tauben, Bäume, Götter, Engel, Menschen und Tiere im bläulichen Nebel des Grundgewebes.

»Ihr himmlischen Lichter!« stieß Joseph hervor. »Wie schön 15 ist das! Väterchen Kaufmann, was zeigst du dem Kunden da in deinem Gewölbe? Das ist Gilgamesch mit dem Löwen im Arm, ich erkenn' ihn von weitem! Und dort kämpft, wie ich sehe, einer mit einem Greifen und schwingt die Keule. Warte, warte! Ihr Zebaoth, was für Getier! Das sind die Buhlen der Göttin, 20 Roß, Fledermaus, Wolf und der bunte Vogel! Laß mich doch sehen – doch sehen! Ich kenn's nicht, ich unterscheid's nicht. Die armen Augen brennen dem Kinde vom Schauen über den trennenden Raum. Ist das das Skorpion-Menschenpaar mit den Stachelschwänzen? Gewiß bin ich nicht, doch scheint es mir so, 25 wenn auch begreiflicherweise die Augen mir etwas tränen. Warte, Kaufmann, ich rutsche näher auf meinem Bein, die Hände im Rücken. O ihr Elohim, nahebei verschönt es sich noch, und alles wird deutlich! Was tun die bärtigen Geister am Baum? Sie befruchten ihn ... Und was steht geschrieben? ›Aus- 30 gezogen – hab' ich – mein Kleid, soll ich's – wieder anziehn?‹ Wunderbar! Immer die Nana mit Taube, Sonne und Mond ... Ich muß mich erheben! Ich muß aufstehen, Kaufmann, ich sehe das Obere nicht: die Dattelpalme, aus der eine Göttin die

Arme streckt mit Speise und Trank … Ich darf's doch berühren? Das kostet nichts, hoffe ich, wenn ich's schonend aufhebe mit der Hand, zu spüren, wie leicht und schwer es ist, wenn man's wiegt, wie schwer und wie leicht im Gemische … Kaufmann, ich bin arm, ich kann es nicht kaufen. Kaufmann, schenk es mir! Du hast so viel Ware, – laß mir den Schleier! Leih ihn mir, sei so gut, daß ich ihn an mir den Leuten zeige zu Ehren deines Gewölbes! Nein! Durchaus nicht? Oder schwankst du vielleicht? Schwankst du ein ganz klein wenig und möchtest in aller Strenge auch wieder, daß ich ihn trage? Nein, ich irre mich, du schwankst vom Halten und Spreizen. Viel zu lange schon mühst du dich … Gib! Wie trägt man's, wie schlägt man's? So? Und so? Und etwa noch so? Wie gefällt dir's? Bin ich ein Schäfervogel im bunten Rock? Mami's Schleiergewand – wie steht es dem Sohne?«

Natürlich sah er aus wie ein Gott. Der Effekt war vernünftigerweise zu erwarten und der geheime Wunsch, ihn hervorzubringen, dem Widerstand Jaakobs nicht zuträglich gewesen. Kaum hatte Joseph, mit Methoden, deren Schlauheit und Anmut man am besten tut ruhig anzuerkennen, das Kleid aus den Händen des Alten in seine hinübergespielt, als es auch schon, mit drei, vier Griffen und Würfen, deren Sicherheit eine natürliche Anlage zur Selbstkostümierung bewies, auf freie und günstige Art seiner Person angetan gewesen war, – ihm das Haupt bedeckte, die Schultern umwand, an seiner jungen Gestalt in Falten hinabwallte, aus denen die Silbertauben blitzten, die Buntstickereien glühten und deren langer Fall ihn größer als sonst erscheinen ließ. Größer? Hätte es dabei nur sein Bewenden gehabt! Aber der Prunkschleier stand ihm auf eine Weise zu Gesicht, daß es sehr schwer gefallen wäre, seinem Ruf unter den Leuten noch irgendwelchen kritisch mäßigenden Widerpart zu bieten, er machte ihn dermaßen hübsch und schön, daß es schon nicht mehr geheuer war und tatsächlich ans Göttliche grenzte. Das Schlimmste war, daß seine Ähnlichkeit mit der Mutter, in Stirn, Brauen, Mundbildung, Blick, nie so sehr in die Augen gesprungen war als dank dieser Gewandung, – dem Jaakob in die Augen, so daß sie ihm übergingen und er nicht anders meinte, als sähe er Rahel in Labans Saal, am Tag der Erfüllung.

Lächelnd stand im Knaben die Muttergöttin vor ihm und fragte:

»Ich habe mein Kleid angezogen, – soll ich's wieder ausziehen?«

»Nein, behalt es, behalt es!« sagte der Vater; und während der Gott entsprang, hob jener Stirn und Hände, und seine Lippen bewegten sich im Gebet.

Der Geläufige

Das Aufsehen war ungeheuer. Der erste, dem Joseph im Schleier, im bunten Kleide erschien, war Benjamin; aber Benjamin war nicht allein, er war bei den Kebsweibern, dort fand ihn der Geschmückte. Er kam zu ihnen ins Zelt und sagte:

»Gegrüßt, ich komme nur zufällig. Ihr Weiber, ist mein kleiner Bruder da? Siehe, da bist du ja, Ben, sei vielmals gegrüßt! Ich will lediglich sehen, wie ihr leibt und lebt. Was macht ihr, hechelt ihr Flachs? Und Turturra hilft euch dabei, so gut er kann? Weiß jemand, wo Eliezer, der Alte, ist?«

Turturra (das hieß »Kleinchen«; Joseph nannte den Benjamin manchmal mit diesem babylonischen Kosenamen) stieß schon längst gedehnte Wunderrufe aus. Bilha und Silpa stimmten ein. Er trug das Gewand recht lässig, etwas gerafft, durch den Gürtel seines Hemdrocks gezogen.

»Was kraht ihr«, sagte er, »alle drei und macht Augen wie eines Karrens Räder? Ach so, ihr meint meinen Anzug, Mami's Schleier-Ketônet. Nun ja, ich trage sie jetzt zuweilen. Jisrael hat sie mir kürzlich geschenkt und vermacht, vor wenigen Augenblicken.«

»Joseph-el, süßer Herr, du Sohn der Rechten!« rief Silpa. »Hat dir Jaakob den bunten Schleier vermacht, darin er Lea, meine Herrin, zuerst empfing? Wie gerecht und weise gehandelt war das, denn er steht dir zu Gesichte, daß einem das Herz schmilzt und man nicht denken kann, ein anderer könnte ihn tragen. Einer der Fernen etwa von Lea, der Jaakob ihn erstmals hob? Oder mein Gad oder Ascher, die ich gebar auf Lea's Schoß? Da bleibt wohl nur ein spöttisch-wehmutsvoll Lächeln, wenn man sich's ausdenkt.«

»Josephja! Schönster!« rief Bilha. »Es geht nichts über deinen Anblick in dieser Gestalt! Man ist versucht, sich aufs Antlitz zu werfen bei deinem Anblick, besonders, wenn man nur eine Magd ist gleich mir, die ich freilich der Rahel, deiner Mutter, schwesterliche Lieblingsmagd war und ihr den Dan und Naphtali gebar durch die Kraft Jaakobs, deine älteren Brüder. Auch sie werden niederfallen, oder doch nahe daran sein, wenn sie den Knaben sehen werden in ihrer Mutter Festkleid. Geh nur recht schleunig und zeige dich ihnen, den Nichtsahnenden, die nicht an Böses noch Gutes denken und noch nicht wissen, daß der Herr dich erkor! Du solltest auch über Land gehen und dich den Rotäugigen zeigen, Lea's Sechsen, daß du vernimmst ihren Jubelruf und an dein Ohr schlage ihr Hosianna.«

Fast unwahrscheinlich zu sagen, aber Joseph empfand nicht die dick aufgetragene Bitterkeit und Tücke in den Worten der Frauen. Sein Erfülltsein, seine kindliche und nichtsdestoweniger sträfliche Vertrauensseligkeit machten ihn taub dagegen und unempfänglich für Warnung. Er ließ sich die Süßigkeit ihrer Reden gefallen, überzeugt, daß nichts anderes als Süßes ihm zukomme, und ohne daß er sich die geringste Mühe gegeben hätte, in ihr Inneres zu schauen. Das aber eben war das

Sträfliche! Gleichgültigkeit gegen das Innenleben der Menschen und Unwissenheit darüber zeitigen ein völlig schiefes Verhältnis zur Wirklichkeit, sie erzeugen Verblendung. Seit Adams und Heva's Tagen, seit aus Einem Zweie wurden, hat niemand leben können, der sich nicht in seinen Nächsten versetzen wollte und seine wahre Lage erkunden, indem er sie auch mit fremden Augen zu sehen versuchte. Einbildungskraft und Kunst des Erratens in bezug auf das Gefühlsleben der anderen, Mitgefühl also, ist nicht nur löblich, sofern es die Schranken des Ich durchbricht, es ist auch ein unentbehrliches Mittel der Selbsterhaltung. Von diesen Regeln aber wußte Joseph nichts. Seine Vertrauensseligkeit war eine Art von Verwöhnung, die ihn trotz unzweideutigster Gegenzeichen beredete, daß alle Menschen ihn mehr liebten denn sich selbst und daß er also keine Rücksicht auf sie zu nehmen brauche. Wer um seiner schönen Augen willen einen solchen Leichtsinn verzeihlich fände, würde große Schwäche beweisen.

Etwas anderes war es mit Benjamin. Hier war Sorglosigkeit ausnahmsweise am Platze. Wenn er ausrief:

»Jehosiph, himmlischer Bruder! Es ist nicht wie im Wachen, sondern als wie im Traum, und der Herr hat dir umgeworfen ein herrlich Gewand, darein aller Art Lichter verwoben sind, und hat dir einen Mantel angezogen voll Stolz und Ruhm! Ach, der Kleine hier, der ich bin, ist hingerissen! Geh noch nicht zu den Söhnen Bilha's und laß Silpa's Söhne noch etwas in Unwissenheit! Bleibe hier beim Brüderchen rechter Hand, daß ich dich länger bewundern und mich satt an dir sehen kann!«

– so mochte Joseph das freilich für bare Münze nehmen; es war nichts anderes. Und doch wäre sogar aus seinen lauteren Worten Warnung für Joseph zu schöpfen gewesen: Wir müßten uns sehr irren, wenn nicht kluge Ängstlichkeit vor der Begegnung des Schönen mit den Brüdern daraus gesprochen hätte und der Wunsch, diese Begegnung wenigstens noch etwas zu verzögern. Übrigens besaß Joseph, wenn nicht so viel Einsicht, so doch immerhin so viel Instinkt, den Kindern der Mägde nicht sofort zu erscheinen, sie in dem Kleide nicht geradezu aufzusuchen. Einige niedrig Stehende ausgenommen, die seiner im Umhergehen ansichtig wurden und es an Lobhudeleien, Kußhänden und Benedeiungen nicht fehlen ließen, bekam diesen Tag nur noch der alte Eliezer ihn zu sehen, der in ein längeres Nicken verfiel, das sowohl Beifall wie auch nur allgemeine Schicksalsbetrachtsamkeit zu bedeuten haben konnte, und dann sogleich mit göttlich-nichtssagendster Miene sich in sogenannten Erinnerungen zu ergehen begann, die das Schleiergewand in ihm hervorrief: Wie nämlich »er«, Eliezer, einst Rebekka aus Charrans Unterwelt als Brautwerber heraufgeführt und sie bei ihrer Ankunft im Oberen und bei der Annäherung ihres zukünftigen Gatten den Schleier genommen und sich verhüllt habe. Und zwar warum? Auf daß Isaak sie erkenne. Denn wie hätte er sie erkennen sollen und ihr den Schleier heben, sie hätte sich denn zuvor verschleiert? »Ein Großes, mein Kind«, sagte er mit so unbewegtem Gesicht, daß es aussah, als könne man es abnehmen und es wäre vielleicht ein andres darunter, »hat Jisrael dir geschenkt, denn im Schleier ist Leben und Tod, aber der Tod ist im Leben und das Leben im Tode, – wer es weiß, ist eingeweiht. Es mußte die schwesterliche Mutter-Gattin sich entschleiern und entblößen am siebenten Höllentor und im Tode; da sie aber zurückkehrte ins Licht, verschleierte sie sich wieder, zum Zeichen des Lebens. Siehe das Saatkorn an: Sinkt es zur Erde, so stirbt's, auf daß es zur Ernte erstehe. Denn der Ähre ist schon die Sichel nahe, die im Schwarzmonde wächst als junges Leben, da sie doch der Tod ist und den Vater entmannt, nämlich zu neuer Herrschaft der Welt, und Saatfrucht rollt des Todes und Lebens aus der Sichel-Ernte. So ist im Schleier das Leben nach der Entblößung im

Tode, und alsobald schon ist darin Erkennen und Tod, da doch wiederum im Erkennen die Zeugung ist und das Leben. Großes verlieh dir der Vater, Licht und Leben, da er dich verschleierte mit dem Schleier, den die Mutter lassen mußte im Tode. Darum hüte ihn, Kind, daß ihn dir niemand entreiße und nicht der Tod dich erkenne!«

»Danke, Eliezer!« antwortete Joseph. »Vielen Dank, weiser Großknecht, der mit Abram die Könige schlug und dem die Erde entgegensprang! Eindrucksvoll redest du alles durcheinander, von Schleier, Sichel und Saatkorn, und zwar mit Recht, denn die Dinge hängen zusammen und sind Eins in Gott, vor uns aber sind sie gestickt auf den Schleier der Vielfalt. Was diesen Knaben betrifft, so zieht er nun aus sein Kleid und deckt sich damit zu auf seiner Ruhebank, daß er darunter schlummre gleichwie die Erde unterm Weltenschleier der Sterne.«

Also tat er. Und so fanden ihn, unter dem Schleier schlafend, die Kinder der Mägde, schon unterrichtet von ihren Müttern, als sie ins Zelt kamen, das er mit ihnen teilte. Zu viert standen sie an seinem Bette, Dan, Naphtali, Gad und Ascher, und einer, es war der genäschige Ascher, der jüngste von diesen, knapp zweiundzwanzig, hielt eine Handlampe über ihn und leuchtete ihnen damit in sein schlafendes Gesicht sowie auch über das bunte Kleid hin, womit er bedeckt war.

»Da habt und seht ihr's!« sagte er. »Es ist nicht anders, und nicht ein Wort haben die Weiber zuviel gesagt, da sie uns anzeigten, der Laffe sei ihnen erschienen in seiner Mutter Kutônet passîm! Da hat er sich's übergebreitet und schläft den Schlaf des Gerechten, mit scheinheiliger Miene. Kann man noch zweifeln? Der Vater hat's ihm geschenkt, der arme Mann, er hat's ihm abgelistet mit Honigreden. Pfui darüber! Wir ärgern uns alle gleichmäßig ob des Greuels, und Ascher nimmt unsern Ärger in seinen Mund und speit ihn aus über das schlafende Ärgernis, daß es zum mindesten böse Träume habe.«

Er liebte es sehr, dieser Ascher, mit anderen einer Meinung und eines Gefühles zu sein und solche Einigkeit durch das Wort, das der allgemeinen Gesinnung gerecht wurde, recht innig zu verfestigen, daß man sich warm durch dasselbe zusammengebündelt fand und gemeinsam Zufriedenheit dampfte noch in der Wut, – das hing mit seiner Leckermäuligkeit, seinen feuchten Augen und Lippen zusammen. Er sagte noch:

»Aus den Lebenden habe ich Stücke geschnitten, den Widdern und Schafen, und sie gegessen – ich! Das hat er dem armen Vater erzählt, dem Frommen, Leichtgläubigen, und dafür hat Jaakob ihm die Ketônet vermacht als Lügensold! Aber so ist's: Von jedem unter uns hat er dem Alten so was auf den Rücken gebunden, und ist der Schleier, darunter er liegt, das Entgelt seiner Falschheit und der bösen Leumde, die er uns gemacht hat. Treten wir nahe zusammen, Brüder, umschlingen wir uns in unserer Gekränktheit und laßt mich das Schimpfwort über ihm aussprechen, das uns allen Erleichterung schafft: du Hündchen!«

Er hatte sagen wollen: »du Hund«, war aber im letzten Augenblick um Jaakobs willen davor erschrocken und hatte dem Worte rasch noch die verkleinernde Silbe angehängt.

»Wahrhaftig«, sagte Dan, der schon siebenundzwanzig war – so alt wie Lea's Schimeon – und spitzbärtig ohne Schnurrbart (er trug ein eng anliegendes, gesticktes Hemd, und seine stechenden Augen lagen an der Wurzel der Krummnase nahe beisammen), »wahrhaftig, ich werde wohl Schlange und Otter genannt, weil ich für etwas tückisch gelte, aber was ist das, was hier liegt und schläft? Das ist ein Ungeheuer! Es stellt sich an, als wär's ein lieblicher Knabe, in Wirklichkeit aber ist es ein Drache. Verwünscht sei seine Truggestalt, die die Leute gaffen und liebäugeln macht und den Vater verzaubert! Ich wollte, ich wüßte den Spruch, der ihn zwänge, uns seine wahre Fratze zu zeigen!«

Der stämmige Gaddiel, ein Jahr älter als Ascher, zeigte eine Miene voll rauher Ehrlichkeit. Er trug eine kegelförmige Mütze und war wehrhaft anzusehen in seinem kurzen, mit schuppigem Wehrgehenk gegürteten Rock, auf den er Brustschilder genäht hatte und aus dessen kurzen Ärmeln seine roten und nervigen Arme mit ebenfalls nervigen und gedrungenen Händen hervorkamen. Er sagte:

»Ich rate dir, Ascher, gib acht auf deine Lampe, daß nicht zufällig daraus ein Tropfen siedend Öl auf ihn falle und der Schmerz ihn erwecke! Denn wenn er aufwacht, so ohrfeige ich ihn in meiner Geradheit, das ist ausgemacht. Einen Schlafenden ohrfeigt man nicht, – ich weiß nicht, wo es geschrieben steht, aber es läßt sich nicht tun. Wacht er dagegen auf, so hat er den Augenblick meine Hand in der Fresse, daß ihm der Backen schwillt, als hätte er einen Mehlkloß im Maul, auf neun Tage von morgen gerechnet, so wahr ich Gad heiße. Denn mir ist wütend und übel zu Sinn bei seinem Anblick und bei des Kleides Anblick, darunter er schläft und um das er frech den Vater betrogen. Ich bin kein Feigling, aber ich weiß nicht, was mir in der Herzgrube rumort und was mich mahnt aus meinen Eingeweiden. Hier stehen wir Brüder, und dort liegt der Bube, der Geck, der Zierbengel, der Gelbschnabel, der Grünling, der Augenverdreher und hat das Kleid. Sollen wir uns etwa beugen vor ihm? Ich werde das Wort nicht los, das da ›beugen‹ lautet, als flüsterte irgendein verfluchtes Gezücht es mir hartnäckig ins Ohr. Daher das Jücken in meiner Hand, daß ich ihn ohrfeigte, das wäre das Rechte, und der Greuel unter meinem Magen käme zur Ruhe!«

Der gerade Gad sprach viel Tieferes aus, als Ascher – bei all seinem Bedürfnis nach Gesinnungsverdichtung und Bündelung durch das Wort – zu berühren angestrebt hatte, da es diesem nur darum zu tun war, durch den billigen Ausdruck des Einfachsten und Bewußtseinsfähigsten sich Liebe zu erwerben und warme Einigkeit zu erzeugen. Gad bemühte sich härter. Er rang nach Andeutung dessen, was sie alle unterhalb simplen Ärgers und Neides ängstigte und quälte, nach Namen für dunkle Erinnerungen, Beklemmungen, Bedrohungen, für einen Beziehungsspuk, worin die Begriffe »Erstgeburt«, »Täuschung«, »Vertauschung«, »Weltherrschaft«, »Bruderdienstbarkeit« ihr Wesen trieben und der, nicht recht erkennbar als Vergangenheit oder Zukunft, als Mär oder Verkündigung, ebendas Wort »beugen«, »es werden sich beugen vor dir –« widerwärtig aus sich erzeugte. Die anderen fühlten sich von Gads Worten denn auch stark und unheimlich angesprochen. Besonders dem langen, im Nacken etwas gebeugten Naphtali, der schon längst von einem Fuß auf den andern trat, fuhren sie vollends in die Glieder und verstärkten aufs äußerste in ihm den Trieb zum Anspringen und Laufen. Sein Boteninstinkt, sein Melde- und Kommunikationsbedürfnis hatte sich von Anfang an stürmisch geregt und zerrte ihm in den Waden, daß er zappelte. Der Raum und seine trennende Natur beherrschte Naphtali's Vorstellung. Er betrachtete ihn als seinen vertrautesten Feind und die eigene Person als das berufene Mittel zu seiner Überwindung, nämlich zur Aufhebung der durch ihn bewirkten Unterschiede im Wissen der Menschen. Wenn an seinem Orte etwas geschah, verband er ihn in seinen Gedanken sogleich mit einem entfernten, wo man noch nichts davon wußte, – ein Zustand unleidlich ahnungslosen Dahinvegetierens in seinen Augen, den es ihn durch das Ausgreifen seiner Beine und die Geläufigkeit seiner Zunge richtigzustellen drängte, um womöglich von dort eine hierorts schimpflicherweise noch unbekannte Nachricht zurückzubringen und so das Wissen der Menschen auszugleichen. In diesem Falle nun war es der Ort der fernen Brüder, zu dem seine Gedanken – die seinen zuerst – das Gegenwärtige eilig in Beziehung gesetzt hatten. Sie wußten noch nichts, dank unausstehlicher Raumeswirkung, und mußten's doch schleunig wissen. In seiner Seele lief Naphtali schon.

»Hört, hört, ihr Brüder, ihr Kinder, ihr Freunde«, plapperte er mit leiser, hastiger Stimme. »Wir stehen und schauen an das Geschehene, denn wir sind zur Stelle. Aber zu dieser selbigen Stunde sitzen zu Schekem im Tale die Rotäugigen ums Feuer und sprechen von diesem und jenem, nur nicht davon, daß Jaakob dem Joseph das Haupt erhöht hat zu ihrer Schande, denn sie vermuten's nicht, und so laut auch die Schande schreit, ihre und unsre, sie hören's nicht. Geht es aber an, daß wir uns genügen lassen am Vorteil und sprechen: Sie sind fern, also töricht, denn Ferne ist töricht, und dabei bleibt's? Nein, sondern ansagen muß man's ihnen, daß es dort sei wie hier und sie nicht leben, als wäre es nicht. Schickt mich, schickt mich! Ich will übers Land fahren zu ihnen und ihnen Kunde geben, daß ich ihre Dunkelheit erhelle und sie laut aufschreien mache. Euch aber melde ich rückkehrend, wie sie geschrien.«

Man pflichtete ihm bei. Die Rotäugigen mußten's erfahren. Fast näher noch ging es sie an als die Viere. Naphtali ward mit dem Wege betraut; dem Vater aber würde man sagen, ein eiliger Handel habe den Geläufigen über Land gerufen. Er schlief kaum vor Ungeduld und rüstete den Esel vor Tagesgrauen; als Joseph erwachte unter dem Weltenkleide, war er schon weit davon, und den Fernen näherte sich das Wissen. Neun Tage später waren sie da, mit dem Boten zusammen, genau auf den Vollmondstag: Ruben, Schimeon, Levi, Juda, Issakhar und Sebulun, und blickten um sich in finsterem Suchen. Schimeon und Levi, genannt »die Zwillinge«, obgleich sie ein Jahr auseinanderwaren, hatten, wie Naphtali versicherte, bei der Nachricht gebrüllt wie Stiere.

Von Rubens Erschrecken

So viel Sinn und Verstand besaß Joseph, daß er ihnen nicht sofort und geradezu in dem Kleide entgegentrat, obgleich er die größte Lust dazu gehabt hatte. Ein leiser Zweifel daran, ob sie ihn wirklich soviel mehr liebten als sich selbst, daß sie außer reiner Freude gar nichts anderes beim Anblick seiner Haupterhebung empfinden würden, hatte ihn vermocht, den Schleier vorerst noch beiseite zu lassen und sie im Alltagshemd zu bewillkommnen.

»Gegrüßt, liebe Lea-Brüder, ihr starken Leute!« sagte er. »Willkommen beim Vater! Ein paar von euch wenigstens will ich küssen.«

Und er ging zwischen ihnen umher und küßte drei oder vier auf die Schulter, obgleich sie so steif wie Stöcke standen und ihn nicht anrührten. Nur Re'uben, ein neunundzwanzigjähriger Mann zur Zeit, groß und schwer, die gewaltigen Beine mit Lederriemen umwunden, in einem Fellschurz, mit rasiertem, fleischig-muskelstarkem, gerötetem, bärbeißigem Gesicht von stumpfem Profil und verlegen-würdevollem Ausdruck, die niedere Stirn vom lockig hineindringenden schwarzen Haar verdüstert, – nur er hob, ohne übrigens eine Miene zu verziehen, die schwere Hand, als er Josephs Lippen auf seiner Schulter spürte, und strich einmal leicht und sozusagen heimlich damit über des Bruders Kopf.

Jehuda, drei Jahre jünger als Ruben, nicht weniger hochgewachsen, aber etwas rundrückig und mit einem Leidenszug um Nüstern und Lippen, war im Mantel, unter dem er die Hände verbarg. Er trug eine anliegende Mütze, die sein Haar, rotbraun wie der volle Spitzbart, der schmal über den roten, gepolsterten Lippen abwärtslaufende Schnurrbart, mähnenhaft reichlich hervorquellen ließ. Diese Lippen zeugten von Sinnlichkeit, aber die feingebaute, gebogene und dennoch flach darauf niedergehende Nase drückte eine witternde Geistigkeit aus, und in den großen, schwerlidrigen und spiegelnd hervortretenden Hirschaugen lag Melancholie. Juda war damals, wie mehrere seiner Brüder und Halbbrüder, schon ehelich beweibt. So hatte Ruben eine Tochter des Landes erworben und mit ihr dem Gotte Abrahams mehrere Kinder gezeugt, den Knaben Hanoch zum Beispiel und den Knaben Pallu, die Jaakob zuweilen auf den Knien schaukelte. Schimeon hatte sich eine aus Schekem als Beute hinweggeführte Bürgerstochter namens Buna zu eigen gemacht, Levi ein jahugläubiges Mädchen geheiratet, das für eine Enkelin Ebers galt, Naphtali ein junges Weib, dessen Herkunft Jaakob etwas künstlich von Nahor, dem Bruder des Chaldäers, ableitete, und Dan einfach eine Moabiterin. Lauter religiös einwandfreie Heiraten waren nicht durchzuführen gewesen, und was Juda anlangte, so hatte der Vater froh sein müssen, daß er überhaupt in fleischlichen Dingen durch eine Heirat zu einiger Befestigung und Beruhigung gelangt war, denn sein Geschlechtsleben hatte von jungauf ein wirres und schmerzliches Gepräge getragen. Er stand mit Astaroth auf unvergnügt-gespanntem Fuß, litt unter ihrer Geißel, die ihn jagte, und war ihr untertan, ohne sie zu lieben, was einen Riß in seiner Seele bedeutete und eine Uneinigkeit in ihm selber. Der Umgang mit Kedeschen und Ischtar-Huren brachte ihn der Baals-Sphäre und ihren Greueln und Narrheiten nahe, der Sphäre Kanaans, des Schamlosen, und niemanden, auch Jaakob, den Vater, nicht, konnte das schwerer grämen als Jehuda selbst, der nicht nur fromm war, nach gottesvernünftiger Reinheit trachtete und Scheol samt allen Narrheiten und Geheimnissen zutiefst verabscheute, mit denen die Völker sich besudelten, sondern auch Grund zu haben glaubte, besonders auf sich zu halten, denn da Ruben gestrauchelt war und man die sogenannten Zwillinge seit den Wirren von Schekem ebenfalls als verflucht betrachten konnte, hatte es viel für sich, daß Juda, der vierte, als Segenssohn und Verheißungsträger an der Reihe war, mochte auch unter den Brüdern nicht davon die Rede sein, sondern jeder Anspruch nur als gemeinsame Bosheit gegen den Sohn der Rahel sich kundgeben.

Durch einen seiner Hirten, Hira geheißen, aus dem Örtchen Adullam, lernte er einen kanaanitischen Mann namens Schua kennen, dessen Tochter gefiel ihm, und er nahm sie mit Jaakobs Zustimmung. Die Söhne, die sie ihm brachte, zwei vorderhand, unterwies er in der Vernunft Gottes. Sie aber schlugen der Mutter nach, wie Ismael der Hagar nachgeschlagen und nicht dem Vater: so wenigstens sah Juda es an und erklärte sich's so, daß sie übel waren, Kanaanskinder, Baalsbälge, Scheolsbuben, Molechnarren, obgleich der Kummer vielleicht nicht nur von Schua's Tochter kam. Sie verhieß ihm schon einen dritten, und ihm bangte, wie er sich anlassen werde.

In Juda's Augen also war Schwermut, aber sie bestimmte ihn nicht zur Gutmütigkeit und dazu, daß er heimlich wäre dem Joseph übers Haar gefahren, wie Ruben. Er sagte:

»Wie kommst du uns vor, Schreiber? Tritt man vor die Älteren im gemeinen Rock mit Tuscheflecken darin zu ihrer Begrüßung, da sie lange entfernt waren und kehren zurück? Liegt dir so wenig daran, uns zu gefallen, da du dir sonst doch nichts Besseres weißt, als es den Leuten anzutun, daß sie dir lächeln? Man sagt, du habest Stücke im Kasten, kostbar, daß man blinzelt, und wert eines Fürstenkindes. Was kränkst du uns, indem du geizest damit beim Empfange?«

Schimeon und Levi, heißblickend und narbig, die geölte Brust mit Tätowierungen bedeckt und gestützt auf keulenartige Knüppel, brachen in ein kurzes, brüllendes Gelächter aus.

»Seit wann gehen Bestrickende ohne Schleier spazieren?« schrie der eine.

»Und seit wann ohne Augendecke die Tempeldirnen?« reimte der andere, gleichgültig dagegen, daß Juda zusammenzuckte.

»Ach, meinst du mein Bildkleid?« fragte Joseph. »Hat unser Bruder Naphtali euch unterwegs schon erzählt, wie Jaakob sich meiner erbarmt hat? Vergebt mir aus Güte!« sagte er und demütigte sich anmutig vor ihnen mit gekreuzten Armen. »Es ist schwer, das Rechte zu treffen im Tun und Lassen, und es fällt der Mensch in Sünde, wie er sich stelle. Ich dachte närrischerweise: Soll ich mich spreizen vor meinen Herren? Nein, sondern prunklos will ich dahertreten, daß sie kein Ärgernis nehmen an meiner Hoffart, sondern mich lieben. Siehe da, ich hab's dumm gemacht. Schmücken hätt' ich mich sollen euch zum Gruß, ich versteh' es. Aber glaubt mir, auf den Abend zum Bratenmahl, wenn auch ihr euch gereinigt habt und angelegt eure Festkleider, will ich sitzen zur Rechten Jaakobs in der Ketônet, und ihr werdet sehen unseres Vaters Sohn in seiner Herrlichkeit. Soll das ein Wort sein?«

Wieder lachten die wilden Zwillinge brüllend auf. Die anderen grübelten wütend in seine Augen hinein, Einfalt und Frechheit zu unterscheiden in seinen Worten, was aber sehr schwer war.

»Ein goldenes Wort!« sagte Sebulun, der Jüngste, der es darauf anlegte, einem Phönizier zu gleichen, mit geschorenem Rundbart, den Kopf voll kurzer Locken, in bunt gemustertem Oberrock, der nur eine Schulter bedeckte und auf der anderen, unterm Arm durchlaufend, das Hemd freiließ; denn sein Sinn stand nach dem Meere, den Häfen, und er wäre lieber nicht Hirte gewesen. »Ein leckeres Wort. Ein Wort wie eine Opfersemmel aus feinem Weizengrieß mit Honigseim, das muß ich sagen! Weißt du, daß ich Lust hätte, es dir in den Hals zurückzustoßen, daß du daran ersticktest?«

»Geh, Sebulun, was für grobe Scherze!« antwortete Joseph, indem er die Augen niederschlug und betreten vor sich hinlächelte. »Hast du sie von gepichten RuderskIaven zu Askaluna und Gaza?«

»Er hat meinen Bruder Sebulun einen gepichten Rudersklaven genannt!« rief der einundzwanzigjährige lang- und schwergliedrige Issakhar, genannt der »knochige Esel«. »Ruben, du hast es gehört und mußt ihm übers Maul fahren, wenn nicht mit der Hand, wie ich wünschte, so doch mit rügenden Worten, daß er's sich merke!«

»Du sprichst nicht genau, Issakhar«, antwortete Ruben mit hoher und zarter Stimme, wie sie wohl Männern von gewaltigem Körperbau eigen sein kann, und wandte den Kopf ab. »Nicht genannt hat er ihn so, sondern hat ihn gefragt, ob er von solchen die Rede habe. Es war vorlaut genug.«

»Ich habe verstanden, daß er mich mit einer Opfersemmel ersticken wollte«, erwiderte Joseph, »was sowohl lästerlich gewesen wäre, wie auch sehr unfreundlich. Hat er's aber nicht gesagt und gemeint, so will auch ich ihn gewiß nicht geneckt haben, beileibe.«

»Und so gehen wir dahin und dorthin«, beschloß Re'uben, »damit nicht das Beisammenstehen weiterhin noch zu Häkeleien und Mißverständnissen führe.«

Sie trennten sich, Zehn und Einer. Aber Ruben ging dem Einsamen nach und rief ihn bei Namen. Hoch stand er vor ihm unter vier Augen auf seinen gegürteten Säulenbeinen, und Joseph blickte höflich aufmerksam in die muskulöse Miene, der ein Bewußtsein von Kraft und Fehlbarkeit den Ausdruck verlegener Würde aufprägte. Rubens Augen mit den entzündeten Lidern waren ihm nahe. Ihr Blick verlor sich sinnend in seinem Gesicht oder machte eigentlich davor halt, indem er sich in sich selbst zurückwandte, und dabei knetete er mit der gewaltigen Rechten leicht des Bruders Schulter, wie er es mit dem zu machen pflegte, mit dem er eben sprach.

»Du verwahrst das Kleid, Knabe?« fragte er mit den Lippen, ohne den Mund recht zu öffnen.

»Ja, Ruben, mein Herr, ich hüte es«, antwortete Joseph. »Israel schenkte mir's, da er lustig war vom Siege im Spiel.«

»Schlug er deine Steine?« fragte Ruben. »Du spielst flink und scharf, denn dein Geist ist eingeübt von allerlei Kopfarbeit mit Eliezer, und auch im Spiele kommt dir's zustatten. Schlägt er sie öfters?«

»Dann und wann«, sagte Joseph und zeigte die Zähne.

»Wann du willst?«

»Nicht auf mich allein kommt es an«, erwiderte ausweichend jener.

»Ja, so ist es«, dachte Ruben im stillen, und sein Blick ging in sich mehr als zuvor. »Das ist der Trug der Gesegneten und ist ihre Art zu betrügen: Sie müssen ihr Licht unter den Scheffel stellen, daß es nicht ihnen zum Schaden leuchte, da die andern es müssen heller lügen, um sich zu halten.« Er sah den Halbbruder an. »Das Rahelskind«, dachte er. »Wie es angenehm ist! Die Leute haben recht, ihm zu lächeln. Genau die richtige Größe hat er und schlägt die hübschen und schönen Augen zu mir auf mit geheimem Spott, wenn mir recht ist, da ich vor ihm stehe wie ein Herdenturm, übergroß und ungeschlacht, mit diesem tölpelhaften Leibe, an dem mir überall die Adern bersten wollen von Kraft, so daß ich mich mit Bilha vergaß wie ein Bulle und gab nicht einmal acht, ob's einer merke. Da ging er hin und sagte es Israel an, unschuldig-tückischen Sinnes, und ich kam in die Asche. Denn er ist klug wie die Schlangen und sanftmütig wie die Tauben, so sollte man sein. Tückisch in Unschuld und unschuldig in der Tücke, so daß die Unschuld gefährlich ist und heilig die Tücke, das sind die untrüglichen Zeichen des Segens, und ist dagegen nicht aufzukommen, selbst wenn man wollte, aber man will gar nicht, denn dort ist Gott. Ich könnte ihn niederstrecken auf immer mit einem einzigen Streich; die Kraft, die Bilha schwächte, wäre auch dazu gut, und der Dieb meiner Erstgeburt würde sie spüren nach Mannesart, wie Bilha sie spürte als Weib. Was hätte ich aber davon? Habel läge erschlagen, und ich wäre, der ich nicht sein will, Kajin, den ich nicht verstehe. Wie kann man gegen seine Überzeugung handeln, gleich Kajin, und sehenden Auges den Angenehmen erschlagen, weil man unangenehm ist? Ich werde nicht gegen meine Überzeugung handeln, ich will gerecht und billig sein, das ist meiner Seele zuträglicher. Ich werde ihr nichts vergeben. Ich bin Re'uben, die Adern voll Kraft, Lea's Erster, der Älteste Jaakobs, der Zwölfe Haupt. Ich werde ihm keine verliebten Fratzen schneiden und mich nicht demütigen vor seiner Anmut – schon daß ich ihm übers Haar strich vorhin, war läppisch und fehlerhaft. Ich werde nicht die Hand an ihn legen, weder so noch so. Ich stehe vor ihm wie ein Turm, ungeschlacht meinethalb, aber in Würden.«

Er fragte mit angezogenen Gesichtsmuskeln:

»Du hast es ihm abgeschwatzt, das Kleid?«

»Kürzlich hatte er mir's verheißen«, antwortete Joseph, »und da ich ihn mahnte, gab er mir's aus der Truhe und sprach: ›Behalt es, behalt es!‹«

»So, du hast ihn gemahnt und drum gebettelt. Gegen seinen Willen gab er dir's, versucht von deinem. Weißt du, daß es gegen Gott ist, die Macht, die einem gegeben ist über einen andern, zu mißbrauchen, daß er willigt ins Unrecht und tut, was ihn reut?«

»Welche Macht habe ich über Jaakob?«

»Fragend lügst du. Du hast über ihn die Macht Rahels.«

»So hab' ich sie nicht gestohlen.«

»Noch sie verdient.«

»Der Herr spricht: ›Ich gönne, wem ich gönne.‹«

»Oh, frech bist du!« sagte Ruben mit dick zusammengezogenen Brauen und schüttelte ihn langsam an der Schulter hin und her. »Mir sagt man wohl nach, daß ich sei wie ein dahinschießend Wasser, und die Sünde ist mir nicht fern. Aber ein Leichtsinn, verstockt wie deiner, der ist mir fern. Du pochst auf Gott und spottest des Herzens, das da ist in deiner Hand. Weißt du, daß du den Alten in Angst und Not gestoßen hast, da du ihn beschwatztest um das Kleid?«

»Aber großer Ruben, in was für Not?«

»Ich kenne es schon, daß du *lügst*, da du *fragst*. Hast du so große Freude dran, daß der Mensch so zu tun vermag? – In Not um dich, der du sein Liebstes bist ohne Verdienst, nach seines Herzens Willen, das ist weich und stolz. Er wurde gesegnet vor Esau, seinem Zwilling, aber ist ihm nicht worden Kummers genug, da ihm Rahel starb einen Feldweg von Ephron, ferner durch Dina, sein Kind, und auch durch mich, was ich selbst hinzufüge, da ich dir ansehe, daß du imstande wärst, mich dran zu erinnern?«

»Nicht doch, starker Ruben. Ich denke gar nicht daran, daß du eines Tages mit Bilha scherztest, so daß du dem Vater wie ein Flußpferd vorkamst in seiner Verstimmung.«

»Schweig! Wie kannst du reden davon, da ich's dir ausdrücklich vom Munde weggenommen und kam dir zuvor? Immer ersinnst du neue Arten der Lüge und sagst ›Ich denke nicht dran‹, da du ausführlich davon redest. Ist es das, was du von den Lesesteinen erfährst und was du übst, wenn du mit Eliezer betreibst das Tempelwissen? Deine Lippen regen sich, ich weiß nicht wie, und geschnitten vom Schöpfer so und so, und es glitzern dir die Zähne dazwischen. Was aber herauskommt, sind lauter Frechheiten. Bursche, Bursche, hüte dich!« sagte er und handhabte ihn so, daß Joseph auf Ferse und Fußballen rückwärts und vorwärts schwankte. »Habe ich dich nicht zehnmal errettet aus den Händen der Brüder und vor dem Zorne derer, die Schekem zertraten um der Geschwächten willen, zehnmal, wenn sie daran waren, dich zu verbleuen, weil du geplappert hattest wider sie beim Vater und hattest gelogen von ›Stücken aus dem Fleische der Lebenden‹ und dergleichen mehr, – daß du nun hingehst und erschleichst dir das Kleid, da wir ferne weiden, und forderst freventlich den Ingrimm heraus wider dich, wenn nicht von Zehnen, so doch von Neunen? Sage, wer bist du, und welches ist dein Hochmut, daß du dich abseitsstellst von uns allen und wandelst wie ein Besonderer? Fürchtest du nicht, daß dein Dünkel die Wolke über dir zusammenzieht, aus der der Blitz kommt? Weißt du denen, die's gnädig mit dir meinen, so wenig Dank, daß du ihnen Not schaffst, wie einer, der hoch in morschen Zweigen klettert und spottet auf die herab, die unten stehn und nach ihm rufen in Ängsten, ob es nicht breche unter ihm und er falle und schütte sein Eingeweide aus?«

»Höre, Ruben, stelle mich hin! Glaube mir, ich weiß es dir Dank, daß du ein Wort für mich einlegtest wider der Brüder Mutwillen. Ich bin dir auch dankbar, daß du mich hältst, indem du mich umwirfst, beides zugleich. Stelle mich aber nun auf die Sohlen, daß ich rede! So! Man kann sich nicht auseinandersetzen im Schaukeln. Jetzt aber, da ich stehe, will ich's tun, und ich bin sicher, daß du mir beifallen wirst in deiner Gerechtigkeit. Ich habe mir das Kleid nicht erschlichen, noch es gestohlen. Da er mir's am Brunnen verheißen, kannte ich Jaakobs Wunsch und Vorsatz, es mir zu gewähren. Da ich ihn aber etwas uneins sah, den Sanftmütigen, mit seinem Willen, hielt ich's mit diesem und vermochte ihn leicht, mir's zu geben – geben, sage ich, und nicht schenken, denn es war mein, eh er mir's gab.«

»Warum dein?«

»Du fragst? Ich werde antworten. Welche war es, der Jaakob zuerst den Schleier hob und machte ein Vermächtnis daraus zu der Stunde?«

»Es war Lea!«

»Ja, in Wirklichkeit. Aber in Wahrheit war's Rahel. Lea war nur verkleidet darin, aber des Kleides Herrin war Rahel, und sie hat es verwahrt, bis sie starb, einen Feldweg von Ephron. Da sie aber starb, wo ist sie?«

»Wo Lehm ihre Speise ist.«

»Ja, in Wirklichkeit. Aber die Wahrheit ist anders. Weißt du nicht, daß es des Todes Kraft ist, die Beschaffenheit zu verändern, und daß Rahel dem Jaakob lebt in anderer Beschaffenheit?«

Ruben stutzte.

»Ich und die Mutter sind eins«, sagte Joseph. »Weißt du nicht, daß Mami's Gewand auch des Sohnes ist und daß sie's tragen im Austausch, der eine an Stelle des andern? Nenne mich, und du nennst sie. Nenne das Ihre, und du nennst das Meine. Also, wes ist der Schleier?«

Er hatte in durchaus bescheidener Haltung gesprochen, schlicht dastehend, mit niedergeschlagenen Augen. Aber nachträglich, nachdem er schon ausgeredet, schlug er plötzlich den Blick groß und offen zu dem des Bruders auf: nicht so, daß er sich angreifend in diesen versenkt und gedrängt hätte, sondern er bot sich eben nur still und offen zum Hineinschauen dar, das blinzelnd-bestürzte Bohren der entzündlichen Lea-Augen ohne Erwiderung aufnehmend in seine Unergründlichkeit.

Der Turm wankte. Dem großen Ruben graute es. Wie drückte der Junge sich aus, worauf redete er sich hinaus, wie kam das alles heraus? Ruben hatte nach seinem Hochmut gefragt, – er bereute es, denn nun hatte er Antwort. Zornig hatte er wissen wollen, wer jener denn sei, – hätte er's nicht getan! Denn jetzt war er bedeutet, und zwar so zweideutig, daß es ihm den Rükken hinunterlief, so lang er war. War es Zufall, wie sich in des Knaben Mund die Worte gefügt hatten? Wollte er damit auf das Göttliche anspielen und sich darauf berufen, um seine Hinterlist zu rechtfertigen, *oder* ... Und dieses »Oder« erregte dem Ruben dasselbe Grausen in der Herzgrube, über das Bruder Gaddiel sich schimpfend beklagt hatte an Josephs Lager, – nur stärker war es in Ruben, eine tiefere Erschütterung und zugleich Bewunderung, ein weiches, zärtliches Entsetzen und Erstaunen.

Man muß den Ruben verstehen. Er war nicht der Mann, allein in aller Welt die Wichtigkeit der Frage zu verkennen, wer einer war, in welchen Fußstapfen er ging, auf welche Vergangenheit er seine Gegenwart bezog, um sie als Wirklichkeit dadurch auszuweisen. Joseph hatte sich ausgewiesen durch seine Antwort – auf so ungeheuerlich anmaßende Weise, daß es dem Ruben schwindelte. Aber die Magie des Wortes, die das Obere ins Untere zog, diese zwanglos freie und zweifellos echte Gefügigkeit der Sprache zu verwechselndem Zauber, ließ die Stapfen, in denen der junge Bruder wandelte, vor Rubens Augen hell erschimmern. Er hielt den Joseph in diesem Augenblick nicht geradezu für eine verschleierte Doppelgottheit von beiderlei Geschlecht – wir wollen so weit nicht gehen. Und dennoch war seine Liebe nicht weit vom Glauben.

»Kind, Kind!« sagte er mit der zarten Stimme seines mächtigen Leibes, »schone deine Seele, schone den Vater, schone dein Licht! Stelle es unter den Scheffel, daß es dir nicht zum Verderben leuchte!« Dann trat er drei Schritte rückwärts mit gesenktem Haupt und wandte sich erst danach von Joseph hinweg.

Beim Abendmahl aber trug dieser das Kleid, so daß die Brüder wie Klötze saßen und Jaakob sich fürchtete.

Die Garben

Nach diesen Dingen und vielen Tagen geschah es, daß man den Weizen schnitt im Tale Hebron und daß Erntezeit war und die Zeit des fröhlichen Schweißes und Freudenzeit bis auf den Tag der Erstlinge, da sie gesäuerte Weizenbrote darbrachten aus neuem Mehl, sieben Wochen nach Frühjahrsvollmond. Denn die Spätregen waren reichlich gewesen, aber bald schon schlossen sich die Luken des Himmels, die Wasser verliefen sich, und es trocknete das Land. Die triumphierende Sonne, Marduk-

Baal, trunken von seinem Siege über den triefenden Leviathan, waltete flammend am Himmel, goldene Speere ins Blaue schleudernd, und so hitzig war schon um die Wende des zweiten und dritten Monats seine Herrschaft, daß für die Saaten zu fürchten gewesen wäre, wenn nicht ein Wind sich aufgemacht hätte, dem Lea's Sechster, Sebulun, seine sympathische Herkunft anroch, so daß er sagte:

»Meine Nase ist angenehm berührt von diesem Wind, denn er führt die Feuchte der Weite und bringt den lindernden Tau. Seht doch an, was da Gutes vom Meere kommt, ich sage es immer. Am Großen Grünen sollte man wohnen und an Sidon grenzen und die Welle befahren, statt der Lämmer zu warten, – das lacht mir weniger. Auf der Welle und auf der gekrümmten Planke kann man zu Leuten gelangen, die einen Schwanz haben und ein leuchtendes Horn auf der Stirn. Ferner zu solchen mit so großen Ohren, daß sie den ganzen Körper bedecken, und anderen, deren Leib mit Gras bewachsen ist, – ein Mann vom Hafen Chazati hat mir's erzählt.«

Naphtali stimmte ihm zu. Es wäre gut, mit den Grasbewachsenen Nachrichten zu tauschen. Wahrscheinlich wußten weder sie noch die Geschwänzten und Ohrlappigen das geringste von dem, was vorgehe in der Welt. Die anderen widersprachen und wollten vom Meere nichts wissen, auch wenn es den Tauwind spende. Es sei Unterweltsgebiet, voll von Chaosungeheuern, und ebensogut könne Sebulun die Wüste verehren. Namentlich Schimeon und Levi, roh aber fromm, vertraten diese Anschauung, obgleich auch sie fürs Hirtenleben im Grunde nicht viel übrighatten, ihm nur um der Erbordnung willen anhingen und lieber ein wilderes Handwerk betrieben hätten.

Die Erntearbeiten, die mit der Einbringung der Gerste begonnen hatten, boten allen eine willkommene Abwechslung, und sie waren heiter im Schweiß, wie der Mensch es ist in diesen Wochen des Lohnes, also daß sogar ihr Verhältnis zu Joseph, der ebenfalls sicheln und binden half, sich unwillkürlich schon etwas zu lösen und zu mildern begonnen hatte, als dieser durch unglaubwürdige Schwatzhaftigkeit wieder alles verdarb und aufs letzte verschlimmerte. Davon sogleich. Was Jaakob betraf, so war er wenig berührt von der kalendermäßigen Freudenstimmung seiner Umgebung, der Ausgelassenheit der erntenden Bauern, in deren Mitte seine Leute das Ihre besorgten. Auf diese ging von seiner Haltung, die alljährlich dieselbe war, sogar ein gewisser dämpfender Druck aus, und zwar ohne daß er selbst auf dem Felde erschienen wäre. Dies geschah nur ganz ausnahmsweise und sollte freilich gerade dieses Jahr einmal geschehen, nämlich auf besonderes Bitten Josephs, der dafür seine Gründe hatte. Im ganzen aber kümmerte Jaakob sich nicht um Saat und Mahd, sondern betrieb sein bißchen Landwirtschaft gleichsam ohne hinzusehen und nur aus Klugheit, nicht aus innerem Hange, von welchem eher das Gegenteil sein Verhältnis zu dieser Sphäre bestimmte, nämlich die Glaubensgleichgültigkeit, ja Abneigung des Mondhirten gegen den Schollendienst des roten Ackerbauers. Die Erntezeit schuf ihm geradezu eine gewisse Verlegenheit; denn er zog Nutzen, für sein Teil, aus dem Fruchtbarkeitskult, den die Landeskinder von Frühling zu Frühling den Sonnenbaalen und lieben Frauen ihrer Tempel gewidmet hatten und dem seine Seele doch ferne war. Solcher Mitgenuß beschämte ihn etwas und verschloß seine Lippen vor dem Dankbarkeitsjubel der Einbringenden.

Nun also ließ er nach der Gerste den Weizen ernten zu seiner Selbstversorgung, und da jedes Paar Arme gebraucht wurde, ja eine Anzahl Mietskräfte für diese Wochen durch Eliezer waren aufgenommen worden, unterbrach Joseph seine Studien mit dem Alten, um auch für seine aparte Person vom rosigen Morgen bis an den Abend auf dem Felde zu schaffen, sein Krummeisen in die Ährenbüschel zu hauen, die seine Rechte zusammenraffte, Garben mit Stroh zu binden und sie mit den Brüdern und Knechten auf Karren zu laden oder den Eseln aufzuhängen, die sie zur Dreschtenne trugen. Es ist anzuerkennen, daß er es willig und fröhlich tat, ohne es für Raub zu achten, und in aller Bescheidenheit, – zu welcher freilich gewisse Enthüllungen seines Innenlebens, die er sich gerade damals gönnte, in krassem Gegensatz standen. Schließlich wäre es ihm ein leichtes gewesen, von Jaakob Befreiung von der Feldfron zu erlangen, aber er dachte nicht daran, teils weil die Arbeit ihm gesunde Freude machte, teils, und dies wirklich vor allem, weil sie ihn den Brüdern näherte und er's in frohem Stolze genoß, mit ihnen zusammenzuwirken, sich von ihnen rufen zu hören, ihnen nach besten Kräften zur Hand zu gehen, – das ist buchstäblich wahr; die Werkgemeinschaft mit ihnen, die praktisch das Verhältnis besserte, erhob ihm das Herz, sie machte ihn glücklich, und Widersprüche widerlegen hier nichts; sie heben in aller zerstörenden Unvernunft die Tatsache nicht auf, daß er die Brüder liebte und, so unvernünftig, ja gänzlich verblendet nun dies wieder anmuten möge, auf ihre Liebe vertraute, so daß er glaubte, ihr einiges zumuten zu dürfen, – einiges, denn unseligerweise dachte er, es wäre nicht viel.

Die Feldarbeit ermüdete ihn sehr, und des öfteren schlief er zwischenein. Er schlief auch in jener Mittagsstunde, die alle Jaakobssöhne, Benjamin ausgenommen, dort draußen zur Ruhe und Mahlzeit unter einem braunen Schattentuch, das über krummen Stangen aufgehängt war, versammelt sah. Sie hatten das Brot gebrochen und plauderten, auf ihren Fersen kauernd, im bloßen Schurz allesamt, die Körper gerötet von der Kraft Baals, die zwischen weißen Sommerwolken niederflammte auf das halb abgeerntete Land, das da und dort, wo die Sichel stopplige Breschen in sein sonnengelbes Ährengedränge geschlagen, mit aneinandergelehnten Garben besetzt und ringsum von niedrigen Schottermauern eingesäumt war, hinter denen anderer Leute Arbeit begann. In einiger Entfernung erhob sich ein Hügel, der den Jaakobsleuten als Tenne diente. Man sah beladene Esel unterwegs dorthin und Männer droben, die mit Gabeln die Halme auseinanderwarfen vor Ochsen, die dreschend darübergingen. 5

Joseph also, auch er nur im Arbeitsschurz und mit geflammter Haut, schlief im gemeinsamen Schatten auf seinem Arm in Hockerstellung. Er hatte, als er sich legte, den ihm zunächst sitzenden Issakhar, genannt »der knochige Esel«, in aller Treuherzigkeit gebeten, ihm eins seiner Knie zu leihen, daß es ihm 10 das Haupt erhebe; aber Issakhar hatte gefragt, ob er ihm den Kopf vielleicht auch krauen und ihm die Fliegen wehren solle, und ihn geheißen, sich wie immer zu betten, nur ohne ihn zu benutzen. Darüber hatte Joseph kindlich gelacht wie über einen guten Witz und sich schlafen gelegt ohne Haupterhebung. 15 Er fand sie anderweitig, wie sich herausstellen sollte, aber niemand sah es ihm an, zumal niemand sich um ihn kümmerte. Nur Ruben ging zuweilen mit dem Blick über ihn hin. Des Schlafenden Gesicht war ihm zugewandt. Es war nicht ruhig. Seine Stirn, seine Lider zuckten, und der gelöste Mund rührte 20 sich wie zum Sprechen.

Währenddem erörterten die Brüder die Vorteile oder Nachteile eines Gerätes, dessen man sich neuerdings vielfach zum Dreschen bediente, der Dreschtafel, die, von Ochsen gezogen, mit den an ihrer Unterseite befestigten spitzen Steinen die 25 Ähren zerriß. Daß dies das Verfahren beschleunigte, war unbestritten. Aber mehrere behaupteten, das Worfeln nachher mache mehr Arbeit, als wenn man oft und gründlich das tretende Vieh über die Frucht getrieben. Auch von einem Dreschwagen sprach man, den manche Bauern gebrauchten 30 und der auf Walzen mit schneidenden Eisenscheiben lief. Darüber erwachte Joseph und setzte sich auf.

»Ich habe geträumt«, sagte er und blickte verwundert lächelnd unter den Brüdern umher.

Sie drehten die Köpfe, wandten sie wieder weg und redeten weiter.

»Geträumt habe ich«, wiederholte er und strich mit der Hand über die Stirn, indem er, immer noch verwirrt und glücklich lächelnd, ins Leere sah, »so wirklich und wunderbar!«

»Das ist deine Sache«, erwiderte Dan und richtete kurz die stechenden Augen auf ihn. »Besser hättest du getan, ohne Traum zu schlafen, wenn du schon schlafen mußt, denn Traumschlaf erquickt nicht.«

»Wollt ihr meinen Traum nicht hören?« fragte Joseph.

Hierauf antwortete niemand. Dagegen setzte einer von ihnen, es war Jehuda, das landwirtschaftliche Gespräch in einem Tone fort, der die gebührende Antwort auf eine solche Frage gewissermaßen enthielt.

»Es ist notwendig«, sprach er kalt und laut, »die Eisenscheibchen sehr scharf zu halten, sonst schneiden sie nicht, sondern quetschen nur, und das Korn tritt nicht recht aus der Ähre. Sagt aber selbst, ob auf die Leute Verlaß ist, zumal die Gemieteten, daß sie sie hinlänglich wetzen. Sind aber die Rädchen sehr scharf, so zerschneiden sie leicht auch die Frucht, und es geschieht, daß das Mehl ...«

Joseph hörte ein Weilchen ihrer über ihn hinweggehenden Unterhaltung zu. Schließlich unterbrach er sie und sagte:

»Verzeiht, Brüder, aber ich möchte euch meinen Traum doch erzählen, den ich geträumt habe in diesem Schlaf, es drängt mich dazu. Er war nur kurz, aber so wirklich und wunderbar, daß ich ihn nicht für mich behalten mag, sondern von Herzen wünschte, er stünde euch vor Augen wie mir, daß ihr vor Ergötzen lachtet und euch die Schenkel schlüget.«

»Nun höre einmal!« sagte Juda wieder und schüttelte den Kopf. »Was ficht dich an, daß du uns mit deinen Sachen behelligst, die uns nicht scheren? Denn es schiert uns doch dein Inwendiges nicht und das Gebräu deines Schlafes, und was dir aufsteigt aus dem Bauche zum Kopf nach dem Essen. Das ist unanständig und geht uns nichts an, also schweig!«

»Aber es geht euch an!« rief Joseph eifrig. »Es geht euch alle an, denn ihr kommt alle darin vor und ich auch, und ist mein Traum so ganz zum Sinnen und Staunen für uns alle, daß ihr die Köpfe werdet sinken lassen und drei Tage lang fast an nichts anderes denken!«

»Soll er's also nicht in wenigen Worten aussagen, ohne Umstände, daß wir's hören in Kürze?« fragte Ascher ... Genäschige sind auch neugierig, und neugierig waren sie übrigens alle und hörten im Grunde sehr gern erzählen, das Wirkliche und das Erdichtete, Mär, Traum und Lieder der Urzeit.

»Gut«, sagte Joseph glücklich, »wenn ihr denn wollt, so erzähle ich euch mein Gesicht, das wird sich empfehlen, schon wegen der Deutung. Denn wer da träumt, soll nicht deuten, sondern ein anderer. Träumet ihr, so will ich's euch wohl auslegen, das kostet mich nichts, ich bitte den Herrn, und er gibt mir's. Aber mit eigenem ist es was andres.«

»Nennst du das ›ohne Umschweife‹?« fragte Gad.

»Hört denn ...«, begann Joseph. Aber Ruben wollt' es im letzten Augenblick noch verhindern. Er hatte den Herrn des Schleiers über alldem nicht aus den Augen gelassen, und ihm ahnte nichts Gutes.

»Joseph«, sagte er, »ich kenne nicht deinen Traum, denn ich lag nicht mit in deinem Schlaf, sondern du warst darin allein. Aber mir scheint, es bliebe besser ein jeder allein mit seinen Träumen, und du behieltest für dich, was dir träumte, daß wir zur Arbeit gingen.«

»Bei der Arbeit waren wir«, griff Joseph seine Worte auf, »denn auf dem Acker sah ich uns alle miteinander, uns Söhne Jaakobs, und wir ernteten den Weizen.«

»Großartig!« rief Naphtali. »Du läßt dir Dinge träumen, höchst träumerische, das leugne einer! Man muß von Wunder sagen, wie weit er her ist, dein Traum, und wie so gar wild und bunt!«

»Es war aber nicht unser Acker«, fuhr Joseph fort, »sondern ein anderer, wunderlich fremd. Doch sagten wir nichts darüber. Schweigend arbeiteten wir miteinander und banden Garben, nachdem wir die Frucht geschnitten.«

»Na, das ist ein Träumchen vor dem Herrn!« sagte Sebulun. »Ein Gesicht ohnegleichen! Wir hätten wohl erst binden sollen und dann schneiden, du Narr? Müssen wir's wirklich zu Ende hören?«

Einige standen schon achselzuckend auf und wollten gehen.

»Ja, hört es zu Ende!« rief Joseph mit erhobenen Händen. »Denn jetzt kommt das Wunderbare. Jeder banden wir eine Garbe der Brotfrucht, und waren da zu zwölfen, denn auch Benjamin, unser jüngster Bruder, war mit dabei auf diesem Felde und band sein Gärbchen mit euch im Kreise.«

»Fasele nicht!« gebot Gad. »Wie denn: ›Mit euch im Kreise‹. Du willst sagen: ›Mit uns im Kreise!‹«

»Nicht doch, Gaddiel, anders vielmehr! Denn ihr bildetet den Kreis, ihr elfe, und bandet, ich aber stand und band meine Garbe in euerer Mitte.«

Er schwieg und sah in ihre Gesichter. Sie hatten sämtlich die Brauen emporgezogen und mit leisem Schütteln die Köpfe in den Nacken gelegt, daß ihnen die Adamsäpfel hervortraten. In diesem Kopfschütteln und diesem Emporziehen der Brauen lag spöttisches Erstaunen, Warnung und Besorgnis. Sie warteten.

»Hört nun, wie es kam und wie mir's wunderbar träumte!« sagte Joseph wieder. »Da wir unsere Garben gebunden hatten, ein jeder die seine, ließen wir sie und gingen von ihnen hinweg, als hätten wir da nichts weiter zu tun, und sprachen nichts. Wir waren aber zwanzig Schritt miteinander gegangen, oder vierzig, siehe, da blickte Ruben sich um und wies schweigend zurück mit der Hand auf die Stätte, da wir gebunden. Ruben, du warst es. Alle standen wir und schauten, die Hände über den Augen. Und sehen: Meine Garbe inmitten steht da, ganz aufrecht, und eure aber, die sie umringen, neigen sich vor ihr im Kreise, neigen sich, neigen sich, und meine steht.«

Längeres Stillschweigen. 5

»Ist das alles?« fragte Gad sehr kurz und leise in die Stille hinein.

»Ja, danach erwachte ich«, erwiderte Joseph kleinlaut. Er war ziemlich enttäuscht von seinem Traum, der als solcher, namentlich durch Rubens stilles Zurückdeuten auf das selbstän- 10 dige Gebaren der Garben, ein höchst eigentümliches, drükkend-beglückendes Gepräge getragen hatte, aber, in Worte gefaßt, sich vergleichsweise dürftig, ja albern ausnahm und nach Josephs Meinung keinerlei Wirkung auf die Hörer ausgeübt haben konnte, ein Gefühl, in dem Gads »Ist das alles?« ihn noch 15 bestärkte. Er schämte sich.

»Es ist dies und das«, sagte Dan nach einem neuen Stillschweigen mit gepreßter Stimme, oder eigentlich so, daß nur die ersten Silben seiner Äußerung Ton hatten, die letzten aber in einem Flüstern erstickten. 20

Joseph hob den Kopf. Er schöpfte neuen Mut. Es schien, daß dennoch sein Traum, wie er ihn erzählt hatte, nicht aller Wirkung auf die Brüder bar gewesen war. »Ist das alles?« war niederschlagend gewesen, aber »dies und das« war tröstlich und hoffnungsreich; es bedeutete »Allerlei« und »Gar nicht wenig«, 25 es bedeutete »Potztausend« und dergleichen. Er sah in ihre Gesichter. Sie waren bleich allesamt, und in allen standen senkrechte Falten zwischen den Brauen, was zusammen mit starker Blässe einen eigentümlichen Eindruck macht. Ebenso wird ein solcher erzeugt, wenn in bleichen Mienen die Nasenflügel sehr 30 stark gespannt sind oder die Unterlippe zwischen die Zähne geklemmt ist, wie es hier gleichfalls mehrfach zu beobachten war. Außerdem ging allen der Atem sehr stark, und da er's nicht ganz in gleichem Takte tat, so war es ein zehnfach unregelmäßig durcheinandergehendes Schnaufen, das unter dem Schattentuch geschah und als Erzeugnis seiner Erzählung, zusammen mit der herrschenden Blässe, den Joseph wohl etwas betreten hätte machen können.

Das tat es auch in gewissem Grade, aber auf die Weise, daß ihm dies alles wie die Fortsetzung seines Traumes erschien, dessen seltsamen Doppelcharakter einer unheimlichen Freude und freudigen Unheimlichkeit diese Wirklichkeit bewahrte; denn der erzielte Eindruck auf die Brüder war zwar nicht ganz glücklich, aber er war offenbar viel stärker, als Joseph zeitweise zu hoffen gewagt hatte, und die Genugtuung darüber, daß seine Erzählung kein Mißerfolg gewesen war, wie er schon hatte befürchten müssen, hielt seiner Beklommenheit die Waage.

Daran änderte es nichts, daß Jehuda, nach längerem allgemeinen Schnaufen und Lippenzerren, kehlig heiseren Tones hervorstieß:

»Ein ekelhafterer Unsinn ist mir zeit meines Lebens nicht zu Ohren gekommen!« – Denn auch dies war zweifellos der Ausdruck einer, wenn auch nicht ganz glücklichen, Ergriffenheit.

Wieder herrschten Schweigen, Blässe und Nagen.

»Balg! Giftpilz du! Großhans! Stinkender Blähwind!« brüllten Schimeon und Levi auf einmal los. Sie konnten nicht nacheinander sprechen und einen Reim aufeinander machen, wie sie gewöhnlich taten; sie schrien gleichzeitig und durcheinander, hochrot die Gesichter, hoch aufgeschwollen die Adern an ihren Stirnen, und es bewahrheitete sich hier das Gerücht, das wissen wollte, im Zorne sträube sich ihnen das Brusthaar zu Stacheln und habe das beispielsweise auch beim Wüten gegen Schekem, die Stadt, getan: Es war wirklich so, jetzt konnte man es einmal beobachten, die Haare auf ihren Brustknochen sträubten sich ihnen deutlich und standen gerade ab, indes sie mit Ochsenstimmen durcheinander schrien:

»Du Widerwart, Dünkellaps, Hundsfott und frecher Flunkerer! Was willst du dir haben träumen lassen und was gesehen haben hinter deinen Lidern, du Gauch, du Dorn im Fleische, du Stein des Anstoßes, daß wir dir's deuten sollen und sollen dir's auslegen auch noch, du Garbe von Unausstehlichkeit?! ›Neigen sich, neigen sich‹, was, das träumst du dir, schamloser Duckmäuser, und zwingst uns ehrliche Männer es anzuhören?! Alle wedeln sie schlaff im Kreise dahin, unsere Garben, deine aber steht! Ist etwas so Grundwiderliches je im Weltall erhört worden? Pfui Scheol, Dreck und Spucke! Vater- und Königsmacht möchtest du ausüben, was, dahier über uns, weil du dir, Gleisner und Erbschleicher, die Ketônet tückisch gestohlen hinter dem Rücken der oberen Brüder! Aber wir werden dich lehren, wie es mit Stehen und Neigen bestellt ist, und werden dir noch die Herren zeigen, daß du uns deinen Namen nennst und es merkst, wie unverschämt du gelogen!«

So die Dioskuren in wüstem Gebrüll. Danach gingen alle Zehn unter dem Tuch hervor und aufs Feld hinweg, noch immer bleich und rot und lippennagend. Ruben aber sagte im Weggehen: »Du hörst es, Knabe.« Joseph saß noch eine Weile nachdenklich dort, verwirrt und betrübt, weil die Brüder ihm seinen Traum nicht hatten glauben wollen. Denn dies hatte er namentlich herausgehört, daß sie ihm nicht glaubten, da die Zwillinge mehreres von Flunkerei und Lüge geschrien hatten. Das betrübte ihn, und er fragte sich, wie er es ihnen beweisen könne, daß er kein Wort zuviel gesagt und ihnen nur redlich erzählt hatte, was er wirklich in ihrer Mitte geträumt. Wenn sie ihm nur glaubten, dachte er, würde auch die Verstimmung, die sie gezeigt hatten, von ihnen weichen; denn hatte er ihnen nicht aufrichtig brüderliches Vertrauen erwiesen, indem er ihnen zu wissen gab, was Gott ihm im Traum gezeigt, damit sie Wunder und Freude wie er empfänden und mit ihm über den

Sinn berieten? Es war unmöglich, daß sie ihm den Glauben an die Unerschütterlichkeit ihrer Gemeinschaft verargten, der ihn bestimmt hatte, ihnen Gottes Gedanken anzuzeigen. Er wurde darin freilich erhoben über sie; jedoch daß sie darum, die Älteren, zu denen er in gewissem Sinn immer aufgeblickt hatte, die Gedanken Gottes nicht sollten ertragen können, wäre ihm eine zu große Enttäuschung gewesen, als daß er's zu denken vermocht hätte. Da er aber einsah, daß für heute ein ganz heiter ungetrübtes Zusammenwirken leider nicht mehr möglich war, so unterließ er es lieber, zu ihnen aufs Feld zu gehen, sondern wandte sich nach Hause und suchte Benjamin, sein leiblich Brüderchen, auf, um ihm zu berichten, er habe den Großen einen verhältnismäßig durch und durch bescheidenen Traum erzählt, nämlich den und den; aber sie hätten ihn ihm nicht glauben wollen, und die Zwillinge seien heftig geworden, obgleich doch das Garbengesicht im Vergleich mit dem Himmelfahrtstraum, von dem er kein Wort gesagt, die demütigste Sache von der Welt gewesen sei.

Turturra war froh, daß nicht vom ungeheueren Himmelstraum die Rede gewesen war, und fand für sein Teil an dem Garbentraum so herzliches Gefallen, daß Joseph sich für den etwas schiefen Erfolg bei den Älteren dadurch vollauf entschädigt fand. Namentlich, daß auch sein Gärbchen mit dabei gewesen war im Kreise und sich verneigt hatte, freute den Kleinen, und er sprang und lachte deswegen, so sehr entsprach es seiner Gesinnung.

Die Beratung

Unterdessen standen die Zehne auf dem Feld in der sich neigenden Sonne beisammen in einem Haufen und stützten sich auf ihre Geräte, indes sie sich berieten in Sorge und Wut. Anfänglich hatte, wozu Schimeon und Levi in ihrer Schimpfrede das Zeichen gegeben, die Auffassung – oder doch die stillschweigende Übereinkunft – unter ihnen geherrscht, daß der Verhaßte sich den Traum ausgedacht, ihn nur lügenhafterweise berichtet habe. Sie hätten an dieser Voraussetzung, die eine innere Schutzmaßregel für sie alle war, gern festgehalten. Aber Juda war es gewesen, der, gleichsam damit in der Überlegung nichts versäumt werde, auf die Möglichkeit hingewiesen hatte, daß der Junge wirklich so geträumt und nicht aufgeschnitten habe; und seitdem rechneten alle nicht nur im stillen, sondern ausdrücklich mit dieser Aufstellung, indem sie sie wieder in zwei Fälle zerlegten: nämlich daß entweder der Traum, wenn wirklich geträumt, von Gott gekommen sei, was allgemein als die gegenständlich katastrophalste Denkbarkeit betrachtet wurde, oder daß er mit Gott nichts zu tun habe, sondern seine Quelle einzig der krasse und durch den Besitz der Ketônet übermäßig genährte Dünkel des Grasaffen gewesen sei, der ihm so unleidliche Gesichte vorgaukle. In der Debatte meinte Ruben, wenn Gott im Spiele sei, so sei man ohnmächtig und habe anzubeten – nicht Joseph, aber den Herrn. Sei dagegen der Traum aus Dünkel geboren, so könne man die Achseln darüber zucken und den Träumer seiner Narrheit überlassen. Zugleich kam er auf die Wahrscheinlichkeit zurück, daß der Knabe kindisch den Traum erfunden und sie zum besten gehalten habe, wofür er Prügel verdiene.

Wirklich, des großen Ruben Antrag lautete auf Prügel zur Strafe der Lügenhaftigkeit. Da er aber zugleich empfahl, die Achseln zu zucken, so konnte es mit den Prügeln nicht sehr schwer gemeint sein, denn unter Achselzucken prügelt man ohne rechten Nachdruck. Immerhin mochte auffallen, daß Ruben gerade die Möglichkeit wahrhaben wollte, die nach seinem eigenen Dafürhalten mit Prügeln verbunden war. Hörte man aber genauer hin, so schien es, als ob er mit dieser Gedankenverbindung die Brüder von anderen Annahmen ablenken und sie damit verlocken wollte, es auch ihrerseits mit der Lügenhypothese zu halten, weil er besorgte, daß sie aus der Annahme, Gott selbst habe den Traum gesandt, durchaus nicht die Schlußfolgerung der Bescheidung und Anbetung, sondern vielmehr unbestimmt schlimmere als bloße Prügel zu ziehen geneigt sein würden. Tatsächlich fand er sie wenig bereit, das Persönliche vom Sachlichen zu trennen und ihr Verhalten zu Joseph von der Unterscheidung bestimmen zu lassen, ob dieser nur aus leerem Dünkel geträumt habe oder ob sein Traum ein Licht auf die wirkliche Sachlage, das heißt: auf Gottes Willen und Pläne werfe. Aus ihren Reden ging nicht deutlich hervor, in welchem dieser Fälle Joseph ihnen verabscheuungswürdiger und viperähnlicher erscheine, – eher womöglich noch im zweiten. Kam wirklich der Traum von Gott und war er ein Sendzeichen der Erwählung, so war gegen Gott freilich nichts zu sagen, – so wenig wie gegen Vater Jaakob etwas zu sagen war wegen seiner ehrwürdigen Schwäche. An Joseph ging alles aus in ihren Gedanken. Wenn Gott ihn erwählt hatte zu ihren Ungunsten und ihre Garben schmählich wedeln ließ vor der seinen, so war eben Gott betört von ihm, wie Jaakob es war, und das war die Folge derselben Gleisnerei, mit der er sie beim Vater untertrat. Gott war groß, heilig und unverantwortlich, aber Joseph war eine Viper. Man sieht (und auch Ruben sah es), ihre Vorstellung von Josephs Verhältnis zu Gott stimmte aufs beste mit der überein, die dieser selbst davon hegte: sie sahen es an wie sein Verhältnis zum Vater. Und so mußte es sein, denn nur gemeinsame Voraussetzungen schaffen den rechten Haß.

Re'uben fürchtete diese Gedankengänge; darum suchte er den Joseph nicht zu verteidigen, indem er zuließ, daß vielleicht Gott ihm den Traum gesandt habe, sondern wollte sie bereden, an Flunkerei zu glauben und den Schelm dafür zu züchtigen, wenn auch unter Achselzucken. In Wirklichkeit war ihm nach Achselzucken so wenig zu Sinn wie den anderen. Das Grausen in der Herzgrube, dem der gerade Gad als erster andeutende

Worte verliehen hatte und das jetzt nicht nur die Vier von den Mägden, sondern alle Zehn empfanden – dies Grausen, das aus tief eingeborenen und gewöhnlich ruhenden, jetzt aber aufgeregten und heraufgerufenen sagenhaft-prophetischen Beziehungsgreueln von vertauschter Erstgeburt, Weltherrschaft und Brüderdienstbarkeit stammte –, Rubens Seele hatte vielleicht am allerstärksten teil daran, nur daß es bei ihm sich nicht, wie bei den anderen, in unnennbare Wut gegen den Erreger der Beklemmung umsetzte, sondern in ebenso unnennbare Rührung über die plappernde Unschuld des Erkorenen und in eine staunende Schicksalsverehrung.

»Es fehlt nur, daß er ›beugen‹ gesagt hätte«, stieß Gaddiel zwischen seinen zusammengebissenen Zähnen hervor.

»Er hat ›neigen‹ gesagt«, bemerkte Issakhar, der Knochige, der im Grunde die Ruhe liebte, auch ihretwegen gern etwas hinnahm und trug und hier eine Einzelheit gewahrte, die allenfalls etwas abwiegelnd wirken konnte.

»Das weiß ich«, antwortete Gad. »Aber erstens mag er es nur aus Tücke gesagt haben, und zweitens ist es derselbe Unflat so und so.«

»Doch nicht so ganz«, widersprach Dan aus Spitzfindigkeit, die zu seinem Bilde gehörte und die er aus frommer Treue gegen dies Bild zu üben nie unterließ. »Sich neigen ist nicht genau so viel wie sich beugen, es ist, unter uns gesagt, etwas weniger.«

»Wieso!« schrien Schimeon und Levi, entschlossen, ihre wilde Dummheit zu bekunden, ob die Gelegenheit nun günstig war oder nicht.

Dan und einige andere, auch Ruben, vertraten die These, »Sich neigen« führe eine geringere Bedeutung als »Sich beugen«. Beim Sichneigen, sagten diese, stehe nicht fest, ob es aus innerer Überzeugung geschähe oder nicht vielmehr auf eine äußerliche und leere Gebärde hinauslaufe. Auch »neige« man sich nur einmal oder dann und wann; dagegen »beuge« man sich immerdar, auf die Dauer und in seinem Herzen, indem man den Tatsachen aufrichtig damit Rechnung trage, also daß man, wie Ruben auseinandersetzte, sich aus Klugheit »neigen« könne, ohne sich wahrhaft zu »beugen«, sich aber auch »beugen« und dabei zu stolz sein könne, sich zu »neigen«. Jehuda meinte dagegen: diese Unterscheidung könne praktisch nicht aufrecht gehalten werden, denn es handle sich ja um einen Traum, und in einem solchen sei das Sichneigen eben nur der bildliche Ausdruck für jenes Betragen, welchem Ruben die Bezeichnung »Sichbeugen« vorbehalten wissen wolle. Traumgarben seien natürlich nicht zu stolz, sich zu »neigen«, wenn es ihren Bindern bestimmt sei, sich zu »beugen«. Hier warf der junge Sebulun ein, nun sei man ja glücklich mit ebendem beschäftigt, was Joseph unverschämterweise beantragt habe und wozu man doch keineswegs sich herbeizulassen gewillt gewesen sei, nämlich mit der Deutung des Schandtraumes; und diese Feststellung erregte solch Ärgernis, daß die Beratung, unter den Rufen Schimeons und Levis, das alles sei Gegackel und Gefackel, und beleidigenden Tatsachen beuge man sich weder, noch neige man sich vor ihnen, sondern man schaffe sie aus der Welt, wie sie es zu Schekem getan hätten, – stehenden Fußes und ohne ein anderes Ergebnis als das ungestillter Erbitterung abgebrochen wurde.

Sonne, Mond und Sterne

Und Joseph? Ohne eine Vorstellung davon, wie die Zehne sich mit seinem Traume quälten, kümmerte er sich um nichts als darum, daß sie ihm nicht hatten glauben wollen, und sann also auf nichts als darauf, sie gläubig zu machen, – gläubig in doppelter Hinsicht –: auf die Wirklichkeit seines Traumes und auf seine Wahrheit. Wie geschah das am besten? Dringlich fragte er sich so und wunderte sich später selbst, daß er sich keine Antwort gewußt hatte, sondern daß diese Antwort ihm hatte gegeben werden oder sich ihm selbst hatte geben müssen. Er träumte nämlich einfach noch einmal: eigentlich denselben Traum, nur in so viel pomphafterer Gestalt, daß die Bestätigung viel nachdrücklicher war, als wenn nur das Garbengesicht sich wiederholt hätte. Nachts, unter offenem Sternenhimmel träumte er so, auf der Tenne, wo er um diese Zeit öfters mit einigen Brüdern und Knechten die Nächte verbrachte, um das Getreide zu hüten, das noch nicht ausgedroschen und noch nicht in den Gruben des Feldes verwahrt war; und es bedeutet keinerlei Aufklärung darüber, woher die Träume kommen, wenn man bemerkt, daß die Anschauung der Himmelsheere vor dem Einschlafen sein Träumen wohl modelnd beeinflußt, auch die Nähe und Schlafgenossenschaft einiger von denen, die er zu überzeugen wünschte, insgeheim einen starken Reiz auf sein Traumorgan ausgeübt haben mochte. Sogar soll nicht unerwähnt bleiben, daß er desselbigen Tages unter dem Unterweisungsbaum ein Lehrgespräch, die letzten Dinge betreffend, mit dem alten Eliezer gepflogen hatte, wobei es sich um Weltgericht und Segenszeit, um Gottes Endsieg über alle Gewalten, denen die Völker so lange geräuchert, gehandelt hatte: um den Triumph des Retters über die heidnischen Könige, Sternenmächte und Tierkreisgötter, welche er beugen und stürzen, im Unteren verschließen und zu glorreich-alleiniger Weltherrschaft übersteigen werde ... Hiervon träumte Joseph, aber auf so konfuse Weise, daß eine kindische Verwechslung und Gleichsetzung des eschatologischen Gotteshelden mit seiner eigenen Träumerperson ihm dabei unterlief und er sich selbst, den Knaben Joseph, tatsächlich als Herrn und Gebieter des ganzen durch den Tierkreis rollenden Weltenumlaufs erblickte oder vielmehr empfand, – denn von erzählbarer Anschauung konnte bei diesem Traum nun schon gar nicht die Rede sein, und bei der Wiedergabe war Joseph gezwungen, ihn auf die einfachsten und kürzesten Worte zu bringen, sein inneres Erlebnis schlechthin auszusagen, ohne es als Vorgang zu entwikkeln, was nicht dazu beitrug, es dem Hörer annehmbarer zu machen.

Die Form der Mitteilung machte ihm denn auch schon Sorge, als er nachts aus dem Traume auffuhr, voll Freude, nunmehr einen so schlagenden Beweis für die Glaubwürdigkeit des vorangegangenen in Händen zu haben. Und zwar bezog diese Sorge sich vor allem gleich auf die Frage, ob denn die Brüder ihm überhaupt zur Rechtfertigung Gelegenheit gewähren, das heißt: ihm erlauben würden, noch einen Traum zu berichten – das schien ihm zweifelhaft. Schon das erstemal hatte wenig gefehlt, und sie hätten ihm ihre Aufmerksamkeit nicht geschenkt oder vorzeitig entzogen. Wieviel näher lag diese Befürchtung, da die Erfahrungen, die sie mit ihrer Neugier gemacht, ihnen nicht ungemischt angenehm gewesen zu sein schienen.

Darum galt es, Vorkehrungen gegen die Verweigerung ihres Gehörs zu treffen, und schon nachts auf der Tenne fand Joseph sich Rat, wie dies anzustellen sei. Am Morgen ging er zum Vater, wie es seine Gewohnheit war, da Jaakob ihn in jeder Frühe sogleich zu sehen, ihm in die Augen zu blicken, sich seines Wohlseins zu versichern und ihn für den Tag zu segnen wünschte, und sagte:

»Recht guten Morgen, mein Väterchen, du Gottesfürst! Siehe, ein neuer Tag, den die Nacht gebar, ich glaube, er wird gar warm werden. Einer reiht sich an den anderen nach Art einer Perlenschnur, und dem Kinde gefällt das Leben. Namentlich zu dieser Frist, da wir einbringen, sagt es ihm zu. Auf dem Felde ist's schön, man rackere nun oder raste, und bei gemeinsamer Rührigkeit befreunden sich die Menschen.«

»Was du sagst, klingt mir angenehm«, erwiderte Jaakob. »So

vertragt ihr euch wohl auf Tenne und Acker und kommt miteinander aus in dem Herrn, die Brüder und du?«

»Vorzüglich«, antwortete Joseph. »Von kleinen Unstimmigkeiten abgesehen, wie der Tag sie mit sich bringt und der Welt Zerstückelung sie zeitigt, geht alles am Schnürchen; denn mit redlichem Wort, sei's auch einmal etwas derb, wird die Irrung geklärt, und dann herrscht wieder Eintracht. Ich wollte, das Väterchen wäre des einmal Zeuge. Nie bist du dabei, und oft wird's bedauert in unsrer Gemeinschaft.«

»Ich liebe das Ackerwerk nicht.«

»Versteht sich, versteht sich. Und doch ist's schade, daß die Mannschaft den Herrn nicht sieht und sein Auge nicht weiß über aller Verrichtung, zumal die Gemieteten, auf die kein Verlaß ist. So klagte mein Bruder Jehuda mir jüngst vertraulich, daß sie zumeist die Rädchen am Dreschwagen nicht ordentlich wetzen: da quetschen sie nur, statt zu schneiden. So geht's, wenn der Herr sich nicht sehn läßt.«

»Ich muß deinen Vorwurf wohl gelten lassen.«

»Vorwurf? Behüte Gott meine Zunge! Eine Bitte ist's, deren das Reis sich vermißt im Namen von Elfen. Auch sollst du unser Rackern nicht teilen, den Erddienst, das Baalswerk, wer mutet dir's zu, sondern nur unsre gute Rast, wenn wir das Brot brechen bei gipfelnder Sonne im Schatten und schwatzen uns eins, wir Söhne von Einem und Vieren, und wer was weiß, der erzählt einen Schwank oder Traum. Da haben wir oft uns angestoßen mit den Ellbogen, der eine den andern, und untereinander mit Nicken gemeint, wie lieblich es wäre, im Kreise zu hegen das Vaterhaupt.«

»Ich will einmal kommen.«

»Gejauchzt! Komm heute gleich und beehre die Söhne! Die Arbeit geht schon zu Rande – es ist keine Zeit zu verlieren. Heut also – ist's ausgemacht? Ich sage den Rotäugigen nichts und verplaudere mich nicht vor den Söhnen der Mägde, die Freude soll sie übernehmen. Das Kind aber wird wissen bei sich, wem sie's alle verdanken und wer es zierlich eingefädelt in Treue und Schläue.«

So Josephs Anschlag. Und wirklich, um dieses Tages Mittag saß Jaakob bei seinen Söhnen unter dem Schattentuch auf dem Felde, nachdem er die Korngruben besichtigt und auf der Tenne die Schärfe der Räder des Dreschwagens mit dem Daumen geprüft hatte. Die Verblüffung der Brüder war groß. Der Träumer hatte die letzten Tage her die Stunde ihrer Rast nicht geteilt. Nun war er wieder da, den Kopf im Schoße des Vaters. Es war klar, daß er da sein mußte, wenn sie der Vater besuchte, nur fragte sich, was den Alten denn plötzlich herbeigeführt hatte. Sie saßen recht steif und schweigsam, alle schicklich bekleidet mit Rücksicht auf Jaakobs Gesinnung. Der wunderte sich, wie doch so gar nicht jene gesunde Vertraulichkeit hervortreten wollte, die nach Josephs Worten das Kennzeichen der Stunde hätte sein sollen. Es mochte die Ehrfurcht sein, die sie hintanhielt. Selbst Joseph war schweigsam. Er hatte Angst, obgleich er im Schoße des Vaters lag und sich durch dessen Gegenwart Rückendeckung und freie Rede geschaffen hatte. In Wahrheit war er besorgt um seinen Traum und um den Erfolg seines Traumes. Mit einem Satz war er ausgesagt und gar nicht erweiterungsfähig. Wenn Gad etwa fragen würde, ob das alles sei, so würde er ein geschlagener Knabe sein. Die Kürze hatte den Vorzug, daß alles sofort heraus war, ehe sich's einer versah, und niemand ihn unterbrechen konnte. Aber die Wirkung auf die Gemüter mochte leicht an einer gewissen großartigen Dürftigkeit des Berichtes scheitern. Ihm klopfte das Herz.

Fast hätte er den Augenblick versäumt, seinen Streich noch zu führen, denn da es langweilig war, drohte verfrühter Aufbruch. Doch hätten selbst die Vorzeichen eines solchen seine berechtigte Zaghaftigkeit sehr möglicherweise nicht zu überwinden vermocht, wenn nicht Jaakob zuletzt noch sich gütig erkundigt hätte:

»Wie war es denn, hörte ich nicht, ihr erzähltet euch Schnurren und Träume, im Schatten um diese Stunde?«

Sie schwiegen verwirrt.

»Ja, Schnurren und Träume!« rief Joseph erregt. »Wie gingen sie uns sonst in einzelnen Fällen behend von den Lippen. Weiß jemand was Unerhörtes?« fragte er dreist in die Runde.

Sie starrten ihn an und schwiegen.

»Ich aber weiß etwas«, sprach er und richtete sich auf aus dem Schoße mit ernster Miene. »Ich weiß einen Traum, den ich geträumt in dieser Nacht auf der Tenne, den sollt ihr hören, Vater und Brüder, und sollt erstaunen. Mir träumte«, setzte er wieder an und stockte. Eine gewisse bedenkliche Veränderung und Verzerrung ging vor mit seinen Gliedern, dies krampfige Steigen von Nacken und Schultern, dies Sichverdrehen der Arme. Er senkte den Kopf, und das Lächeln seiner Lippen schien beschönigen und entschuldigen zu wollen, daß seine Augen plötzlich weiß waren. »Mir träumte«, wiederholte er kurzatmig, »und ich sah im Traume – dies sah ich. Ich sah: Die Sonne, der Mond und elf Kokabim warteten mir auf. Sie kamen und neigten sich vor mir.«

Niemand rührte sich. Jaakob, der Vater, hielt streng seinen Blick gesenkt. Es war recht still; aber in der Stille begab sich ein schlimmes, geheimes und dabei unüberhörbares Geräusch. Das waren die Brüder, die mit den Zähnen knirschten. Die meisten knirschten, indem sie die Lippen geschlossen hielten. Aber Schimeon und Levi bleckten sogar die Zähne dabei.

Jaakob hörte das Knirschen. Ob auch Joseph es auffaßte, ist ungewiß. Er lächelte, den Kopf auf der Schulter, bescheiden und beschaulich vor sich hin. Es war heraus, mochten sie nun damit anfangen, was sie wollten. Sonne, Mond und Sterne, elf an der Zahl, hatten ihm aufgewartet. Mochten sie sich's überlegen.

Jaakob blickte scheu in die Runde. Er fand das Erwartete:

Zehn Augenpaare waren wild und dringlich auf ihn gerichtet. Er nahm sich zusammen, machte sich stark. So rauh wie nur irgend möglich sagte er hinter dem Knaben:

»Jehoseph! Was für ein Traum ist das, der dir geträumt hat, und was soll es heißen, daß du so träumst und erzählst uns das Abgeschmackte? Soll ich und deine Mutter und Brüder kommen, dich anzubeten? Deine Mutter ist tot – damit beginnt der Irrwitz, doch viel fehlt, daß er damit endete. Schäme dich! Nach menschlichem Ermessen ist, was du uns auftischtest, dermaßen ungereimt, daß du ebenso gut nur ›Aulasaulalakaula‹ hättest lallen können, es hätte dieselben Dienste getan. Ich bin in meiner Seele enttäuscht, daß du es mit reichlich siebzehn Jahren und trotz aller Geistesklärung durchs Schriftlich-Vernünftige, die ich dir angedeihen lasse durch Eliezer, meinen Ältesten Knecht, noch immer nicht weitergebracht hast im Gottesverstande, daß du dir so Unehrbares träumen läßt und spielst vor Vater und Brüdern den Haselanten. Sei hiermit gestraft von mir! Ich würde dich härter strafen und dich vielleicht sogar schmerzhaft am Haare zausen, wenn dein Geschwätz nicht allzu kindisch gewesen wäre, als daß der Reifere sich möchte anfechten lassen davon und der Gesetzte versucht sein könnte, dir's heimzuzahlen mit Strenge. Lebt wohl, Söhne Lea's! Gegrüßt nach der Mahlzeit, Söhne Silpa's und Bilha's!«

Damit stand er auf hinter Joseph und ging. Seine Strafrede, ihm abgenötigt von den Blicken der Söhne, hatte ihn viel gekostet, und zu hoffen war nur, daß sie die Buben befriedigt hatte. Wenn wirklicher Zorn darin gewesen war, so hatte er dem Umstand gegolten, daß Joseph nicht ihm allein seinen Traum vertraut hatte, sondern so töricht gewesen war, die Brüder zu Zeugen zu machen. Hätte er's darauf angelegt, dem Vater Verlegenheit zu bereiten, er hätte es, dachte Jaakob, nicht passender beginnen können. Das würde er ihm schon noch sagen unter vier Augen, da er's soeben nicht hatte sagen dürfen und wohl durchschaute, daß der Durchtriebene sich der Brüder zum Schutze bedient hatte gegen ihn, wie seiner gegen die Brüder. Er hatte Mühe, ein gerührtes und entzücktes Lächeln ob dieser Verräterei aus seinem Bart zu vertreiben, während er heimwärtsging. Und war auch die Sorge echt gewesen, die aus seinem Schelten gesprochen hatte, um des Kindes Seelenheil, der Kummer über seine Traumneigung und Krampfkünderei, so waren doch beide, Ärger und Ängstlichkeit, nur schwache Bewegungen im Vergleich mit der zärtlich-halbgläubigen Genugtuung, die ihn ob Josephs anmaßender Träumerei erfüllte; ganz unsinnigerweise bat er Gott, der Traum möchte von ihm gekommen sein, – was doch, wenn dieser, wie wahrscheinlich, eben nicht im Spiele gewesen war, ein völlig absurdes Ansuchen darstellte, und war im Begriffe, Tränen der Liebe zu vergießen, wenn er sich vorstellte, es seien wirkliche, traumbildhaft gewordene Vorgefühle künftiger Größe gewesen, die das Kind, unschuldsvoll und ohne sich klare Rechenschaft über ihre Tragweite abzulegen, ausgeschwatzt hatte. Der schwache Vater! Er hatte wohl ergrimmen mögen über das Bild, daß er und sie alle kommen würden, den Nichtsnutz anzubeten. Das war ihm mißlich zu hören, – denn betete er ihn nicht an?

Fragt man nach den Brüdern, so brachen sie, kaum daß sich Jaakob entfernt, ebenfalls auf wie ein Mann und drängten ins Freie. Nach zwanzig stürmischen Schritten ins Feld hinaus blieben sie stehen zu kurzer, bewegter Beratung. Der große Ruben führte das Wort; er lehrte sie, was hier zu tun. Hinweg – das war es. Hinweg allesamt vom Vaterherde in freiwillige Verbannung. Das werde, sagte Ruben, eine würdige und packende Kundgebung sein und die allein mögliche Antwort von ihrer Seite auf diesen Greuel. Hinweg von Joseph, dachte er, damit kein Unglück geschähe. Doch sagte er's nicht, sondern wußte die Maßregel gänzlich ins Licht stolz strafenden Protestes zu setzen.

Noch diesen Abend redeten sie vor Jaakob und taten ihm kund, sie gingen. An einem Orte, wo solche Träume geträumt würden, und wo man sie erzählen dürfe, ohne eine andere Gefahr zu laufen, als allenfalls vielleicht, wenn es schlimm wurde, etwas am Haar gezaust zu werden, – an einem solchen Ort, sagten sie, blieben sie nicht, sie hätten dort nichts verloren. Die Ernte, sagten sie, sei mit ihrer kräftigen Hilfe beendet, nun wendeten sie sich gen Schekem, nicht nur die Sechs, sondern auch die Vier, – alle Zehn; denn Schekems Auen seien gut und fett, und in unveränderlicher, wenn auch unbedankter Treue würden sie dort des Vaters Herden weiden, das Lager zu Hebron aber sähe sie nicht wieder; zumal dort ganz und gar ehrrührig geträumt werde. Sie neigten und beugten sich, sagten sie (und taten es auch zugleich) vor ihm, dem Vater, zum Abschied in Ehrfurcht. Ihm Leid zuzufügen oder auch nur Bedauern einzuflößen durch ihren Hingang, brauchten sie nicht zu besorgen, denn Jaakob, der Herr, das sei bekannt, gebe Zehn für Einen.

Jaakob senkte das Haupt. Fing er wohl an, zu befürchten, die Gefühlsherrlichkeit, in der er sich nachahmend gefiel, werde übel vermerkt am Orte des Vorbilds?

FÜNFTES HAUPTSTÜCK: DIE FAHRT ZU DEN BRÜDERN

Die Zumutung

Wir hörten: Jaakob hatte das Haupt geneigt, als die Verbitterten vom Vaterherde sich losgesagt hatten, und er hob es von da an nur selten noch. Die Jahreszeit, die nun einfiel, diese Zeit der dörrenden Glut und der schlimmsten Sonnenverbrennung alles Landes – denn es näherte sich der Augenblick, da die Sonne zu schwinden beginnt, und obgleich dies der Jahrespunkt war, an dem die Rechte ihm einst den Joseph beschert hatte, im Tammuz-Mond, pflegte Jaakobs Gemüt doch unter der kohligen Öde dieses Kreislaufviertels zu leiden –: die Jahreszeit also mochte seiner Niedergeschlagenheit wohl Vorschub leisten und ihm dienlich sein, sie sich selbst zu erklären. Der wahre Grund seiner Gedrücktheit war aber doch die einmütige Kundgebung der Söhne, ihr Weggang, dies Ereignis, von dem man zu viel sagen würde, wenn man behauptete, es hätte dem Jaakob großen Schmerz bereitet – so nicht; in seinem Herzen gab er wirklich »Zehn für Einen«, aber es war etwas anderes, es in Wirklichkeit tun und damit rechnen zu müssen, daß die Aufkündigung der Gemeinschaft durch die Brüder endgültigen Sinn erweisen und daß er, Jaakob, statt mit zwölf Söhnen mit zweien dastehen werde als ein entlaubter Stamm. Das war erstens der Stattlichkeit abträglich, außerdem aber schuf ihm die Vorstellung eine sorgenvolle Gottesverlegenheit; denn er fragte sich, wie groß die Verantwortung sein werde, die er damit vor dem planenden Herrn der Verheißung auf sich lud. Hatte der Zukunftsvolle es nicht klüglich verhindert, daß alles nur eben nach Jaakobs Herzen ging und er fruchtbar wurde allein in Rahel? Hatte Er ihn nicht zahlreich gemacht auch gegen sein Herz durch Labans List, und waren sie nicht alle, auch die von den Ungeliebten, Früchte des Segens und Träger des Unabsehbaren? Jaakob sah sehr wohl ein, daß seine Auserwählung Josephs eine üppig-eigensinnige Privat- und Herzensangelegenheit war, die, durch ihre Folgen, nur in schädigenden Widerstreit mit Gottes unbestimmt weitläufigen Anschlägen zu geraten brauchte, um sich als sträflicher Übermut zu erweisen. Dies aber schien sie im Begriffe zu tun: Denn mochte auch Josephs Torheit der unmittelbare Anlaß des Zerwürfnisses gewesen sein und Jaakob ihm schmerzlich zürnen deswegen, so täuschte er sich doch nicht darüber, daß er und sonst niemand für diese Torheit vor Gott und Menschen aufzukommen hatte. Er haderte mit sich selbst, indem er mit Joseph haderte. Hatte es Unheil gegeben, so war der Knabe nur dessen Mittler gewesen, und haftbar dafür war Jaakobs liebendes Herz. Was hätte es geholfen, sich das zu verbergen? Gott wußte es, und vor Gott verbarg man sich nicht. Der Wahrheit die Ehre geben, das war Abrams Erbschaft, und es hieß weiter nichts, als sich kein X für ein U machen über das, was Gott wußte.

Dies waren die Gewissenserwägungen, die Jaakob anstellte in der Zeit nach der Weizenernte und die seine Entschlüsse bestimmten. Sein Herz hatte Schlimmes gestiftet; es mußte sich überwinden, den verzärtelten Gegenstand seiner Schwäche, der des Schadens Mittler gewesen war, auch zum Mittler des Ausgleichs zu machen und ihm zu diesem Zweck etwas zuzumuten, ihn ein wenig rauh anzufassen zur Buße für ihn und das eigene Herz. Darum rief er den Knaben ziemlich bestimmten Tones an, da er ihn von ferne sah, und sprach:

»Joseph!«

»Hier bin ich!« antwortete dieser und war gleich zur Stelle. Denn er freute sich, angerufen zu werden, da der Vater seit der Brüder Weggang wenig mit ihm gesprochen hatte und ein ahnungsvolles Unbehagen auch in ihm, dem Toren, von jenem letzten Beisammensein zurückgeblieben war.

»Höre einmal«, sagte Jaakob, indem er aus irgendwelchen Gründen den Zerstreuten spielte, nachdenklich mit den Augen blinzelte und den Bart durch die Hand streichen ließ, »wie ist mir denn, weiden deine Brüder, die Älteren, nicht allesamt miteinander im Tale Schekem?«

»Doch«, erwiderte Joseph, »des glaube auch ich mich wohl zu entsinnen, und narrt mich nicht mein Gedächtnis, so wollten sie einmal alle zusammen gen Schekem ziehen, deiner Herden zu warten, die da weiden, der fetten Auen wegen, die es dort gibt, und weil dieses Tal hier das Deine nicht alles trägt.«

»So ist es«, bestätigte Jaakob, »und es ist dies, weswegen ich dich rief. Denn ich höre nichts von den Söhnen Lea's, und von den Kindern der Mägde bleibt mir die Kunde aus. Mir ist unbekannt, wie es steht auf den Auen dort, ob Jizchaks Segen war bei der Sommerlammung oder ob Leberfäule und Aufblähen mir das Meine verheeren. Über das Befinden meiner Kinder, deiner Brüder, weiß ich nichts und höre nicht, ob sie in Frieden das Weiderecht üben in einem Burgbann, wo, wie ich mich erinnere, einst schwere Geschichten geschahen. Das macht mir Gedanken, und es war in solchen Gedanken, daß ich beschloß, dich zu ihnen zu senden, damit du sie mir grüßest.«

»Hier bin ich!« rief Joseph wieder. Er blitzte den Vater mit weißen Zähnen an und schlug halb hüpfend den Boden mit seinen Fersen vor lauter Bereitwilligkeit.

»Wenn ich's überschlage«, fuhr Jaakob fort, »so gehst du ins achtzehnte Jahr deiner Geburt, und es ist Zeit, daß man dich etwas rauh anfaßt und auf die Probe stellt deine Mannheit. Daher mein Beschluß, dir diese Sendreise zuzumuten, daß du hinwegziehest von mir auf kurze Zeit zu deinen Brüdern, um sie alles zu fragen, was ich nicht weiß, und kehrst zurück zu mir mit Gottes Hilfe nach zehn oder neun Tagen und sagst mir's an.«

»Aber hier bin ich ja!« entzückte sich Joseph. »Die Einfälle

Väterchens, meines Herrn, sind golden und silbern! Ich werde eine Reise tun über Land, ich werde die Brüder besuchen und nach dem Rechten sehen im Tale Schekem, das ist ein Spaß! Hätt' ich mir etwas wünschen dürfen nach Herzenslust, – dies und nichts anderes wär' es gewesen!«

»Du sollst«, sagte Jaakob, »nicht nach dem Rechten sehen bei den Brüdern. Danach zu sehen, sind sie Manns genug, sie selber, und brauchen das Kind nicht. Auch ist es die Meinung nicht, in der ich dich sende. Sondern du sollst dich vor ihnen neigen mit Ziem und Umgangsform und sprechen: ›Ich bin gekommen etliche Tagereisen weit, um euch zu begrüßen und nach eurem Befinden zu fragen, aus eigenem Antriebe sowie auf Weisung des Vaters, denn wir begegneten einander in diesem Wunsche.‹«

»Gib mir den Parosch zu reiten! Er ist hochbeinig und zäh, sehr stark von Knochen und gleicht meinem Bruder Issakhar.«

»Es spricht für deine Mannhaftigkeit«, erwiderte Jaakob nach einer Pause, »daß du dich freust auf die Sendreise und erachtest es nicht als sonderliche Zumutung, hinwegzuziehen von mir auf eine Anzahl von Tagen, so daß der Mond sich verändert aus einer Sichel zum Halbrund, ohne daß ich dich sehe. Sage aber deinen Brüdern: ›Der Vater wollt' es.‹«

»Bekomm' ich den Parosch?!«

»Ich bin zwar gewillt, dich rauh anzufassen nach deinem Alter, den Esel Parosch aber geb' ich dir nicht, denn er ist bockig, und seine Klugheit entspricht nicht seinem Feuer. Viel besser für dich ist die weiße Hulda, ein freundlich behutsam Tier, auch schmuck von Ansehen, wenn du unter Leuten reisest, die sollst du reiten. Damit du aber erkennst, daß ich dir etwas zumute, und die Brüder erkennen es auch, so verordne ich, daß du die Fahrt allein zurücklegst, von hier nach Schekems Flur. Denn ich gebe dir keine Knechte mit und lasse den Eliezer dir nicht zur Seite reiten. Sondern selbständig sollst du fahren, auf eigene Hand, und zu den Brüdern sprechen: ›Allein komm' ich auf einem weißen Esel, euch zu besuchen, so wollt' es der Vater.‹ Dann mag es sein, daß du die Rückfahrt zu mir nicht einzeln machen mußt und allein, sondern daß die Brüder mit dir ziehen, einige oder alle. Jedenfalls ist solches mein Hintergedanke bei dieser Zumutung.«

»Das will ich schon einfädeln«, versprach Joseph, »und mache mich anheischig, sie dir zurückzubringen, dergestalt, daß ich dir Bürge sein will und mich vermesse: Ich kehre nicht wieder, es sei denn, ich bringe sie dir!«

Dies sinnlos herausgeschwatzt, tanzte Joseph mit dem Vater herum und jubelte über Jah, weil er auf eigene Hand eine Reise tun und die Welt sehen sollte. Dann lief er zu Benjamin und zu Eliezer, dem Alten, es denen zu erzählen. Jaakob aber blickte ihm nach mit Kopfnicken und sah wohl, daß, wenn hier von einer Zumutung die Rede sein konnte, sie ihn betraf und daß er niemanden hart anfaßte denn sich selbst. Doch war es nicht in Ordnung so, und wollte es nicht seines Herzens Haftpflicht für Joseph? Er würde das Kind eine Reihe von Tagen nicht sehen, das schien ihm Buße genug für seine Schuld; er ließ sich nicht träumen und hatte keinerlei Begriff davon, was man an höherem Ort unter »Hart anfassen« verstand. Er rechnete mit einem Fehlschlagen von Josephs Sendung, insofern er in Erwägung zog, daß dieser ohne die Brüder zurückkehren möchte. Das fürchterlich Umgekehrte drang nicht in seine Vorstellung; das Schicksal schloß es zur eigenen Sicherung davon aus. Da alles anders kommt, als man denkt, ist das Verhängnis sehr behindert durch die fürchtend vorwegnehmenden Gedanken des Menschen, die einer Beschwörung gleichen. Darum lähmt es die sorgende Einbildungskraft, daß sie auf alles verfällt, nur nicht auf das Verhängnis, welches so der Abbiegung durch den vorstellenden Gedanken entgeht und seine ganze Urwüchsigkeit und schmetternde Schlagkraft bewahrt.

Während der kleinen Vorbereitungen, die Josephs Ausflug erforderte, fühlte Jaakob sich sinnig-bedeutend an vergangene Schicksalstage erinnert: an seine eigene Abfertigung von zu Hause durch Rebekka nach der von ihr geleiteten Segensvertauschung, und seine Seele war voll feierlicher Empfindung der Wiederkehr. Man muß sagen, daß es eine gewagte Zusammenschau war, die er da anstellte; denn seine Rolle hielt den Vergleich nicht aus mit der Rebekka's, dieser heldenmütigen Mutter, die wissend ihr Herz geopfert, den richtigstellenden Betrug gefügt und dann, im Bewußtsein wahrscheinlichen Nimmerwiedersehens, den Liebling in die Fremde entlassen hatte. Das Thema unterlag mancher Abwandlung. Es war wohl so, daß auch Joseph vor der Wut verkürzten Brudertums von Hause mußte, doch nicht von der Wut floh er hinweg, sondern Jaakob sandte ihn sozusagen in Esau's Arme: Die Szene am Jabbok war es, auf die er es abgesehen und mit deren Wiederkehr er es so eilig hatte, die äußere Demütigung, die äußerlich-notdürftige und vorbehaltvolle Versöhnung, die Überpflasterung des Unschließbaren, den Schein-Ausgleich des Nichtauszugleichenden. Der Würdig-Weiche war weit entfernt von Rebekka's handelnder und die Folgen auf sich nehmender Entschlossenheit. Was er anstrebte mit Josephs Sendung, war nichts als die Wiederherstellung des – als unhaltbar doch sattsam erwiesenen – vorigen Zustandes; denn daß nach der Zehne Heimkehr das alte Spiel, zusammengesetzt aus Jaakobs Schwäche, dem blinden Übermut Josephs und tödlicher Vergrämung der Brüder sich heillos fortgesetzt haben würde und notwendig zu denselben Ergebnissen hätte führen müssen, bezweifelt wohl niemand.

Gleichviel, der Goldsohn ward abgefertigt zur Reise von wegen Bruderzwistes: so weit war es Wiederkehr, und Jaakob sorgte für weitere Ähnlichkeit, indem er auch Josephs Abreiten auf die erste Morgenfrühe ansetzte, noch vor Sonnenaufgang, da es seinerzeit so gewesen war. Kaum daß er Jaakob war bei diesem Abschiede; er war viel eher Rebekka, war Mutter. Lange hielt er den Scheidenden, murmelte Segenssprüche an seiner Wange, nahm einen Schutz vom eigenen Halse und hing ihn ihm um, drückte ihn wieder und tat alles in allem mit ihm, als solle Joseph auf wer weiß wie lange oder für immer, siebzehn Tage weit oder mehr gen Naharajim ins Wildfremde reisen, da doch der Junge, mit Mundvorrat übermäßig ausgerüstet, zu seinem größten Vergnügen sich anschickte, auf sicheren Wegen einen Sprung nach dem unfernen Schekem zu tun. Da sieht man, daß der Mensch sich unverhältnismäßig gehaben kann, wenn man sein eigenes Bewußtsein zum Maßstabe nimmt, während sein Benehmen, unter dem Gesichtswinkel des ihm unbewußten Schicksals betrachtet, nur allzu passend erscheint. Dies kann zum Troste werden, wenn das Bewußtsein sich lichtet und wir erfahren, wie es gemeint war. Darum sollten Menschen nie leichten Abschied voneinander nehmen, damit sie unter Umständen sich doch sagen können: Wenigstens habe ich ihn noch recht an mein Herz gedrückt.

Unnütz zu bekunden, daß dieser Abschied am Reisemorgen, zur Seite der wohlbepackten, mit bunten Wollblumen und Glasperlen geschmückten Hulda, nur ein Letztes war, dem viele Ratschläge, Empfehlungen und Abmahnungen vorangegangen waren: Jaakob hatte den Knaben den Weg und seine Stationen gelehrt, so genau er sie wußte, ihn, ganz nach Mutterart, vor Überhitzung und Erkältung gewarnt, ihm die Namen von Männern und Glaubensverwandten in verschiedenen Ortschaften genannt, bei denen der Reisende nächtigen mochte, ihm streng untersagt, sich, wenn er die Stätte Urusalim berühre und am Baals-Tempel die Behausungen der Geweihten erblikke, die dort für die Aschera webten, mit einer von ihnen auch nur in das kleinste Gespräch einzulassen, und ihm vor allem immer wieder eingeschärft, sich ausgesucht artig gegen die

Brüder zu verhalten: es könne nicht schaden, so hatte er ihn angewiesen, wenn Joseph sich siebenmal vor ihnen niederwürfe und sie recht oft als seine Herren anspräche, – dann würden sie wahrscheinlich beschließen, fortan die Hand mit ihm in die Schüssel zu tauchen und ihm nicht mehr von der Seite zu gehen ihr Leben lang.

Von alldem wiederholte Jaakob-Rebekka manches beim letzten Lebewohl im Morgengrauen, bevor er dem Jungen erlaubte, das Bein über den Esel zu schwingen und schnalzend abzureiten gen Mitternacht. Er ging sogar noch ein Stück weit redend neben der morgenmunteren Hulda her, konnte aber nicht lange Schritt halten und blieb entsagend stehen, das Herz schwerer, als passen wollte. Er fing einen letzten Blitz auf der Zähne des Zurücklachenden und hob die Hand gegen ihn. Dann entzog eine Wegbiegung ihm des Sohnes Gestalt, und er sah den Joseph nicht mehr, der abgeritten war.

Joseph fährt nach Schekem

Dieser nun, nicht mehr sichtbar dem Vaterauge, aber an seinem Orte wohlig vorhanden und bei sich selbst, trabte, weit hinten auf der Kruppe seines Tieres sitzend, die schlanken braunen Beine vorgestreckt und den Oberkörper keck zurückgeworfen, im zarten Schein der Morgensonne auf der Straße nach Beth-Lachem durch das Bergland dahin. Seine Laune paßte durchaus zu den erkennbaren Umständen, und daß der Vater den Abschied unverhältnismäßig gestaltet, nahm er mit heiterer Nachsicht und Liebesverwöhnung hin, wobei nicht im geringsten sein Herz durch das Bewußtsein beschwert wurde, daß er bei dieser ersten Trennung der Vatersorge ein Schnippchen geschlagen hatte.

Jaakob nämlich hatte in Verhaltungsmaßregeln für den Reisenden sich weitläufig ergangen und keine Vorschrift noch

Warnung vergessen; nur eine hatte er verabsäumt, eine Rücksicht und höchst erforderliche Schonung hatte er, durch Schuld eines sonderbaren und nicht ganz unsträflichen Gedankenausfalls, dem Jungen anzuempfehlen vergessen und dachte auch nicht daran, bis der Gegenstand, den die Vermahnung hätte betreffen sollen, ihm gräßlich wieder vor Augen kam: Die Schleier-Ketônet hatte er ihm nicht zu Hause zu lassen befohlen, und das hatte Joseph sich listig schweigend zunutze gemacht. Er führte sie mit sich. Er brannte dermaßen darauf, sich der weiteren Welt darin zu zeigen, daß er buchstäblich gezittert hatte, der Vater möchte im letzten Augenblick sich die Untersagung einfallen lassen, ja, wir halten für möglich, daß er in diesem Falle den Alten belogen und erklärt haben würde, die heilige Stickerei liege im Kasten, während sie in Wahrheit sich heimlich unter seinem Gepäck befand. Vom Rücken seines Reittiers, der milchweißen Hulda, eines reizenden Geschöpfes, dreijährig, klug und willfährig, wenn auch zu harmlosem Schabernack geneigt, von jenem rührenden Humor, den das verschlossene Wesen der Kreatur zuweilen durchblicken läßt, mit beredsamen Sammetohren und drollig-wolliger Stirnmähne, hinabwachsend bis zu den großen und lustig-sanften Augen, deren Winkel sich nur allzu bald mit Fliegen füllten, – von Hulda's Rücken hing beiderseits mancherlei Reisebedarf und Zehrung herab: der Ziegenschlauch mit saurer Dünnmilch gegen den Durst, Deckelkörbe und Tontöpfe mit Grieß- und Obstkuchen, Sangen, gesalzener Ölfrucht, Gurken, gerösteten Zwiebeln und frischen Käsen. Dies alles und mehr, zur eigenen Stärkung des Reisenden wie auch zu Geschenken an die Brüder bestimmt, hatte der Vater sorgsam in Augenschein genommen und nur in ein Behältnis nicht Einblick getan, das seit alters das allerüblichste Gerät auf Wanderschaft bildete: Es war ein rundes Leder, das als Tischtuch, eigentlich selbst als Tischplatte beim Speisen diente und am Rande mit metallenen Ringen benäht war. Sogar der Bedu der Wüste, und gerade er, benutzte es, es kam von ihm. Durch die Ringe zog er einen Strick und hängte zur Reise den Eßtisch als Beutel ans Tier. So hatte auch Joseph getan, und in dem Tisch-Beutel, zu seiner diebischen Freude, stak die Ketônet.

Wozu gehörte sie ihm und war sein Erbe, wenn er sich nicht auf Reisen sehen lassen sollte darin? In Heimatsnähe kannten ihn die Leute auf Wegen und Feldern und riefen ihm erfreut seinen Namen zu. Weiterhin aber, nach einigen Stunden, als sie ihn nicht mehr kannten, war es gut, sie nicht allein an dem reichlichen Mundvorrat, den er führte, merken zu lassen, daß es ein Feiner war, der vorüberritt. Darum, zumal auch die Sonne stieg, zog er bald das Prunkstück hervor und tat es sich an nach Geschmack, den Kopf damit schützend, so daß der Myrtenkranz, den er wie gewöhnlich trug, nicht mehr auf seinem Haar, sondern auf dem sein Gesicht umrahmenden Schleier saß.

An diesem Tage erreichte er die Stätte nicht mehr, für die er sich auch so geschmückt und wo er nach Jaakobs bewegter Weisung wie nach eigenem Triebe sich zu verweilen, zu opfern und anzubeten gedachte; und doch wäre von Beth-Lachem, wo er bei einem Manne aus Jaakobs Freundschaft, einem Zimmerer, welcher an Gott glaubte, unterstand, nur noch ein Feldweg bis dorthin gewesen. Am zweiten Morgen aber, nach der Verabschiedung von dem Gastfreund, seinem Weibe und seinen Gesellen, war bald der Ort erreicht, und Hulda wartete unter dem gestützten Maulbeerbaum, während Joseph, angetan mit dem bräutlichen Erbstück, an dem Stein, den man einst am Wege aufgerichtet, seine Gebete und Libationen darbrachte, – dem Gedenkstein für Gott, der durch ihn gemahnt sein mochte, was er hier einst getan.

Es war morgenstill zwischen den Weinbergen und felsigen Ackerparzellen und noch kein Hin und Her auf der Straße gen

Urusalim. Ein kleiner Wind spielte gedankenlos in dem blanken Laube des Baumes. Die Landschaft schwieg, und schweigend nahm die Stätte, wo Jaakob einst das Labanskind eingebettet, die Spenden und Andachtsbezeigungen des Sohnes hin. Er stellte Wasser zum Steine und legte Rosinenbrot dazu, küßte den Boden, darunter ein bereitwilliges Leben vergangen war, und richtete sich wieder auf, um mit erhobenen Händen, die Augen und Lippen, die er von der Vergangenen hatte, zum Himmel gewandt, Verehrungsformeln zu murmeln. Nichts antwortete aus der Tiefe. Das Vergangene schwieg, in Gleichgültigkeit gebannt, der Sorge unfähig. Was davon Gegenwart hatte hier am Ort, das war er selbst, der ihr Brautkleid trug und ihre Augen zum Himmel wandte. Hätte es ihn nicht mahnen und warnen mögen, das Mütterliche, aus seinem eigenen Fleisch und Blut, darin es am Leben war? Nein, dort war es gebannt durch blinde, verhätschelte Knabentorheit und konnte nicht reden.

Also zog Joseph wohlgemut seines Weges weiter, auf Straßen und bergigen Richtpfaden. Es war die gelungenste Reise von der Welt; kein Mißgeschick noch irgendein unvorhergesehener Zwischenfall beeinträchtigte ihre Glückhaftigkeit. Nicht gerade, daß die Erde ihm entgegengesprungen wäre; aber gefällig breitete sie sich vor ihm hin und bot ihm erfreuten Gruß durch der Leute Augen und Münder, wohin er kam. Längst kannte man ihn nicht mehr persönlich, aber sein Typ ist außerordentlich populär in diesen Zonen, und nicht zuletzt durch die Kraft des Schleiers erregte seine Erscheinung Gunst und Freude bei allen, die ihn sahen, zumal bei den Weibern. Sie saßen, Kinder säugend, an den grell besonnten, aus Lehm und Mist gebakkenen, gelöcherten Wällen der Dörfer, und das Behagen, das das Trinken der Brut ihnen bereitete, wurde verstärkt durch den Anblick des Hübschen und Schönen, der vorüberritt.

»Gesundheit, du Augapfel!« riefen sie ihm zu. »Gesegnet sei, die dich Herzblatt gebar!« –

»Vollkommene Gesundheit!« erwiderte Joseph und wies ihnen die Zähne. »Dein Sohn soll über viele gebieten!«

»Tausend Dank!« riefen sie hinter ihm her. »Astaroth begünstige dich! Du ähnelst einer ihrer Gazellen!« Denn sie schworen alle auf Aschera und hatten nur ihren Dienst im Kopf.

Manche hielten ihn, wiederum vermöge des Schleiers, aber auch auf Grund seines vielen Mundvorrats, geradezu für einen Gott und zeigten Neigung, ihn anzubeten. Doch war dies nur auf dem platten Lande so, nicht auch in ummauerten Städten, die da Beth-Schemesch oder Kirjath-Ajin, auch Kerem-Baalat oder ähnlich hießen und an deren Teichen und Torplätzen er mit den Leuten plauderte, bald umringt von ihnen in großer Anzahl. Denn er brachte sie zum Erstaunen durch eine Bildung, wie Städter sie lieben, redete ihnen von Gottes Zahlenwundern, von den Äonen, von den Geheimnissen des Pendels und den Völkern des Erdkreises, erzählte ihnen auch, damit sie sich geschmeichelt fühlten, von der Dirne aus Uruk, die den Waldmenschen zur Gesittung bekehrte, und legte bei alldem so viel Anmut des Mundes und erfreuliche Form an den Tag, daß sie untereinander meinten, er könne recht wohl der Mazkir eines Stadtfürsten und eines großen Königs Erinnerer sein.

Er ließ Sprachkenntnisse glänzen, die er mit Hilfe Eliezers erworben, und redete unterm Tore chettitisch mit einem Manne aus Chatti, mitannisch mit einem aus dem Norden und einige Worte ägyptisch mit einem Viehhändler aus dem Delta. Es war nicht viel, was er wußte, aber ein Gescheiter redet mit zehn Worten besser als ein Dummer mit hundert, und er verstand es, wenn nicht dem Unterredner, so doch denen, die zuhörten, den Eindruck wunderbar polyglottischer Beliebigkeit zu erwecken. Einem Weibe, das schreckhaft geträumt hatte, deutete er am Brunnen ihren Traum. Ihr hatte geschienen, daß ihr Söhnchen, ein dreijähriger Knabe, plötzlich größer gewesen war, als sie selbst, und einen Bart gehabt hatte. Das bedeute, sagte er ihr, indem er vorübergehend weiße Augen bekam, daß ihr Sohn sie bald verlassen und sie ihn zwar wiedersehen werde, aber erst nach vielen Jahren, als erwachsenen Mann mit einem Bart … Da das Weib sehr arm war und möglicherweise genötigt sein würde, ihren Sohn in die Sklaverei zu verkaufen, hatte die Deutung eine gewisse Wahrscheinlichkeit für sich, und die Leute bewunderten die Vereinigung von Schönheit und Weisheit, die der junge Reisende verkörperte.

Immer luden mehrere ihn zu sich ein, daß er ihr Gast sei auf einige Tage. Er aber versäumte sich nicht mehr, als Menschenfreundlichkeit gebot, und befolgte, so gut es ging, des Vaters Reiseordnung. Von den drei Nächten, die seine vier Wandertage trennten, verbrachte er noch eine in einem Hause, als Gast eines Silberschmiedes, namens Abisai, welcher den Jaakob einst besucht hatte und dem Gotte Abrahams zwar nicht unbedingt und ausschließlich anhing, aber ihm große Neigung entgegenbrachte und die Tatsache, daß er aus dem Mondmetall Abgötter herstelle, damit entschuldigte, daß er schließlich leben müsse. Das gestand Joseph ihm weltmännisch zu und schlief unter seinem Dache. Die dritte der kurzen Dunkelheiten verging ihm im Freien, in einem Feigenhain, wo er sich bettete; denn er hatte der übermäßigen Hitze wegen am Tage gerastet und gelangte so spät zur dritten Station, daß er nicht mehr Einlaß begehren mochte. Ähnlich aber erging es ihm auch zuletzt, da er seinem Ziele schon nahe war. Denn auch die Hochstunden des vierten Tages hatte er unterm Zwang der Sonne in Ruhe verbracht, und da er tags unter Bäumen geschlafen hatte und erst gegen Abend weitergezogen war, geschah es, daß die zweite Nachtwache herangekommen war, als er im schmalen Tale Schekem anlangte. So begünstigt aber bis dahin seine Reise verlaufen war, es war toll und verteufelt: von Stund an, da er hier einzog und im Lichte des noch als gehöhlte Barke dahinschwimmenden Mondes die umringte Stadt mit

Burg und Tempel am Hange Garizims gelagert sah, – von diesem Augenblick an ging nichts mehr recht, sondern alles schief und verquer bis zum äußersten, so daß Joseph versucht war, diesen Umschlag der Schicksalslaune mit der Person des Mannes in Zusammenhang zu bringen, der ihm vor Schekem in der Nacht begegnete und sich für die letzte Weile, die der Veränderung aller Dinge vorausging, zu seinem Begleiter aufwarf.

Der Mann auf dem Felde

Man liest, er sei irre gegangen auf dem Felde. Aber was heißt hier »irre gehen«? Hatte der Vater ihm zuviel zugemutet, und machte Jung-Joseph seine Sache so schlecht, daß er fehlging und sich verirrte? Keineswegs. Herumirren ist nicht sich verirren, und wenn einer sucht, was nicht da ist, braucht er nicht fehlzugehen, um nichts zu finden. Joseph hatte zu Schekem im Tale mehrere Knabenjahre verbracht, und die Gegend war ihm nicht fremd, wenn es auch eine Art von Traumvertrautheit war, in der er sie wiedererkannte, und wenn auch Nacht herrschte dazumal und dünnes Mondlicht. Er verirrte sich nicht, er suchte; und da er nicht fand, so ward sein Suchen zum Irrgang im Leeren. Bei schweigender Nacht, sein Tier am Zaume führend, wanderte er umher in dem welligen Gebreite von Wiesen- und Ackerland, auf das dunkel im Sternenschein die Berge schauten, und dachte: Wo mögen die Brüder sein? Er stieß wohl auf Schafhürden, darin die Gepferchten im Stehen schliefen; ob's aber Jaakobsschafe seien, war ungewiß, und Menschen gab es nicht, – die Stille war auffallend.

Da hörte er eine Stimme und vernahm, daß ein Mann ihn fragte, dessen Schritte er hinter sich nicht hatte kommen hören, der ihn aber eingeholt hatte, so daß er an seiner Seite war. Wäre er dem Joseph entgegengekommen, so hätte ihn dieser gefragt; so aber ließ der Mann sich nicht fragen, sondern fragte selbst:

»Wen suchst du?«

Er fragte nicht: »Was suchst du hier?«, sondern einfach: »Wen suchst du?«, und es mag sein, daß diese entschiedene Art zu fragen die ziemlich kindische und gedankenlose Antwort Josephs mitbestimmte. Der Junge war auch recht müde im Kopf, und seine Freude über das Zusammentreffen mit einem Menschen in dieser verwünschten Irrnacht war so groß, daß er den Mann, nur eben weil er ein Mensch war, sogleich zum Gegenstand eines einfältig-anschmiegsamen und unlogischen Vertrauens machte. Er sagte:

»Meine Brüder suche ich. Sage mir, lieber Mann, doch, bitte, wo sie hüten!«

Der »liebe Mann« nahm keinen Anstoß an der Einfalt dieses Ersuchens. Er schien in der Lage, sich darüber hinwegzusetzen, und unterließ es, dem Suchenden die Unvollständigkeit seiner Angabe bewußt zu machen. Er antwortete:

»Hier nun einmal nicht, noch auch nur in der Nähe.«

Verwirrt betrachtete Joseph ihn von der Seite. Er sah ihn recht gut. Der Mann war eigentlich noch kein Mann in des Wortes vollster Bedeutung, sondern nur einige Jahre älter als Joseph, doch höher gewachsen, ja lang, in einem ärmellosen Leinenkleide, das bauschig durch den Gürtel hinaufgezogen und so zum Wandern kniefrei gemacht war, und einem über die eine Schulter zurückgeworfenen Mäntelchen. Sein Kopf, auf etwas geblähtem Halse sitzend, erschien klein im Verhältnis, mit braunem Haar, das in schräger Welle einen Teil der Stirn bis zur Braue bedeckte. Die Nase war groß, gerade, und fest modelliert, der Zwischenraum zwischen ihr und dem kleinen, roten Munde sehr unbedeutend, die Vertiefung unter diesem aber so weich und stark ausgebildet, daß das Kinn wie eine kuglige Frucht darunter hervorsprang. Er wandte den Kopf in etwas gezierter Neigung zur Schulter und blickte über diese aus nicht unschönen, aber mangelhaft geöffneten Augen mit matter Höflichkeit auf Joseph hinab, schläfrig verschwommenen Ausdrucks, wie er entsteht, wenn einer zu blinzeln verabsäumt. Seine Arme waren rund, aber blaß und ziemlich kraftlos. Er trug Sandalen und einen Stock, den er sich offenbar selbst zum Wandern geschnitten.

»Hier nun einmal nicht?« wiederholte der Knabe. »Wie kann das sein? Sie sagten so bestimmt, daß sie alle miteinander gen Schekem zögen, da sie von Hause gingen. Kennst du sie denn?«

»Obenhin«, antwortete sein Begleiter. »Soweit es erforderlich. O nein, sehr vertraut bin ich nicht mit ihnen, nicht allzusehr. Warum suchst du nach ihnen?«

»Weil der Vater mich zu ihnen gesandt hat, daß ich sie grüße und bei ihnen nach dem Rechten sehe.«

»Was du sagst. Du bist also ein Bote. Auch ich bin ein solcher. Ich mache oft Botenwege an meinem Stabe. Aber ich bin auch ein Führer.«

»Ein Führer?«

»Ja, allerdings. Ich führe die Reisenden und öffne ihnen die Wege, das ist mein Geschäft, und darum sprach ich dich an und fragte dich, da ich sah, daß du in die Irre suchtest.«

»Du scheinst zu wissen, daß meine Brüder nicht hier sind. Weißt du aber auch, wo sie sind?«

»Ich glaube wohl.«

»So sage es mir!«

»Verlangt dich so sehr nach ihnen?«

»Gewiß, mich verlangt nach meinem Ziel, und das sind die Brüder, zu denen der Vater mich sandte.«

»Nun, ich will es dir nennen, dein Ziel. Da ich hier vorbeikam das vorige Mal auf meinen Botengängen, vor einigen Tagen, hörte ich deine Brüder sagen: ›Auf, wir wollen gen Dotan ziehen mit einem Teile der Schafe, daß wir uns einmal verändern!‹«

»Nach Dotan?«

»Warum nicht nach Dotan? Es fiel ihnen ein, und sie taten's. Die Weide ist würzig im Tale Dotan, und die Leute der Ortschaft auf ihrem Hügel sind handelsfroh; sie kaufen Sehnen, Milch und Wolle. Was wunderst du dich?«

»Ich wundere mich nicht, denn es ist kein Wunder. Aber es ist ein Unstern. Ich war so sicher, die Brüder hier anzutreffen.«

»Du kennst es wohl wenig«, fragte der Fremde, »daß etwas nicht gleich nach deinem Kopfe geht? Du scheinst mir ein Muttersöhnchen.«

»Ich habe gar keine Mutter«, versetzte Joseph verdrießlich.

»Ich auch nicht«, sagte der Fremde. »Aber ein Vatersöhnchen scheinst du mir also.«

»Laß das auf sich beruhen«, erwiderte Joseph. »Rate mir lieber: Was fang' ich nun an?«

»Sehr einfach. Du ziehst nach Dotan.«

»Aber es ist Nacht, und wir sind müde, Hulda und ich. Nach Dotan, soviel weiß ich von früher, ist es mehr als ein Feldweg von hier. Mit Muße ist's eine Tagereise.«

»Oder eine Nachtfahrt. Da du bei Tag unter Bäumen schliefst, mußt du die Nacht wahrnehmen, dein Ziel zu erreichen.«

»Wie weißt du, daß ich unter Bäumen schlief?«

»Nun, entschuldige, ich sah es. Ich kam an meinem Stabe vorbei, wo du lagst, und ließ dich zurück. Nun fand ich dich hier.«

»Ich weiß nicht den Weg nach Dotan, zumal in der Nacht«, klagte Joseph. »Der Vater hat ihn mir nicht beschrieben.«

»Sei also froh«, erwiderte der Mann, »daß ich dich fand. Ich bin ein Führer und führe dich, wenn du willst. Ich öffne dir die Pfade nach Dotan ganz ohne Entgelt, denn ich muß ohnedies dorthin auf meinem Botengang, und führe dich auf kürzestem Weg, wenn es dir recht ist. Wir können abwechselnd auf deinem Esel reiten. Ein hübsches Tier«, sagte er und betrachtete

Hulda mit seinen mangelhaft geöffneten Augen, deren Blick von so matter Abschätzigkeit war, daß er in Widerspruch stand zu des Mannes Worten. »Hübsch wie du selbst. Nur hat es zu schwache Fesseln.«

5 »Hulda«, sagte Joseph, »ist neben Parosch der beste Esel in Israels Stall. Man hat nie gefunden, daß sie zu schwache Fesseln hätte.«

Der Fremde verzog das Gesicht. »Du tätest besser«, sagte er, »mir nicht zu widersprechen. Es ist das mehrfach unsinnig, 10 zum Beispiel, weil du auf mich angewiesen bist, um zu deinen Brüdern zu gelangen, und zweitens, weil ich älter bin als du. Diese beiden Gründe werden dir einleuchten. Wenn ich sage: Dein Esel hat gebrechliche Fesseln, so sind sie gebrechlich, und es ist kein Anlaß für dich, sie zu verteidigen, als hättest du den 15 Esel gemacht, da du doch nur vor ihn treten kannst und ihn nennen. Und da wir beim Namen sind, so möchte ich dich auch gleich ersuchen, den guten Jaakob vor mir nicht ›Jisrael‹ zu nennen. Das ist unschicklich und mir ärgerlich. Gib ihm seinen natürlichen Namen und unterlaß hochtrabende Bezeichnun- 20 gen!«

Angenehm war der Mann nicht. Seine matte, über die Achsel redende Höflichkeit schien jeden Augenblick bereit, in gereizte Verstimmung überzugehen, und zwar aus unberechenbaren Gründen. Diese Neigung zur Übellaune stand im Widerspruch 25 zu der Hilfsbereitschaft, mit der er sich des in die Irre Suchenden angenommen, und entwertete sie gewissermaßen, nämlich so, daß der Eindruck entstand, als entspräche sie nicht eigenem Antriebe. Oder war es dem Fußgänger einfach um eine Reitgelegenheit nach Dotan zu tun gewesen? Tatsächlich nahm 30 zuerst einmal er auf dem Esel Platz, da sie sich auf den Weg machten, und Joseph ging nebenher. Gekränkt über das Verbot, den Vater als Jisrael zu bezeichnen, sagte dieser:

»Aber es ist sein Ehrenname, den er sich am Jabbok errungen in schwerem Sieg!«

»Ich finde es lächerlich«, erwiderte der andere, »daß du von Sieg redest, wo doch von einem solchen überall nicht und auf keine Weise die Rede sein kann. Ein artiger Sieg, von dem einer aus dem Hüftgelenk hinkt sein Leben lang und trägt zwar einen Namen davon, aber nicht gerade dessen, mit dem er rang. – Übrigens«, sagte er plötzlich und vollführte eine höchst sonderbare Bewegung der Augen, die er nicht nur aufschlug, sondern schnell und gleichsam rundum schielend im Kreise herumrollte, »laß es gut sein und nenne deinen Vater nur Jisrael, – bitte sehr. Es hat seine Richtigkeit, und meine Widerrede entfuhr mir nur so. Auch bemerke ich«, fügte er hinzu und ließ noch einmal die Augäpfel herumlaufen, »daß ich auf deinem Esel sitze. Ist es dir recht, so steige ich ab, daß du aufsitzest.«

Ein sonderbarer Mann. Er schien seine Unfreundlichkeit zu bereuen, aber die Reue machte nicht den Eindruck der Vollwertigkeit und Eigenwüchsigkeit, – sie tat es so wenig wie seine Hilfsbereitschaft. Joseph dagegen war freundlich aus sich selbst und hielt es mit dem Grundsatz, daß man der Sonderbarkeit am besten mit erhöhter Freundlichkeit begegnet. Er antwortete:

»Da du mich führst und öffnest mir aus Güte die Wege zu meinen Brüdern, so hast du ein Recht auf mein Tier. Bleib nur noch sitzen, wenn ich bitten darf, und tauschen wir später! Du bist den ganzen Tag gegangen, während ich reiten konnte.«

»Besten Dank«, sagte der Jüngling. »Deine Worte sind zwar nicht mehr als gehörig, aber ich danke dir dennoch bestens. Ich bin vorübergehend gewisser Erleichterungen in meinem Fortkommen beraubt«, setzte er hinzu und rückte die Schultern. »Machen Sendreisen und Botengänge dir Vergnügen?« fragte er dann.

»Ich freute mich sehr, als der Vater mich rief«, antwortete Joseph. »Wer sendet denn dich?«

»Ach, du weißt, daß viele Boten hin und wider gehen zwischen den großen Herrschaften im Aufgang und Mittag durch dieses Land«, erwiderte der junge Mann. »Wer dich eigentlich schickt, das weißt du gar nicht; der Auftrag geht durch viele Münder, und es hilft dir wenig, ihn bis zu seinem Ursprung zu verfolgen, jedenfalls mußt du dich auf die Sohlen machen. Jetzt habe ich einen Brief zu besorgen in Dotan«, sagte er, »den ich hier in meiner Gürtelfalte trage. Aber ich sehe es kommen, daß ich auch noch den Wächter werde machen müssen.«

»Den Wächter?«

»Ja, es steht mir niemand dafür, daß ich nicht beispielsweise einen Brunnen werde zu bewachen haben oder sonst eine Stätte, auf die es ankommt. Bote, Führer und Wächter – man betätigt sich, wie es trifft und je nach dem, worauf es dem Befinden der Auftraggeber noch ankommt. Ob es einem Vergnügen macht und man sich eigentlich dafür geschaffen fühlt, ist eine andere Frage, die ich dahingestellt sein lassen will. Ebenso, ob man Sinn hat für die ursprünglichen Anschläge, aus denen die Aufträge hervorgehen. Ich will diese Fragen, wie gesagt, offenlassen, aber unter uns gesagt, ist viel unbegreifliche Angelegentlichkeit im Spiel. Liebst du die Menschen?«

Er fragte unvermittelt, und dennoch kam die Frage dem Joseph nicht überraschend; denn die ganze matt-verdrießliche Redeweise seines Führers war die eines mit den Menschen hochmütig-unzufriedenen und von der Notwendigkeit, unter ihnen seinen Geschäften nachzugehen, belästigten Individuums. Er antwortete:

»Wir lächeln einander meistens, die Menschen und ich.«

»Ja, weil du bekanntlich hübsch und schön bist«, sagte der andere. »Darum lächeln sie dir, und dann lächelst du zurück, um sie in ihrer Narrheit zu bestärken. Du tätest besser, ihnen eine finstere Miene zu zeigen und ihnen zu sagen: ›Was soll euer Lächeln? Diese Haare werden kläglich ausfallen und diese jetzt weißen Zähne auch; diese Augen sind nur ein Gallert aus

Blut und Wasser, sie sollen dahinrinnen, und diese ganze hohle Anmut des Fleisches soll schrumpfen und schmachvoll vergehen.‹ Es wäre anständig, wenn du sie zu ihrer Ernüchterung daran erinnertest, was sie ohnedies wissen, worüber sie sich aber von dem liebedienerisch lächelnden Augenblick hinwegtäuschen lassen. Solche Geschöpfe wie du sind nichts als ein flüchtig gleißender Betrug über den inneren Greuel alles Fleisches unter der Oberfläche. Ich sage nicht, daß auch nur diese Haut und Hülle vom Appetitlichsten wäre mit ihren dünstenden Poren und Schweißhaaren; aber ritze sie nur ein wenig, und die salzige Brühe geht frevelrot hervor, und weiter innen wird's immer greulicher und ist eitel Gekröse und Gestank. Das Hübsche und Schöne müßte durch und durch hübsch und schön sein, massiv und aus edlem Stoff, nicht ausgefüllt mit Leimen und Unrat.«

»Da mußt du dich«, sagte Joseph, »an Guß- und Schnitzbilder halten, an den schönen Gott zum Beispiel, den die Weiber im Grünen verstecken und suchen ihn wehklagend, daß sie ihn in der Höhle bestatten. Der ist hübsch durch und durch, massiv aus Olivenholz, nicht blutig und dunstig. Damit es aber scheine, er sei nicht massiv, sondern blute vom Zahn des Ebers, malen sie ihm rote Wunden und täuschen sich selber, daß sie weinen mögen ums liebe Leben. So ist's nun einmal: Entweder das Leben ist Täuschung oder die Schönheit. Du findest nicht beides im Wahren vereinigt.«

»Pf!« machte der Führer und rümpfte sein fruchtrundes Kinn, indem er vom Esel herab mit halb geschlossenen Augen über die Schulter auf den Nebenhergehenden blickte.

»Nein«, setzte er nach einer Pause hinzu, »sage, was du willst, es ist ein ekles Geschlecht, das Unrecht trinkt wie Wasser und längst schon wieder die Flut verdient hätte, doch ohne Rettungskasten.«

»Du hast wohl recht mit dem Unrecht«, versetzte Joseph.

»Bedenke aber, daß alles zu zweien ist in der Welt, Stück und Gegenstück, damit man es unterscheide, und wenn neben dem einen das andere nicht wäre, so wären sie beide nicht. Ohne Leben wäre kein Tod, ohne Reichtum die Armut nicht, und käme die Dummheit abhanden, wer wollte von Klugheit reden? So ist's aber auch mit Reinheit und Unreinheit, das ist doch klar. Das unreine Vieh spricht zum reinen: ›Bedanke dich bei mir, denn wäre ich nicht, wie wüßtest du, daß du rein bist, und wer würde dich also nennen?‹ Und der Böse zum Gerechten: ›Falle mir zu Füßen, denn ohne mich, wo wäre dein Vorzug?‹«

»Eben«, erwiderte der Fremde. »Das ist es eben, daß ich sie von Grund auf mißbillige, diese Welt der Zweiheit, und ich begreife die Angelegentlichkeit nicht für ein Geschlecht, in dem von Reinheit nur rückbezüglich und ganz vergleichsweise nur die Rede sein kann. Aber immer muß sein gedacht sein, und immerfort hat man es vor mit ihnen wunder wie weittragend, daß man dies und das und ich weiß nicht was in die Wege leite ihr bißchen Zukunft betreffend, wie nun auch ich dich Beutel voll Wind in die Wege leiten muß, damit du zu deinem Ziele kommst – es ist recht langweilig!«

Der verdrießliche Bursche, warum leitet er mich dann in die Wege, wenn es ihm so lästig ist? dachte Joseph. Es ist doch dumm, den Gefälligen zu spielen und dann zu maulen. Entschieden hat er's nur aufs Reiten abgesehen. Er könnte auch einmal absitzen, wir wollten doch wechseln. Recht wie ein Mensch redet er, dachte er und lächelte heimlich über diese Gewohnheit der Leute, ihre eigene Art zu hecheln und sich selbst dabei auszunehmen, also daß der Mensch zu Rate saß über den Menschen, gleichsam als wäre er keiner. Darum sagte er:

»Ja, da redest du nun übers Menschengeschlecht und sitzest darüber zu Rate, aus wie schlechtem Stoff es sei. Aber es gab eine

Zeit, da den Kindern Gottes selbst der Mensch nicht aus zu schlechtem Stoffe war, daß sie eingingen zu seinen Töchtern, und wurden Riesen und Gewaltige daraus.«

Der Führer drehte den Kopf in seiner gezierten Art über die dem Joseph entgegengesetzte Schulter.

»Was du für Histörchen kennst!« antwortete er mit einem Kichern. »Für deine Jahre weißt du Bescheid in den Vorkommnissen, das muß ich sagen. Für mein Teil, des sei bedeutet, halte ich die Geschichte für eitel Klatsch. Wenn sie aber wahr ist, so will ich dir sagen, warum die Kinder des Lichts so taten und sahen nach den Töchtern Kains. Sie taten's aus übergroßer Verachtung, jawohl. Weißt du, wohin die Verderbnis gediehen war der Töchter Kains? Sie gingen mit aufgedeckter Blöße und waren Mann und Weib wie Vieh. Ihre Hurerei spottete so sehr aller Grenzen, daß man es gleichsam nicht mit ansehen konnte, ohne davon ergriffen zu werden, – ich weiß nicht, ob du das verstehst. Sie trieben es über die Maßen, warfen die Kleider zur Erde und gingen nackend auf dem Markt. Wenn sie die Scham nicht gekannt hätten, so hätte es angehen mögen, und den Kindern des Lichts wäre ihr Anblick nicht so in die Glieder gefahren. Aber sie kannten die Scham genau, sie waren von Gottes wegen sogar sehr schamhaft, und ihre Lust bestand eben darin, die Scham unter ihre Füße zu treten: ist so etwas auszuhalten? Der Mann buhlte mit seiner Mutter und Tochter und seines Bruders Weibe offen auf den Straßen, und sie hatten alles in allem nur eines im Sinn: den greulichen Genuß der verletzten Scham. Mußte das den Kindern Gottes nicht in die Glieder fahren? Sie wurden verführt durch Verachtung, – kannst du das nicht verstehen? Der letzte Rest von Respekt war dahin bei ihnen vor diesem Geschlecht, das man ihnen auf die Nase gesetzt, als ob sie nicht genug gewesen wären für die Welt, und das sie hatten achten sollen um höherer Angelegentlichkeit willen. Sie fanden, der Mensch sei einzig zur Unzucht da, und ihre Geringschätzung nahm buhlerischen Charakter an. Wenn du das nicht verstehst, bist du nur ein Kalb.«

»Ich kann es zur Not verstehen«, erwiderte Joseph. »Woher weißt du es übrigens?«

»Fragst du deinen Eliezer auch, woher er es weiß, was er dich lehrt? So viel wie er weiß ich auch von den Vorkommnissen und wohl noch etwas darüber, denn als Bote, Führer und Wächter kommt man herum in der Welt und erfährt das Verschiedenste. Ich kann dich versichern, daß die Flut schließlich nur kam, weil sich herausstellte, daß die Geringschätzung der Himmelskinder für den Menschen bereits buhlerisch geworden war: das gab den Ausschlag; sonst wäre sie vielleicht nie gekommen, und ich will nur hinzufügen, daß es darauf abgesehen war, auf seiten der Kinder des Lichts, die Flut zu erzwingen. Aber leider gab es dann ja den Rettungskasten, und es kam der Mensch zum Hintertürchen wieder herein.«

»Seien wir froh deswegen«, sagte Joseph. »Wir würden anderen Falles hier nicht plaudernd dahinziehen gen Dotan und *abwechselnd* den Esel benutzen laut unserer Verabredung.«

»Ja, richtig!« versetzte der andere und rollte wieder rundum schielend die Augäpfel im Kreise. »Ich vergesse alles im Plaudern. Ich muß dich ja in die Wege leiten und dich bewachen, daß du zu deinen Brüdern kommst. Wer ist aber wichtiger, der Wächter oder der Bewachte? Nicht ohne Bitterkeit muß ich antworten: der Bewachte ist wichtiger; denn für ihn ist der Wächter da, und nicht umgekehrt. Daher will ich jetzt absitzen, daß du reitest und ich gehe im Staube daneben.«

»Das kann ich mit ansehen«, sagte Joseph, indem er aufsaß. »Es ist ja der reine Zufall, daß du auch nur zeitweise reiten kannst und mußt nicht den ganzen Weg im Staube gehen.«

So zogen sie weiter unter den Sternen bei dünnem Mondlicht, von Schekem nordwärts gen Dotan, durch enge und weite Täler, über steile Berge, voll Zedern- und Akazienwald, vorüber an schlafenden Dörfern. Auch Joseph schlief stundenweise, wenn er auf dem Esel saß und der Führer im Staube ging. Da er aber einmal – es war schon ums Morgendämmern – erwachte aus solchem Schlaf, bemerkte er, daß am Behange des Esels ein Körbchen mit Preßobst und ein anderes mit gerösteten Zwiebeln fehlte und mußte feststellen, daß die Gürtelfalte des Führers entsprechend dicker geworden war. Der Mann stahl! Das war eine peinliche Entdeckung, und es erwies sich, wie wenig Grund er gehabt hatte, sich selber auszunehmen, indem er das Menschengeschlecht hechelte. Joseph sagte kein Wort, zumal er selbst im Gespräch das Unrecht verteidigt hatte um seines Gegenteiles willen. Auch war der Mann ja ein Führer und also dem Nabu geweiht, dem Herrn des Westpunktes im Kreislauf, der in die unterweltliche Welthälfte führt, ein Diener des Gottes der Diebe. Die Annahme lag nahe, daß er eine fromme Symbolhandlung vollführt hatte, indem er seinen Schützling im Schlafe bestahl. Darum sagte Joseph nichts über seinen Befund, sondern achtete die Unehrlichkeit des Mannes, die Frömmigkeit sein mochte. Aber peinlich war ihm die Entdekkung gleichwohl, daß der Führer ausdrücklich gestohlen hatte. Es lag darin über das Wie und Wohin seiner Führung eine Andeutung, die den Joseph unliebsam berührte und ihm etwas das Herz beklemmte.

Nicht lange aber, so geschah etwas viel Schlimmeres als der Diebstahl. Die Sonne war aufgegangen hinter Feld und Wald, und Dotans grüner Hügel war schon in Sicht: schräg rechts lag er vor ihnen im Morgenstrahl, die Ortschaft auf seiner Kuppe. Joseph, der gerade zu Esel saß, während der Dieb den Zügel hielt, schaute dorthin: Da gab es einen Ruck und Sturz, und es war geschehen. Hulda war in ein Erdloch getreten mit einem Vorderfuß, war eingeknickt und konnte sich nicht mehr erheben. Sie hatte die Fessel gebrochen.

»Gebrochen!« sagte der Führer nach kurzer gemeinsamer

Untersuchung. »Jetzt sieh dir die Bescherung an! Sagte ich's nicht, daß sie zu dünne Fesseln hat?«

»Daß du scheinbar recht behalten, sollte dich nicht freuen angesichts dieses Unsterns, und gar nicht in Betracht kommen sollte es in diesem Augenblick. Du hast sie geführt und nicht achtgegeben, so daß sie unglücklich ins Loch trat.«

»Ich habe nicht achtgegeben, und mich klagst du an? Das ist rechte Menschenart, durchaus einen Schuldigen haben zu müssen, wenn etwas schief gegangen ist, wie man's vorhersagen konnte!«

»Es ist auch rechte Menschenart, durchaus das Unglück vorausgesagt haben zu wollen und einen unnützen Triumph darin zu suchen. Sei froh, daß ich dich nur der Unachtsamkeit anklage; ich hätte anderes gegen dich vorzubringen. Du hättest mir auch nicht raten sollen, die Nacht durch zu reisen; so hätten wir Hulda nicht übermüdet, und nie wäre die Kluge gestrauchelt.«

»Meinst du, daß ihre Fessel wieder heil wird von deinen Klagen?«

»Nein«, sagte Joseph, »das meine ich nicht. Aber nun bin ich wieder so weit, zu fragen: Was fang' ich an? Ich kann doch mein Tier hier nicht liegenlassen mit all seinem Behange an Mundvorrat, davon ich die Brüder beschenken wollte in Jaakobs Namen. Es ist noch viel, obgleich ich einiges verzehrt und anderes mir anderweitig abhanden gekommen. Soll Hulda hier hilflos verenden, derweilen die Tiere des Feldes meine Schätze fressen? Ich bin nahe daran, zu weinen vor Verdruß.«

»Und wer wieder Rat weiß«, erwiderte der Fremde, »bin ich. Sagte ich nicht, daß ich gelegentlich auch wohl einmal den Wächter mache, wenn's sich ergibt? Wohlan, gehe nur zu! Ich will hier sitzen und deinen Esel bewachen, nebst den Eßbarkeiten, und den Vögeln und Räubern wehren. Ob ich mich ursprünglich dafür geschaffen fühle, ist eine Frage für sich, die hier nicht zur Erörterung steht. Genug, ich will sitzen als Eselswächter, bis du zu deinen Brüdern gekommen bist und kehrst mit ihnen zurück oder ein paar Knechten, die Schätze zu holen und nach dem Tiere zu sehen, ob es zu heilen ist oder zu töten.«

»Danke«, sagte Joseph. »So wollen wir's machen. Ich sehe schon, du bist recht wie ein Mensch, du hast deine guten Seiten, und vom anderen reden wir nicht. Ich spute mich, wie ich kann, und kehre wieder mit Leuten.«

»Darauf verlaß ich mich. Du kannst nicht fehlgehen: um den Hügel herum und dann zurück in das Tal dahinter ein fünfhundert Schritt durch Busch und Klee, – da findest du deine Brüder, unfern einem Brunnen, in dem kein Wasser ist. Wenn du vom Esel noch etwas brauchst, so besinn' dich. Einen Kopfschutz etwa gegen die steigende Sonne?«

»Du hast recht«, rief Joseph, »das Mißgeschick raubt mir alle Gedanken! Das laß ich nicht hier«, sagte er und zog die Ketônet aus dem beringten Lederbeutel, »auch nicht in deiner Hut, so gute Seiten du aufweisest. Das nehme ich mit zum Gange in Dotans Tal, daß ich doch stattlich daherkomme, wenn schon nicht auf der weißen Hulda, wie Jaakob es wollte. Gleich hier tu' ich's um und an vor deinen Augen – so – und so – und etwa noch so! Wie gefällt dir's? Bin ich ein bunter Schäfervogel in meinem Rock? Mami's Schleiergewand, wie steht es dem Sohne?!«

Von Lamech und seiner Strieme

Unterdessen saßen die von Lea und die Söhne der Mägde hinterm Hügel im Grunde des Tals alle Zehn um ein niedergebranntes Feuer, daran sie ihr Morgenmus gekocht hatten, und starrten in die Asche. Sie waren alle schon zeitig, unter ihren gestreiften Zelten hervor, die fern im Busche standen, an den Tag gegangen, – zu verschiedenen Zeitpunkten, aber alle sehr früh, und einige schon vor Morgengrauen, da der Schlaf ihnen wenig gemundet hatte; denn selten mundete er einem von ihnen, seitdem sie Hebron verlassen, und die Veränderungslust, die sie bestimmt hatte, die Weiden Schekems mit Dotans Flur zu vertauschen, war eben nur aus der trügerischen Hoffnung gekommen, er möchte ihnen anderwärts besser munden.

Sie waren, mürrisch und vor Steifheit der Glieder manchmal über das am Boden kriechende und Schlingen bildende Wurzelgeflecht des Ginsters stolpernd, zum Brunnen gegangen, der vorn bei den Schafen war, wo die Herde das Feld bedeckte, und der lebendiges Wasser hatte, während die Zisterne hier in der Nähe um diese Jahreszeit trocken und leer von Wasser war; sie hatten getrunken, sich gewaschen und angebetet, nach den Lämmern gesehen und sich dann zusammengefunden, wo sie zu essen pflegten: im Schatten einer Gruppe rotstämmiger und ausladend astreicher Kiefern. Man hatte offene Aussicht hier: über das ebene, nur mit Buschwerk und einzelnen Bäumen besetzte Land hin, auf den Hügel, den Dotan, die Ortschaft, krönte, das ferne Gewimmel der Schafe und sanftes Gebirge in hinterster Sicht. Die Sonne war schon ziemlich hoch gestiegen. Es duftete nach erwärmten Kräutern, nach Fenchel, Thymian und anderen Aromen des Feldes, beliebt bei den Schafen.

Die Jaakobssöhne saßen im Kreise auf ihren Fersen, das nachglimmende Reisig mit dem Topfe darüber in ihrer Mitte. Sie hatten längst fertig gegessen und saßen tatenlos, mit geröteten Augen. Ihre Leiber waren gesättigt, aber in ihren Seelen nagte ein Hunger und trockener Durst, den sie nicht zu nennen gewußt hätten, der ihnen jedoch den Schlaf verdarb und die Kräftigung aufhob, die ihnen das Morgenmahl hätte zuführen sollen. Ein Dorn saß ihnen im Fleisch, jedem einzelnen, der nicht herauszuziehen war, der schwärte, quälte und zehrte. Sie fühlten sich schlaff, und den meisten von ihnen schmerzte der Kopf. Wenn sie die Fäuste zu ballen versuchten, so ging's nicht. Wenn diejenigen, die einst das rächende Blutbad zu Schekem angerichtet um Dina's willen, sich prüften, ob sie jetzt noch, heute und hier, die Männer seien zu solcher Tat, so fanden sie: nein, sie seien die Männer nicht mehr; der Gram, der Wurm, der schwärende Dorn, der zehrende Hunger im Innern entnervte und entmannte sie. Wie schmählich mußten namentlich Schimeon und Levi, die wilden Zwillinge, diesen Zustand empfinden! Der eine stocherte stumpf mit seinem Hirtenstabe in der letzten Glut. Der andere, Schimeon, den Oberleib hin und her wiegend, erhob in der Stille einen halblauten Singsang, in den nach und nach einige andere summend einstimmten, denn es war ein uraltes Lied, Bruchstück einer halb verwehten, nicht vollständig überlieferten Ballade oder Epopöe aus versunkenen Zeiten:

»Lamech, der Held, nahm der Weiber zwei,
Ada und Zilla mit Namen genannt.
›Ada und Zilla, höret mein Lied,
Ihr Weiber Lamechs, vernehmt meinen Spruch!
Einen Mann erschlug ich, weil er mich kränkte,
Einen Jüngling streckt' ich für meine Strieme.
Siebenmal gerochen ward Kain,
Doch Lamech siebenundsiebzigmal!‹«

Sie wußten nicht mehr davon, was voranging weder, noch weiter Folgendes, und schwiegen also. Aber sie hingen dem abgerissenen Klange nach und sahen Lamech, den Helden, mit ihres Geistes Auge, wie er voll heißen Stolzes daherkam in Waffen von seiner Tat und den sich bückenden Weibern kündete, daß er sein Herz gewaschen. Sie sahen auch den von ihm Gestreckten im blutigen Grase liegen, das nur wenig schuldige Sühnopfer für Lamechs wild empfindliche Ehre. Das robuste Wort »Mann« ward zum Zarteren bestimmt im Reime durch den Jünglingslaut, der in seiner blutenden Holdheit mitleidige Regungen hätte begünstigen können. Sie wären allenfalls Ada's und Zilla's, der Weiber, Sache gewesen, doch mochten sie nur zur Würze ihrer Anbetung dienen von Lamechs unbestechlich mörderischer Mannheit und anspruchsvoller Rachsucht, die ehern und alt das Lied und seine Gesinnung beherrschte.

5 »Lamech hieß er«, sprach Lea's Levi und zerstieß stochernd verkohltes Reisig. »Wie gefällt er euch? Ich frage das, weil er mir gut und eher vorzüglich gefällt. Das war noch einer, ein Kerl, ein Löwenherz, von echtem Schrot, so was gibt es nicht mehr. Im Liede gibt es das ausschließlich noch, man singt's und erlabt 10 sich daran und denkt vergangener Zeiten. Der mochte vor seine Weiber treten gewaschenen Herzens, und wenn er sie heimsuchte, eine nach der anderen, mit seiner Kraft, so wußten sie, wen sie empfingen, und zitterten vor Lust. Trittst du auch wohl so, Juda, vor Schua's Tochter und du, Dan, vor die Moabiterin? 15 Sagt mir doch an, was aus dem Menschengeschlecht geworden ist seit dazumal, daß es nur noch Klügler und Frömmler erzeugt, doch keine Männer?«

Ihm antwortete Ruben:

»Ich will dir sagen, was aus des Mannes Hand nimmt seine 20 Rache und macht, daß wir ungleich geworden Lamech, dem Helden. Es ist zweierlei: Babels Satzung und Gottes Eifer, die sprechen beide: Die Rache ist mein. Denn die Rache muß von dem Manne genommen sein, sonst zeugt sie wild weiter, geil wie der Sumpf, und die Welt wird voll Blutes. Welches war 25 Lamechs Los? Du weißt es nicht, denn das Lied kündet's nicht mehr. Aber der Jüngling, den er schlug, hatte einen Bruder oder Sohn, der schlug den Lamech zu Tode, daß die Erde auch sein Blut empfange, und aus Lamechs Lenden wiederum einer schlug Lamechs Mörder um seiner Rache willen, und so immer 30 fort, bis weder aus Lamechs Samen noch aus dem Samen des Ersterschlagenen einer mehr übrig war und die Erde ihr Maul schließen mochte, denn sie war satt. So aber ist es nicht gut, es ist Sumpfzeugung der Rache und hat keine Regel. Darum, als

Kain den Habel erschlagen, heftete Gott ihm sein Zeichen an, daß er ihm gehöre, und sprach: Wer ihn totschlägt, das soll siebenfältig gerochen werden. Babel aber setzte ein das Gericht, daß der Mann dem Rechtsurteil sich beue für Blutschuld und nicht wuchere die Rache.« 5

Darauf Silpa's Sohn, Gad, in seiner Geradheit:

»Ja, so sprichst du, Ruben, mit dünner Stimme, die aus deinem mächtigen Leibe kommt, unerwartet, sooft man's hört. Hätte ich deine Glieder, ich wollte nicht reden wie du und die Läufte verteidigen mit ihren Veränderungen, die den Helden 10 entmannen und aus der Welt bringen das Löwenherz. Wo ist der Stolz deines Leibes, daß du mit dünner Stimme redest und willst Gott die Rache anheimgeben oder dem Blutgericht? Schämst du dich nicht vor Lamech, der sprach: ›Diese Sache ist eine Sache zu dreien, zwischen mir und dem, der mich kränkte, 15 und der Erde?‹ Kain sprach zu Habel: ›Wird Gott mich trösten, wenn Naëma, unsere süße Schwester, deine Gaben annimmt und dir lächelt, oder wird's das Gericht entscheiden, wem sie gehören soll? Ich bin der Erstgeborene, so ist sie mein. Du bist ihr Zwilling, so ist sie dein. Das macht nicht Gott aus noch 20 Nimrods Gericht. Laß uns aufs Feld gehen, daß wir es ausmachen!‹ Und er machte es aus mit ihm, und wie ich hier sitze, Gaddiel genannt, den Silpa gebar auf Lea's Schoß, so bin ich für Kain.«

»Und ich meinerseits wollte kein junger Löwe mehr heißen, 25 wie das Volk mich nennt«, sagte Jehuda, »wenn ich nicht auch für Kain wäre und mehr noch für Lamech. Der hielt auf sich, meiner Treu, und schätzte nicht niedrig ein seinen Stolz. ›Siebenmal?‹ sprach er. ›Pah! Ich bin Lamech. Siebenundsiebzigmal will ich gerochen sein, und da liegt er, der Laffe, um meiner 30 Strieme willen!‹«

»Was mag's für eine Strieme gewesen sein«, frug Issakhar, der knochige Esel, »und worin mag's der erbärmliche Jüngling versehen haben gegen Lamech, den Recken, daß der nicht Gott noch Nimrod die Rache ließ, sondern nahm sie vielfältig mit eigener Hand?«

»Das weiß man nicht mehr«, erwiderte diesem sein Halbbruder Naphtali, von Bilha. »Des Jünglings Frechheit ist unbekannt, und was Lamech abwusch mit seinem Blut, das ist aus der Welt Gedächtnis gekommen. Doch hab' ich's vom Hörensagen, daß Männer in unseren Zeiten viel eklere Schande schlucken, als Lamech sich bieten ließ. Sie schlucken sie, sagt man, die feigen Schlucker, und machen sich fort, woandershin, da sitzen sie dann, und in ihnen gärt der Schandfraß, daß sie nicht essen noch schlafen mögen, und sähe sie Lamech, den sie bewundern, so träte er sie hinten hinein, denn weiter sind sie nichts wert.«

Er sagte es mit boshaft geläufiger Zunge, verzerrten Gesichts. Die Zwillinge ächzten und suchten die Fäuste zu ballen, doch ging's nicht. Sebulun sprach:

»Das waren Ada und Zilla, die Weiber Lamechs. Ada ist schuld, das will ich euch sagen. Denn sie gebar Jabal, den Urahn derer, die in Zelten wohnen und Viehzucht treiben, Abrams Ahn, Jizchaks und Jaakobs, unseres sanften Vaters. Da haben wir den Verderb und die Bescherung, daß wir keine Männer mehr sind, wie du sagst, Bruder Levi, sondern Klügler und Frömmler, und sind als wie mit der Sichel verschnitten, daß Gott erbarm'! Ja, wären wir Jäger oder gar Seefahrer, das wäre was andres. Aber mit Jabal, Ada's Sohn, kam die Zeltfrömmigkeit in die Welt, das Schäferwesen und Abrams Gottessinnen, das hat uns entnervt, daß wir zittern, dem würdigen Vater ein Leides zu tun, und der große Ruben spricht: Die Rache ist Gottes. Aber ist denn auf Gott Verlaß und auf seine Gerechtigkeit, wenn er im Streite Partei ist und flößt selber dem nichtswürdigen Jüngling die Frechheit ein vermittelst abscheulicher Träume? Wir können gegen die Träume nichts tun«, rief er leidend, so daß seine Stimme sich überschlug, »wenn sie von Gott sind und es bestimmt ist, daß wir uns beugen!«

»Aber gegen den Träumer könnten wir etwas tun«, schrie Gad, auch er aus gequälter Brust, »auf daß«, setzte Ascher hinzu, »die Träume herrenlos wären und nicht mehr wüßten, wie wahr werden!«

»Das hätte geheißen«, erwiderte Re'uben, »sich wider Gott setzen so und so. Denn es ist gleich, sich gegen den Träumer erheben oder gegen Gott, wenn die Träume von ihm sind.« Er redete in der Vergangenheitsform, sagte nicht »hieße«, sondern »hätte geheißen«, zum Zeichen, die Frage sei abgetan.

Dan war es, der nach ihm sprach. Er sagte:

»Hört, Brüder, und achtet auf meine Worte, denn Dan wird Schlange und Otter genannt, und einer gewissen Spitzfindigkeit wegen taugt er zum Richter. Es ist wohl wahr, und Ruben hat recht: Tränkt man's dem Träumer ein, auf daß die Träume herrenlos und ohnmächtig werden, so setzt man sich freilich dem Zorne aus derer, die Willkür üben, und beschwört auf sich die Rache der Ungerechten, das ist nicht zu leugnen. Aber darauf, spricht Dan, muß man's ankommen lassen, denn es ist nichts zu erdenken, was ärger wäre, oder so arg nur wie der Träume Erfüllung. Um diese aber hat man die Willkür dann jedenfalls gebracht, und möge sie auch zürnen und wüten, – die Träume suchen umsonst ihren Träumer. Man muß vollendete Tatsachen schaffen, so lehrt's das Geschehene. Hat nicht auch Jaakob dies und jenes erlitten für seinen Trug und nichts zu lachen gehabt in Labans Diensten um Esau's bitterer Tränen willen? Nun, er hat's ausgestanden, denn den Hauptvorteil hatte er weg, den Segen, der war in Sicherheit und beiseite gebracht, und kein Gott, welcher immer, hätte etwas dagegen vermocht, beim besten Willen. Ausstehen muß man Tränen und Rache um des Gutes willen, denn was beiseite gebracht und in Sicherheit, das kommt nicht wieder ...«

Hier verwirrten sich seine Worte, die doch spitzfindig begonnen. Aber Ruben erwiderte, und es war seltsam, den baumstarken Mann so blaß zu sehen:

»Du hast gesprochen, Dan, und magst nun schweigen. Denn wir sind von dannen gezogen und haben uns geschieden vom Vaterherd. Was uns ärgerte, ist fern in Sicherheit, und in Sicherheit sitzen auch wir, zu Dotan, fünf Tage von dort, das ist die vollendete Tatsache.«

Darauf und nach diesen Gesprächen ließen sie alle die Häupter hängen, tief hinab, fast zwischen die Knie, die hochstanden, da sie auf ihren Fersen saßen, und hockten da in sich gebückt um die Asche wie zehn Bündel Leidwesens.

Joseph wird in den Brunnen geworfen

Es geschah aber, daß Ascher, Silpa's Sohn, neugierig auch im Grame, ein wenig über die Knie schielte und seine Augen ins Land gehen ließ. Da sah er es fern im Lichte zucken wie einen Silberblitz, der verschwand, doch gleich wieder aufblinkte, und als er genauer hinspähte, da waren es zwei und mehrere Blitze, die einmal einzeln und ein andermal gleichzeitig erschimmerten, an verschiedenen Punkten, doch nahe beisammen.

Ascher stieß Gad in die Seite, seinen Vollbruder, der neben ihm saß, und wies ihm mit dem Finger das Irrlicht, damit er ihm hülfe, es zu verstehen. Und da sie es prüften, die Hand über die Augen legten und sich mit den Mienen berieten, wurden andere aufmerksam durch ihre Unruhe; es wandten sich solche um, die mit dem Rücken gegen die Weite gesessen; sie sahen einander nach den Augen und folgte einer der Richtung, in der das Schauen des andern ging, bis alle die Köpfe gehoben hatten und gemeinsam hinausspähten nach einer Gestalt, die da näherwandelte und an der das Gleißen war.

»Ein Mann kommt und gleißt«, sprach Juda. Nach einer

Weile aber, während der sie schauend warteten und die Gestalt heranwachsen ließen, erwiderte Dan:

»Ein Jüngling vielmehr.«

Und in demselben Augenblick wurden sie alle auf einmal in ihren braunen Gesichtern so fahl wie Ruben schon vorher, und ihre Herzen schlugen in wild beschleunigtem Gleichtakt wie Pauken, so daß es ein dumpfes Konzert und hohles Poltern war an dem Ort in atemloser Stille.

Joseph kam über das Gebreite daher, im bunten Rock, den Kranz auf der Schleierkapuze, gerade auf sie zu.

Sie glaubten es nicht. Sie saßen, die Daumen in die Wangen gedrückt, die Finger vor den Mündern, den Ellenbogen aufs Knie gestützt, und starrten über ihre Fäuste hinweg mit quellenden Augen auf das sich nähernde Blendwerk. Sie hofften zu träumen und fürchteten es. Mehrere weigerten sich, in Schrekken und Hoffnung, noch dann die Wirklichkeit zu begreifen, als der Kommende sie schon so naheher anlächelte, daß kein Zweifel mehr möglich war.

»Ja, ja, gegrüßt!« sagte er mit seiner Stimme und trat vor sie hin. »Traut euren Augen nur, liebe Männer! Ich bin gekommen von Vaters wegen auf Hulda, der Eselin, um nach dem Rechten zu sehen bei euch und um –« Er stockte betreten. Sie saßen ohne Wort und Regung und stierten, eine unheimlich verzauberte Gruppe. Wie sie aber so saßen, wurden, obgleich doch kein Sonnenaufgang noch -untergang war, der sich in ihren Gesichtern hätte malen können, diese Gesichter so rot wie die gewundenen Stämme der Bäume in ihrem Rücken, rot wie die Wüste, dunkelrot wie der Stern am Himmel, und ihre Augen schienen Blut verspritzen zu wollen. Er trat zurück. Da erscholl ein dröhnendes Röhren, das Zwillings-Stiergebrüll, das die Eingeweide erschütterte, und mit langgezogenem Schrei wie aus *einer* gequälten Kehle, einem verzweifelt frohlockenden Ahhh der Wut, des Hasses und der Erlösung, sprangen sie auf alle Zehn in wild-genauer Gleichzeitigkeit und stürzten sich auf ihn.

Sie fielen auf ihn, wie das Rudel verhungerter Wölfe auf das Beutetier fällt; es gab kein Halten und kein Besinnen für ihre blutblinde Begierde, sie stellten sich an, als wollten sie ihn in mindestens vierzehn Stücke zerreißen. Ums Reißen, Zerreißen und Abreißen war's ihnen wirklich vor allem in tiefster Seele zu tun. »Herunter, herunter, herunter!« schrien sie keuchend, und einhellig war die Ketônet gemeint, das Bildkleid, das Schleiergewand, das mußte von ihm herunter, wenn es auch schwer hielt in solchem Getümmel; denn verschlungen war es ihm angetan, um Kopf und Schultern befestigt, und ihrer waren zu viele für *eine* Tat, sie waren einander im Wege, stießen einer den andern von dem fliegend und fallend zwischen ihnen Umhergeprellten weg und trafen sich wechselseitig mit Schlägen, die ihm galten und von denen freilich noch immer hinlängliche für ihn abfielen. Er blutete sofort aus der Nase, und sein eines Auge schloß sich zur blauen Beule.

Das Drüber und Drunter aber machte sich Ruben zunutze, der alle überragend mitten unter ihnen war und auch »Herunter, herunter!« schrie. Er heulte mit den Wölfen. Er tat, wie allezeit diejenigen getan haben, die eine entfesselte Menge notdürftig zu lenken vorhatten und, um sich Einfluß auf die Ereignisse zu wahren, mit scheinbarem Eifer am Schlimmen teilnahmen, damit Schlimmeres verhütet werde. Er gab sich den Anschein, als würde er gestoßen, stieß aber in Wahrheit selbst, indem er, so gut er konnte, diejenigen, die daran waren, auf Joseph einzuschlagen und ihm das Gewand abzureißen, von ihm hinwegpuffte, um ihn nach Möglichkeit zu schützen. Namentlich auf Levi hatte er acht, von wegen seines Hirtenstabes, und stolperte beständig gegen ihn. Trotz seinen Manövern aber ging es dem entsetzten Jungen so schlecht, wie er's, der Gehegte, sich nie hätte träumen lassen. Er taumelte fassungslos, den Kopf zwischen den Schultern, die Ellbogen gespreizt unter diesem Hagelgewitter wüster Brutalität, das aus blauem Himmel, ohne greulicherweise sich im geringsten darum zu kümmern, wohin es traf, auf ihn niederprügelte und seinen Glauben, sein Weltbild, seine wie ein Naturgesetz feststehende Überzeugung, daß jedermann ihn mehr lieben müsse als sich selbst, in kurze und kleine Stücke schlug.

»Brüder!« stammelte er mit gespaltener Lippe, von der ihm das Blut, zusammen mit dem aus der Nase, über das Kinn lief. »Was tut ...« Eine Kopfnuß, der Ruben nicht hatte zuvorkommen können, riß ihm das Wort vom Munde; ein äußerst bedenkenloser Fauststüber ins Magenweiche zwischen den Rippen ließ ihn sich niederkrümmen und unter der Meute verschwinden. Es ist nicht zu leugnen, vielmehr zu betonen, daß die Aufführung der Jaakobssöhne, soviel Gerechtigkeit ihr zur Seite stehen mochte, die allerbeschämendste war, ja geradezu rückfällig genannt werden mußte. Sie gingen unter die Menschheit hinab und erinnerten sich ihrer Zähne, um dem Blutend-Halbohnmächtigen das Mutterkleid vom Leibe zu reißen, da ihre Hände leider noch mehr zu tun hatten. Sie waren nicht stumm dabei, und nicht nur »Herunter, herunter!« war ihre Parole. Wie arbeitende Männer, die ziehen und wuchten, sich mit eintönigen Rufen zum gemeinsamen Werke betäuben, so sie: Aus den Tiefen ihrer Erbitterung holten sie Abgerissenes, das sie wieder und wieder hervorächzten, um sich in Wut damit zu halten und die Besinnung zu scheuchen. »Neigen sich, neigen sich!« »Sieh nach dem Rechten!« »Dorn du im Fleische!« »Schleichendes Übel!« »Da – deine Träume!« – Und der Unselige?

Ihm war, was mit der Ketônet geschah, das Entsetzlichste und Unfaßlichste von allem; es war ihm schmerz- und grauenhafter, als alle verbeulende Unbill, die nebenherlief. Er trachtete verzweifelt, das Gewand zu bewahren, die Trümmer und

Lappen davon noch an sich zu halten, schrie mehrmals auf: »Mein Kleid!« und bettelte in Ängsten der Jungfräulichkeit: »Zerreißt es nicht!« noch, als er schon nackend war. Denn die Entschleierung geschah allzu gewalttätig, als daß sie sich eben nur auf den Schleier hätte beschränken können. Hemdrock und Schurz gingen mit herunter, ihre Fetzen lagen vermengt mit denen des Kranzes, des Schleiers im Moose umher, und auf den Bloßen, das Gesicht mit den Armen notdürftig Deckenden gingen die Schläge des Haufens – »Neigen sich, neigen sich!« »Da – deine Träume!« – erbarmungslos nieder, abgelenkt und in ihrer Wirkung ein wenig beeinträchtigt einzig vom großen Ruben, der immer fortfuhr, den Gestoßenen zu spielen und dabei die anderen von Joseph fortzustoßen, indem er so tat, als seien sie ihm hinderlich, seinerseits recht nach Lust und Wut auf das Opfer einzuschlagen. »Dorn du im Fleische!« »Schleichendes Übel!« rief auch er. Dann aber rief er etwas anderes, was der Augenblick ihm eingab, rief es laut und wiederholt, damit alle es hörten und ihre Sinnlosigkeit davon lenken ließen: »Binden! Ihn binden!« »An Händen und Füßen!« Es war eine neue Parole, die er da ausgab, neu und in größter Hast zum Guten erfunden. Sie sollte der unabsehbaren Aktion ein vorläufiges Ziel setzen und eine Atempause herbeiführen, durch die Rubens angstvoller Wunsch, das Äußerste abzuwenden, etwas Zeit gewinnen würde. In der Tat, solange man beschäftigt war, Joseph zu binden, würde man ihn nicht schlagen; und wenn er gebunden lag, würde etwas vorderhand Befriedigendes getan und ein Abschnitt der Handlung erreicht sein, bei dem man zurücktreten und Weiteres zu überlegen haben würde. Dies Rubens eilige Berechnung. Und so propagierte er seine Losung mit einem verzweifelten Eifer, als bezeichne sie das einzig Zweckmäßige und Vernünftige, was jetzt zu geschehen habe, und als sei jeder ein Narr, der nicht darauf höre. »Da – deine Träume!« schrie er. »Binden – ihn binden!« »Dummköpfe ihr!«

»Rächt euch wie Tröpfe!« »Statt mich zu stoßen, bindet ihn lieber!« – »Ist denn kein Strick da?!« rief er noch einmal aus voller Kraft.

Doch. Gaddiel zum Beispiel trug einen Strick um den Leib, und er nahm ihn ab. Da ihre Köpfe leer waren, mochte Rubens Parole darin Platz nehmen. Sie fesselten den Nackten, banden ihn mit ein und demselben langen Strick an Armen und Beinen, verschnürten ihn gehörig, so daß er stöhnte, und Ruben beteiligte sich emsig an dem Werk. Als es geschehen war, trat er zurück und wischte sich aufatmend den Schweiß, als habe er's die ganze Zeit allen zuvorgetan.

Die anderen standen mit ihm, vorläufig außer Gefecht gesetzt, keuchend, in verwilderter Muße. Vor ihnen lag Rahels Sohn, kläglich zugerichtet. Er lag auf seinen gefesselten Armen, den Hinterkopf steil im Kraute, die Knie hochgezogen, mit fliegenden Rippen, zerbeult, verbleut, und über seinen von brüderlicher Wut begeiferten Körper, an dem Moos und Staub klebten, lief in schlängelnden Rinnsalen der rote Saft, der der Schönheit entquillt, wenn man ihre Oberfläche verletzt. Sein eines nicht verhauenes Auge suchte entsetzensvoll seine Mörder und schloß sich zuweilen krampfhaft wie im Reflexschutz gegen neue Gewalttat.

Die Untäter standen pustend und übertrieben ihre Erschöpfung, um die Ratlosigkeit zu verdecken, die bei keimender Besinnung sich ihrer bemächtigte. Sie ahmten den Ruben nach im Schweißwischen mit dem Handrücken, bliesen die Lippen auf und machten Gesichter, die eine der Rachetat nachklingende ungeheuer gerechte Entrüstung zum Ausdruck brachten, als wollten sie sagen: »Was auch geschehen sein möge – kann irgendein Mensch uns einen Vorwurf daraus machen?« Sie sagten es auch in Worten, die sie zu ihrer Rechtfertigung vor einander und vor jedem außer ihnen waltenden Urteil kurz ausatmend hervorstießen: »So ein Gauch!« – »So ein Dorn!« –

»Dem haben wir's gezeigt!« – »Dem haben wir's ausgetrieben!« – »Sollte man's glauben?!« – »Kommt hier daher!« – »Kommt hier daher vor uns!« – »Im bunten Rock!!« – »Uns vor die Augen!« – »Will nach dem Rechten sehn!« – »Aber *wir* sahn danach!« – »Daß er's gedenke!«

Aber indem sie dies ausstießen, regte sich – gleichzeitig in ihnen allen – ein Grauen, zu dessen Übertäubung all diese Stoßredensarten eigentlich dienen sollten; und wenn man das heimliche Grauen näher besah, so war's der Gedanke an Jaakob. Du großer Gott, was hatte man mit des Vaters Lamm gemacht – vom Zustande, in dem Rahels jungfräuliches Erbe sich befand, noch ganz zu schweigen? Wie würde der Ausdrucksvolle sich anstellen, wenn er's gewahrte oder erfuhr, wie würden sie dann bestehen vor ihm, und wie würde es ihnen allen ergehen? Re'uben dachte an Bilha. Schimeon und Levi dachten an Schekem und an Jaakobs Grimm, wie er über sie gekommen, als sie von ihrer Heldentat heimgekehrt waren. Naphtali, er besonders, hielt sich zum vorläufigen Troste gegenwärtig, daß Jaakob fünf Tage entfernt und vollkommen ahnungslos war; ja, zum ersten Male empfand Naphtali den trennenden und in Unwissenheit haltenden Raum als großen Segen. Die Raumesmacht jedoch, das begriffen alle, würde nicht aufrechtzuhalten sein. Über ein kleines mußte Jaakob alles erfahren, wenn nämlich Joseph ihm wieder vor Augen kam, und der Gefühlssturm mit zuckenden Flüchen und rollenden Donnerworten, der dann unvermeidlich war, würde nicht auszustehen sein. Sie hatten tiefe Kindesangst davor, so ausgewachsene Burschen sie waren, Angst vor dem Fluch als Gebärde und Angst vor des Fluches Sinn und Folgen. Verflucht würden sie sein allesamt, das war klar, weil sie die Hand erhoben gegen das Lamm, und endgültig-ausdrücklich würde der Gleisner über sie erhoben sein als Erberwählter!

Die Erfüllung der Schandträume – ihr eigen Werk! Genau

das also, um was der Gott durch die Schaffung vollendeter Tatsachen hätte gebracht werden sollen. Sie fingen an zu bemerken, daß der große Ruben sie dumm gemacht hatte mit seiner Parole. Da standen sie nun, und da lag der Segensdieb, leidlich gezüchtigt zwar und gebunden, aber waren das vollendete Tatsachen zu nennen? Etwas anderes, wenn Joseph dem Alten *nicht* wieder vor Augen kam, wenn dieser Vollendetes und Endgültiges erfuhr. Dann würde freilich der Jammer noch gräßlicher sein – nicht auszudenken. Aber an ihnen – das war einzurichten – würde er dann vorbeigehen. Am Halben waren sie schuldig. Am Ganzen mußten sie es nicht sein. Das überlegten sich alle gleichzeitig in ihren Köpfen, wie sie da standen – auch Ruben. Er konnte nicht umhin, diesen Sachverhalt anzuerkennen. Die Schläue, mit der er die Handlung zum Stehen gebracht, war aus seinem Herzen gekommen. Sein Verstand sagte ihm, daß zuviel geschehen war, als daß nicht mehr hätte geschehen müssen. Daß dieses Mehr zu geschehen und dennoch um Gott nicht und um keinen Preis zu geschehen hatte, bildete die Wirrnis seines Geistes. So ingrimmig und verlegen hatte des großen Ruben muskulöses Gesicht noch niemals dreingeschaut.

Jeden Augenblick fürchtete er zu hören, was unvermeidlich laut werden mußte und worauf ihm die Antwort fehlte. Da wurde es laut, und er hörte es. Einer sprach es aus, gleichviel wer; Ruben sah nicht hin, wer es zufällig war; der notwendige Gedanke war aller: »Er muß fort.«

»Fort«, nickte Ruben mit grimmiger Bestätigung. »Du sagst es. Du sagst nicht, wohin.«

»Überhaupt fort«, antwortete die Stimme. »Er muß in die Grube fahren, daß es ihn nicht mehr gibt. Es hätte ihn schon lange nicht geben dürfen, jetzt aber darf es ihn ganz und gar nicht mehr geben.«

»Ganz deiner Meinung!« versetzte Ruben mit bitterem

Hohn. »Und dann treten wir vor Jaakob, seinen Vater, ohne ihn. ›Wo ist der Knabe?‹ wird er gelegentlich fragen. ›Es gibt ihn nicht mehr‹, antworten wir dann. Sollte er aber fragen: ›Warum gibt's ihn nicht mehr?‹, so werden wir antworten: ›Wir haben ihn umgebracht.‹«

Sie schwiegen.

»Nein«, sagte Dan, »nicht so. Hört mich, Brüder, ich bin Schlange und Otter genannt, und eine gewisse Spitzfindigkeit ist mir nicht abzusprechen. So machen wir's: Wir lassen ihn in die Grube fahren, in eine Grube hinab, in den dürren Brunnen hier, halb verschüttet, darin kein Wasser ist. Da ist er in Sicherheit und beiseite gebracht und mag sehen, was seine Träume sind. Vor Jaakob aber lügen wir und sprechen sicheren Mundes: ›Wir haben ihn nicht gesehen und wissen nicht, ob's ihn noch gibt oder nicht. Wo nicht, so hat allenfalls ein reißend Tier ihn gefressen. O Jammer!‹ Wir müssen ›O Jammer!‹ hinzufügen um der Lüge willen.«

»Still!« machte Naphtali. »Er liegt ja nahebei und hört uns!«

»Was macht das?« erwiderte Dan. »Er wird's niemandem ansagen. Daß er's hört, ist ein Grund mehr dafür, daß er nicht von hier gehen darf, aber er durfte schon vorher nicht, und es geht nun alles in eins. Wir können ruhig reden vor ihm, denn er ist schon so gut wie tot.«

Ein Klagelaut kam von Joseph her, aus seiner von der Fesselung hochgezerrten Brust, auf der zart und rot die mütterlichen Sterne standen. Er weinte.

»Hört ihr's, und erbarmt es euch nicht?« fragte Ruben.

»Ruben, was soll das«, erwiderte ihm Juda, »und was redest du von Erbarmen, möge es sich auch einmischen bei dem einen oder anderen von uns so gut wie bei dir? Löscht sein Weinen in dieser Stunde es aus, daß die Kröte unverschämt war all ihrer Lebtage bis über den Himmel hinaus und uns untertreten hat beim Vater mit schändlichster Gleisnerei? Kommt

Erbarmen auf gegen das Notwendige, und ist's ein durchschlagender Grund, daß er von hier gehe und alles ansage? Also, was frommt's, vom Erbarmen zu reden, wenn sich's auch einmischt? Hat er nicht schon gehört, wie wir lügen werden vor Jaakob? Das geht über sein Leben bereits, daß er's gehört hat, und ob mit oder ohne Erbarmen, Dan sprach die Wahrheit: Er ist schon so gut wie tot.«

»Ihr habt recht«, sagte Ruben da. »Wir wollen ihn in die Grube werfen.«

Wieder weinte Joseph jammervoll auf.

»Aber er weint ja noch«, meinte einer erinnern zu müssen.

»Soll er nicht einmal mehr weinen dürfen?« rief Ruben. »Laßt ihn doch weinend in die Grube fahren, was wollt ihr mehr!«

Hier fielen Worte, die wir nicht unmittelbar wiedergeben, weil sie eine neuzeitliche Empfindlichkeit erschrecken und, eben in unmittelbarer Form, die Brüder, oder einige von ihnen, in ein übertrieben schlechtes Licht setzen würden. Es ist Tatsache, daß Schimeon und Levi sowie der gerade Gad sich erboten, dem Gefesselten kurzerhand den Garaus zu machen. Jene wollten es mit dem Stabe besorgen, ausholend mit beider Arme Kraft nach guter Kainsart, daß er hin sei. Dieser ersuchte um den Auftrag, ihm rasch mit dem Messer die Kehle zu durchschneiden, wie Jaakob einst mit den Böcklein getan, deren Fell er brauchte zum Segenstausch. Diese Vorschläge wurden gemacht, es ist nicht zu leugnen; aber es liegt nicht in unseren Wünschen, daß der Leser endgültig mit den Jaakobssöhnen zerfalle und ihnen auf immer die Verzeihung verweigere, darum lassen wir es nicht geradezu in den Worten der Brüder laut werden. Es wurde gesagt, weil es gesagt werden mußte, weil es, in unserer Sprache zu reden, in der Konsequenz der Dinge lag. Und es war wiederum nur folgerecht, daß diejenigen es über die Lippen brachten und sich dafür zur Verfügung stellten, zu deren Rolle auf Erden es am besten paßte und die damit, sozusagen, ihrem Mythus sich gehorsam erwiesen: die wilden Zwillinge und der stramme Gad.

Aber Ruben erlaubte es nicht. Es ist bekannt, daß er Widerstand leistete und nicht wollte, daß dem Joseph wie Habel oder wie den Böcklein geschah. »Dem widerspreche und widerstehe ich«, sagte er und berief sich auf seine Eigenschaft als Lea's Erster, in welcher er trotz Fall und Fluch wohl noch ein Wort mitzureden habe. Der Knabe sei ja so gut wie tot, sie hätten es selbst gesagt. Er weine nur noch etwas, das sei alles, und es genüge, ihn in die Grube zu werfen. Sie sollten ihn doch ansehen, ob das noch Joseph, der Träumer, sei, er sei ja schon unkenntlich von dem Geschehenen, woran er, Ruben, sich wie einer beteiligt habe, sich auch noch besser beteiligt hätte, wenn er nicht wäre von allen Seiten gestoßen worden. Aber das Geschehene sei eben nur ein Geschehen gewesen, kein Tun, so könne man es nicht nennen. Es sei zwar durch sie, die Brüder, geschehen, aber sie hätten's nicht getan, sondern es sei so mit ihnen dahingefahren. Jetzt aber wollten sie klaren Sinnes und nach ausdrücklichem Beschluß einen Greuel tun und die Hand wider den Knaben erheben, daß sie des Vaters Blut vergössen, während es bisher nur geflossen sei, wenn auch durch sie. Aber fließen und vergießen, das sei ein Unterschied in der Welt wie Geschehen und Tun, und wenn sie das nicht unterschieden, so seien sie am Verstande zu kurz gekommen. Ob sie als Blutgericht eingesetzt seien, fragte er, zu urteilen in eigener Sache und dann den Blutspruch auch noch selbst zu vollziehen? Nein, kein Blutvergießen, er dulde es nicht. Was ihnen nach dem Geschehenen zu tun bleibe, sei, den Knaben in die Grube zu befördern und das Weitere dem Geschehen zu überlassen.

So der große Ruben, aber es hat nie jemand geglaubt, daß er sich selbst betrog, dem Erz- und Grundunterschied von Tun und Geschehen gar so strenggläubig anhing und meinte, den

Jungen in der Grube verkommen zu lassen, das heiße nicht, die Hand wider ihn erheben. Wenn etwas später Jehuda die Frage stellte, was es denn hülfe, den Bruder zu erwürgen und sein Blut zu verbergen, so hätte er damit den Ruben nichts Neues gelehrt. Längst hat die Menschheit in Rubens Herz geblickt und gesehen, daß er nichts wollte, als Zeit gewinnen – er hätte nicht sagen können, wofür –, Zeit ganz einfach, die Hoffnung zu fristen, daß er Joseph errette aus ihrer Hand und ihn so oder so dem Vater zurückbringe. Es war die Furcht Jaakobs und grimmig verschämte Liebe zu dem Verhaßten, die ihn dies heimlich betreiben – und auf Verrat sinnen ließen an dem Brüderclan, es ist nicht anders zu nennen. Aber Re'uben, das dahinschießende Wasser, hatte allerlei gut zu machen an Jaakob von wegen Bilha's, und wenn er ihm den Joseph zurückbrachte von hier, würde dann nicht die Geschichte von damals mehr als wettgemacht, der Fluch von ihm genommen und seine Erstgeburt wiederhergestellt sein? Wir geben uns nicht die Miene, genau über Rubens Dichten und Trachten Bescheid zu wissen, und wünschen nicht, die Motive seines Betreibens zu verkleinern. Aber verkleinern wir sie denn, wenn wir als möglich anheimstellen, er habe im stillen gehofft, das Rahelskind zugleich zu erretten und zu besiegen?

Übrigens stieß er kaum auf Widerstand bei den Brüdern mit seiner Forderung, sich des Tuns zu enthalten und das Geschehen walten zu lassen. Es wäre ihnen wohl allen recht gewesen, wenn ihr Tun, solange es noch ein Geschehen war, in *einem* blinden Zuge zum Ziel geführt hätte; aber es nach der nun einmal eingetretenen Besinnungspause als reines Tun nach ausdrücklichem Blutbeschluß zu vollenden, hatte im Grund niemand Lust, auch die Zwillinge nicht, so wild sie waren, auch Gaddiel nicht, so stramm er sich gab; sie waren recht froh, daß ihnen der Auftrag, den Kopf und die Kehle betreffend, nicht zuteil wurde, sondern daß abermals Rubens Autorität und seine Parole durchschlugen: wie vorhin die des Bindens, so nun die des Brunnens.

»Zur Grube!« hieß es, und sie ergriffen den Strick, mit dem Joseph gebunden war, faßten zu da und dort und zerrten den Armen querfeldein gegen den Ort, wo sie abseits in der Trift die leere Zisterne wußten. Einige hatten sich vorgespannt, zu zerren, einige halfen seitwärts nach, und ein paar trabten hinterdrein. Re'uben trabte nicht, sondern wanderte mit langen Schritten an des Transportes Beschluß, und wenn ein Stein kam, ein böser Wurzelstumpf oder hartes Gebüsch, so griff er den Hingeschleiften an und hob ihn auf, daß er nichts Unnützes erleide.

So ging's zur Grube mit Joseph mit Hoihupp und Hoihe, denn eine Art von Lustigkeit ergriff die Brüder bei dieser Fahrt, der taube Übermut vieler bei gemeinsamem Werk, so daß sie lachten und juxten und einander Blödes zuriefen, wie etwa: sie schleppten eine Garbe, wohl gebunden, die solle sich neigen ins Loch, in den Brunnen, in die Teufe hinab. Das war aber nur, weil sie sich alle erleichtert fühlten, nicht nach dem Muster Habels oder der Böcklein tun zu müssen; und dann auch, damit sie Josephs Flehen und Wehklagen nicht hörten, der immerfort mit seiner gespaltenen Lippe jammerte:

»Brüder! Erbarmen! Was tut ihr! Macht halt! Ach, ach, wie geschieht mir!«

Das half ihm nichts, dahin ging's mit ihm im Trabe durch Kraut und Busch eine gute Strecke weit über Land bis zu einem moosigen Abhang, den ging es hinunter, und unten war ein kühler Grund, gemauert, mit Eichen- und Feigengebüsch im trümmerhaften Gemäuer und zersprungenem Fliesenboden, wo hinab einige steile und schadhafte Stufen führten: über die schleppten sie Joseph, der sich in seinen Fesseln und in ihren Armen verzweifelt zu wehren begann, denn ihm grauste vor dem Brunnen, der da gebaut war, und vor dem Loch des Brunnens, besonders aber noch vor dem Brunnenstein, der nebenbei auf den Fliesen lag, bemoost und schadhaft, bestimmt, das Loch zu verschließen. Doch wie auch Joseph sich sträubte und weinte, sein unverschlossenes Auge entsetzensvoll in des Rundes Schwärze gerichtet, – sie hißten ihn auf den Rand mit Hoihupp und Hoihe und stießen ihn gar ins Übergewicht, daß er fallen mußte, wer wußte, wie tief.

Es war tief genug, wenn auch nicht abgründig, kein bodenloser Schlund. Solche Brunnen reichen oft dreißig Meter und mehr in die Erde hinab, aber dieser war außer Benutzung und seit langem schon stark verschüttet mit Erde und Bröckelgestein, vielleicht um alten Haders willen um den Ort. Wenn es fünf Klafter waren oder sechs, die Joseph hinabmußte unter Tag, so war's schon viel, wenn auch freilich zu viel, um da je wieder emporzusteigen bei verschnürten Gliedern. Auch stürzte er mit viel Lebensvorsicht und gesammelter Achtsamkeit, fand halben Halt da und dort mit Füßen und Ellenbogen am Mauerrund, die Fahrt zum Rutschen ermäßigend, und landete leidlich unverstaucht im Schutt, zum Schrecken von allerhand Käfern, Rasseln und Kellergewürm, die solches Besuches nicht gewärtig gewesen. Während er aber, irgendwie hingefallen, da unten bedachte, wie dies gegangen sei, taten die Brüder oben das übrige mit Mannesarmen und deckten sein Haus mit dem Stein in rufender Arbeit. Denn er war wuchtig, und nicht *eines* Mannes Werk war es, ihn auf die Grube zu wälzen, sondern alle faßten sie an und teilten sich in die Arbeit, zumal sie ein Stückwerk bildete an und für sich. Denn der alte Deckel, grünlich bemoost und wohl fünf Schuh groß im Durchmesser, war in zwei Hälften zersprungen, und als sie sie einzeln aufs Rund gewälzt hatten, da schlossen sie nicht einmal, sondern klafften, und durch den Spalt, hier breit und dort schmal, fiel etwas Tageslicht in den Brunnen. Zu dem blickte Joseph auf mit seinem sehenden Auge, wie er da irgendwie hingefallen lag in runder Tiefe, nackt und bloß.

Joseph schreit aus der Grube

Die Brüder nun, nach getanem Werke, setzten sich hin auf die Stufen des Brunnengelasses, um auszuruhen, und einige zogen Brot und Käse aus ihren Gürteltaschen, daß sie ein Frühstück hielten. Levi, roh, aber fromm, gab zwar zu bedenken, daß man nicht essen solle beim Blute; aber sie erwiderten ihm, es gebe kein Blut, das sei ja der Vorteil, daß auf diese Manier Blut weder geflossen noch vergossen sei; und so aß Levi auch.

Sie kauten blinzelnd und nachdenklich. Diese Nachdenklichkeit aber betraf vorderhand etwas ganz Nebensächliches, was ihnen dennoch für den Augenblick vor allem eindrucksvoll war. Ihre Hände und Arme, die beim Begräbnis tätig gewesen, trugen die Erinnerung an die Berührung mit Josephs bloßer Haut, und diese Erinnerung war überaus zart, obgleich die Berührung so unzärtlicher Art gewesen, und teilte sich ihren Herzen als eine Weichheit mit, der sie blinzelnd nachspürten, ohne sich recht auf sie zu verstehen. Auch war nicht die Rede davon unter ihnen, sondern was sie sprachen, galt nur der Feststellung, daß Joseph nun auf die Seite gebracht und samt seinen Träumen sicher aufgehoben sei, es galt der gegenseitigen Beruhigung darüber.

»Nun gibt's ihn nicht mehr«, sagten sie. »Uff, das wäre getan, und wir können nun ruhig schlafen.« Daß sie ruhig schlafen könnten, wiederholten sie desto nachdrücklicher, je zweifelhafter ihnen die Sache war. Sie mochten schlafen des Träumers wegen, der ausgeschieden war und dem Vater nichts würde ansagen können. Aber eben in diesem beruhigenden Gedanken war der an den Vater enthalten, der vergebens auf Josephs Heimkehr warten würde, ewig vergebens, und diese Vorstellung, soviel Sicherheit sie gewährte, lud keineswegs zum Schlafen ein. Es war für sämtliche zehn, ohne Ausnahme, auch für die wilden Zwillinge, eine grauenvolle Vorstellung, denn ihre Kindesfurcht vor Jaakob, vor der Zartheit und Macht seiner Seele war die ausgeprägteste, und daß Joseph nicht würde reden können, war erkauft mit einem Angriff auf diese pathetische Seele, den sie sich nur mit Schrecken vergegenwärtigten. Was sie an dem Bruder getan, hatten sie am Ende aus Eifersucht getan; aber man weiß ja, welches Gefühl in der Eifersucht seine Verzerrung erleidet. Sah man sich freilich die geölte Roheit Schimeons und Levi's an, so mochte die Bezugnahme auf dies Gefühl reichlich unpassend erscheinen, und ebendarum brauchen wir halbe Worte. Es gibt Fälle, denen nur mit halben Worten gedient ist.

Sie grübelten kauend und blinzelnd, an Händen und Armen das Nachgefühl der Sanftheit von Josephs Haut. Ihr Nachdenken war schwer, und es wurde erschwert und gestört durch das Weinen und Betteln des Versenkten, das dumpf aus dem Grabe zu ihnen drang. Denn nach dem Fall hatten seine Sinne sich so weit wieder gesammelt, daß er sich der Notwendigkeit erinnerte, zu jammern, und er flehte von unten:

»Brüder, wo seid ihr? Ach, geht nicht fort, laßt mich nicht allein im Grabe, es ist so modrig und schauervoll! Brüder, erbarmt euch und rettet mich einmal noch aus der Nacht der Grube, darin ich verderbe! Ich bin euer Bruder Joseph! Brüder, verbergt nicht eure Ohren vor meinem Seufzen und Schreien, denn ihr tut fälschlich an mir! Ruben, wo bist du? Ruben, ich rufe deinen Namen an, unten aus der Grube! Sie haben's mißverstanden! Ihr habt's mißverstanden, liebe Brüder, so helft mir doch und erlöst mein Leben! Ich kam zu euch von Vaters wegen fünf Tagereisen weit auf Hulda, der weißen Eselin, euch Geschenke zu bringen, Sangen und Obstkuchen, ach, wie ist's fehlgeschlagen! Der Mann ist schuld, daß es fehlschlug, der Mann, der mich führte! Brüder in Jaakob, hört und versteht mich, ich kam nicht zu euch, nach dem Rechten zu sehen, dazu braucht ihr das Kind nicht! Ich kam, mich zu neigen vor euch mit Ziem und Umgangsform und nach eurem Befinden zu fragen, daß ihr heimkehrtet zum Vater! Brüder, die Träume ... War ich so ungezogen, euch Träume zu erzählen? Glaubt mir, ich habe euch vergleichsweise nur ganz bescheidene Träume erzählt, ich hätte euch ... Ach, nicht das wollt' ich sagen! Ach, ach, meine Knochen und Sehnen rechts und links und alle meine Glieder! Mich dürstet! Brüder, es dürstet das Kind, denn es hat viel Bluts verloren um eines Irrtums willen! Seid ihr noch da? Bin ich schon ganz verlassen? Ruben, laß mich deine Stimme hören! Sag ihnen, daß ich nichts ansagen werde, wenn sie mich erretten! Brüder, ich weiß, ihr denkt, ihr müßt mich in der Grube lassen, weil ich's sonst ansagen werde. Beim Gotte Abrahams, Jizchaks und Jaakobs, bei eurer Mütter Häuptern und bei Rahels Haupt, meines Mütterchens, schwöre ich euch, daß ich's nicht ansagen werde, nie und nimmer nicht, wenn ihr mich einmal noch aus der Grube errettet, nur noch dies eine Mal!«

»Ganz gewiß würde er's ansagen, wenn nicht heute, so morgen«, murmelte Juda zwischen den Zähnen, und es war keiner, der nicht diese Gewißheit geteilt hätte, Ruben nicht ausgenommen, wie sehr sie in Widerstreit liegen mochte mit seinem schwebenden Hoffen und Planen. Desto geheimer aber mußte er dieses halten und es kräftig verleugnen; darum legte er die hohlen Hände an den Mund und rief:

»Wenn du nicht still bist, so werfen wir Steine auf dich, daß du gar dahin bist. Wir wollen nichts mehr hören von dir, denn du bist abgetan!«

Als Joseph das hörte und die Stimme Rubens erkannte, entsetzte er sich und verstummte, so daß sie ungestört blinzeln und den Vater fürchten konnten. Es lag so für sie, daß Jaakobs Harren und langsames Verzweifeln, das ganze gefühlvolle Elend, das sich zu Hebron vorbereitete, sie weiter nicht hätte anzugehen brauchen, wenn sie die Absicht gehabt hätten, ihre

Selbstverbannung aufrechtzuhalten und in dauerndem Zerwürfnis mit dem Vaterherde zu leben. Das gerade Gegenteil jedoch war der Fall. Die Versenkung Josephs konnte nur einem Zwecke dienen: das Hindernis zu beseitigen, das zwischen ihnen und dem Herzen des Vaters stand, um das es ihnen allen aufs kindlichste zu tun war; und die Wirrnis bestand darin, daß sie sich gezwungen gesehen hatten, diesem zarten und machtvollen Herzen das Äußerste zuzufügen, um es für sich zu gewinnen. Tatsächlich war dies der Gesichtspunkt, unter dem sie alle zur Zeit die Dinge sahen. Nicht auf die Bestrafung des Frechen und nicht auf ihre Rache, noch auch nur in erster Linie auf die Zerstörung der Träume war es ihnen, so fühlten sie einmütig, angekommen, sondern darauf, den Weg freizumachen zum Herzen des Vaters. Er lag nun frei, und sie würden zurückkehren – ohne Joseph, wie sie ohne ihn ausgezogen waren. Wo war er? Er war ihnen nachgeschickt worden. Wird einem derjenige nachgeschickt, gegen dessen Leben der eigene Auszug eine Kundgebung war, und man kehrt ohne ihn wieder, so ist das fragwürdig. Nicht ohne ein gewisses schauerliches Recht wird einem dann die Frage nach dem Verbleibe dessen gestellt werden, ohne den man zurückkehrte. Selbstverständlich konnten sie diese Frage mit Achselzucken beantworten. Waren sie ihres Bruders Hirten? Nein, aber damit würde die Frage nicht beantwortet sein, sondern fortfahren, ihren großen, dringlich mißtrauischen Blick auf sie gerichtet zu halten, und unter diesem Blick, unter den Augen der Frage würden sie Zeugen sein des qualvollen Harrens, dessen Vergeblichkeit ihnen bekannt war, und des langsamen Verzweifelns, worein es der Natur der Dinge nach einzig ausgehen konnte. Das war eine Pönitenz, davor ihnen graute. Sollten sie also außenbleiben, bis die Hoffnung ausgebrannt sein und das Harren sich in die Erkenntnis ergeben haben würde, daß Joseph nicht wiederkehrte? Das würde lange währen, denn Harren ist zäh, und unterdessen konnte leicht die Frage sich selbst beantworten und für sie alle zum Fluche werden. Worauf es ankam, war offenbar, des Knaben Nimmerwiederkehr sofort und kurzerhand auf eine Weise klipp und klar zu stellen, die den Reinigungsbeweis für sie, die Verdächtigen, in sich trug. Dies arbeitete in ihnen allen, und in Dan, der Schlange und Otter genannt wurde, gedieh es zum Vorschlag. Denn er zog seine eigenen Gedanken von früher, man müsse dem Alten beibringen, ein wildes Tier habe Joseph geschlagen, mit gewissen Anregungen Gads und seiner Erinnerung an die Böcklein zusammen, die Jaakob einst zum Segenstausche geopfert, und sagte:

»Hört auf mich, Brüder, ich tauge zum Richter und weiß, wie wir's machen! Denn wir nehmen ein Tier der Herde und tun es ab mit Kehlschnitt, daß dahinläuft das Blut. In das Blut aber des Tieres tauchen wir das Ärgernis, das bunte Kleid, Rahels Brautgewand, das zerfetzt am Platze liegt. Das bringen wir vor Jaakob und sprechen zu ihm: ›Dies haben wir gefunden auf der Flur, zerrissen und voll Bluts. Ist es nicht deines Sohnes Kleid?‹ Dann mag er seine Schlüsse ziehn aus des Kleides Zustand, und es wird sein, als wiese ein Hirte dem Herrn die Reste des Schafes vor, das ein Löwe geschlagen: so ist er gereinigt und braucht sich nicht einmal freischwören von Schuld.«

»Still doch!« murmelte Juda, peinlich berührt. »Er hört es ja unterm Stein, was du sagst, und versteht, wie wir's machen wollen!«

»Was schadet's?« erwiderte Dan. »Soll ich flüstern und lispeln um seinetwillen? Das geht alles über sein Leben hinaus und ist unsere Sache, aber nicht seine mehr. Du vergißt, daß er so gut wie tot ist und abgetan. Wenn er's versteht und auch dies versteht, was ich jetzt mit ungekünstelter Stimme sage, so ist's gut bei ihm aufgehoben. Niemals haben wir frei und unbedacht reden dürfen, wenn er unter uns war, denn wir mußten gewärtig sein, daß er's dem Vater anzeigte und wir in die Asche kamen. Das ist's ja eben, daß wir ihn endlich unter uns haben als unsern Bruder, dem wir vertrauen mögen, und darf alles hören, so daß ich ihm eine Kußhand zuwerfen möchte in die Grube. Was dünkt euch also von meiner Eingebung?«

Sie wollten reden darüber, aber Joseph fing wieder zu jammern an und zu flehen und beschwor sie weinend von unten, es nicht zu tun.

»Brüder«, rief er, »tut's nicht mit dem Tiere und mit dem Kleide, tut es dem Vater nicht an, denn er übersteht's nicht! Ach, ich bitte euch nicht für mich, Leib und Seele sind mir gebrochen, und ich liege im Grabe. Schont aber den Vater und bringt ihm das blutige Kleid nicht, er ist des Todes! Ach, wenn ihr wüßtet, wie er mich verwarnt hat in seiner Bangigkeit von wegen des Löwen, wenn er mich alleinfand bei Nacht, und nun soll ich gefressen sein! Wenn ihr gesehen hättet, wie er mich abgefertigt zur Reise mit ängstlicher Sorgfalt, ich aber hielt es ihm lässig zugute! Weh mir, es ist wohl unklug, daß ich euch von seiner Liebe spreche zum Kinde, aber was soll ich tun, liebe Brüder, und wie mir raten, daß ich euch nicht reize? Warum ist doch mein Leben verschlungen mit dem seinen, daß ich euch nicht beschwören kann, seines zu schonen, ich bäte denn auch um meines? Ach, liebe Brüder, hört mein Weinen und tut seiner Bangigkeit das Schrecknis nicht an mit dem blutigen Kleide, denn seine weiche Seele erträgt's nicht, und er fällt auf den Rücken!«

»Nun«, sagte Ruben, »das steh' ich nicht aus, es ist unerträglich.« Und er stand auf. »Gefällt's euch, so gehen wir anderswohin und weiter weg. Man kann nicht reden bei seinem Jammern und sich nicht bedenken bei seinem Geschrei aus der Tiefe. Kommt zu den Hütten!« Er sagte es zornig, damit die Blässe seines muskelstarken Gesichtes aussähe wie Zornesblässe. Aber sie rührte daher, daß er erkannte, wie recht der Knabe mit seiner Angst hatte um den Vater. Denn auch er sah es kommen, daß dieser buchstäblich und ohne Redensart auf den Rücken fallen werde bei des Kleides Anblick. Daneben aber und ganz besonders hatte es dem Ruben die Wahrnehmung angetan, daß Joseph des Vaters gedachte in seiner Not und angstvolle Fürbitte einlegte für die Weichheit seiner Seele, – für diese vor allem und für sich selbst erst um ihretwillen. Schob er wohl jenen nur vor, um sich selbst zu bewahren, und deckte sich hinter ihm nach alter Gewohnheit? Nein, nein, es war anders diesmal. Ein anderer Joseph schrie hier unterm Steine hervor als der, den er einst an den Schultern geschüttelt, um ihn zu erwecken aus eitler Torheit. Was ihm nicht gelungen mit seinem Schütteln, das hatte offenbar der Sturz in die Grube vermocht: Joseph war aufgewacht, er bat für des Vaters Herz, er spottete dieses Herzens nicht mehr, sondern trug Reue und Sorge darum; und diese Entdeckung bestärkte den großen Ruben außerordentlich in seinen schwebenden Vorsätzen, machte ihm aber gleichzeitig ihre rat- und heillose Unbestimmtheit doppelt empfindlich.

Daher seine Blässe, als er aufstand und alle aufforderte, mit ihm den Ort zu verlassen, wo Joseph geborgen war. Sie taten es auch. Zusammen gingen sie weg von da, die Schleierfetzen aufzulesen am Ort der Verprügelung, sie zu den Zelten zu bringen und dort zu beratschlagen über die Eingebung Dans. So blieb Joseph allein.

In der Höhle

Es war ihm in der Seele schrecklich, in seinem Loche allein zu bleiben, und des längeren noch jammerte er hinter den Brüdern drein und flehte sie an, ihn nicht zu verlassen. Er wußte aber kaum, was er rief und weinte, und zwar, weil seine eigentlichen Gedanken nicht bei diesen mechanischen und oberflächlichen Bitten und Klagen waren, sondern unterhalb ihrer;

und unter den eigentlichen gingen wieder noch eigentlichere dahin als ihre Schatten und Bässe im Tiefenstrom, so daß das Ganze einer bewegten Musik glich, senkrecht zusammengesetzt, von deren Führungen oben, mitten und unten sein Geist gleichzeitig in Anspruch genommen war. Dies bot auch die Erklärung dafür, daß er sich beim Flehen einen solchen Fehler hatte entschlüpfen lassen wie den: er habe den Brüdern nur sehr bescheidene Träume erzählt, verglichen mit anderen, die er auch noch geträumt. Dies auch nur einen Augenblick für einen mildernden Umstand zu halten, konnte nur jemandem unterlaufen, dessen Gedanken nicht voll bei dem waren, was er sagte, sondern in dem Mehreres vorging, und so war es mit Joseph.

Vieles ging in ihm vor schon seit dem ungeahnten und entsetzlichen Augenblick, da die Brüder auf ihn gefallen waren wie Wölfe und er mit dem Auge, das sie ihm nicht sogleich mit den Fäusten verschlossen, in ihre wut- und gramverzerrten Mienen geblickt hatte. Diese Mienen waren recht nahe an seinem Gesicht gewesen, während die Tobenden ihm mit Nägeln und Zähnen das Bildkleid vom Leibe rissen, – schrecklich nahe, und die Qual des Hasses, die er darin hatte lesen können, hatte den Hauptanteil gehabt an dem Grauen, das er unter ihren Mißhandlungen empfunden. Selbstverständlich hatte er sich grenzenlos gefürchtet und vor Schmerzen geweint unter ihren Schlägen; Furcht und Schmerzen aber waren von Mitleid ganz durchtränkt gewesen mit der Hassesqual, die er in den übernahen, wechselnd vor ihm auftauchenden, schwitzenden Masken gelesen, und das Mitleid mit einer Pein, als deren Urheber wir uns bekennen müssen, kommt der Reue gleich. Ruben hatte ganz recht gehabt mit seiner Wahrnehmung: Diesmal war Joseph so derb geschüttelt worden, daß seine Augen sich aufgetan hatten und er sah, was er angerichtet – und daß er es angerichtet. Während er zwischen den Fäusten der Wütenden dahin und dorthin flog und sein Kleid verlor; während er gefesselt am Boden lag und dann während seines argen Transportes zum Brunnenhause waren seine Gedanken in aller Schreckensbetäubung nicht stillgestanden; sie waren keineswegs nur bei der fürchterlichen Gegenwart gewesen, sondern in großer Hast zurückgeflattert über eine Vergangenheit hin, in der dies alles, verborgen seiner Vertrauensseligkeit und doch auch wieder ihr halb und frech bewußt, sich vorbereitet hatte.

Mein Gott! die Brüder! Wohin hatte er sie gebracht? Denn er begriff, daß er sie so weit gebracht hatte: durch viele und große Fehler, die er in der Voraussetzung begangen, daß jedermann ihn mehr liebe als sich selbst, – dieser Voraussetzung, an die er geglaubt und doch auch wieder nicht ganz wirklich geglaubt, nach der er aber jedenfalls gelebt und die ihn, das erkannte er klar und deutlich, in die Grube gebracht hatte. In den verzerrten und schwitzenden Masken der Brüder hatte er es mit seinem einen Auge deutlich gelesen, daß dies eine über Menschenkraft gehende Voraussetzung gewesen war, mit der er ihre Seelen durch lange Zeit überanstrengt und ihnen großes Leid zugefügt hatte, bis es nun endlich zu diesem für ihn und zweifellos auch für sie so fürchterlichen Ende gediehen war.

Arme Brüder! Was mußten sie ausgestanden haben, bis daß sie sich verzweiflungsvoll an des Vaters Lamm vergriffen und es tatsächlich in die Grube geworfen hatten! In welche Lage hatten sie sich damit gebracht, – von seiner eigenen zu schweigen, die freilich hoffnungslos war, wie er sich schaudernd eingestand. Denn daß er, dem Vater zurückgegeben, reinen Mund halten und nicht alles ansagen werde, das würde er ihnen niemals glaubhaft machen können, weil es nicht glaubhaft war, ihm selber auch nicht, – und also mußten sie ihn in der Grube lassen, daß er darin verdurbe, es blieb ihnen gar nichts anderes übrig. Das sah er ein, und desto verwunderlicher mag es scheinen, daß das Grauen vor dem eigenen Schicksal in seiner Seele

Raum ließ für Mitleid mit seinen Mördern. Dennoch ist dies der erwiesene Sachverhalt. Joseph wußte genau und gestand es sich, wie er da auf dem Brunnengrunde saß, offen und ehrlich ein, daß jene unverschämte »Voraussetzung«, nach der er gelebt, ein Spiel gewesen war, an das er selber nicht ernstlich geglaubt hatte, noch hatte glauben können, und daß er, um nur hiervon zu reden, den Brüdern die Träume nie und nimmer hätte erzählen dürfen, – es war ganz unmöglich und über jede Statthaftigkeit taktlos gewesen. Daß es das war, darüber war er sich auch, wie er nun zugab, im stillen und geheimen jederzeit und auch im Augenblick, da er also handelte, vollkommen im klaren gewesen, – und dennoch hatte er es getan. Warum? Es hatte ihn unwiderstehlich gejückt, so zu tun; er hatte es tun müssen, weil Gott ihn eigens so geschaffen hatte, daß er es täte, weil Er es mit ihm und durch ihn also vorgehabt hatte, mit einem Wort, weil Joseph in die Grube hatte kommen sollen – und, ganz genau gesagt, hatte kommen wollen. Wozu? Das wußte er nicht. Allem Anscheine nach, um zu verderben. Aber im Grunde glaubte Joseph das nicht. Im Untersten war er überzeugt, daß Gott weiterschaute als bis zur Grube, daß Er es weittragend vorhatte wie gewöhnlich und einen zukünftigfernen Zweck verfolgte, in dessen Diensten er, Joseph, die Brüder hatte zum Äußersten treiben müssen. Sie waren die Opfer der Zukunft, und sie taten ihm leid, so schlecht es dabei auch ihm selber ging. Sie würden dem Vater das Kleid schicken, die Unseligen, nachdem sie es im Blute des Böckleins gleichwie in seinem gewälzt, und Jaakob würde auf den Rücken fallen. Bei diesem Gedanken trieb es den Joseph fliegend auf, den Vater zu schützen vor solchem Anblick – mit dem einzigen Ergebnis natürlich, daß er, gestochen von Schmerzen wie von Tierbissen, in seinen Fesseln zurücksank an die Brunnenmauer und wieder zu weinen begann.

Er hatte schlimme Muße, zu weinen, Angst, Reue und Mitleid zu erproben und, an seinem Leben verzweifelnd, dennoch insgeheim an Gottes heilsweise Zukunftszwecke zu glauben. Denn, grausam zu sagen, drei Tage sollte er im Gefängnis bleiben, drei Tage und Nächte nackt und bloß und verschnürt dort unten im Moder und Staube, bei den Rasseln und Würmern des Brunnengrundes, ohne Labe noch Letzung, ohne Trost und jedwede vernünftige Hoffnung, je wieder ans Licht zu gelangen. Wer es erzählt, dem muß daran liegen, daß man sich's recht vorstelle und mit Schaudern sich ausmale, was es bedeutete, für ein Vatersöhnchen zumal, das sich so äußerst Hartes nie hatte träumen lassen: wie elendsvoll ihm die Stunden schwanden, bis sein kümmerlicher Tagesanteil im Spalt des Steines erstarb und statt dessen ein mitleidiger Stern seinen demantenen Strahl zu ihm hinabsandte ins Grab; wie neues Oberlicht dort zweimal erwachte, ärmlich verharrte und wieder verging; wie er in der Dämmerung inständig hinaufspähte an den gerundeten Wänden des Hauses, ob denn nicht an ein Aufwärtsentkommen mit Hilfe schadhafter Mauerstellen und in den Fugen wurzelnden Buschwerks allenfalls hoffnungsweise zu denken sei, – da doch der deckende Stein und die Fessel, schon einzeln und nun gar im Verein, jede Hoffnung im Keim erstickten; wie er sich in dem Stricke wand, um eine minder peinvolle Lage und Sitzart ausfindig zu machen, die, wenn auch zur Not gefunden, binnen kurzem unerträglicher war als die vorige; wie Durst und Hunger ihn quälten und seines Magens Leere ihn im Rücken schmerzte und brannte; wie er sich gleich dem Schafe mit seinem eigenen Unrat besudelte und darin nieste und fröstelte, daß ihm die Zähne schnatterten. Höchlich ist es uns darum zu tun, jedermann zur lebendig-wirklichen Einbildung so umfassender Unannehmlichkeiten anzuhalten. Und doch ist es auch wieder unsere Sache, abzuwiegeln und, eben um des Lebens und der Wirklichkeit willen, dafür zu sorgen, daß sich die Einbildungskraft nicht übernehme und nicht ins Leer-Gefühlvolle sich verliere. Wirklichkeit ist nüchtern – in ihrer Eigenschaft eben als Wirklichkeit. Inbegriff des Tatsächlichen und Unleugbaren, womit wir uns abzufinden und zu verständigen haben, dringt sie auf Anpassung und richtet sich rasch ihren Mann nach Bedürfnis zu. Leicht sind wir hingerissen, eine Lage unerträglich zu nennen: es ist der Einspruch stürmisch empörter Menschlichkeit, wohlgemeint und auch wohltuend für den Leidenden. Doch macht er sich leicht auch wieder vor diesem, dessen Wirklichkeit das »Unerträgliche« ist, ein wenig lächerlich. Der Mitfühlend-Empörte steht zu dieser Wirklichkeit, da sie ja nicht die seine ist, in einem gefühlvoll-unpraktischen Verhältnis; er versetzt sich in die Lage des anderen, wie er da ist: ein Phantasiefehler, denn eben vermöge seiner Lage ist ja jener nicht mehr wie er. Was heißt denn auch »unerträglich«, wenn's doch ertragen werden muß und gar nichts anderes übrigbleibt, als es zu tragen, solange der Mensch bei Sinnen ist?

Voll und klar bei Sinnen nun aber war Jung-Joseph schon längst nicht mehr, schon seit dem Augenblick nicht, seit die Brüder vor seinen Augen zu Wölfen geworden. Was über ihn hereingebrochen war, hatte ihn sehr benommen und jene Herabminderungen bewirkt, die das »Unerträgliche« braucht, um ertragen zu werden. Die Prügel, die er erhalten, waren betäubend gewesen, die unglaubwürdige Beförderung ins Brunnenloch desgleichen. Der damit herbeigeführte Zustand war schmerzhaft-verzweifelt, aber die Schreckensgeschehnisse waren damit doch wenigstens zum Stillstand gekommen, zu einer gewissen Befestigung gediehen, und seine Lage hatte, wieviel gegen sie einzuwenden sein mochte, zum mindesten den Vorzug der Sicherheit. Geborgen in der Erde Schoß, brauchte er weitere Gewaltsamkeiten nicht zu fürchten und hatte Muße zu jener Gedankenarbeit, die seine leiblichen Beschwerden zeitweise fast ganz aus seinem Bewußtsein schaltete. Die Sicherheit ferner (wenn dieses Wort angesichts wahrscheinlichen, ja so gut wie gewissen Todes erlaubt ist; aber der Tod ist für irgendeinen Zeitpunkt immer gewiß, und doch fühlen wir uns sicher), das Sicherheitsgefühl also begünstigte den Schlaf. Josephs Erschöpfung war so groß, daß sie die horrende Unbequemlichkeit aller Umstände übermochte und ihn in Schlaf senkte, so daß er durch längere Zeitstrecken nichts oder wenig von sich wußte. Erwachte er dann, so mischte sich sein Erstaunen über die Erquickung, die der Schlaf ganz auf eigene Hand, ohne Beihilfe von Speise und Trank zu gewähren vermag (denn Nahrung und Schlaf können eine Weile für einander eintreten), mit dem Entsetzen über das Immer-noch-Andauern seines Elendes, das ihm auch im Schlaf nicht ganz aus dem Sinn gekommen war, dessen Strenge sich aber übrigens, wenn auch nur sozusagen, ein wenig zu lockern begonnen hatte. Es gibt keine Strenge und Angezogenheit, die nicht auf die Dauer denn doch etwas nachließe und kleine Zugeständnisse an die Bewegungsfreiheit gewährte. Wir denken an den Strick und daran, daß seine Züge und Knoten am zweiten und dritten Tage nicht mehr genau die Straffheit der ersten Stunde bewahrten, sondern einiges darangegeben und sich zu einem gewissen Entgegenkommen gegen die Bedürfnisse der armen Glieder bequemt hatten. Auch dies wird gesagt, um das Mitleid aufs Nüchtern-Wirkliche abzustimmen. Selbst wenn man hinzufügt, daß Joseph natürlich immer schwächer wurde, geschieht es nur einesteils, um das Mitleid auch wieder wach zu halten und die Besorgnis nicht ausgehen zu lassen; denn anderenteils bedeutete diese zunehmende Schwäche und Abnahme ja auch wieder eine praktische Milderung seiner Leiden, so daß es ihm, von ihm selbst aus betrachtet, je länger die Lage währte, sozusagen immer besser ging, da er ihrer Elendigkeit schließlich kaum noch gewahr wurde.

Seine Gedanken aber arbeiteten bei fast vergessenem Leibesleben immer rege fort, und zwar dergestalt, daß in dem musikalischen Körper, den sie darstellten, jene »Schatten und Bässe«, die zuunterst waren, dank seiner träumerischen Schwäche immer stärker hervortraten und zuletzt die Oberstimmen fast ganz und gar übertönten. Oben führte die Todesfurcht, die sich, solange die Brüder nahe gewesen, in dringlichstem Jammer und Flehen ergossen hatte. Warum war sie, seit sich die Zehn entfernt, nach außen hin ganz verstummt, und warum ließ Joseph keinen Not- und Hilferuf mehr aufs Geratewohl aus seiner Tiefe ergehen? Die Antwort ist: weil er es völlig vergaß über der Vordringlichkeit von Gedankengängen, die wir schon andeuteten und welche die Erklärung seines jähen Sturzes, die Vergangenheit, die vielleicht gottgewollten, aber darum nicht weniger großen und schweren Fehler der Vergangenheit betrafen.

Das Kleid, das die Brüder ihm abgerissen, und zwar schauerlicherweise zum Teil mit den Zähnen, spielte eine hervorstechende Rolle dabei. Daß er sich nicht hätte darin vor ihnen spreizen, ihnen den Anblick seines Besitzertums nicht hätte aufdrängen, vor allen Dingen jetzt und hier nicht hätte darin vor sie hintreten dürfen, leuchtete ihm so überwältigend ein, daß er sich mit der Hand hätte vor den Kopf schlagen mögen, wenn nicht die Fessel das verhindert hätte. Aber während er es im Geiste tat, gestand er sich zugleich die Sinnlosigkeit und sonderbare Heuchelei dieser Gebärde ein; denn es war ja klar, daß er dies immer gewußt und dennoch so gehandelt hatte. Staunend blickte er in das Rätsel selbstverderberischen Übermuts, das ihm durch sein eigenes vertracktes Benehmen aufgegeben war. Es zu lösen, ging über seinen Verstand, aber es geht über jeden, weil allzuviel Unberechenbares, Widervernünftiges und vielleicht Heiliges darin einschlägig ist. Wie er gezittert hatte, daß Jaakob nur nicht möchte im Tischbeutel die Ketônet entdecken – gezittert vor seiner Errettung! Denn er hatte den Vater ja nicht betrogen, seine Gedächtnisschwäche ausgenutzt und heimlich das Erbe eingepackt, weil er über die Wirkung, die des Schleiers Anblick auf die Brüder ausüben mußte, anderer Meinung gewesen wäre als jener. Er war ganz derselben Meinung gewesen und hatte ihn trotzdem eingepackt. War das zu enträtseln? Aber da er nicht vergessen hatte, für sein Verderben zu sorgen – warum hatte Jaakob vergessen, ihm vorzubeugen? Auch hier lag ein Rätsel. Daß er den bunten Rock zu Hause ließe, hatte der Liebe und Angst des Vaters ebenso wichtig sein müssen, wie es seiner, Josephs, Begierde wichtig gewesen war, ihn mitzuschmuggeln. Warum hatte die Liebe und Angst sich etwas so Wichtiges nicht in den Sinn kommen lassen und verabsäumt, der Begierde einen Strich durch die Rechnung zu machen? Wenn es dem Joseph gelungen war, das Prunkstück im Zelte dem Alten abzulisten, so nur, weil sie *ein* Spiel spielten und weil Jaakob das Kleid dem Sohne ebenso wünschte, wie dieser es für sich begehrte. Die Nutzanwendung war bald gezogen. Zusammen hatten sie das Lamm in die Grube gebracht, und nun würde Jaakob auf den Rücken fallen.

Das mochte er wohl tun und danach die großen, gemeinsam begangenen Fehler der Vergangenheit bedenken, wie Joseph es tat hier unten. Aufs neue gestand er sich, daß seine Schwüre, er würde dem Vater gewiß nichts anzeigen, falls er ihm einmal noch zurückgegeben werde, nur aus oberflächlicher Angst gekommen waren um sie beide und daß er ihm vielmehr, wenn der alte Zustand von vor der Grube sich wiederherstellte – was Joseph natürlich mit einem Teil seines Wesens inständig wünschte –, unfehlbar und unvermeidlich alles anzeigen werde, so daß die Brüder in die Asche kommen würden. Daher wünschte er mit einem anderen Teil seines Wesens die Wiederherstellung nicht, die übrigens ausgeschlossen war – er war einig mit seinen Brüdern in diesem Punkt, so einig, daß er Lust hatte, die Kußhand zu erwidern, die Dan ihm hatte in die Grube senden wollen, weil es zum ersten Male mit ihnen war wie unter Brüdern und er alles hören durfte, auch das von dem Blute des Böckleins, das für sein Blut gelten sollte, denn es ging über sein Leben hinaus und war bei ihm aufgehoben als wie im Grabe.

Dans Äußerung, daß man vor Joseph reden könne wie man wollte, da jedes Wort nur noch die Unmöglichkeit seiner Heimkehr verstärke, und daß man also geradezu gut tue, solche Dinge vor ihm zu sagen, die über sein Leben hinausgingen, weil man ihn damit fest an die Unterwelt band, wie einen Totengeist, vor dem man sich fürchtete, hatte starken Eindruck auf Joseph gemacht, und in seinen Gedanken spielte sie die Rolle des Gegenstücks und der Umkehrung der bisherigen Voraussetzung seines Lebens, daß er seinerseits auf niemanden Rücksicht zu nehmen brauche, weil jedermann ihn mehr liebe als sich selbst. Nun war es an dem, daß man auf ihn nicht mehr Rücksicht zu nehmen brauchte, und diese Erfahrung bestimmte den Gang jener Schatten und Bässe seiner Gedanken, die unter den oberen und mittleren liefen und, je schwächer er wurde, ein desto sonoreres Übergewicht über die Oberstimmen gewannen.

Sie hatten aber schon früher, zusammen mit den anderen, ihren Gang angetreten: Schon gleich, als das Herausgefordert-Ungeahnte Wirklichkeit geworden, als er, von Kopfnüssen und Stübern getroffen, zwischen den Brüdern hin und her geflogen war und sie ihm das Bildkleid mit Nägeln und Zähnen vom Leibe gerissen hatten, – von Anfang an also hatten sie mitgesprochen, und mitten im prasselnden Entsetzen hatte sein Ohr zum guten Teil ihnen gehört. Verfehlt wäre die Annahme, daß Joseph unter so tödlich ernsten Umständen aufgehört hätte zu spielen und zu träumen, – wenn unter solchen Umständen zu spielen und zu träumen noch spielen und träumen heißt. Er

war Jaakobs wahrhafter Sohn, des Würdig-Sinnenden, des
Mannes mythischer Bildung, der immer wußte, was ihm geschah, der in allem irdischen Wandel zu den Sternen blickte
und immer sein Leben ans Göttliche knüpfte. Eingeräumt, daß
Josephs Art, seinem Leben durch die Anknüpfung ans Obere
Richtigkeit und Wirklichkeit zu verleihen, ein anderes, weniger gemüthaftes, sondern witzig berechnenderes Gepräge trug
als in Jaakobs Fall: mit der Überzeugung, daß ein Leben und
Geschehen ohne den Echtheitsausweis höherer Wirklichkeit,
welches nicht auf Heilig-Bekanntem fußt und sich darauf
stützt, sich in nichts Himmlischem zu spiegeln und sich darin
wieder zu erkennen vermag, überhaupt kein Leben und Geschehen ist; mit der Überzeugung also, daß das Untere gar
nicht zu geschehen wüßte und sich selber nicht einfiele ohne
sein gestirnhaftes Vorbild und Gegenstück, war es auch ihm
vollkommen ernst, und die Einheit des Doppelten, die Gegenwart dessen, was umschwingt, die Vertauschbarkeit von Oben
und Unten, so daß eins sich ins andere wandelt und Götter zu
Menschen, Menschen aber zu Göttern werden können, bildete
auch seines Lebens Hauptgewißheit. Nicht umsonst war er der
Schüler Eliezers, des Alten, der auf so kühne und freie Art »Ich«
zu sagen wußte, daß der Blick sich sinnend an seiner Erscheinung brach. Die Durchsichtigkeit des Seins, sein Charakter als
Wiederholung und Rückkehr des Urgeprägten – dieses Grund-
bekenntnis war Fleisch und Blut auch in ihm, und jede geistige
Würde und Bedeutung schien ihm an dergleichen Selbstgefühl
gebunden. Das war in der Ordnung. Was nicht mehr ganz in
der Ordnung war und vom Würdig-Bedeutenden spielerisch
abartete, war Josephs Neigung, aus der allgemeinen Denkein-
richtung Nutzen zu ziehen und auf dem Wege bewußter
Selbstbeeinflussung die Leute damit zu blenden.

Er hatte achtgegeben vom ersten Augenblick an. Man möge
es glauben oder nicht, aber im verstörtesten Trubel der Über-

rumpelung, im schlimmsten Drange der Angst und Todesnot hatte er geistig die Augen aufgemacht, um zu sehen, was »eigentlich« geschah. Nicht als ob Angst und Not darum geringer geworden wären; aber auch eine Art von Freude, ja von Gelächter war ihnen dadurch zugekommen, und eine verstandesmäßige Heiterkeit hatte das Entsetzen der Seele durchleuchtet.

»Mein Kleid!« hatte er aufgeschrien und in bedeutendem Schrecken gebettelt: »Zerreißt es nicht!« Ja, sie hatten es ihm zerrissen und abgerissen, das Mutterkleid, das auch des Sohnes war, so daß beide es trugen im Austausch und eins wurden durch den Schleier, Gott und Göttin. Entschleiert hatten die Rasenden ihn ohne Erbarmen – wie Liebe die Braut entschleiert im Bettgemach, so hatte ihm ihre Wut getan und hatten ihn nackend erkannt, so daß Todesscham ihn durchschauert hatte. In seinem Geist wohnten die Gedanken »Entschleierung« und »Tod« nahe beisammen, – wie hätte er nicht in Ängsten die Fetzen des Kleides an sich halten und bitten sollen: »Zerreißt es nicht!«, und wie hätte nicht zugleich Verstandesfreude ihn erfüllen sollen über die Bewährung, die jene Gedankenverbindung durch das Geschehen erfuhr, darin sie sich vergegenwärtigte? Keine Not des Fleisches und der Seele konnte die Aufmerksamkeit seines Geistes ertöten auf die sich häufenden Anspielungen, mit denen das Geschehen sich als höhere Wirklichkeit, als durchsichtig und urgeprägt, als Gegenwart im Umschwung, kurz als gestirnhaft zu erkennen gab. Und diese Aufmerksamkeit war sehr natürlich, da es um Sein und Selbigkeit ging bei den Anspielungen, um den Durchblick seines Ich, den er dem Ruben neulich zu dessen größter Verblüffung ein wenig geöffnet hatte und der sich im Gang der Geschehnisse mehr und mehr erhellte. Er hatte jammervoll aufgeweint, als der große Ruben seine Zustimmung gegeben hatte, daß man ihn in die Grube würfe; im gleichen Augenblick aber hatte sein Verstand gelacht wie über einen Witz, denn das gebrauchte Wort war geladen mit Anspielungen: »Bôr« hatten die Brüder gesagt in ihrer Sprache und hatten sich einsilbig-vielsinnig damit ausgedrückt; denn die Silbe enthielt den Begriff des Brunnens sowohl wie den des Gefängnisses, und dieser wieder hing so nahe mit dem des Unteren, des Totenreiches zusammen, daß Gefängnis und Unterwelt ein und derselbe Gedanke und eines nur ein anderes Wort fürs andere war, zumal auch der Brunnen bereits in seiner Eigentlichkeit dem Eingang zur Unterwelt gleichkam und sogar noch durch den runden Stein, der ihn zu bedecken pflegte, auf den Tod deutete; denn der Stein deckte sein Rund wie der Schatten den Dunkelmond. Was für Josephs Verstandesaufmerksamkeit durchs Geschehen schimmerte, war das Urvorbild des Gestirntodes: des toten Mondes, den man nicht sieht drei Tage lang vor seinem zarten Wiedererstehen, des Sterbens der Lichtgötter zumal, die der Unterwelt verfallen für einige Zeit; und als das Gräßliche Wirklichkeit wurde, die Brüder ihn aufs Brunnenrund und auf den Rand der Grube hißten und er hinab mußte unter Tag mit angespannter Geschicklichkeit, da war seinem wachsamen Witz die Anspielung völlig deutlich gewesen auf den Stern, der am Abend ein Weib ist und am Morgen ein Mann und der in den Brunnen des Abgrundes hinabsinkt als Abendstern.

Es war der Abgrund, in den der wahrhafte Sohn steigt, er, der eins mit der Mutter ist und mit ihr das Gewand trägt im Austausch. Es war der unterirdische Schafstall, Etura, das Reich der Toten, darin der Sohn Herr wird, der Hirte, der Dulder, das Opfer, der zerrissene Gott. Zerrissen? Sie hatten ihm nur die Lippe zerrissen und die Haut da und dort, aber das Kleid hatten sie ihm abgerissen und es zerrissen mit Nägeln und Zähnen, die roten Mörder und Verschwörer, seine Brüder, und würden es in das Blut eines Ziegenbocks tauchen, das für sein Blut gelten sollte, und es vor den Vater bringen. Gott forderte vom Vater das Opfer des Sohnes, – von dem Weichen, der schaudernd bekannt hatte, daß er »es nicht vermöchte«. Der Arme, er würde es wohl vermögen müssen, und es sah Gott gleich, daß er wenig Rücksicht nahm auf das, was der Mensch sich zutraute.

Hier weinte Joseph in seinem durchsichtigen Elend, das der Verstand überwachte. Er weinte über den armen Jaakob, der es würde vermögen müssen, und über das Todesvertrauen der Brüder. Er weinte vor Schwäche und Benommenheit von den Dünsten des Brunnens, aber je kläglicher sein Zustand sich im Laufe der zweiundsiebzig Stunden gestaltete, die er hier unten verbrachte, desto stärker traten die Unterstimmen seiner Gedanken hervor, und desto täuschender spiegelte seine Gegenwart sich im Vorbildlich-Himmlischen, so daß er am Ende Oben und Unten überhaupt nicht mehr unterschied und in träumerischer Todeshoffärtigkeit nur noch die Einheit des Doppelten sah. Mit Recht mag das als Maßnahme der Natur verstanden werden, ihm über das Unerträgliche hinwegzuhelfen. Denn die natürliche Hoffnung, an der das Leben festhält bis zum äußersten, braucht eine vernünftige Rechtfertigung, und diese fand sie in solcher Verwechslung. Zwar ging sie über sein Leben hinaus, diese Hoffnung, daß er nicht endgültig verderben, sondern irgendwie werde errettet werden aus der Grube, denn praktisch erachtete er sich für tot. Daß er es war, dafür stand ihm das Vertrauen der Brüder, das Kleid im Blute, das Jaakob empfangen würde. Die Grube war tief, und eine Rettung zurück in das Leben, das vor dem Sturz in diese Tiefe lag, war nicht zu denken; sie war solch ein Ungedanke, wie daß der Abendstern zurückkehren möchte aus dem Abgrund, darein er gesunken, und der Schatten möchte gezogen werden vom Schwarzmond, daß er wieder voll wäre. Aber die Vorstellung des Sterntodes, der Verdunkelung und des Hinabsinkens des Sohnes, dem zur Wohnung die Unterwelt wird, schloß diejenige ein von Wiedererscheinen, Neulicht und Auferstehung; und darin rechtfertigte Josephs natürliche Lebenshoffnung sich zum Glauben. Sie galt nicht der Rückkehr aus der Grube ins Vorige, und dennoch war in ihr die Grube besiegt. Auch hegte Joseph sie nicht nur für sich und auf eigene Hand, sondern an Stelle des armen Alten zu Hause hegte er sie, mit dem zusammen er sich in die Grube gebracht und der auf den Rücken fallen würde. Es ging wohl über des Sohnes Leben hinaus, daß Jaakob das blutige Kleid empfing. Mochte aber der Vater nur glauben über den Tod hinaus nach alter Zumutung, dann würde dennoch, dachte Joseph im Grabe, das Blut des Tieres angenommen werden wie einst für das Blut des Sohnes.

SECHSTES HAUPTSTÜCK: DER STEIN VOR DER HÖHLE

Die Ismaeliter

Es kamen Männer gezogen im Wiegetritt ihrer Tiere von Gilead herüber, nämlich von Osten und von jenseits des Stromes, – vier oder fünf, mit ein paar Kamelen noch außerdem, die nur Waren trugen, Zügelbuben und Packknechten dazu, die ihre Zahl aufs Doppelte brachten: reisende Kaufleute, beheimatet weder hier noch woher sie kamen, fremde Männer, sehr braun von Gesicht und Händen, Filzringe um ihre Kopftücher, gehüllt in querstreifige Wüstenmäntel, mit weißen, aufmerksam rollenden Augen. Einer war würdigen Alters, sein Bärtchen war weiß, und er ritt voran; ein wulstlippiger Knabe in weißem, zerknittertem Baumwollrock, den Kopf in eine Kapuze gehüllt, führte sein Tier an langem Zügel, indes der Herr mit ruhenden Händen, verhüllt, den Kopf bedächtig zur Seite geneigt, im hohen Sattel saß. Wie jeder sah, war er des Verbandes maßgebliches Haupt. Die anderen waren sein Neffe, sein Eidam und seine Söhne.

Was waren das nun für Männer? Man kann es genauer sagen und allgemeiner. Sie waren zu Hause im Mittag des Edom-Seïr-Landes, am Rande der Arabischen Wüste, vor Ägypten, und »Misraim«, wie man Ägypten nennt, war auch schon ihr Gebiet genannt, das ein Durch- und Übergang war ins Land des Schlammes. Außerdem oder eigentlich aber hieß es »Musri«, in anderer Mundart »Mosar« oder auch »Midian«, nach jenem Sohne Abrams und der Ketura, und war ein Siedelland der Leute von Ma'in im tieferen Süden, unfern des Weihrauchlandes, die den Austausch betrieben zwischen Arabien und dem Reiche der Tiere und Toten, auch dem Westlande der Kanaanäer und dem Zweiströmeland und zu Musri Stapelplätze besaßen, wo sie als

Midian-Leute hin und her handelten zwischen den Völkern, auch die Führer machten der Königs- und Staatskarawanen von Land zu Land.

Also waren die Reisenden Ma'oniter von Ma'in oder Minäer, Midianiter genannt. Da aber Medan und Midian, Abrahams mindere Söhne und Wüstenkinder von der Ketura, fast einerlei waren und für den einen der andere stand, so mochte man statt Midianiter auch »Medanim« sagen, – sie nahmen's nicht übel. Ja, wenn man sie einfach und allgemein mit dem alles Wüsten- und Steppenhafte umfassenden Namen von Ismaelitern belegte, also nicht die Ketura, sondern die andere Wüstenfrau, Hagar, die Ägypterin, als ihre Stammutter annahm, ließen sie's auch geschehen: es war ihnen wenig wichtig, wie man sie nannte und wer sie waren; die Hauptsache blieb, daß sie auf der Welt waren und hin und her handeln konnten auf den Verkehrsstraßen. Sogar hatte es Hand und Fuß, wenn man den Alten und seine Reisegenossen Ismaeliten nannte; denn als Männer von Musri waren sie halbe Ägypter, und das war auch Ismael, der feurig Schöne, gewesen, so daß man mit einer gewissen Freiheit sagen mochte, sie stammten von ihm.

Wie sie daherkamen von Osten, waren sie keine Königs- und Staatskarawane, – weit entfernt. Sie reisten privat, auf eigene Hand und in kleinem Stil. Sie hatten den Leuten der Ebenen jenseits des Jordan anläßlich von Opferfesten, bei denen Markt abgehalten worden war, ägyptisches Leinen von verschiedener Güte und hübsche Gegenstände aus Glasfluß verhandelt und mit leidlichem Nutzen allerlei balsamische Schwitzereien, Tragant, Weihrauch, Gummi und Ladanumharz dafür in Tausch genommen. Wenn sie diesseits des Flusses noch von dem, was das Land hervorbrachte, einigen Honig und Senf, eine Kamelslast Pistazien und Mandeln, zu vernünftigen Preisen würden erstehen können, so sollte es ihnen recht sein. Was ihren Weg betraf, so waren sie seinetwegen noch unentschlossen. Sie schwankten, ob sie die Nord-Süd-Straße verfolgen sollten, die auf dem Gebirgskamme hinlief und sie über Urusalim und Hebron nach Gaza ans Meer leiten würde, oder ob sie besser täten, sich vorderhand nördlich und östlich zu halten und durch die Ebene Megiddo bald die Küste zu gewinnen, an der es hinabging in ihre Durchgangsheimat.

Vorderhand nun, es war über Mittag hinaus, zogen sie ein in dieses Tal, der Alte voran, die anderen hinterdrein in gestreckter Zeile, um zu sehen, ob die Leute von Dotan etwa ein Marktfest hielten und es etwas zu handeln gäbe, und ließen die Tiere hinschreiten auf einem Grunde, der linkerseits abhängig war und moosig, und da sie so aufmerksam rollende Augen hatten, gewahrten sie drunten verfallene Stufen und Mauerwerk im Gebüsch: Der Alte sah es zuerst, mit schrägem Kopfe, bedeutete die anderen, ließ halten und schickte den Jungen in der Kapuze hinab, den Ort zu erforschen; denn Reisende sind Forscher und neugierig ihrer Natur nach. Alles müssen sie ausschnüffeln.

Der Knabe blieb nicht lange aus, er sprang nur eben hinab und wieder hinauf und meldete mit seinen Wulstlippen, ein verdeckter Brunnen sei unten.

»Ist er verdeckt und versteckt«, sagte der Alte mit Weisheit, »so wird es lohnen, ihn aufzudecken. Eifersucht scheint hier obzuwalten von seiten der Landeskinder und einiger Geiz, so daß ich für möglich halte, der Brunnen habe ein Wasser von nicht alltäglicher Kühle und Schmackhaftigkeit, – davon können wir brauchen und unsere Behälter auffüllen; ich sehe niemanden, der uns dran hindern möchte, und wozu nennt man uns Ismaeliten, wenn wir nicht sollten bei stiller Gelegenheit uns etwas räuberisch erweisen und die Eifersucht hintergehen? Nehmt einen Balg und etliche Flaschen, und steigen wir hinab!«

So taten sie, denn nach des Alten Kopf ging es immer. Sie ließen die Tiere sich legen, lösten Gefäße und stiegen hinab in die Brunnenstube, Onkel, Neffe, Eidam und Söhne nebst ein paar Sklaven: Da sahen sie sich um und fanden, daß kein Schöpfeimer und kein Gehebe da waren; aber das machte nichts, sie würden den Schlauch hinablassen, daß er voll liefe vom kostbaren Eiferwasser. Der Alte saß nieder auf einem gefallenen Bruchstein an der Mauer, ordnete seine Kleider und gab Weisung mit seiner dunklen Hand, daß sie den Stein vom Brunnen abwälzten. Der Stein war zerrissen und entzwei.

»Dieser Brunnen«, sagte der Alte, »ist zwar verdeckt und versteckt, aber in reichlich schlumpigem Zustande. Die Landeskinder scheinen eifervoll und auch wieder achtlos. Indessen will ich noch nicht an der Güte des Wassers zweifeln; es wäre verfrüht. Recht so, die eine Hälfte ist abgetan. Beseitigt nun auch die andre mit euren jungen Armen und legt sie zu ihrer grünlichen Schwester auf die Fliesen nieder! Nun? Lacht euch das Rund des Wassers in Klarheit, und ist rein der Spiegel?«

Sie standen um den Brunnen herum auf der niedrig umlaufenden Stufe und neigten sich über die Tiefe.

»Der Brunnen ist dürr«, sagte der Eidam, ohne den Kopf nach dem Alten zu wenden, sondern indem er fortfuhr, hinabzublicken. Und da er es gesagt, spitzten alle die Ohren. Ein Wimmern drang aus der Tiefe.

»Es kann doch wohl nicht sein«, sprach der Alte, »daß es aus diesem Brunnen wimmert. Ich traue meinen Ohren nicht. Laßt uns durch vollkommene Bewegungslosigkeit tiefe Stille schaffen und lauschen, ob sich der Laut durch Wiederholung bestätigt!«

Es wimmerte wieder.

»Jetzt bin ich gezwungen, meinen Ohren zu trauen«, entschied der Alte, stand auf und trat auf die Rundstufe, indem er mit den Armen diejenigen beiseite schob, die ihm im Wege waren, um seinerseits in die Grube zu spähen.

Die anderen warteten aus Höflichkeit, daß er sich äußere, aber seine Augen waren schon trübe, und er sah nichts.

»Siehst du etwas, Mibsam, mein Eidam?« fragte er.

»Ich sehe«, durfte dieser nun antworten, »ein Weißliches auf dem Grunde, das regt sich und scheint ein gegliedert Wesen.«

Kedar und Kedma, die Söhne, bestätigten diese Wahrnehmung.

»Erstaunlich!« sagte der Alte. »Ich verlasse mich auf euren Scharfblick und will's anrufen, ob es uns antworte. – Heda!« rief er mit angestrengter Greisenstimme in den Brunnen hinab. »Wer oder was wimmert im Brunnen? Ist dir dein Ort natürlich, oder zögest du's vor, ihn zu meiden?«

Sie lauschten. Es verstrich eine Weile. Dann hörten sie's matt und ferne:

»Mutter! Erlöse den Sohn!«

Alle gerieten in größte Bewegung.

»Auf! Ohne Zögern!« rief der Alte. »Ein Seil herbei, daß wir's hinabwerfen und das Wesen zutage ziehen, denn offenbar ist sein Aufenthalt ihm nicht angeboren. – Hier ist keine Mutter«, rief er wieder nach unten, »aber fromme Leute sind über dir, die wollen dich wohl erlösen, wenn es dein Wunsch ist! – Da sehe man«, wandte er sich zur Abwechselung an die Seinen, »was einem auf Reisen nicht alles vorkommt und aufstößt. Dies hier gehört zum Seltsamsten, was mir zwischen den Strömen begegnet. Gebt zu, daß wir gut taten, diesen verdeckten und versteckten Brunnen auszukundschaften. Wißt ihr auch noch, daß ich es war, der den Anstoß dazu gab? Furchtsame könnten hier wohl zögern oder die Flucht ergreifen, und ich lese deutlich in euren Mienen, die mehr als verdutzt sind, daß ihr nicht frei seid von solchen Anwandlungen. Auch ich will nicht leugnen, daß es unheimlich ist, aus der Tiefe angeredet zu werden, und der Gedanke, daß die Person des verwahrlosten Brunnens zu uns gesprochen oder sonst irgendein Geist des Abgrunds, liegt nur allzu nahe. Doch muß man die Sache von ihrer praktischen Seite nehmen und ihr gerecht werden, insofern sie unsere Tatkraft herausfordert, denn das Wimmern klang mir nach äußerster Hilfsbedürftigkeit. – Wo bleibt das Seil? – Getraust du dich, Wesen, wohl«, fragte er in die Grube, »ein Seil zu ergreifen und dich damit zu umwinden, daß wir dich zu uns ziehen?«

Wieder verging eine Weile, bis Antwort kam. Dann klang es leise:

»Ich liege in Banden.«

Der Alte mußt' es sich wiederholen lassen, obgleich er die Hände an die Ohren gelegt hatte.

»Da hört ihr's!« sagte er dann. »In Banden! So sehr das unser Eingreifen erschwert, so sehr erhöht es seine Notwendigkeit. Wir werden einen von euch hinablassen müssen ins Untere, daß er da nach dem Rechten sehe und das Wesen erlöse. Wo bleibt das Seil? Da ist es. Mibsam, mein Eidam, ich bestimme dich dazu, hinabzuschweben. Ich werde aufs genaueste deine Befestigung überwachen, daß du wie ein Glied sein sollst, das wir ausstrecken in die Tiefe und wieder einziehen mit dem Fange. Sobald du dich des Fanges sicher bemächtigt, mußt du ›Hol auf!‹ rufen, und mit vereinten Kräften ziehen wir dich Glied mit dem Fang wieder an uns.«

Mibsam erklärte sich wohl oder übel bereit. Er war ein junger Mann mit kurzem Gesicht, ziemlich langer, aber eingedrückter Nase und vorquellenden Augen, deren Weißes sich stark in der Dunkelheit seiner Miene abzeichnete. Er nahm das Kopftuch von seinem krausen Haar, legte auch den Staubmantel ab und hob die Arme, sich einspannen zu lassen ins Seil, dessen verläßliche Qualität er kannte: Es war kein Hanfseil, sondern ein ägyptischer Papyrusstrick, wunderbar geweicht, geklopft und geschmeidigt, unzerreißbare Ware; die Männer führten mehrere Rollen davon und handelten damit.

Bald war der Eidam umstrickt und eingehängt, zum Schweben bereit. Alle beteiligten sich an der Umstrickung, auch

Epher, des Alten Neffe, die Söhne sowie die Sklaven. Dann setzte Mibsam sich auf den Brunnenrand, löste sich ab und tauchte ins Dürre, indes die Haltenden das Bein vorstemmten und in kleinen Rucken das Seil ließen durch die Hände gehen. Nicht lange, so entspannte es sich, denn Mibsam war auf dem Grunde. Sie konnten die Beine einziehen und hingehen, ihm nachzulugen. Gedämpft hörten sie ihn reden zum Wesen und sich schnaufend mit ihm zu schaffen machen. »Hol auf!« rief er dann nach Vorschrift. Sie taten das Ihre und förderten unter eintönigen Rufen die doppelte Last, indes der Alte mit sorgenden Händen die Handlung leitete. Der Eidam schwankte hervor über Bord, im Arm den Bewohner des Brunnens.

Wie verwunderten sich die Kaufleute, als sie den gefesselten Knaben erblickten! Sie hoben Augen und Hände gen Himmel, wiegten die Köpfe und schnalzten. Dann wieder stützten sie die Hände auf die Knie, den Fang zu besichtigen; denn man hatte ihn auf die Rundstufe niedergelassen und an den Brunnen gelehnt: Da saß er nun mit hängendem Kopfe in seinen Banden und verbreitete einen Moderduft. Ein Amulett trug er an bronzierter Schnur um den Hals und einen Huldstein am Finger, das war seine ganze Tracht. Seine Wunden waren verschorft und leidlich verheilt dort unten und die Verbeulung seines Auges so weit zurückgegangen, daß er es öffnen konnte. Er tat es zuweilen. Vorwiegend hielt er die Augen geschlossen, dann und wann jedoch hob er matt die Wimpern und blickte schräge von unten recht wehevoll, aber mit Neugier auf seine Befreier. Er lächelte sogar über ihr Erstaunen.

»Barmherzige Mutter der Götter!« sprach der Alte. »Was haben wir da aus der Tiefe gefischt! Ist er nicht wie der Geist des verwahrlosten Brunnens, elend und halb verschmachtet, da ihm das Wasser ausgegangen und er aufs Trockne geraten? Laßt uns aber der praktischen Seite der Sache gerecht werden und das Notwendige tun für dies Wesen. Denn unterm irdischen

Blickpunkt scheint er mir ein Knabe feinerer Art, wenn nicht der feinsten, und ins Unglück geraten, ich weiß nicht wie. Seht mir diese Wimpern an und den lieblichen Wuchs der Glieder, mögen sie auch besudelt und stinkend sein von der Tiefe! Kedar und Kedma, es ist unzart, daß ihr euch die Nasen zuhaltet, denn er öffnet zuweilen die Lider und sieht es. Löst ihm vor allem die Fessel, schneidet sie durch, so ist's recht, und holt Milch, ihn zu laben! Gehorcht dir wohl deine Zunge, mein Sohn, um uns zu verständigen, wer du bist?«

Joseph hätte allenfalls reden können, so hinfällig er war. Aber er wollte nicht und dachte nicht daran, diesen Ismaelitern das Familienzerwürfnis aufzudecken, dieweil sie das gar nichts anging. Darum sah er den Alten nur ersterbend an und lächelte hilflos, indem er mit der befreiten Hand vor seinen Lippen eine Gebärde des Versagens beschrieb. Er bekam Milch und trank sie aus einem Hafen, den ein Sklave ihm hielt, denn seine Arme waren lahm von der Fesselung. Er trank so gierig, daß ihm ein gut Teil der Milch, kaum daß er abgesetzt, ganz sanft wieder hervorlief, wie einem Säugling. Als ihn der Alte, anschließend an diese Erscheinung, fragte, wie lange er den Brunnen bewohnt habe, streckte er drei Finger aus, zum Zeichen, es seien drei Tage gewesen, was die Minäer nicht wenig bedeutsam und geistreich anmutete, im Hinblick auf die drei Unterweltstage des Neumondes. Auch da sie wissen wollten, wie er hineingeraten, mit anderen Worten: wer ihn hineingeworfen, beschränkte er sich zur Antwort auf eine Gebärde und wies mit der Stirne nach oben, so daß zweideutig blieb, ob Menschen ihm so getan hätten oder himmlische Mächte im Spiele gewesen seien. Als sie ihn aber abermals fragten, wer er sei, flüsterte er: »Euer Knecht!« – und fiel dann um, wodurch sie nicht klüger wurden.

»Unser Knecht«, wiederholte der Alte. »Allerdings, insofern er unser Findling ist und ohne uns den Odem nicht hätte für seine Nase. Ich weiß nicht, was ihr denkt, aber soviel ich sehe, liegt hier ein Geheimnis vor, wie deren manche umgehen in der Welt, so daß man auf Reisen zuweilen mit Staunen auf ihre Spuren stößt. Was uns zu tun bleibt, ist gar nichts anderes, als daß wir dies Wesen mit uns führen, denn hier können wir es nicht lassen, noch auch hier Hütten bauen, bis daß er zu Kräften gekommen. Ich bemerke«, setzte er hinzu, »daß dieser Brunnenknabe mir auf eine oder die andere Weise das Herz rührt und es in eine Art von Annehmlichkeit taucht, ich weiß nicht wie. Denn es ist nicht Mitleid allein, noch auch das Geheimnis, das mit ihm ist. Sondern um jeden Menschen ist eine Umringung außen um ihn, die nicht sein Stoff ist, aber seines Stoffes dennoch, hell oder dunkel. Alte, erfahrene Augen nehmen sie besser wahr als jugendblöde, welche zwar sehen, aber nicht schauen. Da ich nun diesen Findling unverwandt betrachte, scheint mir auffallend licht seine Umringung, und mir ist ganz, als sei er ein Fund, den man nicht wieder wegwirft.«

»Ich kann Steine lesen und Keile schreiben«, sagte Joseph, indem er sich etwas aufrichtete. Danach fiel er wieder beiseite.

»Hört ihr's?« fragte der Alte, nachdem er es sich hatte wiederholen lassen. »Er ist schriftkundig und wohlerzogen. Das ist ein schätzbarer Fund, ich sagte es ja, und nicht zum Liegenlassen geschaffen. Wir nehmen ihn mit, denn dank meiner Eingebung, die mich hieß, diesen Brunnen zu untersuchen, sind wir die Finder. Den möchte ich sehen, der uns Räuber nennen wollte, weil wir Finderrecht üben und nicht viel nach denen fragen, die wegwarfen oder achtlos verloren, was wir fanden. Melden diese sich aber, so haben wir Anrecht auf Lohn und ansehnliche Lösung, und es schaut jedenfalls etwas heraus bei der Sache. Auf, tut ihm diesen Mantel über, denn er kam nackt und besudelt aus der Tiefe wie aus Mutterleib und ist gleichsam zweimal geboren.«

Es war Mibsams, des Eidams, abgeworfener Mantel, auf den

der Alte wies, und sein Besitzer murrte dagegen, daß der Brunnenknabe ihn haben und ganz verunreinigen sollte. Aber das half ihm nichts, es ging nach des Alten Kopf, und das Mantelkind trugen die Sklaven hinauf zu den wartenden Tieren: Da wurde es aufgesetzt; Kedma, der eine der Söhne, mit schwarzem Ring um das weiße Kopftuch, ein Jüngling von ruhig-regelmäßigen Zügen und würdiger Kopfhaltung, so daß er auf die Dinge unter halb gesenkten Lidern von oben blickte, – dieser nahm ihn vor sich aufs Kamel auf des Alten Geheiß, und so schritten weiter die Kaufleute, die Richtung auf Dotan verfolgend, wo vielleicht Markt wäre.

Von Rubens Anschlägen

In diesen Tagen war den Jaakobssöhnen nicht wohl zumute gewesen, sehr unwohl sogar und keineswegs wohler als vordem, da ihnen der Dorn im Fleische gesessen und sie vor Gram im Ginster gestolpert waren um ungelöschter Schande willen. Nun war der Dorn herausgezogen, doch um die Wunde, darein er gesessen, stand es übel: sie schwärte fort, als sei der Stachel giftig gewesen, und daß seit der Herzwäsche der Schlaf ihnen besser gemundet hätte als vorher, das wäre gelogen gewesen von ihrer Seite, wenn sie's behauptet hätten; doch schwiegen sie darüber.

Schweigsam waren sie überhaupt seit neulich, und wenn sie das Notwendigste austauschten, taten sie's maulfaul und zwischen den Zähnen. Ihre Blicke mieden sich unter einander, und wenn dieser reden mußte zu jenem, sahen sie dahin und dorthin, nur nicht ins Gesicht der eine dem andern, so daß nachher keiner wußte, ob das sachlich Besprochene eigentlich gültig sei zwischen ihnen, da ja Dinge, über die man sich nur mit dem Munde und nicht auch mit den Augen verständigt hat, kaum für ausgemacht gelten können. Aber ob sicher ausgemacht oder nicht, es schien ihnen unerheblich; denn oft ließen sie Worte fallen wie etwa: »Alles gut –« und »So weit wär's richtig«, oder auch »Das ist das Wenigste!« –, trübe Anspielungen auf das Eigentliche, das hinter allem vordergründlich Beredeten stand und es, solange es nicht bereinigt war, in widerlichem Grade entwertete.

Es mußte sich aber selber ins reine bringen, was ein ebenfalls widerlicher, zäher und kläglich gedehnter Vorgang war, ein Verschmachten und Absterben irgendwo in der Tiefe, von dem nicht zu sagen war, wann es beendet sein würde, und das man einerseits innerlich anzutreiben geneigt war, während man andererseits auch wieder seine Verzögerung wünschte, damit immerhin die Möglichkeit einer weniger häßlichen Bereinigung für ein Weilchen noch offen bliebe, mochte sie freilich auch unvorstellbar sein. Wiederholt sei hier davon abgemahnt, die Jaakobssöhne für besonders verhärtete Burschen zu halten und ihnen jedwede Teilnahme zu entziehen: selbst die parteilichste Schwäche für Joseph (eine Schwäche der Jahrtausende, von der diese sachliche Darstellung sich freizuhalten sucht) sollte sich vor so einseitiger Stellungnahme hüten, denn er dachte anders. Sie waren in all dies nur so hineingeraten und wären lieber nicht drin gewesen, das darf man glauben. Zwar wünschten sie mehr als einmal in diesen peinlichen Tagen, die Sache möchte doch lieber auf Anhieb zu Ende geführt und gründlich bereinigt worden sein, und zürnten dem Ruben, der es vereitelt hatte. Aber das düstre Bedauern kam nur aus der Zwicklage, in der sie staken, einer dieser Gefangenschaften und ausweglosen Verlegenheiten, wie sie das Leben erzeugt und das Brettspiel in reinem Abbilde vor Augen führt.

Der große Ruben stand keineswegs allein mit dem Wunsch, das Rahelskind aus der Grube zu retten; vielmehr war keiner unter den Brüdern, der nicht alle paar Stunden von diesem Wunsche bis zu jäher Zappligkeit wäre ergriffen worden. Aber war es denn möglich? Das war es leider nicht, – und der hastige Entschluß starb hin unter dem unerbittlichen Einspruch der Vernunft. Was denn mit dem Träumer beginnen, wenn man ihn dicht vorm Verschmachten würde herausgezogen haben? Da war eine Mauer und kein Ausweg; er mußte drin bleiben. Sie hatten ihn nicht nur hineingeworfen, sondern ihn auch auf alle Weise ans Grab gebunden und sein Erstehen schlüssig verhütet. Er war logisch tot, und es galt untätig abzuwarten, daß er es wirklich sein werde, – eine entnervende Aufgabe und noch dazu von unscharfer Begrenzung. Denn für die bedauernswerten Männer handelte es sich ja nicht um »drei Tage«. Sie wußten nichts von drei Tagen. Dagegen wußten sie von Leuten, die sich in der Wüste verirrt und sieben, ja zweimal sieben Tage ohne Nahrung und Wasser verbracht hatten, bis man sie fand. Das war gut zu wissen, denn es bot Spielraum der Hoffnung. Das war widrig zu wissen, denn die Hoffnung war unsinnig und sprach wider sich selbst. Selten gab es eine solche Zwicklage, und wer hier nur der Leiden Josephs gedächte, der übte Begünstigung.

An diesem Nachmittag nun saßen die Gequälten am Ort der Verprügelung unter den roten Bäumen, dort, wo sie kürzlich von Lamech, dem Helden der Vorzeit, geredet und sich vor ihm geschämt hatten, was sie lieber nicht hätten tun sollen. Sie saßen zu achten, denn zweie fehlten: Naphtali, der Geläufige, der sich irgendwo in der Gegend umhertrieb, um vielleicht eine Neuigkeit in Erfahrung zu bringen und dann das Wissen davon ausgreifend von Ort zu Ort zu verpflanzen, – und Ruben, der schon von früh an abgängig war. In Geschäften, wie er zwischen den Zähnen erklärt hatte, war er hinauf nach Dotan gegangen, um Produkte der Wirtschaft gegen Brotfrucht und auch gegen einigen Würzwein einzutauschen, nach seinen Worten, und besonders in Hinsicht auf diesen hatten die Brüder Rubens Geschäftsgang gebilligt. Gegen ihre Gewohnheit sprachen sie in diesen Tagen alle begierig dem Myrrhenwein zu, den man zu Dotan herstellte und der stark und betäubend war und die Gedanken verwischte.

Unter uns gesagt, hatte Ruben sich zu ganz andrem Betreiben von ihnen getrennt und mit dem Würzwein nur deshalb gewinkt, um ihnen seinen Weggang recht schmackhaft zu machen. In dieser Nacht, da der große Ruben sich schlaflos wälzte, war sein Entschluß, sie alle zu hintergehen und Joseph zu retten, in ihm zur Reife gediehen. Drei Tage hatte er's ausgehalten, daß er, der in lichten Spuren ging, daß Jaakobs Lamm im Brunnen verdarb, – nun war es genug, und Gott mochte geben, daß es noch nicht zu spät war! Er würde sich hinstehlen und auf eigene Hand den Versenkten befreien; er würde ihn nehmen und zum Vater zurückführen und zu ihm sprechen: »Ein dahinschießend Wasser bin ich, und die Sünde ist mir nicht fern. Aber siehe, da bin ich zum Guten geschossen und bringe dir wieder dein Lamm, das sie zerreißen wollten. Ist die Sünde getilgt, und bin ich dein Erstgeborener wieder?«

Da wälzte sich Ruben nicht länger, sondern lag ohne Regung mit offenen Augen den Rest der Nacht und bedachte haarklein Rettung und Flucht. Es war nicht einfach: Der Knabe war gefesselt und schwach, er konnte den Strick nicht ergreifen, den Ruben ihm würfe; ein Strick tat es nicht, es mußte ein starker Haken daran sein, der in die Verschnürung griff, daß man heraufangelte die Beute; ein ganzes Geflecht von Stricken besser vielleicht, ein Netz, worin man sie fischte und finge; ein Schaukelbrett zwischen Stricken auch wohl, darauf sich der Unbehilfliche setzen mochte und mochte hervorgezogen werden über den Rand. So haarscharf bedachte Ruben den Apparat und die notwendige Vorkehrung, bedachte die Kleider, die er dem Nackten bereithalten wollte aus eigenem Vorrat, und wählte im Geiste den starken Esel, den er zum Scheine gen Dotan treiben würde mit Wolle und Käsen, auf den er aber den

Knaben setzen wollte vor sich hin und im Schutz der Dunkelheit mit ihm fliehen fünf Tage weit, nach Hebron, zum Vater. Des großen Ruben Herz war voll heftiger Freude über seinen Entschluß, die nur durch die Sorge gedämpft wurde, Joseph möchte den Tag nicht mehr überstehen bis Dunkelwerden, und bei der Verabschiedung von den Brüdern heute morgen hatte er Mühe gehabt, die einsilbige Sprechart mürrischer Verbissenheit festzuhalten, die ihnen jetzt zur Gewohnheit geworden war.

Der Verkauf

Zu achten also saßen sie unter den ausladenden Kieferbäumen und blickten mit trübem Blinzeln in jene Ferne, aus der das Gleißen gekommen war, das tanzende Irrlicht, das sie verwirrt und in diese verfluchte Zwicklage gelockt hatte. Da sahen sie ihren Bruder Naphtali, von Bilha, mit langen Sprungschritten seiner sehnigen Beine von rechts durchs Gebüsch kommen und sahen von weitem schon, daß er ein Wissen trug, es ihnen zu bringen. Doch waren sie wenig begierig danach.

»Ihr Brüder, ihr Kinder, ihr Freunde«, packte er aus. »Nehmt dies zur Nachricht: Ein Zug von Ismaelitern kommt geschritten von Gilead, die Nasen hierher gerichtet, und müssen bald da sein und vorüberziehen drei Steinwürfe von wo ihr sitzet! Es scheinen friedliche Heiden, mit Warengepäck, und wäre denklich ein Handel mit ihnen zu tätigen, wenn man sie anriefe!«

Sie wandten müde die Köpfe wieder hinweg, nachdem sie gehört.

»Schon recht soweit«, sagte der eine. »Gut, Naphtali, danke der Nachricht.«

»Das Wenigste ist das!« setzte ein anderer aufseufzend hinzu. Dann schwiegen sie in verquältem Mißmut und hatten nicht Lust zu Geschäften.

Nach einer Weile jedoch wurden sie unruhig, rückten hin

und her und ließen die Augen wandern. Und als Jehuda – denn dieser war es – die Stimme erhob und sie anrief, zuckten sie zusammen und wandten sich alle ihm zu: »Sprich, Juda, wir hören.« Und Juda sprach:

»Jaakobssöhne, ich habe euch etwas zu fragen und frage dies: Was hilft's uns, daß wir unsern Bruder erwürgen und sein Blut verbergen? Ich antworte für euch alle: Das hilft uns gar nichts. Denn es ist läppisch bis gar zum Ekel, daß wir ihn in die Grube warfen und redeten uns ein, damit sei seines Blutes geschont, daß wir essen mochten beim Brunnen, denn es zu vergießen waren wir allzu schüchtern. Tadle ich aber unsere Schüchternheit? Nein, sondern ich tadle, daß wir uns drüber belügen und gründen Unterscheidungen in der Welt wie ›tun‹ und ›geschehen‹, daß wir uns dahinter verstecken und stehen dennoch nackt und bloß, denn sie sind windig. Wir wollten's dem Lamech gleichtun im Liede und den Jüngling erschlagen für unsere Beule; doch siehe da, wie es geht, wenn man's machen will wie im Liede der Urzeit, nach Heldenvorbild: wir mußten etwas nachgeben den Läuften, die nicht mehr die alten sind, und statt den Jüngling zu töten, lassen wir ihn nur sterben. Pfui über uns, denn ein hundsföttisch Zwitterding ist das von Lied und Läuften! Darum sage ich euch: Da wir's dem Lamech nicht gleichzutun wußten und mußten den Läuften was drangeben, so wollen wir gleich ganz ehrlich sein und den Läuften gemäß und wollen den Knaben verkaufen!«

Da fiel ihnen allen ein Stein vom Herzen, denn Juda hatte nach ihrer aller Gedanken gesprochen und ihnen die Augen vollends aufgetan, die schon ins Licht geblinzelt hatten bei stiller Erwägung von Naphtali's Nachricht. Da war er endlich, der Ausweg aus dieser Zwicklage, – einfach und klar. Naphtali's Ismaeliter wiesen ihn: es war ihr Weg, von weiß Gott woher, hier vorbei ins Ungemessene und in Nebelfremde, von wo es so wenig ein Wiederkehren gab wie aus der Grube! Sie hatten den

Knaben nicht hervorziehen können, so gern sie gewollt hätten – und konnten's nun plötzlich dennoch; denn den Wandernden sollte er eingehändigt sein, die daherkamen, und mit ihnen ziehen aus allem Gesichtskreis, wie der Fallstern im Nichts erlischt mitsamt seiner Spur! Selbst Schimeon und Levi fanden's vergleichsweise gut, da es mit dem Heldentum alter Art nun doch einmal schief gegangen.

Darum brachen sie alle auf einmal und durcheinander in gedämpfte und hastige Zustimmung aus und redeten: »Ja, ja, ja, ja, du sagst es, Juda, du sagst es vorzüglich! Den Ismaelitern – verkaufen, verkaufen, so ist es praktisch, so ist uns geholfen, so sind wir ihn los! Bringt Joseph her, auf, zieht ihn ans Licht, sie kommen, und noch ist denklich Leben in ihm, es hält wohl einer zwölf Tage aus oder vierzehn, das lehrt die Erfahrung. Zum Brunnen einige gleich, indessen die andern …«

Aber siehe, da waren die Ismaeliter schon. Es tauchte der Vorderste auf, drei Steinwürfe weit, ein Alter, die Hände im Mantel, auf hohem Tier, das ein Knabe führte, und hinter ihm einzeilig die andern: Reiter, Packtiere und Treiber, – kein sonderlich stattlicher Zug; sehr reich, wie es schien, war das Handelsvolk nicht, sogar saßen zweie auf einem Kamel; und wollten so ruhesam-unverwandt querhin durchs Bild ziehen, die Augen auf Dotans Hügel gerichtet.

Zu spät, den Joseph zu holen, zu spät für den Augenblick. Aber Jehuda war fest entschlossen, und mit ihm waren's die andern, die Gelegenheit nicht vorüberziehen zu lassen, sondern sie am Schopfe zu ergreifen und diesen Ismaelitern den Knaben anzuhängen, daß sie ihn aus allem Gesichtskreis führten und die Brüder erlösten, denn so, wie es war, hielten sie's einfach nicht länger aus. Der Fahrenden Ahnherr – war er nicht von Abraham in die Wüste geschickt worden mit Hagar, weil er unterweltlicherweise gescherzt hatte mit Isaak, dem Sohne der Rechten? Mit Ismaels Söhnen sollte Joseph abgeschoben sein in die Wüste – nicht wurzellos war der Vorgang, es gab ihn, er kehrte wieder. Neu, wenn man will, und eigenursprüngliche Zutat war der Verkaufsgedanke. Doch haben ihn die Jahrtausende mit allzu hohem Posten aufs Schuldkonto der Brüder verbucht. Menschenverkauf! Bruderverkauf! Man übernehme sich doch nicht im empfindsamen Abscheu, sondern werde dem Leben gerecht und dem starken Einschlage nüchterner Gebräuchlichkeit, welcher dem Einfall fast alle schlimme Ursprünglichkeit nahm. Der Mann, der in Not war, verkaufte seine Söhne, – und den Namen der Not wird man der Zwicklage, in der die Brüder staken, ja allenfalls zugestehen. Der Vater verkaufte seine Töchter zur Ehe – und die Achte hier hätten überhaupt keinen Atem gehabt und wären nicht dagesessen, wenn nicht Jaakob ihre Mutter gekauft hätte von Laban um vierzehnjährige Fron.

Ein bißchen ungeschickt war es ja, daß das Verkäufliche nicht zur Stelle war, sondern sozusagen in einer Grube des Feldes verwahrt. Aber im rechten Augenblick würde es immer noch beizustellen sein, und vor allem galt es einmal mit den Fremden Bekanntschaft zu machen und sie auf ihre Kauflust zu prüfen.

Darum legten die Achte die Hände an ihre Münder und riefen ins Gelände:

»Heho, ihr Männer! Woher? Wohin? Verzieht doch etwas! Hier ist Schatten von Bäumen, und Leute sind hier, mit denen sich reden läßt!«

Der Schall drang hinüber und fand Gehör bei den Ziehenden. Denn sie wandten ihre Augen ab vom Hügel Dotan und ihre Köpfe den Rufenden zu; der Führer nickte, deutete und lenkte ein zum Besuche der Landeskinder, die sich erhoben hatten und die Reisenden grüßten, die Finger unter die Augen legten zum Zeichen, sie sähen die Gäste gern, die Stirn und die Brust berührten, um anzudeuten, daß hier wie dort alles in schönster Bereitschaft sei zu ihrem Empfange. Die Knechte liefen fuchtelnd zwischen den Reittieren hin und her und stießen glucksende Laute aus, daß sie knieten und lägen. Man stieg ab, übte Förmlichkeiten und setzte sich gegeneinander: die Brüder an ihrem Ort und vor ihnen die Fremden; der Alte hielt ihre Mitte, und rechts und links von ihm reihten die Seinen, Eidam, Neffe und Söhne, sich an. Der Troß hielt sich weiter zurück. Zwischen ihm aber und den Herren, im Rücken der Fremden, gleich hinter dem Alten und einem der Söhne im Zwischenraum, saß noch einer in einem Mantel; den hatte er über den Kopf gezogen und vors Gesicht, so daß nur von der Stirne ein Faltenloch klaffte in der Vermummung.

Warum mochten die Brüder gezwungen sein, diesen Verhüllten der zweiten Linie immerfort anzusehen beim vorläufigen Austausch mit den Besuchern? Die Frage erübrigt sich wohl. Die stumme Sonderung der Figur zog unwillkürlich die Augen auf sich; keinem wäre es anders gegangen als den Brüdern, – und was wickelt auch einer sich bei heitersten Lüften den Schädel ein, als nahte ein Staub-Abubu? Die Brüder waren nicht ruhig beim Austausch, gewissermaßen zerstreut. Nicht wegen jener Sonderfigur – die mochte wissen und es beliebig für sich behalten, warum sie das Licht scheute. Aber es galt, das Verkäufliche beizustellen, und wäre ganz gut gewesen, wenn etliche von ihnen, zwei oder drei, nun von hier aufgestanden wären, um es aus dem Behälter zu holen und es abseits etwas aufzufrischen zum Angebot, wie es denn auch beim Einlenken der Ismaeliter mit leisen und raschen Worten vereinbart worden war. Warum gingen sie nicht? Wahrscheinlich weil nicht bestimmt worden war, wer gehen sollte. Sie hätten sich aber selber bestimmen können. Vielleicht auch aus Scheu vor dem Scheine der Unhöflichkeit. Es wäre jedoch eine Entschuldigung zu finden gewesen. Dan, Sebulun, Issakhar beispielsweise, – was klebten und hafteten sie am Fleck und lugten zerstreut nach der Figur im Lückenraum hinter dem Kaufmann und seinem Sohn?

In Wendungen wegwerfenden Stolzes, bei welchen Selbstverkleinerung und Prahlerei einander versöhnlich aufhoben, erläuterte man beiderseits seine Daseinsform. Sie seien überaus schlichte Hirtenleute, erklärten Jehuda und die Seinen, Geschmeiß recht eigentlich, im Vergleich mit den vor ihnen sitzenden Herren, und Söhne eines schwer reichen Mannes im Süden, eines wahren Herdenkönigs und Gottesfürsten, von dessen unzählbarem Besitz sie einen kleinen, aber auch schon kaum zu übersehenden Teil in diesem Tale weideten, weil das Land dort unten sie natürlich nicht trüge. Mit wem so geringfügige Personen es unverdienterweise nun also zu tun hätten.

Wenn man das Auge, sagte der Alte, von solchem Glanze hinwegwende auf ihn und seinen Anhang, so sehe man überhaupt nichts, denn erstens sei man geblendet, und zweitens sei auch kaum etwas da. Sie seien Söhne des mächtigen Reiches Ma'on im Erdteile Arabaja, wohnhaft im Lande Mosar oder Midian, – Midianiter also, wofür man in Gottes Namen auch Medanim sagen oder sie ganz einfach Ismaeliter nennen möge, – was läge daran, wie man das Nichts betitele! Sie rüsteten Karawanen aus, die mehr als einmal das Ende der Welt gestreift hätten, und handelten zwischen den Reichen hin und her mit Schätzen, auf die schon manch König die Augen geworfen, dem Golde Ophirs, den Balsamen Punts. Den Königen machten sie Königspreise, unter Freunden aber seien sie billig. Jetzt führten ihre Kamele milchweißen Blatt-Tragant von einer Schönheit des Bruchs, wie dergleichen dies Tal wohl noch nicht gesehen, und Weihrauch, welcher die Nasen der Götter unwiderstehlich anlocke, es wolle keiner ein anderes Räucherwerk mehr, wenn er dieses gerochen. – So viel von der Gäste Nichtigkeit.

Die Brüder küßten die Fingerspitzen und deuteten eine Verbindung des Erdbodens mit ihren Stirnen an.

Das Land Mosar, wollte Jehuda dann wissen, oder gar Ma'in-Land, das sei wohl weit in der Welt, eine rechte Nebelfremde?

»Sehr weit im Raum und damit auch in der Zeit, allerdings«, bestätigte der Alte.

»Siebzehn Tage weit?« fragte Juda.

»Sieben mal siebzehn!« erwiderte der Alte, und auch damit sei die Entlegenheit nur ganz annäherungsweise wiedergegeben. Man müsse sich im Schreiten wie in der Ruhe – denn auch die Ruhe gehöre zur Reise – ohne jede Ungeduld der Zeit überlassen, daß diese den Raum überwinde. Irgendwann einmal, und schließlich ehe man's gedacht, bringe sie es fertig.

Da könne man wohl sagen, meinte Juda, daß diese Gegenden und Ziele außer allem Gesichtskreis lägen, Gott weiß wo, im Ungemessenen?

So könne man sich ausdrücken, pflichtete der Alte bei, wenn man ebendie Strecke noch nicht durchmessen habe und nicht gewohnt sei, sich mit der Zeit gegen den Raum zu verbünden, sondern sie in Hinsicht auf diesen unbenutzt lasse. Sei man in jener Ferne zu Hause, so denke man nüchterner über sie.

Er und die Seinen, sagte Jehuda, seien Hirten und keine Kauffahrer; aber nicht solche allein, das bitte er bemerken zu dürfen, verständen sich auf das geduldige Bündnis der Zeit gegen den Raum. Wie häufig sei nicht der Hirte genötigt, Weide und Brunnen zu wechseln und es in der Wanderschaft gleichzutun dem Herrn des Weges, zum Unterschied von den Bauern des Feldes, den sässigen Söhnen Baals. Ihr Vater, der Herdenkönig, wie schon berichtet, wohne fünf Tage von hier gen Mittag, und diesen Raum, so wenig er freilich wohl aufkommen könne gegen eine Strecke von sieben mal siebzehn Tagen, hätten sie oft durchmessen, hin und her, so daß sie jeden Grenzstein, Brunnen und Baum, der darin vorkomme, am Schnürchen hätten und sich unterwegs über gar nichts mehr wunderten. Raumüberwindung und Wanderschaft? Sie wollten sich nicht messen darin mit Kauffahrern aus Nebelfremde, aber als Knaben schon seien sie vom Lande der Ströme, fern im Morgen, wo einst ihr Vater den Grundstock seines Reichtums erworben, herübergezogen in dieses Land und hätten im Tale Schekem gewohnt, woselbst ihr Vater einen Brunnen gemauert habe, vierzehn Ellen tief und sehr breit, weil die Kinder der Stadt voll Eifers gewesen seien auf die verfügbaren Wasserstellen.

»Getadelt sollen sie sein bis ins vierte Glied!« sagte der Alte. Ein Glück noch, daß die Kinder des Tals sich nicht auch an des Vaters Brunnen vergriffen und ihn nicht verschüttet hätten in ihrem Eifer, so daß er dürr worden wäre, fügte er hinzu.

Das hätten sie, die Brüder, ihnen wohl zu versalzen gewußt, erwiderten die Neune. Hoho, sie hätten ihnen in der Folge manches versalzen!

Ob sie so grausame Helden seien, fragte der Alte, handfest und unerbittlich in ihren Entschlüssen?

Hirten seien sie, war ihre Antwort, und also wehrhaft, gewohnt, den Löwen und Räuber anzunehmen im Kampf, wenn es not tue, und ihren Mann zu stehen im Streite um Weide und Brunnen. Was aber den Raum betreffe, fuhr Juda fort, nachdem der Alte ihrer Mannhaftigkeit Reverenz erwiesen, und angehe den Reisemut, so sei schon ihr Ahn ein Wanderer von Geblüt gewesen, aus Ur entsprungen, im Lande Chaldäa, und eingezogen in diese Täler, die er die Kreuz und Quere durchmessen, zur Seßhaftigkeit wenig aufgelegt, so daß wohl sieben mal siebenzig Tage herauskämen, zählte man all sein Wandern zusammen. Zur Freite aber für den wunderbar späten Sohn habe er seinen ältesten Knecht auf Reisen geschickt mit zehn Kamelen, gen Naharajim, das da sei Sinear; der sei ein so flinker Weltfahrer gewesen, daß ihm, mit geringer Übertreibung gesagt, die Erde entgegengesprungen sei. Und an einem Brunnen des Feldes habe er die Braut gefunden und sie daran erkannt, daß sie ihn aus dem Kruge geletzt habe auf ihrer Hand und habe auch seine zehn Kamele getränkt. So viel sei gereist und Raumbezwingung geübt worden in ihrem Geschlecht, – noch nicht zu reden von ihrem Vater und Herrn, der schon als Jüngling mit frischem Entschluß von Hause gezogen sei, ebenfalls ins Chaldäische, wohl siebzehn Tage und mehr. Da sei er an einen Brunnen gekommen …

»Verzeiht!« sagte der Alte, indem er die Hand aus dem Kleide hervorstreckte und die Rede hemmte. »Verzeih, mein Freund und lieber Hirtenmann, deinem älteren Knecht eine Anmerkung zu deinen Worten. Wenn ich dir lausche und höre dich künden von euerem Geschlecht und seinen Geschichten, so scheint mir, daß in diesen der Brunnen eine ebenso denkwürdige und hervorstechende Rolle spielt wie die Erfahrung im Ziehen und Wandern.«

»Wie das?« fragte Juda und steifte den Rücken. Zugleich taten es all seine Brüder.

»Nun so«, versetzte der Alte. »Du sprichst, und das Wort ›Brunnen‹ schlägt an mein Ohr jeden Augenblick. Ihr wechselt Weide und Brunnen. Ihr habt des Landes Brunnen am Schnürchen. Euer Vater hat einen Brunnen gebaut, sehr tief und breit. Eures Großvaters Großknecht freite am Brunnen. Euer Vater auch, wie es scheint. Es summt mir wahrhaft im Ohre von Brunnen, die du erwähntest.«

»Mein Herr, der Kaufmann«, antwortete Juda mit steifem Rücken, »will also sagen, daß ich eintönig erzählt habe und summend, das tut mir leid. Wir Brüder und Hirten sind keine Märchenspinner am Bru –, wir sind keine Lügenkrämer des Marktes, die es gelernt haben und es nach der Kunst treiben gegen Lohn. Wir reden und künden ohne Kniff und Pfiff, wie uns der Schnabel gewachsen. Auch möchte ich wissen, wie man vom Leben der Menschen künden soll, vom Hirtenleben zumal und nun gar von der Reise, und nicht dabei des Brunnens gedenken, ohne den es auf Schritt und Tritt doch nicht abgeht ...«

»Sehr wahr«, fiel der Alte ein. »Mein Freund, der Sohn des Herdenkönigs, erwidert mir überaus zutreffend. Welch eine hervorstechende Rolle spielt nicht der Brunnen im Menschenleben, und wieviel Schnurren und Denkwürdigkeiten knüpfen sich auch mir, eurem älteren Diener, an solche Orte, mochten sie nun lebendiges Wasser bergen oder gesammeltes, oder selbst dürre sein und verschüttet. Glaubt mir, es wäre mein Ohr, das schon etwas müde ist und betäubt von den Jahren, gar nicht so hell gewesen für den Namen des Brunnens und für sein Wort in euren Berichten, wenn mir nicht kürzlich und eben noch auf dieser Reise mit einem solchen eine Befahrnis und eine Seltsamkeit aufgestoßen wäre, die ich zu den erstaunlichsten meiner Erinnerung zähle und wegen der ich mir Rat und Aufklärung von eurer Güte erhoffe.«

Da gaben die Brüder sich noch einen Ruck. Ihre Rücken waren nun hohl vor Steifheit, und ihre Augen blinzelten nicht.

»Ist nicht«, fragte der Alte, »in dem Lande hier, wo ihr hütet, allenfalls abgängig ein Menschenkind, also daß man es vermißt bei den Seinen und ist etwa gestohlen worden oder entführt, oder man gibt es an einen Löwen verloren oder an sonstige Blutgier, weil es nicht heimgekehrt ist seit drei Tagen?«

»Nein«, antworteten die Brüder. Nicht daß sie wüßten.

»Und wer ist das?« sprach der Alte, griff rückwärts und zog dem Joseph den Mantel vom Haupt ... Da saß er, hinten zwischen den Männern, in der Hülle gefallenen Falten, die Augen sittsam niedergeschlagen. Ein wenig erinnerte sein Ausdruck an damals, als er im Schutze des Vaters seinen schamlosen Sternentraum erzählt hatte auf dem Felde. Die Brüder wenigstens erinnerte er daran.

Mehrere von ihnen waren aufgesprungen, da sie die Figur erkannten; doch nahmen sie gleich achselzuckend wieder Platz.

»Den meintet ihr«, sagte Dan, da er sah, daß es Zeit für ihn war, sich als Schlange und Otter zu bewähren, »als ihr vom Brunnen spracht und von abgängigen Leuten? Sonst meintet ihr niemanden? Nun, da meintet ihr wahrlich was Rechtes. Das ist ein Sklave und Niemandssohn und ist ein Kleinknecht unterster Sorte, ein Hundejunge, den wir strafen mußten wegen Diebstahls im Rückfall, Lüge, Lästerung, Raufsucht, Halsstarrigkeit, Hurerei und gehäufter Sittenverletzung. Denn so jung er ist, ist er eine Sammelstätte der Laster. Ihr habt ihn gefunden und aus der Grube gezogen, darin wir ihn zu seiner Besserung verwahrt hatten, den Galgenstrick? Siehe, ihr seid uns zuvorgekommen, denn seine Strafzeit war abgelaufen zu dieser Stunde, und wir schickten uns an, ihm das Leben zu schenken, um zu sehen, ob ihm angeschlagen die Züchtigung.«

So Bilha's Sohn in seiner Spitzfindigkeit. Es war verzweifelt keck, was er vorbrachte, denn dort saß Joseph und konnte den Mund auftun, wenn er wollte. Aber es schien, daß das Vertrauen, welches die Brüder hatten fassen dürfen zu ihm kraft der Grube, noch immer fortwaltete; und es ward nicht zuschanden, denn in der Tat sagte Joseph nichts, sondern saß immer mit sanftmütig niedergeschlagenen Augen und benahm sich alles in allem wie ein Lamm, das vor seinem Scherer verstummt.

»Oh, oh! Ei, ei!« machte der Midianiter und wiegte den Kopf, indem er seine Augen zwischen dem Missetäter und den Gestrengen hin und her gehen ließ; dabei wurde aber allmählich das Wiegen zum Schütteln, denn etwas paßte hier nicht, und gern hätte der Alte seinen Findling gefragt, ob das alles wahr sei, doch verbot es die Rücksicht. Darum sprach er:

»Was hör' ich, was hör' ich. So ein Schelm ist er, dessen wir uns erbarmten und halfen ihm aus dem Loche im letzten Augenblick. Denn das muß ich sagen: Ihr triebt es ein wenig weit mit der Buße und bis zum Letzten. Da wir ihn fanden, war er so schwach bereits, daß er die Milch ausspie, die wir ihm spendeten, und sehr lange, scheint mir, hättet ihr nicht mehr säumen dürfen mit seiner Erlösung, wenn euch an seinem Sachwert noch irgend gelegen ist, der freilich nichtig sein mag in Anbetracht seiner Laster, an welchen kein Zweifel möglich ist; denn die Härte der Strafe beweist einen außerordentlichen Grad von Schelmerei.«

Da biß sich Dan auf die Lippe, denn er sah, daß er zuviel gesagt und, auch noch abgesehen von Josephs Vertrauenswürdigkeit, unvorsichtig geredet hatte, wie ein verdrießlicher Rippenstoß Juda's ihn gleich hatte belehren wollen. Dan hatte nur daran gedacht, den Ismaelitern die grausame Behandlung des Knaben einleuchtend zu machen; Juda aber dachte an den Verkauf, und es war schwierig, beiden Gesichtspunkten auf einmal gerecht zu werden. Da hatte man nun, wider alle Handelsvernunft, das Verkäufliche schlecht machen müssen vor den Ohren derer, denen man's anzuhängen gedachte! Das war den Jaakobssöhnen noch nicht passiert, und sie schämten sich solchen Narrentums. Aber es schien eben, daß man aus den Zwicklagen nicht herauskommen sollte in Anbetracht Josephs. Kaum war die eine geöffnet, so stak man in einer andern.

Juda übernahm es, die Handelsehre aus dieser Klemme zu retten. Er sagte:

»Nun, nun, der Wahrheit die Ehre, das Strafmaß mag über die Schelmerei wohl etwas hinausgegangen sein und könnte irreführen über den Sachwert, wir wollen das gut sein lassen. Wir Söhne des Herdenkönigs sind etwas jähe und hitzige Herren, streng und allenfalls einmal überstreng im Ahnden von Sittenverletzung und, wie wir einräumten, ein wenig handfest und unerbittlich in unseren Entschlüssen. Die Fehltaten dieses Hundejungen waren, einzeln genommen, nicht allzu erheblich; nur ihre Häufung und Aufrechnung gab uns zu denken und bestimmte die Schärfe der Strafe, aus welcher ihr auf unsere Sorge um den Sachwert des Knechtes schließen mögt, aber aus dieser wiederum auf den Wert. Denn Verstand und Anstelligkeit des Buben sind nennenswert, und gesäubert von Sittenwidrigkeit, wie er nun dasitzt dank unserer Strenge, ist er ohne Zweifel ein nützliches Gut, wie ich doch zur Steuer der Wahrheit möchte festgesetzt haben«, schloß Jehuda; und Dan schämte sich nicht wenig vor ihm ob seiner mißratenen Spitzfindigkeit, war aber froh, daß Lea's Sohn die Klemme so weise zu öffnen gewußt hatte.

Der Alte machte »Hm, hm« und blickte zwischen Joseph und seinen Brüdern hin und her, wobei er nicht aufhörte, den Kopf zu schütteln. »Ein anstelliger Schelm also. Hm, was ihr nicht sagt! Wie heißt denn der Hundejunge?«

»Der heißt nicht«, erwiderte Dan. »Wie sollte er heißen? Der hat überhaupt keinen Namen bis jetzt, denn wir sagten ja, daß er ein Niemandssohn ist, ein Bankert und Schilfgewächs wilder Zeugung, und hat keine Sippe. Wir nennen ihn ›Heda‹ und ›Du‹ oder pfeifen auch bloß. Mit solchen Namen nennen wir ihn.«

»Hm, hm, so ein Sumpfsöhnchen und unordentlich Gewächs also ist er, der Abgestrafte«, sagte wieder der Alte. »Ei seltsam, ei seltsam! Wie einen zuweilen die Wahrheit wundert! Es ist wider Vernunft und Höflichkeit, und doch wundert man sich. Da wir ihn aus dem Gefängnis zogen, äußerte der Sohn des Schilfs, er könne ablesen Geschriebenes und selber schreiben. War das gelogen von seiner Seite?«

»Nicht allzu frech«, antwortete Juda. »Wir bezeugten ja schon, daß er nennenswerten Verstandes ist und von nicht alltäglicher Anstelligkeit. Er kann wohl eine Liste führen und Buch halten über Ölkrüge und Wollballen. Sagte er nicht mehr, so mied er die Lüge.«

»Möge sie allzeit gemieden werden«, versetzte der Alte, »denn die Wahrheit ist Gott und König, und Neb-ma-rê ist ihr Name. Man muß sich ihr neigen, auch wenn sie verwunderlich anmutet. Können auch meine Herren und die Herren des

Schilfknaben lesen und schreiben?« fragte er mit kleinen Augen.

»Wir erachten's für Sklavensache«, erwiderte Juda kurz.

»Und das ist es mitunter«, räumte der Alte ein. »Aber auch Götter schreiben die Namen der Könige auf Bäume, und groß ist Thot. Möglicherweise hat er diesem Sumpfknaben selbst die Binsen gespitzt und ihn unterwiesen, – möge der Ibisköpfige mir den Scherz nicht aufs Kerbholz setzen! Aber wahr ist's: Alle Stände der Menschen werden regiert, nur der Schreiber aus dem Bücherhaus, er regiert selbst und braucht nicht zu schuften. Es gibt Länder, wo dies Binsenkind über euch gesetzt wäre und eueren Schweiß. Denkt euch, ich kann mir's vorstellen, und die Einbildungskraft versagt mir nicht völlig, wenn ich's einmal annehme und setze zum Scherze den Fall, er wäre der Herr und ihr seine Knechte. Seht, ich bin Kaufmann«, fuhr er fort, »und ein gewiegter, das mögt ihr glauben; denn ich bin alt geworden im Schätzen und Abschätzen der Dinge und ihrer Güte oder Geringigkeit, also daß mich nicht leicht einer dumm macht die Ware betreffend, denn ich hab's zwischen Daumen und Zeiger, was sie taugt, und ob ein Gewebe grob ist oder fein oder mittlerer Güte, das hab' ich hier zwischen den Fingern, und steht mir der Kopf schon schief von alter Gewohnheit des Prüfens, so daß mir keiner das Mindere anhängt fürs Wertige. Nun seht, der Junge ist fein nach Faser und Maser, ob auch verwahrlost von harter Strafe, – schiefköpfig erkenn' ich's und hab's hier ganz genau zwischen den wetzenden Fingern. Ich rede nicht von der Anstelligkeit, vom Verstande und von der Schreibkunst, sondern vom Stoffe red' ich und vom Gewebe, – da bin ich ein Kenner. Darum scherzte ich kühn und sagte, es stünde mir der Verstand nicht still, wenn ich hörte, der Heda sei hier der Herr und ihr seine Knechte. Nun aber ist's freilich umgekehrt?«

»Allerdings!« versetzten die Brüder und steiften die Rücken.

Der Alte schwieg.

»Nun«, sagte er dann und machte wieder die Augen klein, »da er euer Sklave ist, so verkauft mir den Knaben!«

Es war eine Probe, die er da anstellte. Etwas war ihm hier dunkel, und ganz aus freier Hand, mit unbestimmter List, tat er den Vorschlag, neugierig auf seine Wirkung.

»Nimm ihn zum Geschenk«, murmelte Juda mechanisch. Und da der Midianiter bekundet hatte, daß sein Haupt und Herz für diesen Schnörkel empfänglich seien, fuhr jener fort: »Zwar ist es gegen die Billigkeit, daß wir sollen die Plage gehabt haben mit dem Knaben, und nun, da er gesäubert von Sittenwidrigkeit, sollt ihr die Früchte ernten unsrer Erziehung. Aber da euch der Sinn nach ihm steht, so macht euer Gebot!«

»Macht vielmehr euren Preis!« sagte der Alte. »Ich halt' es nicht anders.«

Und nun begann das Handeln und Feilschen um Joseph und dauerte vor Zähigkeit fünf Stunden lang, bis in den späten Tag und bis Sonnenuntergang. Dreißig Silberlinge verlangte Juda im Namen der Seinen; aber der Minäer erwiderte, das sei ein Witzwort, über das man wohl eine Weile lachen möge, doch weiter sei nichts damit anzufangen. Ob man einen bloßen Heda und schilfgebürtigen Hundejungen, der nachgewiesener- und eingestandenermaßen an schweren Charakterfehlern kranke, etwa mit Mondmetall aufwiegen solle? Da rächte sich nun Dans Übereifer im Erklären der Brunnenbuße und daß er dem Wert des Verkäuflichen so viel vergeben. Gewaltig nutzte der Alte es aus, den Preis zu drücken. Aber auch er hatte sich eine arge Blöße gegeben, da er's sich nicht hatte versagen können, fingerwetzend mit seinem Beschaffenheitsgefühl zu prahlen, und sich auf eine Schätzung der Ware nach Faser und Maser festgelegt hatte, die nun den Verkäufern zustatten kam. Jehuda nahm ihn beim Wort und bei seiner Kennerehre und arbeitete so marktschreierisch mit der Feinheit des Knaben, als hätten er und die Seinen nie die geringste Mißgunst auf diese Feinheit gehegt, noch ihretwegen den Beeiferten in die Grube geworfen: Die Handelshitze überhob sie aller Scham, ja, Juda machte sich nichts daraus, zu rufen, einen Jungen, so fein, daß er ihrer aller Herr sein könne und sie seine Sklaven, den solle man unter dreißig Schekeln verschleudern? Völlig verliebt stellte er sich an in die Ware, und als er schon bei fünfundzwanzig Silberlingen hielt, tat er noch ein Äußerstes, ging hin und küßte den stille blinzelnden Joseph auf die Wange, indem er ausrief, nicht für fünfzig könne und wolle er sich von einem solchen Schatz an Klugheit und Liebreiz trennen!

Aber auch durch den Kuß ließ sich der Alte nicht kirren und blieb der Stärkere, zumal er wohl sah, daß die Brüder sich auf jeden Fall und im Grunde um jeden Preis des Jungen entledigen wollten, was durch ein scheinbares Abbrechen und Aufgeben des Handels leicht zu erkunden gewesen war. Fünfzehn Schekel Silbers, nämlich nach leichterem babylonischen Gewicht, hatte er geboten; als aber die Brüder ihn vermöge seiner Blöße auf zwanzig Schekel, und zwar phönizisch, gebracht hatten, blieb er stehen und ließ sich nicht weiterschrauben. Denn er konnte sagen, daß er den Knaben in letzter Verschmachtungsgefahr gefunden habe und einfach Finderrecht behaupten und Lösegeld beanspruchen könne, so daß es die reine Handelskulanz von ihm sei, wenn er diesen Betrag nicht in Rechnung stelle und ihn vom Preise nicht abziehe, sondern volle und schwere zwanzig Schekel phönizisch zu zahlen bereit sei. Wisse man das nicht zu schätzen, so ziehe er sich aus dem Geschäft und wolle von schelmischen Binsenknaben überhaupt nichts mehr hören.

Also schlug man zu auf zwanzig Silberlinge nach dem Gewicht, wie es gang und gäbe war, und die Brüder schlachteten ein Lamm der Herde unter den Bäumen zu Ehren der Gäste, ließen das Blut hinlaufen und brieten das Fleisch an entfachter

Glut, damit man die Hände erhöbe und miteinander äße, zum Begängnis und zur Bestätigung, wobei auch Joseph vom alten Minäer, seinem Herrn, ein wenig bekam. Was aber hatte er sehen müssen? Er hatte gesehen, wie die Brüder heimlich und ganz nebenbei, so daß die Ismaeliter es nicht gewahr wurden, die Fetzen des Bildkleides durchs Schlachtblut gezogen und sie gründlich damit befleckt hatten: Vor seinen Augen und ungescheut hatten sie das getan, im Todesvertrauen auf seine Schweigsamkeit; und er aß von dem Lamm, dessen Blut für das seine stehen sollte.

Gastmahl und Stärkung aber waren angebracht, denn der Handel war lange noch nicht beendet. Nur in großem Zuge war er getätigt, nachdem der Hauptpreis festgesetzt worden; nun aber begann das Kleingeschäft und die Verwirklichung des gedachten Wertes in Waren. Hier ist die durch allerlei fromme Schilderung verbreitete und eingeprägte Vorstellung zu berichtigen, als hätten die Brüder, da sie den Joseph verkauften, den Kaufpreis von den Ismaelitern in klingender Münze aus dem Beutel in die Hand gezahlt bekommen. Der Alte dachte gar nicht daran, in Silber zu zahlen, von »Münze« gewisser Gründe wegen schon ganz zu schweigen. Wer schleppt auch so viel Metall auf Reisen mit sich herum, und welcher Käufer begliche die Schuld nicht lieber in Sachwerten, da doch jedes Stück, das für einen Teil der Kaufsumme eintritt, ihm eine Gelegenheit bedeutet, das Geschäft zu verbessern und, indem er selbst zum Verkäufer wird, seinen Interessen als Käufer zu dienen? Anderthalb Schekel Silber wog der Minäer den Hirten in Stücken auf seiner zierlichen Gürtelwaage dar; für alles übrige mußten die Warenbestände aufkommen, die seine Kamele trugen. Und so ward abgepackt und ausgebreitet im Grase, was sie führten: die Weihrauche und schönbrüchigen Harze von jenseits des Stromes und allerlei lachende Gegenstände sonst, die man gebrauchen kann: Rasiermesser und Messer aus Kupfer und Flint, Lampen, Salbenlöffel, Spazierstöcke in eingelegter Arbeit, blaue Glasperlen, Rizinusöl und Sandalen, – ein ganzer Bazar und Kramladen war es, den die Händler auftaten vor den lüsternen Augen der Käufer, und bis zum Preise von achtzehneinhalb Silberlingen durften sie sich davon aneignen für ihre Ware, wobei um jedes Ding ein Gefeilsch ging, als drehe sich's einzig um dieses, so daß in Wahrheit der Abend einfiel, ehe man zu Rande gekommen und Joseph verkauft war für wenig Silber und viele Messer, Balsambrocken, Lampen und Stöcke.

Danach räumten die Ismaeliter wieder auf und empfahlen sich. Sie hatten sich Muße gelassen für diesen Zwischenfall und nicht der Stunden geschont; nun aber galt es, die Zeit wieder räumlich fruchtbar zu machen, und sie gedachten, noch eine Strecke in den Abend zu reisen, bevor sie ihr Nachtlager aufschlügen. Die Brüder hielten sie keineswegs. Nur Ratschläge gaben sie ihnen betreffend der Weiterreise und wegen der einzuschlagenden Straßen.

»Zieht ja nicht im Innern«, sagten sie, »und auf dem Kamm, der die Wasser scheidet, daß ihr nach Hebron kommt und so fort, – wir empfehlen's nicht, wir warnen die Freunde. Die Wege sind rauh, es stolpern die Tiere, und überall lauert Gesindel. Zieht weiter hier in die Ebene und lenkt in die Straße, die durch die Hügel am Fuße des Baumgartens hinabführt zum Saum des Landes, so seid ihr geborgen und ziehet immer im lieblichen Sande des Meeres hinab, sieben mal siebzehn Tage weit oder so weit ihr wollt; es ist ein Vergnügen, am Meere zu reisen, man wird es nicht satt, und ist das einzig Vernünftige!«

Die Händler versprachen es, indem sie Abschied nahmen. Da hoben die Kamele sich auf unter ihnen, und Joseph, der Verkaufte, saß bei Kedma, dem Sohn des Alten. Er hielt die Lider gesenkt, wie er die ganze Zeit hin getan, selbst da er vom Lamme gegessen. Und auch die Brüder standen, die Augen zu

Boden gesenkt, indes der Reisezug in der rasch fallenden Dämmerung entschwand. Dann holten sie Luft ein und bliesen sie von sich:

»Nun gibt's ihn nicht mehr!«

Ruben kommt zur Höhle

In der Dämmerung aber, die fiel, und in dem lispelnden Abend, der aufzog mit großen Sternen, trieb Ruben, Lea's Sohn, seinen Esel, der das Nötige trug, von Dotan her auf Umwegen gegen das Grab Josephs, daß er täte, was er vorige Nacht in Angst und Liebe beschlossen.

In seiner Brust, so breit und mächtig sie war, pochte ihm das Herz; denn Ruben war stark, aber weich und erregbar, und fürchtete sich vor den Brüdern, daß sie ihn ertappten und das Werk der Rettung verhinderten, das auch das Werk seiner Reinigung und Wiedererhöhung sein würde. Darum war seine muskelwulstige Miene bleich im Dunkeln, und seine umgürteten Säulenbeine traten verstohlen den Grund. Aus seinen zusammengepreßten Lippen kam kein Ruf für den Esel, sondern ingrimmig stachelte er nur von Zeit zu Zeit das gleichmütige Tier mit der Spitze seines Stabes ins hintere Fleisch, daß sie vorwärtskämen. Denn eines fürchtete Ruben vor allem: daß Todesstille herrschen möchte im Brunnen, wenn er ankäme und leise den Namen riefe, daß Joseph so lange die Seele nicht halten, sondern bereits verschmachtet sein könnte und alle Vorkehrungen unnütz wären, besonders die Leiter aus Stricken, die ihm der Seiler zu Dotan vor seinen Augen hatte knüpfen müssen.

Für eine solche nämlich, als Werkzeug der Rettung, hatte Ruben sich schließlich entschieden. Sie war gut für verschiedene Fälle: Man konnte an ihr emporklettern vom Grunde, wenn die Kräfte reichten, oder, reichten sie nicht, sich wenigstens zwischen die Sprossen setzen und sich zu Tage ziehen lassen von Rubens strotzenden Armen, die einst Bilha umschlossen hatten und wohl noch taugen würden, das Lamm aus der Tiefe zu ziehen für Jaakob. Ein Rock war da für den Nackten, und Mundvorrat für fünf Tage hing an des Esels Flanken, – die Tage der Flucht vor den Brüdern, die Ruben verraten wollte und sämtlich in die Asche bringen: gebeugten Hauptes gestand er sich's ein, während er nächtlich zum Grabe schlich. So schlecht handelte also der große Ruben, indem er das Gute tat? Denn daß es gut und notwendig war, den Joseph zu retten, von dieser Gewißheit war seine Seele ganz voll, und wenn das Böse und Eigennützige mit unterlief, so mußte man's in den Kauf nehmen; das Leben mischte es also. Auch wollte Ruben schon noch das Böse zum Guten wenden, er traute sich's zu. Stand er nur erst wieder herrlich vorm Vater und war der Erstgeborene wieder, so wollte er wohl auch noch die Brüder erretten und sie heraushauen aus der Drangsal: Viel würde sein Wort dann gelten, und er würde es brauchen, die Brüder zu entschuldigen und die Schuld zu verteilen auf alle, sogar auf den Vater auch, so daß es ein großes Einsehen und gegenseitig Verzeihen geben und Gerechtigkeit walten sollte für immer.

So suchte Ruben sein pochendes Herz zu stillen und sich zu trösten ob der lebenstrüben Mischung seiner Beweggründe; und kam zum Abhange und zum Gemäuer, da blickte er um sich, ob niemand ihn sähe, nahm Strickwerk und Rock und stieg hinab auf den Kanten seiner Füße zu den schlechten, von Feigenschößlingen versperrten Stufen ins Brunnenhaus.

Die Sterne schienen hinein ins brüchige Fliesengelaß, doch nicht der Mond, und Re'uben sah vor sich nieder, daß er nicht strauchele, zog aber schon die Luft ein in seine bedrängte Brust, um heimlich-dringlich damit zu rufen: »Joseph! Lebst du?«, in leidenschaftlicher Freude auf des Bruders Antwort, in angstvoller Sorge, es möchte keine erfolgen, – da schrak er zusammen, daß es ihn nur so riß und der innige Ruf zum heisern Schreckenslaut wurde. Er war nicht allein hier unten. Es saß einer da und schimmerte weißlich im Sternenschein.

Wie war das? Einer saß neben dem Brunnen, und der war abgedeckt: Der Brunnenstein lag in zwei Hälften auf den Fliesen, eine über der anderen, und darauf saß Einer im Mäntelchen, auf seinen Stab gestützt und blickte dem Ruben stillen Mundes aus schläfrigen Augen entgegen.

Die Glieder vom Stolpern verstellt, stand der große Ruben und starrte auf die Erscheinung. Er war so verwirrt, daß ihm einen Augenblick der Gedanke kam, er sähe Joseph vor sich, der gestorben sei und als Totengeist neben seinem Grabe sitze. Doch hatte der unliebsam Gegenwärtige gar keine Ähnlichkeit mit Rahels Sohn: Selbst als Totengeist wäre dieser wohl nicht so ungewohnt lang gewesen und hätte nach menschlichem Ermessen nicht solchen Blähhals mit kleinem Kopfe darauf gehabt. Doch warum war dann der Stein vom Brunnen gewälzt? Re'uben verstand überhaupt nichts mehr. Er stammelte:

»Wer bist du!«

»Einer von vielen«, antwortete der Sitzende kühl, und unter seinem zierlichen Munde erhob sich sein Kinn dabei, das überaus plastisch war. »Ich bin gar nichts Besonderes, und du brauchst nicht zu erschrecken. Aber wen suchst du?«

»Wen ich suche?« wiederholte Ruben, entrüstet über das Unvermutete … »Was *du* hier suchst, will ich wissen vor allen Dingen!«

»So, willst du das? Ich bin der letzte, mir einzubilden, daß hier irgend etwas zu suchen ist. Ich bin zum Wächter gesetzt dieses Brunnens, darum sitze ich hier und wache. Wenn du meinst, daß es mir sonderlichen Spaß macht und ich zu meiner Kurzweil im Staube sitze, so irrst du. Man tut nach Pflicht und Weisung und läßt manche bittere Frage beiseite.«

Merkwürdigerweise milderte sich durch diese Worte Rubens

Zorn über des Fremden Gegenwart. Daß hier einer saß, war ihm so unerwünscht und ärgerlich, daß es ihm angenehm war zu hören, der Mann sitze nicht gerne hier. Es schuf zwischen ihnen eine gewisse Gemeinschaft.

»Aber wer hat dich gesetzt?« fragte er, mäßiger gereizt. »Bist du von den Leuten des Orts?«

»Des Ortes, ja. Laß das gut sein, woher so ein Auftrag kommt. Er pflegt durch viele Münder zu gehen, und es frommt wenig, ihn bis zu seinem Urquell zurück zu verfolgen, – auf jeden Fall hast du deinen Platz einzunehmen.«

»Den Platz neben einem leeren Brunnen!« rief Ruben mit unterdrückter Stimme.

»Leer, allerdings«, erwiderte der Wächter.

»Einem abgedeckten!« setzte Ruben hinzu und wies erregt, mit zitterndem Finger, auf das Brunnenloch. »Wer hat den Stein von dem Brunnen gewälzt? Etwa du?«

Der Mann sah lächelnd an sich hinunter, an seinem Arm, der rund, aber schwach aus dem ärmellosen Leinenkleid hervorkam. Nein, in der Tat, das waren nicht Mannesarme, den Dekkel zu wälzen, weder ab noch auf.

»Weder auf noch ab«, sagte der Fremde mit lächelndem Kopfschütteln, »habe ich den Stein gewälzt. Das eine weißt du, das andere siehst du. Andere haben sich's sauer werden lassen, und ich müßte hier gar nicht den Wächter machen, wäre der Stein, darauf ich sitze, noch an seinem Ort. Aber wer sagt dir, welches der wahre Ort ist eines solchen Steines? Manchmal ist's der auf dem Loch; aber muß nicht der Deckel hinweggewälzt sein, wenn Erquickung kommen soll aus dem Brunnen?«

»Was redest du?« rief Ruben, von Ungeduld gepeinigt. »Ich glaube, du schwätzest und stiehlst mir die kostbare Zeit mit Gefasel! Wie soll Erquickung geben ein dürrer Brunnen, darin nichts ist als Staub und Moder!«

»Es kommt darauf an«, erwiderte der Sitzende mit geruhsam vorgeschobenen Lippen, den kleinen Kopf zur Seite gelegt, »was man zuvor dem Staube einverleibt und was man in seinen Schoß gesenkt. War es Leben, so wird Leben und Labe wieder hervorgehen hundertfältig. Das Weizenkorn beispielsweise …«

»Aber Mann«, unterbrach ihn Ruben mit bebender Stimme und schüttelte die Strickleiter in seinen Händen, indes der Notrock für Joseph über seinem Arme hing, »es ist unerträglich, daß du dasitzest und auf Anfangsgründe zu sprechen kommst, die man das Kind lehrt auf dem Mutterschoß und die jeder am Schnürchen hat. Ich bitte dich …«

»Du bist recht ungeduldig«, sagte der Fremde; »und bist, wenn du mir das Gleichnis erlauben willst, ganz wie ein dahinschießend Wasser. Du solltest aber Geduld lernen und Erwartung, die auf den Anfangsgründen beruht und die aller Wesen Sache ist, so daß, wer aus der Erwartung davonschießt, weder hier noch sonstwo etwas zu suchen hat. Denn es geht nur langsam voran mit der Erfüllung, und sie setzt an und versucht sich einmal und abermals, und ist schon vorläufige Gegenwart am Himmel und auf Erden, aber noch nicht die wahre, sondern nur als Versuch und Verheißung. So wälzt sich die Erfüllung dahin, mühselig, wie der Stein, wenn er schwer ist, gewälzt wird vom Brunnen. Wie es scheint, waren hier Leute, die sich's haben sauer werden lassen, den Stein zu wälzen. Aber sie müssen noch lange wälzen, bis er recht wird abgewälzt sein vom Loche, und auch ich sitze hier sozusagen nur versuchsweise und vorläufig.«

»Du sollst überhaupt nicht länger hier sitzen!« rief Ruben. »Verstehst du das endlich? Verschwinde und trolle dich deines Weges, denn ich will allein sein mit diesem Brunnen, der mich näher angeht als dich, und wenn du dich nicht augenblicklich hinweghebst, so helfe ich dir auf die Beine! Siehst du nicht, Schwacharm, der andere Leute wälzen lassen muß und nur kann dasitzen und gaffen, daß Gott mich stark gemacht hat wie einen Bären und daß ich außerdem ein Gestrick zur Hand habe, das zu Verschiedenem taugt? Auf und verschwinde, oder ich schieße dir an den Hals!«

»Rühre mich nicht an!« sagte der Fremde und streckte den langen runden Arm gegen den Zornigen aus. »Bedenke, daß ich vom Orte bin und daß du es mit dem ganzen Orte zu tun bekommst, wenn du Hand an mich legst! Habe ich dir nicht gesagt, daß ich eingesetzt bin? Verschwinden könnte ich wohl und mit Leichtigkeit, aber es fehlte nur, daß ich's auf dein Geheiß täte und in Versäumnis meiner Pflicht, die mich zur Übung hier sitzen und wachen heißt. Du kommst daher mit deinem Leibrock und deinem Strickzeug und merkst gar nicht, wie lächerlich du dich machst, da du damit gerückt kommst vor einen leeren Brunnen, – leer deiner eigenen Kennzeichnung nach.«

»Leer als Brunnen!« erläuterte Ruben heftig. »Von Wasser leer!«

»Leer überhaupt«, antwortete der Wächter. »Die Grube ist leer, wenn ihr kommt.«

Da hielt sich Ruben nicht länger, sondern stürzte zum Brunnen, beugte sich über und rief mit dringlich gedämpfter Stimme ins Tiefe:

»Knabe! Pst! Lebst du, und bist du noch etwas bei Kräften?«

Aber der auf dem Stein schüttelte lächelnd den Kopf dazu und schnalzte mitleidig. Er äffte sogar dem Ruben nach, machte ebenfalls »Knabe, pst!« und schnalzte wieder.

»Kommt daher und redet mit einem leeren Loche!« sagte er dann. »So ein Unverstand. Hier ist kein Knabe, Mann, weit und breit nicht. Wenn einer da war, so hat ihn sein Ort nicht gehalten. Höre doch endlich auf, dich zum Narren zu machen mit deinem Gerät und deinem Reden ins Leere!«

Ruben stand immer noch über den Schlund gebeugt, aus dem kein Laut ihm antwortete.

»Entsetzlich!« stöhnte er. »Er ist tot oder fort. Was fang' ich an? Ruben, was fängst du nun an?«

Und sein Schmerz, seine Enttäuschung, seine Angst brachen aus ihm hervor.

»Joseph«, schrie er auf in Verzweiflung, »ich wollte dich retten und dir aus der Grube helfen mit meinen Armen! Hier ist die Leiter, hier ist der Hemdrock für deinen Leib! Wo bist du? Deine Tür ist offen! Du bist verloren! Ich bin verloren! Wo soll ich hin, da du fort bist, gestohlen und tot? ... Jüngling, du Mann des Ortes!« rief er in zügelloser Not. »Sitze nicht stumpf auf dem diebisch gewälzten Stein, sondern rate und hilf mir! Hier war ein Knabe, Joseph, mein Bruder, das Rahelskind. Seine Brüder und ich, wir haben ihn hier hinabgesenkt vor drei Tagen zur Strafe des Hochmuts. Aber sein Vater wartet auf ihn, – es ist nicht zu ermessen, wie er wartet, und wenn sie ihm sagen, daß ein Löwe das Lamm zerriß, so fällt er auf den Rücken. Darum bin ich gekommen mit Strick und Kleid, den Knaben aus dem Brunnen zu ziehen und ihn dem Vater zu bringen, denn er muß ihn zurückhaben! Ich bin der Älteste. Wie soll ich treten vor des Vaters Gesicht, wenn der Knabe nicht wiederkehrt, und wo soll ich hin? Sage mir, hilf mir, wer wälzte den Stein, und was ist mit Joseph?«

»Siehst du?« sagte der Fremde. »Da du eintratest ins Brunnenhaus, warst du verstimmt ob meiner Gegenwart und ärgerlich, weil ich auf dem Steine saß; nun aber gehst du mich um Rat und Tröstung an. Du tust ganz recht daran, und vielleicht bist du es, um dessentwillen ich hier eingesetzt bin neben der Grube, daß ich ein oder das andere Samenkorn senke in deinen Verstand und er still bewahre den Keim. Der Knabe ist nicht mehr da, das siehst du. Sein Haus steht offen, es hat ihn nicht gehalten, ihr seht ihn nicht mehr. Aber Einer soll sein, der soll den Keim der Erwartung hegen, und da du kamst, den Bruder zu retten, so sollst du dieser Eine sein.«

»Was soll ich erwarten, wenn Joseph fort ist, gestohlen und tot!«

»Ich weiß nicht, was du unter ›tot‹ verstehst und unter ›leben‹. Du willst zwar nichts hören von kindischen Anfangsgründen, aber gestatte mir doch, dich an das Weizenkorn zu erinnern, wenn es im Schoße liegt, und dich zu fragen, wie du in seinem Betreff denkst über ›tot‹ und ›leben‹. Das sind doch schließlich nur Worte. Es sei denn nämlich, daß das Korn in die Erde fällt und erstirbt, so bringt es viele Frucht.«

»Nur Worte, nur Worte«, rief Ruben und rang die Hände. »Es sind nur Worte, die du mir machst! Ist Joseph tot, oder lebt er? Das ist's, was ich wissen muß!«

»Tot, offenbar«, versetzte der Wächter. »Ihr habt ihn ja eingebettet, wie ich höre, und dann ist er wohl gar noch gestohlen worden, beziehungsweise von wilden Tieren zerrissen, – ihr könnt überhaupt nichts anderes tun, als es dem Vater melden und es ihm handgreiflich klarzumachen, daß er sich dran gewöhne. Es bleibt aber immer ein zweideutig Ding und ist nicht zum Gewöhnen gemacht, sondern birgt den Keim der Erwartung. Die Menschen tun vieles, sich dem Geheimnis zu nähern, und mühen sich festlich. Ich sah einen Jüngling ins Grab steigen in Kranz und Feierkleid, und über ihm schlachteten sie ein Tier der Herde, dessen Blut ließen sie hinabrieseln auf ihn, daß es ihn ganz überrieselte und er es auffing mit allen Gliedern und Sinnen. Danach, wie er emporstieg, war er göttlich und hatte das Leben gewonnen, – wenigstens auf einige Zeit, dann mußte er wieder zu Grabe gehen, denn das Leben des Menschen läuft mehrmals um und bringt wieder Grab und Geburt: Mehrmals muß er werden, bis er geworden ist.«

»Ach, der Kranz und das Feierkleid«, klagte Ruben und vergrub sein Gesicht in den Händen, »die lagen zerrissen, und der Knabe ist nackend ins Grab gefahren!«

»Ja, darum kommst du daher mit deinem Leibrock«, versetzte der Wächter, »und willst ihn neu bekleiden. Das kann auch Gott. Auch er kann neu bekleiden den Entkleideten und besser als du. Darum rate ich dir: Geh nach Hause und nimm wieder mit deinen Leibrock! Gott kann sogar überkleiden den nicht Entkleideten, und am Ende war es mit eures Knaben Entkleidung nicht gar so weit her. Ich möchte, wenn du erlaubst, den Gedankensamen in deinen Verstand senken, daß diese Geschichte hier bloß ein Spiel und Fest ist, wie die des berieselten Jünglings, ein Ansatz nur und Versuch der Erfüllung und eine Gegenwart, die nicht ganz ernst zu nehmen, sondern nur ein Scherz und eine Anspielung ist, so daß wir blinzelnd und lachend einander anstoßen mögen dabei. Es könnte sein, daß diese Grube nur ein Grab wäre, von kleinerem Umlauf herangebracht, und euer Bruder wäre noch sehr im Werden und keineswegs schon geworden, wie diese ganze Geschichte im Werden ist und nicht schon geworden. Nimm das, bitte, mit im Schoße deines Verstandes und laß es ruhig darin sterben und keimen. Trägt es aber Frucht, so gib auch dem Vater davon zur Erquickung!«

»Der Vater, der Vater!« rief Ruben. »Erinnere mich an ihn nicht! Wie soll ich vor den Vater treten ohne das Kind?«

»Sieh hinauf!« sagte der Wächter. Denn es war heller geworden im Brunnenhaus, und die Barke des Mondes, dessen finstere Hälfte sich unsichtbar-sichtbar im Grunde des Himmels abzeichnete, verborgen und doch offenbar, war gerade darüber heraufgeschwommen. »Sieh ihn an, wie er schimmernd dahinzieht und den Weg seiner Brüder bahnt! Anspielungen geschehen im Himmel und auf Erden unausgesetzt. Wer nicht begriffsstutzig ist, sondern sie zu lesen weiß, der bleibt in der Erwartung. Aber auch die Nacht schreitet fort, und wer nicht sitzen muß und den Wächter spielen, der tut gut, sich aufs Ohr zu legen, gehüllt in seinen Leibrock, mit behaglich hochgezogenen Knien, daß er am Morgen wieder erstehe. Geh, mein

Freund! Hier hast du im mindesten nichts zu suchen, und ich verschwinde nun einmal nicht auf dein Geheiß.«

Da wandte sich Ruben denn kopfschüttelnd und stieg mit schwerem Zögern die Stufen und das Gefälle hinauf zu seinem Tier. Fast auf dem ganzen Wege von dort zu den Hütten seiner Brüder schüttelte er den benommenen Kopf, in Verzweiflung halb und halb in verblüffter Nachdenklichkeit, und unterschied das eine vom anderen kaum, aber er schüttelte.

Der Eidschwur

So kam er zu den Hütten und jagte die Neune auf, riß ihnen den Vorschlaf von den Augen und sprach zu ihnen bebenden Mundes:

»Der Knabe ist fort. Wo soll ich hin?«

»Du?« fragten sie. »Du sprichst, als sei er nur dein Bruder gewesen, und war doch unser aller. Wo sollen wir alle hin? Das ist die Frage. Was heißt übrigens ›fort‹?«

»›Fort‹ heißt gestohlen, verschwunden, zerrissen, tot«, schrie Ruben. »Verloren dem Vater, heißt es. Die Grube ist leer.«

»Warst du bei der Grube?« fragten sie. »Zu welchem Behuf?«

»Zum Behuf des Kundschaftens«, versetzte er wütend. »Das wird dem Erstgeborenen ja wohl noch freistehen! Soll es einem wohl Ruhe lassen, was wir getan haben, und einen nicht umtreiben? Allerdings wollte ich nach dem Knaben sehen und teile euch mit, daß er fort ist und daß wir uns fragen müssen, wo wir nun hin sollen.«

»Dich den Erstgeborenen zu nennen«, antworteten sie, »ist etwas kühn, und man braucht nur den Namen Bilha's zu nennen, um dir die Tatsachen zurückzurufen. Wir liefen Gefahr, daß dem Träumer die Erstgeburt zufalle; nun aber sind die Zwillinge an der Reihe, und auch Dan könnte Anwartschaft geltend machen, denn im selben Jahr wie Levi ist er erschienen.«

Sie hatten aber den Esel gesehen mit Rock und Leiter, den Ruben nicht einmal zu verbergen Lust gehabt hatte, und reimten sich unschwer alles zusammen. So, so, der große Ruben hatte sie untertreten wollen und den Joseph stehlen – hatte sich das Haupt zu erheben und sie in die Asche zu bringen gedacht. Das war ja artig. Sie verständigten sich mit den Blicken darüber. Stand es aber so – auch dahin ging die stumme Verständigung –, so schuldeten sie dem Ruben nicht Rechenschaft über das, was sie unterdessen getan. Untreue gegen Untreue: Von den Ismaelitern brauchte Ruben dann nichts zu wissen und daß sie im Begriffe waren, den Joseph aus allem Gesichtskreis zu bringen. Der Mann wäre imstande, ihnen nachzusetzen. Darum schwiegen sie, zuckten die Achseln ob seiner Nachricht und bekundeten Gleichmut.

»Fort ist fort«, sagten sie, »und es ist ganz gleich, was das Fort beinhaltet: Gestohlen, verschwunden, zerrissen, verraten, verkauft, das ist zum Schnippen und ist uns schnuppe. War es nicht unsere Sehnsucht und unser gerechtes Verlangen, daß es ihn nicht mehr geben möge? Also, es ist uns gewährt worden, die Grube ist leer.«

Er wunderte sich aber, daß sie die neue und ungeheuere Nachricht so kalt aufnahmen, forschte in ihren Augen und schüttelte das Haupt.

»Und der Vater?« rief er in plötzlichem Ausbruch und warf die Arme empor …

»Das ist beschlossen und ausgemacht«, sagten sie, »nach der Klugheit Dans. Denn er soll nicht harren und zweifeln, sondern klipp und klar soll es ihm sein und mit Händen zu greifen, daß es nicht mehr gibt den Dumuzi und dahin ist der Hätschelhans. Wir aber wollen geeinigt vor ihm sein durch das Zeichen. Sieh, was wir vorbereitet, während du eigene Wege gingest!«

Und sie brachten die Fetzen des Schleiers herbei, die von halbgetrocknetem Blute starrten.

»Ist es sein Blut?!« rief Ruben mit der hohen Stimme seines mächtigen Leibes und schauderte furchtbar … Denn einen Augenblick dachte er nicht anders, als daß sie ihm bei der Grube zuvorgekommen seien und den Joseph getötet hätten.

Sie lächelten einander zu.

»Was du wähnst und faselst!« sagten sie. »Nach der Abrede ist es geschehen, und ein Tier der Herde hat sein Blut gegeben zum Zeichen, daß Joseph dahin ist. Das bringen wir nun vor den Vater und lassen es seine Sache sein, sich's zu deuten wie er muß, denn es bleibt nichts übrig, als daß der Löwe den Joseph auf dem Felde betreten und hat ihn zerrissen.«

Ruben saß, die gewaltigen Knie vor sich, und wühlte die Fäuste in seine Augenhöhlen.

»Unselige!« stöhnte er. »Unselige wir! Ihr plappert leichten Mundes vom Künftigen und seht's nicht und kennt's nicht. Denn undeutlich und blaß ist es euch in der Ferne, und fehlt euch die Kraft im Kopfe, es nahe heran zu bringen und für eines Blinzelns Dauer nur in der Stunde zu leben, wenn sie genau worden. Sonst würde euch grausen und würdet lieber wollen, daß der Blitz euch niederstrecke beizeiten oder daß ihr versenkt wäret, einen Mühlstein um den Hals, ins Wasser, wo es am tiefsten ist, als daß ihr bestündet das Angerichtete und löffeltet die Suppe, die ihr euch eingebrockt. Ich aber lag vor ihm, da ich übel getan und er mir fluchte, und kenne die Inbrunst seiner Seele im Zorn, – ich sehe auch, genau, als wär' es schon wirklich, wie schauderhaft sie sich gebärden wird im Jammer. ›Das bringen wir vor den Vater und lassen's ihn deuten.‹ Ihr Plappermäuler! Ja, er wird's deuten! Doch sehe das einer mit an, wenn er's deutet, und ertrage es, wenn er seine Seele zum Ausdruck bringt! Denn Gott schuf sie weich und groß und lehrte sie, sich überwältigend hervorzukehren. Nichts seht ihr und bildet euch nichts mit Deutlichkeit ein, was nicht schon heraufgekommen; darum plappert ihr getrost vom Künftigen und kennt kein Zagen. Ich aber fürchte mich!« rief er, der bärenstarke Mann, und stand vor ihnen auf in Turmeshöhe mit ausgebreiteten Armen. »Wo soll ich hin, wenn er sich's deutet?!«

Betreten saßen die Neune und blickten jeder verschüchtert in seinen Schoß.

»Schon gut«, versetzte Jehuda leise. »Hier ist keiner, der nach dir spiee ob deiner Furcht, Re'uben, meiner Mutter Sohn, denn mutig ist's auch, seine Furcht zu gestehen, und wenn du meinst, uns sei dreist und fröhlich ums Herz und um die Nieren herum und wüßten nichts von der Furcht Jaakobs, so bist du im Irrtum. Was frommt es aber, Geschehenes zu verwünschen, und was, zu rütteln an dem Notwendigen? Joseph ist aus der Welt, und dies Blutkleid besagt es. Zeichen ist milder denn Wort. Darum bringen wir vor Jaakob das Zeichen und sind des Worts überhoben.«

»Müssen wir denn«, frug Ascher hier, Silpa's Sohn, und leckte sich nach seiner Gewohnheit die Lippen, »müssen wir denn, da schon die Rede vom Überbringen ist, alle auf einmal bringen das Zeichen vor Jaakob und alle dabei sein, wenn er sich's deutet? Ziehe doch einer voran mit dem Kleid und bringe es ihm; aber wir andern kommen fein nach und treten erst hin, wenn er sich's schon gedeutet hat, so scheint es mir milder. Ich schlage Naphtali vor, den Geläufigen, zum Träger und Boten. Oder es möge das Los uns weissagen, wer's tragen soll.«

»Das Los!« rief Naphtali eilends. »Ich bin fürs Los, denn ich plappere auch nicht vom Künftigen, ohne mir's einzubilden, und bekenne freien Muts meine Furcht!«

»Hört, Männer!« sprach Dan. »Jetzt will ich richten und euch alle erlösen. Denn von mir stammt der Plan, und er ist bildsam in meiner Hand wie nasser Ton und wie Töpfererde: ich will ihn verbessern. Denn wir müssen dem Jaakob das Kleid nicht bringen, weder einer, noch alle. Sondern Fremden geben wir's, irgendwelchen, die wir uns dingen, Leuten des Orts und der Gegend, empfänglich für gute Worte und etwas Wolle und Dickmilch. Denen schärfen wir's ein, was sie reden sollen vor Jaakob: ›So und so, und dies fanden wir nahe Dotan im Felde und stießen zufällig darauf in der Wüste. Sieh es doch näher an, mein Herr, ob es nicht etwa gar deines Sohnes Kleid ist!‹ In dieser Art. Wenn sie dies hergesagt, mögen sie sich aus dem Staube machen. Wir aber verziehen noch einige Tage, ehe wir nachrücken, bis er sich vollends gedeutet das Wahrzeichen und weiß, daß er Einen verloren und Zehne gewonnen hat. Seid ihr's zufrieden?«

»Das ist gut«, sagten sie, »oder läßt sich doch hören. Darum so laßt es uns annehmen, denn was sich nur hören läßt in diesem Fall, das muß man schon als recht gut betrachten.«

Alle nahmen es an, auch Ruben, obgleich er eine bittere Lache emporgesandt hatte, als Dan von Zehnen gesprochen, die Jaakob gewinne für Einen. Danach aber saßen sie immer noch vor den Hütten unter den Sternen und mochten den Rat nicht beenden; denn sie waren ungewiß ihrer Gemeinschaft wegen, und traute einer dem andern nicht. Es sahen die Neune den Ruben an, der offenbar den Versenkten hatte stehlen und sie untertreten wollen, und fürchteten sich vor ihm. Er aber sah die Neune an, die bei der Nachricht, die Grube sei leer, so wunderlich unbewegt geblieben, und wußte nicht, was er denken sollte.

»Einen grimmen Eid«, sprach Levi, der roh, aber fromm war und heilige Förmlichkeiten gern und mit Sachkenntnis veranstaltete, »einen gräßlichen müssen wir schwören, daß keiner von uns jemals dem Jaakob noch irgendeinem andern ein Sterbenswörtchen wird ansagen von dem, was hier geschehen und was wir mit dem Träumer gemacht, noch auch nur mit einem Wink, Blink und Zwink des Auges will zielen, schielen und spielen auf diese Geschichte hin, bis in den Tod!«

»Er sagt es, das müssen wir«, bestätigte Ascher. »Und muß dieser Eidschwur uns Zehne zusammenbinden und -bündeln, daß wir wie *ein* Körper sind und wie *ein* Schweigen, als ob wir nicht einzeln wären, da und dort, sondern *ein* Mann, der die Lippen zusammendrückt und tut sie auch im Tode nicht auf, sondern stirbt, den Mund verbissen vor seinem Geheimnis. Man kann Geschehenes ersticken und umbringen durch Schweigen, das man darüber wälzt wie einen Felsblock: Da geht ihm der Atem aus mangels Luft und Licht und hört auf geschehen zu sein. Glaubt mir, so kommt vieles um, was geschah, wenn das Schweigen darüber nur unverbrüchlich genug ist, denn ohne Wortes Hauch kann nichts bestehen. Schweigen müssen wir wie *ein* Mann, dann ist's aus mit dieser Geschichte, und dazu helfe uns Levi's grimmer Eidschwur, – er soll uns bündeln!«

Es war ihnen recht, denn keiner wollte gern auf sich allein gestellt sein im Schweigen, sondern lieber ein jeder teilhaben an einer gemeinsam-mächtigen Unverbrüchlichkeit und in ihr geborgen sein mit seiner Schwäche. Darum dachte Levi, Lea's Sohn, scheußliche Formeln aus zum Schwören, und sie rückten so nahe zusammen, daß ihre Nasen aneinander stießen und ihr Atem sich vermischte, gaben die Hände in einen Haufen und riefen einstimmig den Höchsten an, El-eljon, den Gott Abrahams, Jizchaks und Jaakobs, bestellten aber auch mehrere Landesbaale, die sie kannten, sowie den Anu von Uruk, den Ellil von Nippur und den Bel Charran, Sin, den Mond, zu Eideshelfern und verschworen sich, beinahe Mund an Mund, in einstimmigem Sprechgesang, daß derjenige, der »es« nicht verschweige oder auch nur mit Wink, Blink und Zwink darauf ziele, schiele und anspiele, der solle unmittelbar danach zur Hure werden; Sins Tochter, der Weiber Herrin, solle ihm den Bogen nehmen, nämlich die Mannheit, daß er wie ein Maultier sei, richtiger gesagt aber eine Hure, die dahinnehme ihren Lohn auf der Gasse; ein Land solle ihn ins andre vertreiben, so daß er nicht wissen solle, wohin sein Hurenhaupt betten, und weder leben noch sterben solle er können, sondern es sollten sich Leben und Tod ihn vor Ekel einander zuspeien äonenlang.

So der Schwur. Da sie ihn geschworen, war ihnen leichter und fester, denn sie hatten sich ungeheuer versichert. Als sie aber auseinandertraten von dem Bündnis und hingingen, ein jeder seinen eigenen Schlaf zu schlafen, sagte einer zu einem andern (es war Issakhar, der es zu Sebulun sagte):

»Ich habe einen Neid, und es ist der auf Turturra, den Kleinen, Benjamin, unsern Jüngsten zu Hause, daß er von nichts weiß und blieb aus diesen Geschichten und diesem Bunde. Er hat es gut, finde ich, und ich bin ihm neidisch. Du nicht auch?«

»Ich allerdings auch«, erwiderte Sebulun.

Ruben jedoch für sein Teil versuchte der Worte des lästigen Jünglings zu gedenken, des Mannes vom Ort, der auf dem Brunnenstein gesessen war. Es war nicht leicht, ihrer zu gedenken, denn recht sehr verschwommen waren sie gewesen und voll Zwielichtes, mehr Rederei denn Rede und nicht wiederherzustellen. Und dennoch war in Rubens tiefstem Verstande ein Keim davon zurückgeblieben, der nichts von sich wußte, wie der Keim des Lebens nichts von sich weiß im Leibe der Mutter, aber die Mutter weiß von ihm. Es war der Keim der Erwartung, den Ruben hegte, und nährte ihn heimlich mit seinem Leben im Schlafen und Wachen, bis er zum grauen Manne geworden, durch so viel Jahre, wie Jaakob gedient hatte bei Laban, dem Teufel.

SIEBENTES HAUPTSTÜCK: DER ZERRISSENE

Jaakob trägt Leid um Joseph

Ist Zeichen milder denn Wort? Das ist sehr strittig. Juda urteilte vom Standpunkt des Schreckenbringers, der wohl das Zeichen vorziehen mag, da es ihm Worte erspart. Jedoch der Empfänger? Das Wort kann er aus aller Kraft seiner Unwissenheit in den Wind schlagen, es als Lüge und greuliche Faselei unter die Füße treten und es in die Hölle des unausdenkbaren Unsinns verweisen, wohin es nach seiner gewaltsam lachenden Überzeugung gehört, ehe sein Recht aufs obere Licht dem Ärmsten dämmert. Das Wort dringt nur langsam ein; vor allem einmal ist es unverständlich, sein Sinn nicht zu fassen, nicht zu verwirklichen; eine Weile steht es dir frei, die Zerrüttung, die es in deinem Hirn und Herzen anrichten will, zur Fristung deiner Unwissenheit, deines Lebens auf den Boten zurückzuschieben und ihn als wahnsinnig hinzustellen. »Was sprichst du?« kannst du fragen. »Ist dir nicht gut? Komm, ich will dich etwas pflegen und dir einen Schluck zu trinken geben. Dann magst du wieder reden, und zwar so, daß es sich hören läßt!« Das ist kränkend für jenen, aber um deiner Lage willen, deren er Meister ist, sieht er dir's nach, und allmählich macht sein vernünftig-erbarmender Blick dich wankend. Du hältst diesem Blicke nicht stand, du begreifst, daß die Vertauschung der Rollen, die du um deiner Selbsterhaltung willen erzwingen möchtest, nicht zu bewerkstelligen ist und daß es vielmehr an dir ist, von ihm einen Schluck zu trinken anzunehmen …

Einen solchen verzögernden Kampf gegen die Wahrheit gestattet das Wort. Aber nichts dergleichen ist möglich bei Einsetzung des Zeichens. Seine gesammelte Grausamkeit gestattet keinerlei aufschiebende Fiktion. Es ist unmißverständlich und

braucht nicht verwirklicht zu werden, da es wirklich ist. Es ist
greifbar und verschmäht die schonende Eigenschaft, unbegreiflich zu sein. Es läßt überhaupt keinen vorläufigen Ausweg
zum Entschlüpfen offen. Es zwingt dich, das, was du, vernäh-
mest du es in Worten, als Wahnsinn zurückweisen würdest,
selber in deinem Haupte hervorzubringen und dich also entweder selbst für wahnsinnig zu halten oder die Wahrheit anzunehmen. Mittelbarkeit und Unmittelbarkeit verschränken
sich im Wort und im Zeichen auf verschiedene Weise, und
unentschieden möge es bleiben, welchem die brutalere Unmittelbarkeit zukommt. Das Zeichen ist stumm – aber nur aus
dem unmilden Grunde, weil es die Sache selbst ist und nicht zu
reden braucht, um »begriffen« zu werden. Schweigend wirft es
dich auf den Rücken.

Daß Jaakob beim Anblick des Kleides, aller Voraussicht entsprechend, umfiel, ist gesicherte Tatsache. Gesehen aber hat
niemand, wie es geschah; denn die Männer von Dotan, arm-
selige Leute, die, ihrer zwei, es gegen ein Quantum Wolle und
Dickmilch stumpfen Sinns übernommen hatten, die Finder zu
spielen, hatten sich nach Hersagung ihres Lügensprüchleins
sogleich wieder aus dem Staube gemacht, ohne die Wirkung
abzuwarten. Sie hatten Jaakob, den Gottesmann, die blutstar-
ren Schleierfetzen in Händen, an dem Orte stehen lassen, wo sie
ihn getroffen, vor seinem härenen Hause, und sich auf die
Weise gedrückt, daß sie zuerst ein paar gewaltsam langsame
Schritte getan und dann aus allen Kräften losrennend das Weite
gesucht hatten. Niemand weiß, wie lange er dort gestanden
und auf das Wenige niedergeblickt hatte, was, wie er allmählich
hatte verstehen müssen, auf dieser Welt von Joseph übriggeblieben war. Dann war er jedenfalls umgefallen, denn auf dem
Rücken liegend fanden ihn vorüberkommende Frauen: Weiber
der Söhne, die Sichemitin Buna, Schimeons Gespons, und dasjenige Levi's, die sogenannte Enkelin Ebers. Diese nahmen ihn

erschrocken auf und trugen ihn ins Zelt. Was er in Händen hielt, belehrte sie rasch über die Ursache seines Falles.

Es war aber keine gewöhnliche Ohnmacht, in der er lag, sondern eine Art von Starre, von der jede Muskel und Fiber ergriffen war, so daß man kein Gelenk hätte biegen können, ohne es zu zerbrechen, und die seinen Körper völlig versteinte. Die Erscheinung ist selten, tritt aber als Rückwirkung auf außerordentliche Zumutungen des Schicksals zuweilen auf und kommt einer Art von Sperrkrampf und verzweifelt-trotziger Verstockung gegen das Unannehmbare gleich, die sich nur langsam, spätestens aber in einigen Stunden löst, – kapitulierend gleichsam vor der unerbittlich anstehenden Leidenswahrheit, der nun einmal Zutritt und Einlaß gewährt werden muß.

Die von allen Seiten zusammengelaufenen und herbeigeholten Hofleute, Männer und Weiber, beobachteten furchtsam diese Erweichung eines zur Salzsäule Gewordenen zu einem dem Elende offenen Jammermann. Er hatte noch keinen Ton in der Kehle, als er, gleichsam ein Geständnis ablegend, den längst nicht mehr gegenwärtigen Bringern des Zeichens zur Antwort gab: »Ja, es ist meines Sohnes Rock!« Darauf schrie er mit schrecklicher, von der Verzweiflung ins Gellende erhöhter Stimme auf: »Ein böses Tier hat ihn gefressen, ein reißend Tier hat Joseph zerrissen!« Und als ob dieses Wort »zerrissen« ihn darauf gebracht hätte, was nun zu tun sei, begann er, seine Kleider zu zerreißen.

Da Hochsommer herrschte und seine Kleidung leicht war, bot sie ihm nicht allzuviel Widerstand. Aber obgleich er alle Kraft seines Elends in sein Betreiben legte, währte es ziemlich lange vermöge der unheimlich schweigenden Gründlichkeit, mit der er es durchführte. Entsetzt und mit Gebärden, die die Ausschreitung vergebens zu verhindern strebten, mußten die Umstehenden sehen, wie er nicht, nach ihrer mäßigen Erwartung, beim Oberkleid stehenblieb, sondern, offenbar in Verfolgung eines wilden Vorsatzes, tatsächlich alles zerriß, was er anhatte, die Fetzen einen nach dem anderen von sich warf und sich völlig entblößte. Als Handlungsweise des schamhaften Mannes, dessen Abneigung gegen jede Nacktheit des Fleisches alle Welt zu respektieren gewohnt war, wirkte das in so hohem Grade unnatürlich und erniedrigend, daß es nicht anzusehen war und die Hofleute denn auch unter klagenden Verwahrungen sich abwandten und verhüllten Hauptes hinausdrängten.

Für das, was sie vertrieb, ist »Scham« nur unter der Bedingung das rechte und zulängliche Wort, daß man es nach seinem letzten und weitgehend vergessenen Sinne versteht: als einsilbige Umschreibung jenes Grauens, das entsteht, wenn das Urtümliche die Schichten der Gesittung durchbricht, an deren Oberfläche es nur noch in gedämpften Andeutungen und Gleichnissen fortwirkt. Eine solche gesittete Andeutung ist in dem Zerreißen des Oberkleides bei schwerer Trauer zu erblikken: Es ist die bürgerliche Abmilderung der ursprünglichen Sitte oder Vorsitte, die Kleider ganz und gar abzutun, Hülle und Schmuck als Abzeichen einer Menschenwürde, die durch äußersten Jammer vernichtet und gleichsam vor die Hunde gekommen ist, zu verschmähen und sich zur bloßen Kreatur zu erniedrigen. Dies tat Jaakob. Er ging aus tiefstem Schmerz auf den Grund der Sitte, vom Sinnbild zur rohen Sache selbst und zum schrecklich Eigentlichen zurück; er tat, was »man nicht mehr tut«, und das ist, recht bedacht, die Quelle alles Grauens. Unterstes kommt dabei zuoberst; und wenn er, um der Gründlichkeit seines Elends Ausdruck zu geben, sich hätte einfallen lassen, wie ein Schafbock zu blöken, so hätte den Hofleuten nicht übler dabei zu Sinne werden können.

Sie flohen also schamhaft; sie verließen ihn, – und es könnte zweifelhaft sein, ob das dem bedauernswerten Alten ganz lieb und recht war; ob die Erzeugung von Grauen nicht in seinen tiefsten Wünschen lag und ob er, bei seiner krassen Kundgebung allein gelassen, noch so ganz auf seine Rechnung kam. Er war jedoch nicht allein, und die Kundgebung bedurfte keiner menschlichen Zeugenschaft, um ihr Wesen und ihren Zweck, nämlich eben die Erregung von Grauen, zu wahren. An wen, genauer gesagt: gegen wen sie sich richtete, bei wem sie eigentlich Grauen zu erzeugen bestimmt war und wem sie, als ausdrucksvolle Rückkehr zum Urstande der Natur, vor Augen führen sollte, wie rückfällig-wüstenmäßig er selbst sich benommen habe, – das wußte der verzweifelte Vater ganz genau, und auch die Seinen erfuhren es nach und nach, zumal Eliezer, »Abrahams Ältester Knecht«, der sich seiner annahm, – diese Einrichtung von einem Greise, der auf so besondere Weise »Ich« zu sagen wußte und dem die Erde entgegengesprungen war.

Auch er war von der schrecklichen, durch das Wahrzeichen erhärteten Nachricht, daß Joseph, sein schöner und anstelliger Schüler, der Sohn der Rechten, auf der Reise tödlich verunglückt und einem reißenden Tier zum Opfer gefallen war, ins Herz getroffen; aber seine seltsam unpersönliche Verfassung, sein eigentümlich weitläufiges Selbstgefühl gestatteten ihm ein gewisses Phlegma im Hinnehmen des Schlages, und außerdem ließ die so notwendige Sorge um Jaakob, den Jammermann, ihn den eigenen Kummer für wenig achten. Eliezer war es, der den Herrn mit Speise versah, obgleich dieser sie tagelang gänzlich verweigerte, und der ihn zur Not bestimmte, wenigstens nachts sein Zelt und Bettlager aufzusuchen, wo er dann auch nicht von seiner Seite wich. Für Tags nämlich hatte Jaakob seinen Platz auf einem Scherben- und Aschenhaufen in einem abseitigen, von Schatten ganz entblößten Winkel der Siedelung genommen, und dort saß er nackend, die Schleierstücke in Händen, Haar, Bart und Schultern mit Asche bestreut, indem er sich zeitweise mit einer aufgelesenen Scherbe den Körper schabte, als sei er mit Schwären und Aussatz geschlagen, – eine rein symbolische Handlungsweise, denn es war nicht die

Rede von Schwären, und das Schaben gehörte zu den Kundgebungen, die anderswohin gerichtet waren.

Es war freilich der Anblick dieses armen, büßenden Körpers auch ohne die bildlich behauptete Unreinheit kläglich-ergreifend genug, und jedermann, bis auf den Großknecht, mied voller Scheu und Ehrfurcht die Stätte dieser Preisgabe. Jaakobs Leib war ja nicht mehr der des zart-rüstigen Jungmannes, der am Jabbok unbesiegt mit dem rindsäugigen Fremden gerungen und mit der Unrechten die wehende Nacht verbracht; auch dessen nicht mehr, der spät mit der Rechten den Joseph gezeugt. An siebzig Jahre, nicht wohl vermerkt durch rechnende Aufmerksamkeit, aber sachlich wirksam, waren darüber hingegangen und hatten ihm die rührend-abweisenden Verunstaltungen des Alters zugefügt, die seine Bloßstellung so schmerzlich machten. Jugend zeigt sich gern und freimütig nackend; sie hat das gute Gewissen ihrer Schönheit. Alter verhüllt sich in würdiger Scham und weiß, warum. Diese von der Hitze gerötete, mit weißem Haar bewachsene und, wie es bei Jahren geht, in ihrer Form schon dem Weiblichen sich annähernde Brust, diese entkräfteten Arme und Schenkel, die Falten dieses erschlafften Bauches enthüllt zu sehen, war niemandes Sache als eben etwa des alten Eliezer, der es mit Ruhe nahm und keinen Einspruch dagegen erhob, da er die Kundgebung des Herrn nicht stören mochte.

Noch weniger war er der Mann, den Jaakob an seinen übrigen, das Maß des in schwerer Trauer Üblichen nicht überschreitenden Maßnahmen zu hindern: besonders an dem Aufenthalt auf dem Kehrichthaufen und der immer erneuerten Besudelung mit der Asche, die sich mit Schweiß und Tränen mischte. Diese Dinge waren zu billigen, und Eliezer ließ es sich nur angelegen sein, über dem Bußort ein notdürftiges Schattendach zu errichten, damit in den Hochstunden des Tages die Tammuz-Sonne ihnen nicht allzu grausam zusetze. Trotzdem war Jaakobs Jammermiene mit dem offenstehenden Munde, dem im Barte hängenden Unterkiefer und den immer wieder aus unfaßbaren Leidenstiefen nach oben rollenden Augen rot gedunsen vor Hitze und Heimsuchung, und er selber stellte es fest, nach der Art weich-bewußter Menschen, denen es um ihre Zustände zu tun ist und die meinen würden, diese kämen zu kurz, wenn sie sie nicht in Worte faßten.

»Hochrot und geschwollen«, sagte er mit zitternder Stimme, »ist mein Antlitz vom Weinen. Tiefgebeugt setze ich mich weinend hin, über mein Angesicht gehen nieder meine Tränen.«

Das waren nicht seine eigensten Worte, man hörte es gleich. Schon Noah sollte, alten Liedern zufolge, so oder ähnlich angesichts der Flut gesprochen haben, und Jaakob machte es sich zu eigen. Denn es ist ja gut und tröstlich-bequem, daß aus Frühzeiten der leidverfolgten Menschheit Wortgefüge der Klage aufbewahrt sind und bereit liegen, die auch aufs Später-Gegenwärtige passen wie dafür geprägt und dem schmerzhaften Leben Genüge tun, soweit Worte ihm nur Genüge zu tun vermögen, so daß man sich ihrer bedienen und das eigene Leid mit dem uralten, immer vorhandenen vereinigen mag. In der Tat konnte Jaakob seinem Elend nicht mehr Ehre erweisen, als indem er es mit der Großen Flut gleichsetzte und Worte darauf anwandte, die auf diese gemünzt worden waren.

Überhaupt sprach und klagte er viel Gemünztes oder Halbgemünztes in seiner Verzweiflung. Besonders der immer wieder ausgestoßene Jammerruf: »Ein reißend Tier hat Joseph gefressen! Zerrissen, zerrissen ist Joseph!« trug leichtgemünzten Charakter, wenn auch niemand glauben darf, daß dadurch seine Unmittelbarkeit im geringsten vermindert worden wäre. Ach, an dieser fehlte es nicht, trotz der Gemünztheit.

»Lamm und Mutterschaf sind geschlachtet!« litaneite Jaakob, wiegte sich hin und her und weinte bitterlich. »Zuerst die

Mutter und nun auch das Lamm! Das Mutterschaf hat das Lamm verlassen, als nur noch ein Feldweg war bis zur Herberge; nun ist auch das Lamm verirrt und verloren! Nein, nein, nein, nein! Zuviel, zuviel! Weh, weh! Über den geliebten Sohn erhebt sich Wehklage. Über das Reis, dessen Wurzeln ausgerissen sind, über meine Hoffnung, die ausgerissen ist wie ein Setzling – Wehklage. Mein Damu, mein Kind! Zur Wohnung ward ihm die Unterwelt! Brot werde ich nicht essen, Wasser werde ich nicht trinken. Zerrissen, zerrissen ist Joseph …«

Eliezer, der ihm von Zeit zu Zeit mit einem in Wasser getauchten Tuch das Gesicht abwischte, beteiligte sich an seinen Klagen, soweit sie sich auf diese Art im Fertig-Formelhaften und Vorgeprägten hielten oder sich daran lehnten, indem er wenigstens in das stehend Wiederkehrende, den Ruf »Wehklage!« etwa oder das »Zerrissen, zerrissen!«, murmelnd oder halbsingend einstimmte. Übrigens klagte stundenweise der ganze Hof und hätte das auch getan, wenn die Trauer über das Abhandenkommen des liebenswürdigen Haussohnes weniger ungeheuchelt gewesen wäre. »Hoi achî! Hoi adôn! Weh um den Bruder! Weh um den Herrn!« klang es im Chor zu Jaakob und Eliezer hinüber, und auch von dorther vernahmen sie, wenn auch nicht so wörtlich gemeint, die Verweigerung von Speise und Trank, denn ausgerissen sei der Setzling und im Wüstenwinde verdorrt das Grünkraut.

Gut ist der Brauch, wohltätig die Regelung von Jubel und Jammer durchs Vorgeschriebene, daß sie nicht wirr ausartend umhergreifen und ausschweifen, sondern ein festes Bett ihnen bereitet ist, darin sie hinströmen mögen. Auch Jaakob empfand Segen und Dienlichkeit bindenden Herkommens; aber der Enkel Abrahams war ein zu ursprünglicher Geist, und auf zu lebendige Art war bei ihm das allgemeine Gefühl mit dem persönlichen Gedanken verbunden, als daß es im Gleichförmigen Genüge hätte finden können. Er redete und klagte auch frei und ungemünzt, und auch dabei wischte Eliezer ihm das Gesicht, indem er manchmal ein Wort beruhigender Zustimmung oder warnender Gegenerinnerung einfügte.

»Was ich gefürchtet habe«, brachte Jaakob mit seiner vom Leide verkleinerten, erhöhten und halb erstickten Stimme hervor, »ist über mich gekommen, und was ich gesorgt habe, ist eingetroffen! Verstehst du das, Eliezer? Kannst du es fassen? Nein, nein, nein, nein, das kann man nicht fassen, daß wirklich geschieht, was man gefürchtet hat. Hätte ich's nicht gesorgt und wär' es hereingebrochen ungeahnt, so würde ich's glauben; ich würde sagen zu meinem Herzen: Gedankenlos warst du und hast dem Übel nicht vorgebeugt, da du's nicht bannend ins Auge faßtest beizeiten. Siehe, die Überraschung ist glaubhaft. Daß aber kommt das Geahndete und scheut sich nicht, dennoch zu kommen, das ist ein Greuel in meinen Augen und ist wider die Abmachung.«

»Es ist nichts abgemacht in Sachen der Heimsuchung«, erwiderte Eliezer.

»Nein, nicht rechtens. Aber für des Menschen Gefühl, das auch seine Vernunft hat und seine Empörung! Denn wozu ward dem Menschen die Furcht gegeben und die Vorsorge, als daß er das Übel damit beschwöre und nehme dem Verhängnis schon früh die bösen Gedanken weg, sie selber zu denken? Da ärgert sich's wohl, aber schämt sich auch und spricht bei sich: ›Sind es noch meine Gedanken? Es sind des Menschen Gedanken, ich mag sie nicht mehr.‹ Aber was soll aus dem Menschen werden, wenn die Vorsorge nichts mehr gilt und er vergebens fürchtet, nämlich mit Recht? Oder wie soll leben ein Mensch, wenn er sich nicht mehr darauf verlassen kann, daß es anders kommt, als er denkt?«

»Gott ist frei«, sagte Eliezer.

Jaakob schloß seine Lippen. Er nahm den fallengelassenen Scherben auf und schabte wieder seine symbolischen Schwären. Anders ging er vorerst nicht ein auf den Namen Gottes. Er fuhr fort:

»Wie habe ich gesorgt und gebangt, ein wildes Tier des Gebüsches möchte irgendeinmal das Kind betreten und ihm ein Leides tun, und ließ es hingehen, daß ich ein Gespött war in meiner Angst vor den Leuten, und nahm's in den Kauf, daß sie sprachen: ›Seht doch die alte Amme!‹ Und war lächerlich wie ein Mensch, der da immerfort spricht: ›Ich bin krank, ich bin sterbenskrank!‹, sieht aber gesund aus und stirbt nicht, und niemand nimmt's ernst und schließlich er selber nicht. Da aber finden sie ihn tot und bereuen die Spottlust und sprechen: ›Siehe, er war kein Narr.‹ Kann der Mann sich noch gütlich tun an ihrer Beschämung? – Nein, denn er ist tot. Und wäre lieber ein Narr gewesen vor ihnen und vor sich selbst denn gerechtfertigt auf ungenießbare Weise. Da sitz' ich im Kehricht, hochrot und geschwollen ist mein Gesicht vom Weinen, und über mein Antlitz gehen die Aschentränen. Kann ich frohlocken über sie, weil's eingetroffen? Nein, denn es ist eingetroffen. Tot bin ich, denn tot ist Joseph, zerrissen, zerrissen ...

Da, Eliezer, nimm und sieh: Das Kleid und des Bildschleiers Fetzen! Den hob ich der Liebsten und Rechten im Brautgemach und reichte ihr die Blüte meiner Seele. Dann aber war's die Unrechte gewesen durch Labans List, und meine Seele war beschimpft und zerrissen auf unsägliche Weise für lange Zeit, – bis mir die Rechte in grausen Schmerzen den Knaben brachte, Dumuzi, mein alles, – nun ist auch der mir zerrissen und getötet die Augenweide. Ist das zu fassen? Ist sie annehmbar, diese Zumutung? Nein, nein, nein, nein, ich begehre, nicht mehr zu leben. Ich wünsche, meine Seele wäre erhangen und des Todes dieses Gebein!«

»Sündige nicht, Israel!«

»Ach, Eliezer, lehre du mich Gott fürchten und anbeten seine Übergewalt! Er läßt sich bezahlen Namen und Segen und

Esau's bitteres Weinen, bezahlen kräftiglich! Er setzt den Preis an nach Willkür und treibt ihn ein sonder Nachsicht. Er hat nicht gehandelt mit mir und mich nicht abdingen lassen, was mir zuviel ist. Er nimmt, was ich zahlen kann seiner Meinung nach, und will besser wissen denn ich, was meine Seele vermag. Kann ich mit ihm rechten von gleich zu gleich? Ich sitze in der Asche und schabe mich, – was will er mehr? Meine Lippen sprechen: ›Was der Herr tut, ist wohlgetan.‹ Er halte sich an meine Lippen! Was ich denke in meinem Herzen, ist meine Sache.«

»Aber er liest auch im Herzen.«

»Das ist nicht meine Schuld. Er hat's gemacht, daß er auch das Herz sieht, und nicht ich. Er hätte besser getan, dem Menschen eine Zuflucht zu lassen vor der Übergewalt, daß er murren könnte wider das Unannehmbare und sein Teil denken über die Gerechtigkeit. Seine Zuflucht war dies Herz und sein Lustgezelt. Kam er zu Besuch, so war's fein geschmückt und mit Besen gekehrt, und bereitet war ihm der Ehrensitz. Jetzt ist nichts als Asche darin, mit Tränen vermischt, und Unrat des Elends. Er meide mein Herz, daß er sich nicht besudele, und halte sich an meine Lippen.«

»Wolltest du doch nicht sündigen, Jaakob ben Jizchak.«

»Drisch nicht Worte, alter Knecht, denn sie sind leeres Stroh! Nimm dich meiner an und nicht Gottes, denn er ist übergroß und lacht deiner Fürsorge, ich aber bin nur ein Haufen Jammers. Sprich nicht von außen auf mich ein, sondern rede mir aus der Seele, nichts anderes kann ich ertragen. Weißt du und hast du verstanden, daß Joseph dahin ist und nicht zu mir wiederkehrt, nie, nie? Nur wenn du das bedenkst, kannst du mir aus der Seele reden und wirst kein Stroh dreschen. Eigenen Mundes trug ich ihm die Reise auf und sprach: Zieh nach Schekem und neige dich vor deinen Brüdern, daß sie heimkommen und Israel nicht dastehe als ein entlaubter Stamm!

Diese Zumutung stellte ich ihm und mir und faßte uns rauh an, daß er allein reise, ohne Knechte; denn ich erkannte seine Torheit für meine Torheit und verhehlte mir nicht, was Gott wußte. Gott aber verhehlte mir, was er wußte, denn er gab mir's ein, dem Kind zu befehlen: Zieh dahin!, und hielt hinterm Berge mit seinem Wissen und wilden Vorhaben. Das ist die Treue des gewaltigen Gottes, und so vergilt er Wahrhaftigkeit mit Wahrhaftigkeit!«

»Hüte wenigstens deine Lippen, Sohn der Rechten!«

»Meine Lippen sind mir gemacht, daß ich ausspeie das Ungenießbare. Sprich nicht von außen, Eliezer, sondern von innen! Was denkt sich Gott, daß er mir auflegt, wovon sich mir die Augen verdrehen und ich von Sinnen komme, weil's nichts für mich ist? Habe ich denn Kraft von Steinen, und ist ehern mein Fleisch? Hätte er mich aus Erz gemacht in seiner Weisheit, so aber ist's nichts für mich ... Mein Kind, mein Damu! Der Herr hat ihn gegeben, der Herr hat ihn wieder genommen, – hätte er ihn doch nicht gegeben erst oder mich selbst nicht aus Mutterleib kommen lassen und überhaupt nichts! Was soll man denken, Eliezer, und wohin sich wenden und winden in seiner Not? Wäre ich nicht, so wüßte ich nichts, und es wäre nichts. Da ich aber bin, ist's immer noch besser, daß Joseph dahin ist, als daß er nie gewesen wäre, denn so habe ich doch, was mir bleibt, meinen Jammer um ihn. Ach, Gott hat gesorgt, daß man nicht wider ihn sein kann und muß ja sagen, indem man nein sagt. Ja, er hat ihn gegeben meinem Alter, sein Name sei innig gelobt dafür! Er hat ihn gearbeitet mit Händen und reizend gemacht. Wie Milch hat er ihn gemolken und seine Gebeine wohl aufgebaut, hat ihm Haut und Fleisch angezogen und Huld über ihn ausgegossen, also daß er mich bei den Ohrläppchen nahm und lachte: ›Väterchen, gib mir's!‹ Und ich gab's ihm, denn ich war nicht von Erz oder Stein. Da ich ihn zur Reise rief und ihm die Zumutung stellte, rief er: ›Hier bin ich!‹

und schlug mit den Fersen auf, – denke ich dran, so fährt mein Heulen heraus wie Wasser! Denn ebenso gut hätte ich ihm das Holz auflegen mögen zum Brandopfer und ihn bei der Hand nehmen und selber Feuer und Messer tragen. Oh, Eliezer, ich habe bekannt vor Gott und eingestanden zerknirscht und redlich, daß ich's nicht vermocht hätte. Meinst du, er hätte gnädig angenommen meine Demut und sich erbarmt meines Eingeständnisses? Nein, sondern schnob drüber hin und sprach: ›Was du nicht tun kannst, geschehe, und ob du's auch nicht zu geben vermagst, so nehm' ich's.‹ Das ist Gott!

Hier, sieh: Das Kleid und die Fetzen des Kleides, starr von Blut. Es ist das Blut seiner Adern, die ihm das Untier zerriß mitsamt dem Fleische. O Grauen, Grauen! O Sünde Gottes! O wilde, blinde, vernunftlose Missetat! ... Zuviel hatte ich ihm zugemutet, Eliezer, zuviel dem Kinde. Er ging fehl auf dem Felde und verirrte sich in der Wüste, – da fiel das Ungeheuer ihn an und schlug ihn sich nieder zum Fraße, ungeachtet seiner Angst. Vielleicht hat er nach mir geschrien, vielleicht nach der Mutter, die starb, als er klein war. Niemand hörte ihn, Gott hatte vorgesorgt. Meinst du, daß es ein Löwe war, der ihn schlug, oder ein grobes Schwein, das ihn anfiel mit gesträubten Federn und in ihn wühlte sein Gewehr ...«

Er schauderte, verstummte und geriet ins Grübeln. Unvermeidlich stellte das Wort »Schwein« Gedankenverbindungen her, die das Gräßlich-Einmalige, das sein Gefühl zerriß, ins Obere, Vor- und Urbildhafte, Umschwingend-Immerseiende erhoben, es gleichsam unter die Sterne versetzten. Der Keiler, das wütende Hauptschwein, das war Seth, der Gottesmörder, es war der Rote, war Esau, den er, Jaakob, ausnahmsweise zu erweichen gewußt hatte, als er zu Eliphas' Füßen weinte, der aber urbildlich-richtigerweise den Bruder zerstückelte und der auch selber zerstückelt und zehnfach aufgeteilt hier unten vorkommen mochte. In diesem Augenblick wollte eine Ahnung, eine Art von legendärem Verdacht aus seiner Tiefe, wo er schon seit dem Empfange der blutigen Reste geruht hatte, höher gegen Jaakobs Bewußtsein aufsteigen: die finstere Vermutung, wer der verdammte Eber gewesen sei, der Joseph zerrissen hatte. Er ließ sie jedoch wieder hinab ins Dunkel fallen, bevor sie die Oberfläche erreicht hatte, ja half sogar selber etwas nach, sie zu unterdrücken. Merkwürdig genug, er wollte nichts von ihr wissen und wehrte sich gegen diese Erkenntnis, die ein Wiedererkennen des Oberen im Unteren gewesen wäre, weil der Schuldverdacht, hätte er ihn zugelassen, sich gegen ihn selber gerichtet hätte. Sein Mut, seine Wahrheitsliebe hatten hingereicht, Haftpflicht anzuerkennen für Joseph, und darum hatte er sich's zugemutet, ihn auf die Reise zu schicken. Aber seine Mitschuld einzusehen an des Kindes Verderben, die sich unweigerlich aus dem Bruder-, dem Brüderverdacht ergeben hätte, dazu reichten sein Mut, seine Wahrheitsliebe verzeihlicherweise nicht. Zuzugeben, daß er selber das Hauptschwein gewesen, das mit seiner gefühlsstolzen Narrenliebe den Joseph zur Strecke gebracht, das hieß er heimlich zuviel verlangt und wollte nichts davon wissen im bitteren Schmerz. Und dennoch rührte die unerträgliche Bitternis dieses Schmerzes gerade aus diesem unzugelassenen und ins Dunkel gebannten Verdachte her, wie auch der Drang nach krassen Kundgebungen des Elends vor Gott hauptsächlich auf ihn zurückzuführen war.

Um Gott aber war es Jaakob zu tun, er stand hinter allem, auf ihn waren seine grübelnden, weinenden, verzweifelten Augen gerichtet. Löwe oder Schwein – gewollt, erlaubt, mit einem Worte *getan* hatte Gott das Gräßliche, und er empfand eine gewisse, dem Menschen bekannte Genugtuung darüber, daß die Verzweiflung ihm erlaubte, mit Gott zu rechten, – ein erhöhter Zustand eigentlich, mit dem die äußere Erniedrigung in Nacktheit und Asche in eigentümlichem Widerspruch stand. Allerdings war diese Erniedrigung zum Rechten erforderlich. Jaakob schabte sein Elend, – dafür nahm er kein Blatt vor den Mund und hütete nicht seine Lippen.

»Das ist Gott!« wiederholte er mit betontem Schaudern. »Der Herr hat mich nicht gefragt, Eliezer, und mir nicht zur Probe befohlen: ›Bringe mir dar den Sohn, den du lieb hast!‹ Vielleicht wäre ich stark gewesen über mein demütig Erwarten und hätte das Kind gen Morija geführt trotz seinem Fragen, wo denn das Schaf sei zum Brandopfer; vielleicht hätt' ich's hören können, ohne in Ohnmacht zu fallen, und es vermocht, das Messer aufzuheben über Isaak im Vertrauen auf den Widder, – es wäre doch auf die Probe angekommen! Aber nicht so, nicht so, Eliezer. Er hat mich nicht erst der Probe gewürdigt. Sondern lockt mir das Kind vom Herzen kraft meiner redlichen Einsicht, daß ich nicht schuldlos am Brüderzwist, und führt's in die Irre, daß es der Löwe betrete und ein wildes Schwein die Haken schlage in sein Fleisch und wühle in seine Gedärme das Gebrech. Dies Tier frißt alles, mußt du wissen. Es hat ihn gefressen. Es hat noch seinen Kindern von Joseph aufs Lager gebracht, den kleinen Schweinen. Ist das zu fassen und anzunehmen? Nein, es ist ungenießbar! Ich speie es aus wie der Vogel das Gewöll. Da liegt es. Möge Gott damit anfangen, was er mag, denn es ist nichts für mich.«

»Besinne dich, Israel!«

»Nein, ich bin ohne Besinnung, mein Hausvogt. Gott hat sie mir entrissen, nun höre er meine Worte! Er ist mein Schöpfer, ich weiß es. Er hat mich wie Milch gemolken und mich wie Käse gerinnen lassen, ich gebe es zu. Aber was ist mit ihm, und wo wäre er ohne uns, die Väter und mich? Ist er kurz von Gedächtnis? Hat er vergessen des Menschen Qual und Mühsal um seinetwillen, und wie ihn Abram entdeckt und hervorgedacht, so daß er mochte seine Finger küssen und rufen: ›Endlich werde ich Herr und Höchster genannt!‹ Ich frage: Hat er des Bundes vergessen, daß er mit seinen Zähnen auf mich knirscht und sich gebärdet, als wäre ich sein Feind? Wo ist meine Übertretung und Missetat? Er zeige sie mir! Habe ich den Landesbaalen geräuchert und den Gestirnen Kußhände geworfen? Es war kein Frevel in mir, und mein Gebet war rein. Was leide ich Gewalt statt Gerechtigkeit? Er zerscheitere mich doch gleich in seiner Willkür und werfe mich in die Grube, denn es ist ihm ein kleines auch ohne Recht, und ich begehre, nicht mehr zu leben, wenn es Gewalt gilt. Spottet er des Menschengeistes, daß er im Übermut umbringt die Frommen und Bösen? Aber wo wäre denn er auch wieder ohne den Menschengeist? Eliezer, der Bund ist gebrochen! Frage mich nicht, warum, denn ich müßte dir traurig antworten. *Gott hat nicht Schritt gehalten* – verstehst du mich wohl? Gott und Mensch haben einander gewählt und den Bund geschlossen, auf daß sie recht würden einer im anderen, was sie sind, und heilig würden einer im anderen. Ist aber der Mensch zart und fein worden in Gott, von gesitteter Seele, und Gott dagegen mutet ihm zu einen Wüstengreuel, den er nicht annehmen kann, sondern muß ihn ausspeien und sprechen: ›Es ist nichts für mich‹, – dann erweist sich, Eliezer, daß Gott nicht Schritt gehalten hat in der Heiligung, sondern ist zurückgeblieben und noch ein Unhold.«

Über solche Worte war Eliezer begreiflicherweise entsetzt, betete in die Höhe um Nachsicht für seinen außer Rand und Band geratenen Herrn und tadelte ihn entschlossen.

»Du redest unmöglich daher«, sagte er, »daß man's nicht hören kann, und zerrst an Gottes Mantel ganz wider alle Gebühr. Das sage *ich* dir, der mit Abram die Könige aus Osten schlug dank der Hilfe Gottes und dem auf der Brautfahrt die Erde entgegensprang. Denn du heißest Gott einen wüsten Unhold und stellst dich fein und zart gegen ihn, aber es sind deine Worte, aus denen die Wüste heult, und du verscherzest das Mitleid mit deinem großen Schmerz, da du ihn mißbrauchst und leitest Freiheiten greulicher Art daraus ab. Willst du befinden über Recht und Unrecht und zu Gericht sitzen über Den, der nicht nur den Behemoth gemacht hat, dessen Schwanz sich wie eine Zeder streckt, und den Leviathan, dessen Zähne schrecklich umherstehen und dessen Schuppen wie eherne Schilde sind, sondern auch den Orion, das Siebengestirn, die Morgenröte, die Hornissen, die Schlangen und den Staub-Abubu? Hat er dir nicht Jizchaks Segen gegeben vor Esau, dem etwas Älteren, und dir die Verheißung herrlich bestätigt zu Beth-el im Treppengesicht? Das ließest du dir gefallen und fandest nichts auszusetzen daran vom Standpunkt des zarten und feinen Menschengeistes, denn es war nach deinem Sinn! Hat er dich nicht reich und fett gemacht im Hause Labans und dir die staubigen Riegel geöffnet, daß du davon kamst mit Kind und Kegel, und Laban war wie ein Lamm vor dir auf dem Berge Gilead? Nun aber, da dir ein Leides geschehen, ein Schwerstes, das leugnet niemand, trotzest du auf, mein Herr, und schlägst aus wie ein bockiger Esel, wirfst alles hin auf liederliche Art und sprichst: ›Gott ist in der Gesittung zurückgeblieben.‹ Bist du von Sünde frei, da du Fleisch bist, und ist's so gewiß, daß du Gerechtigkeit geübt hast dein Leben lang? Willst du verstehen, was dir zu hoch ist, und das Leben ergründen nach seinem Rätsel, daß du drüber hinfährst mit deinem Menschenwort und sprichst: ›Es ist nichts für mich, und heiliger bin ich denn Gott‹? Wahrlich, das hätte ich nicht sollen hören, o Sohn der Rechten!«

»Ja, du, Eliezer«, antwortete Jaakob da mit verwahrlostem Spott. »Du bist mir der Wahre, du kannst so bleiben! Du hast die Weisheit mit Löffeln gegessen und schwitzest sie aus allen deinen Poren. Es ist wahrhaft erbaulich, wie du mich schiltst und läßt einfließen, daß du mit Abram die Könige vertrieben habest, was glattweg unmöglich ist; denn nach der Vernunft bist du mein Halbbruder von einer Magd, geboren zu Dimaschki, und hast den Abraham so wenig mit Augen gesehen wie ich selber. Da sieh, wie ich mit deiner Erbauung umspringe in meinem Elend! Ich war rein, aber Gott hat mich in den Kot getunkt über und über, und solche Leute halten es mit der Vernunft, denn sie wissen nichts anzufangen mit frommer Beschönigung, sie lassen die Wahrheit nackend gehen. Auch daß dir die Erde entgegengesprungen sei, bezweifle ich hiermit. Es ist alles aus.«

»Jaakob, Jaakob, was tust du! Du zerstörst die Welt im Übermut deines Grams, du schlägst sie zu Stücken und wirfst sie an den Kopf dem Ermahner. Denn ich will nicht sagen, wem du sie an den Kopf wirfst, genau genommen. Bist du der erste, dem Leid widerfährt, und darf's um alles nicht dir widerfahren, oder du blähst deinen Bauch mit Lästerung und sträubst dich und rennst gegen Gott mit gesenkter Stirn? Meinst du, daß um deinetwillen die Berge versetzt werden und das Wasser aufwärtsläuft? Ich glaube, du willst hier auf der Stelle vor Bosheit bersten, daß du Gott gottlos nennst und ungerecht den Erhabenen!«

»Schweig, Eliezer! Ich bitte dich, rede nicht dermaßen schief von mir, ich bin empfindlich vor Leid und steh' es nicht aus! Hat Gott seinen einigen Sohn dahingeben müssen, daß er vor die Schweine kam und vor des Schweines Frischlinge aufs Lager, oder ich? Was tröstest du also ihn und stehst für ihn ein, statt für mich? Verstehst du überhaupt, wie ich's meine? Gar nichts verstehst du und willst für Gott sprechen. Ach, du Verteidiger Gottes, er wird dir's lohnen und wird dir hoch anrechnen, daß du ihn beschützest und verherrlichst listig seine Taten, weil er Gott ist! Was ich aber meine, ist: Er wird dir in die Zähne fahren. Denn du willst für ihn sprechen mit Unrecht und ihn täuschen, wie man einen Menschen täuscht, und heimlich Person ansehen. Du Heuchler, er wird dich übel anlassen, wenn du's auf diese Art mit ihm hältst um seinetwillen und führst liebedienerisch seine Sache, da er an mir getan, was zum Himmel schreit, und hat Joseph vor die Schweine geworfen. Was du redest, könnte ich auch reden, und bin nicht dümmer als du, das bedenke, ehe du drischest. Aber ich rede anders – und bin ihm näher dabei als du. Denn man muß Gott verteidigen wider seine Verteidiger und ihn schützen vor seinen Entschuldigern. Meinst du, er ist ein Mensch, wenn auch ein übergewaltiger, und ist seine Partei, also, daß du sie nehmen magst wider mich Wurm? Nennst du ihn ewig groß, so pustest du Worte, wenn du nicht weißt, daß Gott noch über Gott ist, ewig noch über sich selbst, und wird dich strafen von dort herab, wo er mein Heil ist und meine Zuversicht und wo du nicht bist, wenn du Person ansiehst zwischen ihm und mir!«

»Wir sind allzumal schlechtes Fleisch und der Sünde bloß«, erwiderte Eliezer still. »Jeder muß es mit Gott halten, so gut er's versteht und soweit er reicht, denn niemand erreicht ihn. Es ist anzunehmen, daß wir beide sträflich gesprochen haben. Komm aber nun, lieber Herr, und beziehe dein Haus, denn es ist genug der hochgradigsten Trauer. Dein Antlitz ist ganz gedunsen von der Hitze an dieser Scherbenstätte, und du bist zu zart und fein für solche Trauergrade.«

»Vom Weinen!« sagte Jaakob. »Vom Weinen ist mein Angesicht hochrot und geschwollen um den Geliebten.« Aber er ging doch mit und ließ sich ins Zelt führen. Auch er hatte kein Interesse mehr an Kehricht, Splitternacktheit und Schaben, denn sie hatten nur dienen müssen, daß er ausgiebig rechten mochte mit Gott.

Die Versuchungen Jaakobs

Er tat nun wenigstens ein Sackleinen um, nach den ersten drei Tagen, und nahm ein etwas weniger leidverwahrlostes Leben auf, so daß die Söhne, als sie eintrafen, ihn nicht mehr im äußersten Zustande fanden. Diese aber verzogen noch, und wer

mit ihm trauerte und klagte, ihn stützte und tröstete, das
waren vorderhand ihre Weiber, soweit sie am Hofe wohnten
(denn Juda's Schua-Kind war nicht da), sowie Silpa und Bilha
und auch Benjamin, der Kleine, mit dem er viel schluchzte, die
Arme um ihn geschlungen. Er liebte den Jüngsten im entferntesten nicht wie Joseph, und nie hatte sein Blick eine Düsternis
verhehlen können, wenn er ihn auf ihm ruhen ließ, weil er ihn
Rahel gekostet. Jetzt aber drückte er ihn inbrünstig an sich,
nannte ihn Benoni um der Mutter willen und schwor ihm zu,
daß er ihn nie und unter keinen Umständen auf Reisen schik-
ken wolle, weder allein noch auch nur mit Bedeckung; immer,
so groß er würde, und selbst als vermählter Mann, solle er hier
unter des Vaters Augen bleiben, gehegt und behütet, und nicht
einen Schritt vom sichersten Wege tun, denn kein Vertrauen sei
in der Welt, auf nichts und niemanden.

Benjamin nahm die Zusicherung hin, obgleich sie ihn etwas
beklemmte. Er dachte an seine Ausflüge mit Joseph in den Hain
Adonai's; und der Gedanke, daß der Liebe, Schöne nie mehr mit
ihm springen und seine kleine Hand lüften sollte, wenn sie
schwitzte; daß er ihm nie wieder große Himmelsträume erzählen und ihn, den Knirps, stolz machen werde mit Vertrauen
auf seinen Verstand, entlockte ihm bittere Tränen. Im Grund
aber war er außerstande, das, was man ihm von Joseph erklärte,
daß er nicht wiederkehre, daß er nicht mehr vorhanden und tot
sei, in seinem Geist zu verwirklichen, und glaubte es trotz dem
Zeichen nicht, das schrecklich vorlag und von dem der Vater
sich niemals trennte. Die natürliche Unfähigkeit, den Tod zu
glauben, ist die Verneinung einer Verneinung und verdient ein
bejahendes Vorzeichen. Sie ist hilfloser Glaube, denn aller
Glaube ist hilflos und stark vor Hilflosigkeit. Benjamin angehend, so kleidete er seinen unbezähmbaren Glauben in die
Vorstellung irgendeiner Entrückung. »Er wird wiederkom-
men«, versicherte er, indem er den Alten streichelte. »Oder er

wird uns nachkommen lassen.« Jaakob seinerseits war kein Kind, sondern mit den Geschichten des Lebens beladen, und hatte die unbarmherzige Wirklichkeit des Todes zu bitter erfahren, als daß er für Benoni's Tröstungen etwas anderes als ein schwermütigstes Lächeln hätte übrighaben können. Im Grunde aber war auch er durchaus unvermögend, die Verneinung zu bejahen, und seine Versuche, sie abzuwehren und um die Notwendigkeit herumzukommen, sich mit beidem, der Wirklichkeit und ihrer Unmöglichkeit, mit diesem unmenschlichen Widerspruch, abzufinden, waren so ausschweifender Art, daß man zu unseren Zeiten von Geistesstörung zu sprechen gezwungen wäre. Bei ihm zu Hause hieße das freilich zu weit gehen; aber Eliezer hatte seine liebe Not mit den verzweifelten Plänen und Spekulationen, die Jaakob wälzte.

Es ist aufbewahrt, daß er auf alles Zureden immer nur antwortete: »Ich werde mit Leide hinunterfahren in die Grube zu meinem Sohn.« Das wurde, damals und später, allgemein so verstanden, daß er nicht ferner zu leben, sondern ebenfalls zu sterben und sich mit dem Sohn im Tod zu vereinigen wünsche, – eingerechnet die Klage, es sei allzu traurig und hart gefügt, daß einer sein graues Haupt betten müsse in den Tod solches Leides. So verstanden zu werden, war die Rede auch allenfalls eingerichtet. Eliezer aber hörte sie anders und ausführlicher. So irr es klingt: Jaakob grübelte über der Möglichkeit, in die Grube, das heißt zu den Toten hinabzusteigen *und Joseph wiederzuholen.*

Der Gedanke war desto unsinniger, als es ja die Muttergattin war, die sich aufmachte, den wahrhaften Sohn aus dem unteren Gefängnis zu befreien und ihn der verödeten Erde wiederzugeben, – und nicht der Vater. Aber in Jaakobs armem Kopf gab es die kühnsten Gleichsetzungen, und seine Neigung, es mit dem Geschlecht nicht genau zu nehmen, es in Gedanken mit Freiheit zu behandeln, war nicht von gestern. Zwischen Josephs und Rahels Augen hatte er nie einen klaren Unterschied zu machen gewußt: Es waren ja wirklich ein und dieselben Augen, und einst hatte er Tränen der Ungeduld unter ihnen weggeküßt. Im Tode flossen sie ihm vollends zu einem Augenpaar zusammen, – die geliebten Gestalten selbst flossen zum zwiegeschlechtlichen Sehnsuchtsbilde zusammen, und mann-weiblich-übergeschlechtlich, wie alles Höchste, wie Gott selbst, war damit auch diese Sehnsucht. Da sie aber Jaakobs war und er der ihre, so war denn auch Jaakob von dieser Natur, – ein Schluß, mit dem sein Fühlen schon längst übereinstimmte. Seit Rahels Hingang war er dem Joseph ebensowohl Mutter wie Vater gewesen; er hatte in diesem Verhältnis auch ihre Rolle übernommen, ja, diese wog vor in seiner Liebesweise, und die Gleichsetzung Josephs mit Rahel erfuhr ihre Ergänzung in derjenigen seiner selbst mit der Entschwundenen. Das Doppelte wird nur mit doppelter Liebe ganz geliebt; es ruft das Männliche auf, sofern es weiblich, das Weibliche, sofern es männlich ist. Ein Vatergefühl, das in seinem Gegenstande zugleich den Sohn und die Geliebte erblickt, in das sich also eine Zärtlichkeit mischt, die eher der Liebe der Mutter zum Sohne zugehört, ist zwar männlich, sofern es der Geliebten im Sohne gilt, doch mütterlich, sofern es Liebe zum Sohne ist. Diese Schwebe erleichterte dem Jaakob die tollen Entwürfe, mit denen er dem Eliezer in den Ohren lag und die die Zurückführung Josephs ins Leben nach mythischem Muster betrafen.

»Ich werde hinunterfahren«, versicherte er, »zu meinem Sohn. Sieh mich an, Eliezer – spielt die Gestalt meiner Brust nicht schon etwas ins Weibliche hinüber? In meinen Jahren gleicht wohl die Natur sich aus. Weiber bekommen Bärte und Männer Brüste. Ich werde den Weg finden ins Land ohne Wiederkehr, morgen mach' ich mich auf. Was blickst du mißlich drein? Sollt' es nicht möglich sein? Man muß nur immer nach Westen gehen und den Chuburfluß überschreiten, dann kommt man an die sieben Tore. Zweifle doch, bitte, nicht! Niemand liebte ihn mehr als ich. Ich will wie die Mutter sein. Ich will ihn finden und mit ihm zum untersten Grunde steigen, wo das Wasser des Lebens springt. Ich will ihn besprengen und ihm die staubigen Riegel lösen zur Wiederkehr. Tat ich es nicht schon einmal? Versteh' ich mich nicht auf Überlistung und Flucht? Ich will mit der Herrin dort unten schon fertig werden, wie ich fertig wurde mit Laban, und sie soll mir noch gute Worte geben! Warum muß ich sehen, daß du das Haupt schüttelst?«

»Ach, lieber Herr, ich gehe ein auf deine Bestrebungen soweit ich kann und nehme an, daß für den Anfang alles nach deinen Gedanken gehe. Aber spätestens am siebenten Tore würde sich bei den Gebräuchen unvermeidlich herausstellen, daß du die Mutter nicht bist ...«

»Allerdings«, erwiderte Jaakob und konnte sich in aller Not eines Lächelns der Genugtuung nicht ganz entschlagen. »Das ist unvermeidlich. Es wird ersichtlich werden, daß ich ihn nicht säugte, sondern ihn zeugte ... Eliezer«, sagte er aus neuen Gedanken, welche, abgelenkt vom Mütterlich-Weiblichen, die Wendung zum Phallischen genommen hatten, »ich will ihn wiedererzeugen! Sollte das nicht möglich sein, ihn zu erzeugen noch einmal, ganz wie er war, genau den Joseph, und ihn auf diese Weise zurückzuführen von unten? Bin doch ich noch da, von dem er kam; sollte er da verloren sein? Solange ich bin, kann ich ihn nicht verloren geben! Ich will ihn neu erwecken und zeugend wiederherstellen sein Bild auf Erden!«

»Aber Rahel ist nicht mehr da, die dir entgegenkam beim Werke, und euer Beiderseitiges mußte sich einen, daß dieser Knabe entsprang. Wenn sie dir aber auch lebte, und ihr zeugtet wieder, so wär' es die Stunde doch nicht und der Sternenstand, die Joseph erweckten. Nicht ihn würdet ihr rufen, noch einen Benjamin, sondern ein Drittes, das noch kein Auge gesehen.

Denn es ist nichts zweimal, und ist alles hier nur sich selber gleich für immer.«

»Aber dann darf es nicht sterben und nicht verlorengehn, Eliezer! Das ist unmöglich. Was nur einmal ist und hat kein Gleiches weder neben noch nach ihm und kein Großumlauf bringt es wieder, das kann nicht zernichtet werden und vor die Säue kommen, ich nehm' es nicht an. Es trifft schon zu, was du sagst, daß Rahel erforderlich war zu Josephs Erzeugung und die Stunde noch obendrein. Es war mir bekannt; wissentlich hab' ich die Antwort herausgefordert. Denn der Zeugende ist nur Werkzeug der Schöpfung, blind, und weiß nicht, was er tut. Da wir den Joseph zeugten, die Rechte und ich, zeugten wir nicht ihn, sondern irgend etwas, und daß es Joseph wurde, das tat Gott. Zeugen ist nicht Schaffen, sondern es taucht nur Leben in Leben in blinder Lust; Er aber schafft. Oh, könnte mein Leben in den Tod tauchen und ihn erkennen, daß ich darin zeugte und erweckte den Joseph daraus, wie er war! Danach geht mein Sinnen, und das meine ich, da ich sage: ich will hinunterfahren. Könnte ich rückwärts zeugen ins Vergangene und in die Stunde, die Josephs Stunde war! Was schüttelst du mißlich den Kopf? Daß ich's nicht kann, weiß ich selber; daß ich mir's aber wünsche, darüber sollst du den Kopf nicht schütteln, denn Gott hat es angestellt, daß ich da bin und Joseph nicht, was da ein schreiender Widerspruch ist und ist herzzerreißend. Weißt du, was das ist, ein zerrissenes Herz? Nein, sondern plapperst nur, wenn du's sagst, und meinst allenfalls: ›Recht traurig.‹ Mir aber ist buchstäblich das Herz zerrissen, daß ich genötigt bin, wider den Verstand zu denken und muß aufs Unmögliche sinnen.«

»Ich schüttle den Kopf, mein Herr, vor Erbarmen, weil du trotzest wider das, was du einen Widerspruch nennst: daß du nämlich bist und dein Sohn ist nicht mehr. Dieses zusammen ist eben deine Trauer, die du höchstgradig bekundet und ausgeübt drei Tage lang auf dem Scherbenhaufen. Danach nun aber wäre dir besser, du fingest allmählich an, dich in Gottes Rat zu ergeben, also, daß du dein Herz zusammennähmest und nicht länger Zerrissenes redetest von der Art: ›Ich will wieder-zeugen den Joseph.‹ Wie denn wohl das? Da du ihn zeugtest, kanntest du ihn nicht. Denn der Mensch zeugt nur, was er nicht kennt. Wollte er aber zeugen wissend und kennend, so wär's Schaffen, und er vermäße sich, Gott zu sein.«

»Nun, Eliezer, was weiter? Muß sich der Mensch denn nicht also vermessen, und wäre er's noch, wenn er nicht allezeit danach geizte, wie Gott zu sein? Du vergissest«, sagte Jaakob gedämpft, indem er näher heranrückte an Eliezers Ohr, »daß ich mich insgeheim auf das Zeugungsleben besser verstehe als mancher Mann, auch wohl Mittel und Wege kenne, den Unterschied zu verwischen zwischen Zeugen und Schaffen, wenn es drauf ankommt, und etwas Schaffen einfließen zu lassen ins Zeugen, wie es Laban erfuhr, da ich die Weißen empfangen ließ über den geschälten Stäben und sie scheckig warfen zu meinen Gunsten. Such mir ein Weib, Eliezer, das der Rahel ähnelt an Augen und Gliedern, es muß solche geben. Ich will mit ihr zeugen, die Augen fest und wissend gerichtet auf Josephs Bild, das ich kenne. So wird sie ihn mir wiedergebären von den Toten!«

»Was du sagst«, erwiderte Eliezer ebenso leise, »stößt mich schauerlich ab, und ich will's nicht gehört haben. Denn mir scheint, es kommt nicht nur aus deines Jammers Tiefen, sondern noch tiefer her. Hochbetagt bist du obendrein und solltest würdigerweise ans Zeugen gar nicht mehr denken, geschweige an solches mit einem Einschlag von Schaffen, das ist ja ungehörig in jedem Betracht.«

»Irre dich nicht über mich, Eliezer! Ich bin ein lebendiger Greis und keineswegs schon wie die Engel, durchaus nicht, das weiß ich nun besser. Ich wollte wohl zeugen. – Allerdings«, setzte er kleinlaut nach einer Pause hinzu, »sind mir zur Zeit die Lebensgeister niedergeschlagen vom Jammer um Joseph, also daß ich vor Jammer vielleicht nicht zu zeugen vermöchte, da ich's doch unbedingt möchte gerade des Jammers wegen. Da siehst du, was für Widersprüche Gott anstellt, die mich zerreißen!«

»Ich sehe, daß dein Jammer gesetzt ist als Wächter zum Schutz gegen großen Frevel.«

Jaakob grübelte.

»Dann muß man«, sagte er, immer noch an des Knechtes Ohr, »den Wächter betrügen und ihm ein Schnippchen schlagen, was leicht geschehen mag, da er das Hindernis ist und zugleich der Wille. Denn es muß möglich sein, Eliezer, einen Menschen zu machen, ohne zu zeugen, wenn man an diesem behindert ist durch Leid und Jammer. Hat denn Gott den Menschen gezeugt in des Weibes Schoß? Nein, denn es war keins, und Schmach ist's, dergleichen auch nur zu denken. Sondern hat ihn gemacht wie er wollte mit seinen Händen, aus Lehm, und ihm den lebendigen Odem geblasen in seine Nase, auf daß er wandle. Wie, Eliezer, höre doch, laß dich gewinnen! Wenn wir eine Gestalt machten aus Lehm und ein Ding formten von Erde, einer Puppe gleich, drei Ellen lang und mit allen Gliedern, wie Gott sie erdacht und geschaut, da er im Geiste den Menschen empfing und machte ihn nach dem Bilde. Gott sah und machte den Menschen, Adam, denn er ist der Schöpfer. Ich aber sehe Joseph, den Einen, wie ich ihn kenne, und will ihn erwecken viel sehnlicher, als da ich ihn zeugte und ihn nicht kannte. Und es läge vor uns, Eliezer, die Puppe und erstreckte sich in Menschenlänge die Kunstfigur auf dem Rücken, das Antlitz zum Himmel gerichtet; wir aber ständen zu ihren Füßen und blickten in sein lehmiges Angesicht. Ach, Ältester, das Herz schlägt mir hoch und geschwinde, denn wie, wenn wir's täten?«

»Wenn wir was täten, mein Herr? Was denkt sich dein Kummer aus an Neuem und Fremdem?«

»Weiß ich's denn schon, mein Großknecht, und kann ich's sagen? Laß dich doch nur gewinnen und hilf mir zu dem, was ich recht noch nicht weiß! Wenn wir aber das Bildnis umgingen einmal und siebenmal, rechts herum ich und du links herum, und legten ein Blättchen in seinen toten Mund, ein Blättchen mit Gottes Namen ... Ich aber kniete nieder und schlösse in meine Arme den Lehm und küßte ihn wie ich könnte, aus Herzensgrund ... Da!« schrie er auf. »Eliezer, sieh! Rot färbt sich der Körper, wie Feuer rot, er glüht, er versengt mich, ich aber lasse nicht ab, ich halte ihn fest in meinen Armen und küsse ihn wieder. Da lischt er aus, und Wasser strömt in den Lehmleib, er schwillt und quillt von Wasser, und siehe, es sprießt ihm Haar auf dem Kopf, und Nägel sprießen ihm an Fingern und Zehen. Da küsse ich ihn zum drittenmal und blase ihm ein meinen Odem, der Gottes ist, und es machen Feuer, Wasser und Lufthauch, diese drei, daß das vierte, die Erde, zum Leben erwacht und schlägt mit Erstaunen die Augen auf gegen mich, den Erwecker, und spricht: ›Abba, lieber Vater‹ ...«

»Mir ist sehr, sehr unheimlich bei alledem«, sagte Eliezer mit leichtem Zittern, »denn es ist geradezu, als hättest du mich ernstlich gewonnen für so Neues und Zweideutiges und vor meinen Augen lebte der Golem. Du machst mir wahrlich das Leben sauer und dankst mir's sonderbar, daß ich ausharre bei deinem Jammer und dir treulich den Kopf stütze, da du nun schon angelangt bist bei Bildmacherei und Zauber und läßt mich dabei mitwirken, ob ich will oder nicht, daß ich alles mit Augen sehe!«

Und Eliezer war froh, als die Brüder kamen; sie aber waren nicht froh.

Die Gewöhnung

Sie kamen den siebenten Tag nachdem Jaakob das Zeichen empfangen, Säcke um die Lenden auch sie, und das Haar voll Asche. Es war ihnen übel zumut, und keiner von ihnen begriff, wie sie einmal hatten denken und sich bereden können, sie würden's gut haben, und des Vaters Herz werde ihnen gehören, wenn's nur den Hätschelhans nicht mehr gäbe. Diese Einbildung war längst und im voraus von ihnen abgefallen, und sie wunderten sich, daß sie sie je hatten hegen können. Schon unterwegs, insgeheim und auch in halben Worten, die sie tauschten, hatten sie sich eingestanden, daß, soweit Jaakobs Liebe zu ihnen in Frage kam, Josephs Beseitigung völlig nutzlos gewesen war.

Sie wußten ziemlich genau und konnten sich's denken, wie es in Jaakob aussah, was sie betraf; die verwickelte Unannehmlichkeit, in der sie leben würden, war ihnen klar. Auf irgendeine Weise, in seiner Tiefe und möglicherweise ohne sich klar dazu zu entschließen, hielt er sie gewiß für des Knaben Mörder, auch wenn er nicht annahm, daß sie den Bruder eigenhändig erwürgt hätten, sondern das Tier dafür einsetzte, das ihnen die Bluttat abgenommen und nach ihren Wünschen getan hätte, so daß sie denn in seinen Augen auch noch schuldlose, unangreifbare und also desto hassenswertere Mörder waren. In Wirklichkeit, wie sie wußten, verhielt es sich gerade umgekehrt: Sie waren schuldig, allerdings, doch keine Mörder. Das aber konnten sie dem Vater nicht sagen; denn um sich vom dunklen Verdachte des Mordes zu reinigen, hätten sie ihre Schuld einbekennen müssen, und dagegen stand allein schon der bündelnde Eid, den sie freilich in manchen Augenblicken schon ebenso dumm zu finden bereit waren wie alles übrige.

Kurzum, sie würden keine guten Tage haben, wahrscheinlich nicht einen mehr, – sie sahen es klar. Ein schlechtes Gewissen ist schon vom Übel, aber ein gekränktes schlechtes Gewissen beinahe noch mehr; denn es schafft eine mürrische Konfusion der Seele, albern und qualvoll zugleich, und macht betrübte Figuren. Als solche denn also würden sie dastehen vor Jaakob ihr Leben lang alle Zehn und keine Ruhe haben. Denn er hatte sie im Verdacht, und sie erfuhren, was das ist: ein Verdacht und Argwohn, und daß der Mensch damit sich selber mißtraut im andern und dem andern in sich, also daß er die Ruhe, die er nicht findet, dem andern nicht gönnen kann, sondern quängeln und lauern, sticheln, stochern und bohren muß ohne Rast und sich selber plagen, indem er den andern zu plagen scheint – das ist der Verdacht und ist der heillose Argwohn.

Daß es so stand und fortan so stehen werde, sahen sie auf den ersten Blick, da sie vor Jaakob traten, – an dem Blick erkannten sie es, den er, von seinem Arme, darauf er gelegen, sich etwas aufrichtend, ihnen entgegensandte, – diesem vom Weinen entzündeten, zugleich scharfen und trüben, bangen und gehässigen Blick, der sie durchdringen wollte, wissend, daß er's nicht konnte, und der lange währte, ehe das Wort hinzukam, das dazu paßte, eine Frage, unbeantwortbar und nur allzu beantwortet, leer-pathetisch, jammervoll-unsinnig, auf fruchtlose Plage bedacht:

»Wo ist Joseph?«

Da standen sie und ließen vor der unmöglichen Frage die Köpfe hängen, gekränkte Sünder, betrübte Figuren. Sie sahen, daß er gewillt war, es ihnen so schwer wie möglich zu machen und ihnen nichts zu ersparen. Da man sie ihm gemeldet hatte, hätte er sich wohl bereiten und sie aufrecht empfangen können; er aber lag noch danieder vor ihnen, eine Woche nachdem er das Zeichen empfangen, – lag da, das Gesicht auf dem Arm, von dem er es erst nach geraumer Zeit erhob – zu diesem Blick und dieser Frage, deren Wüstheit sein Jammer sich gönnen mochte. Er machte Gebrauch von seinem Jammer, das sahen sie. Er lag so vor ihnen, um also fragen zu dürfen, damit die Argwohnsfrage auch allenfalls für eine Jammersfrage hingehen mochte, – sie verstanden's ganz gut. Menschen haben einander allezeit scharf erkannt und leidend durchschaut, auf jenem Zeitengrunde nicht schlechter als heute. 5

Sie antworteten mit verzerrten Mündern (Jehuda war es, der für sie antwortete):

»Wir wissen, lieber Herr, welch Leid und große Trauer dich heimgesucht.« 10

»Mich?« fragte er. »Nicht auch euch?«

Echt gefragt. Verfänglich quängelnd gefragt. Natürlich auch sie!

»Natürlich auch uns«, erwiderten sie. »Von uns mögen wir nur nicht reden.« 15

»Warum nicht?«

»Der Ehrfurcht wegen.«

Ein elendes Gespräch. Wenn sie dachten, daß es ewig so weitergehen sollte, so graute ihnen.

»Joseph ist nicht mehr vorhanden«, sagte er. 20

»Leider«, erwiderten sie.

»Ich gab ihm die Reise auf«, sagte er wieder, »und er frohlockte. Ich hieß ihn gen Schekem fahren, daß er sich vor euch neige und eure Herzen zur Heimkehr bestimme. Tat er so?«

»Leider und mehr als traurigerweise«, antworteten sie, »kam er nicht dazu, es zu tun. Ehe er's tun konnte, hat ihn das wilde Tier geschlagen. Denn wir weideten nicht mehr im Tale Schekem, sondern im Tale Dotan. Da hat sich der Knabe verirrt und ist geschlagen worden. Wir haben ihn nicht mit Augen gesehen seit dem Tag, da er dir und uns auf dem Felde verkündete, was ihm geträumt.« 25 30

»Die Träume«, sagte er, »die ihm träumten, waren euch wohl ein Ärgernis, schwer und groß, also, daß ihr ihm äußerst gram wart in euren Herzen?«

»Etwas gram«, erwiderten sie. »Gram allerdings, aber mit Maßen. Wir sahen, daß seine Träume dir Ärgernis gaben, denn du schaltest ihn ja und drohtest sogar, ihn am Haar zu zausen. Darum waren auch wir ihm bis zu einem gewissen Grade gram. Nun hat ihn, leider! das Untier gezaust weit über dein Drohen.«

»Es hat ihn zerrissen«, sprach Jaakob und weinte. »Wie mögt ihr sagen: ›gezaust‹, da es ihn zerrissen hat und gefressen? Sagt einer ›gezaust‹ statt ›zerrissen‹, so ist's Spott und Hohn und klingt nach Beifall!«

»Auch aus bitterem Jammer«, versetzten sie, »kann es geschehen, daß einer ›gezaust‹ sagt für ›zerrissen‹, sowie zarter Schonung halber.«

»Das ist wahr«, sagte er. »Ihr habt recht mit eurer Entgegnung, und ich muß schweigen. Da aber Joseph euch nicht die Herzen bestimmen konnte, warum seid ihr gekommen?«

»Um mit dir zu klagen.«

»Klagen wir denn!« erwiderte Jaakob. Und sie setzten sich zu ihm, eine Klage anzustimmen: »Wie lange liegst du da«; und Juda stützte dabei des Vaters Kopf auf seinen Knien und trocknete seine Tränen. Nach kurzer Zeit aber unterbrach Jaakob das Klagen und sagte:

»Ich mag nicht, daß du mir den Kopf stützest, Jehuda, und mir die Tränen trocknest. Die Zwillinge sollen es tun.«

Da übergab Juda den Kopf beleidigt den Zwillingen, und sie hielten ihn eine Weile beim Klagen, bis Jaakob äußerte:

»Ich weiß nicht warum, aber es ist mir unangenehm, daß Schimeon und Levi mir diesen Dienst erweisen. Re'uben soll es tun.«

Sehr beleidigt gaben die Zwillinge den Kopf an Ruben weiter, der ihn eine Zeitlang betreute. Dann aber sagte Jaakob:

»Es paßt und behagt mir nicht, daß Ruben mich stützt und trocknet. Dan soll es tun.«

Diesem aber ging es nicht besser; er mußte den Kopf an Naphtali geben und dieser, sehr bald beleidigt, an Gad. So ging es weiter über Ascher und Issakhar bis zu Sebulun, und immer sagte Jaakob so etwas wie:

»Es geht mir unbestimmt wider den Strich, daß der und der mir den Kopf hält; ein andrer soll's tun.«

Bis alle beleidigt und abgelehnt waren, – da sagte er:

»Wir wollen zu klagen aufhören.«

Danach saßen sie nur noch schweigend um ihn herum mit hängenden Unterlippen; denn sie verstanden, daß er sie halb für Josephs Mörder hielt, was sie ja halb auch waren und nur zufällig nicht ganz. Darum kränkte es sie gewaltig, daß er sie halb für die ganzen hielt, und verstockten sich sehr.

So, dachten sie, sollten sie nun leben immerfort, verkannte Sünder unter einem unbelehrten und nie zu belehrenden Argwohn, und das war's, was sie gewonnen hatten durch Josephs Beseitigung. Jaakobs Augen, die braunblanken, geröteten Vateraugen mit den zarten Drüsenschwellungen darunter, diese bemühten Augen, vertieft sonst in Gottessinnen, sie ruhten auf ihnen, das wußten sie wohl, sobald sie nicht hinsahen, grübelnd und spähend, in trostlosem Mißtrauen, und wandten sich blinzelnd ab, wenn man ihnen begegnete. Beim Mahle fing er an:

»Hat aber ein Mann ein Rind gemietet oder einen Esel, und es tritt eine Berührung ein, oder ein Gott schlägt das Tier, so daß es gestorben ist, so soll der Mann schwören und sich von Schuld reinigen, ehe denn daß er unbehelligt bleibt.«

Ihre Hände wurden kalt, denn sie verstanden, wo das hinauswollte.

»Schwören?« sagten sie mürrisch und gedrückt. »Der soll schwören, wenn niemand sieht, wie's mit dem Tiere gegangen, und ist kein Blut da und keine Verletzung, wie der Löwe sie zufügt oder sonst ein reißendes Tier. Ist aber Blut da und

Tatzenspur, – wer will den Mieter behelligen? Den Eigentümer geht's an.«

»Ist dem also?«

»So steht's geschrieben.«

»Es steht aber geschrieben: Wenn ein Hirte weidet des Eigentümers Schafe, und in der Hürde mordet ein Löwe, so soll der Hirt einen Eid schwören, sich zu reinigen, und soll dann der Schade des Eigentümers sein. Wie ist mir denn folglich? Soll nicht der Lohnhirt auch schwören, wenn's klar und gewiß scheint, der Löwe habe gemordet?«

»Ja und nein«, antworteten sie, und auch ihre Füße waren nun kalt. »Mehr nein denn ja, mit deiner Erlaubnis. Denn wenn's eine Hürde ist, in die der Löwe fällt, so schleppt er's daraus weg, und niemand sieht's, und es muß geschworen sein. Kann aber der Hirt das Getötete vorweisen und beibringen dies und das vom Zerrissenen, so soll er nicht schwören müssen.«

»Ihr könntet allzumal Richter heißen, so kennt ihr die Satzung. Wenn aber das Schaf des Richters war und war ihm wert, dem Hirten aber war es nicht wert, – ist's nicht genug, daß es nicht sein war und ihm nicht wert, daß er soll schwören müssen?«

»Noch nie in der Welt war das hinreichend zum Eideszwang.«

»Wenn aber der Hirt das Schaf gehaßt hat?« sprach er und sah sie mit wilden und scheuen Augen an ... Wild, scheu und trübe begegneten sie dem Blick, und eine Erleichterung war es noch in dieser Pein, daß er seine Augen von einem zum andern konnte wechseln lassen, sie aber einer nach dem andern, und keiner lange, den Blick des Verdachts zu ertragen hatten.

»Kann man hassen ein Schaf?« fragten sie, und ihre Gesichter waren kalt und schweißig. »Das kommt nicht vor in der Welt und fällt aus aller Satzung, so daß sich nicht drüber reden läßt. Wir aber sind keine Lohnhirten, sondern des Herdenkönigs

Söhne, und kommt uns ein Schaf abhanden, so ist's unser Leidwesen wie seines, und kann von Eideszwang allüberall nicht die Rede sein, vor keinem Richter.«

Feige, müßige, elende Gespräche! Sollte es damit immer so weitergehen? Dann war es besser, die Brüder zögen wieder davon, nach Schekem, Dotan oder anderswohin, weil sich erwies, daß ihres Bleibens hier ohne Joseph so wenig war wie mit ihm.

Zogen sie aber? Mitnichten, sie blieben, und ging einmal einer eigene Wege, so kam er bald wieder. Ihr böses Gewissen brauchte seinen Verdacht und umgekehrt auch. Sie waren aneinander gebunden in Gott und in Joseph, und war es wohl anfangs eine große Pein, zusammen zu leben, so nahmen sie's hin als Buße, Jaakob und seine Söhne. Denn diese wußten, was sie getan, und waren sie schuldig, so wußte jener sich schuldig auch.

Die Zeit aber verging und schuf Gewöhnung. Sie wischte das Spähen des Argwohns aus Jaakobs Augen hinweg und machte, daß die zehn Brüder nicht gar so genau mehr wußten, was sie getan; denn ungenauer unterschieden sie mit der Zeit zwischen Tun und Geschehen. Es war geschehen, daß Joseph abhanden gekommen war, – die Frage: wie? trat langsam zurück hinter der gewohnten Tatsache für sie und den Vater. Des Knaben Nichtmehrvorhandensein war das Gegebene, darin ihrer aller Bewußtsein sich fand und zur Ruhe kam. Die Zehne wußten, daß er nicht gemordet worden, was Jaakob glaubte. Der Wissensunterschied aber bewahrte schließlich nicht viel Bedeutung mehr, denn auch für sie war Joseph ein Schatten, der fern und außer allem Lebensgesichtskreis dahinwanderte ohne Wiederkehr – in dieser Vorstellung waren sie einig, Vater und Söhne. Der arme Alte, dem Gott sein teures Gefühl genommen, also daß es keinen schönen Frühling mehr gab in seinem Herzen, sondern Sommerdürre und Wintersöde darin herrschten und er im Grunde immer noch »starr« war, wie anfangs im Krampfe, – hörte nicht auf, sein Lamm zu beweinen, und wenn er weinte, so taten sie's mit ihm, denn ihnen war ihr Haß genommen, und undeutlich nur, mit der Zeit, gedachten sie noch, wie sehr sie der Gimpel geärgert. Sie konnten sich's leisten, ihn auch zu beweinen, denn sicher wußten sie ihn im Schattenhaften und außer dem Lebenskreise geborgen in Abwesenheit, – und das tat auch Jaakob.

Er gab es auf, »hinunterzufahren« als Mutter und Joseph wiederzuholen; er ängstigte endlich niemanden mehr mit wirren Plänen, ihn neu zu erzeugen oder ihn nachzuschaffen aus Lehm und Gott zu spielen. Leben und Liebe sind schön, doch seine Vorteile hat auch der Tod, denn er birgt und sichert das Geliebte im Gewesensein und in Abwesenheit, und wo einst Sorge und Furcht war des Glückes, da ist nun Beruhigung. Wo war Joseph? In Abrahams Schoß. Bei Gott, der ihn »zu sich genommen«. Oder was sonst der Mensch an Worten für letzte Abwesenheit findet, – alle gesucht, daß tiefste Geborgenheit sanft und sicher, wenn auch etwas hohl und öde damit bezeichnet sei.

Der Tod bewahrt, nachdem er wiederhergestellt. Was hatte Jaakob getrachtet, den Joseph wiederherzustellen, da er zerstückelt worden? Das hatte der Tod gar bald aufs lieblichste selber besorgt. Er hatte sein Bild wieder ganz gemacht aus vierzehn Stücken oder noch mehreren, in lächelnder Schöne, – und so bewahrte er ihn, besser und holder, als die Leute des üblen Ägyptenlands den Körper bewahrten mit Wickeln und Drogen, – unverbrüchlich, ungefährdet und unveränderlich, den lieben, eitlen, gescheiten, schmeichelnden Jungen von siebzehn, der abgeritten war auf der weißen Hulda.

Ungefährdet und unveränderlich, nicht bedürftig der Sorge und immer siebzehnjährig, wie auch die Umläufe sich mehrten seit seinem Abreiten und die Jahre der Lebenden zunahmen: so war Joseph für Jaakob, und da soll einer sagen, daß nicht der Tod seine Vorteile habe, mögen sie auch etwas hohlen und öden Gepräges sein. Jaakob gewöhnte sich sehr an sie. Mit stiller Beschämung gedachte er seines ausgelassenen Haderns und Rechtens mit Gott in erster Jammersblüte und fand es durchaus nicht zurückgeblieben, sondern wirklich recht fein und heilig, daß dieser ihn nicht kurzerhand zerscheitert, vielmehr ihm den Elendsübermut in schweigender Duldsamkeit hatte hingehen lassen.

Ach, frommer Alter! Ahntest du, welch ein verwirrendes Belieben sich wieder einmal verbirgt hinter dem Schweigen deines wunderlich hehren Gottes, und wie unbegreiflich-glückselig dir soll die Seele zerrissen werden nach Seinem Rat! Da du jung warst im Fleische, zeigte dir ein Morgen als Trug und Wahn dein innigstes Glück. Du wirst sehr alt werden müssen, um zu erfahren, daß, ausgleichshalber, Trug und Wahn war auch dein bitterstes Leid.

ENDE DES ZWEITEN ROMANS

NACHWORT

Druckvorlage der ersten beiden Romane von Thomas Manns Tetralogie *Joseph und seine Brüder* sind die im Oktober 1933 bzw. im März 1934 im Rahmen der *Gesammelten Werke* in Einzelbänden erschienenen Erstdrucke: *Die Geschichten Jaakobs.* Berlin: S. Fischer 1933 und *Der junge Joseph.* Berlin: S. Fischer 1934. Beide Bücher wurden nach den (verschollenen) Typoskripten mit großer Sorgfalt gesetzt und vom Autor im Schweizer Exil aufmerksam Korrektur gelesen (vgl. Textlage S. 202$_{21}$–203$_{2}$). Nach dem Erscheinen hat Thomas Mann noch wenige Fehler in seinem Handexemplar (erhalten ist im TMA nur dasjenige von *Die Geschichten Jaakobs*) korrigiert und sich danach mit der Textgestalt dieser beiden Romane nicht mehr beschäftigt. Der nächste Druck erfolgte dann erst 1948 mit der dreibändigen Ausgabe von *Joseph und seine Brüder* innerhalb der *Stockholmer Gesamtausgabe der Werke von Thomas Mann* im Bermann-Fischer Verlag.

Die Texteinrichtung folgt den beiden Erstdrucken buchstaben- und zeichengenau – mit einer Ausnahme: Die Bezeichnung »Hauptstück«, die Thomas Mann erst für den dritten Roman einführte, wird um der Einheitlichkeit willen auch hier schon für die Großabschnitte verwendet, die in den ersten beiden Romanen zunächst noch »Kapitel« heißen. Die sehr wenigen Lese- und Satzfehler wurden nach den Manuskripten (beide in der Thomas Mann Collection der Yale University Library) korrigiert; die Emendationen sind hier, soweit es sich nicht um ganz offensichtliche Versehen (wie »allenfallls« statt »allenfalls«) handelt, im Stellenkommentar dokumentiert. Auch die Korrekturen im Handexemplar wurden berücksichtigt.

Satzkonventionen wurden modernisiert, der doppelte Bindestrich der Erstausgaben etwa durch einen einfachen ersetzt.

Nicht markiert wird, den Konventionen der GKFA entsprechend, der Wechsel zwischen Fraktur- und Antiquadruck bei Fremdwörtern, der im Erstdruck beispielsweise das babylonische Zitat S. XXXVII$_{25-26}$ hervorhebt.

INHALT